SILVIA STOLZENBURG

Die Salbenmacherin

Falsche Liebe Konstantinopel 1408: Die sechzehnjährige Olivera bringt ihren Vater mit einer List dazu, sie mit einem seiner Handelspartner aus dem deutschen Reich zu verheiraten. Dabei ahnt sie nicht, welche Folgen dies haben wird. Schon bald nimmt sie Abschied von der Heimat und bricht mit ihrem Gemahl Laurenz auf zu einer langen und gefährlichen Reise ins ferne Tübingen. Dort angekommen stößt die junge Salbenmacherin nicht nur auf das Misstrauen der Einheimischen, auch ihr Liebster scheint nicht mehr er selbst zu sein. Er zieht sich von ihr zurück, wird wortkarg und abweisend. Wäre da nicht Götz, der Spitalapotheker und Bruder ihres Gatten, wüsste sie nicht, wem sie ihre Sorgen anvertrauen sollte. Denn es dauert nicht lange, bis Olivera herausfindet, dass Laurenz ein furchtbares Geheimnis hütet. Doch ihre Entdeckung bringt nicht nur sie in höchste Lebensgefahr …

Dr. phil. Silvia Stolzenburg studierte Germanistik und Anglistik an der Universität Tübingen. Im Jahr 2006 promovierte sie dort über zeitgenössische Bestseller. Kurz darauf machte sie sich an die Arbeit an ihrem ersten historischen Roman. Die Vollzeitautorin lebt mit ihrem Mann auf der Schwäbischen Alb, fährt leidenschaftlich Rennrad, gräbt in Museen und Archiven oder kraxelt auf steilen Burgfelsen herum - immer in der Hoffnung, etwas Spannendes zu entdecken.

SILVIA STOLZENBURG

Die Salbenmacherin

Historischer Roman

GMEINER

Die Veröffentlichung dieses Werkes erfolgt
durch die Verlagsagentur Lianne Kolf, München

MIX
Papier aus verantwortungsvollen Quellen
FSC® C083411
FSC www.fsc.org

Besuchen Sie uns im Internet:
www.gmeiner-verlag.de

Im Ehnried 5, 88605 Meßkirch
Telefon 07575/2095-0
info@gmeiner-verlag.de

1. Neuausgabe 2022

Lektorat: Claudia Senghaas, Kirchardt
Herstellung: Mirjam Hecht
Umschlaggestaltung: U.O.R.G. Lutz Eberle, Stuttgart
unter Verwendung der Bilder von: © http://commons.wikimedia.org/wiki/
File:Mrs._Richard_Paul_Jodrell_by_Sir_Joshua_Reynolds.jpeg
und http://commons.wikimedia.org/wiki/File:Tuebingen-1643-Merian.jpg
Druck: CPI books GmbH, Leck
Printed in Germany
ISBN 978-3-8392-0253-1

Für meinen Schatz, die Sonne in meinem Leben

PROLOG

Tübingen, Ende März 1408

Die Nacht war wie geschaffen zum Töten. Tiefhängende Wolken verdeckten einen schwindsüchtigen Mond und die Schatten der Häuser waren so undurchdringlich, dass man kaum die Hand vor den Augen erkennen konnte. Schon längst hatten Sturm und Regen die meisten Fackeln erlöschen lassen. Nur hie und da malten die Flammen gespenstisch zuckende Schatten auf das Kopfsteinpflaster. Wer keinen Wert darauf legte, sich in der Kälte den Tod zu holen oder von den Nachtwächtern befragt zu werden, befand sich schon längst im Bett. Doch die Gestalt, welche sich in einen schmalen Kelleraufgang duckte, hatte weder Angst vor dem eisigen Regen noch vor den Fragen der Stadtwachen. Denn diese, das wusste sie, befanden sich in ihrer Wachstube, wo es warm und trocken war. Mit kalten Fingern umklammerte der Mann einen leeren Sack, den er schon bald zu füllen gedachte. Wenn das Klappern der Hufe und das Knarren der Räder sich weiterhin in der gleichen Geschwindigkeit seinem Versteck näherten, dann würde sein Opfer schon bald den letzten Atemzug tun. *Dieser* würde ihm leichter fallen, als die letzten beiden. Schließlich hatte *dieser* vor fast einem halben Jahr mit einem »unehrlichen Messer« in seinem Türpfosten dafür gesorgt, dass die Leute sein Haus gemieden hatten, als ob darin die Pest ausgebrochen wäre! Und das nur, weil sein Weib den alten, räudigen Hund selbst getötet hatte, anstatt ihn von *ihm,* dem Hundeschinder, abholen zu lassen! Sein Gesicht verzog sich zu einer hässlichen Grimasse. Nicht mehr lange, und der Hundeschinder würde für seine Unverschämtheit bezahlen! Das verstummte Quietschen der rostigen Räder verriet ihm, dass seine Beute ein weiteres Mal angehalten hatte, um einen der Kadaver aufzulesen, für deren Beseitigung die Tübinger ihn bezahlten. Wie die Prostituierten, die Betrunkenen und die Bettler gehörten auch der Hundeschinder und seine uralte Märe zu den Nachtschwärmern, an denen selbst die Obrigkeit der Stadt vorbeisah.

Eine eisige Bö fegte durch die Gasse und ließ den Lauernden frösteln. Obwohl das Jagdfieber durch seine Adern pulsierte und dafür sorgte, dass sich ein Schweißfilm auf seiner Oberlippe bildete, spürte er dennoch, wie die Kälte allmählich bis auf seine Knochen durchdrang. Wenn der verfluchte Hundeschinder nicht bald das Versteck passierte, würde er die Geduld verlieren! Er spielte gerade mit dem Gedanken, den Kelleraufgang zu verlassen und den Unehrlichen in eine der Seitengassen zu zerren, als der Klepper des Schinders auftauchte. Dieser selbst saß zusammengekauert auf dem schiefen Bock – die Zügel so lose in der Hand, dass sie beinahe den Boden streiften. Einen kurzen Moment lang trat der Mond hinter den Wolken hervor und beleuchtete die ausgemergelte Fratze des Mannes. Seine Augen wanderten müde von rechts nach links und blieben an dem Köder hängen, welchen der Wartende ausgelegt hatte. »Hoh«, krächzte er, hustete und spuckte einen Klumpen Schleim aus. Dann ließ er sich ungelenk vom Bock fallen und trottete auf den toten Hund zu, der keine zwei Fuß vor dem Kelleraufgang lag. Die Muskeln des Jägers spannten sich. Und als der Schinder sich bückte, um das verendete Tier aufzuheben, schnellte er vor, legte ihm von hinten den Arm um die Kehle und rammte ihm ein Messer in den Rücken. Das gurgelnde Geräusch, das der Getroffene von sich gab, war beinahe komisch. Mit einer Mischung aus Ekel und Erregung spürte der Mörder, wie warmes Blut aus der Wunde sprudelte und über seine Hand lief. Ohne viel Federlesens ließ er den Unehrlichen los und wich einen Schritt zurück, als dieser in sich zusammenfiel wie ein leerer Sack. Dann kniete er sich neben ihn, setzte das Messer an und begann sein grausiges Werk. Keine zehn Minuten später stopfte er das letzte Teil in seinen Beutel – der noch blutig war von seinem letzten Ausflug – und zurrte ihn zu. Nachdem er ihn geschultert hatte, hob er das Gefäß auf, das er sorgsam gefüllt hatte, verkorkte es und klemmte es sich unter den Arm. Zwar hatte er in der Dunkelheit nicht genau gesehen, was er tat, aber sein Auftraggeber würde dennoch zufrieden sein. Je mehr er erntete, desto mehr bezahlte er ihm. Wen interessierte es da, wie sauber die Schnitte waren? Er warf einen letzten Blick über die Schulter, um sich zu versichern, dass ihn niemand beobachtet hatte, und lächelte. Noch ein paar dieser Streifzüge, und er würde sich ein neues Pferd leisten können!

TEIL 1

KAPITEL 1

Konstantinopel, Juli 1408

»DAS KANN DOCH nicht sein Ernst sein, *Yiayia*!« Die sechzehnjährige Olivera spürte, wie ihr die Hitze in die Wangen schoss. »Wie lange soll ich denn noch warten?«

Nur mit Mühe hielt sie sich davon ab, wie ein Kind mit dem Fuß aufzustampfen. Ungeduld und Empörung brodelten so heftig in ihr, dass sie meinte, fühlen zu können, wie ihre Gallensäfte überschäumten. Wütend starrte sie auf den Stößel in ihrer Hand hinab, den sie am liebsten mitsamt dem Mörser auf den Boden gepfeffert hätte. Warum konnte ihr Vater ihrem Wunsch nicht endlich nachgeben? Was hatte sie nur getan, um diese Ungerechtigkeit zu verdienen? Sie ließ den Stößel los und verschränkte die Arme vor der Brust.

»War ich nicht immer eine gehorsame Tochter?«, fragte sie und wischte ungehalten die Tränen der Enttäuschung aus den Augen. Diese füllten sich jedoch umgehend wieder, was ihren Verdruss noch mehr steigerte.

»Hab noch ein Jahr Geduld, Kind«, erwiderte die alte Frau, mit der sie seit Tagesanbruch in der Offizin – der Salbenküche – hantierte. »Er will nur das Beste für dich.«

»Das Beste?«, brauste Olivera auf. »Wenn er noch lange wartet, wird mich keiner mehr ansehen!« Ihre Stimme klang schrill in dem hohen Raum.

»Beruhige dich«, ermahnte ihre Großmutter sie und stellte den Tiegel ab, in dem sie *Populeon* – eine Salbe aus

Pappelknospen, Mohn und Rosenöl – gemischt hatte. »Du weißt doch, dass steter Tropfen den Stein höhlt.« Ihr faltiges Gesicht verzog sich zu einem listigen Lächeln. »Und dein Vater ist kein besonders harter Stein.« Sie säuberte sich die Hände an einem Tuch und trat auf ihre Enkelin zu. »Merke dir eines, mein Kind«, sagte sie. »Wenn du einen Mann dazu bringen willst, etwas zu tun«, sie hob den Zeigefinger, »dann umschmeichle ihn und gib ihm das Gefühl, dass es *sein* Einfall war.« Der Zeigefinger wackelte hin und her. »Auf keinen Fall darfst du ihn so bedrängen, dass er denkt, er würde einem Weib nachgeben.«

Olivera presste die Lippen aufeinander und stieß ärgerlich die Luft durch die Nase aus. Obwohl die Worte ihrer Großmutter sie eigentlich beruhigen sollten, schienen sie das Gegenteil zu bewirken.

»Alexia ist erst vierzehn und sie wird in einem Monat die Frau des Goldschmiedes«, brummte sie.

Einige Augenblicke lang sah ihre Großmutter sie mit einem Lachen in den Augen an. Dann tätschelte sie Olivera die Wange und wandte ihre Aufmerksamkeit wieder ihrer Arbeit zu.

»Es nützt nichts, sich über Dinge aufzuregen, die man nicht ändern kann«, sagte sie und griff nach einem Glaskolben. »Die Arbeit wird dich auf andere Gedanken bringen.« Mit diesen Worten zog sie eine Leiter heran und deutete auf eines der bis an die Decke reichenden Regale. »Deine Beine sind jünger als meine. Ich brauche Bärenklau und Wolfsmilch.«

Obgleich Olivera bittere Widerworte auf der Zunge brannten, schluckte sie diese und tat, wie geheißen. Geschickt erklomm sie die Sprossen und angelte nach den hohen Tontöpfen, in denen das Gewünschte lagerte. Nachdem sie ihrer Großmutter noch dabei geholfen hatte, ein Feuer zu entzünden, kehrte auch sie zu ihrer Arbeit zurück und wog die Zutaten für eine Salbe gegen Sonnenbrand ab. Derweil sie eine Handvoll Lilienwurzeln abkochte, Bleiweiß, Mastix und Weihrauchharz mit etwas Campher und Schweinefett vermengte, gingen ihre Gedanken auf Wanderschaft. Ihre Großmutter hatte leicht reden! Geduld schien ein Allheilmittel der Alten zu sein! Sie schürzte die Lippen, während sie ihren Vater in Gedanken verwünschte. Wieso suchte er nicht endlich einen Bräutigam für sie? Sollte sie etwa ewig unter seinem Dach leben – als Tochter, ohne eigenen Rang und Namen? Sie stocherte so heftig in der zähen Masse herum, dass diese ein schmatzendes Geräusch von sich gab. Als eine Blase zerplatzte und etwas von dem Gemisch auf ihrem Handrücken landete, verrieb sie es mit der Fingerkuppe und runzelte die Stirn.

Ob die Frau, für die sie diese Mixtur anfertigte, glücklicher war als sie? Die Falten auf ihrer Stirn vertieften sich, als sie sich die Dame vorstellte. Vermutlich handelte es sich um eine der vermögenden venezianischen Kaufmannsgemahlinnen. Oder um eine der Florentinerinnen, Jüdinnen oder Ragusanerinnen, die ebenfalls in den prächtigen Vierteln in der Nähe des Hafens wohnten. Sie strich sich eine Strähne ihres dunklen Haares aus der Stirn und sah dabei zu, wie die Zutaten nach einigem weiteren Rühren zu einem sämigen Brei verschmolzen. Wie sehr sie die Damen beneidete! Nur mit Mühe unterdrückte sie ein Seufzen und wünschte sich zum ungezählten Mal, die biblische Stärke einer Delila, einer Debora oder Judit zu besitzen; den Mut und die Kraft zu haben, gegen Althergebrachtes aufzubegehren und das Schicksal in die eigenen Hände zu nehmen. Ein Schweißtropfen löste sich von ihrer Stirn, rann an ihrer Schläfe entlang die Wange hinab, bis er ihr Kinn erreichte und in den Mörser tropfte. Das Feuer ihrer Großmutter verstärkte die brütende Sommerhitze, die selbst die dicken Wände inzwischen nicht mehr auszusperren vermochten. Leise prustend fuhr Olivera sich mit dem Ärmel über die Stirn. Und nicht zum ersten Mal fragte sie sich, wie ihre *Yiayia* es unter dem schweren schwarzen Stoff aushielt, aus dem all ihre Kleider gefertigt waren. Olivera selbst war nur mit zwei leichten Seidengewändern bekleidet, derer sie sich nur allzu gern entledigt hätte. Der Anflug eines Lächelns huschte über ihr Gesicht, als sie sich ausmalte, wie ihre Großmutter darauf reagieren würde. Doch die Heiterkeit blieb nicht lang, und schon bald versank sie wieder in dumpfem Brüten.

Lange Zeit verging in konzentrierter Arbeit. So vertieft war die junge Frau in das Abwiegen, Seien, Vermischen und Zerstoßen weiterer Arzneipflanzen, dass sie das Klopfen an der Tür der Arzneiküche erschrocken zusammenfahren ließ.

»Der *Medicus* schickt nach Euch«, stieß die Magd, die kurz darauf in dem Spalt erschien, atemlos hervor. »Der Bote meint, es sei dringend. Eine Frau ist an *Hysterike* erkrankt und liegt wie tot da!« Ihre Wangen waren von der Eile gerötet. Vollkommen aufgelöst, schien sie nicht zu wissen, ob sie den Raum betreten sollte oder nicht. Weshalb Oliveras Großmutter mahnend die Hand hob.

»Verlier nicht den Kopf«, tadelte sie das Mädchen. »Lauf und lass die Sänfte bereitmachen.« An ihre Enkelin gewandt sagte sie: »Pack Schwefel und ein Büschel Pferdehaar ein.« Sie selbst griff nach einem Weidenkorb und füllte diesen mit einem Honigtopf, Moschuswasser, Baumwolle und etwas Minze.

Sobald Olivera das Geforderte ebenfalls in den Korb gestopft hatte, verbarg sie ihr Haar unter einem Tuch und folgte ihrer Großmutter hinaus ins Freie. Dort buken Hof und Gärten unter einem wolkenlosen Himmel in der Sonne vor sich hin. Allerdings erschien Olivera die schwüle Luft nach der Hitze in der Offizin beinahe wie ein frischer Hauch. Einige Augenblicke reckte sie die Nase in den Wind und atmete gierig ein und aus. Eine Bö trug den Geruch von Salz und Algen vom Meer hinauf, nach dessen kühlen Fluten sich die junge Frau so sehr sehnte wie schon lange nicht mehr. Als sie sich wieder in Bewegung setzte und dem überdachten Säulengang folgte, der rings um den quadratischen Hof lief, gesellte sich der Duft von frischem Brot und Gewürzen zu dem Geruch des Bosporus. Oliveras Magen begann zu knurren. Später!, ermahnte sie sich schuldbewusst, da ihre Großmutter bereits mehrere Schritte Vorsprung hatte. Eilig hastete sie ihr hinterher. Bis auf ein paar Hühner und Singvögel regte sich weit und breit kein Leben. Selbst der Esel, der für gewöhnlich die Kornmühle antrieb, stand mit gesenktem Kopf im Schatten eines knorrigen Olivenbaumes. Obschon sie nicht viel mehr als einen Steinwurf zurücklegen mussten, atmete die junge Frau erleichtert auf, als sie das Tor erreichten, vor dem die Sänfte auf sie wartete. Die Träger verharrten geduldig neben dem Gebäude, in dem Kontor und Laden ihres Vaters untergebracht waren – einem hohen Bau mit spitzen Fenstern, zwei kleinen Türmchen und einer gekachelten Fassade. Auch der Bote des *Medicus* trat dort nervös von einem Fuß auf den anderen – als verspüre er immensen Harndrang. Kaum erblickte er die beiden Frauen, warf er erleichtert die Hände in die Höhe.

»Schnell, schnell«, drängte er. »Es ist die *Donna* Vincenzo!« Sein Gesicht verzog sich zu einer beinahe komischen Grimasse. »Sie ist doch noch so jung!«

Nachdem sie ihrer Großmutter in die Sänfte geholfen hatte, kletterte Olivera ebenfalls in den Tragsessel, welchen die Männer ihres Vaters augenblicklich aufnahmen. Sie wollte gerade die Haken des Vorhangs schließen, da erblickte sie eine Gruppe Reiter, die auf das Haus zusteuerten. Neugierig schob sie die Nase zwischen den Spalt und beäugte die Fremden, denn sie vermeinte, einen von ihnen zu erkennen. Aufrecht und stolz saß er im Sattel eines riesigen Rappen. Ihr Herz machte einen Sprung, als sie rotblondes Haar unter seiner Kappe hervorblitzen sah. Ehe sie sich jedoch versichern konnte, dass ihre Augen ihr keinen Streich spielten, zog ihre *Yiayia* sie von dem Spalt zurück und schalt: »Die Neugier ist die Tugend des Teufels. Was soll man denn von dir denken, wenn du dich benimmst wie eine Elster?«

Olivera errötete. »Ich dachte, ich hätte jemanden gesehen«, murmelte sie schuldbewusst.

»Das hast du ganz sicher«, entgegnete ihre Großmutter. »Aber ob derjenige es wert ist, dass du allen Anstand vergisst …« Sie schüttelte den Kopf und fasste ihre Enkelin forschend ins Auge.

Da Olivera die Betrachtung unangenehm war, senkte sie den Kopf und es herrschte Schweigen in der Sänfte, bis die Träger sie vor einem palastähnlichen Haus absetzten. Dort winkte der Bote des *Medicus* sie in eine Eingangshalle, von der aus zwei Treppen ins Obergeschoss führten.

»Hier entlang«, ließ er die Frauen wissen. Er scheuchte sie auf den schmaleren der beiden Aufgänge zu. Oben angekommen wies er nach links, und wenig später betraten Olivera und ihre Großmutter ein Gemach von gewaltigen Ausmaßen. In der Mitte des Raumes prangte eine Bettstatt, in deren Himmel Gold- und Silberfäden funkelten. Trotz der zahllosen Kissen, die sie umgaben, wirkte die Dame in diesem Bett so klein und zerbrechlich wie eine Puppe. Ein halbes Dutzend Mägde kniete auf dem Boden und betete, während der *Medicus* eine Schale mit Wasser auf der Brust der Kranken platzierte.

»Da seid Ihr ja endlich!«, fuhr er die Frauen an. »Sie lebt noch.« Er wies auf das Wasser in der Schale, das sich mit jedem – mit dem bloßen Auge kaum sichtbaren – Atemzug der Dame kräuselte. »Aber es ist höchste Eile geboten. Ihr Uterus ist zu trocken. Er ist nach oben gewandert und behindert die Atmung«, erklärte er. »Sie wird ersticken, wenn es uns nicht gelingt, die Bewegung umzukehren!«

Oliveras Großmutter nickte. Sie trat an die Kranke heran und hielt ihr einen Finger unter die Nase. Dann wandte sie sich wieder um und wies Olivera an: »Nimm eine Schale und entzünde das Pferdehaar darin. Sobald es glimmt, gib etwas Schwefel hinzu und sorge dafür, dass die Kranke den Dampf einatmet.« Sie selbst griff nach den Zutaten in ihrem Korb und vermengte diese mit geübten Bewegungen in einem Tiegel. »Macht sie frei«, befahl sie den Mägden.

Verwundert verfolgte Olivera, wie ihre *Yiayia* die Schenkel der Patientin mit der Arznei aus dem Tiegel bestrich und ein Stück Baumwolle damit tränkte. Dieses führte sie in die Kranke ein, während der Arzt begann, mit Schröpfköpfen zu hantieren. Zwar hatte Olivera schon von diesen Maßnahmen gegen die gefährliche *Hysterike pnix* gehört, allerdings war sie noch nie bei einer Behandlung zugegen gewesen.

»Ich habe sie vor dem Gelübde der Enthaltsamkeit gewarnt«, brummte der Arzt und hielt einen der Glaskolben über eine Kerzenflamme. »Aber sie wollte und wollte nicht auf mich hören.«

Was bei allen Heiligen hatte die Enthaltsamkeit mit dem Zustand der Frau zu tun?, fragte Olivera sich. Da just in diesem Moment das Pferdehaar in ihrer Schale anfing zu qualmen, vergaß sie die Verwunderung jedoch genauso schnell, wie sie gekommen war, und blies in die Glut. Vorsichtig gab sie etwas von dem Schwefelpulver hinzu und hielt schleunigst den Atem an. Innerhalb weniger Augenblicke stank der gesamte Raum so entsetzlich, dass eine der Mägde auf das Fenster zueilte, um es zu öffnen. Allerdings hielt der *Medicus* sie mit einem herrischen Befehl davon ab.

»Der Gestank soll den Uterus nach unten treiben, wohin der Wohlgeruch ihn lockt«, fauchte er. »Nicht durch das Fenster entweichen!« Er beugte sich über die Kranke, um die Glaskugel aufzusetzen. Doch bevor er dazu kam, begann die Frau zu husten und um sich zu schlagen, als ob sie sich gegen alle Dämonen der Hölle gleichzeitig zur Wehr setzen müsste.

»Herr im Himmel, hab Dank für dieses Wunder«, hörte Olivera eine der Bediensteten flüstern. Neugierig verfolgte sie, wie der Arzt der Patientin zuerst den Puls fühlte und dann in seine Tasche griff und eine Fliete – ein Messer für den Aderlass – zutage förderte.

»Das Unheil ist abgewendet«, murmelte er nach einigen Herzschlägen und richtete sich wieder auf. »Thomas wird Euch bezahlen«, ließ er Oliveras Großmutter wissen. »Ihr könnt gehen.« Er lenkte seine Aufmerksamkeit zurück auf die Kranke. »Ihr seid nur mit Mühe dem Tod entronnen. Bitte hört in Zukunft auf meinen Rat«, sagte er streng. Obgleich Olivera den Mann nicht ausstehen konnte, musterte sie ihn neugierig. Was es wohl für ein Rat war? Ehe sie weiter darüber nachgrübeln konnte, mahnte ein Husten des Boten sie zur Eile. Mit fliegenden Fingern verstaute sie die Zutaten wieder in dem Weidenkorb. Dann huschte sie aus dem Raum und wartete, bis der Mann ihre Großmutter bezahlt hatte. Als sie sich wenig später wieder in der Sänfte befanden, konnte sie ihre Neugier allerdings nicht mehr im Zaum halten.

»Was für ein Rat war es, den der *Medicus* der *Donna* gegeben hat?«, platzte es aus ihr heraus. »Warum wollte er sie von ihrem Enthaltsamkeitsgelübde abbringen?«

Ihre Großmutter zuckte die Achseln. »Man sagt, dass besonders Witwen und Jungfrauen von der *Hysterike* bedroht sind«, entgegnete die alte Frau. »Weil sie nicht mit einem Mann liegen und daher die Gefahr der Austrocknung besonders hoch ist.«

Olivera riss staunend die Augen auf. Und plötzlich kam ihr ein Gedanke, der sie den Verdruss des Morgens vergessen und ihr Herz davongaloppieren ließ.

KAPITEL 2

Konstantinopel, Juli 1408

SOBALD SIE VOR DEM HAUS ihres Vaters von den Trägern abgesetzt wurden, sah sie sich nach allen Seiten um. Ihr Herzschlag hatte sich mit jedem Schritt weiter beschleunigt, und sie betete, dass ihre Großmutter ihr die Aufregung nicht an der Nasenspitze ansah. Hatte die Eile, mit der sie das Haus der Kranken erreichen mussten, alle Gedanken an die Reiter verdrängt, waren diese auf dem Rückweg mit aller Macht zurückgekehrt. Wenn ihre Augen ihr beim Aufbruch keinen Streich gespielt hatten, dann war *er* wieder da! Eine Vorstellung, die dafür sorgte, dass sie ein seltsames Gefühl durchströmte. Um eine ausdruckslose Miene bemüht, folgte sie ihrer Großmutter zurück in den Hof. Dort herrschte wesentlich mehr Leben als vor nicht ganz einer Stunde. Fuhrleute luden vor dem Lager ihres Vaters Waren ab, die von Sklaven oder bezahlten Trägern aufgenommen und in das flache Gebäude gebracht wurden. Zwei Hunde balgten sich in der Nähe des Springbrunnens um einen Knochen. Und einige Knechte waren damit beschäftigt, das Fell von fünf Pferden auf Hochglanz zu striegeln. Bei einem der Reittiere handelte es sich um den riesigen Rappen, in dessen Sattel *der* Mann gethront hatte, von dem Olivera seit beinahe einem Jahr immer wieder träumte. Jedenfalls hoffte sie inständig, dass es sich um ihn handelte und nicht um einen anderen Fremden mit goldenem Haar. Auch wenn sie wusste, dass es unschicklich war, verrenkte sie sich beinahe den Hals bei dem Versuch, hinter den Fenstern des Kontors etwas zu erkennen. Zweifelsohne hatte ihr Vater die Besucher dort empfangen – handelte es sich doch um Geschäftspartner.

»Tu mir einen Gefallen, Kind«, riss ihre *Yiayia* sie aus den Träumereien. »Der Ausflug hat mich erschöpft.« Sie strich sich mit der Hand über den Teil ihres silbernen Haares, der nicht von einem Tuch bedeckt war. »Ich werde mich ein wenig ausruhen. Sag einer Küchenmagd, sie soll mir Brot, Oliven und etwas Wein bringen.« Ihr Blick wanderte zu dem Korb in Oliveras Hand, dann sah sie ihrer Enkelin in die Augen. »Du solltest auch etwas essen. Vielleicht bringt dich das auf andere Gedanken.«

Flammende Röte schoss Olivera in die Wangen. Woher wusste ihre Großmutter, was sie dachte? War es so offensichtlich? Oder spielte ihre *Yiayia* auf das Gespräch vom Morgen an? Bevor sie eine Antwort auf diese Fragen finden konnte, verschwand die alte Frau jedoch in den Schatten des Säulenganges. Hatte sie sich durch irgendetwas verraten? Sie blinzelte die Fragen beiseite und sah sich mit brennendem Gesicht ein letztes Mal sehnsüchtig um. Da allerdings immer noch keine Spur von dem Neuankömmling zu entdecken war, unterdrückte sie ein Seufzen. Nachdem sie eine Küchenmagd ausfindig gemacht und ihr die Wünsche ihrer Großmutter aufgetragen hatte, begab sie sich zur Arzneiküche. Dort angekommen, lehnte sie sich von innen gegen die Tür und starrte einige Zeit lang Löcher in die Luft. Die Kühnheit ihres Einfalles erschreckte sie. Doch gleichzeitig verwandelte sie die Enttäuschung und Bitterkeit in ihr in etwas, für das sie keine Worte fand. Um sich von den wild in ihrem Kopf durcheinanderwirbelnden Gedanken abzulenken, sog sie ganz bewusst die schweren Dämpfe der Arzneiküche ein. Während sich die Würze von Weihrauchharz mit dem Aroma von Lavendel, Nelken und *Theriak* vermischte, bemühte sie sich, die Schmetterlinge in ihrem Bauch unter Kontrolle zu bringen. Ein weiterer Seufzer stieg in ihr auf, und dieser fand den Weg über ihre Lippen. Würde er sie überhaupt eines Blickes würdigen?, war die Frage, die sie am meisten quälte. Oder würde er sie wieder behandeln wie ein kleines Mädchen? Scham übergoss sie, als sie daran zurückdachte, wie er ihr bei seinem letzten Besuch eine Handvoll gezuckerter Feigen geschenkt hatte. Sein Lächeln war das eines großen Bruders gewesen – und noch niemals zuvor hatte Olivera sich so klein und unansehnlich gefühlt wie in diesem Augenblick. »Äffchen« hatten ihre eigenen Brüder sie immer genannt. Doch zum Glück war keinem der drei der Einfall gekommen, sie in Anwesenheit des Fremden so zu rufen! Sie presste die Lider aufeinander und beschwor sein Gesicht herauf: die grauen Augen unter den hellen Brauen; den energischen Mund; die leicht gebogene, etwas schiefe Nase; und den rotblonden Schopf. Als sie ihn das erste Mal gesehen hatte, war sie versucht gewesen, sich zu kneifen. Denn einen Augenblick lang hatte sie gedacht, eine der Märchengestalten aus den Erzählungen ihrer Großmutter wäre zum Leben erwacht und wollte sie foppen. Doch dann hatte er über einen Scherz ihres ältesten Bruders gelacht und war mit diesem in den Stallungen verschwunden – als ob es das Selbstverständlichste auf der Welt wäre.

Sie öffnete die Augen wieder und biss sich auf die Unterlippe. Schon bald würde sie ihn wiedersehen. Und bis dahin musste sie den Einfall, der ihr in der Sänfte gekommen war, sehr sorgfältig durchdenken. Wenn sie einen Fehler beging, würde sie sich nicht nur zum Narren machen. Vermutlich würde ihr Vater sie dann zur Strafe niemals verheiraten! Sie löste sich von der Tür und stellte ihren Korb auf einer der Arbeitsflächen ab. Dann trat sie an das Regal, in dem ihre Großmutter ihre Kräuter- und Rezeptbücher aufbewahrte, und zog einen in Leder gebundenen Folianten hervor. Dieser enthielt eine Zusammenfassung der wichtigsten medizinischen Schriften. Unter anderem fanden sich dort Auszüge aus Galens *Methodi Medendi* – den Methoden des Heilens – Avicennas *Canon Medicinae* – dem Kanon der Medizin – und Trotulas *Passionibus Mulierum* – den Leiden der Frau. Dieses letzte Werk beschrieb nicht nur typisch weibliche Krankheiten, sondern enthielt auch Rezepte für Schönheitsmittel und Tinkturen zur besseren Empfängnis. Zudem fanden sich dort Arzneien zur Stimulierung der Monatsblutung, zur Verhütung, zum Wiederherstellen der Jungfräulichkeit und Beschreibungen von Hautkrankheiten. Zielsicher schlug Olivera das Buch an der Stelle auf, wo die italienische Ärztin die Symptome der *Hysterike pnix* oder *Suffocatio matricis* beschrieb.

»Wenn ein Anfall auftritt«, las sie laut, »bricht die Leidende ohnmächtig zusammen. Sie bekommt kaum mehr Luft, ringt pfeifend um Atem und nicht selten tritt Schaum zwischen ihren Lippen hervor. Oftmals beißt die Kranke so heftig die Zähne aufeinander, dass sich der Kiefer verkrampft – ebenso wie ihre Extremitäten. Der Puls hört auf zu schlagen oder ist kaum mehr wahrnehmbar. In seltenen Fällen kann er auch rasen.« Olivera legte den Finger auf die Stelle und dachte nach. Dann ließ sie den Blick über die zahllosen Töpfe, Tiegel und Weidenkörbe wandern, bis dieser an einem Behältnis mit Süßholz haften blieb.

Ein Lächeln stahl sich auf ihr Gesicht. Mit mehr Wucht, als eigentlich nötig gewesen wäre, schloss sie den Folianten wieder und stemmte ihn zurück an seinen Platz. Nachdem sie ein kleines Säckchen mit geraspelter Süßholzwurzel gefüllt hatte, ließ sie es in der Tasche ihres Gewandes verschwinden. *Ein* Teil ihres Planes war somit vorbereitet. Jetzt galt es nur noch, dafür zu sorgen, dass der Fang, den sie damit zu machen gedachte, ihr nicht durchs Netz schlüpfen konnte! Sie räumte den Korb aus, säuberte die Schale, in der sie das Pferdehaar und den Schwefel entzündet hatte, und griff nach einer Flasche voller Seifenlauge. Wenngleich sie immer noch hungrig war, wusste sie, dass sie nicht dazu in der Lage sein würde, etwas zu essen. Viel zu groß war die Aufregung, die Furcht davor, einen Fehler zu begehen. Sie bemühte sich, die Unruhe zu vertreiben, und verließ nach kurzem Zögern die Offizin. Vor der Tür sah sie einige Momente lang unschlüssig von rechts nach links. Dann straffte sie entschlossen die Schultern und steuerte auf die Treppe zu. Diese führte etwa zwanzig Schritte von der Arzneiküche entfernt ins Obergeschoss, wo sich die Wohnräume der Familienmitglieder befanden. Kurz bevor sie die Stiege erreichte, fing sie eine der osmanischen Sklavinnen ab.

»Lale«, rief sie und winkte das Mädchen zu sich. »Geh und bereite mir ein Bad.« Sie drückte der Dienerin die Seifenflasche in die Hand.

Erst als die zierliche Gestalt in der Badestube am anderen Ende des Hofes verschwunden war, erklomm Olivera die Stufen. Oben angekommen, folgte sie dem Arkadengang, bis sie die kleine Eckkammer über der Kornmühle erreichte, in der sie schlief. Kaum hatte sie die Tür geöffnet, schlug ihr drückende Hitze entgegen. Obwohl die

Fenster weit offen standen, trug der Wind an diesem Tag nicht einmal den Hauch einer Meeresbrise herbei. Selbst den Zypressen hinter dem Haus schien es zu heiß, da sie schlaff und verdorrt wirkten. Mit einem Prusten schlüpfte die junge Frau aus ihren verschwitzten Gewändern und stand einige Augenblicke vollkommen unbekleidet im Raum. Was sollte sie nur anziehen? Gewiss würde ihr Vater die Besucher am Abend zum Essen laden, und Olivera war fest entschlossen, Eindruck auf den Fremden zu machen. Sie würde ihn mit ihrer Schönheit bezaubern, ihn gefangen nehmen und betören, als wäre sie eine Prinzessin aus Tausendundeine Nacht! Er würde den Blick nicht mehr von ihr abwenden können. Und sobald sie sicher war, dass er frei war, dass er weder Gemahlin noch Braut hatte, würde sie ihn für immer an sich binden. Es konnte kein Zufall sein, dass er ausgerechnet jetzt in ihr Leben zurückgekehrt war!

Sie trat an den hohen Silberspiegel, der – genau wie viele ihrer Seidenkleider – ein Geschenk ihres Onkels war. Dieser befand sich zurzeit mit Oliveras jüngeren Brüdern auf einer Handelsreise nach Samarkand, von der er ihr gewiss wieder eine Kostbarkeit mitbringen würde. Allerdings war ihr im Moment – im Gegensatz zu anderen Tagen – vollkommen gleichgültig, was es sein würde! Sie streckte die Hand nach dem Spiegel aus und drehte ihn ein wenig, sodass mehr Sonnenlicht auf ihn fiel. Die auf Hochglanz polierte Fläche warf ihr Bild unverzerrt und klar zurück. Ihr Blick strich über ihre straffe Brust, den leicht gewölbten Bauch und die schlanken Beine. Wenn sie ihr Haar löste, fiel es in einem dichten Vorhang bis auf ihre Hüften. Sie hob die Hand und strich sich mit dem Zeigefinger die Augenbrauen glatt. Diese waren ebenso schwarz wie ihr Haar und ihre Augen. Es war einzig ihre Nase, die ihr hie und da Verdruss bereitete. Ein wenig zu groß und nicht ganz gerade, erschien sie ihr manchmal wie ein Störenfried in ihrem ansonsten makellosen Gesicht. Auch heute erlag sie der Versuchung, sie zu rümpfen und eine Fratze zu schneiden. Doch anders als sonst, erheiterte sie das Ergebnis nicht besonders.

»Als ob du nichts Besseres zu tun hättest«, schalt sie sich selbst und kehrte dem Spiegel den Rücken. Mit einem Kopfschütteln bückte sie sich, um den Deckel einer kostbar verzierten Holztruhe zu öffnen, in der sich Ober- und Untergewänder stapelten – manche einfach geschneidert, andere prunkvoll und aufwendig bestickt. Unentschlossen wühlte sie eine Zeit lang darin herum, zog Kleider heraus, nur um sie gleich darauf wieder hineinzulegen. Auf keinen Fall durfte sie etwas tragen, womit sie das Misstrauen ihres Vaters oder ihrer Großmutter erweckte! Sollten diese auch nur im Geringsten ahnen, was sie vorhatte, war ihr Plan zum Scheitern verurteilt. Nach langem Suchen entschied sie sich schließlich für ein kirschrotes Untergewand mit weiten Ärmeln und ein eng geschnittenes saphirblaues Obergewand, dessen Säume mit Goldfaden verziert waren. Zusammen mit einer silbernen Brosche und einer Korallenhalskette würde sie damit sicherlich Eindruck machen, ohne allzu herausgeputzt zu wirken. Wenn sie sich dann noch das Haar flechten ließ und einige Duftnelken darin verbarg, würde *er* sich ihrem Zauber nicht entziehen können. Dafür hätte sie am liebsten ein Gebet zum Himmel geschickt. Doch war sie sich seit Langem sicher, dass Gott kein Ohr für die Anliegen der Frauen hatte. Sie faltete die Gewänder sorgfältig zusammen und schlüpfte zurück in die alten Kleider. Dann verließ sie ihre Kammer und eilte in die Badestube. Wenn sie rechtzeitig zum Abendmahl fertig sein wollte, musste sie sich beeilen. In weniger als einer Stunde würde die Sonne untergehen!

Als sie eine halbe Stunde später aus der Badestube zurück ins Freie trat, fühlte sie sich frisch wie eine Blume. Allerdings hatte sich ihre Aufregung mit jeder Minute, die verstrich, verstärkt, sodass es in ihrem Inneren inzwischen summte wie in einem Bienenstock.

»Olivera!«

Der Ruf ließ sie zusammenfahren und erschrocken herumwirbeln. Von dem überdachten Gang im Obergeschoss winkte ihre Großmutter zu ihr hinab. Sie klatschte ungeduldig in die Hände.

»Wo steckst du denn? Das Mahl wird gleich aufgetragen.«

Oliveras Puls machte einen Satz und ein Stich der Vorfreude fuhr ihr in die Glieder. »Ich komme!«, rief sie und raffte die Röcke, um auf ihre Großmutter zuzueilen. Sobald sie die alte Frau erreicht hatte, schüttelte diese tadelnd den Kopf.

»Du weißt doch, dass dein Vater ärgerlich wird, wenn er warten muss«, schalt sie. »Besonders heute, wo er Gäste hat.« Sie ergriff Oliveras Hand und zog ihre Enkelin auf die Stirnseite des Gebäudes zu. Dort – direkt über dem Kontor und den Verkaufsräumen – befand sich die Stube, in der die Familie ihre Mahlzeiten einnahm, wenn Besuch im Haus war. Hinter den bunt verglasten Fenstern herrschte schon reges Treiben. Olivera spürte, wie ihre Hände feucht wurden. Ehe sie sich versah, öffnete ihre Großmutter die Tür und schob sie über die Schwelle in den mit Zierfliesen geschmückten Raum. Die Tafel war bereits gedeckt und die

Küchenmägde verteilten frisch gebackene Brotfladen und Krüge mit schäumendem Rotwein. Die Farben des Wandteppichs über der Feuerstelle schillerten im Licht des Kerzenleuchters. Doch Olivera hatte keine Augen für dessen Schönheit. Stattdessen wurde ihr Blick von der Gruppe Männer angezogen, die soeben – heftig diskutierend – aus der angrenzenden Kammer die Stube betraten. Allen voran polterte ihr Vater herein, dicht gefolgt von ihrem Bruder Markos und dem Goldschmied, den Oliveras Freundin bald heiraten würde. Als Letzter erschien der hochgewachsene Fremde im Rahmen. Und Olivera musste alle Selbstbeherrschung aufbringen, um ihn nicht anzustarren. Er überragte seine beiden Begleiter um mehr als Hauptеslänge. Das rotblonde Haar war unter einer kleinen schwarzen Kappe verborgen und die dunkle Kleidung betonte seine helle Haut. In seinem Gürtel steckte ein prachtvoller Dolch, dessen Scheide mit Edelsteinen besetzt war. Als er die Augen auf Olivera und ihre Großmutter richtete, durchrieselte die junge Frau ein Schauer. Für den Bruchteil eines Augenblicks hielt sie dem halb prüfenden, halb überraschten Blick stand. Dann senkte sie den Kopf und starrte auf ihre Zehenspitzen. Das Herz in ihrer Brust flatterte wie ein Vogel. Warum hatte sie nur auf ihre Vernunft gehört und nicht ihr bestes Gewand angezogen?, war alles, was ihr durch den Kopf schoss, als er auf sie zutrat.

KAPITEL 3

Konstantinopel, Juli 1408

LAURENZ NIDHARD WAR ERSTAUNT. Vielleicht war er sogar ein wenig mehr als erstaunt, doch er versuchte, sich seine Überraschung nicht anmerken zu lassen.

»Meine Tochter Olivera«, wiederholte sein Gastgeber.

Und Laurenz verneigte sich hastig vor der jungen Frau, die der Grund für seine Verblüffung war. Konnte diese Schönheit dasselbe Mädchen sein, an das er sich von seinem letzten Besuch erinnerte? Er rang um eine ausdruckslose Miene. Bedauernd riss er sich von dem liebreizenden Anblick los, da er nicht rüde erscheinen wollte. *Wenn* es sich um dasselbe Mädchen handelt, dachte er, dann ist aus dem hässlichen Entlein ein wahrlich prächtiger Schwan geworden!

»Setzt euch«, lud ihn der alte Philippos ein, bevor Laurenz in seiner Erinnerung nach den Bildern des linkischen Kindes graben konnte, über das er mit dessen Brüdern gescherzt hatte. Weiterhin bemüht, seine Verwunderung nicht zu zeigen, trat er von den Damen zurück und folgte seinem Gastgeber zum Tisch. Doch zu Laurenz' Leidwesen platzierte ihn der Grieche nicht neben seiner Tochter, sondern neben dem Goldschmied Andreas. Allerdings währte die Enttäuschung nicht allzu lange, da sich die junge Frau auf einem Stuhl gegenüber dem seinen niederließ.

»Lass auftragen«, sagte der Hausherr an eine Magd gewandt, und wenig später füllte sich die Tafel mit allerlei Köstlichkeiten. Einer Eiersuppe mit Safran, Pfefferkörnern und Honig folgten Lamm mit Zwiebeln, gebratenes Huhn in Mandelsoße und eine Pastete aus Krebsfleisch. Ergänzt wurden diese Speisen durch frische Oliven und geröstete Nüsse, von denen der Goldschmied offenbar nicht genug bekommen konnte. »Wo kauft Ihr nur immer diese wundervollen Nüsse«, nuschelte dieser mit vollem Mund und langte erneut zu.

»Auf dem Markt, wo Ihr auch einkauft«, gab Philippos trocken zurück. »Aber wir sind nicht hier, um uns über Nüsse zu unterhalten, sondern um Geschäftliches zu klären«, setzte er hinzu.

Laurenz verkniff sich ein Stöhnen. Nahm die Diskussion denn nie ein Ende? War immer noch nicht alles gesagt? Was änderte all das Reden? Er warf Olivera einen verstohlenen Blick zu und sah zu seinem Entzücken, dass sie errötete. Hatte er noch am Morgen das Los verflucht, das ihn – gegen seinen Willen – erneut nach Konstantinopel geführt hatte, erschien es ihm auf einmal gar nicht mehr so furchtbar.

Wenn er schon warten musste, bis dieser verfluchte Goldschmied endlich die letzten Behältnisse für die falschen Reliquien, mit denen er und die anderen handelten, angefertigt hatte, dann konnte er sich die Zeit sicher auch auf angenehme Art vertreiben. Er schenkte der jungen Frau ein Lächeln, das ihre Wangen erneut mit Feuer überzog.

»Ich habe Euch doch gesagt, dass es nicht meine Schuld ist«, riss ihn das Genörgel des Schmiedes aus den angenehmen Gedanken. »Durch den Zwist zwischen Sultan Bayezids Söhnen sind die Handelswege nicht mehr sicher. Ich bin nicht der Einzige, der vergebens auf seine Waren wartet.«

Laurenz verzog das Gesicht. »Dann nehmt eben etwas anderes als Elefantenzähne und Straußeneier für die ...« Er zögerte kurz mit einem Blick auf die Frauen, da er nichts verraten wollte, was diese nicht wissen sollten. »*Waren*«, setzte er betont hinzu. »Wen interessiert das denn schon?«, brummte er.

Der Gastgeber hob beschwichtigend die Hände. Als der Goldschmied vom Lateinischen ins Griechische wechselte und etwas hervorstieß, das wie eine Schimpfkanonade klang, fuhr er ihn barsch an: »Sprecht Latein, damit Euch alle am Tisch verstehen können! Ihr vergesst die Gebote der Gastfreundschaft!«

Der Gescholtene knurrte etwas Unverständliches und stopfte sich einen Bissen Hühnerfleisch in den Mund. Nachdem er diesen geschluckt hatte, fauchte er: »Ich dachte, Ihr wollt Eure *Ware* so teuer wie möglich verkaufen!« Auch er bedachte die Frauen mit einem Blick, dann funkelte er Laurenz zornig an. »Gewiss könnte ich Ochsenhörner verwenden. Aber wer würde Euch dann den Preis zahlen, den Ihr fordert?« Sein rundes Gesicht glühte. »Wenn Ihr nicht endlich aufhört, mich dafür verantwortlich zu machen, müsst Ihr Euch eben einen anderen suchen!«

Laurenz seufzte. Der Mann hatte ja recht. Allerdings hatte ihn die Vorstellung, länger in der Stadt bleiben zu müssen, bis vor wenigen Minuten noch mit Missmut erfüllt. Sein Blick kehrte wie magisch angezogen zu der Tochter des Hausherrn zurück. Seine Mundwinkel stahlen sich kaum merklich nach oben. Was sein Gastgeber wohl sagen würde, wenn er seine Gedanken lesen könnte? Er zwang sich, ein ernstes Gesicht zu wahren, und lenkte die Aufmerksamkeit zurück auf den Goldschmied.

»Es tut mir leid, Andreas«, entschuldigte er sich lahm. »Aber Ihr wisst, dass ich nicht ewig hierbleiben kann. Die Nachfrage steigt und die Käufer werden immer ungeduldiger.«

»Ja, ja«, schnaubte der Goldschmied. »Aber mit Ungeduld kommt man nicht weit.«

»Warum vertreibt Ihr Euch die Zeit nicht auf dem Markt?«, warf Philippos ein, um den Streit zu schlichten. »Kauft etwas für Eure Gemahlin, bringt ihr Geschmeide oder Stoffe mit.«

Laurenz lachte. »Wenn ich eine Gemahlin hätte, würde ich Euren Rat vermutlich befolgen.« Ein gepresster Laut, der in ein Husten überging, veranlasste ihn, den Kopf zu wenden und Olivera anzusehen.

Diese schien sich an einem Stückchen Lammkeule verschluckt zu haben. Ihre Großmutter beugte sich mit besorgtem Gesicht zu ihr hinüber und klopfte ihr auf den Rücken.

»Iss langsam, Kind«, ermahnte die alte Frau das Mädchen.

Und Laurenz stellte erstaunt fest, dass sie ebenso Latein sprach wie die Männer. Wie ungewöhnlich!, dachte er. Aber Philippos' nächste Bemerkung führte dazu, dass er seine Aufmerksamkeit wieder seinem Gastgeber zuwandte.

»Begleitet mich morgen zu dem venezianischen Glaser«, schlug der Grieche vor. »Sein Glas ist so rein, dass es einem Bergkristall gleicht.« Er legte Daumen und Zeigefinger aneinander, sodass sie einen Kreis bildeten, und küsste seine Fingerspitzen. »Wenn Andreas dieses Glas in die Behältnisse einfügt, dann werden Eure Gewinne Euch für die Wartezeit entschädigen, glaubt mir.«

Laurenz hob erstaunt die Brauen. »So rein wie ein Kristall?«, fragte er ungläubig. Wenn das stimmte, dann würde der Wert seiner Waren in der Tat ins Unermessliche steigen. Sein Gewissen wollte sich zu Wort melden, aber er vertrieb die Reue mit einem Kopfschütteln. Was sollte er denn tun? Schließlich war das Ganze nicht *sein* Einfall gewesen! Gewiss, er steckte bis zum Hals mit in der Sache. Aber nur, weil er so dumm gewesen war, einem angeblichen Freund einen Gefallen zu tun. Diese Reise würde seine letzte sein, und der Teufel sollte ihn holen, wenn er nicht das Beste daraus machte! Daher hob er seinen Becher und prostete Philippos zu. »Ihr habt mich überzeugt«, sagte er. »Aber dennoch darf sich die Angelegenheit nicht so sehr verzögern, bis die Herbststürme beginnen.« Denn dann wäre die Heimreise ein größeres Wagnis, als den Schultheißen seiner Heimatstadt Tübingen in sein Haus einzuladen!

Olivera rang immer noch nach Luft. Der verteufelte Bissen steckte irgendwo tief in ihrer Kehle, wo sie ihn weder schlucken noch freihusten konnte. Zwar hatte das Klopfen ihrer Großmutter ein wenig geholfen. Aber sie griff dennoch nach ihrem Becher und nahm gierig einen viel zu großen Schluck Wein. Kaum hatte dieser ihren Magen erreicht, spürte sie, wie ihr Kopf leicht und ihre Beine schwer wurden. Sie hatte ohnehin schon viel zu viel getrunken – in dem vergeblichen Versuch, ihre Unsicherheit zu überspielen. Warum hörte ihre Hand nicht auf zu zittern? Sie umklammerte das Trinkgefäß mit aller Kraft, um beim Abstellen nichts zu verschütten. Wenn er sie noch einmal so ansah wie vor einigen Augenblicken, dann würde sie vor Scham im Boden versinken. Wieso hatte sie sich auch verschlucken müssen? Sie spürte, wie der Wein ihre Wangen noch heißer machte, als sie ohnehin schon waren. Doch da die Aufmerksamkeit ihres Gegenübers auf Andreas und ihren Vater gerichtet war, ebbte das Gefühl wenig später wieder ab. Zu ihrer Erleichterung fiel ihr auch das Atmen wieder leichter – offensichtlich hatte der Wein die erwünschte Wirkung gezeigt. Mit gesenktem Kopf stocherte sie in dem Essen auf ihrem Teller herum, während die Worte des Fremden – dessen Namen sie nun endlich kannte – in ihrem Kopf nachhallten.

»Wenn ich eine Gemahlin hätte, würde ich Euren Rat vermutlich befolgen.« Erneut spürte sie, wie ihr Herzschlag sich beschleunigte und in ihre Kehle stieg. Es musste ein Wink des Schicksals sein, dass diese wichtigste aller Fragen so schnell beantwortet worden war. Obschon sie fürchtete, ein weiteres Mal Missfallen zu erregen, schielte sie unter halb gesenkten Lidern über den Tisch.

»Eure Begleiter sind über den Ställen einquartiert«, ließ ihr Vater den Besucher soeben wissen. »Ich kann sie aber auch in einem Gasthof unterbringen lassen.«

»Nein, nein«, erwiderte Laurenz mit einer wegwerfenden Geste. »Es sind Knechte. In meinem Haus schlafen sie über der Küche. Wenn Ihr sie zu sehr verwöhnt, dann habe ich in Zukunft nichts als Scherereien.« Er lachte, und es war dieses Lachen, das Olivera endgültig das Herz stahl.

Wie unglaublich er war! Ein Prickeln kroch über ihren Rücken und ließ sie frösteln. Sommersprossen tanzten auf seiner Nase und seine Augen leuchteten, als er sich ihr unvermittelt zuwandte.

»Was denkt Ihr?«, sprach er sie an. »Wenn das Gesinde seinen Platz nicht kennt …« Er ließ den Satz unbeendet, da

Oliveras Großmutter ihm einen strafenden Blick zuwarf. Ganz gewiss fand ihre *Yiayia* es ungehörig von dem Fremden, die Tochter des Hauses bei Tisch anzusprechen. Wenn Gäste im Haus waren und die Männer sich unterhielten, schwiegen die Frauen – so verlangte es die Tradition. Dass Laurenz Olivera um ihre Meinung fragte, war vollkommen unziemlich.

»Ja, kleine Schwester, was denkst du?«, mischte sich ihr Bruder ein.

Olivera funkelte ihn wütend an, da sie ganz genau wusste, was er vorhatte. Zu oft hatten er und seine Brüder sich als Kinder einen Spaß daraus gemacht, sie vor Fremden zu ärgern; hatten sie hinter dem Rücken der Erwachsenen ausgelacht, wenn sie scheu von einem Bein auf das andere getreten war und nicht gewusst hatte, was sie sagen sollte. Sie räusperte sich und überlegte fieberhaft, was wohl die richtige Antwort auf die Frage sein mochte. Doch zum Glück kam ihre Großmutter ihr zur Hilfe.

»Das sind Angelegenheiten der Männer«, sagte diese und bedeutete Olivera aufzustehen. »Es ist an der Zeit, dass wir Euch alleine lassen. Dann könnt Ihr über solcherlei Dinge reden.« Sie erhob sich und griff nach dem Arm ihrer Enkelin, damit Olivera sie aus dem Raum führen konnte.

Hin- und hergerissen zwischen Erleichterung und Verstimmung nickte die junge Frau Laurenz und ihrem Vater zu und murmelte: »Gute Nacht.« Leises Bedauern schwang in seiner Stimme mit, als er ihr ebenfalls eine gesegnete Nachtruhe wünschte.

Viel zu schnell fand sie sich mit ihrer *Yiayia* draußen auf dem überdachten Säulengang wieder, der inzwischen von Fackeln erleuchtet wurde. Auch im Hof hatten die Bediensteten Fackeln entzündet. Der von Westen her aufkommende Wind ließ die Flammen wild hin und her zucken. Nur wenige Sterne standen am Himmel und der sichelförmige Mond lugte scheu hinter einer Wolke hervor. Der Geruch von Regen lag in der Luft. In weiter Ferne zuckten Blitze über den Horizont, allerdings war das Unwetter zu weit entfernt, weshalb Olivera keinen Donner hörte.

»Ein gänzlich ungesitteter junger Mann«, schimpfte ihre Großmutter. »Ich frage mich, aus was für einem Land er kommt. Offenbar herrschen dort barbarische Sitten!«

Olivera verkniff sich ein Grinsen. Wenn ihre *Yiayia* doch nur nicht so entsetzlich altmodisch wäre! Sicher kam Laurenz aus einem wundervollen Land, dachte sie. Aus einem Land, das genauso golden war wie sein Haar. Sie verdrehte die Augen über ihre eigene Schwärmerei. Nun, vielleicht nicht unbedingt golden. Aber bestimmt anders als Konstantinopel, das nicht nur die Alten eine sterbende Stadt nannten.

»Bring mich zu meiner Kammer«, forderte ihre Großmutter. Als sie dort angekommen waren, bot sie ihrer Enkelin die Wange, damit diese einen Kuss darauf drücken konnte. »Vergiss dein Nachtgebet nicht«, ermahnte sie Olivera. Noch bevor die junge Frau etwas darauf erwidern konnte, fiel die Tür ins Schloss. Oliveras Hand zuckte zu dem silbernen Kruzifix an ihrem Hals und sie seufzte. Wie viel einfacher alles wäre, wenn sie den blinden Glauben ihrer Großmutter teilen könnte! Diese hatte bestimmt nicht ständig mit Zweifeln und sündigen Gedanken zu kämpfen. Sie blies die Wangen auf und ließ das Kreuz wieder los, bevor sie sich auf den Weg zu ihrer eigenen Kammer machte. Unterwegs hielt sie an einem der von wildem Wein umrankten Stützbalken an. Sie starrte hinüber auf die andere Seite des Gebäudes, wo die Männer immer noch tafelten. Ob sie wohl über sie sprachen? Die Vorstellung trieb ihr erneut das Blut in die Wangen, und sie verfluchte ihren Körper für dieses verräterische Zeichen. Wenn sie nicht achtgab, würde Laurenz sie für eine alberne Gans halten! Sie legte den Kopf in den Nacken und sog die laue Nachtluft ein. Hoffentlich tat er das nicht schon, weil sie sich beinahe durch diesen dummen Hustenanfall verraten hätte!

Die tiefen Atemzüge machten sie schwindelig. Die Wirkung des Weins war immer noch nicht ganz abgeklungen. Sie sollte sich besser auch schlafen legen, wenn sie morgen früh frisch und erholt sein wollte! Nach einem letzten Blick auf die erleuchteten Fenster der Stube löste sie sich vom Geländer des Ganges und betrat kurz darauf ihre eigene Kammer. Dort war es inzwischen wesentlich kühler als am Nachmittag. Um keine Stechmücken anzulocken, schälte Olivera sich im Dunkeln aus ihren Gewändern, legte diese auf dem Tisch neben ihrem Bett ab und löste ihr Haar. Unbekleidet und aufgewühlt ließ sie sich auf ihre Matratze sinken und lauschte auf die Geräusche der Nacht. In irgendeinem Garten zirpten Grillen und eine Eule stieß in regelmäßigen Abständen lang gezogene Rufe aus. Das Unwetter schien inzwischen näher gekommen zu sein, da sie das ferne Grollen von Donner vernahm. Der Wind frischte immer mehr auf, und sie spürte, wie er durch das Fenster über ihren Körper strich.

»Wenn ich eine Gemahlin hätte, würde ich Euren Rat vermutlich befolgen«, hörte sie Laurenz erneut sagen – so deutlich, als wäre er bei ihr im Raum. Ein Zittern durchlief sie, das nichts mit dem kühlen Wind zu tun hatte. Auch wenn sie die Kühnheit ihres Planes zuerst erschreckt und sie gefürchtet hatte, der Mut könne sie verlassen, war sie sich inzwischen sicher. Sie durfte diese Gelegenheit nicht ungenutzt verstreichen lassen! Wenn sie es richtig anstellte, dann würde der Mann, von dem sie so oft geträumt hatte, sie bald als seine Gemahlin mit in seine Heimat nehmen. Dafür würde sie alles tun, ganz egal, was für Folgen es haben mochte!

KAPITEL 4

Konstantinopel, Juli 1408

ALS AM NÄCHSTEN MORGEN der Hahn krähte, erwachte Laurenz aus einem Traum, der gewiss etwas mit dem schmerzhaften Pochen zwischen seinen Beinen zu tun hatte. Widerwillig öffnete er nach einigen Momenten die Augen und vermeinte, immer noch die verlockenden Bilder zu sehen, welche ihm den Schlaf versüßt hatten. Mit einem Stöhnen rollte er sich auf die Seite und versuchte, seine erregte Männlichkeit zu ignorieren. Durch das offene Fenster seiner Kammer fiel bereits die Sonne auf den bunt gefliesten Boden. Das Klappern von Eimern verriet, dass das Gesinde schon längst auf den Beinen war. Eine Zeit lang lag er regungslos da, bis sich sein Blut etwas beruhigte und er klar denken konnte. Es war ein Traum gewesen, nichts weiter! Vielleicht sollte er bei nächster Gelegenheit ein Freudenhaus aufsuchen, um seine Körpersäfte wieder ins Gleichgewicht zu bringen! Er fuhr sich mit den Fingern durchs Haar und wischte sich den Schweiß von der Stirn. Dann setzte er sich auf. Es war schon wieder unglaublich heiß, hatte in der Nacht kaum abgekühlt. Sein Mund war wie ausgetrocknet. Gierig griff er nach dem Krug auf dem Tisch neben seinem Bett und nahm einen tiefen Schluck mit Wasser verdünnten Weins. Nicht ein Lüftchen regte sich, und der Geruch von heißem Staub schien überall zu sein. Er leerte den Krug, leckte sich die Lippen und starrte auf seine nackten Füße. Die Hitze erschöpfte ihn. Obwohl er eigentlich ausgeruht und frisch sein sollte, fühlte er sich wie gerädert. Lange Zeit saß er einfach nur da, während der Schweiß auf seiner bloßen Haut allmählich trocknete. Als schließlich ein Klopfen an der Tür ertönte, war er gerade dabei, nach Bruch und Beinlingen zu angeln, um sich anzuziehen.

»Ich komme«, rief er. Aber erst, als sein Latz fest angenestelt war, öffnete er der Magd. Diese, ein junges Ding mit rosigen Wangen, huschte zu dem Waschgestell in der Ecke des Raumes und füllte die Schüssel mit frischem Wasser aus dem Brunnen im Hof.

»Der Herr wartet in der Stube auf Euch«, informierte sie Laurenz. »Er hat mir aufgetragen, Euch daran zu erinnern, dass Ihr ihn zu dem Glaser begleiten wolltet.« Sie mied seinen Blick.

»Ach, ja, der Glaser«, brummte Laurenz. Die Wonnen des Traumes hatten alle Gedanken an den bevorstehenden Besuch vertrieben. Nachdem die Magd die Kammer wieder verlassen hatte, wusch er sich Gesicht und Hände, brachte sein Haar in Ordnung und kleidete sich fertig an. Dann trat er in den Hof hinaus, der trotz der frühen Stunde bereits in der Sonne buk. Nicht mehr lange, dann würde der Sand unter seinen Sohlen wieder so heiß sein, dass er ihn durch das dünne Leder spüren konnte. Er sah sich um – in der Hoffnung, einen Blick auf Olivera zu erhaschen. Allerdings war von dieser weit und breit keine Spur zu entdecken. Wie sie wohl den Tag verbringen würde?

Das gleißende Weiß der Gebäude blendete ihn, sodass er schließlich blinzelnd den Blick senkte und den Schatten des Arkadenganges suchte. Im Wipfel eines Olivenbaumes trällerte ein bunt gefiederter Vogel – als ob ihm die Hitze nicht das Geringste ausmachen würde. Vermutlich tat sie das auch nicht, dachte Laurenz. Bereits wieder schwitzend erklomm er die Treppe ins Obergeschoss und betrat wenig später die Stube.

»Ihr seht erschöpft aus«, begrüßte Oliveras Vater Philippos ihn. »Habt Ihr nicht gut geschlafen?«

»Zu Hause wird es nie so warm«, erwiderte Laurenz. Er ließ sich auf einem der Stühle nieder und wartete, bis eine Bedienstete ihm eine Schüssel mit Hirsebrei gefüllt hatte. Dazu gab es gezuckerte Feigen, Datteln, Nüsse und Honig.

Philippos lachte. Die schwarze Kappe auf seinem Kopf erschien Laurenz viel zu warm – genau wie die prunkvollen Gewänder, deren Gold- und Silberstickereien im Licht funkelten. In dem grauen Bart des Griechen glitzerten einige Tropfen, doch diese waren das einzige Anzeichen, dass auch ihm die Hitze zusetzte.

»Seid froh, dass die Winde vom Meer her wehen«, versetzte Philippos. »In den vergangenen Jahren war es weitaus unangenehmer zu dieser Jahreszeit.«

Laurenz lutschte an einer Dattel. »Dann kann ich wohl von Glück sagen«, erwiderte er trocken. Dann widmete er sich seinem Hirsebrei und versank in Gedanken, während Philippos ihm von dem reinsten Glas vorschwärmte, das er je gesehen hatte.

Sobald die beiden Männer ihr Mahl beendet hatten, befahl der Grieche einem Knecht, die Pferde zu satteln. Diese warteten bereits ungeduldig neben dem Stallgebäude, als Laurenz und sein Gastgeber sich schließlich in den Hof hinab begaben. Laurenz' Rappe warf den Kopf und stieß ein freudiges Wiehern aus.

»Ein wirklich schönes Tier«, lobte Philippos. Er erklomm mithilfe eines seiner Männer den Rücken einer lohfarbenen Stute.

Laurenz nickte. Der Hengst war das Erste gewesen, das er sich geleistet hatte, als er begriffen hatte, wie einträglich das Geschäft mit Reliquien war. Schon als Knabe hatte er sich ein feuriges Ross mit glänzendem Fell gewünscht – genau wie das Tier, in dessen Sattel er sich soeben schwang. Stolz tätschelte er dem Pferd den Hals, ritt an und genoss das Gefühl der unter ihm spielenden Muskeln.

»Es ist nicht weit bis zu dem *Phiolarius* – dem Glaser«, erklärte Philippos, als sie den Hof verließen und sich auf der Straße nach Süden wandten. »Er hat seine Werkstatt unten am Hafen.«

Auch wenn Laurenz am liebsten davongeprescht wäre, um den kühlenden Wind auf seiner Haut zu spüren, gewann seine Neugier allmählich die Oberhand. Während sie an ummauerten Gärten, Basaren, Läden und Faktoreien vorbeiritten, fragte er sich, ob Philippos nur aufgeschnitten hatte. Sollte es stimmen, was der Grieche behauptete, und das Glas des Venezianers tatsächlich so rein sein wie ein Kristall … Er brach den Gedanken ab, da sie eines der Tore erreichten, welche die Bezirke der Venezianer,

Florentiner, Katalanen, Ragusaner und Juden voneinander trennten. Zwei Bewaffnete vertraten ihnen den Weg, hoben drohend die Lanzen und fordernd die Hände. Ein kurzer Wortwechsel auf Griechisch sorgte dafür, dass sie die Waffen senkten. Mit einer leichten Verbeugung öffneten sie die Flügel des Tores, damit Philippos und Laurenz ungehindert passieren konnten. Hinter der Mauer fielen die Hügel sanft zum Meer ab. Je dichter die Häuser beim Ufer standen, desto mehr Abstand befand sich zwischen ihnen, desto saftiger und farbenprächtiger lockten die Gärten. Eine sanfte Brise fächelte die Gesichter der erhitzten Reiter. Und mit jedem Schritt, den sie sich dem Wasser näherten, vermeinte Laurenz, leichter atmen zu können. Zahllose Schiffe tanzten in der Ferne auf den Wellen – viele davon bauchige Koggen oder schlanke Galeeren aus der *Serenissima*, der venezianischen Republik. Immer weiter ritten sie gen Süden, bis sie schließlich ein Gebäude erreichten, neben dem sich übermannshohe Holzstapel türmten. Aus mehreren Kaminen quoll dicker, schwarzer Rauch, und ein beißender Gestank brachte Laurenz zum Husten.

»Wir sind da«, sagte Philippos. »Tränk die Pferde«, trug er dem schmutzigen Burschen auf, der auf sie zugeeilt kam. »Wo ist Matteo?«, fragte er den Jungen.

»In der Hütte«, erwiderte der Knabe. Er wies mit dem Daumen auf das Gebäude, aus dem laute Stimmen ins Freie drangen.

»Ihr werdet staunen«, prophezeite Philippos. Ohne auf eine Antwort zu warten, steuerte er auf die Hütte zu und öffnete die Tür.

Laurenz folgte ihm und musste augenblicklich erneut husten. Der stechende Geruch war im Inneren des Gebäudes wesentlich stärker als draußen, wo der Wind ihn gemildert hatte. Schwer und metallisch hing der Gestank in der Luft – so überwältigend, dass Laurenz einen Augenblick lang den Eindruck hatte, danach greifen zu können. Zudem erfüllten dichte Dampfschwaden die Hütte, sodass er die Männer an den gemauerten Öfen erst sah, als Flammen aus den großen, runden Öffnungen schlugen. Mit ledernen Schürzen geschützt, hantierte ein halbes Dutzend Glaser mit rot glühenden Klumpen an langen Stöcken, die sie immer wieder an den Mund führten. Während die Männer ihre Werkzeuge hin und her drehten, schaufelten rußverschmierte Knaben Holz in die Befeuerungsluken der Öfen und sammelten die Asche in Körbe. Diese warfen sie in einen Kessel mit Schmelze, in dem ein Hüne mit einem Metallstab herumrührte. Neben ihm standen je ein Karren voller durchsichtiger Steine, zerriebenem Marmor und Salz.

»Ihr kommt zu früh«, knurrte der Glaser anstatt einer Begrüßung. »Das *Crystallo* ist noch nicht fertig. Wir hatten Probleme mit der Schmelze.«

Philippos winkte wegwerfend ab. »Wir sind nicht hier, um die Ware abzuholen.« Er deutete auf Laurenz. »Ich wollte ihm nur zeigen, wie rein dein Glas ist.«

Der *Phiolarius* griff in das Salz und warf eine Handvoll davon in die Schmelze, die zischend Blasen warf. »Es ist noch nicht viel, aber die fertige Ware lagert nebenan«, ließ er seine Besucher wissen. »Ich habe auch *Lattimo* – Milchglas – gemacht. Falls Ihr davon auch eine Ladung benötigt.«

Ohne Antwort fasste Philippos Laurenz am Arm und schob ihn an den Öfen vorbei zu einer Tür, die in einen Nebenraum führte. Dort hingen ebenfalls Rauchschwaden in der Luft, aber wenigstens hatte man nicht das Gefühl, sich im Fegefeuer zu befinden. Der Gedanke an die läuternden Flammen, in denen die Sünder ihre Strafe verbüßten, bereitete Laurenz Unbehagen, weshalb er froh war, als der Grieche ihm einen Gegenstand unter die Nase hielt.

»Ist es nicht von unglaublicher Reinheit?«, schwärmte er. Tatsächlich war das Gefäß in seiner Hand so durchsichtig wie ein Bergkristall – ganz so, wie Philippos behauptet hatte.

Staunend betastete Laurenz die glatte Oberfläche. Es war wirklich unglaublich! Wie konnte etwas von solch vollkommener Reinheit sein?

»Offenbar gelingt es nicht immer«, fuhr Philippos fort. Er deutete auf einen Haufen Scherben, bei denen es sich allem Anschein nach um Abfall handelte. Laurenz' Fingerkuppen strichen über die makellose Oberfläche. Dadurch würde man tatsächlich alles sehen, was sich dahinter verbarg – anders als bei dem grünlich gefärbten Waldglas, das er bisher kannte. Trotz der Hitze kroch ihm ein Schauer über den Rücken, als er sich vorstellte, *was* die Augen der Käufer erblicken würden, wenn sie die gefälschten Reliquiare in Händen hielten.

»Matteo ist einer der Besten weit und breit«, unterbrach Philippos seine Gedanken. »Sein Buntglas ziert die Fenster so mancher Kirche bis weit, weit in den Osten.«

Laurenz nickte. Er nahm einen weiteren Gegenstand in die Hände und hielt ihn gegen das Licht, das durch einen schmalen Fensterspalt hereinfiel.

»Unglaublich«, murmelte er. Die Beklemmung verwandelte sich in Ehrfurcht. Dieses Glas würde den Wert der Behältnisse tatsächlich so gut wie verdoppeln. Ein Grinsen stahl sich auf sein Gesicht. Schon bald würde er ein sehr, sehr reicher Mann sein! Zusammen mit Philippos sah er sich noch eine Zeit lang in dem Lager um, dann verabschiedeten sie sich von dem Glaser. Es würde noch einige Tage dauern, bis alles fertig war. Aber was machte das, wenn alle Stücke von solch kristallener Klarheit waren?

»Ich weiß nicht, wie er es bewerkstelligt, dass sein Glas keine Verfärbungen aufweist«, sagte Philippos, als sie ihre Pferde wieder bestiegen. »Für mich grenzt es beinahe an Hexenwerk.« Er lachte, als er den Ausdruck auf Laurenz' Gesicht sah. »Keine Sorge, es geht alles mit rechten Dingen zu.«

Laurenz ärgerte sich über das belustigte Funkeln in den Augen des Griechen. Um sich nicht anmerken zu lassen, wie unangenehm ihm das Gerede von Hexen war, gab er seinem Hengst die Sporen und trabte einige Schritte voraus. Obschon die Sonne höher am Himmel stand als bei ihrer Ankunft, erschien ihm die Hitze nach der stickigen Glashütte weniger drückend. Die Luft wirkte beinahe frisch. Während der Zeit, die sie bei dem *Phiolarius* verbracht hatten, waren die Straßen voller geworden. Dutzende von Fuhrwerken schlängelten sich vom Hafen die Straßen hinauf und überall hatten fliegende Händler ihre Stände errichtet. Bunt gekleidete Frauen in offenen Sänften zogen genauso die Blicke auf sich wie das funkelnde Geschirr der Kamele und Pferde. Überall wieselten Boten zwischen den Beinen der Zug- und Reittiere hindurch, während die Marktschreier lautstark ihre Ware feilboten. Wesentlich langsamer als auf dem Hinweg legten Philippos und Laurenz die wenigen Meilen zum Haus des Griechen zurück. Auch dort herrschte inzwischen reges Treiben, weshalb Philippos sich kurz nach ihrer Ankunft von Laurenz verabschiedete. Allein mit den Knechten sah er sich unschlüssig im Hof um. Was sollte er jetzt anfangen? Sein Blick suchte den überdachten Gang im ersten Stock ab. Doch egal, wie sehr er sich anstrengte, es war weit und breit kein Zeichen von Olivera zu entdecken.

KAPITEL 5

Konstantinopel, Juli 1408

BEINAHE DREI TAGE VERGINGEN, ehe Olivera Laurenz wieder aus der Nähe sah. Drei Tage voller Unsicherheit, Ärger und Sehnsucht. Zwar hatte sie ihn mehr als einmal aus der Ferne erspäht, allerdings nie länger als ein paar flüchtige Augenblicke.

»Es ist besser, wenn die Männer ihre Angelegenheiten ohne uns besprechen«, wiederholte ihre *Yiayia* am Morgen des dritten Tages die Ansicht, die drohte, Olivera in die Verzweiflung zu treiben. Wie um Himmels willen sollte sie Laurenz betören, wenn sie keine Gelegenheit dazu hatte? Wie sollte sie ihr Vorhaben in die Tat umsetzen, wenn man sie von ihm fernhielt? Es war zum Verrücktwerden!

»Ich fürchte, wir müssen auf den Markt«, murmelte ihre Großmutter – blind für den Aufruhr, der in ihrer Enkelin herrschte. Sie hob den Deckel eines großen Tongefäßes und kippte es, um besser hineinsehen zu können. Seit über zwei Stunden standen sie und Olivera bereits wieder in der Arzneiküche und bereiteten die Salben und Tinkturen zu, die Oliveras Vater im Laden verkaufte.

»Der *Medicus* hat *Kyphi* bestellt und ich habe kaum mehr genügend Zutaten«, stellte die alte Frau nach einigem Graben in weiteren Behältern fest. »Mir scheint, ohne *Kyphi* würde er bei so manch eingebildetem Kranken nicht wissen, was er tun soll.« Sie lachte leise, und Olivera musste wider Willen ebenfalls schmunzeln.

Das uralte Allheilmittel, das teils als Trank verabreicht, teils als Mittel zur Einreibung verwendet wurde, erfreute sich äußerster Beliebtheit bei den reichen Patienten. Vermutlich lag es daran, dass es sündhaft teuer war, dachte Olivera nicht zum ersten Mal.

»Außerdem haben wir kaum noch Amber«, stellte ihre *Yiayia* nach dem Anheben von drei weiteren Deckeln fest. Sie griff nach einem kleinen Büchlein und einem Federkiel. »Steig auf die Leiter und sieh nach, was sonst noch fehlt«, trug sie ihrer Enkelin auf. Olivera tat, wie geheißen, und schon bald hielt ihre Großmutter eine lange Liste in der Hand.

»Mastix, Eisenkraut, Kardamon, Galgantwurzel, Zimtrinde, Iris, Zeder, Myrrhe, Benzoe und Dachsfett«, las die alte Frau vor. Sie tauchte den Federkiel erneut in die Tinte und murmelte: »Alraune, Schwefel und Mohn werden auch immer benötigt.« Ihr Blick glitt über die kleinen Gefäße, welche die Wand neben der größeren der beiden Feuerstellen säumten. »Und vom Süßholz ist auch nicht mehr so viel da, wie ich dachte.«

Olivera trat schuldbewusst einen Schritt zurück. Hoffentlich sah ihre Großmutter ihr das schlechte Gewissen nicht an, das sie bei diesen Worten auf die Lippe beißen ließ! Ihre Hand wanderte zu dem Säckchen in ihrer Tasche. Wenn doch nur endlich der geeignete Moment kommen würde! Sie sah resigniert dabei zu, wie ihre *Yiayia* die Liste vervollständigte. Wie lange würde Laurenz noch in Konstantinopel sein? Wie viel Zeit blieb ihr noch, um ihn an sich zu binden und ihr Ziel zu erreichen? War es dafür bald schon zu spät? Am liebsten hätte sie ihrer Enttäuschung lautstark Luft gemacht.

»Lauf und sage den Sänftenträgern, dass wir in einer halben Stunde aufbrechen wollen«, unterbrach die Stimme ihrer Großmutter ihr Brüten. »Und bring eine Flasche Wasser mit, es ist schon wieder so furchtbar heiß.«

Froh, der Arzneiküche zu entkommen, drückte Olivera sich durch die Tür nach draußen, wo sie sich unauffällig nach Laurenz umsah. Der Hof wimmelte an diesem Tag nur so von Läufern, Trägern, Fuhrwerken und Knechten, sodass es eine Weile dauerte, bis sie ihn im Schatten des Torbogens entdeckte. Dort steckte er den Kopf mit einem seiner Begleiter zusammen. Beide gestikulierten in Richtung Stadt. Sein Anblick sandte das inzwischen wohlbekannte Gefühl durch Oliveras Körper und sorgte dafür, dass ihre Beine sich plötzlich schwach anfühlten. Warum sehnte sie sich nur so entsetzlich danach, ihn zu berühren? Die Finger über seine hellen Wangen gleiten zu lassen und seine Lippen auf den ihren zu spüren? Sie unterdrückte ein Stöhnen und biss die Zähne aufeinander. Ein unsinniger Gedanke schoss ihr durch den Kopf. Sie war genauso sündig wie Eva im Paradies! Vermutlich hatte diese den Apfel genauso schmerzlich begehrt wie sie den Mann, der sich Nacht für Nacht in ihre Träume schlich. Als er den Kopf hob und zu ihr hinübersah, war es beinahe, als würde sein Blick sie verbrennen. Einen Augenblick lang stand sie reglos da und starrte ihn an, bevor sie sich einen Ruck gab und sich auf unsicheren Beinen wieder in Bewegung setzte. Vorbei an Brunnen und Kräutergarten, überquerte sie den Hof, schlug die Augen nieder und floh in die Küche. Sobald sie eine Holzflasche für ihre Großmutter gefüllt hatte, drückte sie sich durch einen Seitenausgang zurück ins Freie und machte sich auf den Weg zum Lager. Dort waren die Männer ihres Vaters damit beschäftigt, Säcke, Ballen und Kisten zu stapeln. Doch als Olivera die Sänftenträger ausfindig gemacht hatte und ihnen auftrug, in einer halben Stunde zum Aufbruch bereit zu sein, schüttelte der Ältere der beiden bedauernd den Kopf.

»Es tut mir leid«, sagte er, »aber da müsst Ihr erst Euren Vater fragen.« Er wies mit dem Kinn auf den hinteren Teil des Gebäudes, wo sich das Tuchlager befand. »Er hat ausdrücklich befohlen, die Waren heute noch zu verstauen.«

Olivera wandte den Kopf und zählte die Wagen. Fünf Fuhrwerke – übermannshoch beladen – würden die Knechte bis in den Nachmittag hinein beschäftigen. Der Träger zuckte entschuldigend die Achseln. Er bückte sich nach einem Sack. Diesen warf er sich schnaufend über die Schulter, dann verschwand er in einer der engen Gasse zwischen den Warenbergen.

»*Ich* könnte Euch und Eure Großmutter begleiten.« Die Stimme erklang so dicht hinter ihr, dass sie mit einem leisen Schrei zusammenfuhr. »Verzeiht, ich wollte Euch nicht erschrecken«, sagte Laurenz, der sich ihr lautlos genähert hatte.

Als sie zu ihm aufblickte und das Lachen in seinen Augen sah, schoss ein Gefühl wie flüssiges Feuer durch ihre Adern. Amüsiert musterte er sie von oben bis unten und zu ihrem grenzenlosen Ärger wurde ihr klar, dass sie schon wieder errötet sein musste. »Natürlich kann ich keine Sänfte tragen«, scherzte er. »Aber als Geleitschutz wären ich und meine Männer gewiss zu gebrauchen.«

Olivera wollte ihn anlächeln, aber der Versuch misslang kläglich. Zu heftig hämmerte das Herz in ihrer Brust. Ihre Gesichtsmuskeln schienen ihr nicht mehr gehorchen zu wollen. Hilflos rang sie nach Worten, nach irgendetwas, das Eindruck auf ihn machen würde. Aber ihr Kopf war wie leer gefegt.

»Wo bleibst du, Kind?«, errettete ihre Großmutter sie nach einer scheinbaren Ewigkeit schließlich aus der peinlichen Lage. Wie ein schwarzer Racheengel kam diese über den Hof geeilt – erstaunlich flink für ihr Alter – und baute sich vor Laurenz auf. »Hatte ich nicht gesagt, du sollst die Sänfte bereitmachen lassen?«, schalt sie ihre Enkelin. Sie musterte den jungen Mann kühl und schob Olivera zur Seite.

»Vergebt mir«, sagte Laurenz mit einem bezaubernden Lächeln. »Ich habe sie aufgehalten. Aber …«

Er kam nicht dazu, den Satz zu beenden, da Oliveras Großmutter ihm mit einer ungehaltenen Geste das Wort abschnitt.

»Geh zurück ins Haus, Kind«, befahl die alte Frau. Doch Oliveras Beine wollten ihr nicht gehorchen. Ehe ihre *Yiayia* weiter schimpfen konnte, erklang der Bass ihres Vaters aus den Tiefen des Lagerhauses.

»Was ist hier los?«, fragte er mit einem Stirnrunzeln. »Ihr streitet doch nicht etwa?« Sein Blick wanderte von dem missfälligen Gesicht seiner Mutter zu dem betreten dastehenden jungen Mann.

»Ich habe den Damen angeboten, sie zu begleiten«, erwiderte Laurenz, der sich erstaunlich schnell wieder fasste. »Da die Träger beschäftigt sind ...« Er zuckte die Achseln.

»Und du hast etwas dagegen?«, fragte Oliveras Vater die Großmutter des Mädchens.

Die alte Dame presste die Lippen aufeinander. »Es ist nicht schicklich«, murmelte sie, was dem Hausherrn ein Lachen entlockte.

»Schicklich, schicklich«, prustete er und schüttelte den Kopf. »Wenn du seine Begleitung nicht willst, dann müssen deine Einkäufe eben bis übermorgen warten. Ich kann keinen Mann entbehren.« Er machte Anstalten, sich abzuwenden.

»Was sollen die Leute denken?«, schoss Oliveras Großmutter zurück.

»Nichts!«, war die Antwort, die nun auch Olivera schmunzeln ließ. »Viele Damen gehen in Begleitung zum Markt. Man wird Euch überhaupt keine Aufmerksamkeit zollen.« Er verdrehte die Augen. An Laurenz gewandt sagte er: »Das wird Euch auch ein wenig zerstreuen. Begleitet die beiden und lasst Euch von ihnen den Basar zeigen.« Mit diesen Worten ließ er die kleine Gruppe stehen. Kurz darauf wurde er von den Schatten im Inneren des Gebäudes verschluckt.

»Ich bin sofort wieder bei Euch«, entschuldigte Laurenz sich mit einer artigen kleinen Verneigung und eilte davon.

»Dein Vater ist ein Narr!«, erboste sich Oliveras Großmutter. »So etwas muss zu Gerede führen!« Die Falten um ihren Mund vertieften sich, als sie die Lippen aufeinanderpresste. »Diese Dummheit wird er noch bitter bereuen.«

Olivera schwieg. Zu viele unterschiedliche Gefühle hielten Widerstreit in ihr – Freude, Überraschung und Ärger über ihre Tölpelhaftigkeit. Warum hatte er nur diese Wirkung auf sie? Weshalb kam sie sich in seiner Nähe immer so ungeschickt und unscheinbar vor? Und wieso, in drei Teufels Namen, musste sie immer rot anlaufen wie eine Erdbeere, wenn er sie ansah? Am liebsten hätte sie sich selbst geohrfeigt. Mit albernem Gestotter würde sie ganz sicher keinen Eindruck auf ihn machen! Bevor sie sich weiter selbst zürnen konnte, erschien Laurenz wieder – gefolgt von zwei Begleitern.

»Ich nehme an, Ihr wollt zu Fuß gehen, nicht reiten?«, fragte er an Oliveras *Yiayia* gewandt. Diese nickte ungnädig. »Dann sagt mir, wohin Ihr wollt«, setzte Laurenz hinzu. Scheinbar beeindruckte ihn die abweisende Haltung der alten Frau nicht im Geringsten, da Olivera deutlich den Schalk in seinen Augen aufblitzen sah.

Nur mit Mühe verkniff Laurenz sich ein Lachen. Hätten Blicke töten können, wäre er ganz gewiss an Ort und Stelle ins Herz getroffen zu Boden gesunken. Der Missmut des alten Drachen hing beinahe greifbar in der Luft. Allerdings interessierten ihn die Gefühle der vertrockneten Vettel nicht im Geringsten. Alles, woran ihm etwas lag, war mit der bezaubernden Tochter des Hausherrn an seiner Seite über einen Markt zu schlendern, dessen Warenangebot ihm vollkommen gleichgültig war. Drei Tage lang hatte er vergeblich darauf gehofft, das Mädchen wiederzusehen. Doch selbst den Mahlzeiten waren die Damen ferngeblieben. Wodurch ihm der Aufenthalt in Konstantinopel erneut zuwider geworden war. Noch immer hielt der Goldschmied ihn hin, vertröstete ihn von einem Tag auf den anderen. »Bald, bald«, waren die Worte, die Laurenz allmählich an den Rand der Geduld brachten. Allerdings war ihm der Goldschmied im Augenblick so egal wie das Wetter im fernen Indien. Alles, was ihn in diesem Moment interessierte, war die feine Röte auf den Wangen seiner jungen Begleiterin; die schamhaft niedergeschlagenen Augen und das Heben und Senken ihrer Brust. Diese – sittsam verborgen unter einem senfgelben Gewand – zog seine Blicke immer wieder an. Genauso wie ihre wohlgerundete Rückseite, die ihm so verlockend erschien wie eine köstliche Frucht. Das Keifen der alten Hexe ließ die Gedanken an seidige Haut und pralle Rundungen allerdings verpuffen wie Rauch in einem Sturm. »Habt Ihr nicht gehört?«, fauchte sie.

Nein, dachte Laurenz. Laut sagte er: »Was immer Ihr wünscht«, und bot der alten Frau den Arm.

»Meine Enkelin wird mich stützen«, versetzte diese bissig und streckte besitzergreifend die Hand aus.

Als Olivera sich ein wenig vornüberbeugte, um ihrer Großmutter einen Korb abzunehmen und eine Flasche hineinzulegen, spannte sich der Stoff ihres Kleides. Laurenz ballte die Hände zu Fäusten, da sich ihre Hinterbacken deutlich unter der fließenden Seide abzeichneten.

Wie gerne er diese Verlockung von dem störenden Stoff befreien und mit seinen Händen erkunden würde! Er trat verstohlen von einem Fuß auf den anderen, da seine Männlichkeit sich stürmisch zu Wort meldete. Um keine Aufmerksamkeit auf den allzu freiliegenden Latz seiner Hose zu ziehen, faltete er hastig die Hände davor und setzte ein lammfrommes Gesicht auf. Vielleicht hätte er doch eine etwas längere Schecke anziehen sollen, dachte er. Wenn Olivera weiterhin eine solche Wirkung auf ihn ausübte, würde die alte Giftschlange ansonsten ganz sicher sehen, was in seinem Kopf vorging.

»Worauf wartet Ihr denn?«, fragte diese eisig. Etwas Unverständliches murmelnd zog sie ihre Enkelin auf das Hoftor zu. Und schon bald tauchten sie ein in das Gewimmel der breiten Straße, auf der neben Reitern und Fußvolk auch zahllose Fuhrwerke in Richtung Süden strömten. Wie vor drei Tagen steuerte Laurenz auf die Mauer zu, welche die reichen Viertel unten am Hafen umgab. In der Ferne konnte er bereits das Glitzern des Marmarameeres ausmachen, auf dem auch am heutigen Tag ein Wald aus Segeln im Wind schaukelte. Nach einigen hundert Schritten erreichten sie den Eingang des Venezianischen Viertels, und augenblicklich wurde das Getümmel noch dichter. Es war Laurenz bereits auf dem Weg zum *Phiolarius* aufgefallen, aber heute war der Eindruck noch stärker: Anders als im nördlich von ihnen gelegenen Teil der Stadt wirkte hier nichts vernachlässigt oder heruntergekommen. Während weiter landeinwärts ausgedehnte Obstgärten und Felder die Stadtteile voneinander trennten, pulsierte vor ihnen das Leben, egal wohin man sah. Die eng gedrängten Häuser und Warenspeicher ließen keinen Platz für Ziegen, wilde Rosenbüsche oder kleine Wäldchen. Und nach Ruinen oder halb verfallenen Häusern würde man hier vergebens suchen. Er blickte sich bewundernd um, als sie ein Haus mit schneeweißen Säulen passierten. Doch seine Bewunderung verwandelte sich innerhalb eines einzigen Lidschlages in heißen Schrecken. Es gelang ihm gerade noch, einen Warnruf auszustoßen, als sich ein Fass von der Ladefläche eines vorbeirumpelnden Fuhrwerkes löste.

»Gebt acht!«, rief er. Mit einem Satz war er bei den Damen und zog sie zur Seite, kurz bevor das Weinfass dort zerbarst, wo sie eben noch gestanden hatten. Ein Schwall seines Inhaltes ergoss sich über Oliveras Großmutter und durchnässte sie bis auf die Knochen. Ihre Enkelin hingegen kam mit einem feuchten Rocksaum davon, da sie ein Stückchen weiter getaumelt war, als die alte Frau.

»Oh, Heilige Mutter Gottes!«, zeterte es dicht an Laurenz' Ohr. »Wie soll ich denn *so* auf den Markt gehen? Wir müssen augenblicklich wieder umkehren!«

KAPITEL 6

Konstantinopel, Juli 1408

Oliveras Herz hämmerte in ihrer Kehle. Der Schreck war ihr bis ins Mark gefahren und ihre Beine fühlten sich an wie Gummi. Fassungslos verfolgte sie, wie der Kerl auf dem Bock des Wagens diesen ungerührt weiter durch die Menschenmenge lenkte und sich nicht einmal nach ihnen umsah. Hatte er denn nicht bemerkt, dass eines seiner Fässer sie um ein Haar erschlagen hätte? Sie wischte sich mit zitternden Händen einen Tropfen Wein aus dem Gesicht.

»Bringt uns zurück!«, hörte sie ihre *Yiayia* schimpfen. »Was für ein Tölpel!« Trotz ihres Zorns war das Gesicht der alten Frau totenbleich und ihre Lippen bebten. »Bitte«, fügte sie leise hinzu, dann sackte sie in die Knie. Hätte Laurenz sie nicht gestützt, wäre sie im Staub gelandet.

»Meine Männer werden Euch nach Hause begleiten«, hörte Olivera ihn sagen. »Aber erlaubt mir, mit Eurer Enkelin die Einkäufe zu tätigen, die Ihr machen wolltet.«

Olivera sah, wie sich der Mund ihrer Großmutter zu einem Protest öffnete. Doch dann nickte sie und sagte resigniert: »Ihr habt recht. Ich brauche die Zutaten dringend.« Sie überlegte einige Augenblicke lang. Schließlich befreite sie sich von Laurenz' Griff und rang darum, ihre Fassung wiederzuerlangen. »Du kommst mit mir«, sagte sie an einen der Knechte gewandt. »Und *du* wirst mit ihnen gehen.« Ihr Finger bohrte sich in die Brust des zweiten Mannes. Sie trat auf ihre Enkelin zu und kramte in der Tasche ihres Obergewandes, bis sie ein gefaltetes Blatt Papier zutage förderte. »Hier.« Sie drückte Olivera die Liste und eine Geldkatze in die Hand. »Du findest alles bei Muzaffer, dem Osmanen. Sag ihm, dass ich dich geschickt habe. Dann wird er nicht versuchen, den Preis in die Höhe zu treiben.« Ihre Augen bohrten sich in die des Mädchens. »Es sollte nicht länger als eine Stunde dauern, die Besorgungen zu machen«, fügte sie hinzu. Die Warnung in ihrer Stimme war nicht zu überhören.

Olivera nahm ihr das Papier aus der Hand und versprach: »Wir sind zurück, ehe du den Wein aus deinem Haar gewaschen hast.« Sie beugte sich zu ihrer *Yiayia* hinab und küsste sie auf die Stirn. »Mach dir keine Sorgen.«

Als ihre Großmutter wenig später in der Menge verschwand, überkam Olivera ein seltsames Gefühl der Freiheit. Noch niemals zuvor war es ihr gestattet gewesen, alleine Einkäufe zu tätigen! Bevor sie richtig begreifen konnte, was sie empfand, fasste Laurenz sie am Arm und fragte mit einem Lachen in den Augen: »Wohin darf ich Euch zuerst geleiten?«

Olivera wusste genau, dass sie schon wieder die Farbe gewechselt hatte. Doch in diesem Augenblick schien das, was ihr sonst so viel Ärger bereitete, bedeutungslos. Alles, was zählte, war der Mann an ihrer Seite! Sie hob den Kopf und sah ihm das erste Mal direkt und ohne Scheu in die Augen.

»Der Basar ist dort hinten«, erwiderte sie. »Dort, wo die Fahnen zu sehen sind«, fügte sie hinzu.

Laurenz nickte. »Dann lasst uns keine Zeit verschwenden. Sonst wird Eure Großmutter böse.« Er grinste. »Und das wollen wir ganz gewiss vermeiden.«

Sein Grinsen steckte an. Olivera spürte Übermut in sich aufsteigen, fühlte, wie es in ihr brodelte und schäumte wie in einer Flasche mit Seifenlauge. Am liebsten wäre sie wie ein Kind davongestürmt und hätte ihn mit sich gezogen, so wie sie es früher oft mit ihren Brüdern getan hatte. Da sie sich jedoch vor ihm und seinem Knecht nicht völlig zum Narren machen wollte, rang sie die Ausgelassenheit nieder. »Der Eingang ist neben dem großen Kornspeicher«, sagte sie stattdessen gezwungen ruhig. Sie deutete auf ein Gebäude, dessen Dach alle anderen Gebäude überragte. »Muzaffers Laden muss ganz in der Nähe sein.« Jedenfalls hoffte sie, dass ihre Erinnerung sie nicht täuschte.

Da sie ihre Großmutter erst einige Male auf den Markt begleitet hatte, war sie sich nicht ganz sicher, ob sie den Drogisten auf Anhieb finden würde. Derweil Laurenz sie behutsam zurück auf die Straße dirigierte, schoss ihr ein Gedanke durch den Kopf, der den Übermut zurückbrachte. Wenn sie so tat, als ob sie nicht wüsste, wo Muzaffers Stand sich befand, konnte sie den Ausflug vielleicht ausdehnen. Nicht einmal ihre *Yiayia* würde die Lüge durchschauen, wenn sie nur überzeugend genug war.

»Wartet«, bat sie Laurenz deshalb nach einigen Schritten und gab vor zu überlegen. »Ich glaube, das ist der falsche Eingang.« Sie hob entschuldigend die Schultern. »Es sieht alles so ähnlich aus.« Sie reckte sich auf die Zehenspitzen und sah sich um. »Wir müssen dorthin«, rief sie schließlich aus und zeigte nach Westen. Auch dort flatterten die Marktfahnen im Wind und lockten scharenweise Käufer an. Neben den Reitern, die im Sattel von Pferden thronten, schaukelten auch einige herausgeputzte Männer und Frauen auf Kamelen auf den Basar zu. Turbane und anderer Kopfputz leuchteten im Licht der Sonne. Die vom Wind herbeigetragenen Duftschwaden ließen Oliveras Nasenflügel zucken. Als sie einer Gruppe reicher Damen in offenen Sänften begegneten, beäugte sie neidisch deren Kleider und schielte eifersüchtig nach Laurenz. Aber dieser würdigte die Paradiesvögel lediglich eines kurzen Blickes, dann kehrten seine Augen zu Olivera zurück.

Es dauerte nicht lange, bis sie die Pforte des teilweise überdachten Marktes erreichten. Das Gedränge war inzwischen so dicht, dass Olivera und Laurenz sich näher kamen, als es der Anstand erlaubte. Deutlich konnte sie die Wärme seiner Haut durch den dünnen Stoff seines Seidenärmels spüren. Seine Hand, die eigentlich ihren Oberarm umfasst hielt, streifte mehr als einmal ihre Brust – und sandte abwechselnd kalte und heiße Schauer über ihren Rücken. Wenngleich sie sich in einem Meer aus Menschen befanden, war es einen winzigen Augenblick lang, als ob sie mutterseelenallein wären. Dann allerdings zwängte sich ein schmutziger Knabe zwischen ihren Beinen hindurch und der Zauber zerplatzte wie eine Blase.

»Hierher, mein Herr«, rief ein Süßwarenhändler, dessen Auslage klebrig glänzte. »Ihr wollt Eurer Begleiterin doch sicher eine Freude machen«, lockte er. »Kauft ihr ein Kadi-Häppchen. Oder ein Liebesplätzchen.« Er zwinkerte Olivera anzüglich zu. »Einen Marzipanfladen oder einen Amberkamm«, warb er weiter.

Laurenz schenkte Olivera einen fragenden Blick. »Möchtet Ihr?«, erkundigte er sich, aber die junge Frau schüttelte den Kopf.

»Nein«, erwiderte sie. »Sein Honig ist verwässert und in seinen Dattelpasteten sind Steine.« Sie öffnete den Mund und zeigte auf einen ihrer Eckzähne, aus dem ein winziges Stück herausgebrochen war.

Laurenz verzog schmerzhaft das Gesicht, zuckte die Achseln und schüttelte den Kopf. Wenig später kämpften sie sich wieder durch die Menschenmenge. Vorbei an Nussverkäufern, weiteren Süßwarenhändlern, Obst-, Fleisch- und Gemüseständen gelangten sie schließlich in einen Teil des Basars, in dem Händler aus aller Herren Länder ihre Spezialitäten anboten. Dort gab es osmanische Quitten, Challani-Pfirsiche, Lotusblumen aus Damaskus und eingesalzene Sperlinge. Außerdem lockten Ochsenaugen, Moschusäpfel und kunterbunt gefiederte Singvögel wahre Schwärme an Neugierigen an.

»Oh, seht nur!«, rief Olivera aus. Sie hatte einen großen grauen Vogel mit rotem Schwanz erspäht, der sie mit wachen Augen musterte. Sein gebogener Schnabel war weit geöffnet. Er gab einen Laut von sich, der klang, wie das Bellen eines Hundes. »Wie ist so etwas möglich?«, fragte sie.

»Möglich?«, wiederholte der Vogel und stieß einen Pfiff aus.

»Dieser Vogel ist etwas ganz Besonderes.« Ohne, dass sie es gemerkt hatten, war der Verkäufer zu ihnen getreten. In seinen Augen glomm Gier. »Könige verlangen nach dieser Art«, prahlte er und steckte den Finger durch die Stäbe des Käfigs.

Anstatt nach ihm zu hacken, wie Olivera vermutet hätte, knabberte der Vogel jedoch lediglich am Finger des Mannes und gackerte wie ein Huhn.

»Für einen halben Schilling gehört er euch.«

Olivera wich erschrocken zurück. »Ein halber Schilling!«, stieß sie hervor. »Das ist ja Wahnsinn!« Für einen Schilling konnte man sich eine ganze Kuh kaufen! Sie riss sich von dem wundersamen Tier los und sah zu Laurenz auf. »Ich glaube, Muzaffers Stand ist im nächsten Gang«, sagte sie mit einem letzten Blick auf den Vogel.

Ehe der Verkäufer das Tier dazu bringen konnte, weitere Kunststücke zum Besten zu geben, tauchten sie bereits erneut in den Strom der Kauflustigen ein. Etwa einen halben Steinwurf von dem Vogelhändler entfernt ragte ein rot-weiß gestreiftes Dach aus Zeltleinwand empor, das Olivera auf den ersten Blick erkannte.

»Wir haben es geschafft«, ließ sie Laurenz wissen. »Das ist Muzaffer.«

Der Mann, der mit Argusaugen über seine Auslage wachte, war klein und mager. Der Turban auf seinem Kopf schien viel zu groß, und sein runzeliges Gesicht wirkte abweisend. Als Olivera vor seinem Stand anhielt, musterte er sie und ihre beiden Begleiter misstrauisch.

»Wenn Ihr Schmuck und Tand sucht, seid Ihr hier falsch«, krächzte er auf Lateinisch. »Bei mir findet Ihr nichts.«

Olivera spürte, wie Laurenz sich versteifte. Daher zog sie eilig die Liste ihrer Großmutter hervor und sagte:

»Meine *Yiayia* Loukia, die Salbenmacherin, schickt mich. Sie benötigt diese Dinge.« Sie reichte ihm das Blatt Papier und wartete, bis er es gelesen hatte.

Er murmelte einige unverständliche Worte. Dann – ohne Olivera weitere Aufmerksamkeit zu zollen – begann er, in aller Seelenruhe Töpfe und Körbe zu öffnen, abzuwiegen und Säckchen zu füllen. Das Ganze dauerte so lange, dass Olivera unruhig wurde. Sie hatten schon viel zu lange getrödelt! Ihre Großmutter wartete vermutlich bereits ungeduldig auf ihre Rückkehr. Ein Lächeln stahl sich auf ihr Gesicht, da das Gewimmel hinter ihnen wieder dafür sorgte, dass Laurenz sich dicht an sie drängen musste. Zum Teufel mit ihrem schlechten Gewissen! Auch wenn sie zu Hause der Unwille ihrer *Yiayia* erwartete, würde sie jede Sekunde dieses Ausfluges auskosten! Um die Folgen konnte sie sich später Gedanken machen. Ein Brummen des Drogisten lenkte ihre Aufmerksamkeit zurück auf das, was er tat. Mit spitzen Fingern griff der Osmane soeben in ein Behältnis, das menschenförmige Wurzeln enthielt.

»Ich habe nur männliche Alraunen, keine weiblichen«, informierte er sie. »Der Hund ist gestorben, bevor er die weiblichen ernten konnte.«

Aus dem Augenwinkel sah sie, wie Laurenz fragend die Brauen in die Höhe zog. »Jeder, der versucht, eine Alraune zu pflücken, stirbt«, erklärte sie. »Ihr Schrei ist tödlich. Nur ein Hund darf sie mithilfe einer Kette aus dem Boden ziehen. Und auch er stirbt oft, bevor genug geerntet ist.« An den Drogisten gewandt, sagte sie: »Dann gebt mir männliche.« Wenn sie sich recht erinnerte, war das Geschlecht der Pflanze unwichtig für die Herstellung von Tränken. Laurenz schüttelte verwundert den Kopf, verfolgte jedoch offensichtlich fasziniert, wie der Osmane die Wurzeln verpackte und Olivera schließlich alles über den Tisch reichte.

Nachdem sie ihn bezahlt hatte, stieg ein Seufzen in ihr auf. Jetzt, wo alles besorgt war, gab es keinen Grund mehr, länger auf dem Markt zu verweilen. Auch wenn sie am liebsten noch stundenlang mit Laurenz durch die engen Gassen zwischen den Läden geschlendert wäre, rief die Pflicht. Sie ließ sich von dem Knecht die Einkäufe abnehmen und sagte bedauernd: »Meine Großmutter wartet sicher schon auf uns.«

Laurenz' Gesicht spiegelte ihre eigene Enttäuschung wider. »Dann sollten wir uns schleunigst auf den Heimweg machen«, sagte er mit wenig Begeisterung. Er bahnte ihnen einen Weg durch die Menge, aber als sie einen von Kastanien überschatteten Platz im Herzen des Basars erreichten, hielt er abrupt an. »Würdet Ihr hier auf mich warten?«, fragte er. »Ich habe etwas vergessen.« Er winkte seinen Begleiter herbei und wies auf ein Wasserspiel, in dessen Nähe sich einige Damen ausruhten. »Gib auf sie acht wie auf deinen eigenen Augapfel«, befahl er dem Mann mit einem drohenden Blick.

Und ehe Olivera begriffen hatte, was geschah, war er im Getümmel verschwunden. Was, um alles in der Welt, hatte er vor? Die Antwort auf diese Frage erhielt sie keine zehn Minuten später. Breit grinsend, mit einem abgedeckten Gegenstand in der Hand kehrte Laurenz zu ihnen zurück.

»Was ist das?«, platzte sie neugierig heraus.

»Ein Geschenk für Euch«, erwiderte Laurenz stolz und lachte, als ein Husten unter dem Tuch hervordrang. Olivera riss fassungslos die Augen auf.

»Ihr habt doch nicht etwa …?«, hub sie an.

»Ihr habt doch nicht etwa?«, krächzte es.

Sie schlug die Hand vor den Mund. Er hatte den Vogel für sie gekauft! Einen Augenblick lang war sie sprachlos, dann hauchte sie: »Wie kann ich Euch nur danken?«

Zu ihrem grenzenlosen Erstaunen sah sie, dass zwei rote Flecken auf den Wangen ihres Begleiters tanzten. Er beugte sich zu ihr hinab und flüsterte dicht an ihrem Ohr: »Ihr könntet mir irgendwann einen Kuss dafür schenken.«

Oliveras Herz machte einen Überschlag. Meinte er das ernst? Hatte er so viel Geld ausgegeben, nur um sich einen Kuss von ihr zu erkaufen? Sein Atem kitzelte sie, und eine Gänsehaut überzog ihre Arme.

Er richtete sich wieder zu seiner vollen Größe auf. »Euer Lächeln ist mir Dank genug«, sagte er, als wären die Worte gerade eben nichts weiter als ein Scherz gewesen. Olivera fasste sich an den Kopf – als könne sie dadurch das Schwirren darin unterbinden. Ihre Fingerkuppen wanderten weiter zu der Stelle, an der sein Mund ihr Ohr fast berührt hätte. Sie brannte wie Feuer. Verwirrt und aufgewühlt stand sie einige Momente lang sprachlos da und versuchte, ihre Gefühle unter Kontrolle zu bringen. Es war eine ungeheuerliche Bitte! Und doch beinhaltete diese Bitte alles, wovon sie in den vergangenen Tagen jede Nacht geträumt hatte. War es nicht ihr Ziel gewesen, ihn zu betören? Wie im Traum registrierte sie, dass er sie wieder beim Arm fasste und auf den Ausgang zuführte. Was auf dem Weg zurück zum Haus ihres Vaters geschah, wusste sie später nicht mehr. Alles, woran sie sich erinnerte, war, dass sie sich plötzlich im Hof wiederfand – umgeben von wohlbekannten Gesichtern.

»Eure Großmutter ist noch in der Badestube«, drang die Stimme einer Magd wie durch dichten Nebel zu ihr vor. »Ihr sollt die Einkäufe aufräumen und dann zu ihr kommen«, fügte das Mädchen hinzu. Dann war es verschwunden.

Genau wie Laurenz, der sich mit einer kleinen Verbeugung von ihr verabschiedete, bevor sie ihm ein weiteres Mal für das Geschenk danken konnte. Obgleich ihr Verstand ihr sagte, dass er nicht an ihrer Seite blieb, um Gerede zu vermeiden, fühlte ihr Herz sich an, als habe jemand ein Stück herausgeschnitten. Die Glückseligkeit, die noch vor Kurzem bewirkt hatte, dass sie sich leicht fühlte wie ein Schmetterling, löste sich ohne Vorwarnung in Luft auf. Sie presste die Hand auf ihre Brust. Ihr Herz schlug so heftig, dass sie fürchtete, es könne zerbersten.

Eine Zeit lang starrte sie auf die Stelle, an der Laurenz bis vor wenigen Augenblicken gestanden hatte, dann fasste sie einen Entschluss. Es würde heute geschehen! Sie musste die Gunst der Stunde nutzen! Wenn sie jetzt nicht tat, was sie sich vorgenommen hatte, würde ihr der Mann, den sie mit jeder Faser ihres Körpers begehrte, durchs Netz schlüpfen. Und das durfte sie nicht zulassen! Nicht jetzt, wo er deutlich gemacht hatte, dass er das Gleiche für sie empfand wie sie für ihn. Mit unsicheren Händen nahm sie den Käfig vom Boden auf und griff nach dem Korb. In der Arzneiküche angekommen, stellte sie alles achtlos auf einen der Tische und kramte in ihrer Tasche. Wenn sie nicht in der Badestube erschien, würde ihre *Yiayia* nach ihr suchen. Sie musste also nur den richtigen Zeitpunkt abpassen, damit alles so vor sich ging, wie sie es sich ausgemalt hatte. Sie steckte sich einige Fingerspitzen geraspeltes Süßholz in den Mund und kaute darauf herum. Dann kletterte sie auf einen Schemel und lugte durch das winzige Fenster, von dem aus man den Hof überblicken konnte. Sie musste nicht lange warten. Das Süßholz war kaum zu Brei zerkaut, da erschien die alte Frau auf der Schwelle der Badestube. Hastig spuckte Olivera den Brei aus und schürzte die Lippen, damit der durch das Kauen schaumig gewordene Speichel vor ihren Mund trat. Im Anschluss daran sprang sie zu Boden, schlang die Arme um ihren Oberkörper und atmete so schnell sie konnte ein und aus. Immer wieder und immer wieder, bis ihr schließlich schwarz vor Augen wurde. In dem Moment, in dem sie sich behutsam zu Boden sinken lassen wollte, schwanden ihr jedoch die Sinne. Die Beine knickten wie Strohhalme unter ihr weg und sie fiel nach hinten. Ihr Kopf schlug mit einem dumpfen Geräusch auf der Tischkante auf. Benommen registrierte sie einen stechenden Schmerz und ein klebriges Gefühl an ihrem Hinterkopf. Dann verlor sie das Bewusstsein.

KAPITEL 7

Konstantinopel, Juli 1408

LANGE ZEIT, NACHDEM DIE TÜR der Arzneiküche hinter Olivera ins Schloss gefallen war, sah Laurenz sie in Gedanken immer noch vor sich stehen. Sah das Leuchten in ihren dunklen Augen, die Röte auf ihren Wangen und hörte ihre klingende Stimme. Wenn er einatmete, vermeinte er den

Duft zu riechen, den sie verströmte. Die Wirkung, die sie auf ihn hatte, verunsicherte ihn. Das Verlangen, sie zu berühren und ihre köstlichen Lippen zu küssen, war so überwältigend, dass es wehtat. Sie brachte ganz eindeutig das Gleichgewicht seiner Körpersäfte durcheinander! Und sie war nicht nur schön, sondern auch klug. Ihr Latein war beinahe besser als seines – hatte er doch nur einige wenige Jahre auf der Tübinger Pfarrschule zugebracht. Was würde er dafür geben herauszufinden, ob sie auch in anderer Hinsicht eine so gute Schülerin war! Er stöhnte leise und rückte zum wiederholten Mal seine Männlichkeit zurecht. Als ob du noch nie eine Frau gesehen hättest!, schalt er sich. Er lenkte seine Gedanken auf etwas anderes und schnitt eine Grimasse, da der Versuch von keinem besonderen Erfolg gekrönt war. Warum hatte er ihr nur diesen Vogel kaufen müssen? Für einen halben Schilling hätte er sich besser die Dienste einer Dirne, eines Dutzend Dirnen, geleistet! Er biss die Zähne aufeinander und beschloss, sich mit einem erneuten Besuch des Marktes abzulenken. Einige der Dinge, die er dort gesehen hatte, ließen sich bestimmt in Tübingen für teures Geld weiterverkaufen. Schließlich wollten sich die Gemahlinnen der reichen Oberstädter genauso herausputzen wie die Damen aus Stuttgart – der Hauptstadt der Grafschaft Württemberg. Warum sollte er die Gelegenheit nicht beim Schopfe packen?

Er schob die Hände in die Taschen seiner Schecke und kehrte lustlos zurück in den Hof, den er beinahe fluchtartig verlassen hatte. Er würde im Stall nach dem Rechten sehen und einem der Burschen befehlen, seinen Rappen zu satteln. Seine Zehen schmerzten. Ganz offensichtlich war er es nicht mehr gewöhnt, zu Fuß zu gehen. Dieses Mal würde er hoch zu Ross durch die Menge traben, anstatt sich den Weg mit den Ellenbogen freizukämpfen. Vielleicht würde ihm dann auch die Hitze etwas weniger zusetzen. In Oliveras Begleitung war ihm die sengende Sonne nicht ganz so unangenehm erschienen. Aber jetzt, allein im Hof, kam es ihm vor, als briete er in einem Ofen. Er wollte gerade eines der Stalltore öffnen, als ihn ein Ruf innehalten ließ. »Laurenz!« Die Stimme seines Gastgebers klang aufgeregt.

»Laurenz!«, rief dieser erneut und fuchtelte wild in der Luft herum. »Kommt! Das müsst Ihr Euch ansehen!«

Selbst aus der Ferne konnte Laurenz den Eifer auf den Zügen des Mannes erkennen. Was war denn nun schon wieder? Hatte der Goldschmied endlich seine lang ersehnten Elefantenzähne erhalten? Befremdet registrierte er, dass diese Aussicht ihn nicht mit der Genugtuung erfüllte, die er erwartet hätte. Vielmehr schlich sich leises Bedauern ein, als er sich vorstellte, dass sein Aufenthalt in Konstantinopel früher als erwartet zu Ende gehen könnte. Es war wirklich wie verhext! Zuerst hatte er nicht schnell genug von hier fortkommen können. Und jetzt ... Er brach den Gedankengang ab und folgte den Schatten der Gebäude, bis er Philippos erreichte.

»Was muss ich mir ansehen?«, fragte er. Sein Ton war schroffer, als er beabsichtigt hatte.

Sein Gegenüber schien seine Unhöflichkeit jedoch nicht einmal zu bemerken. »Andreas hat die ersten Behältnisse geliefert«, sagte er heiser und bestätigte somit Laurenz' Vermutung. Er zupfte den jungen Mann am Ärmel. »Ihr müsst sie Euch selbst ansehen.«

Mit diesen Worten zog er Laurenz auf das Gebäude zu, in dem sich Laden und Kontor befanden. Dort – in einer

Kammer neben der Treppe – warteten drei große Holzkisten auf sie. Der Deckel der vordersten war geöffnet und auf einem Tisch stand eine Reihe von Gegenständen. Bei deren Anblick stockte Laurenz der Atem. Allerdings waren es nicht das vergoldete Türmchen, die aufwendig ziselierten Kästen oder die mit Juwelen besetzten Phiolen, die sein Herz einen Schlag aussetzen ließen; sondern die zwölf fein säuberlich aufgereihten goldenen Köpfe. Er schluckte vernehmlich.

»Sind sie nicht wundervoll?«, schwärmte Philippos. Offenbar deutete er die Erschütterung seines jungen Gastes falsch. »Andreas ist ein wahrer Meister!«

Eine eisige Hand schien nach Laurenz zu greifen. Plötzlich kam ihm der Raum furchtbar kalt vor und er fröstelte.

»Seht, hier«, sagte der Kaufmann. Er hob einen der Köpfe auf und zeigte auf ein großes Loch direkt unter dem Ansatz des goldenen Haares. »Hier wird das Glas eingesetzt.« Er drehte den Gegenstand um und redete weiter auf Laurenz ein.

Doch dieser hörte kaum mehr, was sein Gegenüber sagte. Ohne Vorwarnung sah er sich in Gedanken auf den Kirchplatz hinter der Tübinger Jakobuskirche versetzt. Als befände er sich tatsächlich dort – Tausende von Meilen entfernt – vernahm er das Geräusch von Hacken und Schaufeln. Vor seinem inneren Auge wurde er Zeuge, wie Männer ohne erkennbare Gesichter Tote aus ihren Gräbern zerrten und diese achtlos auf einen Karren warfen. Die Kälte breitete sich in ihm aus. Er hatte gewusst, was geschehen würde – wofür sein Auftraggeber die Behältnisse benötigte. Gleichwohl war es ihm gelungen, den wahren Grund für sein Hiersein zu verdrängen – selbst als er das Glas des *Phiolarius* in den Händen gehalten hatte.

Immerhin würde er auch einen ganzen Wagen voller seltener Gewürze mit nach Hause bringen – nicht nur diese furchtbaren Dinge! Er trat, plötzlich angeekelt, einen Schritt zurück und schlug die Hände vors Gesicht. Ein Stöhnen fand den Weg über seine Lippen. Für diese grauenhafte Sünde würde er bis in alle Ewigkeit in der Hölle schmoren. Seine Fantasie gaukelte ihm Bilder vor, die ihn noch mehr schaudern ließen: Nackte Leiber, in einem reißenden Blutstrom kochend, von Kentauren gepeinigt und immer wieder in die Fluten zurückgestoßen; Lästerer, gefangen im Sand, auf die beständig Feuerflocken niederprasselten; Verstümmelte, die kopfüber in Felslöchern steckten, während ihre Fußsohlen lichterloh brannten; und schließlich Schreiende, deren Münder sich mit Pech füllten, wenn sie in einem Graben versanken und für immer verschwanden.

Eine Hand legte sich auf seinen Arm.

»Was ist mit Euch?«, fragte Philippos.

Laurenz zuckte zusammen und versuchte, die grauenvollen Bilder mit einem Blinzeln zu vertreiben. »Nichts«, log er. Seine Stimme strafte ihn Lügen.

»Macht Euch nur nicht allzu viele Gedanken«, versuchte der Grieche ihn zu beruhigen. Scheinbar wusste er genau, was Laurenz auf der Seele brannte. »Es ist ja nicht so, als ob wir die Ersten wären, die so etwas tun«, setzte er wegwerfend hinzu. »Wer weiß, wie viele Reliquien überhaupt echt sind.« Sein Mund verzog sich zu einem verschlagenen Lächeln. »Gott hätte gewiss nichts dagegen, dass noch mehr Menschen die Gebeine der Heiligen verehren können. Auch wenn diese vielleicht nicht ganz so heilig sind, wie die Pilger denken.« Er lachte meckernd. »Und die Toten schert es sicher auch nicht mehr.«

Laurenz starrte ihn mit leerem Blick an. Hatte der Kerl denn überhaupt keine Angst vor dem Jüngsten Gericht? War ihm nicht klar, dass sie durch diesen Betrug ihre Seelen an den Leibhaftigen verpfändeten? Er zog die Schultern hoch und schloss einen Moment lang die Augen. Hätte er sich doch nur niemals auf diesen Handel eingelassen! Damals war ihm alles so einfach erschienen – so lächerlich einfach! Er schlug die Augen wieder auf und starrte die Köpfe an. Warum hatte er nur nicht auf die Stimme in seinem Inneren gehört, die ihn gewarnt hatte, dass alles viel zu gut klang, um wahr zu sein? Warum war er nur so unglaublich dumm gewesen? Hätte er seinem Freund Bertram doch nur den Gefallen abgeschlagen und wäre nicht an dessen Stelle in das Haus in der Münzgasse gegangen! Er verkniff sich ein Schnauben. Vermutlich hatte Bertram ganz genau gewusst, was ihn dort erwartete, und die Unpässlichkeit nur vorgetäuscht.

Plötzlich befand er sich in Gedanken wieder in Tübingen; sah sich dem Schwager des Schultheißen gegenüber und hörte ihn kurz und hart lachen.

»Wenn Ihr nicht wollt, frage ich eben einen anderen«, hatte dieser kühl gesagt und sich zum Gehen gewandt. Allerdings war sein Angebot zu gut, als dass Laurenz es hatte ausschlagen können. Immerhin hatte sich dadurch vollkommen unerwartet eine Möglichkeit eröffnet, in die Oberschicht aufzusteigen. Und den Kramladen seines Vaters endgültig hinter sich zu lassen. Gier vernebelt das Gehirn, dachte er, als Philippos die Waren sorgfältig wieder verpackte. »Alles, was Ihr tun müsst, ist, die Behältnisse zu beschaffen«, hatte sein Auftraggeber gesagt. »Um den Rest braucht Ihr Euch nicht zu kümmern.«

Laurenz wich einen Schritt zurück, um Philippos Platz zu machen. Dass es sich bei dem »Rest« um das Schänden von Leichen und das Fälschen von Reliquien handelte, hatte er nicht gewusst. Allerdings war es zu spät gewesen, einen Rückzieher zu machen, als er davon erfahren hatte. Er hätte sich niemals die erste Reise nach Konstantinopel bezahlen lassen dürfen! Ärger über seine Einfältigkeit stieg in ihm auf. Es hätte ihm klar sein müssen, dass die ganze Angelegenheit einen Haken hatte. Andererseits war die Verlockung einfach zu groß gewesen, um ihr zu widerstehen. Nicht jeden Tag erhielt ein einfacher Krämersohn die Gelegenheit, in die Kreise der Fernhändler aufzusteigen – und somit vielleicht irgendwann im Rat der Stadt zu sitzen. Ein Köder, den vermutlich selbst sein ehrbarer Bruder Götz geschluckt hätte! Er presste die Kiefer aufeinander und straffte die Schultern. Es nützte nichts, sich zu grämen. Er war einen Handel mit dem Teufel eingegangen, also musste er zusehen, wie er das Beste daraus machte. Immerhin war ihm versprochen worden, dass dies seine letzte Reise sein würde. Also würde er zusehen, dass er sein Schäflein ins Trockene brachte. Vielleicht konnte er ja in der Zwischenzeit die verlockende Frucht pflücken, die ihm mehr und mehr den Kopf verdrehte. Wenn ihm gelang, was ihm vorschwebte, dann konnte er sich damit an seinem Gastgeber und dessen Spießgesellen rächen!

KAPITEL 8

Tübingen, Juli 1408

»Rot wie Blut, schwarz wie Ebenholz und weiß wie Schnee«, summte der auf dem Boden kniende Mann vor sich hin, während seine Klinge in das Fleisch der Hure fuhr. Diese war bildschön, und es war ein Jammer um ihren Körper. Aber auf eine Hässlichere hatte er nicht warten können, da der Bedarf seines Auftraggebers immer schneller zu wachsen schien. Zuerst hatte es geheißen, drei oder vier wären genug; für den Rest würden andere sorgen. Aber offensichtlich scherte sich doch jemand darum, dass die Gräber der Armen geschändet wurden. Allmählich zeichnete sich ein Geschäft ab, das ihn noch weit bis in die Zukunft mit einem Zusatzeinkommen versorgen würde. Morgen stand der Heilige Sonntag vor der Tür, aber für die Frau zu seinen Füßen würde es kein Tag der Andacht und Beschaulichkeit werden. Er schluckte ein Lachen. Und für diejenigen, die sie fanden, würde der Tag gewiss auch nicht so beginnen, wie sie es sich vorgestellt hatten. Mit geübten Bewegungen hackte er der Frau Kopf und Arme ab und sah einige Momente fasziniert dabei zu, wie ihr Blut sich in Windeseile mit dem Regen vermischte. Am vergangenen Mittwoch hatte das Wetter umgeschlagen und es hatte angefangen, wie aus Kübeln zu schütten. Seitdem schien der Sommer bereits dem Herbst weichen zu wollen, obwohl es noch viele Wochen dauern würde, bis sich die ersten Blätter bunt färbten. Ein empfindlich kühler Wind pfiff durch die Stadt. Eigentlich hatte der Jäger es auf einen der Spielmänner abgesehen, doch diese wagten sich bei den unwirtlichen Umständen kaum mehr auf die Straße. Er stopfte den Kopf und die beiden Gliedmaßen in seinen Beutel, platzierte Schalen unter den Wunden und wandte sich den Füßen der Toten zu. Diese steckten in leichten Schuhen, die viel zu dünn waren für die Witterung, und er fragte sich, ob sie gefroren hatte. Musste sie wohl. Denn ihre Kleidung war nicht dafür gemacht, etwas zu verhüllen. Als dieser Teil seines Auftrages ebenfalls erfüllt war, fing er auch aus diesen Wunden so viel von ihrem Blut auf wie möglich. Nachdem er dieses in ein halbes Dutzend bauchige Phiolen umgefüllt hatte, die er sorgfältig verkorkte, ließ er schließlich die Gefäße den Körperteilen folgen. Nicht einmal vier Wochen war es her, seit er die anderen beiden Huren getötet hatte, und allmählich machte ihm die Häufigkeit seiner Ausflüge Sorgen. Wenn es so weiterging, würde sein Weib Verdacht schöpfen. Und dann war es nur eine Frage der Zeit, bis die ganze Stadt davon erfuhr. Ein unschöner Gedanke fuhr ihm durch den Kopf. Vielleicht würde sein Auftraggeber für sie ja auch etwas bezahlen. Schon lange ging ihm ihr ewiges Genörgel auf die Nerven. Warum sollte für sie nicht auch Verwendung zu finden sein? Ein Geräusch aus einem der Hinterhöfe ließ ihn nervös um sich blicken. Doch es war nur eine streunende Katze, die kurz darauf mit gesträubtem Fell an ihm vorbeischoss.

Er zurrte den Sack zu, kam mit steifen Gelenken auf die Beine und hastete in die Dunkelheit des späten Abends davon. Mit jedem Mord wurden seine Aufträge riskanter. Wenn er noch mehr herbeischaffen sollte, dann musste er sich bald etwas anderes überlegen. Gewiss würde er nicht ewig Unehrliche von der Straße pflücken können, als handle es sich um überreife Kirschen! Früher oder später würde die Stadtwache ihre Präsenz in den Straßen erhöhen und dann hatte er schlechte Karten. Er huschte die Jakobsgasse entlang in Richtung Osten, überquerte die Ammer und schlüpfte zwischen den Häusern an der Krummen Brücke hindurch. Von dort aus eilte er weiter, bis er das Wasser der Ammer erneut riechen konnte. Er war nur noch zwei Steinwürfe von seinem Haus entfernt, als ihn ein scharfer Befehl erstarren ließ.

»Halt! Bleib auf der Stelle stehen!«, bellte ein Wächter.

Kurz darauf verkündete das Trampeln von schweren Stiefeln, dass sich ihm mindestens drei Stadtwachen im Laufschritt näherten. Das Licht ihrer Fackeln tanzte wild hin und her, und mit Entsetzen sah er, dass Blut aus seinem Sack getropft war und seine Kleidung befleckt hatte. Oh, Heiliger Vater, steh mir bei!, dachte er entsetzt, während die Soldaten drohend ihre Schwerter zogen. Warum waren die Kerle nicht im Trockenen? Beim Würfelspiel in der Wachstube?

»Was hast du in dem Sack?«, fragte der Befehlshaber der Wache. Er bedeutete seinen beiden Begleitern, ihren Fang zu packen. Aber als einer von ihnen die Fackel hochhob, um das Gesicht des Mannes zu beleuchten, brach er in ein Lachen aus, das halb erleichtert, halb enttäuscht klang.

»*Du* bist es!«, rief er. Auch in den Augen seiner Kollegen dämmerte Erkennen.

»Was hast du denn im Dunkeln noch auf der Straße zu suchen?«, fragte der Anführer – immer noch ein wenig misstrauisch.

Der Gefragte hob die Schultern. »Man kann sich leider nicht immer aussuchen, wann die Leute einen rufen«, entgegnete er. »Und wer kann schon Nein sagen, wenn eine Witwe einen um Hilfe bittet?«, log er. Die Anspannung ließ seine Stimme kaum wahrnehmbar beben. Der Drang, wie ein Hase davonzulaufen, war überwältigend. Allerdings wusste er, dass er damit sein Leben verwirkt hätte. Daher setzte er ein Gesicht auf, von dem er hoffte, dass es harmlos genug aussah, und lächelte dümmlich.

»Man muss schließlich von etwas leben«, sagte er mit einem Schulterzucken.

Einige scheinbar endlose Augenblicke verstrichen in argwöhnischem Schweigen. Dann schob der Befehlshaber die Waffe zurück in die Scheide und schüttelte den Kopf.

»Na dann«, knurrte er. »Mach, dass du nach Hause kommst!«

Mit weichen Knien tat er, wie geheißen. Als wenig später die Tür seines Hauses hinter ihm ins Schloss fiel, stieß er einen erleichterten Seufzer aus. Das war knapp gewesen! Noch einmal durfte ihm so etwas nicht passieren! Heftig atmend lauschte er in die Dunkelheit des Hauses und wartete, ob sich etwas regte. Erst, als alles ruhig blieb, stellte er den Beutel ab, griff mit zitternden Fingern in den Kienspanbehälter neben der Tür und entzündete eine Kerze. Heißer Schrecken durchzuckte ihn, sobald er sah, wie viel Blut durch die Sackleinwand gesickert war. Auf dem Lehmboden hatte sich bereits eine kleine Lache gebildet, die sich mit dem Wasser, das von seiner Kleidung tropfte, vermischte. Verdammt!, dachte er. Eines der Gefäße musste zerbrochen sein! Wenn der Regen nicht alles fortwusch und die Wächter die Spur zurückverfolgten, war es so sicher wie das Amen in der

Kirche, dass sie die Tote finden würden. Und er verhaftet wurde! Auf unsicheren Beinen schaffte er den Sack dorthin, wo nie jemand nachsah, beseitigte alle Spuren und wartete darauf, dass sich sein Herzschlag beruhigte. Dann warf er sich einen anderen Mantel über, verbarg das Gesicht unter einem Filzhut und trat wenig später zurück hinaus in die Nässe. Er hatte einen Fehler gemacht! Und diesen galt es nun zu beheben. Zum Glück regnete es immer noch heftig, aber er würde dennoch dafür sorgen, dass man die Leiche nicht allzu einfach entdecken konnte. Vorsichtig, um den Soldaten nicht ein zweites Mal in die Arme zu laufen, schlich er dahin zurück, woher er gekommen war.

KAPITEL 9

Konstantinopel, Juli 1408

»Sie kommt zu sich.«

Die Worte klangen undeutlich – als ob ihr Sprecher meilenweit entfernt wäre. Zuerst dachte Olivera, dass sie träumte. Aber dann fand der Schmerz den Weg in ihr Bewusstsein und ließ sie aufstöhnen. Es war ein dumpfes Pochen an ihrem Hinterkopf. Ein Pochen, das sich anfühlte, als versuche jemand, mit einem riesigen Hammer zu ihrem Gehirn vorzudringen. Mit jedem Atemzug, den sie tat, schien der Schmerz sich weiter auszubreiten und sie einzuhüllen wie ein erstickender Mantel. Sie vernahm einen heiseren Laut, der einem Krächzen ähnelte. Und es dauerte einige Zeit, bis sie begriff, dass *sie* das Geräusch von sich gegeben hatte.

»Lieg still, Kind.« Etwas Kühles breitete sich über ihre Stirn aus. »Der *Medicus* muss die Wunde nähen«, hörte sie eine Stimme sagen, die sie als die ihrer Großmutter erkannte. Sie versuchte, die Augen zu öffnen, aber ihre Lider waren bleischwer. Alles, was sie zustandebrachte, war ein kurzes Blinzeln.

»Flößt ihr etwas Mohnsaft ein«, dröhnte ein Bass. Kurz darauf schob sich eine Hand unter Oliveras Kopf und der Schmerz verwandelte sich in ein scharfes Stechen. Ehe sie den Mund zu einem Schrei öffnen konnte, setzte ihr jemand ein Gefäß an die Lippen. »Trink in kleinen Schlucken«, riet ihre *Yiayia.* »Dann geht es dir bald besser.«

Bitter und süß zugleich rann der Saft Oliveras Kehle hinab und um ein Haar hätte sie sich daran verschluckt. Hustend spuckte sie etwas davon wieder aus, dann sank sie ermattet zurück in die Kissen. Einige Augenblicke lang schien der Schmerz unerträglich, bis der Mohnsaft begann, Wirkung zu zeigen. Sie spürte kaum, wie man sie auf die Seite drehte. Auch der erste Stich der Nadel war nicht mehr als ein leichtes Zwicken. Das Gefühl, das sie einlullte und schläfrig machte, ähnelte der Benommenheit, welche sie nach dem Genuss von zu viel Wein empfunden hatte. Etwas wie Schwindel, nur angenehmer, legte sich über ihre Sinne. Während der Arzt sich an ihrem Kopf zu schaffen machte, merkte sie, wie sie zurück ins Reich der Träume abglitt.

Als sie das nächste Mal erwachte, fühlte sie sich besser. Zwar tat ihr Hinterkopf immer noch weh, aber das Pochen war abgeklungen. Allerdings quälte sie ein entsetzlicher Durst, der fast schlimmer war als die Schmerzen. Ihre Lippen, ihr Mund und ihr Rachen waren ausgedörrt, als ob sie tagelang die Wüste durchstreift hätte. Mühsam versuchte sie zu schlucken. Doch ihre Zunge klebte so fest an ihrem Gaumen, dass sie fürchtete, ein Stück Fleisch herauszureißen, wenn sie versuchte, sie zu lösen. Eine Gestalt saß an ihrem Bett, blickte auf sie hinab. Und nach einigen Lidschlägen erkannte Olivera, dass es sich um ihre *Yiayia* handelte.

»Wasser«, murmelte sie schwach. Die alte Frau griff nach einem Krug, füllte einen Becher und half Olivera, sich aufzurichten.

»Besser?«, fragte sie, nachdem sie den Becher wieder abgestellt und Olivera zurück in die Kissen gedrückt hatte. Olivera nickte. In der Tat kam es ihr vor, als kehrten mit dem Wasser all ihre Lebensgeister zurück. Auch das durch die Fenster hereinfallende Sonnenlicht stach nicht mehr wie ein Messer nach ihren Augen, wirkte viel eher golden und beruhigend. Sie sah sich suchend im Raum um. Doch sowohl der *Medicus* als auch die Mägde hatten ihre Kammer wieder verlassen. Nur ihre *Yiayia* war noch bei ihr – so wie früher, wenn sie als Kind an einem Fieber oder Bauchschmerzen erkrankt war. Die alte Frau betrachtete sie mit einer Mischung aus Sorge und … Olivera wandte hastig den Blick ab. War es Strenge? Oder Ärger? Sie drehte den Kopf zur Seite und schloss die Augen. Was war nur geschehen? Ganz offensichtlich war ihr Plan fehlgeschlagen. Aber warum? Alles, woran sie sich noch erinnern konnte, war der Geschmack des Süßholzes auf ihrer Zunge. Sie zog verstohlen die Wangen ein und suchte in ihrem Mund nach

Überresten der Süße. Die nächsten Worte ihrer Großmutter ließen sie jedoch inmitten der Bewegung erstarren.

»Ich weiß, was du vorhattest«, sagte ihre *Yiayia* vorwurfsvoll. »Dachtest du denn ernsthaft, du könntest mir etwas vormachen?« Sie klang verletzt.

Olivera spürte Scham in sich aufsteigen. Am liebsten hätte sie sich in einem Mauseloch verkrochen und wäre nie wieder daraus hervorgekommen.

»Einen *Hysterike*-Anfall vorzutäuschen!« Die alte Frau schnaubte und erhob sich. »Was soll ich deinem Vater sagen?«, fragte sie, während sie ihre Röcke glatt strich. »Dass seine Tochter sofort verheiratet werden muss, weil ihr Uterus sonst austrocknet? Denkst du im Ernst, dass du ihn *so* dazu zwingen kannst, deinem Willen nachzugeben?«

Olivera schwieg, da genau dies ihr Ziel gewesen war.

»Hatte ich dir nicht gesagt, dass du dich gedulden sollst?« Ihre *Yiayia* trat ans Fenster und sah einige Zeit schweigend in die Ferne. Dann stieß sie hervor: »Das war unglaublich töricht von dir!« Sie fuhr sich mit der Hand über das silberne Haar. »Du hättest dich ernsthaft verletzen können.«

Olivera spürte Tränen in sich aufsteigen. »*Yiayia*«, bat sie kleinlaut. »Bitte schimpfe nicht.« Ihre Lippen bebten. »Du musst mir helfen!« Sie schob sich in eine sitzende Position. Augenblicklich wurde ihr schwindelig und sie hielt sich den Kopf – als könne sie so verhindern, dass der Raum sich weiter um sie drehte. »*Yiayia*«, wiederholte sie, sobald sich die Benommenheit etwas gelegt hatte. »Bitte!« Sie krallte die Finger in die Decke und wickelte diese um sich. »Ich *kann* mich doch nicht gedulden«, flüsterte sie.

»Warum kannst du dich nicht gedulden?«, fragte die alte Frau. Sie kehrt dem Fenster den Rücken und trat zurück an das Bett.

»Weil es schon bald zu spät ist«, murmelte Olivera.

Ihre Großmutter legte die Stirn in Falten, dann trat Verstehen in ihren Blick. »Der Vogel«, sagte sie. »Ich hätte es mir denken können.« Sie ließ sich wieder auf der Bettkante nieder.

Olivera griff nach ihrer Hand und betrachtete einige Atemzüge lang die dunklen Flecken auf der faltigen Haut. »Ich liebe ihn so sehr!«, hauchte sie schließlich. Und dann sprudelte alles aus ihr hervor: die lang gehegte Sehnsucht nach Laurenz' Rückkehr; die Freude und Aufregung, als ihr Wunsch endlich erhört worden war; der Besuch des Marktes und das Gefühl der Leere, als er sie im Hof allein gelassen hatte. »Bitte, *Yiayia*«, flehte sie erneut und drückte die Hand ihrer Großmutter so fest, dass diese mit einem Keuchen protestierte. »Bitte!« Oliveras Stimme klang heiser. »Wenn ich *ihn* nicht heiraten kann, dann will ich keinen!« Ihr Blick suchte den der alten Frau.

Diese betrachtete ihre Enkelin einige Momente lang forschend, ehe sie einen tiefen Seufzer ausstieß. »Ist dir klar, was es bedeutet, wenn du seine Gemahlin wirst?«, fragte sie schließlich.

Olivera nickte eifrig. »Ja«, erwiderte sie.

»Er wird dich mit in die Fremde nehmen.« Ihre *Yiayia* hob warnend den Zeigefinger. »Du wirst weit, weit fort sein von allen, die dich lieben. Die Reise birgt viele Gefahren und du wirst deinen Vater und deine Brüder vielleicht niemals wiedersehen.« Sie befreite sich vom Griff ihrer Enkelin und strich ihr sanft über die Wange. »Und mich auch nicht«, fügte sie hinzu.

Die Tränen, die Olivera so tapfer zurückgehalten hatte, brachten ihre Augen erneut zum Schwimmen. »Ich weiß, *Yiayia*«, sagte sie erstickt. »Aber ich liebe ihn mehr als alles andere auf der Welt. Wenn ich ohne ihn leben muss, will ich lieber gar nicht mehr leben!« Die Vorstellung, Laurenz nie wiederzusehen, ihn ziehen zu lassen und für immer zu verlieren, war wie ein Dolch, der ihr das Herz aus der Brust schnitt. Ein Schluchzen raubte ihr die Stimme.

»Es ist eine Sünde, so zu reden«, schalt ihre Großmutter lahm. Doch dann zog sie ihre Enkelin an sich und presste das tränennasse Gesicht der jungen Frau an ihre Brust.

Als Oliveras Weinen nach beinahe zehn Minuten endlich abebbte, trocknete sie ihr die Wangen. »Du solltest noch ein wenig schlafen«, versetzte sie bedrückt. »Der Schlaf reinigt die Seele.«

Obgleich Olivera vom Weinen erschöpft war, griff sie erneut nach der Hand ihrer Großmutter. »Versprich mir, dass du mir hilfst«, flehte sie. »Versprich es mir.« Die Hoffnung, dass alles gut sein würde, wenn sie wieder erwachte, war wie eine süße Droge.

Eine scheinbare Ewigkeit verstrich, ohne dass die alte Frau etwas sagte. Dann ließ sie vernehmbar die Luft durch die Nase entweichen und entgegnete: »Ich verspreche, dass ich mit deinem Vater reden werde. Mehr kann ich dir nicht versprechen. Und jetzt schlaf und sammle Kräfte. Wenn du wirklich die Frau dieses Laurenz werden willst, wirst du schon bald zu einer sehr anstrengenden Reise aufbrechen.« Trauer schwang in ihren Worten mit.

Olivera spürte den Stachel der Reue. Dieser verlor jedoch an Schärfe, als ihre *Yiayia* sich erhob und Anstalten machte, die Kammer zu verlassen. Vielleicht würde ihr sehnlichster Wunsch schon bald in Erfüllung gehen!

Als ihre *Yiayia* am nächsten Tag zu ihr kam, um ihre Wunde zu versorgen, schüttelte sie den Kopf, bevor Olivera in sie dringen konnte.

»Ich habe ihn noch nicht gesprochen. Er ist sehr beschäftigt.«

Es kostete Olivera einige Mühe, ihre Enttäuschung zu schlucken. Doch ein Blick in die Augen ihrer Großmutter sagte ihr, dass diese ihr Versprechen nicht vergessen würde. Behutsam half die alte Frau Olivera, sich aufzusetzen und etwas zu essen. Dann trug sie eine kühlende Salbe auf den Hinterkopf ihrer Enkelin auf und bettete diese wieder in den Kissen. Eine Zeitlang saß sie schweigend auf der Bettkante, während Olivera ihre Hand hielt und gegen die überwältigende Müdigkeit ankämpfte. Es ist wie früher, dachte sie, während der Daumen ihrer Großmutter immer und immer wieder über ihren Handrücken strich. Die Geborgenheit, die sie allein durch die Gegenwart ihrer *Yiayia* empfand, sorgte dafür, dass sie sich unvermittelt in ihre Kindheit zurückversetzt fühlte; zu dem Tag, an dem ihre *Mamá* zu Gott gegangen war. Damals hatte sie nicht begreifen können, warum es nicht mehr ihre Mutter war, die sie abends zu Bett brachte. Aber irgendwann hatte sie aufgehört, sich in den Schlaf zu weinen und ihre *Yiayia* war an die Stelle der Frau getreten, an die sie sich kaum mehr erinnern konnte. Eine Weile ließ sie sich treiben und versuchte, in Gedanken zu längst vergessenen Tagen zurückzukehren.

»Hast du *Pappous* geliebt, *Yiayia*?«, fragte sie plötzlich. Sie wusste nicht, wo die Frage herkam, nur dass sie ihr auf einmal durch den Kopf schoss.

Ihre Großmutter wandte den Kopf und blickte versonnen auf sie hinab. »Ja«, gab sie nach einigen Momenten zurück. »Auf eine Art habe ich ihn geliebt.«

Olivera runzelte die Stirn. Was meinte ihre *Yiayia* damit? Konnte man einen Mann anders lieben, als sie Laurenz liebte?

»Wir waren einander seit unserer Kindheit versprochen«, fuhr ihre Großmutter fort. »Als ich mit ihm vor dem Altar stand, wusste ich nicht, was ich für ihn empfinden sollte.« Sie lächelte schwach. »Er war kein einfacher Mann. Aber irgendwann habe ich wohl angefangen, ihn zu lieben.«

»Wie wusstest du, dass er dich auch liebt?«, fragte Olivera.

»Das wusste ich erst, als er in meinen Armen gestorben ist«, war die rätselhafte Antwort. Die alte Griechin erhob sich und drückte Olivera einen Kuss auf die Handfläche. »Ich liebe *dich*, Kind. Du bist wie eine Tochter für mich.« Sie strich Olivera eine Strähne aus dem Gesicht. »Und ich wünsche mir nichts sehnlicher, als dass du glücklich wirst.«

Oliveras Augen füllten sich mit Tränen.

»Schlaf noch etwas«, sagte ihre *Yiayia.* »Ich sehe später noch einmal nach dir.« Mit diesen Worten ließ sie ihre Enkelin allein und verließ leise die Kammer.

KAPITEL 10

Konstantinopel, Juli 1408

VIER TAGE SPÄTER war Olivera wieder auf den Beinen. Ihr Kopf schmerzte nur noch gelegentlich, und der *Medicus* hatte erklärt, dass die Wunde gut verheilte. Zur Sicherheit trug ihre Großmutter täglich zweimal etwas Goldene Wundsalbe auf – damit sich keine Fäulnis bilden konnte. Am Vortag hatte eine der Mägde den wundersamen Vogel in Oliveras Kammer gebracht, damit sie sich an seinen Kunststücken ergötzen konnte. Wenngleich ihre Großmutter das Tier mit einem missfälligen Blick bedacht hatte, war ihm ein Platz auf Oliveras Fensterbank zuteil geworden. Im Augenblick kletterte der Vogel mithilfe seiner Krallen und seines Schnabels an den Stäben des Käfigs empor und beobachtete Olivera mit klugen Augen.

»Was bist du doch für ein lustiger Kerl«, sagte sie mit einem Schmunzeln. Sie steckte vorsichtig den Finger durch die Gitterstäbe und strich über seinen grauen Kopf.

»Kerl«, wiederholte das Tier. Es gab ein Geräusch von sich, das klang wie das Klappern von Geschirr.

Olivera lachte. »Wie soll ich dich nennen?«, fragte sie ihn.

Er rieb den Kopf an ihrem Finger. Doch bevor sie sich einen geeigneten Namen für ihn überlegen konnte, öffnete sich die Tür und ihre Großmutter erschien auf der Schwelle. Etwas an ihrer Haltung, an der Art, wie sie die Hände vor dem Bauch faltete, verriet Olivera, dass sie endlich mit ihrem Vater gesprochen hatte. Augenblicklich zog sich das Herz der jungen Frau zusammen. Wenngleich sie versucht hatte, die Aufregung zu verdrängen, kehrte diese mit ganzer Macht zurück. Plötzlich war der Vogel vergessen. Alles schien unwichtig außer dem, was ihre Großmutter ihr mitzuteilen hatte.

»Was hat er gesagt?«, fragte sie atemlos. Ihre Beine fühlten sich mit einem Mal seltsam schwach an. Alles, ihre Zukunft, ihr ganzes Leben hing von der Antwort ihrer *Yiayia* ab. Sie spürte, wie sich ihr Innerstes verkrampfte.

Das Gesicht der alten Frau wirkte traurig. Und es war diese Traurigkeit, die Olivera hoffen ließ. Einige zermürbende Augenblicke lang schwieg ihre Großmutter, bis sie schließlich tief Luft holte und verkündete: »Dein Vater wird mit dem jungen Mann sprechen. Wenn seine Forderung die Mitgift betreffend nicht zu hoch ist, wirst du seine Frau.«

Olivera stieß einen kleinen Schrei aus. Übermütige Freude schlug wie eine Woge über ihr zusammen. Die Schwere der vergangenen Tage fiel von ihr ab und ein überwältigendes Gefühl der Leichtigkeit ergriff Besitz von ihr. »Oh, barmherziger Vater im Himmel, ich danke dir«, flüsterte sie. Halb kopflos vor Glückseligkeit flog sie auf ihre Großmutter zu und fiel ihr um den Hals. »Danke, *Yiayia.* Danke, danke, danke!«, jubelte sie.

»Noch ist es nicht so weit«, wandte ihre Großmutter ein. Sie machte sich von ihrer Enkelin los. »Wie ich deinen Vater kenne, wird es Tage dauern, bis er Zeit dafür findet.«

Mit dieser Vermutung hatte sie allerdings unrecht. Keine zwei Stunden später schickte der Hausherr nach seiner Tochter. Diese befand sich inzwischen mit ihrer Großmutter in der Salbenküche, um Zutaten für empfängnisfördernde Tränke zu mischen.

»Er will Euch unter vier Augen sprechen«, ließ die ausgesandte Magd Olivera wissen.

Ihre Großmutter verzog erstaunt das Gesicht. »Dann solltest du ihn nicht warten lassen«, riet sie.

Das ließ Olivera sich nicht zweimal sagen. Hastig legte sie das Büschel getrockneter Wacholderbeeren in ihrer Hand zur Seite und wusch sich in einer Schale den Schmutz von den Fingern. Sie zitterte so sehr, dass sie um ein Haar das Gefäß umgestoßen hätte. Schwindelig vor Aufregung folgte sie wenig später dem Mädchen über den Hof zum Kontor ihres Vaters, der über einen Stapel Briefe gebeugt an seinem Schreibtisch saß. Als seine Tochter den Raum betrat, hob er kurz den Kopf und bedeutete ihr mit einer Handbewegung, sich zu setzen. Endlose Minuten verstrichen, bis er schließlich das letzte Schreiben zur Seite legte und aufblickte.

Er betrachtete seine Tochter mit geschürzten Lippen. »Dein Wohlergehen ist gefährdet, wenn du dich nicht bald vermählst, habe ich gehört«, kam er ohne Umschweife zum Thema. Er erhob sich und ließ einige Male die Schultern kreisen, um eine Verspannung in seinem Nacken loszuwerden.

Olivera nickte stumm.

»Loukia meinte, Laurenz Nidhard könnte der geeignete Gemahl für dich sein. Was sagst du dazu?«, fragte er.

Olivera glaubte, ihren Ohren nicht richtig zu trauen. Fragte ihr Vater sie tatsächlich nach ihrer Meinung? Sie schlug bescheiden die Augen nieder und murmelte: »Was immer du befiehlst, *Baba.*«

Ihr Vater schien zu überlegen. Schließlich klatschte er in die Hände und verkündete: »Dann sollte ich Laurenz wohl einfach fragen, was *er* davon hält.« Er ging zur Tür und rief einen seiner Knechte herbei: »Bring Laurenz zu mir. Sag ihm, es geht um etwas Geschäftliches.« Mit diesen Worten kehrte er zu seinem Schreibtisch zurück und ignorierte seine Tochter, bis es einige Zeit später klopfte. »Kommt herein.«

Mit zusammengekniffenen Augen verfolgte Philippos, wie Laurenz den Raum betrat und überrascht innehielt, sobald er Olivera erblickte. Das Aufleuchten seiner Augen verriet dem Griechen, was er bereits vermutet hatte: Er würde leichtes Spiel haben mit dem jungen Mann. Es kostete ihn einige Mühe, sich ein Lächeln zu verkneifen – allerdings wollte er mit keiner Regung verraten, wie sehr ihm gefiel, was er sah. Zuerst hatte er die Bitte seiner Mutter Loukia rundweg abschlagen wollen. Schließlich hatte er bereits deutlich gemacht, dass Olivera sich noch gedulden musste! Doch dann war ihm klar geworden, dass ihm kaum etwas Besseres passieren konnte. Wenn er seine Tochter mit Laurenz vermählte, würde er ihn für immer an sich binden. Der zunehmende Widerwille des jungen Deutschen war ihm nicht entgangen. Offenbar gefiel diesem schon lange nicht mehr, was sie taten, auch wenn er sich dabei eine goldene Nase verdienen konnte. Zu deutlich waren die Skrupel im Gesicht des Burschen zu lesen gewesen, als er die Kopfreliquiare beäugt hatte, als wären sie giftig. Was war denn schon dabei? Starben nicht ständig Menschen, um deren Verbleib sich niemand scherte? Was machte es da schon, wenn Leute wie er, der Goldschmied und Laurenz' Auftraggeber Profit aus den Körpern dieser ohnehin von

Gott Verstoßenen schlugen? Er schüttelte die Gedanken ab und trat auf Laurenz zu. Dessen Blick lag verstohlen auf Olivera. Er fuhr schuldbewusst zusammen, als Philippos sich ihm näherte.

»Du darfst gehen«, sagte dieser an seine Tochter gewandt.

Zufrieden registrierte er, wie Laurenz jeder ihrer Bewegungen mit den Augen folgte. So, wie der Junge Olivera ansah, würde sich die Mitgift sicherlich zu Philippos' Vorteil aushandeln lassen. Er rieb sich innerlich die Hände.

»Habt Ihr jemals daran gedacht, Euch zu vermählen?«, fragte er gespielt beiläufig.

Laurenz erbleichte zuerst, dann schoss ihm das Blut in die Wangen. »Mich zu vermählen?«, stammelte er. »Nein.« Er schüttelte den Kopf. »Warum fragt Ihr?«, erkundigte er sich scheinheilig, aber sein Ton verriet ihn.

»Hm«, erwiderte Philippos. Auf keinen Fall durfte er zu eifrig erscheinen! Daher winkte er ab und hob entschuldigend die Schultern. »Nur eine Frage. Wenn Ihr nicht vorhabt, Euch zu verheiraten, ist sie nicht von Interesse.« Er steuerte auf die Tür zu, welche zu der Kammer neben der Treppe führte. Diese war inzwischen bis zum Bersten vollgestopft mit Kisten, da der Goldschmied eine weitere Ladung Behältnisse geliefert hatte. »Ich wollte Euch die neuen Armreliquiare zeigen«, log er und bedeutete Laurenz, eine Öllampe vom Tisch mitzubringen. »Andreas meint, in spätestens einer Woche könnt Ihr aufbrechen.«

Er hörte, wie sich der Atem des jungen Mannes beschleunigte. Philippos' Mundwinkel zuckten, aber er zwang sich, ernst zu bleiben. Nur, wenn Laurenz den Köder von selbst schluckte, würde sich das Geschäft so abwickeln lassen, wie Philippos es sich vorstellte. Sonst würde ihn die Hochzeit seiner Tochter Unsummen kosten – und das konnte und wollte er sich im Moment nicht leisten. Sie begehrte diesen Mann, also würde er dafür sorgen, dass sie ihn bekam. Dass auch *ihm* ein Vorteil aus dieser Verbindung erwuchs, bereitete ihm keinerlei Gewissensbisse. Immerhin zwang er seine Tochter nicht dazu, einen Mann zu heiraten, den sie verabscheute! »Was sagt Ihr zu diesem Meisterwerk«, fragte er und griff nach einem edelsteinbesetzten, goldenen Arm. »Ist es nicht atemberaubend?«

KAPITEL 11

Konstantinopel, Juli 1408

LAURENZ STREIFTE DAS BEHÄLTNIS lediglich kurz mit den Augen, ehe er geistesabwesend nickte. Was interessierten ihn jetzt diese vermaledeiten Reliquiare? Bemerkte Philippos denn nicht, wie grausam es war, von Vermählung zu sprechen?

»Sehr schön«, murmelte er. Doch seine Gedanken waren nach wie vor bei Olivera. Wenn er sich vorstellte, was sich alles unter ihren – seiner Meinung nach viel zu bauschigen – Röcken verbarg, wurde ihm ganz heiß. Er wüsste nur zu gerne, was für Köstlichkeiten lockten, wenn die störenden Hüllen fielen! Augenblicklich meldete sich seine Männlichkeit wieder zu Wort. Hastig trat er aus dem

Lichtkegel der Öllampe und hoffte, dass Philippos das verräterische Zeichen nicht bemerkte. Warum hatte allein der Gedanke an Olivera diese Wirkung auf ihn? Er schluckte ein Stöhnen. An sich hatte er vorgehabt, sie heimlich – hinter dem Rücken ihres Vaters – zu verführen. Allerdings hatte ihre Krankheit ihm einen Strich durch die Rechnung gemacht. Vier quälend lange Tage hatte er sie nicht mehr zu Gesicht bekommen. Und wie sehr ihr Anblick, ihre Gegenwart ihm gefehlt hatten, war ihm erst vor einigen Augenblicken richtig bewusst geworden. Als er sie im Nebenraum auf ihrem Stuhl hatte sitzen sehen, war es ihm klar geworden: Er musste sie haben! Ganz egal, wie! Er hob einen der armförmigen Behälter auf und gab vor, ihn zu betrachten. Unterdessen arbeitete sein Verstand fieberhaft. Würden ihn in Tübingen nicht alle um diese Frau beneiden? Sie war schön, gebildet und so ganz anders als die deutschen Mädchen, die ihm im Vergleich zu Olivera spröde und langweilig vorkamen. Gewiss, eigentlich hatte er beabsichtigt, sich mit der Tochter eines Richters oder Ratsherrn zu vermählen. Doch diese begegneten ihm mit Hochmut und Verachtung. Er biss die Zähne aufeinander. Vielleicht würde er mit einer Gemahlin aus der Fremde endlich den Makel des Unterstädters abstreifen können. Er legte den Arm zurück und räusperte sich.

»Um ehrlich zu sein, hie und da habe ich doch schon darüber nachgedacht, mir eine Gemahlin zu suchen«, sagte er – um einen ruhigen Tonfall bemüht. Zu seinem Leidwesen klangen die Worte jedoch viel eifriger, als er beabsichtigt hatte. »Gibt es einen Grund für Eure Frage?«, setzte er hastig hinzu.

Philippos ließ sich Zeit mit seiner Antwort. Erst nachdem er zwei weitere Behältnisse in Augenschein genommen hatte, erwiderte er: »Es wird Zeit, einen Gemahl für meine Tochter zu finden.« Er nahm die Öllampe auf und steuerte auf den Ausgang zu. »Und als ihr Vater liegt mir ihr Glück am Herzen.«

Laurenz schloss zu ihm auf. »Hat sie ...?«, hub er an, verstummte jedoch, da er nicht wusste, wie er die Frage formulieren sollte. Zurück im Kontor stellte der Grieche die Lampe wieder ab und schenkte Laurenz ein Lächeln.

»*Euer* Glück liegt mir auch am Herzen«, versetzte er mit einem schelmischen Zwinkern. »Denkt nicht, dass mir entgangen ist, wie Ihr Olivera anseht.« Als Laurenz protestieren wollte, schnitt er ihm mit einem Kopfschütteln das Wort ab. »Nein, nein, haltet mich bitte nicht für einfältig oder blind.« Er zog eine Augenbraue in die Höhe. »Ihr habt ihr einen Papagei gekauft. Dachtet Ihr, ich wüsste nichts davon?«

Laurenz biss sich auf die Lippe. Es war wirklich vollkommen töricht gewesen, diesen Vogel zu erstehen! Ein Grinsen stahl sich auf sein Gesicht. Andererseits hatte er so das Herz des Mädchens gewonnen. Des Mädchens, das vielleicht bald seine Frau werden würde! Die Vorstellung verursachte einen wahren Aufruhr in seinem Körper.

»Wenn wir uns handelseinig werden«, riss Philippos ihn aus den Gedanken, »dann kann sie schon in wenigen Tagen Euch gehören.«

Olivera zuckte zusammen, als sich schwere Tritte näherten. Hastig zog sie das Ohr von der Tür zurück, an der sie gelauscht hatte. Sie machte mit hochrotem Kopf drei Schritte zur Seite und gab vor, etwas vom Boden aufzuheben. Sobald die beiden Träger, die sie aufgeschreckt hatten, an ihr vorbeigestapft waren, huschte sie jedoch zurück zur Tür und horchte weiter.

»… Säcke mit Pfeffer, Safran, Kardamon, Zimt und Muskat«, hörte sie ihren Vater sagen. »Wenn Ihr sie streckt, könnt Ihr die doppelte Menge verkaufen.«

Jemand hustete. Ein Räuspern folgte.

»Wird es nicht Probleme geben wegen des unterschiedlichen Glaubens?«, fragte Laurenz.

Olivera hielt den Atem an. Daran hatte sie noch gar nicht gedacht! Sicher folgte Laurenz der römischen Lehre!

»Ach«, erwiderte ihr Vater, »ich kenne einen Priester, der Euch dennoch traut. Wen interessiert denn schon wirklich, ob Papst oder Patriarch das Sagen haben? Außer den Pfaffen?« Er lachte.

Doch bevor Olivera noch mehr erfahren konnte, näherte sich zu ihrem Leidwesen erneut jemand, sodass sie ihren Horchposten wieder aufgeben musste. Ein Knabe tauchte in dem Durchgang auf, der hinaus auf die Straße führte, und sah sich verunsichert um. Sein Gesicht war gerötet und die Kappe auf seinem Kopf saß schief. Als er Olivera erblickte, eilte er auf sie zu. Er verneigte sich vor ihr und keuchte: »Meine Mutter schickt mich. Ich soll die *Kuria* Loukia holen. Die Herrin bekommt ein Kind! Es steckt fest!« In seinen Augen lag Furcht. »Sie schreit ganz furchtbar.« Er griff Olivera beim Arm. »Ihr müsst schnell kommen! Und Ihr sollt …«, er dachte einen Moment lang nach, »*Nieswurz* mitbringen..«

Die Dringlichkeit seiner Bitte ließ Oliveras Neugier in den Hintergrund treten. Auch wenn sie alles dafür gegeben hätte, das Gespräch im Kontor ihres Vaters weiter zu belauschen, wusste sie, dass das Leben der Schwangeren auf dem Spiel stehen konnte. Daher fasste sie den Jungen bei den Schultern und fragte: »Hat man dir sonst noch etwas aufgetragen?«

Er schüttelte den Kopf.

»Warte hier«, befahl Olivera. »Ich bin sofort mit meiner *Yiayia* zurück.« Daraufhin raffte sie ihre Röcke und hastete zur Salbenküche. Dort hantierte ihre Großmutter mit einem großen Kupferkessel. Leise vor sich hin schimpfend versuchte sie, den Topf an einen Haken über der Feuerstelle zu hängen.

»*Yiayia*«, schnaufte Olivera, bevor ihre Großmutter fragen konnte, wie es ihr ergangen war. »Da ist ein Junge, dessen Mutter nach dir schickt. Es gibt Schwierigkeiten bei einer Geburt. Das Kind steckt fest und sie brauchen Nieswurz!«

Ihre Großmutter stellte den Kessel ab. Sie tupfte sich den Schweiß von der Stirn und angelte nach einem Korb. »Hat er noch etwas gesagt?«, wollte sie wissen.

Olivera verneinte.

»Sicher ist sicher«, murmelte die alte Frau und griff in einen Tontopf, der getrockneten Baldrian enthielt. Diesen packte sie zusammen mit einem Säckchen geriebener Nieswurz- und Wermutblüten und Aloe in den Korb, den sie Olivera in die Hand drückte. »Wir dürfen keine Zeit verlieren«, drängte sie.

Und keine fünf Minuten, nachdem der Knabe die Durchfahrtshalle betreten hatte, waren die beiden Frauen bei ihm.

»Wo wohnt deine Herrin?«, erkundigte sich Oliveras Großmutter. Als der Junge ein Haus ganz in der Nähe nannte, sah sie sich kurz suchend um. Weit und breit war kein Knecht mehr zu sehen. Daher zuckte sie die Schultern. »Das Leben ist wichtiger als die Schicklichkeit. Wir werden wohl auf Begleitung verzichten müssen«, stellte sie ärgerlich, aber trocken fest. » Lauf und zeig uns den Weg«, befahl sie dem Knaben, der augenblicklich auf die Straße rannte.

Die beiden Frauen folgten ihm etwas langsamer – darauf bedacht, die pralle Sonne zu meiden. Eine Dreiviertelmeile weiter südlich kam der Junge vor einem zweistöckigen Haus zum Stehen. Er reckte sich auf die Zehenspitzen und betätigte den Türklopfer, als wollte er ihn abreißen. Die einfach gekleidete Frau, die kurz darauf im Rahmen erschien, folgte seinem ausgestreckten Zeigefinger mit den Augen und bekreuzigte sich, als sie Olivera und ihre Großmutter erspähte. Sobald auch diese das Gebäude erreicht hatten, sprudelte es aus ihr hervor: »Die Herrin liegt seit Stunden in den Wehen. Die Männer haben alle das Haus verlassen, um ihr Geschrei nicht mit anhören zu müssen.« Sie verscheuchte den Knaben und bat die beiden Frauen in die Eingangshalle. Dort war es angenehm kühl und luftig, und bereits nach wenigen Schritten schlug Olivera der Geruch von Salbei entgegen. Offenbar hatte die Hebamme bereits versucht, die Geburt zu beschleunigen.

Die Magd führte sie ins Obergeschoss, wo in einer kleinen Kammer eine stöhnende Frau auf einem Bett lag. Ihr Unterleib war unbekleidet, ihr Gesicht schweißnass. Langes, schwarzes Haar hing ihr wirr in die Stirn. Eine Hebamme und zwei ihrer Lehrmägde machten sich an der Schwangeren zu schaffen, die in diesem Moment einen ohrenbetäubenden Schrei ausstieß.

»Loukia«, begrüßte die Hebamme Oliveras Großmutter. »Ich habe nach dir schicken lassen. Eine dieser kopflosen Gänse hat vergessen, Nieswurz mitzubringen! Zum

Glück ist dein Haus nicht weit entfernt.« Sie warf ihren Mägden einen scharfen Blick zu, woraufhin diese beschämt zu Boden sahen.

»Wie lange quält sie sich schon?«, fragte Oliveras Großmutter. Sie schob eine der Lehrmägde zur Seite und betastete den Bauch der Frau.

»Seit etwas mehr als zwölf Stunden«, erwiderte die Hebamme. »Ich habe ihr bereits ein Bad bereiten lassen, aber es hat nicht geholfen. Wenn das Kind sich nicht bald bewegt, wird es eine Totgeburt.«

Ein weiterer Schrei hallte von den Wänden wider und ließ Olivera schaudern. Es war nicht das erste Mal, dass sie bei einer Geburt zugegen war. Doch jedes Mal entsetzten sie die furchtbaren Schmerzen, welche die Frauen offenbar litten, aufs Neue. Ein Gedanke drängte sich in den Vordergrund ihres Bewusstseins. Würde sie auch bald so auf dem Rücken liegen und sich die Seele aus dem Leib brüllen? Sie schluckte mühsam und beschloss, nicht weiter daran zu denken. Allerdings war dieser Entschluss nicht so leicht in die Tat umzusetzen, da die Schwangere erneut aufschrie.

»Ich habe außer Nieswurz auch etwas Wermut zur Wehenförderung mitgebracht«, informierte Oliveras *Yiayia* die Hebamme. Sie zog das Beutelchen aus dem Korb hervor und schüttete etwas davon auf ihre Hand. An Olivera gewandt sagte sie: »Lass einen Aufguss aus Baldrian zubereiten. Sobald das Kind da ist, muss sie schlafen. Sonst überlebt sie die nächsten Tage nicht.«

Olivera tat, wie geheißen. Als sie etwas später mit einer Kanne zurückkehrte, hatte die Schwangere aufgehört zu schreien. Stattdessen nieste sie in kurzen Abständen so heftig, dass ihr ganzer Körper geschüttelt wurde. Über zwei

Dutzend Nieser zählte Olivera, bis schließlich eine milchige Flüssigkeit an den Schenkeln der Frau entlanglief.

»Es hat gewirkt!«, rief die Hebamme. »Das Niesen hat das Kind in Bewegung gebracht!« Sie beugte sich über die immer noch niesende Schwangere und fühlte ihren Puls. »Es wird nicht mehr lange dauern«, sagte sie zu ihren Mägden. Sie trat an einen Tisch, auf dem mehrere Haken, Scheren, ein kleiner Spiegel und eine Zange lagen. Dann zog sie einen Stuhl in die Mitte des Raumes, den Olivera erst jetzt bemerkte. Seine Lehne war stark geneigt, und seine Sitzfläche hatte ein großes Loch. »Helft ihr in den Gebärstuhl«, trug die Hebamme ihren beiden Helferinnen auf.

Während die Mädchen der Schwangeren auf die Beine halfen, trat die Frau auf Oliveras Großmutter zu und ergriff ihre Hände. »Danke Loukia«, sagte sie. »Ich hätte nicht gedacht, dass das Kind sich so lange nicht vom Fleck rühren könnte.«

Die alte Salbenmacherin nickte. »Wenn du mich noch brauchst, bleibe ich gerne«, erwiderte sie.

Die Hebamme lächelte. »Das wird nicht nötig sein. Für alles, was jetzt geschehen kann, bin ich gerüstet.« Sie warf einen Blick über die Schulter und verfolgte, wie ihre Lehrmägde die Schwangere in dem Stuhl zurechtrückten. »Ich werde dir die Bezahlung schicken lassen.«

»Es eilt nicht«, gab Oliveras *Yiayia* zurück. »Gott sei mit ihr.«

Mit diesen Worten gab sie Olivera ein Zeichen, den Korb aufzuheben, und verließ kurz darauf mit ihrer Enkelin das Haus. »Ich hoffe, sie ist stark genug«, seufzte sie. »Es wird nicht leicht für sie werden.«

Olivera zog unwillkürlich den Kopf ein. Das, was sie in der Kammer gesehen hatte, machte ihr Angst. Es hatte ihr schon immer Angst gemacht – seit sie das erste Mal Zeugin einer Geburt geworden war. Doch jetzt, da ihre Vermählung mit Laurenz in greifbare Nähe rückte, verwandelte sich ihre Furcht in etwas weitaus Stärkeres. Starb nicht jede dritte Frau am Kindbettfieber? Sie fasste sich unwillkürlich an den Bauch. Bevor ihre Einbildung ihr die schrecklichsten Szenen vorgaukeln konnte, erreichten sie jedoch das Haus ihres Vaters. Mit der Rückkehr dorthin verschwanden die dunklen Wolken der Sorge genauso schnell, wie sie gekommen waren. Und ihre Aufregung vertrieb alle anderen Gedanken. Ob Laurenz und ihr Vater sich einig geworden waren?

KAPITEL 12

Konstantinopel, Juli 1408

Die Antwort auf diese Frage ließ nicht lange auf sich warten. Sobald Olivera und ihre Großmutter den Hof wieder betreten hatten, eilte die osmanische Sklavin Lale auf sie zu.

»Euer Vater wünscht, Euch zu sehen«, ließ das Mädchen Olivera wissen. »Er hat bereits nach Euch suchen lassen.«

Olivera spürte, wie das Blut aus ihren Wangen wich. Plötzlich und völlig unsinnigerweise überkam sie die Befürchtung, dass der Besuch bei der Schwangeren all ihre Träume zunichtemachen könnte. Was, wenn Laurenz ärgerlich war, weil er hatte warten müssen? Sie betastete ihr Haar und steckte sich fahrig einige verirrte Strähnen hinter das Ohr. Und was, wenn er oder ihr Vater es sich anders überlegt hatten? Oder die beiden über der Mitgift in Streit entbrannt waren? Ein Teil von ihr wusste, dass diese Sorgen unbegründet waren. Doch ein anderer Teil fühlte sich an wie ein Kessel, in dem es mächtig brodelte.

»Gib mir das«, sagte ihre *Yiayia* und griff nach dem Korb. »Geh!«, setzte sie mit einem Lächeln hinzu, als Olivera eine Winzigkeit lang zögerte.

Es war, als wüssten ihre Beine nicht, was zu tun war. Erst, als Lale zur Seite wich, um ihr den Vortritt zu lassen, fiel die Erstarrung von ihr ab und sie setzte sich in Bewegung. Hätte sie daran geglaubt, dass Gott sich auch nur im Entferntesten für ihre Belange interessierte, hätte sie ein Stoßgebet zum Himmel geschickt. Allerdings war sie sich aufgrund des eben erst mit angesehenen Leides der Gebärenden aufs Neue sicher, dass dem Allmächtigen das Los der Frauen vollkommen gleichgültig war. Daher nahm sie all ihren Mut zusammen und rang ihre Unsicherheit nieder. Wenig später klopfte sie das zweite Mal an diesem Tag an die Tür des Kontors.

Als sie über die Schwelle trat, wusste sie vor Aufregung zuerst nicht, wohin sie blicken sollte. Mitten im Raum stand Laurenz – die breiten Schultern gestrafft, das Kinn energisch vorgereckt. Die Kappe, die sonst auf seinem rotblonden Schopf saß, lag neben ihm auf einem Stuhl, von dem er offensichtlich soeben aufgesprungen war. Seine grauen Augen glänzten beinahe fiebrig, und sein Brustkorb hob und senkte sich heftig. Ihr Vater streifte den jungen Mann mit einem erheiterten Blick, ehe er sich seiner Tochter zuwandte.

»Olivera«, begrüßte er sie. Anders als sein junger Gast wirkte Philippos in keinster Weise aufgewühlt – eine Tatsache, die Olivera nicht zu deuten vermochte.

»*Baba*«, erwiderte sie den Gruß.

Laurenz schenkte sie ein schüchternes Lächeln. Ihr Vater erhob sich und trat hinter seinem Schreibtisch hervor. Als er vor den beiden jungen Leuten angekommen war, ergriff er ihre Hände und legte Oliveras Rechte in Laurenz' Linke.

»Laurenz hat um deine Hand angehalten«, erklärte er und machte eine bedeutungsvolle Pause. »Die ich ihm hiermit gewähre.«

Laurenz' Finger schlossen sich fester um Oliveras Hand. Es war, als presse er damit gleichzeitig allen Atem aus ihren Lungen. Schwindelig vor Glück sah sie zu ihm auf. Während sich ein unbeschreibliches Gefühl in ihr ausbreitete, wünschte sie sich, er würde sich zu ihr hinabbeugen und sie küssen. So überwältigend war der Taumel der Gefühle, dass sie die nächsten Worte ihres Vaters kaum hörte.

»Ihr werdet noch in dieser Woche Hochzeit feiern«, wiederholte Philippos und löste die Hände der beiden voneinander. »Pater Antonio wird alles Nötige in die Wege leiten.«

Olivera glaubte, ihren Ohren nicht zu trauen. »Noch diese Woche?«, hauchte sie.

»Ja«, entgegnete ihr Vater mit einem Lächeln. »Dann könnt ihr vor Anbruch des nächsten Monats die Reise antreten.«

Einen Augenblick vermeinte Olivera Bedauern in seiner Stimme mitschwingen zu hören. Doch dann lachte Philippos und wandte sich an Laurenz.

»Was haltet Ihr davon, den Glasmacher noch einmal aufzusuchen?« Er warf seiner Tochter einen kurzen Blick zu. »Jetzt, wo diese Angelegenheit geklärt ist …«

Laurenz nickte. Aber all die Zeit über ließ er Olivera nicht aus den Augen. Es war, als könne er sich nicht an ihr sattsehen. Oliveras Herz hüpfte vor Glück. Auch sie hätte ihn stundenlang einfach nur anstarren und seinen Anblick in sich aufsaugen können, um sich jede Einzelheit seines Gesichtes unauslöschlich einzuprägen. Ihre Fingerkuppen kribbelten, da sie kaum der Versuchung widerstehen konnte, ihn zu berühren. Die Erinnerung daran, wie sich sein Körper beim Besuch des Marktes an den ihren gepresst hatte, raubte ihr beinahe den Verstand. Wie hart und stark er sich angefühlt hatte! Und wie unglaublich es gewesen war, als er ihr ins Ohr geflüstert hatte, dass er sich einen Kuss von ihr wünschte. Sie unterdrückte ein Seufzen. Wenn sie doch nur sofort Mann und Frau werden könnten!

»Wir werden heute Abend ein Festmahl zur Feier Eurer Verlobung abhalten«, unterbrach ihr Vater ihre Gedanken. »Bis dahin verrichtet jeder sein Tagwerk wie gewohnt.«

Die Worte waren an Olivera gerichtet, die zuerst nicht darauf reagierte. Als ihr Vater jedoch ungeduldig die Stirn runzelte, begriff sie, was er meinte. Widerwillig riss sie sich von Laurenz' Anblick los. Sie nickte den beiden Männern zum Abschied zu. In wenigen Stunden würde sie ihn wiedersehen! Und bald, sehr bald schon würde er niemals wieder von ihrer Seite weichen!

Noch nie war ihr der Weg über den Hof so fremd erschienen. Beinahe war es, als habe das, was im Kontor vorgefallen war, nicht nur ihr Leben, sondern auch ihre gesamte

Wahrnehmung verändert. Der staubige Boden erschien ihr mit einem Mal nicht mehr so schmutzig; das müde Grün der Kräutergärten wirkte frischer und saftiger; und die Hennen, die überall im Dreck scharrten, schienen ihr neugierig nachzusehen und ihr gackernd Glückwünsche hinterherzuschicken. Nicht einmal die Hitze störte sie, sodass sie den Hof direkt überquerte, anstatt den Schatten des Arkadenganges zu suchen. Mit jedem Schritt, den sie tat, verstärkte sich das Hochgefühl in ihr. Am liebsten hätte sie lauthals gesungen, ihre Freude herausgeschrien und jeden umarmt, der ihr entgegenkam. Da dies jedoch vollkommen undenkbar war, lachte sie lediglich in sich hinein und eilte beschwingt zur Salbenküche.

»*Yiayia*!«, rief sie, kaum dass sie die Tür aufgestoßen hatte. »Ich werde Laurenz' Frau!«, brach es aus ihr heraus. Sie fiel ihrer Großmutter so stürmisch um den Hals, dass diese eine Platte Bienenwachs fallen ließ. »Wenn du nicht gewesen wärst«, versetzte Olivera atemlos, »dann hätte *Baba* mich so lange warten lassen, bis ich alt und bucklig bin!« Sie drückte ihre Großmutter an sich.

Diese protestierte mit einem »Vorsicht, Kind!« und befreite sich von ihrer Enkelin. »Du bringst mir alles durcheinander«, schimpfte sie halbherzig. Sie betastete ihr Haar und zupfte sich die Kleidung zurecht. Auf ihren faltigen Zügen hielten Freude und Traurigkeit Widerstreit.

»Endlich darf ich in die weite Welt hinaus!«, frohlockte Olivera. Sie nahm die Hände der alten Frau in die ihren und küsste die Handflächen. »Stell dir nur vor, wie es sein wird, mit ihm in ein anderes Land zu reisen! All die Dinge, die wir unterwegs erleben werden!« Sie strahlte ihre Großmutter an. »Ich kann es kaum erwarten!«

Bevor ihre *Yiayia* etwas erwidern konnte, fragte Olivera: »Ob wir auf einem der großen Segelschiffe reisen werden? Oder auf einer Galeere? Was denkst du, wie lange die Reise dauern wird?« Sie wippte aufgeregt auf den Fußballen auf und ab.

»Zuerst einmal solltest du dich ein wenig beruhigen«, riet die alte Frau. Sie fasste ihre Enkelin beim Arm und führte sie zu einem Schemel. »Setz dich und atme tief ein und aus«, riet sie. »Dann kannst du mir in allen Einzelheiten erzählen, was im Kontor vorgefallen ist.«

Nachdem Oliveras Aufregung sich etwas gelegt hatte, berichtete sie ihrer *Yiayia* haarklein, was ihr Vater gesagt hatte. »Muss ich wirklich den Rest des Tages hierbleiben?«, fragte Olivera. Sie sah flehend zu ihrer Großmutter auf. »Ich muss mich doch für das Festmahl zurechtmachen!«

»Das kannst du auch später noch«, erwiderte die alte Griechin. »Aber wenn du Laurenz eine gute Gemahlin sein willst, musst du lernen, dich in Geduld und Gehorsam zu üben.« Sie hob mahnend den Zeigefinger. »Kein Mann schätzt eine ungestüme oder gar widerspenstige Frau.«

Olivera stöhnte innerlich auf. Wo sollte sie nur die übermenschliche Kraft hernehmen, die dafür nötig war? Sie konnte doch nicht so tun, als ob nichts geschehen wäre! Ihre Großmutter zog sich einen zweiten Schemel heran und ließ sich neben ihr nieder.

»Ich weiß, wie du dich fühlst«, sagte sie. »Und ich weiß auch, dass du dir nichts sehnlicher wünschst, als endlich zu bekommen, was du begehrst.« Sie suchte einen Augenblick lang nach Worten. »Aber wir werden tun, was dein Vater befohlen hat.«

Als Olivera etwas erwidern wollte, schmunzelte sie. »Es spricht allerdings nichts dagegen, dass wir uns mit Dingen beschäftigen, die das Ehegemach betreffen«, fügte sie listig hinzu. »Immerhin solltest du wissen, was dich erwartet«, sagte sie etwas ernster. Und für den Bruchteil einer Sekunde kehrte die Angst zurück, die Olivera in der Kammer der Gebärenden überkommen hatte.

Diese verflüchtigte sich jedoch sofort wieder, als ihre Großmutter zurück auf die Beine kam und ein Buch aus einem der Regale nahm. Der in Leder gebundene Band enthielt allerhand Rezepte und Beschreibungen von Heilmitteln, aber auch Zeichnungen der menschlichen Anatomie.

»Du weißt sicher, dass der weibliche Körper kälter, schwächer und poröser ist als der des Mannes.« Es war eine Feststellung, keine Frage.

Olivera nickte.

»Der Mangel an Wärme ist der Grund, warum der weibliche Körper die Nahrung nur bis zur vorletzten Stufe, dem Blut, verkochen kann«, fuhr ihre *Yiayia* fort. »Der Mann hingegen verkocht die Nahrung bis zur letzten Stufe, dem Samen.« Sie deutete auf die Zeichnung eines Tropfens, in dem eine Gestalt kauerte. »In diesem Samen ist ein winziger Mensch, ein *Homunculus,* der in der Gebärmutter der Frau ausgebrütet wird«, erklärte die alte Frau weiter. »Wenn dein Gemahl in der Hochzeitsnacht – und auch später – bei dir liegt, wird er den Samen in dich einbringen.« Sie hielt inne und sah Olivera an. »Verstehst du, was ich meine?«

Obgleich Olivera sich nicht ganz sicher war, bejahte sie. Immerhin hatte sie in Trotulas *De passionibus mulierum* schon oft genug Zeichnungen des männlichen Geschlechtsorganes gesehen, um sich auszumalen, was ihre *Yiayia* meinte.

»Manchmal wollen Frauen die Empfängnis beschleunigen«, sagte die Salbenmacherin. »Aber manchmal wollen sie eine Empfängnis auch verhüten.«

Etwas in ihrer Stimme ließ Olivera aufblicken. Doch das Gesicht ihrer Großmutter verriet keine Gemütsregung.

»Zur besseren Empfängnis zerstößt man getrocknete Eberhoden und trinkt diese, in Wein aufgelöst, nach der monatlichen Blutung. Zum Verhindern der Empfängnis muss man dafür sorgen, dass die Gebärmutter zu feucht und zu warm ist. Dann kann sich der Samen nicht einnisten.«

Sie hielt einen Moment lang inne und blätterte in dem Buch.

»Lammfleisch, Gans und Ziege sind warme und feuchte Nahrungsmittel. Wenn man jedoch sichergehen will, sollte man ein in Essig getränktes Schwämmchen einführen, bevor man mit seinem Gemahl liegt. Das kann allerdings sehr schmerzhaft sein.«

Ihre Fingerkuppe wanderte zu einem Rezept.

»Besser ist, man braut einen Trank aus diesen Zutaten und spült den Samen nach dem Verkehr mit dem Mann heraus.« Sie sah von dem Folianten auf. »Alles andere, wie das Herumtragen oder Lutschen an bestimmten Steinen, ist nichts als barer Aberglaube.«

Olivera starrte eine Zeit lang schweigend auf die Seiten des Buches. Dann hob sie den Blick. Ihre Großmutter schien die Frage darin lesen zu können.

»Jede Frau greift zu solchen Mitteln. Dafür kommen sie zu uns Salbenmachern. Es ist nichts, wofür sie sich schämen müssen. Aber es ist auch nichts, was ihre Ehemänner jemals erfahren dürfen.«

Was sie damit meinte, war klar. Sie schloss das Buch,

erhob sich und zog einige weitere Bände aus dem Regal. Diese enthielten weitere Rezepte, Anleitungen zur Herstellung von Pessaren und Räucherungen sowie zahllose Zeichnungen von Frauen vor, während und nach der Niederkunft.

Die nächsten Stunden vergingen wie im Flug. Und schneller, als Olivera gedacht hatte, neigte sich der Tag dem Ende. Um die siebente Stunde war es endlich so weit. Nachdem sie ihrer Großmutter beim Aufräumen geholfen hatte, eilte sie voller Vorfreude und Unruhe in ihre Kammer. Dort streifte sie die Röcke ab und wusch sich mit kaltem Wasser, in das sie etwas Rosenöl träufelte. Für ein Bad war zu ihrem Leidwesen nicht mehr genug Zeit. Dann wählte sie eines der Kleider aus, die ihr Onkel ihr geschenkt hatte, und schlüpfte hinein. Dieses war aus einem schillernden blauen Stoff gewoben. Kleine silberne Sterne waren in den Kragen eingestickt, und den Gürtel zierte eine Spange in Form eines Sichelmondes. Lale bürstete ihr Haar, flocht es und steckte es in Schlaufen an ihrem Hinterkopf auf. Sobald die letzte Klammer befestigt war, warf Olivera sich einen Seidenschleier übers Haar. Sie kniff sich in die Wangen, um diese zu röten, und betonte die Kontur ihrer Augen mit einem Kohlestift. Nach einem letzten Blick in den Spiegel reckte sie das Kinn und trat zurück, hinaus in den heißen Sommerabend. Der Papagei, dem sie immer noch keinen Namen gegeben hatte, schickte ihr ein schrilles Kreischen hinterher. Ihre *Yiayia* wartete bereits am anderen Ende des Ganges auf sie. Während sie versuchte, das Summen und Brummen tief in ihrem Inneren unter Kontrolle zu bringen, fragte sie sich, ob sie überhaupt dazu imstande sein würde, etwas zu essen.

KAPITEL 13

Konstantinopel, Juli 1408

Die Männer waren bereits um die Tafel versammelt, die Speisen aufgetragen, als Olivera und ihre Großmutter die Stube betraten. Verlockende Düfte hingen in der Luft. Aber es war der Anblick ihres Bräutigams, der dazu führte, dass Oliveras Magen sich zusammenzog. Es war beinahe beängstigend, was für Auswirkungen seine Gegenwart auf sie hatte, dachte die junge Frau. Noch niemals zuvor hatte jemand jede Faser in ihr zum Schwingen gebracht und dafür gesorgt, dass ihre Gefühle wild durcheinandertanzten. Sie zwang sich, ihn nicht anzustarren, und ließ den Blick über die übrigen Gäste wandern. Außer Laurenz, ihrem Vater und ihrem Bruder Markos waren der Goldschmied, ein weiterer Mann und ein Priester anwesend. Diesen erkannte Olivera nicht nur an dem gewaltigen goldenen Kruzifix, das von seinem Hals baumelte; sie erinnerte sich außerdem daran, ihn schon öfter im Haus ihres Vaters gesehen zu haben. Als er das erste Mal mit dem Hausherrn in der Badestube der Männer verschwunden war, hatte sie ihre Großmutter nach ihm gefragt. Damals hatte ihre *Yiayia* eine wenig schmeichelhafte Bemerkung gemacht. Und auch jetzt bedachte sie den Mann mit einem Blick, der ein zarteres Gemüt hätte verwelken lassen. Ohne Zweifel konnte sie ihn nicht ausstehen. Dem Priester schien die offensichtliche Abneigung der alten Frau jedoch nicht das Geringste auszumachen, da er die Frauen mit einem strahlenden Lächeln begrüßte.

»Die Braut«, stellte er überflüssigerweise fest. Er malte ein Kreuzzeichen in die Luft, als Olivera den Kopf vor ihm neigte. »Gott segne dich, mein Kind«, sagte er.

Olivera spürte die Blicke aller Anwesenden auf sich, als sie auf dem Stuhl Platz nahm, den ihr Vater ihr anwies. Anders als beim letzten Mal saß Laurenz ihr heute nicht gegenüber, sondern befand sich direkt neben ihr. Seine Nähe war so überwältigend, dass Olivera Schwierigkeiten hatte, sich nicht anmerken zu lassen, wie sehr er sie in seinen Bann zog. Wie gut er roch! Der Duft von Seife, Leder und Wärme ging von ihm aus und stach ihr in die Nase. Ein seltsames Gefühl breitete sich von ihrer Körpermitte her aus, ließ ihre Haut prickeln und die feinen Härchen auf ihren Armen zu Berge stehen.

»Dir sei, o Gott, für Speis und Trank, für alles Gute, Lob und Dank«, drang die Stimme des Priesters zu ihr vor. Froh darüber, ihre Gedanken auf etwas anderes richten zu können, faltete sie die Hände zum Gebet.

»Du gabst, du willst auch künftig geben«, fuhr der Priester fort, »Dich preise unser ganzes Leben. Amen.«

»Amen«, wiederholten die um den Tisch Versammelten.

Als Olivera die Hände wieder sinken ließ, streifte Laurenz ihren Arm. Etwas, das sich anfühlte wie ein Blitz aus heiterem Himmel, fuhr ihr bis ins Mark. Sie zuckte zurück, als habe sie sich an ihm verbrannt. Doch gleichzeitig wünschte sie sich, er würde sie noch einmal berühren. Hitze übergoss sie, und plötzlich erschien ihr der Raum viel zu warm. Ihr Gesicht brannte, aber zu ihrer grenzenlosen Erleichterung bemerkte niemand, was in ihr vorging. Die Männer waren viel zu sehr damit beschäftigt, ihre Teller mit Köstlichkeiten zu füllen. Und ihre *Yiayia* musterte immer noch den Priester, als fürchte sie, er wolle das kostbare Geschirr stehlen. Während die anderen ihre Teller mit Rosmarinhase, gefüllter Wildente, gegrillten Wachteln und mariniertem Fasan beluden, starrte Olivera lediglich auf den funkelnden Rotwein in ihrem Trinkkelch.

Das Festmahl stellte Laurenz auf eine harte Probe. Einerseits war er seit einigen Stunden der glücklichste Mann auf Erden; andererseits war Oliveras Gegenwart die reinste Folter. Wusste sie denn nicht, wie grausam es war, ein solches Kleid zu tragen? Am liebsten hätte er die anderen aus dem Raum gezaubert, um mit ihr allein zu sein. Um endlich ihren köstlichen Mund zu küssen und all die Dinge zu tun, von denen er seit dem Besuch des Marktes träumte. Er fluchte innerlich, da diese Gedanken die allzu bekannten Folgen hatten. Eine Zeit lang versuchte er, sich auf das Essen zu konzentrieren. Aber sie zog ihn an wie das Licht die Motten. Es dauerte nicht lange, bis er ihr erneut verstohlene Seitenblicke zuwarf. Ihre Haut hatte den Ton heller Haselnüsse, und er fragte sich, ob sich ihre Wangen so seidig anfühlten, wie sie aussahen. Das dunkle Haar schimmerte bläulich. Wie es wohl sein würde, diese Flut zu befreien und die Hände darin zu vergraben? Als sie irgendwann den Kopf wandte, um nach einem Teigfladen mit Sesam zu greifen, sah er, dass ihre Unterlippe leicht zitterte. Offensichtlich hatte auch sie Mühe, ihre Empfindungen im Zaum zu halten! Er biss hastig in ein Stück Fleisch, um die Bilder zu vertreiben, die sich unvermittelt in seinen Kopf stahlen. Wenn er den Ausdruck in ihren Augen richtig gedeutet hatte, begehrte sie ihn genauso wie er sie. Die Bilder wurden deutlicher – so deutlich, dass ihn Philippos' Frage schuldbewusst zusammenfahren ließ.

»Wolltest du deiner Braut nicht etwas überreichen?«, fragte der Grieche, nachdem der Nachtisch hereingebracht worden war. Jetzt, wo Laurenz sein zukünftiger Schwiegersohn war, schien die vertrautere Anrede passender. Er deutete mit dem Kinn auf den Goldschmied, den sie am Nachmittag – nach dem Glaser – noch aufgesucht hatten.

»Ja«, krächzte Laurenz. Er räusperte sich verlegen und griff in die Tasche seiner Schecke. Fahrig zog er ein kleines Holzkästchen hervor und befreite ungeschickt einen mit einem Saphir geschmückten Goldreif daraus.

Einige Augenblicke lang drehte er ihn hin und her, dann wandte er sich an Olivera. »Zum ... Zum Zeichen meiner Liebe überreiche ich dir diesen Ring«, stammelte er. Die Worte klangen peinlich platt in seinen Ohren. Aber etwas anderes fiel ihm nicht ein. »Gib mir deine Hand«, setzte er verlegen hinzu, als die junge Frau ihn lediglich mit großen Augen ansah. Da sie nicht sofort reagierte, griff er zögernd nach ihrer Rechten. Ungeschickt steckte er ihr den Ring an den Finger und erschrak darüber, wie zerbrechlich und zart dieser sich anfühlte. Es kostete ihn einige Selbstbeherrschung, ihre Hand nicht an die Lippen zu führen, um herauszufinden, ob sie genauso gut schmeckte, wie sie duftete. Wenn es doch nur möglich wäre, mit ihr aus der Stube zu fliehen!

»Wo soll die Hochzeit stattfinden?«, zerstörte die Großmutter seiner Braut den Zauber des Momentes. »Und warum ist *er* hier?« Sie warf dem Kirchenmann einen giftigen Blick zu. »Wo ist Erzpriester Sergios?«

Laurenz ließ widerwillig Oliveras Hand wieder los und sah von Philippos zu der alten Frau.

»Das ist keine Angelegenheit, in die du dich einmischen solltest, Loukia«, erwiderte der Herr des Hauses kühl. »Pater Antonio kann die beiden genauso gut vermählen wie Sergios.«

Oliveras Großmutter zog hörbar die Luft ein. »Aber er ist ein …«

»Das tut in diesem Fall nichts zur Sache«, fiel Philippos ihr ins Wort. »Eine Ehe vor Gott ist eine Ehe vor Gott. Gleichgültig, wer den Bund schließt!« Sein Tonfall war scharf. »Wir glauben alle an denselben Gott, was stört uns der Zwist zwischen Papst und Patriarch?«

Die alte Frau schüttelte den Kopf und murmelte: »Das Sakrament der Ehe ist nichts, was man auf die leichte Schulter nehmen darf.« Sie funkelte Philippos einige Atemzüge lang an, dann schlug sie den Blick nieder und stocherte in ihrem Essen.

»Ich möchte nicht mit dir darüber streiten«, lenkte der Gastgeber ein. »Erzpriester Sergios hat der Verbindung seinen Segen gegeben.«

Irgendetwas sagte Laurenz, dass dies eine Lüge war. Allerdings brachte die Behauptung die alte Frau zum Schweigen. Dennoch trübte die Auseinandersetzung die Stimmung. Und als sich die Damen eine Stunde später verabschiedeten, wünschte Laurenz die Alte zum Teufel. Warum hatte sie nicht einfach schweigen und ihn Oliveras Nähe in vollen Zügen genießen lassen können? Wieso hatte sie an solch einem wundervollen Tag Missstimmung verbreiten müssen?

»Mir scheint, der Abend ist nicht ganz so verlaufen, wie du es dir gewünscht hast«, bemerkte sein zukünftiger

Schwiegervater trocken, sobald die Männer alleine waren. Er winkte eine der Mägde zu sich und ließ sich den Weinkelch ein weiteres Mal füllen. Dann raunte er ihr etwas ins Ohr, woraufhin sie leicht errötete und aus der Stube verschwand. »Was hältst du von einer kleinen Überraschung zur Feier des Tages?«

Laurenz wusste nicht, was er antworten sollte. »Hm«, brummte er deshalb unentschlossen.

Philippos grinste, leerte seinen Kelch in einem Zug und zwinkerte Pater Antonio zu. »Wie sieht es mit Euch aus? Kann ich Euch überreden?«

Der Priester verzog das Gesicht zu einer Miene, die Laurenz nicht besonders gefiel. »Wenn Ihr damit nicht den Preis für die Eheschließung herunterhandeln wollt«, erwiderte der Kirchenmann.

Philippos winkte ab. »Aber nicht doch! Was denkt Ihr von mir? Seht es als ein Zeichen meiner Dankbarkeit und Gastfreundschaft.« Er lachte dröhnend.

Laurenz legte die Stirn in Falten. Wovon redeten die Männer? Scheinbar erheiterte sein verdutztes Gesicht die beiden. Auch die übrigen Anwesenden fielen in das Lachen mit ein.

»Komm mit, dann siehst du, was ich meine«, forderte Philippos ihn auf, nachdem auch Laurenz den letzten Schluck Wein genommen hatte. Der Grieche schob seinen Stuhl zurück.

Gegen seinen Willen neugierig, tat Laurenz es ihm gleich und folgte den anderen hinaus in den lauen Abend. Ohne Eile schlenderten sie den überdachten Gang entlang, die Treppen hinab in den Hof und steuerten auf ein Gebäude hinter dem Kontor zu. Dampfschwaden empfingen sie, als sie die Tür des kleinen Raumes öffneten. Die Magd hatte ein Feuer geschürt und war dabei, in einem Kessel Wasser zu erhitzen. Neben einem halb offenen Schwitzraum mit heißen Steinen befanden sich ein Kaltwasserbecken und ein riesiger hölzerner Zuber. Aber es waren weder das Becken noch der Zuber, die Laurenz' Blick anzogen. Sondern vier junge Frauen, die durch einen Nebeneingang die Badestube betraten. Ohne viele Worte begannen sie sich zu entkleiden und stiegen splitternackt in den Bottich.

»Ich sehe, die Überraschung ist gelungen«, prustete Philippos. Er drosch Laurenz freundschaftlich auf den Rücken. »Worauf wartest du, zieh dich aus!« Mit diesen Worten befreite er selbst sich von seiner Kleidung und gesellte sich zu den Mädchen.

KAPITEL 14

Konstantinopel, Ende Juli 1408

Die folgenden Tage vergingen wie im Flug. Schneller, als Olivera es für möglich gehalten hatte, kam der große Moment heran. An einem strahlend schönen Sonntag gaben sie und Laurenz sich in einer kleinen Kapelle im venezianischen Viertel von Konstantinopel das Jawort. Nicht einmal drei Dutzend Gäste waren zugegen. Und auch das anschließende Festmahl fand im kleinen Kreis statt. Ihre *Yiayia* hatte sich zuerst geweigert, die römische Kirche zu betreten. Doch Oliveras Bitten hatten sie schließlich umgestimmt. Jetzt saß die junge Frau wie auf Kohlen, da der Augenblick, die Ehe zu vollziehen, nahte. Obwohl sie kaum etwas gegessen hatte, verspürte sie einen Druck im Magen. Dieser, so vermutete sie, hatte jedoch nichts mit den schweren Speisen zu tun. Sondern viel mehr damit, dass noch in dieser Nacht all das wahr werden würde, wovon sie so lange geträumt hatte. Unruhig rutschte sie auf dem Schemel hin und her, auf den ihre Großmutter sie gedrückt hatte.

»Au«, protestierte sie, als die alte Frau einen Knoten in ihrem Haar löste.

»Halt still«, war die ungerührte Antwort. »Du willst doch gewiss schön sein wie eine Rose, wenn dein Gemahl an deine Tür klopft«, versetzte ihre *Yiayia.*

Und das wollte Olivera! Daher biss sie die Zähne aufeinander und ertrug die Tortur ohne weitere Klagen. Immerhin war alles Ziehen und Reißen nicht einmal in Ansätzen vergleichbar mit den Schmerzen, welche die Enthaarung am Vortag mit sich gebracht hatte. Nachdem ihr Schopf gekämmt war, streute ihre *Yiayia* ein Pulver aus Nelken, Galgantwurzel und Muskat in ihr Haar und massierte es in ihre Kopfhaut ein. Dann legte sie die Strähnen zu einer einfachen Schlaufe und half der jungen Frau aus dem Hochzeitskleid. Nur noch mit einem elfenbeinfarbenen Untergewand bekleidet, fühlte Olivera sich seltsam schutzlos. Der Duft von Rosen- und Veilchenöl stieg ihr in die Nase, und sie gab der Versuchung nach, mit den Fingerkuppen über ihre glatte Haut zu streichen. Kein einziges Härchen verunzierte ihre makellosen Beine, die Lale am Morgen mit einem Duftöl eingerieben hatte.

Ihre Großmutter betrachtete sie mit schief gelegtem Kopf.

»Schön wie der Vollmond«, murmelte sie. »Allerdings kann ein wenig Farbe nicht schaden.« Sie griff nach einem kleinen Tiegel, in dem gestoßene Ölbaumwurzel mit Talg vermischt worden war. Diese Masse hatte einen grellroten Ton, der an die Farbe von Ochsenblut erinnerte. Etwas Minze sorgte dafür, dass das Gemisch einen angenehmen Geschmack bekam, der Olivera augenblicklich auf den Lippen prickelte. Nachdem ihre *Yiayia* noch ihre Augen mit Kohlestift umrahmt und die Wimpern mit einem heißen Eisen gebogen hatte, schien sie schließlich zufrieden.

»Auch wenn ich wünschte, du hättest dein Herz einem Griechen geschenkt«, sagte sie leise, »werde ich für euer Glück beten.« Sie drückte Olivera einen Kuss auf die Stirn. »Gott steht all denjenigen bei, die reinen Herzens sind. Vergiss das nie.« Sie packte ihre Sachen zusammen, warf ihrer Enkelin einen letzten Blick zu und verließ schließlich die Kammer, die den frisch Vermählten zugewiesen worden war.

Alles war fremd für Olivera. Daher kam sie sich einsam und verlassen vor, als sie plötzlich ganz alleine war in dem prachtvoll geschmückten Raum. Sie sah sich suchend um. Nicht einmal ein Spiegel war vorhanden, in dem sie ihre Erscheinung hätte überprüfen können. Außer einem Bett mit einem ausladenden Baldachin befanden sich zwei Zedernholztruhen, ein Schemel und ein kleines Tischchen in der Kammer. Drei der vier Wände zierten Wandteppiche, auf denen fremdländisch anmutende Szenen dargestellt waren. Eine der Knüpfarbeiten zeigte eine Schar bunt gefiederter Vögel in einem Prunkgarten. Olivera trat an den Teppich heran und zeichnete versonnen die Umrisse eines Pfaus mit den Fingern nach. Bevor sie die anderen Tiere genauer in Augenschein nehmen konnte, erklang jedoch ein Klopfen an der Tür.

Ohne Vorwarnung zog sich ihr Magen so heftig zusammen, dass sie aufkeuchte und die Hand fallen ließ, als habe sie sich an dem Teppich verbrannt. Während ihr Herz davonraste, biss sie sich unsicher auf die Lippe und starrte wortlos auf die Tür. Diese öffnete sich langsam, beinahe zögernd und Laurenz erschien auf der Schwelle. Auch er war – wie bereits bei der Trauung – für sie herausgeputzt. Allerdings trug er, im Gegensatz zu ihr, noch all seine Kleider. Seine Augen weiteten sich, als er sie sah. Und einen Moment lang überkam sie die schreckliche Angst, dass sie ihm nicht gefallen könnte; dass alles, was sie unternommen hatte, um schön zu sein für ihn, das Gegenteil bewirkt haben könnte. Die Furcht war so gewaltig, dass sie ihr den Atem raubte. Während sie wie festgenagelt auf der Stelle verharrte, bohrte Laurenz' Blick sich in den ihren. Anstatt eines Grußes kam lediglich ein unverständlicher Laut über seine Lippen, und es dauerte einige Momente, bevor sie begriff. Er war genauso aufgeregt wie sie! Die Furcht, die eben noch gedroht hatte, sie zu lähmen, fiel wie ein Schuppenkleid von ihr ab. Erleichterung durchflutete ihren Körper. Gebannt verfolgte sie, wie er die Tür hinter sich ins Schloss drückte und einen Moment lang unschlüssig auf der Stelle verharrte. Schließlich räusperte er sich.

»Jetzt bekomme ich endlich den Kuss, den du mir noch schuldest«, sagte er mit belegter Stimme.

Olivera spürte das Blut in ihre Wangen schießen. Aber aller Verdruss darüber löste sich in Luft auf, als Laurenz auf sie zutrat und auf sie hinabblickte. Einige schwere Atemzüge lang wirkte es, als wüsste er nicht, was zu tun war. Doch dann fasste er sie bei den Schultern, beugte sich zu ihr hinab und streifte ihre Lippen zart mit den seinen. Das Gefühl, das Olivera bei der Berührung übergoss, war unbeschreiblich. Heiße und kalte Schauer jagten im Wechsel ihren Rücken hinab. Sobald er die Hand in ihren Nacken legte und ihren Mund energischer mit dem seinen verschloss, trat alles um sie herum in den Hintergrund. Ohne nachzudenken, reckte sie sich ihm entgegen. Hungrig erwiderte sie seinen Kuss, öffnete die Lippen, und schon bald vollführten ihre Zungen einen wilden Tanz.

Olivera spürte die Hitze seines Körpers, als er sich an sie presste. Trotz der Wärme, die von ihm ausging, schienen seine Arme, sein Brustkorb, einfach alles an ihm wie aus Stein gemeißelt. Seine Umarmung war ein Wall, der sie vor allen Gefahren der Welt beschützen konnte. Als ihre Lippen sich erneut berührten, gingen seine Hände auf Wanderschaft. Langsam, beinahe vorsichtig, glitt seine Linke an ihrer Vorderseite hinab, bis sie schließlich ihre Brüste fand. Sanft liebkoste er sie und sorgte dafür, dass sie vor Wonne den Kopf in den Nacken legte.

»Du bist wunderschön«, flüsterte er ihr ins Ohr.

Er raubte ihr mit einem weiteren Kuss die Sinne, ehe er sich von ihr löste und sie auf das Bett zuzog. Dort angekommen, betrachtete er sie einen Wimpernschlag lang beinahe andächtig. Dann begann er, die Schnürung ihres Untergewandes zu lösen. Jedes Mal, wenn seine Fingerkuppen dabei ihre Brust streiften, durchrieselte Olivera ein weiterer Schauer. Es dauerte nicht lange, bis der störende Stoff zu Boden fiel. Ein winziger Moment der Scham ließ Olivera schützend die Hände vor ihre geheimste Stelle senken. Doch als auch Laurenz begann, sich zu entkleiden, loderte eine Erkenntnis in ihr empor: Sie wollte, dass er sie dort berührte! Sie wollte ihn spüren, riechen, schmecken und für immer eins mit ihm werden! Die Muskeln in seinem Rücken spielten, als er sich hastig Schuhe, Beinlinge und Bruch – eine weite Unterhose – abstreifte. Seine Bewegungen waren geschmeidig wie die einer Raubkatze. Ein Prickeln kroch über Oliveras Kopfhaut, und ein seltsames Pochen breitete sich zwischen ihren Beinen aus. Als er sich schließlich zu ihr umwandte, wich sie beim Anblick seiner Erregung allerdings erschrocken einen Schritt zurück.

»Keine Angst«, sagte Laurenz heiser. »Ich werde dir nicht wehtun.«

Ohne jegliche Scheu trat er wieder auf sie zu. Und dieses Mal war der Kuss wilder, hungriger als die Küsse zuvor. Eng umschlungen taumelten sie einen Schritt zurück und fielen in einem Durcheinander aus Gliedmaßen auf die weiche Matratze. Sein Mund löste sich von dem ihren, suchte ihre Brüste, ihren Bauch und schließlich wieder ihre Lippen. Während Olivera sich dem Taumel der Empfindungen hingab, stahl sich seine Hand an ihrer Vorderseite entlang zwischen ihre Beine. Als er sie schließlich dort berührte, wo sie noch niemals zuvor jemand berührt hatte, vermeinte sie, vor Lust vergehen zu müssen. All ihre Sinne schienen plötzlich auf diese eine Stelle ihres Körpers konzentriert. Nichts existierte mehr außer dem Strudel der Begierde, der sie unaufhaltsam mit sich zog. Als Laurenz schließlich weiterforschte, stieß sie einen leisen Schrei aus.

»Oh, mein Gott«, hauchte sie.

Auch Laurenz' Atem kam inzwischen stoßweise, und plötzlich zog er die Hand zurück. »Warum hörst du auf?«, fragte Olivera verdutzt. Doch anstatt einer Antwort stemmte er die Ellenbogen neben ihr in die Kissen und senkte sich auf sie. Sobald er in sie eindrang, durchzuckte sie ein stechender Schmerz, der sie erschrocken die

Luft einziehen ließ. Allerdings ebbte dieser nach kurzer Zeit ab und die Wonne kehrte zurück. Mit jeder Bewegung steigerte sich der Rausch weiter und weiter, bis schließlich etwas in Olivera zu zerschmelzen schien. Während Laurenz' Bewegungen immer schneller wurden, ließ sie sich fallen und von vollkommener Glückseligkeit davontragen. Als Laurenz schließlich mit einem Stöhnen auf ihr zusammenbrach, hämmerte ihr Herz wild gegen ihre Rippen. Sein Puls raste ebenfalls und seine Haut war schweißnass. Obschon das überwältigende Gefühl in ihr allmählich abklang, war Olivera immer noch wie benommen.

Eine Weile lagen sie schweigend aneinandergeschmiegt da, lauschten auf den Atem des anderen. Schließlich drehte Laurenz sich auf den Rücken und zog Oliveras Kopf auf seine Brust.

»Jetzt hast du deine Schulden bezahlt«, scherzte er.

Olivera schloss die Augen. Sie sog gierig den Duft ein, der von ihm ausging. Er schlang den Arm um sie und strich ihr zärtlich über den Rücken.

»Weißt du«, sagte er irgendwann, »ich hätte nie gedacht, dass ich eine Gemahlin von dieser Reise mit nach Hause bringen würde.«

Olivera lachte. »Und ich hätte nicht gedacht, dass mich mein Vater noch dieses Jahr vermählt«, erwiderte sie.

Laurenz zog sie näher an sich, um ihr Haar zu küssen. »Das Schicksal eröffnet manchmal seltsame Wege«, orakelte er.

Olivera verkniff sich ein Grinsen. Wenn er wüsste, wie wenig das Schicksal mit ihrer Hochzeit zu tun hatte! Erfüllt und erschöpft zugleich legte sie ein Bein über seine Mitte und wünschte sich, sie könnten für immer so verweilen. Allerdings wusste sie, dass dieser Wunsch nicht in

Erfüllung gehen würde. Denn in drei Tagen würde sie mit ihrem Gemahl in dessen ferne Heimat aufbrechen. Was sie dort wohl erwarten würde? Sie ignorierte das leise Aufkeimen der Bangigkeit. Mit Laurenz an ihrer Seite konnte ihr keine Unbill der Welt etwas anhaben!

KAPITEL 15

Tübingen, Anfang August 1408

Das Schlachten war ihm an diesem Tag schwerer von der Hand gegangen als sonst. Vielleicht lag es daran, dass ihn das Blut der Schweine allzu sehr an das Blut des krüppeligen Bettlers erinnerte, dem er am gestrigen Tag den Schädel eingeschlagen hatte. Vielleicht lag es aber auch daran, dass die Sommerhitze zurückgekehrt war und erstickend über der Stadt lag. Mit einem Prusten wischte er sich die Schweißtropfen von der Stirn, bevor diese in den Brei aus Blut, gegarten und zerkleinerten Schwarten und Zwiebeln tropfen konnten. Es kam ihm vor, als stünde er inmitten eines riesigen Ofens. Wenngleich er die winzigen Fensterluken zu ebener Erde geöffnet hatte, schien sich kaum ein Windhauch zu regen. Nur noch zwei weitere Schweine, dann konnte er seinen Lehrling losschicken, damit dieser die bestellten Würste und Fleischteile zu Richter Fraischlich brachte. Er schnitt eine Grimasse. Wenn der

Richter wüsste, dass sein Hausschlachter der Mann war, über den mittlerweile an jeder Ecke geredet wurde! »Die linke Hand des Teufels«, »Seelenräuber« und »Dämon« nannte man ihn inzwischen. Durch die erhöhte Wachsamkeit der Stadtsoldaten waren seine nächtlichen Ausflüge noch riskanter geworden – so riskant, dass nur noch Zeit blieb, die Toten auf seinem Handkarren fortzuschaffen. Alles andere musste er unter seinem eigenen Dach erledigen. Er warf achtlos eine Handvoll Kräuter in den Wurstbrei und vermengte diesen mit den Händen. Am liebsten hätte er mit Salz und Pfeffer gegeizt, allerdings handelte es sich bei dem Richter um einen seiner besten Kunden. Daher hielt er sich an die vorgesehene Menge und begann kurze Zeit später damit, den Brei in Därme zu stopfen. Er rümpfte die Nase, als das kaum wahrnehmbare Fächeln einer Brise die Luft bewegte. Der Gestank aus dem Kellerloch im Nebenraum hatte sich innerhalb der letzten beiden Stunden verstärkt. Die Fliegen, die bis vor Kurzem noch um die Überreste der geschlachteten Schweine gekreist waren, hatten das lohnendere Ziel offenbar ebenfalls entdeckt. Seine Nasenflügel zuckten erneut. Wenn er nicht wollte, dass jemand Verdacht schöpfte, würde er dem Toten schleunigst das Fleisch von den Knochen schaben und diese abkochen müssen!

Er pfiff seinen Lehrling herbei.

»Stopf die restlichen Würste«, trug er dem Jungen auf. Er hob warnend die Hand. »Aber ordentlich, sonst setzt es eine Tracht Prügel!«

Der Knabe zog furchtsam den Kopf ein und nickte.

»Wenn du dich ohne meine Erlaubnis vom Fleck rührst«, drohte der Metzger, »dann gnade dir Gott!« Der verängstigte Ausdruck im Gesicht des Burschen beruhigte ihn. Der Bengel würde ganz gewiss nicht nachsehen, was sein Meister nebenan tat. Dessen konnte er sicher sein! Er wischte sich die Hände an seiner ohnehin blutigen Schürze ab. Dann verließ er den Schlachtraum, drückte die Tür zur Nebenkammer auf und rümpfte angeekelt die Nase. Obwohl es in diesem Raum stets nach den Exkrementen der Schlachttiere stank, die im angrenzenden Stallgebäude auf ihr Los warteten, prallte er zurück, als wäre er gegen eine Mauer gelaufen. Süß und stechend zugleich hing der Verwesungsgeruch des Toten in der Luft. Er hätte ihn besser noch in derselben Nacht abgekocht, in der er ihn erschlagen hatte! Zorn wallte in ihm auf. Wäre da nicht sein naseweises Weib gewesen, das ihn mit seiner Neugier in den Wahnsinn trieb!

»Wo treibst du dich so spät noch herum?«, hatte sie gekeift, kurz nachdem er den Bettler in den Kellerraum gezerrt hatte. »Um diese Zeit lässt doch niemand mehr etwas schlachten!«

Am liebsten hätte er ihr eine schallende Ohrfeige versetzt. Doch da die Vergangenheit ihn eines Besseren belehrt hatte, war es ihm weiser erschienen, zu schweigen und sie zu ignorieren.

»Geh ins Bett«, hatte er geknurrt und so getan, als ob sie nicht zugegen wäre. Als sie fort war, hatte er gezwungen ruhig den Sack mit dem Toten in das Loch geworfen, die Luke abgeschlossen und den Schlüssel in die Tasche gesteckt. Er zog erneut die Nase kraus. Wie viel einfacher alles wäre, wenn er sie einfach beseitigen könnte!

»Vermutlich hast du dann innerhalb eines Tages ihre gesamte Sippschaft auf dem Hals«, murmelte er vor sich hin. Mit grimmigem Blick verriegelte er die Tür hinter sich, bückte sich und öffnete das Schloss der Luke. »Verdammt!«, fluchte er, kaum hatte er die beiden hölzernen Flügel zurückgeschlagen. Der Gestank war wirklich bestialisch! Er hielt die Luft an und packte den Toten. Nachdem er ihn aus dem Loch gezogen und aus dem Sack befreit hatte, schürte er das Feuer unter dem Kessel, in dem noch vor Kurzem die Schweineschwarten geschwommen waren. Dann schnitt er dem Bettler die Lumpen vom Leib und begann ihn zu zerteilen. Er arbeitete schnell. Je eher die Knochen in den Kessel wanderten, desto schneller würde er wieder ruhig schlafen können. Das Fleisch würde er später – zusammen mit den Schlachtabfällen – in der Sickergrube hinter dem Haus verschwinden lassen. Eine Handvoll Knochen fiel mit einem Platschen in das kochende Wasser. Wenn doch nur dieser vermaledeite Händler endlich mit den Behältnissen zurückkehren würde! Dann müsste er sich nicht die Mühe machen, die Gebeine zu säubern und mit Asche zu schwärzen. Stattdessen könnten die Körperteile so, wie sie waren, verkauft werden. Schließlich galt es als ein besonderes Zeichen der Heiligkeit, wenn die Reliquie wirkte, als habe der Heilige am Vortag noch gelebt. Er lachte. Wenn manch Käufer wüsste, wie nahe er mit dieser Vermutung der Wahrheit kam! Ein weiterer Knochen fand den Weg in den Kessel. Was sein Auftraggeber den gutgläubigen Narren wohl erzählte, wenn die falschen Heiligen dann doch anfingen, Zeichen des irdischen Verfalls zu zeigen? Er lachte erneut. Vermutlich, dass es an ihnen lag, an der mangelnden Demut, mit der sie die Reliquie behandelt hatten.

Als er sein Werk beendet hatte, stopfte er die Überreste des Bettlers zurück in den Sack. Ein Jammer, dass ein Toter nicht mehr blutete! Ansonsten hätte er auch noch den kostbaren Saft auffangen und für teures Geld verkaufen können. Wenn die Preise für falsche Reliquien weiter so in die Höhe schnellten, dann würde er vielleicht doch irgendwann dazu übergehen, seinem Auftraggeber Schweineblut unterzuschieben. Wer sollte den Unterschied schon bemerken? Gewiss würde es keinem seiner eigenen Kunden auffallen, wenn er die Blutwürste mit etwas Wasser streckte. Seine Miene hellte sich auf. Warum nicht doppelt verdienen? Ein plötzliches Rütteln an der verriegelten Tür ließ ihn zusammenschrecken.

»Wo steckst du?«, erklang die ungehaltene Stimme seiner Frau. »Der Wirt vom *Storchen* ist hier. Er hat einen Ochsen, der heute noch geschlachtet werden muss!« Es rüttelte noch mal an der Tür. »Mach auf! Warum schließt du dich ein?«

Der Metzger sah sich hastig im Raum um. So schnell er konnte, beförderte er den Sack wieder in das Kellerloch, verrammelte die Luke und brüllte: »Ich komme gleich!« Er warf einen Blick auf den Kessel. Von der Tür aus konnte seine Frau unmöglich erkennen, was darin kochte. Ein beklemmendes Gefühl ergriff Besitz von ihm. Ihre Neugier würde ihm noch alles zunichtemachen! Er musste die Beweise für das, was er tat, schleunigst aus dem Haus schaffen! Wenn sie die Wahrheit herausfand, würde er irgendwann am Galgen enden. Er ballte die Hände zu Fäusten. Entweder weil sie ihn durch ihr Geschnatter verriet oder weil er ihr den Hals umdrehte!

»Geh und sag dem Wirt, dass ich in einer halben Stunde bei ihm bin«, rief er.

»Nun mach doch endlich die Tür auf!« keifte sie.

Er stieß eine Verwünschung aus. Kochend vor Zorn tat er, was sie verlangte, und baute sich vor ihr auf, um ihr den Zutritt zu verwehren. »Tu, was ich gesagt habe«, befahl er gefährlich ruhig. Es fiel ihm schwer, nicht die Hände um ihren fetten Hals zu legen und sie für immer zum Schweigen zu bringen.

Ihre Augen verengten sich zu Schlitzen. Nachdem sie erfolglos versucht hatte, einen Blick ins Innere des Raumes zu erhaschen, schnaubte sie schließlich, machte wortlos auf dem Absatz kehrt und stürmte auf den Ausgang der Schlachterei zu.

»Verfluchte Scheiße!«, knurrte der Metzger. Kaum war sie verschwunden, kehrte er in den Nebenraum zurück. Er verriegelte die Tür wieder und zog den Sack erneut aus dem Loch hervor. Dann schaffte er ihn so schnell er konnte zur Sickergrube. Die Knochen in dem Kessel würden noch einige Stunden kochen müssen. Aber selbst seinem Weib traute er nicht zu, dass ihre Neugier so weit ging, dass sie in dem heißen Wasser herumstocherte. Sicherlich vermutete sie, dass er sich hinter ihrem Rücken mit einer Hure vergnügte. Und die würde sie bestimmt nicht in einem Kessel suchen! Bevor er das Haus verließ, um sich zum *Storchen* zu begeben, fasste er einen Entschluss. Er würde keine weiteren Unehrlichen töten, bis der Händler von seiner Reise zurück war. Wenn sein Auftraggeber wollte, dass er weiterhin so viel erntete, würde dieser ihm einen sicheren Ort zum Arbeiten zur Verfügung stellen müssen!

KAPITEL 16

Konstantinopel, Anfang August 1408

»Oh, *Yiayia*«, schluchzte Olivera. Sie fiel ihrer Großmutter ein weiteres Mal um den Hals und drückte ihre Wange an die der alten Frau. Wie klein und zerbrechlich ihre *Yiayia* mit einem Mal schien! »Du wirst mir fehlen!«

Die Tränen strömten in breiten Bächen ihre Wangen hinab, und der Abschiedsschmerz bewirkte, dass sie sich fragte, ob sie einen Fehler begangen hatte. Wie anders es war, von einer Reise zu träumen und dann tatsächlich von zu Hause aufzubrechen! Niemals hätte sie gedacht, dass ihr der Abschied so tief ins Herz schneiden würde! Sie ließ zu, dass ihre Großmutter sich von ihr befreite und wischte sich die Augen.

»Du wirst mir auch fehlen, Kind«, sagte die alte Griechin. »Aber es ist ja kein Abschied für immer.« Sie lächelte schwach. »Schon in einem Jahr sehen wir uns wieder.«

Oliveras Miene hellte sich ein wenig auf. Sie schniefte. »Ja«, erwiderte sie tapfer. »In einem Jahr.«

Ihre Kehle wurde erneut eng. Wie lang konnte ein Jahr schon sein? Ganz gewiss würde die Zeit wie im Flug verstreichen! Wartete nicht endlich das Abenteuer auf sie, nach dem sie sich so lange gesehnt hatte? Endlich durfte sie hinaus in die weite Welt und mit eigenen Augen sehen, was sie sonst nur von anderen gehört hatte! Sie zog noch einmal die Nase hoch und straffte die Schultern. Dann hielt sie auch ihrem Vater und ihrem Bruder Markos die

Wange entgegen und versuchte, nicht an ihren Onkel und ihre beiden anderen Brüder zu denken. Was würden diese sagen, wenn sie von ihrer Handelsreise heimkehrten? Würden sie Olivera vermissen? Bevor ihr wieder Tränen in die Augen steigen konnten, schlang sich von hinten ein Arm um ihre Schultern.

»Die Männer warten«, sagte Laurenz leise. »Wenn wir die *Muda di Romania* nicht rechtzeitig erreichen, läuft sie ohne uns aus.« Sein Gesicht wirkte angespannt.

Vor zwei Tagen hatte er sich unten am Hafen bei dem Galeerenzug eingekauft, dessen bewaffneter Geleitschutz für die Sicherheit der Reisenden und Waren sorgen würde. Die Schiffe liefen von Venedig aus über Griechenland und Konstantinopel die Häfen des Schwarzen Meeres an. Und da Laurenz plante, vom Schwarzmeerhafen Kilija aus die Donau entlang zu segeln, durften sie die *Mude* auf keinen Fall verpassen.

»Gott wird euch auf eurem Weg beschützen«, sagte Oliveras Großmutter und schlug ein Kreuz vor der Brust.

»Vergiss nicht, was wir besprochen haben«, schickte Oliveras Vater Laurenz hinterher, als der junge Mann sich zum Gehen wandte.

»Das werde ich nicht«, gab dieser kurz angebunden zurück. Er bedeutete einem Knecht, den Zügel seines Rappen zu halten und streckte Olivera die Hand entgegen. »Du brauchst keine Angst zu haben«, sagte er, »Bodo ist lammfromm.«

Olivera sah furchtsam zu dem riesigen Tier auf. Dieses warf mit einem Schnauben den Kopf. Wie groß es war! Als Laurenz' Hände sich um ihre Körpermitte legten, verflüchtigte sich ihre Furcht jedoch wie Tau in der Morgensonne. Seine Berührung gab ihr Sicherheit. Mühelos hob er sie vom Boden auf, und keine zwei Lidschläge später befand sie sich auf dem Rücken des Rappen. Laurenz schwang sich hinter ihr in den Sattel.

»Lebt wohl«, rief er den im Hof Versammelten zu und wendete sein Reittier. Bevor Olivera richtig begriffen hatte, was geschah, trabten sie durch die Einfahrtshalle hinaus auf die staubige Straße. Einige Augenblicke lang rangen Trauer, Furcht und Aufregung gegeneinander, doch nach wenigen Schritten gewann die Aufregung die Oberhand. Sie drehte den Kopf und sah zu dem Pferdekarren, der von einem der Knechte gelenkt wurde. Auf der Ladefläche befanden sich nicht nur zahllose Kisten und Säcke, sondern auch drei große Eichenholztruhen. In diesen befanden sich Oliveras Habseligkeiten und der Schatz, den ihre Großmutter ihr zum Abschied geschenkt hatte: jeweils eine Abschrift von Galens *Methodi Medendi* – den Methoden des Heilens, Avicennas *Canon Medicinae* – dem Kanon der Medizin – und Trotulas *Passionibus Mulierum* – den Leiden der Frau. Zudem hatte ihre *Yiayia* ihr zwei Kräuterbücher mitgegeben, in denen sie all ihr Wissen über heilkundige Pflanzen gesammelt hatte.

»Damit du in der Fremde nicht alles vergisst«, hatte sie gesagt.

Olivera krallte die Hände in die Mähne des Rappen, da Laurenz ihn zu einer schnelleren Gangart antrieb. Sie würde bestimmt nichts vergessen! Prickelnde Vorfreude breitete sich in ihr aus. Sie würde mit Laurenz zusammen dessen Geschäft führen und für ihn genauso Salben und Tränke herstellen, wie sie und ihre *Yiayia* es für ihren Vater getan hatten. Wenn sie nächstes Jahr nach Konstantinopel zurückkehrten, würde ihre Großmutter stolz auf sie sein! Sie richtete die Augen geradeaus. Allerdings nahm sie weder Menschen noch Gebäude bewusst wahr. Denn in Gedanken befand sie sich bereits weit, weit fort.

Laurenz hätte am liebsten laut gejubelt, als eine halbe Stunde später die Kaufmannsgaleeren der *Mude* vor ihnen auftauchten. Sie hatten es geschafft! Seite an Seite lagen die schlanken Schiffe im Hafenbecken – die Segel gerefft, die Ruder eingezogen. Weiter vom Ufer entfernt dümpelten einige bauchigere Koggen auf den Wellen des Marmarameeres. Über den Masten kreisten Seevögel auf der Suche nach Fisch, Brotkrumen oder andern Happen, die es zu rauben lohnte. Das Wasser des Hafens warf glitzernd das Sonnenlicht zurück. Obwohl der Himmel leicht bewölkt war, brannte die Hitze auf der Haut. Einheimische Träger schleppten schwitzend Holz und Metall an Land und beluden die dort wartenden Ochsenkarren. Zweifelsohne würden die Händler einen hohen Preis für diese Waren erzielen, die Grundstoffe für Kriegs- und Bauzwecke darstellten. Laurenz wich einem überfrachteten Gefährt aus, dessen Ladung gefährlich hin und her schwankte.

»Sieh nur, wie groß sie sind!«, hauchte Olivera ehrfürchtig und zeigte auf die Schiffe. Sie sah mit Staunen im Blick zu ihm auf. »Aus der Ferne haben sie immer viel kleiner ausgesehen!«

Laurenz verkniff sich ein Grinsen. Wie unglaublich bezaubernd sie war! Neugier und Verwunderung ließen ihre Augen leuchten und ihr Mund war leicht geöffnet. Nur mühsam hielt er sich davon ab, sich zu ihr hinabzubeugen und ihre köstlichen Lippen zu küssen. Die Erinnerung an den letzten Kuss brachte sein Blut in Wallung. Wenn er sie doch nur endlich wieder für sich alleine hätte! Schon der Gedanke an ihre Brüste, ihre Hinterbacken und ihre seidigen Schenkel sandte Erregung durch seinen Körper. Doch das Auftauchen eines Mitglieds der venezianischen Besatzung brachte ihn schlagartig auf andere Gedanken.

»Du da!«, rief er dem Mann zu. Er winkte ihn zu sich. »Wo ist dein Schiffsführer?«

Der Mann spuckte etwas auf den Boden und deutete mit dem Daumen über die Schulter. »An Bord«, war die knappe Antwort.

Bevor Laurenz fragen konnte, welcher der reich gekleideten Männer der Kapitän war, verschwand der Kerl im Gewühl.

»An Bord«, wiederholte er mit einem Brummen. Er schüttelte ärgerlich den Kopf und sprang vom Rücken seines Pferdes. Nachdem er auch Olivera aus dem Sattel geholfen hatte, nahm er sie bei der Hand. »Ihr wartet hier!«, rief er seinen Knechten zu. Dann zog er Olivera auf eine der Galeeren zu. Dort angekommen, steuerte er nach kurzem Zögern auf den Laufsteg zu und machte Anstalten, das Schiff zu betreten. Ein bewaffneter Venezianer vertrat ihnen den Weg.

»Habt Ihr die Erlaubnis des *capitano*, an Bord zu kommen?«, fragte der Soldat schroff. Laurenz verneinte. »Ich bin aber auf der Suche nach dem Kapitän«, erklärte er und zog ein Stück Papier aus seiner Schecke. »Hier.« Er überreichte dem Bewaffneten das Schriftstück, das dieser einen Augenblick lang beäugte, als sei es giftig. Erst dann winkte er einen Knaben herbei und trug ihm auf, das Schreiben dem *capitano* zu zeigen. Mit einer Geste bedeutete er Olivera und Laurenz, den Weg für die Träger freizumachen, und kehrte ihnen den Rücken.

»Das fängt ja gut an«, schimpfte Laurenz. Hatte der venezianische Handelsvertreter ihm nicht versichert, dass alles reibungslos ablaufen würde?

»Ein Großteil der Ladung wird in Konstantinopel gelöscht«, hatte der Mann gesagt. »Es wird genug Platz für Euch und Eure Waren geben.«

Laurenz sah den Trägern nach, als diese neben noch mehr Holz und Metall auch Säcke, Kisten und Ballen von Bord schafften. Scheinbar stimmte das, was der Faktorist behauptet hatte. Warum schlich sich dennoch der Verdacht ein, der Mann hätte ihm einen Bären aufgebunden? Hatte er ihn nur um sein Geld erleichtern wollen? Als ein streng wirkender Mann mit einem Brustpanzer am Ende des Laufsteges erschien, schob er alle Gedanken an den Handelsvertreter und die Träger beiseite. Langsam und würdevoll schritt der Venezianer die Planken entlang auf sie zu und begrüßte sie mit einem knappen Kopfnicken.

»Seid Ihr der Mann, der mir dies«, er hob das Blatt Papier in die Höhe, »hat bringen lassen?«

Laurenz bejahte. »Der Vorsteher Eurer Faktorei hat das Schreiben ausgestellt«, erwiderte er. »Die Fracht- und Zollgebühren bis Kilija habe ich bereits bei ihm entrichtet.«

Der Kapitän nahm den Brief genauer in Augenschein. Dann sah er an Laurenz und Olivera vorbei zu der Stelle, an der Laurenz' Knechte, Wagen und die Reittiere warteten. »Für Pferde ist ein Zuschlag zu bezahlen«, sagte er schließlich. Sein Tonfall war weder freundlich noch unfreundlich.

»Was?«, brauste Laurenz auf. »Davon war nie die Rede!«

Der *capitano* zuckte die Schultern und gab Laurenz das Schreiben zurück. »So bestimmen es die Regeln des Senats.«

Ein Poltern und ein Schrei ließen ihn zu seinem Schiff herumwirbeln. »*Maledetto*!«, fluchte er, ehe er sich wieder zu Laurenz und Olivera umwandte. »Ihr könnt die Tiere natürlich auch auf dem Markt verkaufen und ohne sie an Bord kommen«, versetzte er – sichtlich ungeduldig. »Ich muss mein Schiff vor Überladung schützen. Wenn Ihr sie mitnehmen wollt, bezahlt. Sonst bleiben sie hier.« Er machte ohne Gruß auf dem Absatz kehrt und stürmte den Laufsteg hinauf. Unmittelbar nachdem er an Deck verschwunden war, ertönten eine Schimpfkanonade und das Geräusch von Schlägen.

»Elender Halsabschneider!«, erboste Laurenz sich. »Und ich dachte, es wären die Korsaren, die Handelsreisende ausrauben.« Er spürte Oliveras Blick auf sich und riss sich zusammen. Auf keinen Fall wollte er sie beunruhigen. »Dann werden wir eben bezahlen«, seufzte er und zwang sich zu einem Lächeln. »Je holperiger der Beginn einer Reise, desto reibungsloser ihr weiterer Verlauf«, erfand er ein Sprichwort, an das er selbst nicht eine Sekunde lang glaubte. Wenn es jetzt schon Probleme gab, stand ihre Reise unter keinem guten Stern. Er schielte zu den Kisten, in denen die falschen Reliquiare in Stroh verpackt darauf warteten, an Bord geschafft zu werden.

Kälte kroch ihm den Rücken hinauf. Er widerstand dem Drang, sich zu bekreuzigen. Bisher war nichts passiert, warum sollte ausgerechnet jetzt etwas schiefgehen?, fragte er sich. Wenn Gott ihm zürnen würde, hätte er doch schon längst Unglück über ihn gebracht, redete er sich ein. Philippos' Worte fielen ihm wieder ein: »Gott hätte gewiss nichts dagegen, dass noch mehr Menschen die Gebeine der Heiligen verehren können. Auch wenn diese vielleicht nicht ganz so heilig sind, wie die Pilger denken.« Laurenz wandte den Blick von den Kisten ab. Er unterdrückte ein Stöhnen. Wie sehr er sich gewünscht hatte, diese verfluchte Stadt nie wieder sehen zu müssen! Aber das Abkommen, das er mit Oliveras Vater getroffen hatte, war ein Preis, den er bereit war zu bezahlen. Oliveras Hand stahl sich in die seine, und er drückte sie sanft. Jetzt, wo sie durch Heirat verwandt waren, hatten sich die Bedingungen des Griechen zu Laurenz' Gunsten gewandelt. In der Zeit bis zu ihrer Rückkehr würde der Goldschmied alles daran setzen, noch mehr der Gefäße mit dem kostbaren Kristallglas zu veredeln. Und die Preise würden ins Unermessliche steigen. Bald schon, dachte Laurenz, könnte er einen der begehrten Ratsposten in Tübingen erringen! Je mehr Geld er besaß, desto wahrscheinlicher wurde es, dass dieser Traum irgendwann in Erfüllung gehen würde. »Sorge nur dafür, dass Olivera nicht erfährt, womit du dein Geld verdienst«, hatte Philippos gewarnt. Doch das hätte er Laurenz nicht eigens sagen müssen. Eher würde er einen Pakt mit dem Leibhaftigen eingehen! Denn eines war ihm klar: Sollte Olivera herausfinden, was er und ihr Vater trieben, würde sie ihn nicht mehr mit Bewunderung im Blick ansehen. Sondern mit Entsetzen. Er war froh, als sie die Wagen und Pferde erreichten. Es war leichter, sich über die Unverschämtheit der Venezianer aufzuregen, als an Dinge zu denken, die nichts als Verdruss bringen würden.

KAPITEL 17

Der Bosporus, Anfang August 1408

Die Enge im Bauch des Schiffes war unerträglich. Zuerst hatte Olivera sich gefreut, dass man ihnen einen schattigen Platz zwischen den Ruderbänken zugewiesen hatte. Allerdings staute sich dort die Hitze wie in einem Backofen. Zu Laurenz' Leidwesen waren die besseren Plätze an Deck schon vergeben gewesen. Und inzwischen verstand Olivera, warum er sich so darüber aufgeregt hatte. Um den Reisenden Platz zu machen, waren einige der Bänke entfernt worden. Doch je länger Olivera in dem durch Zeltleinwand abgetrennten Bereich verweilte, desto unwohler fühlte sie sich. Vielleicht lag es an dem Schwanken der Galeere. Oder daran, dass sie an diesem Tag noch nicht besonders viel gegessen hatte. Vielleicht war es aber auch einfach nur die brütende Hitze. Die Sonne stand zwar noch nicht hoch am Himmel, aber Olivera bereute bereits, kein leichteres Gewand gewählt zu haben. Der dunkle Stoff ihres Kleides schien die Wärme aufzusaugen wie ein Schwamm Wasser.

»Dürfen wir an Deck gehen?«, fragte sie irgendwann prustend.

Laurenz, der mit dem Rücken an einer Kiste lehnte, zuckte die Schultern. »Ich wüsste nicht, wer uns das verbieten sollte«, erwiderte er. »Schließlich haben wir für die Reise bezahlt.« Er schnitt eine Grimasse. »Sogar doppelt.« Ärger schwang in seiner Stimme mit.

»Sogar doppelt«, erklang es unvermittelt hinter ihnen. Nahe der Bordwand schaukelte Oliveras Papagei auf der Stange in seinem Käfig hin und her und spreizte die roten Schwanzfedern. Nachdem die Waren an Bord gebracht worden waren, hatte sie Laurenz gebeten, das Tier in den Schatten zu stellen. Sie lachte.

»Du bist ganz schön frech«, stellte sie fest. »Ich glaube, ich weiß, wie ich dich nenne.« Sie sah zu Laurenz auf und grinste. »Er erinnert mich an meinen Bruder Markos«, sagte sie. »Ich finde Markos ist ein guter Name für ihn. Was denkst du?«

Laurenz zuckte erneut die Schultern. »Warum nicht«, erwiderte er lahm. Auch ihm schien die Hitze zuzusetzen. Sein Gesicht war gerötet, und das rotblonde Haar hing ihm feucht in die Stirn.

»Wenn ich noch länger hier unten bleibe, werde ich ersticken!«, stellte Olivera fest. Sie zupfte Laurenz am Ärmel. »Begleitest du mich an Deck?«

Einen Augenblick lang hatte sie den Eindruck, dass er ihre Bitte abschlagen wollte. Dann fuhr er sich jedoch mit dem Handrücken über das schweißglänzende Gesicht und sah zu der schmalen Stiege, die aus dem Schiffsbauch nach oben führte.

»Du hast recht«, gab er zurück. »An Deck ist es sicher erträglicher.«

Und das war es in der Tat, wie sie kurz darauf feststellten. Nicht nur kühlte eine angenehme Brise ihre erhitzten Gesichter. Auch das Schwanken des Schiffes schien wesentlich weniger unangenehm als zuvor. Allerdings bemerkte Olivera nach einigen Augenblicken auch Dinge, die sie vorher nicht beachtet hatte. Da die Kaufmannsgaleere voll unter Segel stand, waren die Riemen eingezogen worden. Die mit Armbrüsten bewaffneten Ruderer hatten an Backbord und Steuerbord Stellung bezogen, um eventuelle Angreifer abzuwehren. An Bug und Heck glotzten Kanonenmündungen auf das Meer hinaus, und direkt neben ihrem Schiff teilte eine kleinere, wendigere Kriegsgaleere die Wellen. Die im Sonnenlicht funkelnden Waffen machten Olivera Angst. Sie hoffte inständig, dass weder die Geschütze noch die Armbrüste auf dieser Reise zum Einsatz kommen würden. Es war jedoch nicht nur das Vorhandensein der Waffen, sondern auch die Anwesenheit der vielen Männer, die ihr Unbehagen bereiteten. Daher drängte sie sich dichter an Laurenz. Die Blicke der Seeleute schienen auf ihrer Haut zu brennen, als sie das Deck überquerten. Auch wenn die Männer sie nicht rüde begafften, konnte sie dennoch deutlich ihr Interesse spüren. Scheinbar war sie die einzige Frau an Bord – eine Tatsache, die ihrer *Yiayia* gewiss ganz und gar nicht gefallen hätte. Der Gedanke an ihre Großmutter ließ Oliveras Augen feucht werden. Aber bevor der Abschiedsschmerz wiederkehren konnte, erreichte sie mit Laurenz eine leicht erhöhte Plattform auf dem Vorderdeck. Der Ausblick über den Bosporus vor ihnen raubte ihr umgehend den Atem. In der Sonne brütend glitten zu beiden Seiten der Galeere Dörfer und größere Ansiedlungen vorbei. Überall tanzten Fischerboote auf dem Wasser, das glitzerte wie mit Edelsteinen übersät. Die Segel über ihren Köpfen flatterten im Wind und spendeten wohltuenden Schatten. Das Geräusch der schlagenden Leinwand hatte etwas seltsam Beruhigendes, fand Olivera.

Als der *capitano* sie erblickte, warf er ihnen einen missfälligen Blick zu. Eine Winzigkeit lang hatte Olivera den Eindruck, er wolle etwas sagen. Allerdings wurde seine

Aufmerksamkeit genau in diesem Moment von einer riesigen Festung zu ihrer Rechten in Anspruch genommen. Diese tauchte soeben hinter einer Biegung am Ufer auf – gewaltig, düster und drohend. Auf den Zinnen dieses Kolosses war das Banner des Osmanischen Reiches aufgezogen, am Fuß der Festung tummelten sich zahllose Schiffe.

»Was ist das?«, fragte Olivera überwältigt.

»Das ist *Anadolu Hisarı*«, erwiderte Laurenz. »Hier kontrollieren die Osmanen die Durchfahrt aller Schiffe.«

Staunend ließ Olivera den Blick über die abweisenden Mauern gleiten. Überall blitzte Stahl, und selbst aus der Ferne konnte sie die furchteinflößenden Geschütze erkennen, die vermutlich jedes Schiff versenken konnten. Sie schrak zusammen, als der *capitano* einen Befehl brüllte. Dieser bewirkte, dass seine Leute die Segel einholten und ein Mann sich am Heckruder zu schaffen machte. Augenblicklich verlor die Galeere an Fahrt. Zuerst geschah eine Zeit lang gar nichts. Dann lösten sich zwei Dutzend Barken vom Ufer unterhalb der Festung, von denen jeweils vier eines der venezianischen Schiffe anliefen. Auf ihnen befanden sich Männer in kunterbunten Kaftanen und Turbanen. Viele von ihnen waren mit Krummschwertern und Spießen bewaffnet, einige legten Pfeile an die Sehnen ihrer Bögen. Olivera hielt erschrocken die Luft an, als eine Gruppe dieser Soldaten kurz darauf an Bord kletterte. Die venezianischen Armbrustschützen hoben ebenfalls ihre Waffen, und Olivera sah, wie die Kanoniere die Rohre der Geschütze auf die Barken ausrichteten. Die Anspannung hing beinahe greifbar in der Luft.

»Warum verjagt der Kapitän sie nicht einfach?«, flüsterte sie.

»Weil er Sultan Süleyman Zoll bezahlen muss, wenn er weitersegeln will«, erwiderte Laurenz leise. »Vielleicht hat aber auch dessen Bruder Mehmed die Kontrolle über die Festung. Wer weiß das schon.« Seine Stimme klang seltsam. »Sie sind schlimmer als Köter, die sich um einen Knochen balgen«, setzte er hinzu. »Wenn sie sich doch nur endlich gegenseitig zerfleischen würden!«

Olivera umklammerte seinen Arm. Sie hatte von dem Krieg zwischen den Söhnen Sultan Bayezids gehört. Allerdings hatte sie nicht damit gerechnet, auf der Reise in Laurenz' Heimat damit konfrontiert zu werden. Ihre Finger schlossen sich fester um den Arm ihres Gemahls, und sie stellte erstaunt fest, dass er sich verkrampft hatte. Seine Muskeln waren gespannt, als ob er jeden Augenblick auf die Osmanen losgehen wollte. Mit leicht nach vorne gebeugtem Oberkörper verfolgte er jede Bewegung der Männer. Ein warmes Gefühl der Dankbarkeit durchflutete sie. Er wollte sie beschützen! Obwohl Laurenz außer einem Dolch keine Waffe trug, war sie sich merkwürdigerweise vollkommen sicher, dass ihm das auch gelingen würde. Sie sah zu ihm auf. Keine Sekunde ließ er die Soldaten aus den Augen. Als könne er dadurch alles Übel von ihr abwenden, schien er die Osmanen mit seinem Blick festzunageln. Sie lächelte trotz allen Unbehagens. Dann lenkte auch sie ihre Aufmerksamkeit zurück auf die Männer. Nachdem der Anführer der Türken einige Worte mit dem Kapitän gewechselt hatte, bellte er etwas, das in Oliveras Ohren bedrohlich klang. Unwillkürlich wich sie einen Schritt zurück, um sich hinter Laurenz zu verbergen. Wenn es doch nur möglich wäre, etwas in den steinernen Mienen der Männer zu lesen! Kein Muskel zuckte in den Gesichtern der Osmanen, als ein Teil von ihnen ausschwärmte und in Richtung Heck polterte. Oliveras Herzschlag stockte, da es einen Moment lang den Anschein hatte, dass die Männer direkt auf sie zukamen. Dann erklang jedoch ein weiterer Befehl, woraufhin sie die Luke aufzogen, welche zum Laderaum führte. Sie fasste sich erleichtert an die Brust und sandte ein Stoßgebet zum Himmel, dass es ausschließlich die Güter an Bord waren, welche die Türken interessierten. Derweil die Osmanen im Bauch des Schiffes verschwanden, versuchte sie, ihre Furcht unter Kontrolle zu bringen. Hatte Laurenz nicht gesagt, dass der Sultan Zoll für die Weiterfahrt verlangte? Sicherlich wollten die Soldaten nur herausfinden, wie hoch die Gebühr sein musste! Was für ein anderes Interesse sollten sie an dem Schiffszug haben? Ganz bestimmt würden sie ihn nicht plündern und damit einen Krieg heraufbeschwören? Oder? Auch wenn ihr Verstand ihr sagte, dass ihr keine Gefahr von den Männern drohte, wollte sich ihr Unbehagen dennoch nicht legen. Hatte sie nicht oft genug gehört, dass die Türken Frauen verschleppten? Beklommen beäugte sie den Anführer der Osmanen. Ein dichter, schwarzer Schnurrbart verlieh ihm ein grimmiges Aussehen. Die dunklen Augen, mit denen er jede Bewegung seiner Männer verfolgte, wirkten selbst aus der Entfernung hart. Er überragte den *capitano* beinahe um Haupteslänge, und selbst die weiten Gewänder konnten die breiten Schultern nicht verbergen. Olivera fröstelte, als sie sich ausmalte, was geschehen würde, wenn sie in die Hände dieser gnadenlosen Krieger fiel.

Das Keuchen, das Laurenz plötzlich ausstieß, lies sie zusammenfahren. Angstvoll zuckte ihr Blick zu den beiden Soldaten, die soeben wieder aus dem Laderaum auftauchten. Diese wuchteten eine große Holzkiste an Deck, bei deren Anblick Laurenz sich noch weiter versteifte. Was hatte er nur? Sollte er nicht froh sein, dass die Kerle sich mit der Ladung an Bord beschäftigten und sie ignorierten? Sie runzelte die Stirn. Warum war er plötzlich fahl wie ein Totentuch? Sie kniff die Augen zusammen und versuchte zu erkennen, um was für eine Kiste es sich handelte. Als die Osmanen sie auf die Seite legten, um sie zu öffnen, erkannte sie das Zeichen ihres Vaters – einen schwarzen Kreis, in dem drei Fische auf einer Wellenlinie zu tanzen schienen. Laurenz schluckte vernehmbar, und Olivera sah, dass er die Hände zu Fäusten ballte. Eine bittere Erkenntnis versetzte ihr einen Stich ins Herz: Er hatte sich gar nicht um *sie* geängstigt! Es war offenbar seine Fracht, die er zu verteidigen gedachte! Seine Hand zuckte zu dem Dolch an seinem Gürtel.

»Laurenz!«, wisperte sie erschrocken. Er konnte doch nicht …!

Ehe er eine Dummheit begehen konnte, die gewiss nicht nur ihn in Gefahr gebracht hätte, zerschnitt jedoch die Stimme des osmanischen Anführers die Luft. Was er seinen Männern zubrüllte, verstand Olivera nicht. Aber der Befehl bewirkte, dass die Soldaten von der Truhe abließen. Einer von ihnen versetzte ihr einen verächtlichen Fußtritt, dann pfiff er seine Kameraden aus dem Lagerraum herbei. Wenig später scharten sich die Männer wieder um ihren Kommandanten. Nach einem weiteren kurzen Wortwechsel übergab der *capitano* dem Osmanen ein kleines Beutelchen, woraufhin dieser und seine Begleiter die Galeere schließlich wieder verließen. Olivera hörte, wie Laurenz die Luft aus den Lungen entweichen ließ. Kaum waren die Türken von Bord, ließ er sie stehen und eilte auf die Kiste zu.

»Bringt sie zurück!«, befahl er zwei Schiffsjungen. »Macht schon!« Zwei rote Flecken tanzten auf seinen ansonsten kreidebleichen Wangen. Fahrig strich er sich eine nicht vorhandene Strähne aus der Stirn und trat ungeduldig von einem Fuß auf den anderen.

Die Enttäuschung übergoss Olivera wie ein Schwall kaltes Wasser. Wie hatte sie sich nur so täuschen können? Ein bitterer Geschmack stieg in ihrer Kehle auf. Bevor ihr Verstand die Erkenntnis jedoch richtig verarbeiten konnte, kehrte Laurenz der Kiste den Rücken und kehrte langsam zu ihr zurück. Einen Augenblick lang hielten Zerknirschung und Erleichterung Widerstreit in seinen Zügen. Dann fuhr er sich mit der Handfläche übers Gesicht – beinahe als wolle er die Gefühle beiseitewischen – und schenkte Olivera ein schiefes Lächeln.

»Entschuldige«, murmelte er. »Aber wenn sie die Fracht beschädigt hätten, wären wir gezwungen gewesen umzukehren.« Er hob die Schultern. »Und das wollen wir doch nicht, oder?« Seine jungenhafte Reue war entwaffnend.

Als er den Arm um Oliveras Schulter schlang und sie an sich drückte, vertrieb das Gefühl seiner Nähe die Bitterkeit so schnell, wie sie gekommen war. Er presste sein Kinn in ihr Haar, während er den osmanischen Barken nachsah, bis diese in dem Wald aus Schiffen unterhalb der Festung verschwunden waren. Sobald er sie fester an sich zog und ihr sein Geruch in die Nase stieg, vergaß Olivera alles andere und wünschte sich, es wäre bereits dunkel. Nichts war passiert – das war alles, was zählte! Gewiss hätte Laurenz nicht zugelassen, dass ihr etwas zustieß! Sie sollte dankbar dafür sein, dass es nicht so weit gekommen war. Sie schmiegte sich an ihn und atmete tief ein und aus. Wenn sie doch nur endlich Anker werfen und an Land gehen würden! Die Sehnsucht danach, bei ihm zu liegen und seine Hände überall auf ihrem Körper zu spüren, war plötzlich überwältigend.

»Er hätte dein Leben mit dem seinen verteidigt«, raunte ihr eine Stimme in ihrem Inneren zu. Ein Lächeln stahl sich auf ihr Gesicht. Das hätte er. Ganz egal, wie wichtig ihm seine Fracht war, er hätte niemals zugelassen, dass ihr etwas zustieß! Diese Überzeugung löschte auch den letzten Zweifel aus. Und plötzlich schämte sie sich für ihre hässlichen Gedanken.

KAPITEL 18

Die Donau, auf der Höhe der Stadt Giurgiu, August 1408

Die Reise den Bosporus entlang verlief ohne weitere Zwischenfälle. Wenige Stunden nach der Begegnung mit den Osmanen segelte die *Mude* ins Schwarze Meer ein. Nachdem der Schiffszug zahlreiche Häfen an der Westküste angelaufen hatte, erreichte er schließlich das Donaudelta. Und sechs Tage später befanden Olivera und Laurenz sich auf der Höhe der walachischen Festung Giurgiu. Auf dem Wasser herrschte reger Verkehr, obwohl sich der Tag bereits dem Ende neigte. Größere Segler und zahllose kleine Schiffe und Flöße trieben flussabwärts – schwer beladen mit Waren wie Salz, Wein und Getreide. An ihrem Bestimmungsort würden sie zerlegt und ihr Holz verkauft werden, ließ Laurenz Olivera wissen, als sie ihn danach fragte.

»Es lohnt sich nicht, sie zurückzuschleppen. Anders als bei diesem Schiff«, sagte er und deutete auf die Planken der Zille, auf der sie sich eingekauft hatten. »Es ist für die meisten weitaus günstiger so.«

Olivera sah einem der Flöße nach. »Aber wie kommen die Händler dann zurück?«, fragte sie.

Laurenz lachte. »Über Land«, erwiderte er.

Olivera verzog das Gesicht. Über Land! Ihr graute allein bei der Vorstellung. Sie war froh, dass sie einen – jedenfalls für sie – weitaus weniger beschwerlichen Weg gewählt hatten. Zwar kam die große Frachtzille, auf der Laurenz einen Platz für sie und seine Waren gemietet hatte, nur langsam voran. Aber wenigstens mussten sie nicht durch die dichten Eichenwälder reiten. Diese reichten bis an den Horizont – düster und scheinbar undurchdringlich. Immer wieder hatte sie sich in den vergangenen Tagen gefragt, wie die Pferde, die das Schiff flussaufwärts zogen, und deren Führer einen Weg durch das kniehohe Ufergestrüpp, das an die Wälder angrenzte, fanden. Doch offenbar folgten diese den Treidelpfaden mit schlafwandlerischer Sicherheit. Unter den Tieren befanden sich auch Laurenz' Rappe und die Reittiere seiner Knechte. Die Männer taten Olivera leid. Allerdings trugen sie ihr Los ohne Murren, da auf der Zille ohnehin nicht genug Platz für alle gewesen wäre. Mit lediglich sechzig Fuß Länge und fünfzehn Fuß Breite bot das Schiff gerade ausreichend Raum für eine Handvoll Schiffer. Und den hausähnlichen Aufbau, in dem Laurenz' Waren lagerten.

»Wir müssen die Zollstation passieren, bevor Ihr an Land gehen könnt.« Der Führer des Schiffes hatte sich ihnen genähert, ohne dass Olivera ihn gehört hatte. Er zeigte auf ein festungsähnliches Gebäude in der Mitte des Flusses, von dem aus Eisenketten über das Wasser gespannt waren. Wer weiterfahren wollte, hatte dort einen Schiffszoll zu entrichten. Erst dann wurden die Ketten eingezogen und eine Weiterfahrt war möglich.

Laurenz brummte: »Das ist schon der vierte Zoll heute. Beim letzten Mal waren es weniger Stationen. Wenn das so weitergeht, ist es bald billiger, über Venedig zu reisen.«

Der Schiffer hob die Schultern. »Es sind harte Zeiten«, sagte er und streckte Laurenz die Handfläche entgegen.

Mit einem Seufzen zählte dieser einige Münzen hinein, die der Mann kurz darauf einem der Zöllner überreichte. Sobald sie die Station passiert hatten, steuerte der Rudermann das Ufer an. Etwa dreihundert Fuß landeinwärts erhob sich hinter einem Nebenarm der Donau die Ummauerung der walachischen Stadt Giurgiu. Vor der Stadt, auf dem kleineren Flussarm, drängten sich Dutzende genuesische Schiffe.

»Samt und Seide«, schnaubte der Schiffsführer mit einem Blick auf das Getümmel. »Als ob es nichts Wichtigeres gäbe!«

Diese Bemerkung entlockte Laurenz ein Lachen. »Für manche Dame gibt es nichts Wichtigeres«, flachste er.

Der Schiffer brummte etwas Unverständliches, ehe er mit dem Kinn auf eine Ansammlung kleiner Häuser direkt am Ufer deutete. »Wollt Ihr dort übernachten oder in der Stadt selbst?«

Laurenz überlegte nicht lange. »Ich bleibe in der Nähe meiner Waren«, antwortete er. »Macht Euch keine Sorgen«, beruhigte ihn der Schiffer. »Der Hafen ist sicher. Außerdem schlafen meine Männer an Bord. Wer Eure Waren stehlen will, muss sich zuerst mit ihnen anlegen.«

Olivera schielte zu den breitschultrigen Kerlen, deren Stärke der von Ochsen in nichts nachzustehen schien. Wer mit diesen Männern Streit suchte, war sicher nicht gut beraten. Auch Laurenz schien die Antwort zufriedenzustellen, da er versonnen nickte.

»Es wird dennoch geschickter sein, nicht in der Stadt zu schlafen«, murmelte er. »Es wird bald dunkel«, setzte er mit einem Blick an den Himmel hinzu.

Seit einigen Stunden ballten sich dort dicke Wolken zusammen, die bald ein Gewitter bringen würden. Am Horizont zuckten bereits die ersten Blitze, doch der Donner klang noch weit entfernt. Olivera war erleichtert, als die Zille endlich festmachte und Laurenz ihr an Land half. Es war ein heißer Tag gewesen und sie sehnte sich nach einem Bad. Seit ihrem Aufbruch aus Konstantinopel hatte das Reisen seinen Reiz erheblich eingebüßt. Sie vermisste all die Annehmlichkeiten, die ihr bisher selbstverständlich erschienen waren – die Badestube ihres Vaters, die Bediensteten und, vor allem, die Sauberkeit. Obschon Laurenz und sie jede Nacht an Land verbrachten, waren die Herbergen oft einfach, wenn nicht gar schäbig. Sie schluckte ein Seufzen. Vermutlich würde sie auch heute nicht viel mehr als eine Waschschüssel und ein Abort im Hof erwarten! Nach wenigen Schritten erreichten sie die Pferdeführer.

»Versorgt die Tiere und sucht euch einen Platz zum Schlafen«, befahl Laurenz seinen Knechten. Ein Blick in ihre erschöpften Gesichter genügte, dass Olivera sich schuldig fühlte. Deutlich waren die Entbehrungen des Tages in ihren Zügen zu lesen. Wie gut sie es im Gegensatz zu ihnen hatte!, dachte sie. Wenigstens musste sie sich nicht stundenlang durch Sümpfe oder Dornenbüsche kämpfen!

Nachdem er seinem Rappen kurz den Hals getätschelt hatte, kehrte Laurenz den Männern den Rücken und griff wieder nach Oliveras Arm. Ohne viele Worte zog er sie auf eine Ansammlung von Holzhäusern zu, die wirkten, als habe sie jemand wild durcheinandergewürfelt und dann einfach stehen lassen. Verwinkelte Gässchen wanden sich zwischen den Gebäuden hindurch und schienen an mehreren Stellen ins Nichts zu führen. Die Suche nach einer Unterkunft dauerte länger, als Olivera gedacht hatte. Und wie vermutet, bot keiner der Gasthöfe das, wonach sie sich sehnte. Als sie schließlich – eine Stunde später – mit fettigem Hammeleintopf im Bauch eine winzige Kammer betrat, wünschte sie sich nichts mehr als kühles, frisches Wasser. Mit gerümpfter Nase entledigte sie sich ihrer verschwitzten Kleider und rang den Drang nieder, sich überall zu kratzen. Die letzte Enthaarung lag eineinhalb Wochen zurück. Überall sprossen unansehnliche Stoppeln. Einen Augenblick lang fragte sie sich, ob sie Laurenz bitten sollte, mit ihr ein Badehaus zu besuchen. Im Gegensatz zu ihr schien ihm die mangelnde Sauberkeit jedoch nicht das Geringste auszumachen. Ohne zu zögern, schloss er sie in die Arme und zog sie auf das viel zu kurze Bett zu. Während die ersten Regentropfen von außen gegen die halb geschlossenen Fensterläden schlugen, liebten sie sich zwar kurz, aber leidenschaftlich, bis sie beide ermattet die Augen schlossen. Glücklich und erschöpft zugleich schmiegte Olivera sich an Laurenz und vergaß die Sehnsucht nach kaltem Wasser. In seinen Armen traten alle Unannehmlichkeiten in den Hintergrund. Als sein Atem ruhiger wurde, spürte sie, wie die Müdigkeit sie davontrug.

Ein grollender Donner ließ Laurenz aus dem Schlaf auffahren. Orientierungslos sah er sich im Dunkeln um, bis ein Blitz die Kammer erhellte. Es dauerte einige Augenblicke, erst dann wusste er, wo er sich befand. Ein frischer Wind blies durch die Ritzen und Spalten des Hauses, und die Erinnerung an den Traum, aus dem er aufgeschreckt war, sandte ein Frösteln über seinen Rücken. Zwar waren die Bilder bereits halb verblasst. Dennoch hatte er das Gefühl, die Fratzen der Dämonen in der Finsternis des Raumes erkennen zu können. Er wickelte schaudernd die Decke enger um sich und war froh, Oliveras warmen Körper im Rücken zu spüren. Ein leichtes Schnarchen verriet, dass sie tief und fest schlief – unbehelligt von den Ausgeburten der Hölle, die ihn verfolgten. Ein weiterer Donner rollte über die kleine Ansammlung von Häusern hinweg und verklang mit einem Laut, der klang wie ein Röcheln. Laurenz spürte, wie sich seine Nackenhaare aufrichteten. Mit einem Mal war es, als ob ihn zahllose tote Augen aus der Dunkelheit anglotzten. Er presste hastig die Lider aufeinander. Die Kreaturen, denen die Augen gehörten, schienen ihn jedoch bis in seinen Kopf zu verfolgen, sodass er nach wenigen Momenten die Lider wieder aufriss. Er stöhnte leise. Warum konnten die Toten nicht in ihren Gräbern bleiben? Waren diese Albträume der Preis dafür, dass wegen ihm, Philippos und den anderen ihre Ruhe gestört wurde? Unvermittelt stieg Wut in ihm auf. Er war ein Narr! Diese kindischen Träume waren nichts weiter, als ein Zeichen seiner eigenen Furcht! Schließlich quälten sie ihn erst, seit er wusste, dass dies nicht seine letzte Reise nach Konstantinopel war. Er warf die Decke ab und schwang die Beine aus dem Bett. Leise, um Olivera nicht zu wecken, suchte er nach seinen Kleidern und zog sich an. Etwas frische Luft würde seinen Kopf wieder klar werden lassen! Wenn es ihm nicht gelang, seine Skrupel und seine Angst zu besiegen … Er ließ den Gedanken fallen und schlüpfte aus der Kammer. Bevor er sich ins Freie stahl, zog er seinen Dolch und richtete die Klinge nach vorn. Immerhin handelte es sich um einen Hafen, da konnte man nie wissen, was für Gesindel sich des Nachts in den Straßen herumtrieb!

Obwohl es immer noch blitzte und donnerte, regnete es kaum noch. In den Pfützen spiegelte sich der Mond, der zeitweise hinter den dichten Wolken hervortrat. Stille lag über der Stadt – lediglich hie und da unterbrochen vom Grölen eines Betrunkenen. Laurenz' Sinne schärften sich, als er am Ende der Gasse in die schlechte Straße einbog, die zum Hafen hinabführte. Er hatte kein eigentliches Ziel, aber gewiss konnte es nicht schaden, bei dem Schiff nach dem Rechten zu sehen. Während er sich bemühte, unsichtbar zu bleiben, gingen seine Gedanken wieder auf Wanderschaft. Vielleicht sollte er den Plan einer Rückkehr nach Konstantinopel einfach aufgeben? Würden die Waren, die er von dieser Reise mitbrachte, nicht dafür sorgen, dass er über mehr Geld verfügte, als er jemals gedacht hatte? Warum sollte er erneut das immense Risiko auf sich nehmen, das diese Unternehmungen darstellten? Er erreichte eine weitere Gabelung und schlug den Weg zum Ufer ein. Es würde sicher nicht schwer sein, Olivera hinzuhalten. Irgendwann würde sie sich damit abfinden, dass sie ihre Heimat nie wiedersehen würde. Jedenfalls hoffte er das. Wie es schien, behagte ihr die Reise nicht besonders. Vielleicht würde sie ihm sogar dankbar sein, wenn er ihr weitere Entbehrungen ersparte. Ein Geräusch, das klang, als ob etwas ins Wasser gefallen wäre, ließ ihn die

Ohren spitzen. Mit zusammengekniffenen Augen versuchte er, etwas in der Dunkelheit zu erkennen. Doch erst, als der Mond sein Gesicht wieder zeigte, sah er die Gestalt in der Nähe der Böschung. Diese watete von einem der Boote in Richtung Land, wobei sie sich mehrmals umsah. War das nicht die Zille, auf der seine Waren lagerten? Laurenz verbarg sich hastig hinter der Ecke einer windschiefen Hütte. Und tatsächlich erkannte er im fahlen Mondlicht die schwarz-weiße Bemalung der Bordwand. Er umklammerte seinen Dolch fester. Was hatte der Kerl mitten in der Nacht in der Nähe der Zille zu suchen? Voller Argwohn verfolgte er, wie die Gestalt sich an Land zog, sich kurz wie ein Hund schüttelte und dann davonhuschte.

Die geduckte Haltung des Mannes weckte Laurenz' Misstrauen noch mehr. Als dieser sich nach einigen Schritten nach Osten wandte und auf ein kleines Wäldchen zuhastete, folgte Laurenz seinem Instinkt. Ohne weiter nachzudenken, eilte er ihm hinterher und heftete sich an seine Fersen. Der plötzliche Ruf einer Eule und das Knacken eines Zweiges ließen den Verfolgten heftig zusammenzucken. Als der Kerl misstrauisch herumwirbelte und in die Nacht lauschte, duckte Laurenz sich hinter einen Busch.

»Bist du das, Ion?«, zischte der Mann.

Aber niemand antwortete. Er stieß eine Verwünschung zwischen den Zähnen hervor und machte wieder auf dem Absatz kehrt. Etwas blitzte in seiner Hand auf.

Was war das?, fragte Laurenz sich. War das nicht das warme Schimmern von Gold? Erneut fing sich ein Mondstrahl in dem Gegenstand, den der Kerl in der Linken hielt. Laurenz glaubte, seinen Augen nicht zu trauen.

»Du verdammte Ratte!«, rief er – alle Vorsicht vergessend – und sprang hinter dem Busch hervor. »Du elender, kleiner Dieb!«

Mit einem erschrockenen Ausruf fuhr der Bursche zu ihm herum und wich einen Schritt zur Seite. Keuchend nestelte er mit der Rechten an seinem Gürtel und stieß eine Verwünschung aus. Ehe er allerdings die Waffe ziehen konnte, die er dort zweifelsohne trug, war Laurenz bei ihm. Mit einem unterdrückten Wutschrei stürzte er sich auf ihn und entwand ihm den Gegenstand, den er immer noch mit einer Hand umklammert hielt. Eine der juwelenbesetzten Phiolen, die als Heilig-Blut-Reliquien verkauft werden sollten, fiel mit einem dumpfen Laut zu Boden.

»Lass mich los!«, prustete der Dieb. Er versuchte, Laurenz das Knie in den Unterleib zu treiben, was ihm jedoch misslang.

Laurenz riss die Hand mit dem Dolch in die Höhe, um sich gegen weitere Angriffe des Mannes zu wehren. Anstatt vor ihm zurückzuweichen, griff der Kerl jedoch nach seinem Handgelenk und versuchte, ihm die Waffe zu entwinden. »Gib auf!«, knurrte Laurenz. Doch sein Gegner dachte offenbar nicht im Traum daran zu kapitulieren. Mit der Kraft der Verzweiflung packte er Laurenz' Arm und rang diesen nach unten. Da er wusste, dass er den Kampf verlieren würde, wenn es dem Burschen gelang, ihn zu entwaffnen, spannte Laurenz alle Muskeln. Ruckartig riss er den Arm wieder nach oben, um die Hand mit der Waffe vom Griff des anderen zu befreien. Ein Schrei durchschnitt die Nacht. Verwirrt bemerkte Laurenz, wie der Widerstand seines Gegners plötzlich erlahmte und dieser von ihm abließ. Ächzend taumelte der Mann nach hinten und brach neben der Phiole in die Knie. Sein Atem kam pfeifend. Der Mond wählte diesen Moment, um ein weiteres Mal hinter einer Wolke hervorzutreten.

»Gütiger Gott!«, hauchte Laurenz, als er den Grund für das Aufgeben seines Gegners begriff. In der Kehle des Mannes klaffte ein Schnitt. Blut sprudelte wie Wasser aus der Wunde hervor. Einige Augenblicke lang schwankte der Gefallene auf den Knien vor und zurück wie ein Grashalm im Wind. Dann sackte er zu Boden und blieb regungslos liegen.

KAPITEL 19

Vor der Stadt Giurgiu, August 1408

Blut toste in Laurenz' Ohren. Fassungslos starrte er auf den Gefallenen zu seinen Füßen hinab. Obwohl der Mann zwei Schritte von ihm entfernt lag, stieg ihm ein nicht zu verkennender metallischer Geruch in die Nase. Heftig atmend wartete er darauf, dass der Kerl sich bewegte, ein Stöhnen von sich gab – irgendetwas. Aber nichts geschah. Sein Kopf war wie leer gefegt. Um ihn herum schienen plötzlich alle Geräusche verstummt zu sein, selbst die Eule schwieg. Eine scheinbare Ewigkeit verharrte Laurenz wie gelähmt auf der Stelle, nicht in der Lage, sich zu rühren. Als irgendwann die Wolken ganz aufrissen, fiel die Erstarrung jedoch von ihm ab. Auf zitternden Beinen trat er an die leblose Gestalt heran und kniete sich neben sie. Auch wenn sich alles in ihm dagegen sträubte, den Mann zu berühren, suchte er an seinem Handgelenk nach einem Pulsschlag. Nichts.

»Oh, Gott!«, stöhnte er. Was hatte er getan?

Panik stieg in ihm auf. Was hatte er nur getan? Halb kopflos vor Entsetzen kroch er auf allen vieren von dem Toten zurück. Er spürte kaum, wie sich kleine spitze Steine in seine Knie und Handflächen bohrten; wie die Dornen der Büsche sein Hemd zerrissen. Alles, was ihm durch den Kopf ging, war, so schnell wie möglich Abstand zwischen sich und den Getöteten zu bringen. Irgendwann rappelte er sich auf und stolperte in Richtung der Häuser davon. Er hatte die ersten Holzhütten schon fast erreicht, als ihm siedend heiß einfiel, dass er die Phiole neben dem Dieb zurückgelassen hatte.

»Oh, …« Er wagte nicht, den Namen des Herrn ein weiteres Mal in den Mund zu nehmen. Er war sicher, dass dann augenblicklich ein Blitz auf ihn herniederfahren und ihn erschlagen würde. Ein weiteres Stöhnen fand den Weg über seine Lippen, aber er zwang sich, umzukehren und die Phiole zu holen. Hastig stopfte er sie unter sein Hemd und floh erneut vom Ort seines Verbrechens.

Als wäre es ein Stück glühendes Eisen, das er gegen seine Rippen presste, schien die Phiole ein Loch in seine Haut zu brennen. Immer noch vollkommen verstört erreichte er schließlich die Gassen der Hafensiedlung. Dort kauerte er sich bebend hinter ein altes Fass und versuchte, seine Gedanken zu ordnen. Die meisten Betrunkenen hatten inzwischen den Weg in ihre Betten gefunden. Nur noch vereinzelt torkelten kleine Gruppen von Seeleuten durch die Nacht. Diese waren allerdings so benebelt, dass es sie vermutlich nicht einmal gestört hätte, wenn die Welt untergegangen wäre. Lange Zeit hockte er einfach nur da. Er bemerkte weder, dass sich seine Schuhe mit dem Wasser einer Pfütze vollsogen, noch dass ihm langsam, aber sicher die Beine einschliefen. Alles, woran er denken konnte, war, dass er einen Menschen getötet hatte. Eine Sünde, die gewaltiger war als aller Betrug und das Schänden von Toten zusammengenommen. Wie sollte er seine Seele jemals wieder reinwaschen? Sein Blick fiel auf seine Hände, und er erschrak bis ins Mark. Selbst im schwachen Licht des Mondes erkannte er, dass sie mit dem Blut des Getöteten besudelt waren. Mit einem Keuchen wischte er sie an einem Büschel nassen Grases ab. Doch das Ergebnis sorgte lediglich dafür, dass er die Prozedur wiederholte. Da sich das Blut auch dadurch nicht entfernen ließ, kämpfte er sich mühsam auf die Beine und sah sich suchend um. In dem Fass, hinter dem er sich verborgen hatte, glänzte Wasser. Atemlos beugte er sich darüber und tauchte seine Hände in das abgestandene Nass. Wie ein Wahnsinniger rieb er die Handflächen aneinander, bis diese trotz der Kühle des Wassers wie Feuer brannten. Erst dann richtete er sich wieder auf. Er sah blicklos in das aufgewühlte Wasser. Das Funkeln und Glitzern auf der Oberfläche beruhigte ihn. Sobald sich diese allerdings wieder glättete, fuhr ihm ein weiterer Stich der Furcht ins Mark. Deutlich warf das Wasser sein Spiegelbild zurück – das Bild eines Mannes, dessen Hemd von oben bis unten mit Blut bespritzt war.

Mit einem Laut, der mehr Wimmern als Stöhnen war, riss er sich das Kleidungsstück vom Leib und warf es in das Fass. Voller namenloser Furcht walkte und knetete er das Hemd, wrang es aus, nur um es erneut ins Wasser zu tauchen. Er wusste nicht, wie lange er den Stoff bearbeitet hatte, doch irgendwann verloren seine Finger die Kraft. Der Mond verblasste bereits, als er sich schließlich das nasse Hemd wieder anzog und wie von der Hand eines Puppenspielers gelenkt zurück zu seiner Herberge stolperte. Er legte den Weg wie im Traum zurück – sah und hörte nichts, was um ihn herum geschah. Irgendwann erreichte er die Herberge und fand sich vor der Tür der Kammer wieder, in der Olivera hoffentlich noch tief und fest schlief. Am ganzen Leib zitternd presste er die Kiefer aufeinander, um seine Zähne davon abzuhalten aufeinanderzuschlagen. Eine eisige Klaue griff nach seinem Herzen, als er sich ausmalte, was geschehen würde, wenn Olivera erfuhr, was er getan hatte. Er durfte sich nichts anmerken lassen! Mühsam riss er sich zusammen. Er wartete, bis sein Atem nicht mehr das abgehackte Keuchen eines Flüchtenden war. Dann griff er nach dem Türknauf. Der Kerl war ein Dieb gewesen!, hämmerte er sich ein. Ein gemeiner Verbrecher! Ganz sicher würde niemand sich die Mühe machen, nach demjenigen zu suchen, der ihn erstochen hatte! Obwohl sein Mund sich staubtrocken anfühlte, schluckte er die Furcht und öffnete die Tür. Auf Zehenspitzen schlich er sich in den Raum. Darauf bedacht, kein Geräusch zu verursachen, das Olivera wecken würde, befreite er sich von seinen Kleidern. Mit spitzen Fingern hängte er sein Hemd über einen der Schemel und schob diesen neben die kalte Feuerstelle – so weit fort vom Bett wie möglich. Gleich morgen würde er es verbrennen oder in die Donau werfen. Hätte er doch nur daran gedacht, eine der Kleidertruhen vom Schiff mitzunehmen! Gott sei Dank hatte er sein Wams in der Kammer zurückgelassen. So würde er wenigstens notdürftig die verräterischen Spuren verdecken können. Er streifte sich die schlammigen Schuhe von den Füßen und schlüpfte aus seiner Hose. Dann ließ er sich behutsam neben Olivera auf der Matratze nieder und kroch ins Bett.

Der neue Tag begann damit, dass Olivera von einem Sonnenstrahl an der Nase gekitzelt wurde. Dieser fiel durch einen Spalt zwischen den Fensterläden herein und malte ein Muster aus Licht und Schatten auf die Wände. Winzige Staubkörnchen tanzten durch die Luft – funkelnd und glitzernd wie Gold und Silber. Mit einem Blinzeln vertrieb die junge Frau die Trägheit des Schlafes aus ihren Augen und wandte den Kopf. Neben ihr lag Laurenz zusammengerollt auf der Decke, die er sich halb um die Füße gewickelt hatte. Das regelmäßige Heben und Senken seines Brustkorbes verriet, dass er noch fest schlief. Allerdings schien sein Schlaf alles andere als erholsam zu sein. Oliveras Blick glitt über sein Gesicht. Wie ernst er im Schlaf aussah. Eine steile Falte hatte sich zwischen seine Brauen gegraben, und seine Lippen bewegten sich leicht – beinahe, als führe er im Traum ein hitziges Gespräch. Auch wenn sie ihn eigentlich wecken sollte, damit sie die Reise fortsetzen konnten, gab sie der Versuchung nach und kuschelte sich an ihn. Als sie den Arm um ihn legte, zuckten die Muskeln in seinen Armen, doch er gab lediglich ein leises Grunzen von sich und trat nach der Decke. Olivera musste lächeln. Vermutlich hatte er die ganze Nacht über mit dem Stoff gekämpft. Sie vergrub die Nase an der Stelle, wo sein Hals in seine Schulter überging, und schloss die Augen. Während sie den inzwischen so vertrauten Geruch einsog, versuchte sie, nicht wieder an das zu denken, was ihr seit

Tagen Bauchweh bereitete. Es gab so viel anderes, Angenehmeres, mit dem sie sich beschäftigen konnte. Warum konnte die Sorge ihr nicht wenigstens ein paar Augenblicke des Glücks gönnen? Sie holte schwer Atem, da der wohlbekannte Druck in ihrer Magengegend sich schon wieder verstärkte. Wieso nur mussten selbst die besten Momente im Leben stets einen bitteren Beigeschmack enthalten? Konnten die Dinge nicht einfach schön oder hässlich sein? Ihr Verstand kehrte hartnäckig zu dem Problem zurück, das sie quälte. Gewiss war immer noch Zeit, die nötigen Schritte zu unternehmen! Ihr Schoß würde sicher nicht bereits so kurz nach ihrer Vermählung Früchte tragen, redete sie sich ein. Gleich morgen würde sie in ihren Habseligkeiten nach einem Schwämmchen suchen, das sie vor der nächsten Nacht mit Essig tränken konnte. Für etwas anderes fehlten ihr sowohl die Zeit als auch die Gelegenheit. Schließlich konnte sie schlecht auf der Zille anfangen, einen Trank zu mischen.

»Das ist, damit ich kein Kind von dir empfange«, hörte sie sich auf die Frage antworten, die bestimmt nicht ausbleiben würde. Sie verzog das Gesicht. Nein. Dieser Weg war ihr versperrt, bis sie endlich in Laurenz' Heimatstadt ankamen.

Als habe sie ihn mit ihren Gedanken gestört, begann ihr Gemahl sich heftiger zu rühren. Etwas Unverständliches murmelnd zog er die Beine an den Oberkörper und schob seine Rückseite an sie. Die Liebe für ihn ergriff sie wie eine gewaltige Woge. Er würde ihre Furcht vor der Empfängnis verstehen! Sollte er jemals herausfinden, was sie vorhatte, würde er sie ganz sicher nicht verurteilen! Ganz sicher nicht! Die Worte ihrer *Yiayia* hallten in ihrem Kopf nach: »Jede Frau greift zu solchen Mitteln. Dafür kommen sie zu uns Salbenmachern. Es ist nichts, wofür sie sich schämen müssen. Aber es ist auch nichts, was ihre Ehemänner jemals erfahren dürfen.«

Sie schlang die Arme enger um Laurenz. *Ihr* Gemahl würde sie dennoch lieben! Zweifel wollte in ihr aufkeimen, doch sie erstickte ihn, bevor er sie noch weiter verunsichern konnte. Hastig lenkte sie ihre Gedanken auf ihre *Yiayia.* Wie so oft seit ihrem Aufbruch aus Konstantinopel, versuchte sie, sich das Gesicht der alten Frau ins Gedächtnis zu rufen. Aber es war, als versuche sie, ihr eigenes Spiegelbild im Wasser zu erhaschen. Sobald sie danach greifen wollte, verzerrte es und verschwand in den Tiefen ihrer Erinnerung. Warum fiel es ihr nur so schwer, ihre Züge in Gedanken nachzuzeichnen? Hatte sie ihre Großmutter nicht ihr Leben lang tagein, tagaus gesehen? Es war ihr ein Rätsel. Sie seufzte und gab den Versuch auf – was ihr nicht schwerfiel, da Laurenz in diesem Moment mit einem leisen Ausruf aus dem Schlaf auffuhr.

»Nein!«, rief er aus, warf sich zu Olivera herum und stieß sie hart von sich. »Lasst mich in Ruhe!« Seine Augen zuckten gehetzt im Raum hin und her. »Verschwindet!«, keuchte er. Obgleich sein Blick auf Olivera haftete, schien er sie nicht zu sehen. »Verschwindet!« Seine Stimme überschlug sich.

Ehe Olivera begriff, was vor sich ging, traf sie ein Schlag in die Rippen, der ihr die Luft aus den Lungen trieb. Ein Tritt gegen das Bein warf sie aus dem Bett, sodass sie um Atem ringend auf dem Boden aufkam. Während sie gegen das Stechen in ihren Lungen ankämpfte, schleuderte Laurenz die Decke aus dem Bett und gab ein Stöhnen von sich.

»Olivera?«, hörte sie ihn schließlich leise fragen.

Mühsam schob sie sich in eine sitzende Position und rieb sich die brennende Stelle unter ihrer linken Brust. Sein bleiches Gesicht erschien über ihr.

»Olivera?«, widerholte er.

Es dauerte einige Augenblicke, bevor er zu begreifen schien, was geschehen war. »Oh, Gott, es tut mir leid!«, murmelte er erschrocken und fuhr sich mit dem Handrücken über die Stirn. Seine Lippen wirkten farblos, seine Augen immer noch so, als suche er nach etwas, das sonst niemand sehen konnte. »Ich dachte, du wärst …« Er ließ den Satz unbeendet. »Habe ich dir wehgetan?«, fragte er zerknirscht. Er streckte ihr die Hand entgegen, um ihr aufzuhelfen. Als sie eine Winzigkeit lang zögerte, sie zu ergreifen, huschte ein solch gepeinigter Ausdruck über sein Gesicht, dass Olivera allen Schmerz vergaß.

Er hatte schlecht geträumt! Ihre Finger fanden die angebotene Hand, und wenig später saß sie neben ihm auf der Matratze. Unbewusst legte sie die Linke auf die Stelle, an der sein Schlag sie getroffen hatte.

»Das wollte ich nicht«, flüsterte er. Verzweiflung klang in seiner Stimme mit. »Ich dachte, du wärst …«, sagte er erneut, brach jedoch wieder mitten im Satz ab.

»Was dachtest du?«, fragte Olivera. Sie ließ die Hand sinken und sah ihm forschend ins Gesicht.

Er wich ihrem Blick aus. »Nichts«, erwiderte er, als sie bereits dachte, er habe ihre Frage nicht gehört. »Es war nur ein dummer Traum. Vergib mir.«

Olivera nahm seine Hand in die ihre und strich sanft über seinen Handrücken. »Es ist nicht schlimm, der Schreck war größer als der Schmerz«, beruhigte sie ihn – auch wenn sie vermutete, dass bereits am Abend ein blauer Fleck ihre Rippen verunzieren würde. »Lass uns nach unten gehen und etwas essen«, schlug sie vor, als er mit leerem Blick vor sich hinstarrte. »Wir sollten uns ohnehin beeilen.«

Ihre Worte bewirkten, dass Laurenz sich mit sichtlicher Mühe zusammenriss und nickte. »Du hast recht«, gab er heiser zurück. Er räusperte sich. »Der Schiffsführer wird sicher bald ungeduldig.« Ein Schauer schien durch seinen Körper zu laufen. Seine Hand fühlte sich plötzlich eiskalt an. Allerdings zog er sie im nächsten Moment aus Oliveras Griff zurück und kam schwer wie ein alter Mann auf die Beine. Einige Atemzüge lang stand er unschlüssig im Raum und sah von der Waschschüssel in der Ecke der Kammer zu einem Schemel neben der Feuerstelle. Schließlich holte er tief Luft, griff nach seiner Hose und schlüpfte hinein.

Während er sich flüchtig mit dem abgestandenen Wasser des Vorabends wusch, betrachtete Olivera seinen Rücken. Die Muskeln zwischen seinen Schulterblättern spielten bei jeder Bewegung. Wie unglaublich kraftvoll er war! Ihre Hand zuckte erneut zu der Stelle, an der sie sein Schlag getroffen hatte. Hatte sie seine Kraft bisher als etwas Beruhigendes und Anziehendes empfunden, verspürte sie mit einem Mal einen Anflug von Furcht. Was, wenn er nicht rechtzeitig zur Besinnung gekommen wäre? Ihr Unbehagen verpuffte, als Laurenz von der Waschschüssel zurücktrat und sich zögernd dem Schemel näherte, auf dem sein Hemd lag. Kurz wirkte es, als ob ihn erneut ein Schauer durchrieselte. Doch dann griff er entschlossen nach dem Kleidungsstück. Bevor er hineinschlüpfte, drehte er sich zu Olivera um und fragte: »Worauf wartest du? Ich bin fertig.«

Offenbar spürte er, dass sein Ton zu schroff war, da er entschuldigend hinzufügte: »Und hungrig.«

Mit gerunzelter Stirn kam auch Olivera auf die Beine und wusch sich – darauf bedacht, die schmerzende Stelle nicht unnötig zu berühren. Sobald sie fertig angekleidet war, flocht sie ihr Haar. Das Tuch, das sie als verheiratete Frau seit der Vermählung mit Laurenz auf dem Kopf trug, störte sie immer noch. Vor allem die Hitze schien sich darunter mehr zu sammeln als unter dem dünnen Schleier, den sie gewöhnt war. Zum Glück war es aus Seide, nicht aus Leinen, wie die Kopfbedeckungen der weniger wohlhabenden Frauen.

»Lass uns gehen«, sagte sie schließlich.

Wenig später saßen sie in der nach kaltem Rauch stinkenden Stube des Gasthofes und löffelten schweigend verwässerten Getreidebrei. Dazu gab es einen Krug billigen Wein, über dem ein Schwarm Mücken tanzte. Ihren Ekel schluckend zwang Olivera das Mahl die Kehle hinab, obwohl ihr Magen lautstark dagegen protestierte. All die Zeit über beobachtete sie verstohlen ihren Gemahl, dem das Essen offenbar ebenso wenig schmeckte wie ihr. Auch wenn Laurenz ihr hie und da ein schwaches Lächeln schenkte, schien er in Gedanken weit, weit entfernt zu sein. Etwas an seiner Körperhaltung kam ihr merkwürdig vor – beinahe hatte sie den Eindruck, er fühle sich nicht wohl in seiner Haut. Immer wieder sah er an sich hinab, fast als fürchtete er, sich mit dem dünnen Brei zu bespritzen. Ihr Blick blieb an etwas haften, das aussah wie ein alter Fleck auf dem Ärmel seines Hemdes. Sie schmunzelte. Offenbar hatte er das bereits an einem der vergangenen Tage getan. Deshalb zog und zupfte er die ganze Zeit über an dem Wams! Als Laurenz bemerkte, dass sie ihn ansah, stellte er hastig seine Schüssel ab und kehrte ihr den Rücken zu.

»Wirt!«, rief er ungehalten. »Ich will bezahlen!«

KAPITEL 20

Vor der Stadt Giurgiu, August 1408

AUF DEM WEG ZUM HAFEN wurde Laurenz noch schweigsamer. Immer wieder griff er mit der Hand in die Tasche seines Wamses, ließ sie jedoch sofort wieder fallen, sobald ihm bewusst wurde, was er tat. Häufig blickte er über die Schulter zurück, und allmählich fragte Olivera sich, was um alles in der Welt er geträumt haben mochte. Die Beklommenheit schien immer noch nicht von ihm abgefallen zu sein; schien sich vielmehr zu verstärken, je näher sie der Anlegestelle kamen. Als sie die Zille schließlich erreichten, lenkte das Treiben am Ufer sie jedoch von ihrer Grübelei ab. Überall wimmelte es von Trägern, Pferde- und Ochsenführern, Kaufleuten und Schiffern. Auch an Bord ihrer Zille herrschte bereits geschäftiges Hin und Her.

»Da seid Ihr ja endlich!«, begrüßte der Schiffsführer sie mit einem missmutigen Brummen. »Ich wollte eben nach Euch schicken lassen.« Er winkte sie an Bord und rief einem seiner Männer etwas auf Deutsch zu, das Olivera nicht verstand.

Laurenz hingegen sehr wohl, da er sich sichtlich versteifte.

»Was hat er gesagt?«, fragte sie auf Lateinisch. Wenn sie seine Sprache doch nur schon besser sprechen würde! Zwar hatte Laurenz ihr schon einige Worte beigebracht, aber es würde sicher noch eine Weile dauern, bis sie sich mit seinen Landsleuten unterhalten konnte. Laurenz schüttelte den Kopf, ließ den Mann allerdings keine Sekunde aus den Augen.

»Nichts Wichtiges«, gab er zurück. »Komm an Bord.« Seine Miene strafte ihn Lügen. Deshalb sah Olivera sich neugierig um, sobald sie das Deck betreten hatten. Alles schien wie immer. Lediglich der Geruch von brackigem Wasser war an diesem Tag stärker als sonst. Die Besatzung war damit beschäftigt, den Zugtieren die Geschirre anzulegen und neue Waren an Bord zu verstauen. Außer der grimmigen Miene des Schiffsführers und Laurenz' seltsamer Stimmung war nichts anders als sonst.

»Warte hier«, sagte Laurenz nach einigen Momenten, in denen er die Bewegungen der Besatzung mit Argusaugen verfolgte. »Ich will nur kurz im Lagerraum nach dem Rechten sehen.« Erneut wanderte seine Hand zu seiner Wamstasche.

Bevor Olivera etwas erwidern konnte, war er bereits in dem hausähnlichen Aufbau verschwunden. Kopfschüttelnd ließ sie sich auf eine der Bänke entlang der Bordwand fallen und sah zu der Stadt Giurgiu hinüber. Ob dort etwas vorgefallen war, von dem sie nichts wusste? Drohte Gefahr? Sie kniff die Augen zusammen, um besser sehen zu können. Aber nichts deutete darauf hin, dass hinter den starken Mauern der Stadt nicht alles in bester Ordnung war. Auf den Zinnen der Festung flatterten die gleichen Fahnen wie zuvor, während die Stadttore einen stetigen Strom an Karren, Reitern und Fußvolk ausspuckten. Der Schiffsführer stürmte an ihr vorbei und stieß etwas aus, das wie ein Fluch klang. Gestenreich redete er auf zwei seiner Männer ein. Aber diese zuckten lediglich die Achseln.

»Der Teufel soll ihn holen!«, zischte er – eine Verwünschung, die Olivera verstand. »Wir legen ab!« brüllte der Schiffer.

Auch diesen Befehl kannte Olivera inzwischen. Wenig später spannten sich die Seile, als die Pferde sich in Bewegung setzten. Kaum begann die Zille auf dem Wasser hin und her zu schaukeln, tauchte Laurenz wieder auf. Die Anspannung war aus seinen Zügen gewichen, und er wirkte sichtlich erleichtert. Er ließ den Blick über die Männer an Deck schweifen, dann sah er kurz zum Ufer, nur um sofort den Kopf abzuwenden und auf Olivera zuzusteuern. Er setzte eine gezwungen heitere Miene auf.

»Es ist schon wieder furchtbar heiß«, bemerkte er und knöpfte sein Wams auf.

Olivera schob die Brauen zusammen. Täuschte sie sich, oder trug er ein anderes Hemd? Der Fleck, den sie beim Frühstück bemerkt hatte, war verschwunden.

Ein Stechen in ihrem Unterleib sorgte jedoch dafür, dass diese Frage in den Hintergrund trat. Mit einer Grimasse griff sie sich an den Bauch und zog zischend die Luft durch die Zähne.

»Was ist mit dir?«, fragte Laurenz erschrocken. Das Schuldgefühl stand ihm deutlich ins Gesicht geschrieben. »Hast du dich verletzt?« Er ließ sich vor ihr auf ein Knie nieder und sah hilflos von ihrer Hand zu ihrem Gesicht und zurück. »Hast du Schmerzen?«

Olivera schüttelte den Kopf. »Nein«, log sie. »Es ist nichts Schlimmes.« Nur meine Monatsblutung, setzte sie in Gedanken hinzu.

Sie hatte bereits auf dem Weg zum Hafen Unbehagen empfunden, hatte dafür allerdings den Sturz aus dem Bett verantwortlich gemacht. Ihre Mundwinkel stahlen sich trotz des stärker werdenden Stechens nach oben.

»Mach dir keine Sorgen.« Sie zwang sich zu einem breiteren Lächeln. »Heute Nacht werde ich allerdings nicht bei dir liegen können«, setzte sie hinzu.

Es dauerte eine Weile, bis Laurenz begriff. Seine Augen weiteten sich. »Oh«, war alles, was ihm dazu einfiel.

Olivera bemühte sich, ihre Erleichterung vor ihm zu verbergen. All die Furcht, die sie in den letzten Tagen geplagt hatte, war mit einem Mal vergessen. Sie hatte nicht empfangen! Heilige Mutter Gottes, ich danke dir, dachte sie. Offenbar war ihr Flehen nicht auf taube Ohren gestoßen. Sie tastete nach dem Kruzifix an ihrem Hals. Auch wenn Gott sich nicht für die Belange der Frauen zu interessieren schien, die Heilige Jungfrau hatte sie erhört! Sie lehnte sich gegen die Bordwand und schloss einen Moment lang die Augen. Wenn sie ganz still saß, würden die Schmerzen wieder abklingen. So war es immer. Dann legten sich die Krämpfe, und das Blut begann zu fließen. Sobald dies der Fall war, würde sie sich etwas Stoff holen, um ihn unter ihre Röcke zu schieben. Nur jetzt noch nicht. Erst einmal würde sie versuchen, sich so wenig wie möglich zu bewegen.

Eine Weile starrte Laurenz auf Olivera hinab. Als er sicher war, dass ihr nichts Ernstes fehlte, ließ er sie schließlich allein und begab sich zurück in den Lagerraum. Dort zog er das Hemd, das er vorhin zwischen die Kisten gestopft hatte, hervor und schob es unter sein Wams. Er musste das verdammte Ding endlich loswerden! Die Bilder, welche er nach dem Vorfall in der Schlafkammer so mühsam aus seinem Kopf verbannt hatte, kehrten beim Anblick des

Kleidungsstückes mit aller Macht zurück. Einen flüchtigen Moment lang war es, als befände er sich wieder im Freien; als könne er das Blut des Erstochenen erneut riechen. Sein Atem beschleunigte sich. Und er hatte das Gefühl, ersticken zu müssen. Es kostete ihn alle Selbstbeherrschung, nicht aus dem Lagerraum zu fliehen, um draußen gierig nach Luft zu schnappen. Stattdessen ließ er sich auf die Knie fallen und kämpfte gegen die überwältigende Furcht an. Er hatte einen Menschen getötet! Ein Wimmern entrang sich seiner Kehle, als die Dämonen erneut aus den Winkeln seines Verstandes hervorkrochen.

»Was soll ich nur tun?«, wisperte er und wollte sich bekreuzigen. Doch er hielt mitten in der Bewegung inne. Würde Gott ihn für diesen Frevel, diese Lästerung nicht züchtigen? Würde er nicht augenblicklich Strafe über ihn bringen für das, was er getan hatte? Wie konnte er jemals wieder den Namen des Herrn in den Mund nehmen, geschweige denn ihn anrufen, nach dem, was geschehen war? Der Druck in seinem Brustkorb verstärkte sich. Schwer atmend beugte er sich vornüber und kämpfte gegen die in ihm aufsteigende Übelkeit an. Garantierte ihm nicht bereits das Schänden der Toten und das Fälschen der heiligen Reliquien ewige Qualen im tiefsten Höllenschlund? Er spürte, wie kalter Schweiß aus all seinen Poren trat.

Er musste die Tat beichten! Sobald er konnte, würde er einen Priester aufsuchen und um Vergebung bitten! Ein Zittern lief durch seinen Körper. Aber bis dahin musste er alles daransetzen, damit niemand auch nur den geringsten Verdacht schöpfte! Die Vorstellung, hingerichtet zu werden, ohne wieder den Stand göttlicher Gnade erreicht zu haben, genügte, um ihn schwindelig zu machen. Mühsam richtete er sich auf und versuchte, die Kontrolle über seine Glieder wiederzuerlangen. Es war, als ob sein Körper sich nicht entscheiden konnte, ob er fror oder schwitzte. Einen Moment lang überzog ihn eine Gänsehaut. Dann wiederum schien ein Fieber in ihm zu brennen. Er biss die Zähne aufeinander. Wenn er sich nicht zusammenriss, würde er alles, wofür er bis jetzt so hart gearbeitet hatte, verlieren. Zorn wallte in ihm auf und vertrieb die Furcht. Das konnte er nicht zulassen! Jetzt, wo er beinahe alles hatte, was sein Herz begehrte: Reichtum, eine wunderschöne Gemahlin und die Aussicht auf einen Ratsposten. Er griff nach dem Rand einer Kiste und zog sich in die Höhe. Dieser vermaledeite kleine Dieb würde ihm nicht sein ganzes Leben zerstören! Der Zorn verstärkte sich. Hätte der Mistkerl ihn nicht bestohlen, wäre es nie so weit gekommen. Dann würde jetzt kein Mord auf seinem Gewissen lasten! Seine Hand tastete nach dem Dolch, den er von allen Blutspuren gereinigt hatte. Eigentlich hatte er ihn zusammen mit dem Hemd über Bord werfen wollen. Aber je mehr Wut in ihm brodelte, desto trotziger umklammerte er die Waffe. Warum sollte er ein solch wertvolles Stück verschwenden? Er zog das Messer aus der Scheide und betrachtete es. Irgendwie beruhigte ihn die Art und Weise, wie die Klinge das dämmrige Licht im Inneren des Lagerraumes zurückwarf. Der Teufel sollte ihn holen, wenn er eine solche Eselei beging! Energisch steckte er die Waffe zurück und rieb sich die pochenden Schläfen. Wenn er nicht aufhörte, sich selbst verrückt zu machen, würde er sich bald vor seinem eigenen Schatten fürchten!

Er straffte die Schultern. Was hatte er schon getan? War es überhaupt eine Todsünde? Schließlich hatte er den Kerl aus Versehen getötet? Ein heftiges Schaukeln der Zille ließ ihn zur Seite taumeln, doch er fing sich sofort wieder. Eigentlich hatte er nur der Gerechtigkeit vorgegriffen. Schließlich wäre der Bursche ohnehin gehenkt worden, wenn man ihn erwischt hätte! Dieser Gedanke beruhigte ihn weiter. Er schnaubte. Bald schon würde seine Seele wieder rein und alle Sünden vergeben sein! Und bis dahin gab es genug zu tun. Er tastete sich zu der Kiste vor, deren Schloss der Dieb aufgebrochen hatte. Die Phiole lag bereits wieder an ihrem Platz, allerdings hatte er noch keine Zeit gehabt, den restlichen Inhalt zu überprüfen. Sobald er den Deckel aufgestemmt und die Gegenstände gezählt hatte, entfloh ihm ein Fluch. Offensichtlich hatte der Kerl schon in den anderen Häfen Teile der Fracht zu Geld gemacht. Denn außer zwei weiteren Phiolen fehlten ein goldener Arm und einer der Fußreliquiare. Mit einer noch hässlicheren Verwünschung beugte er sich tiefer über die Truhe und wischte mehr Stroh beiseite. Er wollte gerade zum Boden der Kiste vordringen, als ihn das Quietschen der Türangeln so heftig auffahren ließ, dass er sich um ein Haar den Kopf gestoßen hätte. Er wirbelte herum. Olivera stand im Rahmen – umspült von Sonnenlicht, sodass er geblendet die Augen zusammenkniff. Hastig schlug er den Deckel der Kiste wieder zu.

»Suchst du auch etwas?«, fragte sie. Offenbar bemerkte sie nicht, dass Laurenz das Herz bis zum Hals schlug. »Wir sollten heute Abend eine der Kleidertruhen mitnehmen«, sagte sie. »Ich brauche dringend ein neues Kleid und ein paar Tücher.« Sie errötete leicht. »Würdest du mir helfen, an meine Sachen zu kommen?«, bat sie.

Laurenz nickte wortlos. Nichts lieber als das. Solange sie nur so schnell wie möglich wieder aus dem Laderaum verschwand!

KAPITEL 21

Tübingen, August 1408

MIT JEDEM SCHRITT, den der Schlachter auf das Haus in der Münzgasse zumachte, verstärkte sich das flaue Gefühl in seiner Magengegend. Die Hitze schien an diesem Donnerstag besonders drückend. Selbst die Spatzen hatten ihr Tollen eingestellt und versteckten sich im Schatten der Dächer. Die Stadt stank erbärmlich nach übervollen Sickergruben, zu vielen Menschen und dem abgestandenen Wasser des Neckars. Zudem stach ihm der scharfe Geruch seines eigenen Schweißes in die Nase. Er verzog das Gesicht. Er hätte gestern Abend wirklich das Badehaus aufsuchen sollen! Sein Haar klebte unter der viel zu warmen Kappe an seinem Schädel, und er verspürte den Drang, sich zwischen den Beinen zu kratzen. Er fuhr sich mit dem Ärmel über das Gesicht und fragte sich zum ungezählten Mal, was um alles in der Welt vorgefallen sein mochte. Seine Gedanken kehrten zum Vorabend zurück. Er hatte bereits die Tür seines Hauses hinter sich zugezogen, als ein Laufbursche bei ihm erschienen war und ihn ins Haus *des* Mannes befohlen hatte, dem er sein neues Pferd verdankte. Zwar hatte der Schwager des Schultheißen noch vor einigen Monaten gesagt, dass er ihn niemals auch nur in der Nähe der Münzgasse sehen wollte. Allerdings schien er seine Meinung geändert zu haben. Er schüttelte den Kopf. Warum es den einflussreichen Oberstädter auf einmal nach einem Treffen verlangte, würde er sicher bald erfahren. Er erwiderte geistesabwesend den Gruß eines Bäckersgesellen, an dessen Gesicht er sich vage erinnerte. So anzüglich wie der Bursche grinste, hatten sie sich vermutlich bei seinem letzten Besuch im Badehaus die gleiche Hure geteilt. Wer konnte sich schon an so etwas erinnern? Er lenkte den Blick zurück auf die Straße, da er keine Lust hatte, in einen Haufen Hundekot zu treten. Vorbei an zunehmend prunkvollen Häusern erklomm er den Anstieg von der Kirche des Augustinerklosters zum ehemaligen Marktplatz. An dessen östlichem Ende erhob sich der zweistöckige Steinbau, in dem sein Auftraggeber wohnte. Das Tor zum Hof stand weit offen. Knechte schleppten Getreidesäcke von einem Karren in ein Nebengebäude, in dem sich offensichtlich das Lager des Hausherrn befand. Mehrere Händler standen Schlange, um ihre Waren abzuliefern – scheinbar ärgerlich darüber, dass man sie warten ließ. Vor dem Stall waren mehrere Pferde angebunden – was zweifellos darauf hindeutete, dass der Ratsherr Besuch hatte. Der Metzger rümpfte die Nase. Wenn die reichen Tübinger wüssten, womit er sein Geld verdiente, würden sie ihm sicher nicht mehr so in den Hintern kriechen! Er steuerte auf den Haupteingang zu.

»Was hast du hier zu suchen?«, fuhr ihn ein hagerer Mann an, der wie ein Habicht auf ihn zugeschossen kam.

Seinem Gebaren und der fetten Kette um seinen Hals nach zu urteilen, handelte es sich um den Verwalter. »Stell dich dort drüben an! Gesinde hat hier nichts zu suchen.«

Er wollte den Metzger davonscheuchen. Aber ein scharfer Pfiff hielt ihn davon ab. »Lass ihn in Ruhe, Mathes!«, rief der Hausherr. »Kümmer dich um die Karren.«

Der Verwalter zog verwundert eine Braue in die Höhe, tat jedoch, wie geheißen. Mit einer Kopfbewegung gab der Ratsherr dem Schlachter zu verstehen, dass er sich zu einem flachen Holzbau hinter der Küche begeben sollte. Dort öffnete er wortlos eine Tür, die er mit einem Riegel hinter sich verrammelte. Durch die Ritzen zwischen den Brettern fiel etwas Sonnenlicht herein – gerade genug, um die Sorge auf dem Gesicht des Auftraggebers erkennen zu lassen.

»Du musst noch mehr herbeischaffen«, kam der Mann ohne Umschweife zum Thema. »Es gibt neue Käufer, die sich auf keinen Fall länger als bis zum Jahresende gedulden können.« Er blies die Wangen auf und ließ die Luft langsam durch die gespitzten Lippen entweichen. »Wenn Laurenz mit den Behältnissen zurück ist, müssen diese umgehend gefüllt werden!«, setzte er hinzu.

Er wirkte kurzatmig. Vielleicht war es die Gier. Seine Aufregung hing beinahe greifbar im Raum, strahlte so deutlich von ihm aus, dass sie sich auf den Metzger übertrug. Dieser fasste sein Gegenüber forschend ins Auge, während es in seinem Kopf fieberhaft arbeitete. Was meinte der Kerl damit? Wie stellte er sich das vor? Hatte er denn keine Ahnung, wie riskant es war, in so kurzen Abständen zu töten? Das flaue Gefühl verstärkte sich zuerst, dann verwandelte es sich in Ärger. Hatte er nicht deutlich gemacht, dass der Boden unter seinen Füßen zu heiß wurde? Dass er die Toten nicht mehr bei sich zu Hause ausschlachten konnte? Er schüttelte den Kopf.

»Das ist unmöglich«, gab er so ruhig wie möglich zurück. »Die Stadtwachen sind überall.« Er hob die Hand, als der Ratsherr ihn unterbrechen wollte. »Und mein Weib wird immer neugieriger.«

»Du wirst doch wohl mit deinem Weib fertigwerden!«, brauste der Oberstädter auf. »Verprügel sie oder sperr sie ein. Irgendetwas wird dir schon einfallen.«

Der Schlachter stieß heftig die Luft aus. »Wenn Ihr sie kennen würdet, würdet Ihr nicht so reden«, versetzte er. »Soll ich ihr vielleicht den Hals umdrehen?«

»Warum nicht?«, war die Antwort.

»Weil ich dann ihre vier Brüder im Nacken habe! Und mit denen ist nicht gut Kirschenessen!« Er presste die Lippen aufeinander. Nur allzu gut erinnerte er sich an die Abreibung, die sie ihm kurz nach der Hochzeit verabreicht hatten. »Wenn uns jemals Klagen kommen …«, hatten sie ihn gewarnt. Warum ihnen so viel an ihrer Schwester lag, war ihm nicht klar. Aber er würde sein Glück ganz sicher nicht herausfordern.

»Dann sag ihr eben, was du tust«, brummte sein Gegenüber. »Immerhin genießt sie doch auch die Früchte eures neuen Wohlstandes.«

»Das stimmt«, erwiderte der Metzger. »Allerdings hat sie ein Mundwerk, das man gesondert totschlagen muss, wenn sie stirbt. Weiß sie es, weiß es die ganze Stadt. Wollt Ihr das?«

Der Hausherr hob abwehrend die Hände. »Bei allen Heiligen, nein!«, stieß er hervor. Er murmelte etwas Unverständliches, dann fragte er: »Wenn du einen Ort hättest, an dem du ungestört arbeiten könntest, wäre das Problem dann gelöst?«

Der Schlachter überlegte einen Moment. »Zur Hälfte«, erwiderte er schließlich. »Unter den Augen der Stadtwache zu töten, wird dennoch nicht einfacher werden.«

Der Schwager des Schultheißen überlegte eine Zeit lang. »Dieses Problem kann ich nicht für dich lösen. Aber ich denke, ich kenne einen Ort, an dem du die Toten in Zukunft in aller Ruhe zerlegen kannst.«

Der Metzger sah die Zähne des Mannes aufblitzen. »Laurenz hat weder Weib noch Kinder und einen tiefen, tiefen Keller.«

KAPITEL 22

Griechisch Weißenburg (Belgrad), Ende August 1408

Zwei Wochen, nachdem sie die Stadt Giurgiu hinter sich gelassen hatten, stand Olivera zusammen mit Laurenz staunend am Bug der Zille. Zu ihrer Linken erhob sich die stark befestigte Stadt Griechisch Weißenburg, an deren Mauertürmen hölzerne Gerüste emporwuchsen. Selbst aus der Entfernung konnte man das Schlagen der Zimmermannshämmer und Steinmetzwerkzeuge hören. Ein dichter Strom von Handelsschiffen steuerte den erst halb fertiggestellten Donauhafen der Stadt an. Und es dauerte beinahe eine Stunde, bis sie sich einen Landeplatz erkämpft hatten. Überall schienen Handwerker damit beschäftigt, neue Gebäude zu errichten. Zahllose Türme ragten in den leicht bewölkten Himmel, an dem sich ein Schwarm Schwalben jagte. Die Anlegestelle war überfüllt mit Zugtieren, Händlern und offensichtlich wohlhabenden Bürgern, die Olivera aufgrund ihrer Tracht als Venezianer und Ragusaner erkannte. Der Geruch von feuchtem Mörtel und heißem Stein wehte vom Ufer in ihre Richtung, begleitet vom Aroma frisch gebackenen Brotes und gebratenen Fischs. Aus dem Umland trug der Wind den Duft von geerntetem Getreide herbei. Olivera spürte, wie sich ihr Magen hungrig zusammenzog. Seit dem Frühstück hatte sie kaum etwas gegessen, nur getrunken, weil die Hitze sie von Tag zu Tag durstiger machte.

»Wenn Ihr Glück habt, ist die Herberge bereits fertig«, ließ der Schiffsführer sie wissen. Er zeigte auf einen Gebäudekomplex in der Nähe des Hafens. »Vor ein paar Wochen fehlte noch das Dach.«

»Ich weiß«, entgegnete Laurenz. »Auf meinem Hinweg sah überhaupt alles noch ganz anders aus. Da gab es noch nicht halb so viele Türme. Und die Festung war viel verfallener.« Sein Blick wanderte von der Unterstadt zur Oberstadt. »Anscheinend verschwendet der Despot keine Zeit beim Verlegen seiner Residenz.«

Olivera sah ihn fragend an.

»Stefan Lazarević, der Despot von Serbien«, erklärte er. »Hast du noch nie von ihm gehört?«

Olivera dachte einen Moment nach. »Doch, ich glaube schon«, sagte sie. »Aber das war in Konstantinopel.«

Laurenz lachte. »Das kann gut sein. Es war nämlich der Kaiser von Konstantinopel, der ihm den Despotentitel verliehen hat.« Er rümpfte die Nase. »Was mir ein Rätsel ist. Denn er ist immer noch ein Vasall des Sultans.«

»Das schon«, mischte sich der Schiffer ein. »Aber es gehen Gerüchte um, dass er sich dem Ritterorden anschließen will, den König Sigismund von Ungarn angeblich gründen will.«

»Ein Orden?«, fragte Laurenz. »Wozu?«

»Um die Heiden und Schismatiker zu bekämpfen, sagt man.« Der Kapitän drehte die Handflächen nach oben. »Aber wer weiß schon, was dran ist an all dem Gerede.« Olivera war sich nicht sicher, ob sie alles richtig begriffen hatte. Seit der Schiffer wusste, dass sie versuchte, Deutsch zu lernen, sprach er immer seltener sein zwar grauenhaftes, aber wenigstens verständliches Latein. Und auch an diesem Tag mischte er mehr und mehr deutsche Brocken in die Sätze.

»Überhaupt, was schert es uns?«, fuhr der Mann fort. »Solange die Donau schiffbar bleibt, ist mir alles andere egal.«

Auch Laurenz zuckte die Achseln. Dann sah er sich nach seinen Knechten um. Diese standen dicht gedrängt beieinander – scheinbar ratlos, da sie nicht wussten, wohin mit den Zugtieren. Laurenz winkte einen von ihnen zu sich.

»Lauf und bring in Erfahrung, ob die Herberge fertig ist«, rief er ihm von Bord zu.

Als der Ausgeschickte eine halbe Stunde später zurückkehrte, ruderte er schon von Weitem wild mit den Armen. »Es gibt nicht mehr viele freie Kammern«, schnaufte er. »Wenn Ihr noch eine ergattern wollt, müsst Ihr Euch beeilen!«

Laurenz griff nach Oliveras Hand. »Dann komm.« Er schulterte das Bündel, das Olivera vorsorglich geschnürt hatte. »Seht zu, dass ihr die Pferde unterbringt«, befahl

Laurenz seinen Knechten. »Aber ihr bleibt über Nacht hier!«

Seit Giurgiu hatte er den Männern nicht mehr erlaubt, an Land zu schlafen. Überhaupt schien er sich seitdem verändert zu haben – war in sich gekehrt, manchmal aufbrausend und schlich ständig um den Laderaum herum. Auch die Albträume kehrten in regelmäßigen Abständen wieder; waren manchmal so schlimm, dass Olivera davon erwachte. Was ihm auf der Seele lastete, wusste sie nicht. Doch es bereitete ihr Sorgen. Als sie ihn vor einigen Tagen gefragt hatte, was ihn bedrückte, hatte er wegwerfend abgewinkt. »Es wird die Hitze sein«, hatte er lahm behauptet. Allerdings war die Lüge deutlich in seinen Augen zu lesen gewesen. Olivera seufzte. Sie hob den Käfig ihres Vogels auf und folgte Laurenz die Planke hinab. Seit sich die Schiffsleute darüber beschwert hatten, dass er nachts kreischte, nahm sie den Papagei mit, wenn sie von Bord gingen. Wenigstens war *er* stets zu Schabernack aufgelegt! Sie wischte den Gedanken beiseite und beeilte sich, um mit Laurenz Schritt zu halten. Dieser bahnte sich energisch einen Weg durch die schnatternde, schimpfende und feilschende Menschenmenge, bis sie schließlich das Stadttor erreichten. Gräben und ein zweifacher Wall verstärkten die mächtigen Mauern, auf denen schwer bewaffnete Soldaten Wache hielten.

Nachdem sie den Torzoll entrichtet hatten, tauchten sie ein in eine Stadt, deren zukünftige Schönheit bereits zu erahnen war. Obwohl viele der Gebäude noch nicht fertiggestellt waren, ließen die Gärten, Türmchen und Handelshäuser Olivera den Atem stocken. Anders als in Konstantinopel, schien es hier keine Armenviertel zu geben, in denen die schlimmsten Krankheiten grassierten. Im Osten erhob sich als Eingang zur Oberstadt ein gewaltiges Tor, über dem ein Rundturm aufragte. Wer die Burg betreten wollte, musste offenbar erst dieses Hindernis überwinden. Banner in den Farben des Herrscherhauses verkündeten, dass der Despot in der Stadt weilte. Während sie versuchte auszumachen, bis wohin sich die Oberstadt erstreckte, fragte Olivera sich, ob sie den serbischen Fürsten vielleicht zu Gesicht bekommen würden. Sie blickte immer noch zu den Zinnen empor, als ein Trupp von Panzerreitern sie zwang, sich dicht an die Häuserwände zu drängen, um nicht unter die Hufe zu kommen. Als eines der Pferde ein lang gezogenes Wiehern ausstieß, hätte sie vor Schreck beinahe den Käfig in ihrer Hand fallen lassen. Denn augenblicklich wiederholte der Vogel den Laut so täuschend echt, dass mehrere Männer und Frauen tuschelnd auf ihn zeigten. Olivera grinste. Kein Wunder, dass die Seeleute ihn nicht mehr an Bord haben wollten. Vermutlich wiederholte er all die Flüche, die sie beim Würfelspiel von sich gaben. Sobald die Reiter über die Zugbrücke gepoltert waren, setzten sie ihren Weg fort. Es dauerte nicht lange, bis sie die Herberge erreichten. Diese bestand aus mehreren, im Viereck um einen Innenhof angeordneten Gebäuden. Von hölzernen Vordächern beschattet führten Treppen in den ersten Stock hinauf, wo sich offenbar die Gästekammern befanden. Im Erdgeschoss waren die Stallungen und Warenlager untergebracht, und um eine Tränke im Hof scharten sich Esel, Pferde und ein halbes Dutzend Kamele. Mehrere bewaffnete Wächter waren allem Anschein nach für die Sicherheit der Gäste verantwortlich.

Nachdem Laurenz den Wirt ausfindig gemacht hatte, traten Olivera und er keine halbe Stunde später den Weg nach oben an. Sie erklommen eine der schmalen Stiegen, wichen einer Gruppe tief verschleierter Damen aus und erreichten schließlich eine kleine, aber gemütliche Kammer. Der Holzboden war sauber gefegt, die Laken weiß und frisch. Durch zwei schmale Fenster fiel ein Streifen Sonnenlicht herein, dennoch herrschte eine erstaunliche Kühle in dem Raum.

»Es gibt eine Badestube«, ließ Laurenz Olivera wissen. »Ich dachte, das interessiert dich vielleicht.« Er lächelte schief, da er genau wusste, wie sehr sie sich nach einem Bad sehnte.

Olivera sah ihn strahlend an. »Wirklich?«, fragte sie. »Das ist wundervoll!« Sie stellte den Käfig ab und trat auf Laurenz zu, um die Arme um seinen Hals zu schlingen.

Er erwiderte die Umarmung halbherzig. »Ich habe furchtbaren Hunger«, sagte er, nachdem er sich von ihr gelöst hatte.

Sie sah verwirrt zu ihm auf. Was war nur los mit ihm? Noch vor Kurzem hätte er sie nicht so einfach wieder losgelassen! Enttäuschung machte sich in ihr breit. Nur mühsam widerstand sie der Versuchung, die Nase unter ihre Achseln zu stecken. Roch sie so schrecklich?

»Lass uns etwas essen«, schlug Laurenz vor. »Danach kannst du ein Bad nehmen. Ich habe noch etwas zu erledigen.«

Auch wenn Olivera am liebsten gefragt hätte, was, bei allen Heiligen, das wohl sein mochte, biss sie sich auf die Zunge. Wenn er wollte, würde er es ihr sagen. Vielleicht fand sie dann auch heraus, was ihn so bedrückte. Sie zwang sich zu einem Lächeln und nickte. Wenn er doch nur wieder der Alte wäre!, fuhr es ihr unvermittelt durch den Kopf. Der Mann, an den sie in Konstantinopel ihr Herz verloren hatte! Sie rang die Enttäuschung über sein Verhalten nieder und folgte ihm zurück hinaus ins Freie. Dort hatten Knechte inzwischen einen Großteil der Pferde und Kamele getränkt und waren nun dabei, sie vor den Stallungen abzusatteln. Die Gruppe der verschleierten Damen verschwand soeben in einem weiß getünchten Lehmbau, in dem Olivera das Bad vermutete.

Das Mahl, das der Wirt der Herberge ihnen vorsetzte, war köstlich. Hungrig schlang Olivera das Fladenbrot und den in Kräutern gebratenen Fisch in sich hinein und spülte die Bissen mit süßem Rotwein hinunter. Laurenz hingegen stocherte scheinbar appetitlos in seiner Holzschale. Nicht einmal die gezuckerten Feigen konnten ihn verlocken. Olivera fragte sich, warum er behauptet hatte, hungrig zu sein. Ganz offensichtlich war sie die Einzige, deren Magen geknurrt hatte. Sobald sie ihre eigene Schüssel mit einem zufriedenen Seufzen von sich geschoben hatte, tat Laurenz es ihr gleich. Er winkte eine Magd herbei und bezahlte das Essen. Dann steckte er der jungen Frau einige weitere Pfennige zu.

»Meine Gemahlin will ein Bad nehmen«, sagte er. »Sorge dafür, dass es ihr an nichts fehlt.«

Die Augen des Mädchens blieben eine Winzigkeit zu lange auf Laurenz haften, fand Olivera. Dann schlug es gespielt schamhaft die Lider nieder und nickte. »Ja, Herr«, säuselte es.

Olivera spürte, wie sich etwas in ihr aufrichtete. Am liebsten hätte sie dem jungen Ding eine Ohrfeige versetzt. Die Eifersucht verflog jedoch schnell wieder, als

Laurenz sich verabschiedete und sie mit der Magd alleine ließ. Diese wies ihr den Weg zur Badestube, in der es so wundervoll duftete, dass Olivera alles andere vergaß. Beinahe eine Stunde brachte sie in den Dampfschwaden zu; ließ sich mit heißem Wachs bestreichen, einseifen und das Haar waschen. Als sie schließlich wieder in ihre Kammer zurückkehrte, fühlte sie sich wie ein neuer Mensch. Nachdem sie die Tür verriegelt hatte, öffnete sie ihr Bündel und kramte darin herum. Wenn Laurenz sie schon allein ließ, konnte sie die Gelegenheit nutzen, um endlich einen Trank zu mischen. Vorsorglich hatte sie in den letzten Tagen die Zutaten aus dem Lagerraum geholt, um nicht weiterhin Essigschwämmchen benutzen zu müssen. Diese bereiteten ihr nämlich inzwischen erhebliche Schmerzen. Mit fliegenden Fingern vermischte sie Alraune, Kohlsamen, Blätter der Purgierwinde und Zedernöl zu einer Masse. Daraufhin formte sie kleine Kügelchen daraus und verstaute diese in dem Beutel an ihrem Gürtel. Bis auf eines, das sie in sich einführte für den Fall, dass Laurenz in dieser Nacht der Sinn nach Liebe stand. Sie befreite sich von ihrem Obergewand und legte es sorgfältig zusammen. Jetzt, wo sie wieder duftete wie eine frische Blume, würde die Lust in seine Lenden zurückkehren!

Eineinhalb Stunden, nachdem er Olivera alleine gelassen hatte, verließ Laurenz die kleine Kirche in der Nähe der Stadtmauer. Sein Herzschlag hatte sich immer noch nicht beruhigt, und seine Handflächen waren nach wie vor feucht. Auch die Trockenheit in seinem Mund legte sich nur allmählich. Mit weichen Knien war er so lange um den

Beichtstuhl herumgeschlichen, bis er es nicht mehr länger ausgehalten hatte. Als sich allerdings viel zu kurz darauf die kleine Luke auf Augenhöhe geöffnet hatte, war seine Kehle wie zugeschnürt gewesen.

»Vater, ich habe gesündigt«, hatte er schließlich heiser hervorgestoßen. Und dann war alles aus ihm herausgesprudelt. Dass der Pater ihn tatsächlich losgesprochen hatte, konnte er immer noch kaum fassen.

»Bereust du aufrichtig?«, hatte der Priester ihn gefragt.

Und Laurenz schämte sich nicht, dass er in Tränen ausgebrochen war. Die Buße, die der Kirchenmann ihm auferlegt hatte, war lächerlich – verglichen mit den Qualen der vergangenen Tage. Er folgte einem Kleeblatt alter Weiber, während sich die grauenvollen Bilder in seinem Kopf allmählich verflüchtigten. Sollte er morgen früh tot in seinem Bett liegen, würde er nicht auf direktem Weg in die Hölle fahren! Stattdessen standen ihm, wie jedem armen Sünder, Tage, Wochen oder gar Jahre im Fegefeuer bevor, ehe er ins Paradies eingehen konnte. Doch diese Zeit der Läuterung ließ sich problemlos mit einem oder mehreren Ablassbriefen verkürzen! Durch die Absolution war er wieder in den Stand der Gnade erhoben worden. Und das war alles, was im Moment für ihn zählte!

Mit federnden Schritten kehrte er zu der Herberge zurück und erklomm die Treppe – je zwei Stufen auf einmal nehmend. Als er die Tür zu seiner Kammer aufstoßen wollte, fand er diese allerdings verriegelt vor.

»Olivera!«, rief er und hieb mit der Faust gegen das raue Holz. »Mach auf, ich bin es.«

Beinahe eine Minute verstrich, bis sich etwas regte. Sein aufkeimender Ärger verflog jedoch, als sein Blick kurz darauf auf seine Gemahlin fiel. Schimmernd umflutete ihr offenes Haar ein Gesicht, das ihm noch nie liebreizender erschienen war. Außer einem kirschroten Seidengewand trug sie nichts am Körper, und Laurenz spürte, wie seine Männlichkeit erwachte. Seit ihrer letzten Blutung hatte er kaum mehr Begehren empfunden. Zu sehr hatten ihn die schrecklichen Erinnerungen belastet. In diesem Moment allerdings wallte die Lust mit solcher Macht in ihm auf, dass er wie ein Betrunkener über die Schwelle stolperte. Ohne weitere Worte zog er sie an sich. Der Kuss entlockte ihm ein Stöhnen. Gierig umfasste er ihre Brust, presste seinen Unterleib an sie und ließ sich von ihrer Zartheit die Sinne rauben. Als sie kein Dutzend Atemzüge später unbekleidet aufs Bett fielen, war der Rausch vollkommen.

KAPITEL 23

Griechisch Weißenburg (Belgrad), Ende August 1408

AM NÄCHSTEN MORGEN hatte Laurenz das Gefühl, in einer anderen Welt zu erwachen. Die Last der Schuld, die ihn seit Giurgiu niedergedrückt hatte, war eine bereits halb verblasste Erinnerung; die Frau an seiner Seite wieder ein Versprechen von Glück. Mit einem seligen Lächeln auf den Lippen strich er ihr sanft das Haar aus dem Gesicht und küsste ihr Ohrläppchen. »Ich liebe dich«, flüsterte er. »Ich liebe dich so sehr.«

Oliveras Lippen öffneten sich, dann murmelte sie etwas Unverständliches. Als sie die Nase tiefer in den Kissen vergrub, schlang Laurenz die Arme um sie und pustete in ihr Haar. »Es ist Zeit aufzustehen.«

Sie gab ein unwilliges Brummen von sich, das ihn zum Lachen brachte.

»Morgenstund hat Gold im Mund«, neckte er sie. Er stahl ihr die Decke und betrachtete sie einige Augenblicke voller Bewunderung. Sie war so unglaublich schön! Er hatte das Gefühl, dass sie ihn mehr und mehr verzauberte, je öfter er sie ansah. Sie brachte ihn um den Verstand. Doch es war nicht nur ihr wundervoller Körper, den er vergötterte, sondern auch ihre Willensstärke, ihre Entschlossenheit und ihre Klugheit. Wie schnell sie seine Sprache lernte! Er selbst hatte kaum ein Wort Griechisch aufgeschnappt in all der Zeit, die er in Konstantinopel verbracht hatte. Olivera hingegen schien Neues aufzusaugen wie ein Schwamm. Sie drehte sich auf die Seite und zog die Beine an. Ganz offensichtlich war sie vollkommen erschöpft von dem Liebesspiel der vergangenen Nacht.

Laurenz grinste. Er trat an die Waschschüssel, tauchte die Hand in das abgestandene Wasser und bespritzte sie damit. Als sie protestierte, nahm er die Schüssel aus der Halterung und stellte sich damit vor das Bett.

»Ich zähle bis drei«, witzelte er. »Wenn du dann immer noch nicht aufstehen willst, bekommst du ein Bad.«

Sie schlug die Augen auf und blinzelte ihn an. »Ein Bad«, nuschelte sie. »Ich habe doch gestern erst gebadet.«

Laurenz lachte erneut. »Steh auf.« Er griff nach ihrer Hand und zog sie in die Höhe. Auch wenn ihre samtige

Haut lockte wie eine köstliche Frucht, zwang er sich dazu, seinem Verlangen nicht nachzugeben. Er bückte sich nach ihrem Kleid. »Zieh dich an, ich warte unten auf dich.« Einen Augenblick der Stärke traute er sich zu. Allerdings wollte er seine Selbstbeherrschung nicht auf die Feuerprobe stellen. Nach einem letzten Blick auf ihr schlafgerötetes Gesicht, schlüpfte er in Hemd und Hose, stülpte sich seinen Filzhut auf den Kopf und verließ die Kammer. Beschwingt schlenderte er den Gang entlang die Treppen hinab und über den Hof. Dort waren die Burschen der Händler bereits damit beschäftigt, Ballen und Säcke an den Sattelgestellen der Kamele festzuzurren, während die Tiere aus dem Brunnen tranken. Auch die verschleierten Damen, die Laurenz am Vortag nur kurz gesehen hatte, waren schon auf den Beinen, suchten den Schatten einer ausladenden Buche. Eine heitere Melodie auf den Lippen betrat er den Gastraum und sog hungrig den Duft von frischem Fladenbrot und süßer Pfefferminze ein. Beinahe jeder Platz war besetzt. Nur in einer Nische direkt neben der kalten Feuerstelle war noch ein kleiner Tisch frei. Männer und Frauen in kunterbunten Gewändern redeten in allerlei Sprachen durcheinander, während Mägde für das leibliche Wohl der Gäste sorgten. Selbst ein Affe war anwesend – auf der Schulter eines Reisenden, den Laurenz für einen Gaukler hielt. Mit Händen und Füßen machte er einer jungen Frau verständlich, was er wollte, und strahlte, als sie tatsächlich das Gewünschte auftrug. Er war gerade dabei, die Zähne in einen mit frischem Fisch und Kräutern gefüllten Fladen zu schlagen, als Olivera den Raum betrat. Ihre Augen waren immer noch leicht zusammengekniffen, sonst sah man ihr die Müdigkeit kaum an. Dankbar nahm sie einen Becher mit starkem Pfefferminzaufguss entgegen und bat auf Griechisch um eine Schale Haferbrei. Dieser – mit Sahne und Honig verfeinert – vertrieb die Müdigkeit endgültig. Nachdem der letzte Bissen geschluckt und die Schale mit Brot ausgerieben war, machten sie sich schließlich auf den Weg zum Hafen. Dort schirrten Laurenz' Knechte die Pferde an und zogen sich – jeder mit einem dicken Tau am Sattelknauf – auf die Rücken der Tiere.

»Sobald wir den Hafen hinter uns gebracht haben, knüpft ihr die Treidelseile wieder an«, hörte Laurenz den Schiffsführer sagen. Der Mann wandte sich an seine Besatzung. »Bis dahin, an die Ruder!«

Er half Olivera an Bord. Wenig später trat er mit ihr an den Bug der Zille, um das Auslaufen zu verfolgen. Das Wasser funkelte im Licht der Morgensonne, die bereits erbarmungslos vom Himmel stach. Drei Schwäne glitten majestätisch durch die Fluten, umtanzt von einer Ansammlung kleinerer Wasservögel. Auf den Feldern entlang des Flusses banden tief gebückte Frauen geerntetes Getreide zu Büscheln. Derweil vertrieben Kinder Krähen und andere Korndiebe.

»Wir sollten in den Schatten gehen«, sagte Olivera nach einiger Zeit. Sie hob die Hand an die Augen, um diese vor dem gleißenden Licht zu schützen. Sowohl ihr Nasenrücken als auch ihre Wangenknochen wiesen deutliche Spuren der zahllosen Stunden im Freien auf.

Laurenz nickte. »Du hast recht«, sagte er. Während die Ruderer das Boot an der äußeren Hafenbefestigung vorbeisteuerten, zog er sich mit Olivera unter das offene Zelt zurück, das die Besatzung vor einigen Tagen am Heck des Bootes errichtet hatte.

Bald erstreckte sich das Land vor ihnen weit und flach. In der Ferne verschmolz das Wasser der Donau mit dem flimmernden Horizont, der Laurenz unendlich weit erschien. Alles wirkte ruhig und friedlich – als spiegle die Umgebung seine Gemütslage wider. Nachdem Olivera sich auf der schmalen Bank niedergelassen hatte, trat er hinter sie und legte die Hand auf das Tuch, mit dem sie ihr Haar bedeckt hatte. Sie schloss die Augen und lehnte sich an ihn. Eine Weile stand er einfach nur da, genoss ihre Nähe, den Wind auf der Haut und das Gefühl der Befreiung. Schließlich, als sich die Ufer weiter voneinander entfernten und die Strömung schwächer wurde, ließ er sich neben ihr nieder. Sie legte den Kopf an seine Schulter und beobachtete eine Gruppe Fischerjungen, die auf winzigen Nachen mit Netzen hantierten. Nur mit Lumpen bekleidet sprangen einige von ihnen ins Wasser und tauchten unter, um kurz darauf lachend wieder an die Oberfläche zu schnellen. Trotz der offensichtlich harten Arbeit wirkten sie unbeschwert.

»Wie lange wird es noch dauern, bis wir in Tübingen sind?«, fragte Olivera, nachdem die Zille an den Fischerbooten vorbeigeglitten war.

»Ich weiß es nicht«, erwiderte Laurenz wahrheitsgemäß. »Das kommt ganz auf die Witterung an.« Er zuckte die Achseln. »Wenn wir Glück haben, schlafen wir in weniger als sechs Wochen in unserem eigenen Bett.«

Olivera atmete tief ein, dann seufzte sie. »Ich kann es kaum erwarten«, sagte sie. »Ich bin so neugierig.« Sie hob den Kopf, um ihn anzusehen. »Erzähl mir noch ein wenig von deiner Heimat.« Sie schien noch etwas hinzusetzen zu wollen, überlegte es sich jedoch anders.

Laurenz schmunzelte. »Bis wir dort ankommen, ist der Wald bunt«, gab er zurück. »Stürme fegen über das Land und die Bauern beginnen, das Vieh für die Schlachtung zusammenzutreiben. Und dann dauert es nicht lange, bis der Winter Einzug hält.« Er streckte die Beine aus. »Nicht so ein Winter wie der, den du kennst. Sondern ein Winter mit viel, viel Schnee.«

»Das ist gut«, murmelte sie. »Schnee bedeutet, dass es nicht mehr so heiß ist.« Sie wischte sich den Schweiß von der Oberlippe.

»Ganz gewiss«, erwiderte Laurenz. »Aber es ist auch dunkel. Und an manchen Tagen sieht man vor lauter Nebel kaum die Hand vor Augen.«

»Dann machen wir ein Feuer«, war Oliveras Antwort.

Laurenz lachte. Sie war einfach umwerfend! Mit ihr an seiner Seite würde ihn nichts mehr in Tübingen an die Demütigungen der Vergangenheit erinnern. Er würde mit ihr zusammen die teuren Gewürze auf dem Markt verkaufen, ihr kostbare Kleider schenken und sich an den Blicken der Oberstädter weiden. Selbst der Graf von Württemberg würde ihn beneiden! Dessen war er sich sicher.

»Ich wünschte, wir wären bereits da«, riss sie ihn aus den Gedanken. »Ich hätte nicht gedacht, dass eine Reise so furchtbar anstrengend sein könnte.« Sie schürzte die Lippen. »Immer, wenn mein Onkel von seinen Handelsreisen erzählt hat, klang alles so aufregend und einfach.« Sie zog einen Mundwinkel nach unten.

»Man gewöhnt sich daran«, sagte Laurenz. Er erinnerte sich an das erste Mal, als er sich auf den Weg nach Konstantinopel gemacht hatte. Nur zu gut wusste er, was Olivera empfand. Auch ihm war die Reise damals unendlich erschienen. Am Schlimmsten war der Hinweg – der

Weg zurück kam ihm seltsamerweise immer kürzer vor. Er wollte ihr gerade von seinen Erlebnissen berichten, als die Zille langsamer wurde.

»Was ist?«, rief er dem Schiffsführer zu. Dieser zuckte die Achseln. Er packte die Treidelseile, um an ihnen zu ziehen.

»Die Pferde haben angehalten«, rief er schließlich.

Laurenz sprang auf und trat zu ihm. Er kniff die Augen zusammen, um die Männer am Ufer besser sehen zu können. Zuerst konnte er keinen Grund für den Halt entdecken. Dann sah er – etwa eine halbe Meile vor den Zugtieren – eine Rauchfahne in den Himmel steigen. Der Wind trug das angstvolle Wiehern der Pferde vom Ufer herüber.

»Ich glaube, der Wald brennt«, stieß der Schiffer hervor. »Seht nur, dort!«

Bei näherem Hinsehen war die Rauchfahne bei Weitem nicht so dünn, wie Laurenz zuerst gedacht hatte. Als der Wind einen Moment lang abflaute, erkannte er Flammen, die an den Bäumen emporzüngelten.

»Warum fahren wir nicht weiter?«, fragte Olivera. Ohne dass Laurenz es gemerkt hatte, war sie zu ihnen getreten.

»Ein Waldbrand«, erwiderte er.

»Ist das schlimm?«

»Es kommt darauf an, ob es den Pferdeführern gelingt, die Tiere zu der Furt dort vorne zu treiben, bevor das Feuer ihnen den Weg abschneidet«, mischte sich der Schiffer ein. Er zeigte auf eine Stelle, an der sich bereits eine Handvoll Reiter durch das Wasser kämpfte. »Wenn es ihnen nicht gelingt, müssen wir umkehren.«

Laurenz unterdrückte einen Fluch. Warum ausgerechnet jetzt?, fragte er sich. Ein weiteres schrilles Wiehern verriet die Todesangst der Pferde. Nur mit äußerster Mühe hielten die Knechte die Tiere davon ab, auf die Hinterbeine zu steigen.

»Hoh«, scholl es vom Ufer herüber. Das Boot machte einen Satz, als zwei der Zugtiere versuchten auszubrechen. Laurenz' Hengst warf den Kopf und tänzelte nervös auf der Stelle hin und her. Einen Augenblick sah es so aus, als würde es den Männern nicht gelingen, die Pferde zu bändigen. Dann schwang sich der älteste von Laurenz' Knechten in den Sattel seines Wallachs und trieb ihn auf die Furt zu. Auch wenn es die anderen Treiber zahlreiche Hiebe und brutales Zerren am Zügel kostete, bewerkstelligten sie es schließlich, ebenfalls die Furt zu erreichen. Wenig später tauchten die Tiere in das Wasser der Donau ein. Immer noch wiehernd und schnaubend trugen sie ihre Reiter ans andere Ufer, wo die Knechte sie mühsam beruhigten. In der kurzen Zeit, die sie zum Überqueren des Flusses benötigten, griffen die Flammen auf angrenzende Bäume über, sodass inzwischen eine heftig rußende Feuerwand den Weg versperrte. Vögel und andere Tiere flohen vor dem sicheren Tod, während der Wind den Brand immer mehr anfachte.

»Wir sollten zusehen, dass wir so schnell wie möglich von hier fortkommen«, sagte der Schiffsführer. Er bekreuzigte sich. »Dem Herrn sei Dank, dass wir die Gefahr rechtzeitig erkannt haben.«

Laurenz nickte. Die Händler in den Booten hinter ihnen hatten nicht so viel Glück. So wie es aussah, würden sie gewiss mehrere Tage festsitzen, bis die Feuersbrunst sich erschöpfte. Er legte die Handflächen aneinander. Es gab keinen Zweifel: Gott hatte ihm tatsächlich vergeben! Warum sonst hätte er seine Männer unversehrt über den Fluss führen sollen? Ein Lächeln huschte über sein Gesicht. Seine Sünden waren getilgt! Nichts würde seine und Oliveras Zukunft überschatten!

TEIL 2

KAPITEL 24

In der Nähe von Ulm, Anfang Oktober 1408

Der Regen peitschte beinahe waagerecht übers Land. Die ansonsten ruhige Wasseroberfläche der Donau war aufgewühlt, und an manchen Stellen entstanden gefährliche Stromschnellen. Olivera hatte den warmen Mantel eng um die Schultern geschlungen, die Kapuze tief ins Gesicht gezogen. Trotzdem fror sie entsetzlich und bereute, den Lagerraum auch nur kurz verlassen zu haben. In dem hausähnlichen Schiffsaufbau war es zwar auch schon lange nicht mehr richtig trocken. Aber wenigstens pfiff der Wind nicht mit voller Stärke durch die Ritzen.

»Geh zurück!«, rief Laurenz ihr zu. »Du holst dir sonst noch den Tod!« Er selbst war bereits bis auf die Knochen durchnässt, schien aber nicht gewillt, sich zu verkriechen. Sein rotblondes Haar klebte nass an seiner Stirn. Die Hände, mit denen er ein Tau umklammert hielt, waren vor Kälte gerötet.

Da die reißende Strömung mehrere Männer an den Rudern erforderte, hatte Laurenz angeboten, eines der Seile zu halten. Immer wieder tauchten entwurzelte Bäume und abgerissene Äste vor ihnen auf. Und einmal hatte sich eines der Zugseile bereits verfangen und beinahe Laurenz' Rappen in die Fluten gerissen. Daher unternahmen die Männer alles in ihrer Kraft Stehende, um ohne weitere Zwischenfälle ans Ziel zu gelangen. Mit eingezogenem Kopf stemmte Olivera sich gegen den Wind und tat, wie geheißen. Als das Zufallen der Tür das Pfeifen des Windes abschnitt, fühlte sie sich augenblicklich etwas geborgener. Sie schüttelte die Nässe aus der Heuke – dem fast wadenlangen Umhang – und schlang fröstelnd die Arme um sich. Wenn sie doch nur ein Feuer entzünden könnte! Nach den Wochen der brütenden Hitze hatte sie sich immer noch nicht an die kühlere Witterung gewöhnt. Bis kurz vor Wien war der Sommer ihr Begleiter gewesen. Aber seit ihrem Aufbruch von dort hatte der Herbst mit jeder Meile westwärts weiter die Oberhand gewonnen.

Sie kauerte sich hinter einen Stapel festgezurrter Kisten und betete, dass sie Ulm bald erreichen würden. Hoffentlich erwartete sie dort keine böse Überraschung! So wie in mehreren anderen Städten, deren Häfen sie gemieden hatten, weil auf den Zinnen der Türme gelbe Pestflaggen aufgezogen waren. Das Frösteln verstärkte sich. Als die Zille sich mit einem Knarren heftig nach links neigte, entfloh ihr ein Schrei.

»Heilige Mutter Gottes, lass nicht zu, dass wir kentern«, flehte sie. Die Vorstellung, in das aufgewühlte Wasser geschleudert zu werden, erfüllte sie mit Grauen. Nicht jetzt, wo sie ihr Ziel fast erreicht hatten!

»Heilige Mutter Gottes!«, kreischte es dicht an ihrem Ohr. Olivera fuhr erschrocken zusammen.

»Markos!«, schimpfte sie. »Kannst du denn nicht *einmal* den Schnabel halten?«

Der Vogel legte den Kopf schief und ahmte das Heulen des Windes nach. Obgleich ihr alles andere als heiter zumute war, musste Olivera lachen.

»Du bist schlimmer als jeder Gaukler«, schalt sie das Tier, steckte jedoch einen Finger durch die Gitterstäbe, um es am Kopf zu kraulen. »Hast du denn vor gar nichts Respekt?«

Der Papagei plusterte sich auf und strich mit dem Schnabel die Federn wieder glatt, die sie in Unordnung gebracht hatte. Dann steckte er den Kopf unter den Flügel. Vermutlich hatte er genauso viel Angst wie sie selbst, dachte Olivera. Aber wer konnte schon ahnen, was im Kopf eines Vogels vor sich ging. Erneut legte sich die Zille gefährlich weit auf die Seite, sodass Olivera um ein Haar den Halt verloren hätte. Warum flaute der furchtbare Sturm nicht endlich ab? Sie verkroch sich tiefer in dem Stapel aus Kisten, Ballen und Fässern und lauschte den kehligen Rufen der Männer. Wenn nur Laurenz nichts passierte! Ihr Herz zog sich schmerzhaft zusammen. Jetzt, wo er wieder er selbst war, schien jeder Augenblick ohne ihn eine Qual. Was sollte sie nur tun, wenn ihm etwas zustieß? Furcht und Trauer über den unvermittelt so möglich erscheinenden Verlust schnürten ihr die Kehle zu.

»Dann bist du mutterseelenallein in der Fremde«, raunte ihr eine innere Stimme zu. »Mutterseelenallein!«

Tränen stiegen in ihr auf und mit ihnen ein plötzliches, überwältigendes Heimweh. Das Gesicht ihrer *Yiayia* tauchte vor ihr auf. Auch wenn es ihr immer noch schwerfiel, die Züge der alten Frau in Gedanken nachzuzeichnen, war es plötzlich, als ob ihre Stimme direkt in ihrem Kopf wäre.

»Er wird dich mit in die Fremde nehmen und du wirst weit, weit fort sein von allen, die dich lieben.« War es nicht das, wovor ihre *Yiayia* sie gewarnt hatte? Und hatte sie nicht auch darauf hingewiesen, dass eine solche Reise viele Gefahren barg?

Olivera vergrub das Gesicht in den Händen und ließ ihren Tränen freien Lauf. Während sich ihre Furcht immer weiter verstärkte, malte sie sich die schrecklichsten Dinge aus; sah Laurenz' leblosen Körper, wie er irgendwo an Land gespült wurde; hörte ihr eigenes Klagen und sah sich einsam und hilflos in diesem vollkommen fremden Land umherirren. Die Vorstellung war, als ob ihr jemand das Herz aus dem Leib schnitt. Wimmernd krallte sie die Hände in den Stoff ihrer Heuke. Wollte Gott sie dafür bestrafen, dass sie sündig war wie Eva? Dass sie ihren Gemahl täuschte und sich mit ihm vereinigte, obwohl sie ihm keinen Nachwuchs schenken wollte? Die Planken der Zille gaben ein gefährlich klingendes Knarren von sich. Sie zog die Beine näher an den Körper und verbarg ihren Kopf zwischen den Knien. Wie ein Kind hoffte sie, dass die Gefahr verschwinden würde, wenn sie sich vor ihr versteckte.

»Bitte, Herr, verschone uns«, wisperte sie. »Dann werde ich Laurenz nie mehr hintergehen!« Ein weiteres Schluchzen raubte ihr die Stimme. Weinend presste sie die Hände auf die Ohren, um das Toben der Elemente nicht weiter mit anhören zu müssen.

Irgendwann, es schienen Stunden vergangen zu sein, ließ das Schaukeln des Schiffes nach. Zuerst begriff Olivera nicht, was die plötzliche Ruhe bedeutete. Doch dann drang die Erkenntnis zu ihr vor: Sie hatten den Sturm überstanden! Sie hob zögernd den Kopf. Erst jetzt bemerkte sie, wie steif ihre Glieder waren, und dass ihr Rücken schmerzte. Langsam, beinahe zögerlich, kam sie auf die Beine. Sie rieb sich die brennenden Augen. Hatte Gott ihr Flehen erhört? Steif wie eine alte Frau tastete sie sich an den Kisten entlang zur Tür und spähte durch eine der Ritzen. Zwar regnete es immer noch heftig, aber die Tropfen fielen inzwischen senkrecht vom Himmel. »Barmherziger Gott, ich danke dir!«, murmelte sie. Müde lehnte sie sich mit der Stirn gegen das Holz und ließ die Umgebung vor den Augen verschwimmen. Lange Zeit stand sie einfach nur da, bis Laurenz' Stimme sie aus der Erstarrung auffahren ließ.

»Seht nur! Ist das nicht das Dach des Gänsturms?«

Die Antwort des Schiffers ging im Jubel der Mannschaft unter. Offenbar *war* es das Dach des Gänsturms! Vorsichtig öffnete Olivera die Tür einen Spalt breit und lugte hinaus in den grauen Nachmittag. Die Männer sahen ohne Ausnahme aus, als wären sie mitsamt ihrer Kleidung gerade aus der Donau gefischt worden. Der Regen rann in Strömen an ihnen hinab, und zwei der Schiffsleute schöpften mit Eimern Wasser. Augenblicklich fuhr ihr die Furcht durch Mark und Bein. Doch ein weiterer Ausruf ließ sie dem ausgestreckten Arm eines der Männer folgen. Was sie sah, vertrieb die Angst. Nicht weit entfernt ragten die Dächer einer Stadt empor, die selbst von Weitem wohlhabend wirkte. Trotz der unwirtlichen Witterung steuerten zahlreiche Schiffe darauf zu – auch wenn viele von ihnen äußerst mitgenommen aussahen. Als ob er ihre Anwesenheit gespürt hätte, wandte Laurenz den Kopf und schenkte ihr ein zwar erschöpft wirkendes, aber strahlendes Lächeln.

»Olivera!«, rief er. »Wir haben es geschafft!« Zwei Grübchen und von der Kälte gerötete Wangen verliehen ihm ein jungenhaftes Aussehen.

Seine Freude wirkte ansteckend. Innerhalb weniger Augenblicke übertrug sie sich auf Olivera und erstickte auch den letzten Rest an Beklemmung. Obgleich sie wusste, dass es unschicklich war, schlug sie alle Vernunft in den Wind und flog auf ihren Gemahl zu. Auch Laurenz schien in diesem Moment nicht viel auf Sitte und Anstand zu geben, da er sie übermütig von den Füßen hob. Die Geborgenheit seiner Arme war wie Balsam für ihre Seele. Haltsuchend klammerte sie sich an ihn, presste die Wange gegen sein nasses Wams und schluchzte erleichtert auf.

»Nicht weinen«, flüsterte er. »Es ist überstanden.«

Und das schien es wirklich zu sein. Denn zehn Minuten später machten sie an der Anlegestelle fest. Inzwischen hatte sich der Regen weiter abgeschwächt, sodass es ihnen gelang, ihre Waren beinahe im Trockenen an Land zu bringen. Schnaufend wuchteten die Schiffsleute und Laurenz' Knechte alles auf einen der Ochsenkarren, die trotz des Wetters am Ufer warteten. Als schließlich auch die letzte Kiste verstaut war, half Laurenz Olivera auf den Rücken seines Rappen und schwang sich hinter ihr in den Sattel. Das Tier wirkte genauso erschöpft wie die Knechte. Diesen waren die Strapazen des Tages deutlich anzusehen. Selbst Seitz, der Älteste von ihnen, erinnerte Olivera in diesem Moment mehr an eine abgeknickte Blume als an eine knorrige Eiche. Schweigend ritten sie auf eines der Stadttore zu, entrichteten das Torgeld und trabten in Richtung Marktplatz. Dort trotzten einige kleinere Grüppchen dem Regen – die meisten Ulmer schienen jedoch in die umliegenden Häuser geflohen zu sein. Voller Bewunderung sah Olivera an dem riesigen Kaufhaus empor, an dem sie vorbeiritten. In dessen dreischiffiger Kaufhalle herrschte reger Betrieb, vor allem die Metzger schienen sich dort versammelt zu haben. Wenig später kamen sie vor der Gräth – dem städtischen Waag- und Zollhaus – zum Stehen. Augenblicklich traten einige der Handwerker, die sich offenbar auch in dieser Stadt als Zöllner verdingten, aus dem Inneren des Gebäudes ins Freie und begrüßten Laurenz wie einen alten Bekannten.

»Seitz«, sagte Laurenz, »bring Olivera zur *Krone.* Ich kümmer mich selbst um das Messen, Wiegen und Verzollen.«

»Aber …«, protestierte Olivera, doch Laurenz schnitt ihr das Wort ab.

»Tu, was ich sage«, brummte er. »Du würdest dich ohnehin nur langweilen«, setzte er etwas sanfter hinzu. Er glitt zu Boden und hob sie aus dem Sattel. Dann drückte er flüchtig ihre Hand und wandte sich den Zöllnern zu. »Wo ist Sebolt?«, fragte er.

Vor den Kopf gestoßen verfolgte Olivera, wie er mit den Männern in der Gräth verschwand. Als Seitz sie behutsam am Arm berührte, schrak sie zusammen.

»Wir sollten seinen Befehl befolgen«, versetzte der Knecht. In seinem schwarzen Bart glitzerten immer noch einige Regentropfen. »Seid froh, dass wir nicht auf ihn warten müssen. Das kann Stunden dauern«, scherzte er. Sein Mund öffnete sich zu einem scheuen Lächeln. »In der *Krone* ist es warm und trocken.«

Olivera verkniff sich ein Seufzen und nickte. Er hatte recht. Laurenz meinte es sicher nur gut mit ihr. Dennoch war sie enttäuscht, dass er sie fortgeschickt hatte.

KAPITEL 25

Ulm, Anfang Oktober 1408

»WAS SOLL DAS?«, zischte Laurenz aufgebracht, als der Zöllner Sebolt Anstalten machte, eine der Kiste mit Reliquiaren zu öffnen. »Wofür bezahle ich dich eigentlich?«

Der Mann ließ sein Werkzeug sinken und verdrehte die Augen. »Hör auf, dich aufzuregen«, gab er ungerührt zurück. »Ich tue doch nur so. Möchtest du vielleicht, dass die anderen anfangen, Fragen zu stellen, weil du deine Waren einfach so hier abstellst?« Er sah zu Laurenz auf. In seinen kleinen, wachen Augen funkelte es belustigt. Er schüttelte den Kopf. Dann griff er wieder nach seinem Werkzeug und stemmte den Deckel eine Handbreit weit auf. Vor sich hinmurmelnd wiederholte er die Prozedur bei den anderen Kisten, bis keine neugierigen Augenpaare mehr in der Nähe waren. Sobald er Laurenz' Güter mit einem Siegel versehen hatte, wandte er sich diesem wieder zu. »Es ist mehr als sonst«, bemerkte er trocken. »Das wird dich einiges extra kosten.« Sein Mund verzog sich zu einem listigen Lächeln. »Was hältst du von einem Gulden?«

Laurenz zog empört die Luft ein. »Bist du wahnsinnig?«, brauste er auf. »Wie soll ich das den anderen erklären?«

Der Zöllner zuckte die Achseln. »Das ist nun wirklich nicht mein Problem«, versetzte er ungerührt. »Entweder du möchtest weiterhin unbehelligt bleiben oder du willst mit deinem Geld knausern. Entscheide dich.« Er verschränkte die Hände hinter dem Rücken und zog belustigt die Augenbrauen in die Höhe.

Laurenz presste die Kiefer aufeinander. Seine Hände ballten sich zu Fäusten. Ein Teil von ihm hätte dem Kerl am liebsten mit der Faust das Grinsen aus dem Gesicht gewischt. Ein anderer Teil von ihm wusste jedoch, dass er auf ihn angewiesen war. »Du bist ein elender Halsabschneider!«, knurrte er schließlich. Widerwillig machte er die Geldkatze von seinem Gürtel los und zählte dem Zöllner den geforderten Betrag in die Handfläche.

Dieser ließ die Münzen in seiner Tasche verschwinden, bevor er Laurenz auf den Rücken klopfte. »Dafür lade ich dich auf einen Trunk ein«, sagte er. »Du bist doch bestimmt vollkommen ausgedörrt nach all der Anstrengung.«

Die Ablehnung lag Laurenz bereits auf der Zunge. Dann besann er sich eines Besseren und nickte. Warum auch nicht? Olivera würde sich bestimmt erst zurechtmachen wollen. Und was konnte es schaden, einen Becher Wein zu trinken? Er fror immer noch entsetzlich – vielleicht würde ihn das von innen wärmen. »Also gut«, sagte er. »Aber ich habe nicht viel Zeit. Nur *ein* Becher.«

Eine Stunde später brachte der Wirt der kleinen Schenke ihnen den dritten Krug Wein. Die Wärme in der Schankstube war so angenehm, dass es Sebolt nicht viel Überredungskunst gekostet hatte, Laurenz zum Bleiben zu bewegen. Dieser hatte das Gefühl, dass die Feuchtigkeit in Schwaden aus seinen Kleidern dampfte und sich in ihrer kleinen Nische aufstaute. Keine vier Schritte von ihnen entfernt prasselte ein Buchenfeuer, von dem immer wieder Funken auf den Steinboden flogen. Allmählich schien die Kälte aus Laurenz' Knochen zu weichen – was gewiss auch etwas mit dem Würzwein zu tun hatte. Er hob sein Trinkgefäß an die Lippen und nahm einen tiefen Schluck. Der Alkohol legte sich wie ein wärmender Mantel über seine Sinne. Langsam, aber sicher begann der Raum vor seinen Augen zu verschwimmen. Doch das kümmerte ihn zu seinem eigenen Erstaunen nicht im Geringsten. Dank der frühen Stunde waren außer ihnen nur noch eine Handvoll Reisender anwesend. Wodurch er sich in der Schenke beinahe wie zu Hause fühlte.

»Hier«, nuschelte Sebolt und schenkte ihm erneut nach. »Du trinkst ja kaum etwas.« Seine Hand zitterte leicht. Auch er füllte seinen Becher noch einmal bis zum Rand. Dann hob er ihn und prostete Laurenz zu. »Ich muss mal«, lallte er kurz darauf. »Bin gleich wieder da.« Mit diesen Worten kam er schwankend auf die Beine und stolperte auf die Hintertür zu, die zum Abort im Hof führte.

Es dauerte lange, bis er wiederkam. Vermutlich hat er sich über die Füße gepinkelt, dachte Laurenz. Er kicherte. In Sebolts Abwesenheit hatte er den restlichen Wein geleert. Allmählich, raunte ihm sein Verstand zu, sollte er sich auf den Weg zu Olivera machen. Daher stemmte er sich in die Höhe, kaum stolperte Sebolt zurück in die Stube. »Ich gehe jetzt besser«, ließ er den Zöllner wissen. Dieser hielt sich an einem der Stützbalken fest.

»Hast wohl Angst, dass dein Weib es mit einem deiner Knechte treibt, wenn du zu lange fort bist«, lästerte der Ulmer.

Aber Laurenz war viel zu betrunken, um diese Beleidigung zu ahnden. Deshalb gab er lediglich schroff zurück: »Du solltest dein vorlautes Maul hüten!«

Sebolt verzog die Lippen zu etwas, das vermutlich ein Lächeln sein sollte. »'Tschuldigung«, murmelte er. »War ein schlechter Scherz.« Er stieß einen Rülpser aus. »Ich komme mit dir.«

Auch wenn Laurenz darauf hätte verzichten können, ließ er sich von Sebolt ins Freie begleiten. Inzwischen war die Dämmerung hereingebrochen und der Regen hatte völlig aufgehört. Stattdessen stieg Nebel von der Donau auf und verwischte die Umrisse der Gebäude.

»Dort entlang«, sagte der Ulmer. Er torkelte auf eine Gasse zu, die zwischen eng aneinandergebauten Holzhäusern hindurchführte.

War das der Weg, den sie gekommen waren? Laurenz sah sich verwirrt um. Irgendwie sah im Nebel alles gleich aus. Wer konnte da schon eine Gasse von der anderen unterscheiden! Er fasste sich an den Kopf. Es war, als ob er mit jedem Schritt betrunkener wurde. So viel Wein war es doch gar nicht gewesen, oder? Ehe er sich weiter darüber wundern konnte, vernahm er das Geräusch von schnellen Schritten. Jemand tuschelte, und plötzlich traf ihn ein Schlag am Hinterkopf. Er nahm gerade noch wahr, wie eine Gestalt auf Sebolt zusprang, dann brach er in die Knie.

Ein scharfer Schmerz in seiner rechten Hand brachte ihn wieder zu sich. Er spürte das Fell der Ratte, bevor diese davonhuschte, um sich ein anderes Opfer zu suchen. Ächzend versuchte er, sich aus der Pfütze zu rollen, in der er gelandet war. Aber der erste Versuch misslang kläglich. Jeder Muskel in seinem Körper brannte. Jemand schien von innen mit einem Schmiedehammer gegen seinen Schädel zu dreschen. Und er schmeckte Blut.

»Oh«, stöhnte er. Seine Zunge fühlte sich taub und pelzig an. Einige Augenblicke lang lag er einfach nur da und bemühte sich herauszufinden, was ihm alles wehtat. Dann rollte er sich auf die Seite und stemmte sich mühsam auf die Knie. Kaum hatte er es geschafft, sich aufzurichten, wurde ihm schlecht. Würgend sackte er nach vorn, während ihm bittere Galle in die Kehle schoss. Schwall um Schwall brach aus ihm hervor, bis sein Magen nichts mehr hergab.

»Oh, Gott«, keuchte er. »Was für ein Mist!« Er kroch nach links, um nicht in die Lache seines eigenen Erbrochenen zu fallen. Dann kauerte er sich auf dem aufgeweichten Lehmboden zusammen und befühlte mit bebenden Händen seinen Hinterkopf. Dort prangte eine Beule von der Größe eines Taubeneis. Er ließ eine Hand wieder sinken, während er die mit dem Rattenbiss an den Mund führte. Waren sie überfallen worden? Die Frage ließ ein siedend heißes Gefühl in seine Glieder schießen. Er hörte auf, an dem Biss zu lutschen und tastete nach seiner Geldkatze. Sie war fort!

»Nein!« Das durfte nicht sein! Fahrig suchte er weiter – in der Hoffnung, der Beutel könnte nach hinten gerutscht sein. Allerdings fand er nichts weiter als die durchtrennten Lederriemen, mit denen er befestigt gewesen war.

»Verdammte Scheiße!«, fluchte er. »Scheiße! Scheiße!« Das war alles nur die Schuld dieses vermaledeiten Sebolt! Ein Verdacht keimte in ihm auf. Hatte der Kerl gar etwas mit der Sache zu tun?

Er suchte die Dunkelheit nach dem Zöllner ab. Nur wenig Licht fiel von den Fackeln vor den Häusern der Wohlhabenderen in die Gasse. Etwa ein halbes Dutzend Schritt von ihm entfernt, machte er die Umrisse eines Mannes aus. Dieser lag zusammengekrümmt auf der Seite und rührte sich nicht.

»Sebolt!«, rief Laurenz heiser. Er nahm alle Kraft zusammen und kämpfte sich auf die Beine. Obgleich sein Kopf zu zerspringen drohte, ignorierte er den Schwindel und taumelte auf den Gefallenen zu. Als er neben ihm auf die Knie fiel, sah er, dass der Ulmer mindestens so übel zugerichtet war wie er selbst. Seine Nase schien gebrochen, sein ganzes Gesicht war blutbesudelt. »Sebolt!« Er schüttelte den Zöllner, bis dieser ein Stöhnen von sich gab und die Augen aufschlug.

Was zum Teufel ...?« Er versuchte, Laurenz von sich zu stoßen. »Lass mich«, murmelte er. »Ich bin müde.« Er schloss die Augen wieder.

»Sebolt, verdammt!«, fluchte Laurenz. »Wir sind überfallen worden!«

»Geh weg«, war die Antwort.

Laurenz schnitt eine Grimasse. Ganz offensichtlich war der Kerl so besoffen, dass es ihn nicht einmal störte, mit blutender Nase hier in der Gosse zu liegen. Er packte den Ulmer unter den Achseln.

»Wir müssen hier fort«, sagte er eindringlich. »Wach endlich auf!«

Am liebsten hätte er dem anderen eine Ohrfeige versetzt. Allerdings zweifelte er daran, dass dies etwas an ihrer Lage verbessert hätte. Obwohl ihm selbst alles wehtat, zog er Sebolt auf die Beine und legte sich dessen Arm um die Schultern. Halb trug er ihn, halb zog er ihn, bis der Ulmer wieder aus eigener Kraft gehen konnte. Nach einer scheinbaren Ewigkeit erreichten sie eine Straße, die Laurenz bekannt vorkam.

»Dort drüben ist eine Badestube«, sagte Sebolt schwach, und wenig später stolperten sie in einen dampfigen Raum. Nach einigem Warten verarztete der Bader ihre Wunden, schüttete Sebolt einen Eimer kaltes Wasser über den Kopf und entließ sie schließlich mit den Worten: »Ihr werdet es überleben.«

Nachdem Sebolt – immer noch alles andere als nüchtern – dem Mann Bezahlung versprochen hatte, sagte er an Laurenz gewandt: »Ich weiß ja nicht, wie es dir geht, aber ich brauche auf den Schreck noch einen Schlummertrunk.«

Laurenz hob abwehrend die Hände. Alles, bloß das nicht!

Kaum hatte Laurenz die Badestube verlassen, ließ Sebolt die Maske des Betrunkenen fallen und fuhr den Bader an: »Ihr hättet mir nicht die Nase brechen müssen, ihr Tölpel! Was sollte das?« Er betastete seine Blessuren mit einem säuerlichen Ausdruck. »Es hätte nur so *aussehen* sollen, als ob ihr uns beide überfallen hättet!«

Der Bader grinste breit. Drei weitere Männer hatten den Raum betreten. Einer von ihnen warf eine prall gefüllte Geldkatze auf den Tisch, an dem Sebolt saß.

»Hör doch auf mit dem Gejammer. Was ist so ein bisschen Schädelbrummen im Vergleich zu dem hier?« Er drehte den Beutel um und leerte den Inhalt auf den Tisch. »Bei allen Teufeln!«, entfuhr es Sebolt. »Der Kerl trägt mehr mit sich herum, als ich in einem Jahr verdiene!«

KAPITEL 26

Ulm, Anfang Oktober 1408

OLIVERA WAR KRANK VOR SORGE. Laurenz war nun schon seit Stunden verschwunden. Und der Knecht, den sie ausgeschickt hatte, ihn zu suchen, war ohne Nachricht von ihm zurückgekehrt.

»In der Gräth ist er jedenfalls nicht mehr«, hatte der achtzehnjährige Hug – der jüngste von Laurenz' Knechten – sie wissen lassen.

Zum wohl hundertsten Mal trat sie an das kleine, verglaste Fenster und starrte auf die Straße hinab. Um nicht nur ihr eigenes Spiegelbild zu sehen, hatte sie alle Kerzen gelöscht. Nur das Feuer im Kamin spendete mit seiner Glut noch ein wenig Licht. Die Fackeln vor dem Rathaus verliehen den wenigen Menschen, die noch auf der Straße waren, ein gespenstisches Aussehen. Eine Gruppe Stadtwachen marschierte an dem Gasthof vorbei und verschwand kurz darauf um die Ecke. Olivera legte die Stirn in Falten. Wo konnte Laurenz nur stecken? Ihr Blick wanderte nach Norden, zu der Stelle, wo sie hinter zahllosen Dächern und Giebeln das Zollhaus vermutete. Hatte es Probleme mit seinen Waren gegeben? Sie grub die Fingernägel in die Handflächen. Oder war ihre Sorge gänzlich unbegründet? Hässlicher Zweifel hob sein Haupt. Sie wusste nicht, wo der Gedanke herkam. Aber plötzlich war er da: War Laurenz ihrer bereits überdrüssig und vergnügte sich in einem Hurenhaus? Allein die Vorstellung war, als triebe ihr jemand die Faust in die Magengrube. Bilder, die ihr die Beine schwach werden ließen, tauchten in ihrem Kopf auf. Mit weichen Knien trat sie vom Fenster zurück und ließ sich auf einen Schemel sinken. Während sie noch versuchte, die furchtbaren Ahnungen im Zaum zu halten, vernahm sie aus dem Erdgeschoss Männerstimmen.

Laurenz! Alle Furcht vor Untreue vergessend, sprang sie auf und stieß dabei den Schemel um. Ohne auch nur eine Sekunde darüber nachzudenken, was sie tat, öffnete sie die Tür und eilte die Treppen hinab. Doch es war nicht Laurenz, der dort mit dem Wirt stritt. Sondern ein fetter Kerl, dessen rotes Gesicht verriet, dass er betrunken war. »Ich lasse mich nicht von dir übervorteilen!«, fauchte dieser. Einer seiner wurstigen Finger schoss vor und bohrte sich dem Wirt in die Brust. »Entweder du gibst mir mein Geld zurück, oder ich erzähle in der ganzen Stadt, dass dein Bier verwässert und dein Fleisch voller Maden ist!«

»Verschwinde endlich«, entgegnete der Wirt ungerührt. »Und erzähl meinetwegen, was du willst.« Er winkte zwei seiner Männer herbei. »Schafft ihn raus. Und macht ihm klar, was wir von Lügnern halten!«

Ohne viel Federlesens packten die beiden kräftigen Burschen den Betrunkenen beim Kragen und beförderten ihn auf die Straße.

Olivera schauderte, als das Geräusch von Schlägen folgte. Da durch die offene Tür Kälte und Feuchtigkeit in den Gasthof drangen, schlang sie die Arme um sich. Sie wollte gerade ins Obergeschoss zurückkehren, als die Knechte des Wirtes wieder hereinkamen. Allerdings waren sie nicht allein. Hinter ihnen stolperte Laurenz über die Schwelle – totenbleich und mit einem geschwollenen Auge. Einige Sekunden starrte sie ihn fassungslos an. Dann entfuhr ihr ein entsetzter Ausruf. Sie fiel beinahe über ihre Röcke, als sie auf ihn zueilte und ihn so heftig umarmte, dass er aufkeuchte. Erschrocken ließ sie von ihm ab.

»Laurenz«, flüsterte sie. »Wer hat das getan?«

Einen Moment lang dachte sie, die Knechte hätten ihn so zugerichtet. Diese zuckten allerdings entschuldigend die Achseln, als sie empört zu ihnen herumwirbelte.

»Seht nicht uns an«, sagte der größere der beiden. »*Ihm* haben wir kein Haar gekrümmt.« Sie wandte ihre Aufmerksamkeit zurück zu Laurenz und hob die Hand, um ihn zu berühren. Aber er wich mit einem Kopfschütteln vor ihr zurück. Die Bewegung schien ihm Schmerzen zu bereiten, da er augenblicklich das Gesicht verzog.

»Bring mich nach oben«, bat er tonlos. Sein Atem roch sauer, nach Wein und Erbrochenem.

Ohne auf die Blicke der anderen drei Männer zu achten, fasste Olivera ihn vorsichtig am Arm und führte ihn die Treppen hinauf. In ihrer Kammer angekommen, zog sie ihn zum Bett. Er ließ sich schwer auf die Matratze fallen.

Mit zitternden Händen entzündete sie einige Kerzen. Sobald sie sich damit Laurenz näherte, kniff dieser die Augen zusammen. Vorsichtig betastete sie die Schwellung über seinem Wangenknochen. Als ihre Finger kurz darauf auch die Beule an seinem Hinterkopf fanden, zuckte er zusammen.

»Mein Gott«, flüsterte sie. »Wer war das?«

Laurenz schluckte mühsam. »Wenn ich das wüsste …« Er stöhnte.

»Du hattest Glück im Unglück«, sagte Olivera nach einigen Momenten. Sie stellte den Kerzenleuchter ab und suchte nach einem Tuch. Dieses tauchte sie in die Waschschüssel und drückte es vorsichtig auf Laurenz' Hinterkopf. »Es blutet nicht. Durch die Kühlung sollte die Schwellung zurückgehen.« Sie setzte sich neben ihm auf die Matratze. Dann fasste sie ihn forschend ins Auge. »Was ...?«, hub sie an.

Laurenz schnaubte. »Wenn ich mich doch nur nicht dazu hätte überreden lassen, mit Sebolt noch etwas zu trinken!«, platzte es aus ihm heraus. Er lehnte sich mit der Schulter gegen Olivera. »Ich bin ein solcher Narr!«

Olivera sah Tränen in seinen Augenwinkeln. Sie nahm Laurenz' Hand und führte sie zu dem Tuch an seinem Hinterkopf.

»Halte das«, sagte sie. »Ich werde den Wirt bitten, jemanden zur nächsten Apotheke zu schicken. Du brauchst Salbe, und ich habe nichts hier.« Sie machte Anstalten, sich zu erheben.

»Nicht«, brummte Laurenz. »Es ist nur halb so schlimm.« Er ließ die Hand mit dem Tuch sinken. »Dass sie mir die Geldkatze gestohlen haben, schmerzt viel mehr!« Er senkte den Kopf.

»Die Geldkatze?«, fragte Olivera ungläubig.

Laurenz fuhr sich wütend mit dem Handrücken über die Augen. »Ja«, brauste er auf. »Man hat mich überfallen, als wäre ich ein Bauerntölpel, der das erste Mal in der Stadt ist!« Er sah Olivera mit einer Mischung aus Zorn und Zerknirschtheit an. Deutlich stand ihm die Demütigung ins Gesicht geschrieben. »Es waren mindestens fünf Gulden«, sagte er.

Olivera erschrak. Das war eine gewaltige Summe! Warum trug Laurenz so viel Geld bei sich? Sie rang nach Worten.

»Ich Rindvieh!«, fluchte Laurenz. »Wie kann man nur so dämlich sein?«

»Du konntest unmöglich ahnen, dass so etwas passieren würde«, versuchte sie, ihn zu beschwichtigen.

Allerdings ohne Erfolg. Er starrte auf seine Füße. Ein Geräusch aus einer Ecke der Kammer brachte Olivera auf einen Gedanken.

»Wir könnten Markos verkaufen«, schlug sie vor. Auch wenn sie an dem Vogel hing, würde sie sich von ihm trennen, wenn es nötig war.

Laurenz hob den Kopf. Er lächelte schief. »Nein«, sagte er und riss sich sichtlich zusammen. »Er gehört dir. Ich würde niemals von dir erwarten, dass du ihn verkaufst, nur weil ich so dumm war, mich ausrauben zu lassen!« Er schürzte die Lippen. »Ich werde eben einfach die Gewürze ein wenig mehr strecken müssen. Dann ist der Verlust bald wettgemacht.« Er knüllte das feuchte Tuch zusammen und pfefferte es auf den Boden. »Lass uns schlafen«, versetzte er mürrisch. »Mir dröhnt der Schädel.« Er befreite sich umständlich von seinen Kleidern und fiel wie erschlagen in die Kissen.

Noch bevor Olivera ebenfalls bettfertig war, begann er zu schnarchen. Seufzend schlüpfte sie neben ihm unter die Decke und versuchte, sich keine Sorgen wegen des Geldes zu machen. Fünf Gulden. Dafür konnte man fünfzig Ochsen oder acht Pferde kaufen! Wie wollte Laurenz diesen Verlust jemals wieder ausgleichen? Sie drehte sich auf die Seite und starrte im Dunkeln auf die Stelle, an der sein Kopf lag. Und was, wenn er sich doch ernsthafter verletzt hatte, als er behauptete? Sie hätte darauf bestehen sollen, jemanden zum Apotheker zu schicken!

Sie wusste nicht, ob es an Laurenz' Schnarchen lag oder an den Sorgen, die sie sich machte; jedenfalls tat sie die ganze

Nacht über kein Auge zu. Als am nächsten Morgen ein Hahnenschrei den Anbruch des Tages verkündete, war sie froh, endlich aufstehen zu können. Ein Griff an Laurenz' Stirn entlockte diesem zwar ein unwilliges Knurren, sagte ihr aber, dass er kein Fieber hatte.

»Wie geht es dir?«, flüsterte sie und drückte einen Kuss auf seine Wange.

»Lausig«, war die unleidige Antwort. »Mein Kopf tut weh.«

Olivera tastete nach der Beule an seinem Hinterkopf. Diese war über Nacht geschrumpft, und auch die Schwellung an seinem Auge schien zurückgegangen zu sein. Nachdem sie einen Kienspan an der ersterbenden Glut des Kaminfeuers entzündet hatte, hielt sie diesen an einen Kerzendocht. Allerdings kehrte mit dem Licht der Schrecken zurück. Sowohl Laurenz' Wangenknochen als auch seine Nase hatten die Farbe von reifen Pflaumen angenommen. Er sah, im wahrsten Sinne des Wortes, aus, als ob er unter die Räuber gefallen wäre. Sie fasste einen Entschluss. Während Laurenz sich von einer Seite auf die andere rollte, brachte sie hastig die Morgenwäsche hinter sich und verließ die Kammer. In der Gaststube hatten sich bereits die ersten Reisenden eingefunden. Sobald sie den Wirt erblickte, fragte sie: »Hast du Melisse in deinem Garten?«

Der Mann sah sie an, als ob sie Schierling von ihm verlangt hätte. Er hob die Schultern. »Weiß nicht«, entgegnete er.

Oliveras Deutsch war inzwischen gut genug, um selbst den harten Dialekt der Ulmer zu verstehen.

»Aber ich kann Agnes fragen«, fügte er hinzu und verschwand in der Küche.

Olivera fürchtete bereits, er habe sie vergessen, als er mit einer Handvoll abgeknickter Stängel zu ihr zurückkehrte. »Ich danke dir«, sagte sie und eilte aus der Schankstube. Zurück in ihrer Kammer zerrieb sie die Blätter zwischen den Fingern und legte sie Laurenz auf Nase und Wange. »Das wird Linderung bringen«, versprach sie.

Und tatsächlich wirkte er eine halbe Stunde später wesentlich munterer. Zwar beklagte er sich immer noch, dass ihm der Kopf brummte. Aber als der Papagei sein Stöhnen nachahmte, lachte er.

»Dieser Vogel ist wirklich unglaublich!« Er warf sich eine Handvoll Wasser ins Gesicht und zog sich an. Lediglich bei den Schuhen bat er Olivera, ihm behilflich zu sein. »Es wird besser sein, sich eine Weile nicht zu bücken«, sagte er.

Sobald sie ihre Habseligkeiten gepackt hatten, rief Laurenz nach seinen Knechten. Seitz, dem ältesten, trug er auf, das Gepäck zur Gräth zu bringen und einen Ballen Tuch zu Geld zu machen.

»Irgendwie muss ich den Wirt schließlich bezahlen«, grollte er, als sie in der Stube saßen.

Das Graubrot auf dem Tisch beäugte er misstrauisch, ehe er sich eine Scheibe davon nahm. Außerdem gab es mit Honig gesüßten Hirsebrei und Dünnbier. Sobald Seitz zurückgekehrt war und auch etwas gegessen hatte, brachen sie auf.

Der Morgen war kühl, aber verhältnismäßig trocken, wenngleich sich der Nebel hartnäckig hielt. Stellenweise sah man kaum die Hand vor Augen, und Olivera fragte sich, wie sie bei diesen Verhältnissen den richtigen Weg finden sollten. Laurenz hingegen schien unbeeindruckt.

»Sobald wir die Albhochfläche erreichen, wird es besser«, versprach er. »Wo ist Sebolt?«, fragte er, als sie bei der Gräth ankamen.

»Der ist noch nicht da«, erwiderte ein vierschrötiger Kerl, dessen Nase aussah, als wäre er gegen einen Balken gelaufen. »Vermutlich zu viel gesoffen letzte Nacht«, versetzte er und spuckte etwas Grünliches aus.

Olivera verzog angeekelt das Gesicht.

»Das hat er in der Tat«, murmelte Laurenz, zuckte dann jedoch die Schultern. »Wir können nicht auf ihn warten. Wenn wir jetzt nicht aufbrechen, schaffen wir es heute nicht bis Urach.«

Es dauerte beinahe eine Stunde, bis die Ladung auf dem gemieteten Ochsenkarren verstaut war.

»Zurrt alles ordentlich fest und überprüft die Achsen«, befahl Laurenz seinen Männern. »Ich habe keine Lust, auch nur eine einzige Prise Pfeffer durch die Grundruhr zu verlieren!« Er legte selbst mit Hand an.

»Was ist die Grundruhr?« fragte Olivera.

Laurenz schnaubte. »Ein besonders kluger Einfall der Landesherren, sich jedes Mal zu bereichern, wenn einem Kaufmann die Achse bricht und er Ladung verliert.«

Olivera sah ihn verständnislos an. »Wenn uns unterwegs etwas vom Wagen fällt«, erklärte Laurenz, nachdem er den letzten Knoten überprüft hatte, »gehört es demjenigen, auf dessen Grund und Boden wir uns befinden.«

»Oh«, war alles, das Olivera dazu einfiel. Was für merkwürdige Regeln es doch gab!

»Komm«, sagte Laurenz schließlich. Er schwang sich in den Sattel und zog sie zu sich hinauf. »Hug, Lentz, Seitz, ihr haltet nach Wegelagerern Ausschau. Und du, Lucas, sorgst dafür, dass wir nicht dauernd im Schlamm steckenbleiben!«

Olivera klammerte sich an der Mähne des Rappen fest. Die Aufregung, welche sich im Laufe der Reise allmählich gelegt hatte, kehrte unvermittelt zurück. Nicht mehr lange, und sie würde Laurenz' Heimat sehen! Sie spürte, wie sich ihr Herzschlag beschleunigte. Durch dichten Nebel trabten sie auf eines der Stadttore zu. Nachdem sie dieses passiert hatten, wandten sie sich nach Westen und folgten einem kleinen Fluss, von dem die Feuchtigkeit in dichten Schwaden aufstieg. Winzige Tropfen legten sich über Oliveras Haut. Der Geruch von schlammiger Erde und toten Blättern lag in der Luft. Obwohl der Nebel alle Geräusche dämpfte, kam Olivera das Klappern der Hufe und das Knarren der Wagenräder in der Stille laut vor. Hoffentlich war es den Strauchdieben zu ungemütlich an diesem Tag! Denn Olivera zweifelte keine Sekunde daran, dass man sie schon von Weitem hören konnte.

KAPITEL 27

Zwischen Ulm und Tübingen, Oktober 1408

Der Weg war schlammig und zum Teil unterspült vom Regenwasser. Hie und da tanzten Fackeln und Laternen durch den Nebel. Allerdings konnte man die anderen Reiter und Fuhrwerke, selbst die Gebäude am Flussufer, nur als Schemen ausmachen. Fröstelnd krallte Olivera die Finger noch fester in Bodos Mähne und lauschte furchtsam in den Nebel. Würden sie es rechtzeitig bemerken, wenn ihnen jemand folgte, der es auf ihre Habseligkeiten abgesehen hatte? Sie versuchte erfolglos, etwas zu erkennen, das sie vor möglicher Gefahr warnen würde. Der Ochsenkarren hinter ihnen polterte mit knarrenden Rädern über den unebenen Boden, und immer wieder hörte sie den Wagenlenker mit der Peitsche knallen. Der Geruch verfaulender Blätter verstärkte sich und vermischte sich mit dem von brackigem Wasser. Die Feuchtigkeit war wie ein Spinnennetz, das sich über Oliveras Gesicht legte, ihre Haut prickeln und ihre Hände kalt werden ließ. Sie hätte Handschuhe anziehen sollen! Wärme suchend presste sie die Linke an den Hals des Hengstes, dessen Ohren nervös spielten. Hatte er etwas gehört, das ihn ängstigte? Ihr Herz begann schneller zu schlagen. Die Tatsache, dass ihr suchender Blick die Wand aus Nebel nicht zu durchdringen vermochte, machte sie zusehends unsicherer. Kam es ihr nur so vor oder ging es wirklich quälend langsam voran? Sollten sie die Tiere nicht zu mehr Eile antreiben? Laurenz, der ihre Furcht zu spüren schien, legte seine Rechte über die ihre.

»Nicht mehr lange«, beruhigte er sie, »dann wird die Sicht besser.«

»Macht es dir keine Angst?«, fragte Olivera. »Ich habe das Gefühl, dass sich die furchtbarsten Kreaturen nur wenige Schritte von uns entfernt verstecken könnten und wir würden sie nicht einmal bemerken.«

Laurenz zuckte die Achseln. Er klopfte mit seiner freien Hand auf den Dolch an seinem Gürtel. »Glaub mir, dieses

Mal bin ich vorbereitet, wenn jemand versuchen sollte, uns zu überfallen.« Sein Ton war bitter. »Noch einmal lasse ich mich nicht ausnehmen wie eine Weihnachtsgans!«

Olivera hoffte, dass es nicht nötig sein würde, die Waffe einzusetzen. Sie zog den Kopf zwischen die Schultern und vergrub das Kinn in dem Kragen ihres viel zu dünnen Radmantels. Vielleicht verschwand die Angst, wenn sie die Augen schloss. Eine Zeit lang empfand sie es als angenehm, nichts zu sehen. Wenn sie all ihre Willenskraft zusammennahm, konnte sie sich vorgaukeln, dass sie an einem warmen und sicheren Ort war. Als der Weg jedoch zusehends schlechter wurde und das Schimpfen der Knechte zunahm, schlug sie die Augen wieder auf. Der Nebel war immer noch da, wenn auch nicht ganz so dicht wie zuvor. Zu ihrer Rechten erhob sich über einem kleinen Flecken eine Festung, deren Zinnen von den Schwaden verschluckt wurden. Kahle Hügel umgaben das Dorf, das Gras so dünn, dass der weiße Fels hindurchblitzte. Schweigend ritten sie am Fuß des Burgberges vorbei, weiter in Richtung Westen.

Es dauerte mehrere Stunden, bis sie endlich die Wälder erreichten, von denen Laurenz auf der Reise immer wieder gesprochen hatte. Der Nebel löste sich mehr und mehr auf, und bald wärmte eine schwache Sonne Oliveras Wangen. Genüsslich reckte sie die Nase den Strahlen entgegen, doch sobald sie in den Schatten der Bäume eintauchten, schluckten deren Wipfel einen Großteil der Helligkeit. Der Waldboden dämpfte den Hufschlag der Pferde und lange Schatten legten sich über die Reiter und deren Tiere. Einige Augenblicke lang wünschte sich Olivera, noch länger im Sonnenschein verweilen zu können. Gleichzeitig war sie jedoch dankbar dafür, dass sie sich nicht mehr schutzlos auf freiem Feld befanden. Obschon der Wald gewiss auch zahllose Gefahren barg, fühlte sie sich augenblicklich etwas sicherer. Irgendwie beruhigten sie die dicken Stämme und das Schimpfen der Eichelhäher, da sie nun nicht mehr das Gefühl hatte, bereits aus großer Entfernung von Wegelagerern gesehen zu werden. Selbst Bodo wirkte weniger nervös. Als ein lautes Knacken die Stille des Waldes durchbrach und Lucas, der Wagenlenker, plötzlich einen Fluch ausstieß, fuhr Olivera daher umso erschrockener zusammen. Was war geschehen? Auch Laurenz' Muskeln zuckten spürbar, und er zog augenblicklich die Waffe. Zwei seiner Knechte taten es ihm gleich.

»Was ist los?«, forderte er zu wissen.

»Der Fluch des Reisenden!«, schimpfte Lucas. Er zügelte den Ochsen und stieg vom Bock. Sein Gesicht war grimmig.

»Was ist?«, wiederholte Laurenz.

»Ich fürchte, die Achse ist angebrochen«, gab Lucas zurück. Laurenz entspannte sich. Während der Wagenlenker auf allen vieren unter den Wagen kroch, steckte er den Dolch zurück in die Scheide.

»Es ist vermutlich über diesen Stein dort gefahren«, sagte Seitz, der älteste der Knechte. Er zeigte auf einen halb unter Laub verborgenen Brocken, der offenbar für den Schaden verantwortlich war. Laurenz murmelte etwas Unschmeichelhaftes. Er seufzte und schüttelte den Kopf.

»Lentz, Hug, helft ihm!«, befahl er. »Seitz, du behältst den Weg im Auge.« Er ließ die Zügel los und sprang aus dem Sattel. Nachdem er auch Olivera auf den Boden geholfen hatte, bat er sie, Bodo zu halten. Dann gesellte er sich zu seinen Männern.

»Schlag einen geraden Ast«, rief der Wagenlenker dem jüngsten der Knechte zu. »Etwa armdick.«

Laurenz bückte sich, um einen Blick unter den Karren zu werfen.

»Wir brauchen Seile«, stellte der am Boden Kniende fest. Er rappelte sich auf und erklomm die Ladefläche. Dort machte er sich an den festgezurrten Ballen zu schaffen und tauchte wenig später mit einem Arm voller Seilenden wieder auf. In der Zwischenzeit hatte Hug, der Jüngste, einen geeigneten Ast ausfindig gemacht und abgehackt.

»Ihr beiden haltet ihn, während ich das Seil darum wickle«, prustete der Wagenlenker, der bereits wieder unter die Ladefläche gekrochen war.

Olivera tätschelte Bodo den Hals, während die Männer den Schaden behoben. Nachdem Laurenz die Arbeit begutachtet hatte, sagte er: »Es geht weiter. Wir sollten zusehen, dass wir so schnell wie möglich nach Urach kommen.«

Die nächsten Stunden verliefen ohne weitere Zwischenfälle. Zum späten Mittag hin wurde der Untergrund jedoch schlammiger und der Karren blieb mehr als einmal stecken. Immer wieder mussten die Pferde dem Ochsen helfen, den Wagen aus dem Dreck zu ziehen, und allmählich fürchtete Olivera, dass sie ihr Ziel nicht vor Einbruch der Dunkelheit erreichen würden. Je tiefer sie in den Wald vordrangen, desto banger wurde ihr zumute. Die Sonne stand schon lange nicht mehr hoch am Himmel, sodass es zunehmend dämmriger wurde. Vor einiger Zeit war zudem ein starker Wind aufgekommen, der die bunten Blätter in einem dichten Vorhang zu Boden segeln ließ. Überall knarrte und knackte es im Unterholz. Als eine Rotte Wildschweine durch das Dickicht brach, stieß sie einen spitzen Schrei aus. Aber zu ihrem Glück interessierten sich weder der Keiler noch die drei Bachen für die Reisenden. Zitternd drängte Olivera sich dichter an Laurenz. Ihr war kalt. Obwohl sie ihren wärmsten Mantel trug, war dessen Stoff bei Weitem nicht dick genug, um die feuchte Kälte abzuhalten.

»Hast du Hunger?«, fragte Laurenz. Er schien ihr Unbehagen zu spüren.

»Nein«, erwiderte sie. »Ich wünschte nur, wir wären bald da.«

Laurenz schlang den Arm um sie. »Es sind nur noch ein paar Meilen.« Er wies auf einen verwitterten Grenzstein. »Dort vorn gabelt sich der Weg. Es dauert nicht mehr lange, dann kannst du dich an einem Feuer wärmen.«

Olivera lächelte schwach. Ein Feuer! Sie blies sich in die Hände, um diese zu wärmen. Das war genau das, wonach sie sich seit Stunden sehnte! Auch die Pferde wirkten inzwischen erschöpft, wenngleich sie zweimal gefüttert und getränkt worden waren. Olivera griff nach der Flasche, die Laurenz neben einem Beutel mit Brot und Dörrfleisch am Sattel befestigt hatte. Sie nahm einen Schluck von dem wärmenden Wein. Es dauerte nicht lange, bis dieser Wirkung zeigte. Das Zittern, das irgendwo tief in ihr seinen Ursprung hatte, wurde schwächer und die Wärme stieg in ihre Wangen. Auch ihre Hände fühlten sich nicht mehr ganz so steif und kalt an.

Dennoch atmete sie erleichtert auf, als der Wald sich endlich lichtete. Vor ihnen duckte sich eine Ortschaft in ein von bewaldeten Hügeln eingeschlossenes Tal. Auf einem dieser Hügel, ganz im Westen, prangte eine trutzige Burg. Vorbei an Gehöften, einer Mühle und den armseligen Katen der Häusler und Tagelöhner gelangten sie zum Marktplatz. Dieser war umringt von mehrstöckigen

Fachwerkbauten, die vom Reichtum ihrer Besitzer zeugten. Hinter den Fenstern der Gebäude flackerte bereits Licht, und überall waren Männer und Frauen dabei, die Fackeln in den Haltern über den Eingangstüren zu entzünden. Bunt bemalte Holzschilder wiesen auf Gasthöfe und Schenken hin, aus einem der Gebäude drangen die Klänge von Spielleuten. Zielstrebig steuerte Laurenz auf ein Haus mit mehreren kleineren Anbauten zu, dessen Schild es als *Gasthaus zum Hirsch* auswies. Ein Tor führte in einen großen Hof, in dem sich Stallungen, Schuppen und mehrere Holzgebäude befanden. Eines dieser Gebäude – eine Backstube, vermutete Olivera – verströmte einen verlockenden Duft, der ihr das Wasser im Munde zusammenlaufen ließ. Kaum vernahmen sie das Geräusch beschlagener Hufe, kamen einige Burschen herbeigeeilt, um den Gästen die Pferde abzunehmen.

»Ihr zwei bewacht über Nacht den Wagen«, trug Laurenz den beiden jüngsten Knechten auf. »Wenn morgen auch nur ein Splitter vom Bock fehlt, Gnade euch Gott!«

Hätten ihr die beiden nicht leidgetan, hätte Olivera über ihre mürrischen Gesichter gelacht. Die Vorstellung, die Nacht nicht in einem warmen Bett verbringen zu dürfen, genügte jedoch, dass sie beschloss, den beiden einen Krug heißen Wein bringen zu lassen. Sobald die Pferde versorgt waren, führte einer der Burschen Laurenz und Olivera in die Schankstube. Der Wirt schien Laurenz zu kennen.

»Lange nicht gesehen«, begrüßte er ihn. Er wischte sich die Hände an seiner Schürze ab und beäugte Olivera von Kopf bis Fuß. »Eure Gemahlin?«

Laurenz nickte. »Es war eine lange Reise«, sagte er. »Trag auf, was du hast. Wir sind hungrig.« Er grinste. »Und durstig.«

Der Wirt verzog ebenfalls den Mund und entblößte zwei faulige Zahnreihen. »Magdalena hat frisches Kraut angesetzt. Ihr werdet euch alle zehn Finger lecken.« Er führte Laurenz und Olivera zu einem Tisch direkt neben der Feuerstelle. Dann stellte er zwei irdene Becher vor ihnen auf den Tisch und goss ein dampfendes Getränk ein. »Kostet«, forderte er sie auf, als sie an dem Gebräu schnupperte. »Solch einen guten Obstwein habt ihr bestimmt noch nie getrunken.«

Olivera nahm einen vorsichtigen Schluck. Das Getränk war süß und frisch – ganz anders, als sie erwartet hatte. »Mmmm«, murmelte sie und legte die Hände um den Becher, um sie zu wärmen. Es dauerte nicht lange, bis der Wirt eine sämige Rindfleischsuppe, deftigen Käse und warmen Kraut- und Rübensalat auftrug. Dazu stellte er noch einen Krug schäumendes Schwarzbier auf den Tisch. Das Mahl war so köstlich, dass Olivera viel zu viel aß. Als sie eine Stunde später in einer gemütlichen Kammer unter die Decke kroch, hatte sie das Gefühl, ihr Bauch würde platzen. Satt, aufgewärmt und mit Laurenz an ihrer Seite, schlief sie augenblicklich ein und erwachte erst, als es am nächsten Morgen an der Tür klopfte.

KAPITEL 28

Wenige Meilen vor Tübingen, 16. Oktober (»Gallustag«) 1408

DER REST DER REISE nahm mehr Zeit in Anspruch, als Olivera vermutet hatte. Wie am Vortag blieb der Wagen immer wieder stecken und musste von den Männern mühsam befreit werden. Erst am Nachmittag des Gallustages tauchte endlich die Stadt Tübingen am Horizont auf.

»Sieh nur, wir sind fast da!«, rief Laurenz aus. Er schlang den Arm um Olivera. »Nicht mehr lange, dann sind wir zu Hause!«

Olivera umklammerte seine Hand und drückte sie so fest, dass sie fürchtete, Laurenz wehzutun. Dieser schien jedoch nichts zu spüren, da er glücklich lächelnd in die Ferne blickte. Auf der Albhochfläche war weit und breit keine Spur von Nebel zu entdecken gewesen. Aber über dem breiten Fluss, der das Tal zu ihrer Rechten durchschnitt, hingen trotz des Sonnenscheins noch einige milchige Schleier. In den Ästen der Pappeln, deren bunte Laubdächer schon beträchtlich ausgedünnt waren, hockten zahllose Krähen. Auch auf den abgeernteten Feldern tummelten sich die schwarzen Vögel, teils reglos, teils mit gespreizten Schwingen auf und ab hüpfend. Ihr Krächzen klang unheilverkündend und irgendwie bedrohlich, fand Olivera. Sie schienen die kleine Gruppe misstrauisch zu beäugen, als ob die Reisenden Eindringlinge aus einer fremden Welt wären. Gehöfte und kleine Ansiedlungen duckten sich in Senken oder drängten sich um winzige Holzkirchen, von denen einige festlich geschmückt waren. Ein steinernes Kreuz mit der Aufschrift, »Gott segne und beschütze unsere Fluren«, zeugte von der Gottesfürchtigkeit der Bauern. Die Herbstsonne tauchte die Landschaft in ein goldenes Licht. Solange sie über freies Feld ritten, täuschte ihre Wärme über den kühlen Wind hinweg. Sobald sie allerdings in den Schatten von Bäumen oder Gebäuden eintauchten, zog Olivera fröstelnd ihren Radmantel enger um die Schultern.

»Ich kann schon die Burg sehen!« Die Freude über die Heimkehr stand dem hageren Hug deutlich ins Gesicht geschrieben.

Olivera folgte mit dem Blick seinem ausgestreckten Arm. Hoch über den Dächern der Stadt vor ihnen erhob sich eine mächtige Festung. Selbst aus der Ferne wirkte sie beeindruckend. »Ob der Graf in der Stadt ist?«

»Das wirst du schon sehen«, gab Lentz, der zweitjüngste, trocken zurück. »Spätestens am Tor, da wird dann wohl sein Banner hängen.«

Laurenz lachte. »Du hast wohl ein Auge auf eine der Zofen geworfen?«, spottete er.

Hug errötete. Hastig senkte er den Blick und murmelte etwas Unverständliches. Dann ließ er sich mit seinem Pferd etwas zurückfallen.

Olivera wandte den Kopf, um zu Laurenz aufzusehen. Sie war froh, dass er wieder zu Scherzen aufgelegt war. Am Tag zuvor war er ihr zeitweise mürrisch und niedergedrückt erschienen, und vor dem Schlafengehen hatte er sich mehrmals an den Kopf gefasst, als ob er Schmerzen hätte. Außer den hässlichen Blutergüssen schien er jedoch wohlauf, und auch diese wechselten bereits die Farbe. Der

Verlust von fünf Gulden war zu verschmerzen, hatte er sie beim Ritt über die Alb mehr als einmal beruhigt, da sie ihn gefragt hatte, ob sie nicht besser in einer billigeren Herberge übernachtet hätten. Er kehrte trotzdem als wohlhabender Mann in seine Heimat zurück. Oliveras Puls machte einen Satz. Wie sehr sie sich darauf freute, mit ihm in ihr neues Heim einzuziehen! Sie wandte sich wieder nach vorne und betrachtete die Hand, mit der er den Zügel hielt. Stark und dennoch zärtlich!, fuhr es ihr durch den Kopf. Da dieser Gedanke weitere mit sich brachte, die auch ihr die Röte in die Wangen trieben, lenkte sie ihre Aufmerksamkeit zurück auf die Umgebung. Wohingegen die Wälder und Schluchten der Alb dunkel, schroff und geheimnisvoll auf sie gewirkt hatten, schien hier im Tal alles ein wenig lieblicher. Weinberge erstreckten sich, so weit das Auge reichte, und die Tiere auf den Weiden machten einen wohlgenährten Eindruck. Zwar hatte sie gewusst, dass das Land, aus dem Laurenz stammte, nicht so golden sein konnte wie er selbst; dass diese Vorstellung ihrer Schwärmerei entsprang. Allerdings hatte sie es sich weitaus weniger unwirtlich vorgestellt. Die vergangenen beiden Tage hatte sie gegen ihre Enttäuschung angekämpft; hatte gehofft, dass irgendwo hinter den Schatten der Tannenwälder das Licht lockte. Daher war ihre Erleichterung groß. Das, was vor ihnen lag, sprach von Wohlstand, Frieden und Sicherheit.

In gemächlichem Schritt näherten sie sich der Stadt. Wie eine Festung war sie von einem doppelten Mauerring mit Wehrtürmen umgeben. Schon bald erreichten sie eine breite Holzbrücke, die über den Fluss auf die Vormauern zuführte. Diese waren mit Wehrtürmen verstärkt und durch einen tiefen Graben von der hohen, mit einem überdachten Laufgang versehenen inneren Mauer getrennt. Windschiefe Dächer erhoben sich zwischen den Zinnen – die Behausungen der Ärmsten, wie Olivera vermutete. Nach dem Überqueren der Brücke kamen sie an ein Tor, vor dem sich eine kleine Karrenschlange gebildet hatte.

»Wir hätten eines der anderen Tore nehmen sollen«, schimpfte Seitz. »Jeder Bauer will durch das Neckartor!«

»Dann wären wir auch nicht schneller zu Hause«, sagte Lucas, der Wagenlenker. »Du wirst schon noch rechtzeitig zu deiner Elsbeth kommen.«

Seitz bedachte ihn mit einem scharfen Blick. »Lass meine Elsbeth aus dem Spiel!«, knurrte er. »Ich habe nur keine Lust, mir hier stundenlang die Beine in den Bauch zu stehen.«

Allerdings dauerte es keine Stunden, bis sie an der Reihe waren. Schneller, als Olivera gedacht hatte, erklärte Laurenz dem Wachsoldaten, wer er war. Als Einheimischer waren er und seine Begleiter vom Pflastergeld ausgenommen – anders als die auswärtigen Besucher der Stadt. Vor dem Wachhäuschen drängte sich eine Gruppe Bettler, denen man offenbar den Einlass verwehrt hatte. Mitleid stieg in Olivera auf, als sie sah, dass es sich um zwei Frauen mit fünf ausgemergelten Kindern handelte. Ehe sie Laurenz jedoch bitten konnte, den Armen ein Almosen zu geben, trabte er wieder an und sie ritten in die Stadt ein.

Direkt hinter der Stadtmauer wandten sie sich nach links und erklommen einen steilen Anstieg. Vorbei an Holzhäusern mit angebauten Ställen erreichten sie kurz darauf den Platz vor einer Basilika. Von dort führte eine Gasse zum Marktplatz, der von prachtvollen Steinhäusern umgeben war. Hoch über ihren Köpfen thronte die Burg wie ein Wächter, der das Treiben der Städter im Auge behalten wollte. Laurenz lenkte seinen Rappen über den Platz nach Süden, ritt einen weiteren, etwas kürzeren Anstieg hinauf und steuerte auf ein Haus am Hang zu. Ein Teil des Gebäudes schien direkt in den Stein des Burgfelsens gehauen zu sein, so dicht schmiegte es sich an den Berg. Der andere Teil protzte mit blauem Fachwerk und blendend weiß getünchten Mauern.

»Wir sind da«, erklärte er. »Das ist mein Haus.« Er zügelte seinen Rappen und ließ sich aus dem Sattel fallen. Dann half er auch Olivera zurück auf den Boden.

Sie wusste nicht, was sie sagen sollte. Alles war so vollkommen anders, als sie es sich ausgemalt hatte!

»Es ist schön«, stammelte sie – froh darüber, dass Laurenz damit beschäftigt war, ein schweres Hoftor aufzustemmen.

Augenblicklich kamen eine rundliche Frau und zwei junge Mägde herbeigelaufen und bereiteten den Männern ein lautstarkes Hallo. Während Olivera versuchte, die unerwarteten Eindrücke in sich aufzunehmen, schloss Seitz die untersetzte Frau in die Arme. Die beiden Mägde halfen Laurenz mit dem Tor. Und keine fünf Minuten später war der Karren im Hof und die Pferde vor dem Stall angebunden. Augenblicklich vergruben die Tiere die Nasen in der Tränke.

»Was sagst du?«, fragte Laurenz schließlich. Stolz schwang in seiner Stimme mit. Oliveras Blick wanderte vom Stall zu den daran angrenzenden Holzkaten und Schuppen und dem kleinen Häuslein, in dem sie den Abort vermutete. Daneben befand sich ein Garten, in dem allerdings nur wenig wuchs. Verdörrte Stängel und verwelktes Grün erstickte beinahe unter einer Schicht gelber, roter und brauner Blätter, die eine der vier uralten Kastanien abgeworfen hatte. Zwei Reihen abgeernteter Viehbohnen umrankten schlaff einige Holzstäbe. In den Ritzen der Mauer, welche den gesamten Hof umgab, wuchsen winzige, blaue Blümchen. Am südlichen Ende des Hofs befand sich ein Brunnen, dessen Holzdach vollkommen vermoost war. Direkt gegenüber von diesem Brunnen führte ein Tor in das in Stein gehauene Erdgeschoss des Haupthauses. Dieses verfügte über zwei Stockwerke – das obere niedriger und von dicken Balken getragen. Ein steiles, mit Schindeln gedecktes Dach stand weit vor, und aus den beiden Kaminen stieg Rauch auf. Wie in der ganzen Stadt, roch es auch hier feucht und irgendwie moderig. Obschon die Sonne noch am Himmel stand, lagen der Hof und die angrenzenden Gebäude im Schatten des Burgberges. Olivera spürte, wie die Kälte an ihren Beinen hinaufkroch.

»Ich bin überwältigt«, brachte sie schließlich hervor. Das war nicht einmal eine Lüge. Sie rieb sich fröstelnd die Arme. »Können wir uns drinnen ein bisschen aufwärmen?«, fragte sie. »Mir ist kalt.«

Laurenz strahlte, als habe sie die Schönheit seines Heims in den höchsten Tönen gelobt. »Aber natürlich! Hug, du versorgst die Pferde. Ihr anderen ladet ab. Schafft alles in den Keller, bis auf die Ballen und Säcke. Die kommen ins Lager.« Er machte einen Schlüssel von seinem Gürtel los. »Schließt ab, wenn ihr fertig seid, und bringt ihn mir zurück.«

Als Olivera mit gerafften Röcken über den nackten Erdboden stelzte, bemerkte sie, dass die beiden Mägde sie mit unverhohlener Neugier anstarrten. Sie hatten tuschelnd die Köpfe zusammengesteckt und erröteten, da sie sich offenbar ertappt fühlten. Auch Olivera spürte Hitze in ihre Wangen steigen. Vermutlich war es der Schlamm am Saum ihres Gewandes, die Tatsache, dass alles zerknittert und unordentlich war. Sie schenkte den beiden ein scheues Lächeln, ehe sie Laurenz ins Innere des Hauses folgte. Dort war es wärmer, als sie vermutet hatte, obwohl die übermannshohe Eingangshalle nicht geheizt war. Zu ihrer Rechten führte eine Treppe hinauf ins Obergeschoss, eine zweite in den Keller.

»Das ist die Küche«, sagte Laurenz. Er zog Olivera in einen großen Raum, der von einem gemauerten Herd beherrscht wurde. In einer Ecke befanden sich Tische und Bänke, an der gegenüberliegenden Wand führte eine schmale Stiege in ein Zwischengeschoss.

»Dort schlafen die Mägde«, informierte Laurenz sie. »Seitz und Elsbeth haben eine eigene Kammer, Hug, Lentz und Lucas schlafen über den Ställen.« Er legte die Hände um ihre Mitte und schob sie auf den Ausgang zu.

»Unser Reich ist oben.« Beinahe übermütig griff er nach ihrer Hand. »Du wirst staunen«, versprach er mit leuchtenden Augen.

Ehe sie sich versah, fand Olivera sich ein Stockwerk höher in einer kahlen Stube wieder, die stark nach kaltem Rauch roch. Der Boden bestand aus dunklem Holz – genau wie die niedrige Decke. Trotz der schmucklosen Wände lud ein Kachelofen mit einer Ofenbank zum Verweilen ein. Auch hier gab es einen Tisch – groß genug für acht bis zehn Personen. Eines der Fenster bestand aus buntem Glas, die anderen beiden waren mit hölzernen Läden verschlossen. Über einer Truhe hing ein aufwendig geschnitztes Kruzifix, an dem jemand getrocknete Blumen befestigt hatte. Laurenz drängte weiter. Er führte sie einen Gang mit knarrenden Dielen entlang, von dem vier weitere Türen abgingen. Die Rahmen dieser Türen waren bunt bemalt, die Beschläge fein gearbeitet und auf Hochglanz poliert. Schließlich langten sie am Ende des Ganges an, wo sich ein weiterer Raum befand.

»Das ist unsere Kammer.« Wie einer der Geschichtenerzähler auf dem Basar von Konstantinopel breitete Laurenz die Arme aus, stieß die Tür auf und machte eine ausladende Handbewegung.

Zögernd trat Olivera über die Schwelle.

»Ich werde gleich morgen ein größeres Bett in Auftrag geben«, hörte sie Laurenz sagen. Sie schluckte. Während ihre Kammer zu Hause luftig und hell gewesen war, fühlte sie sich durch die Düsternis in diesem Raum augenblicklich niedergedrückt. Nicht nur das dunkle Holz, sondern auch die winzigen Fenster trugen zu dem Eindruck der Beengtheit bei. Das Bett war gerade so breit, dass sie beide darin Platz finden würden. Allerdings fürchtete Olivera, dass es eine unruhige Nacht werden würde. Zwei übereinandergestellte Kisten und ein Waschgestell bildeten den Rest der Einrichtung. Ein Feuer verbreitete wenigstens etwas Wärme in dem Raum, dem man anmerkte, dass er lange nicht bewohnt gewesen war. Sie rang noch nach Worten, als eine der Mägde an die Tür klopfte.

»Es ist jemand da, der Euch sprechen will«, sagte sie.

»Er soll später wiederkommen«, erwiderte Laurenz ungnädig. »Ich habe jetzt keine Zeit!«

Die junge Frau öffnete den Mund, um etwas zu erwidern. Aber Laurenz schnitt ihr das Wort ab. »Morgen habe ich Zeit. Heute nicht! Und sag Seitz und den anderen, dass sie den Schlüssel in die Stube hängen sollen.« Damit entließ er das Mädchen. Als es fort war, zog er Olivera an sich und küsste sie hungrig. »Heute habe ich nur Zeit für meine Frau!«

Die Leidenschaft des Kusses ließ Olivera alle anderen Gedanken vergessen. Plötzlich war es ihr gleichgültig, wie dunkel die Kammer war, wie kalt der schattige Hof. Alles, was zählte, waren die Wärme und Stärke des Mannes, dessen Hände ihren Körper voller Begehren liebkosten. Als er begann, die Knöpfe ihrer Fucke zu öffnen, überzog eine Gänsehaut ihren Rücken.

»Ist dir kalt?«, nuschelte Laurenz – den Mund in ihrer Halsbeuge vergraben.

»Nein«, antwortete sie. Denn in dem Moment, in dem seine Hand ihre Brust fand, war es, als entfachte er damit ein Feuer tief in ihrem Inneren. Willig bog sie sich ihm entgegen und keuchte auf, als ihr Kleid mit einem leisen Rascheln zu Boden fiel. Das Untergewand ereilte dasselbe Schicksal, sodass sie wenig später nur noch mit ihren Schuhen bekleidet vor ihm stand.

»Warum kann ich mich nur nie an dir sattsehen?«, fragte er und zog sich das Hemd über den Kopf. »Wenn du wüsstest, wie schön du bist.« Erneut fanden seine Lippen die ihren und machten das Glücksgefühl vollkommen.

KAPITEL 29

Tübingen, 17. Oktober 1408

NUR WIDERWILLIG LÖSTE Laurenz sich am nächsten Morgen von Olivera. Nach einem üppigen Abendessen hatten sie sich ein weiteres Mal geliebt – bedächtiger und zärtlicher, aber genauso leidenschaftlich wie zuvor. Die Reise von Urach über die Alb war eine Qual für ihn gewesen, da Oliveras verlockende Rundungen den ganzen Tag über so nah und doch so fern gewesen waren. Irgendwann hatte ihm sein Gemächt derartige Schmerzen bereitet, dass er nicht mehr gewusst hatte, wie er sich im Sattel halten sollte. Allein die Erinnerung an die Qualen veranlasste ihn dazu, sich zwischen die Beine zu greifen – als müsse er überprüfen, ob alles noch an seinem Platz war. Er rollte mit den Augen. Wenn, dann würde all das wilde Treiben höchstens zu Gehirnaustrocknung führen, wollte man den Pfaffen Glauben schenken. Nicht zum Verlust der Männlichkeit. Nach einem letzten Blick auf Olivera beschloss er, sie noch ein wenig schlafen zu lassen. Die lange Reise hatte sie erschöpft. Auch er wäre am liebsten noch länger liegen geblieben, allerdings ließen ihm die Kisten in seinem Keller keinen Frieden. Das Zeug musste so schnell wie möglich aus dem Haus! Keinen Moment länger als nötig wollte er Gefahr laufen, dass der Frevel doch noch Gottes Zorn auf ihn lenkte. Nachdem er sich gewaschen und angezogen hatte, verließ er auf Zehenspitzen die Kammer. In der Stube hing, wie verlangt, der Schlüssel zu dem in den Berg gehauenen Gewölbekeller. Dieser – tief und selbst im Sommer eisig kalt – war einer der Gründe gewesen, warum er das Haus gekauft hatte. Hastig steckte er den Schlüssel in die Tasche. Es war leichtsinnig gewesen, seine Knechte mit der Ware allein zu lassen! Wie leicht hätte einer von ihnen neugierig werden und entdecken können, was Laurenz trieb. Gewiss, irgendeine Lüge wäre ihm eingefallen. Aber man musste das Schicksal nicht unnötig herausfordern. Vom heutigen Tag an würde er den Schlüssel nicht mehr aus der Hand geben, bis die Kisten endlich dort waren, wo sie hingehörten!

Olivera würde er irgendetwas von Ratten und sonstigem Getier erzählen, um sie aus dem Keller fernzuhalten. Er fuhr sich mit den Fingern durchs Haar und griff nach einem Filzhut, denn ohne Kopfbedeckung fühlte er sich seltsam schutzlos. Dann verließ er die Stube. Obwohl es noch dunkel war, hörte er Elsbeth in der Küche werkeln, weshalb er beschloss, sein Frühstück heute dort einzunehmen.

»Ihr seid aber früh auf den Beinen«, begrüßte ihn die rundliche Frau. Die Haube auf ihrem blonden Haar saß etwas schief und ihre Augen waren noch recht klein. Da ihr Mann Seitz den anderen Burschen beim Ausmisten der Ställe half, war sie jedoch vermutlich schon länger auf als Laurenz.

»Wollt Ihr nicht mit Eurer Gemahlin essen?«, fragte sie erstaunt, als Laurenz sich auf eine Bank schob.

»Nein, sie schläft noch«, erwiderte er. »Sag den Mägden, sie sollen sie nicht wecken. Die Nachtpfannen können später geleert werden. Bring ihr etwas in die Stube, wenn sie wach ist. Und gib ihr alle Schlüssel, die sie braucht.« Er ignorierte den fragenden Blick und griff nach einem Löffel. Wortlos schlang er das Frühstück in sich hinein, das sie ihm kurz darauf vorsetzte. Dann atmete er tief durch und machte sich schließlich mit einem Kerzenleuchter auf den Weg in den Keller. Vor der dickbohligen Tür zögerte er einige Momente, bevor er sie zaudernd öffnete. Wie erwartet, schlug ihm der Geruch von feuchtem Stein und Moos entgegen. Ganz egal, was er auch unternahm, irgendwie drang immer wieder Wasser durch die Ritzen des Kalkfelsens. Nachdem er eine Kerze aus dem Leuchter genommen hatte, entzündete er die Fackeln in den Haltern. Er zitterte. Wie immer war das Gewölbe so kalt, dass man wochenlang Fleisch darin hätte aufbewahren können, ohne dass es verdarb. Ärgerlich über die Beklemmung, die plötzlich Besitz von ihm ergriff, ballte er die Hände zu Fäusten. Nicht mehr lange, dann bist du die Ware los!, machte er sich Mut. Und dann würde er nie wieder seine Seele aufs Spiel setzen! Dieser Entschluss war auf dem langen Weg zurück in die Heimat immer weiter gereift. Nicht einmal im Traum würde er noch eine Reise nach Konstantinopel antreten! Er stellte sich breitbeinig vor die Kisten – wie um sicherzugehen, dass ihn nichts umwerfen konnte.

Schließlich öffnete er mit spitzen Fingern einen der Deckel und vergewisserte sich, dass der Inhalt vollständig war. Der Anblick der goldenen Arme sandte einen kalten Schauer über seinen Rücken. Viele von ihnen waren dem Arm der Heiligen Elisabeth nachempfunden, deren Hand als Schwurhand dargestellt war. Amethyste, Granate, Rubine, Saphire und Smaragde funkelten im Licht der Flamme, sodass Laurenz den Eindruck hatte, Dutzende von Augen blitzten ihn an. Ein unangenehmer Geschmack stieg in seiner Kehle auf. Im Verlauf der Reise hatte er vergessen, wie täuschend echt die Körperteile wirkten – trotz der Tatsache, dass sie aus Gold und anderen wertvollen Materialien gefertigt waren. Schaudernd schloss er die Abdeckung und fuhr mit der Überprüfung der übrigen Ware fort. Als er die Truhe mit den Heilig-Blut-Phiolen erreichte, wurden ihm die Beine schwach. Unvermittelt war er – wie bereits einmal zuvor im Laderaum der Zille – wieder vor der Stadt Giurgiu; hörte den Donner grollen und roch das Blut des Mannes, den er getötet hatte. So hastig, dass er sich beinahe die Hand einklemmte, schlug er den Deckel zu. Einige Augenblicke verharrte er wie versteinert auf der Stelle. Erst, als die Kälte begann, seine Zähne aufeinanderschlagen zu lassen, fiel die Erstarrung von ihm ab. Der Priester in Griechisch Weißenburg hatte ihn losgesprochen! Diese Tat war gesühnt! Er wich von den Kisten zurück und stieß einen gepressten Laut aus. War es nicht ein gutes Zeichen, dass die Albträume nachgelassen hatten? Bedeutete das nicht, dass seine Seele von dem Makel der Sünde befreit war? Er rief sich die Erleichterung ins Gedächtnis, die ihn erfüllt hatte, als der Priester gesagt hatte: »Ego te absolvo.« Alles war vergeben! Vergeben und vergessen! Eine Zeit lang kämpfte er gegen den Drang an, auf die Knie zu fallen und Gott erneut um Gnade anzuflehen. Doch stattdessen, als zögen sie ihn magisch an, trat er zurück an die Truhen. Auch wenn sich alles in ihm dagegen sträubte, musste er Sicherheit haben, dass die wertvolle Fracht die Reise unversehrt überstanden hatte. Was, wenn noch mehr Teile unbemerkt verschwunden waren? Was, wenn sein Auftraggeber Steine vorfand anstatt der erwarteten Reliquiare? Wie sollte es ihm dann jemals gelingen, Unterstützung für die Ratswahl zu bekommen? Zögernd stemmte er die restlichen Abdeckungen auf. Aus dem Inneren einer der Kisten glotzten ihn mit hohlen Augen die Heilige Ludmilla, der Heilige Appolinaris, der Heilige Cornelius und ein halbes Dutzend Häupter des Täufers Johannes an. So vorwurfsvoll erschienen Laurenz ihre Blicke, dass er ein Kreuzzeichen in die Luft malte und den Deckel wieder zufallen ließ.

Ärger über seine eigene Hasenfüßigkeit stieg in ihm auf. Warum konnte er nicht endlich aufhören, sich wie ein Kind vor Schatten und eingebildeten Schreckensbildern zu fürchten? Warum verließ ihn der Mut, wenn es doch gar keinen Grund mehr zur Mutlosigkeit gab? Er presste die Kiefer aufeinander. Immerhin war er gesund und munter mit seiner wunderschönen Gemahlin in Tübingen angekommen. War das ein Zeichen göttlichen Zorns?

»Ganz gewiss nicht!«, stieß er zwischen den Zähnen hervor. Er musste sich endlich zusammenreißen!

Energisch wandte er sich von den Truhen ab. Er würde den Schwager des Schultheißen aufsuchen und ihn davon in Kenntnis setzen, dass er wieder im Land war. Wenn er den Mann richtig einschätzte, dann war er die Fracht sicher schneller los, als er es sich jemals wünschen konnte!

KAPITEL 30

Tübingen, 17. Oktober 1408

»Laurenz?« Oliveras Hand griff ins Leere, als sie sich umdrehte, um den Arm um ihren Gemahl zu legen. Noch nicht ganz wach tastete sie weiter, fand jedoch nichts außer dem kühlen Stoff des Bettlakens. »Laurenz?«, murmelte sie erneut.

Sie schlug die Augen auf und blinzelte schlaftrunken. Was sie sah, machte keinen Sinn. Das Kissen neben ihr hing halb über die Bettkante. Ein Untergewand lag zusammengeknüllt auf dem Boden. Vom Waschgestell führte eine Wasserspur zu einem Handtuch, das nachlässig über einen Halter geworfen worden war. Durch die winzigen Fenster fiel etwas Tageslicht in den Raum, allerdings nur so viel, dass es möglich war, die Einrichtungsgegenstände auszumachen. Wo war sie? Und wo war Laurenz? Es dauerte einige Augenblicke, bis auch der letzte Rest Schlaftrunkenheit von ihr abfiel und sie begriff, dass sie in keiner Herberge war. Sie war in Tübingen! In Laurenz' Haus! Gähnend richtete sie sich in den Kissen auf.

»Laurenz!«, rief sie.

Aber sie erhielt keine Antwort. Mit einem weiteren Gähnen rieb sie sich die Augen. Sie war müde, entsetzlich müde. Irgendwie schien es, als wolle ihr Körper ihr mitteilen, dass er in den vergangenen Wochen nicht genug geschlafen hatte. Die Erschöpfung steckte in ihren Knochen, ihren Muskeln und scheinbar sogar in ihren Haaren.

Diese hingen ihr schlaff und strähnig ins Gesicht. Sie schüttelte sie aus der Stirn, dann setzte sie sich auf. Wie spät war es? Ihr Blick wanderte zu einem der Fenster. Dem Streifen aus Sonnenlicht nach zu urteilen, der auf den Boden fiel, war der Tag schon einige Stunden alt. Wie hatte sie nur so lange schlafen können? Sie zog die Beine unter ihr Gesäß und wickelte die Decke um sich. Es war kalt in der Kammer. So kalt, dass sich eine Gänsehaut über ihre Arme und Beine ausbreitete.

Wo steckte Laurenz nur? War er auf dem Abort im Hof? Sie sah sich im Raum um – auf der Suche nach irgendeinem Zeichen seines Verbleibs. Doch nichts verriet ihr, wohin er verschwunden war. Sie bohrte mit dem Zeh in einer Vertiefung in der Matratze und ließ den Lichtstreifen vor ihren Augen verschwimmen. Lange Zeit saß sie so da – halb schlafend und völlig antriebslos. Dann riss sie sich von dem einlullenden Anblick der im Sonnenlicht tanzenden Staubkörnchen los und fuhr sich mit den Handflächen über das Gesicht. Vermutlich war Laurenz schon aufgestanden, um seinem Tagwerk nachzugehen, dachte sie. Ihr Gewissen regte sich. Sollte sie als seine Gemahlin nicht an seiner Seite sein und ihn unterstützen, so gut sie konnte? Auch wenn sie am liebsten ewig in dem warmen Bett geblieben wäre, schälte sie sich mit einem Seufzen aus der Decke. Frierend sah sie sich im Raum um. Wo war die Truhe mit ihren Kleidern? Hatte Laurenz sie nicht in die Kammer bringen lassen? Am gestrigen Abend hatte sie nicht darauf geachtet. Dazu waren sie und Laurenz viel zu sehr damit beschäftigt gewesen, den störenden Stoff loszuwerden. Die Erinnerung an das Liebesspiel vertrieb die Gänsehaut und sorgte für das wohlbekannte Gefühl irgendwo tief in ihrem Inneren. Um jedoch nicht sofort wieder sündige Gedanken zu hegen, lenkte sie ihre Aufmerksamkeit zurück auf die Suche nach ihren Kleidern. Ohne fündig zu werden. Wie es schien, hatte Laurenz schlicht und einfach nicht daran gedacht. Eine seltsame Unsicherheit überfiel sie. Musste sie als neue Herrin des Hauses nicht Eindruck auf das Gesinde machen? Was würden die Mägde denken, wenn sie dasselbe schmutzige Reisegewand trug wie am Vortag? Da sich die Haare auf ihren Unterarmen erneut vor Kälte aufrichteten, blieb ihr jedoch nichts anderes übrig, als die Fucke anzuziehen, die Laurenz gestern auf einen Schemel gepfeffert hatte. Nachdem sie den Nachttopf benutzt, sich gewaschen und gekämmt hatte, öffnete sie die Tür. Scheu und neugierig zugleich steckte sie die Nase durch den Spalt. Der Korridor war verwaist. Lediglich aus dem Untergeschoss drangen einige Geräusche an ihr Ohr. Die Unsicherheit verstärkte sich. Ohne Laurenz an ihrer Seite fühlte sie sich fehl am Platz, wie ein Eindringling in einem fremden Haus. Was, wenn sie das Gesinde nicht verstand? Ihr Deutsch war zwar inzwischen recht gut, aber würde es ausreichen? Diese und viele andere Fragen gingen ihr durch den Kopf, als sie mit einem flauen Gefühl im Bauch die Kammer verließ.

In der Stube warteten ein Krug Bier, Milch, Brot und eine Schale Hafergrütze auf sie. Auch hier war weit und breit keine Spur von Laurenz zu entdecken. Enttäuschung breitete sich in Olivera aus. Irgendwie hatte sie gehofft, dass er auf sie warten würde; sie in den Haushalt einführen und ihr all die Dinge zeigen würde, die sie wissen musste. Außerdem war seine Abwesenheit, als fehle plötzlich ein Teil von ihr. Seit ihrer Vermählung waren sie – bis auf wenige Augenblicke – nicht mehr voneinander getrennt gewesen. Daher kam sie sich in diesem Moment – vollkommen allein an diesem unbekannten Ort – so verloren vor wie noch nie. Das Gefühl der Einsamkeit schnürte ihr die Kehle zu.

»Sei keine Närrin!«, schalt sie sich und kämpfte tapfer gegen die Tränen an. Er wird ja nicht ewig fortbleiben, setzte sie in Gedanken hinzu. Sie rang Traurigkeit und Enttäuschung nieder und gab sich einen Ruck. Nachdem sie sich ein weiteres Mal umgesehen hatte, ließ sie sich am Tisch nieder. Sicherlich würde er nicht den ganzen Tag verschwunden sein! Geistesabwesend führte sie einen Löffel Hafergrütze zum Mund und schluckte den lauwarmen Brei. Warum war ihr so bange? Weshalb fürchtete sie sich vor dem Unbekannten? War es nicht das gewesen, wonach sie sich in Konstantinopel all die Zeit über gesehnt hatte? Nach Abenteuern in fernen Landen? Solange Laurenz fort war, konnte sie dafür sorgen, dass man ihr ihre Truhe brachte. Vielleicht gab es im Haus sogar einen Raum, den sie als Salbenküche verwenden konnte. Und dann war da noch der vernachlässigte Kräutergarten. Ihre Stimmung hellte sich auf. Bald schon würde sie mit Laurenz zusammen dessen Geschäft führen, so wie sie es sich ausgemalt hatte. Und für ihn Salben und Tränke herstellen, die er verkaufen konnte. Sie tauchte ein Stück Brot in die frische Milch. Während sie die Milch wieder aus dem Teig lutschte, wanderte ihr Blick zu den verglasten Fenstern der Stube.

Anders als am vergangenen Nachmittag, lag an diesem Morgen kein Schatten über dem Haus. Der Himmel war wolkenlos und strahlend blau. Die Blätter der sonnenbeschienenen Bäume leuchteten in feurigen Farben, kurzum, alles wirkte freundlicher und einladender als bei ihrer Ankunft. Mit zurückkehrendem Mut beendete Olivera ihr Mahl und machte sich im Anschluss daran auf den Weg ins Erdgeschoss. Sie hatte die letzte Stufe noch nicht erreicht, als die Köchin aus der Küche auf sie zugeeilt kam. Ihr rundes Gesicht war gerötet, ihre Hände und ihre Schürze mehlbestäubt.

»Guten Morgen!«, begrüßte sie die neue Herrin des Hauses. »War alles zu Eurer Zufriedenheit?« Sie wischte sich mechanisch die Hände an der Schürze ab. »Wenn ich Euch etwas anderes zum Frühstück bereiten soll …« Sie brach den Satz ab und schenkte Olivera ein mütterliches Lächeln.

Augenblicklich fiel auch die restliche Unsicherheit von der jungen Frau ab, da die Köchin ihren schlammigen Rocksaum nicht einmal zur Kenntnis zu nehmen schien. »Nein«, erwiderte sie – froh darüber, dass sie die Ältere mühelos verstand. »Es war genau richtig.« Nach dem, was ihr und Laurenz auf der Reise manchmal vorgesetzt worden war, war ihr das Frühstück nachgerade köstlich erschienen.

Die Köchin nickte zufrieden und machte einen Schlüsselbund von ihrem Gürtel los. »Der Herr hat gesagt, ich soll Euch diesen Bund geben«, ließ sie Olivera wissen.

Diese trat auf sie zu und nahm den schweren Ring in Empfang. Unschlüssig wog sie ihn einige Augenblicke in der Hand. Was sollte sie damit anfangen?

Als habe sie ihre Gedanken gelesen, versetzte die Köchin: »Kommt, ich zeige Euch, welcher zu welchem Schloss passt.« Sie winkte Olivera in die Küche.

Dort hüpfte Markos in seinem Käfig auf und ab und gab die unmöglichsten Geräusche von sich.

»Ich habe noch nie solch einen wundersamen Vogel gesehen«, sagte die Köchin bewundernd. »Er stand ganz allein in der Eingangshalle. Ich hoffe, es ist Euch recht, dass ich ihn gefüttert habe«

Olivera spürte zum zweiten Mal an diesem Tag den Stich des schlechten Gewissens. Über all der Aufregung hatte sie den Papagei vollkommen vergessen. Sie beruhigte die Köchin und folgte ihr weiter, bis sie eine niedrige Tür hinter dem gemauerten Kamin erreichten. Diese führte zu den Vorratsräumen, unter denen sich ein kleiner Keller befand.

»Ich habe auch einen Schlüssel«, sagte die Ältere. »Wenn Euch das nicht recht ist, gebe ich ihn Euch.«

Olivera winkte ab. »Nein, nein, bitte behalte ihn«, erwiderte sie. Auch die Köchin im Haus ihres Vaters hatte einen Schlüssel zur Vorratskammer besessen, da weder Olivera noch ihre *Yiayia* sich um die Einkäufe gekümmert hatten. »Gibt es einen Raum, den ich als Salbenküche verwenden könnte?«, stellte sie die Frage, die ihr am meisten auf der Seele brannte.

Die Köchin sah sie verwundert an, fing sich jedoch augenblicklich wieder. Sie legte grübelnd den Kopf schief. »Ich weiß nicht«, murmelte sie. »Vielleicht in dem anderen Keller. Aber da müsst Ihr den Herrn fragen. Außer ihm hat keiner Zutritt dazu.«

Olivera zog die Brauen in die Höhe, dann zuckte sie die Achseln. Vermutlich lagerte Laurenz dort die wertvollen Gewürze und Stoffe, die er aus Konstantinopel mitgebracht hatte. Sobald er zurück war, würde sie ihn einfach danach fragen.

Nachdem die Köchin ihr auch das Warenlager, die Stube zum Wäschewaschen, den Brunnen, die Ställe, den Holzschuppen und – zu ihrem Entzücken – ein winziges Badehäuschen gezeigt hatte, entschuldigte sie sich und ließ

Olivera im Hof alleine. Dort waren die Knechte damit beschäftigt, einen Karren abzuladen, auf dem sich Stroh für die Ställe befand. Die Mägde klopften vor der Waschstube Wasser aus nassen Kleidern, und Olivera fragte sich, ob Laurenz von ihr erwartete, dass sie bei den häuslichen Arbeiten mit anpackte. Sie wusste, dass es in den ärmeren Familien gang und gäbe war, dass die Herrin des Hauses beim Waschen, Nähen, Einkaufen und Spinnen half. Allerdings waren ihre Fähigkeiten in diesen Bereichen mehr als begrenzt. Die Unsicherheit kehrte zurück. Bevor sie jedoch weiter darüber nachgrübeln konnte, kam Seitz über den Hof getrabt.

»Braucht Ihr Hilfe?«, keuchte er. Der Teil seines Gesichtes, der nicht von dem dichten schwarzen Bart bedeckt war, glänzte vor Schweiß.

Olivera sah unschlüssig von ihm zu den Mägden. Dann fragte sie: »Würdest du mir meine Truhen nach oben bringen?«

»Gerne«, erwiderte er ohne zu zögern. »Welche sind es denn?«

»Ich zeige sie dir. Aber ich weiß nicht, wo ihr sie abgestellt habt.«

Seitz gab ein leises »Oh« von sich.

»Was ist?«, fragte Olivera.

»Ich fürchte, ich kann Euch doch nicht helfen«, entgegnete er mit einer entschuldigenden Geste. »Außer den Ballen, Säcken und Eurem Vogel ist alles im Keller. Das hatte ich vollkommen vergessen. Und den Schlüssel dazu habe ich nicht mehr.«

Oliveras Miene veranlasste ihn zu einem aufmunternden Lächeln.

»Euer Gemahl ist sicher bald wieder da.«

Olivera nickte. »Sicher«, murmelte sie und sah Seitz nach, als dieser sich wieder trollte. Eine Weile verharrte sie auf der Stelle und nagte an ihrer Lippe. Sollte sie versuchen, ob nicht doch einer ihrer eigenen Schlüssel ins Schloss des Kellers passte? Sie drehte den Bund hin und her. Nicht für alle Schlüssel hatte die Köchin ihr ein Schloss gezeigt. Waren diese einfach nur vergessen worden? Oder öffneten sie Türen, die man ihr nicht hatte zeigen wollen? Neugier stieg in ihr auf.

Was konnte es schaden, einen Versuch zu wagen? Sie schielte durch das offen stehende Tor zu der Treppe, die zu dem zweiten Keller führte, über den Laurenz scheinbar streng wachte. Sollte sie …? Es dauerte nicht lange, bis die Neugier die Oberhand gewann. Nachdem sie sich eine Talgkerze aus der Küche geholt hatte, tastete sie sich wenig später vorsichtig die schmale Stiege hinab. Unten angekommen, zog sie fröstelnd die Schultern hoch. Wie viel kälter als draußen es hier war! Da sie keine Lust hatte, sich länger als nötig in dem feuchten Gewölbe aufzuhalten, schüttelte sie hastig den Schlüsselbund und suchte nach einem Bart, der in das Schloss passen könnte. Nur zwei waren groß genug. Allerdings ließ sich keiner von beiden drehen.

»Pech gehabt«, murmelte sie. Dann würde sie wohl doch warten müssen, bis Laurenz wieder im Haus war. Sie war gerade dabei, den Bund wieder an ihrem Gürtel festzumachen, als sie einen zornigen Ausruf vernahm.

»Was zum Teufel …?«, fluchte jemand. Kurz darauf erschien eine Gestalt am oberen Treppenabsatz. »Was hast du da unten zu suchen?«, dröhnte eine Stimme, die sie als die ihres Gemahls erkannte.

Ehe sie etwas auf die Frage erwidern konnte, kam Laurenz die Treppen hinabgepoltert. »Olivera!« rief er erstaunt aus, als er sie erkannte. »Was tust du hier?«

Das Licht der Kerze verzerrte seine Züge, dennoch wirkte sein Gesicht wie aus Stein gemeißelt. Olivera stieß einen erschrockenen Ruf aus, als seine Hand vorschoss und er sie grob am Oberarm packte.

»Du tust mir weh!«, protestierte sie und versuchte, sich loszumachen. Aber sein Griff war eisenhart. »Laurenz, bitte!«

Die Furcht in ihrer Stimme schien ihn zur Besinnung zu bringen. Augenblicklich ließ er sie los und schob die Hand, mit der er sie gepackt hatte, unter die Achsel des anderen Armes.

»Was hast du hier zu suchen?«, wiederholte er die Frage. Auf seiner Stirn pulsierte eine Ader und seine Wangenmuskeln zuckten.

»Ich wollte nachsehen, ob meine Truhen hier unten sind«, gab Olivera mit zitternder Stimme zurück. »Ich hatte nichts anzuziehen.« Sie sah an sich hinab.

»Ich werde dir deine Sachen bringen lassen«, stieß Laurenz gepresst hervor. Erneut griff er nach ihrem Arm, auch dieses Mal mit mehr Kraft als nötig gewesen wäre. »Es ist gefährlich hier unten«, sagte er, während er Olivera die Treppe hinaufbugsierte. »In den Felsspalten wohnen Spinnen und Schlangen. Du solltest dich also besser von hier fernhalten.«

Etwas an seinem Tonfall machte Olivera Angst. Allerdings nicht so sehr wie die Härte, mit der er sie gepackt hatte. Oben angekommen, ließ Laurenz sie stehen und verschwand im Hof. Als er kurz darauf mit Seitz zurückkehrte, rieb Olivera sich immer noch die schmerzenden Stellen. Was war nur in ihn gefahren? Verstört sah sie dabei zu, wie die beiden im Keller verschwanden. Allerdings war ihre Freude darüber, bald frische Kleider anziehen zu können, durch den Vorfall sehr gedämpft. Was sie in Laurenz' Blick gelesen hatte, war mehr gewesen als Ungehaltenheit. Vielmehr hatte sie Zorn und bodenlose Furcht in seinen Augen aufblitzen sehen!

KAPITEL 31

Tübingen, 17. Oktober 1408

Am liebsten hätte Laurenz sich selbst geohrfeigt. Die dunklen Augen wirkten riesig in Oliveras bleichem Gesicht, und ihr anklagender Blick schnitt ihm ins Herz. Er wusste, dass er sie zu hart angepackt hatte. Doch die Furcht vor dem, was sie hätte entdecken können, hatte ihn alle Beherrschung verlieren lassen. Was, wenn sie herausgefunden hätte, was in dem Keller lagerte? Schon an Bord der Zille hatte er befürchtet, dass sie ihm auf die Schliche kommen könnte. Allerdings hatte er – nachdem sie ihn im Laderaum überrascht hatte – dafür gesorgt, dass sie die Deckel nicht ohne Hilfe würde anheben können. Anders als in seinem Keller. Denn dort hatte er keine Veranlassung gesehen, die Kisten wieder so fest zu verschließen, dass ihr Inhalt vor neugierigen Augen geschützt war. Er öffnete die Tür und befahl Seitz, draußen zu warten.

»Ich rufe dich«, sagte er knapp und betrat zum zweiten Mal an diesem Tag das Gewölbe.

Die Fackeln und Kerzen, die er vergessen hatte, brannten immer noch und die Luft stank nach Pech und Talg. Hastig schloss er die Truhen, damit Seitz nichts zu Gesicht bekam, was nicht für seine Augen bestimmt war. Dann rief er nach seinem Begleiter. »Diese drei Truhen dort müssen nach oben«, wies er ihn an.

Ohne zu zögern, stellte der hünenhafte Knecht zwei der Kisten übereinander, hob sie vom Boden auf und schleppte sie aus dem Keller. Laurenz selbst packte die kleinste der Truhen. Dann löschte er die Fackeln und Kerzen und schaffte seine Last nach draußen.

»Wo soll das hin?«, hörte er Seitz fragen, während er selbst noch die Treppe hinaufschnaufte.

Was war nur in der Kiste? Hatte Olivera Blei mitgebracht?

»Diese hier«, erwiderte Olivera, »brauche ich in unserer Kammer.«

Laurenz erreichte den Absatz und setzte seine Truhe mit einem Prusten ab.

»In den anderen beiden sind Bücher und Zutaten für Salben«, setzte sie mit einem kühlen Blick in Laurenz' Richtung hinzu. »Gibt es einen Ort, den ich als Offizin benutzen kann, Gemahl?«, fragte sie.

Es war das erste Mal seit ihrer Vermählung, dass sie ihn so ansprach. Laurenz empfand ihre Förmlichkeit wie einen Schlag ins Gesicht. »Offizin?« fragte er. Augenblicklich ärgerte er sich über seinen einfältigen Tonfall.

»Als Salbenküche«, erklärte Olivera, ohne ihn anzusehen. »Es ist dir doch recht, dass ich Salben zubereite?«

Ihre Frage verwirrte ihn. War das nicht einer der Vorzüge gewesen, die ihr Vater immerzu gepriesen hatte? »Ihr werdet mehr Geld mit ihren Salben und Tinkturen machen als mit Euren anderen Waren«, hatte Philippos immer wieder beteuert. Natürlich war es ihm recht! Er schluckte die ärgerlichen Worte, die ihm auf der Zunge lagen, und nickte.

»Du kannst den Schuppen hinter dem Kräutergarten benutzen«, sagte er.

Noch immer wich sie seinem Blick aus. Auch wenn er sie am liebsten geschüttelt hätte, riss er sich am Riemen. Sie war böse auf ihn. Das konnte er ihr nicht einmal verübeln. Hätte er nur ein wenig nachgedacht, bevor er in den Kellergang gestürmt war, dann wäre es nie so weit gekommen. Er unterdrückte ein Seufzen. Er würde ihr einfach etwas Nettes schenken, ein neues Kleid, Schuhe oder irgendeinen anderen Tand. Auch wenn ihn der Verlust der gestohlenen fünf Gulden immer noch schmerzte, beruhigten ihn die Säcke mit Pfeffer, Safran, Kardamon, Zimt und Muskat in seinem Warenlager. Mit ein bisschen Mehl, Sand und zerriebener Kohle würde er seinen Gewinn vermutlich beinahe verdoppeln können. Ganz abgesehen von der Bezahlung für die vermaledeiten Reliquiare! Der Gedanke an die Behältnisse brachte den Ärger zurück, den er gerade erst verdrängt hatte. Nicht einmal empfangen hatte ihn der verdammte Schwager des Schultheißen! Sein Herr würde jemanden mit der Bezahlung schicken, hatte ein aufgeblasener Bediensteter ihn wissen lassen. Wann? Darauf hatte Laurenz keine Antwort erhalten.

»Dann sollten diese beiden Kisten dorthin.« Oliveras Stimme durchbrach die Erinnerung. »Gibt es dort eine Feuerstelle?«

Laurenz schüttelte auch die letzten Bilder seines erfolglosen Ausfluges ab und nickte. Von den Vorbesitzern war der Schuppen als Waschküche benutzt worden. Allerdings war er für den großen Kessel, in dem seine Mägde die Wäsche wuschen, viel zu klein gewesen. Außer Hühnern hatte schon lange niemand mehr die Schwelle überschritten. »Du wirst erst ein wenig Ordnung machen müssen«, brummte er. Ohne auf eine Antwort zu warten, nahm er die Truhe wieder auf und ließ sie kurz darauf vor dem Schuppen auf den Boden fallen. Etwas klirrte.

Olivera presste missfällig die Lippen aufeinander, sagte jedoch nichts.

»Den Schlüssel hast du«, bemerkte Laurenz, als sie wartend die Arme vor der Brust verschränkte. »Es ist dieser dort«, kam er ihr zur Hilfe, als sie den Ring suchend drehte. Wortlos öffnete sie die Tür und blieb wie angewurzelt stehen.

»Ich habe dir ja gesagt, dass es vermutlich ein bisschen unordentlich ist«, versetzte Laurenz. Auch wenn diese Beschreibung eine schamlose Untertreibung war. Der Lehmboden war mit Federn und Vogelmist übersät. Zwischen den Brettern klafften zum Teil handbreite Ritzen, und auch die kleine Feuerstelle hatte schon bessere Zeiten gesehen. Laurenz verkniff sich ein Grinsen, als er Oliveras entgeisterten Blick sah. Diese Aufgabe würde sie eine Weile beschäftigen, dachte er. Und damit vom Keller fernhalten! Er wies Seitz an, ihre Habseligkeiten auf eine halb vermoderte Bank zu stellen.

»Clara und Ursel können dir helfen«, sagte er mit einer Handbewegung in Richtung Waschstube, wo die Mägde soeben ihre Körbe füllten.

In dem Moment, in dem er sich wieder Olivera zuwenden wollte, sah er ein klappriges Fuhrwerk vor dem Hoftor anhalten. Auf dem Bock saß ein untersetzter Mann, dessen Kleidung ihn als Bewohner der Unterstadt auswies. Die Kappe auf seinem Kopf sah selbst aus der Entfernung alles andere als sauber aus. Außerdem trug der Kerl eine blutbesudelte Schürze, wie Laurenz bei näherem Hinsehen erkannte. Was wollte ein Schlachter bei ihm? Hatte die Köchin ihn bestellt? Er kehrte Olivera und Seitz den Rücken und steuerte auf den unerwarteten Besucher zu.

»Bist du Laurenz Nidhard?«, fragte dieser, kaum war Laurenz in Hörweite – unverschämterweise die vertraute Anrede benutzend.

Laurenz wollte aufbrausen, aber der Kerl war vom Bock gesprungen, bevor er den Mund richtig geöffnet hatte.

»Auberlin Schnider schickt mich«, zischte der Metzger den Namen von Laurenz' Auftraggeber. Er wies mit dem Kinn zur Ladefläche seines Wagens. »Er sagt, du hast einen tiefen Keller.«

Laurenz zog die Nase kraus. Was sollte diese Feststellung? »Was geht dich mein Keller an?«, fragte er patzig. »Gib mir mein Geld und schaff mir das Zeug vom Hals!« Er streckte die Hand aus.

Der andere musterte ihn, als habe er ihm ein unanständiges Angebot unterbreitet. »Wieso Geld?« Die Verwirrung war ihm deutlich anzusehen.

»Weil Schnider mir vorhin versprochen hat, dass er jemanden mit der Bezahlung schickt«, knurrte Laurenz.

Der Metzger stieß einen leisen Pfiff aus. »Hat er dir sonst nichts gesagt?«, fragte er.

»Nein«, erwiderte Laurenz. »Was hätte er mir denn sonst noch sagen sollen?«

»Dass die Behältnisse von jetzt an bei dir gefüllt werden.« Er zeigte mit dem Daumen über die Schulter. »Wenn du nicht willst, dass jemand die falschen Fragen stellt, solltest du mir also schleunigst dabei helfen, das da in deinen Keller zu schaffen!«

Laurenz traute seinen Ohren nicht. »Bist du wahnsinnig?«, fauchte er. »Mach, dass du fortkommst! Du schaffst überhaupt nichts in meinen Keller!« Seine Stimme drohte, sich zu überschlagen. Aus dem Augenwinkel bemerkte er, dass die Mägde neugierig zu ihnen herübersahen.

»Hör zu«, knurrte der Schlachter. Er beugte sich so nah zu Laurenz hinüber, dass dieser seinen sauren Schweiß riechen konnte. »Wenn du dich weigerst, lasse ich dir den Karren einfach hier. Dann kannst du alleine zusehen, wie du die«, er zögerte einen Augenblick, »*Sachen* in deinen Keller bringst.« Sein Blick wanderte zu den Mägden und zu Olivera, die in diesem Moment aus dem Schuppen kam. »Aber vielleicht hilft dir ja auch eines der Mädchen dabei.« Ein hässliches Grinsen huschte über sein Gesicht, dann wurde er wieder ernst. »Wir sollten also aufhören zu streiten und die Säcke dorthin bringen, wo sie nicht jeder beglotzen kann!«

Laurenz verspürte unvermittelt denselben Druck in der Brust wie vor wenigen Stunden. Gefälschte Behältnisse unter seinem Dach waren die eine Sache. Aber die Knochen geschändeter Leichen waren etwas vollkommen anderes! Übelkeit stieg in ihm auf, als er sich vorstellte, was sich in den Säcken verbarg. Ohne auf seine Antwort zu warten, trat der Metzger an seinen Karren heran und schulterte zwei der Säcke.

»Mach schon, nimm dir auch zwei und zeig mir den Weg!«, versetzte er bissig.

Da Laurenz die Folgen eines handgreiflichen Streites zu gefährlich waren, biss er die Zähne aufeinander und machte gute Miene zu bösem Spiel. Ein eisiger Schauer kroch über seinen Rücken, als er die Knochen durch die Sackleinwand spürte. Alles in ihm sträubte sich dagegen, den Toten so nah zu kommen. Doch er sah keinen anderen Ausweg, als die Säcke erst einmal vom Hof zu schaffen. Dreimal mussten sie den Gang zum Wagen wiederholen, erst dann war die Ladefläche leer.

Unten im Keller herrschte Laurenz den Metzger an: »Du kannst dir meinetwegen die Hände schmutzig machen. Aber ich rühre nichts davon an!« Die Abscheu saß ihm wie ein Wesen aus Fleisch und Blut im Nacken. Er fuchtelte mit dem Schlüssel in der Luft herum. »Ich werde Schnider fragen, ob er den Verstand verloren hat!« Mit diesen Worten stürmte er aus dem Keller. Er knallte die Tür hinter sich zu und drehte den Schlüssel im Schloss. Zu seiner Befriedigung dämpften die dicken Bohlen den Protest des Metzgers zu einem Murmeln.

»Das habt ihr euch aber falsch gedacht«, knurrte Laurenz. »Diese Rechnung habt ihr ohne den Wirt gemacht!«

»Schaff das Fuhrwerk in den Hof!«, brüllte er einem der Knechte zu, ehe er davonstürmte. So schnell wie noch nie gelangte er in die Münzgasse. Und dieses Mal ließ er sich nicht von dem hochfahrenden Verwalter vertrösten.

»Wenn dein Herr nicht will, dass ich seinem Schwager eine unerfreuliche Geschichte auftische«, drohte er.

»Was dann?«, ertönte eine Stimme aus dem Inneren des Hauses. »Lass uns allein«, befahl der Hausherr dem Verwalter. »Und du hast besser eine Erklärung für diesen Auftritt«, knurrte Schnider. Er packte Laurenz beim Arm und beförderte ihn über einen langen Korridor in eine Schreibstube.

Der Raum war so vollgestopft mit Büchern und Papieren, dass kaum genug Platz für zwei Stühle blieb.

»Habt Ihr den Metzger zu mir geschickt?«, kam Laurenz ohne Umschweife zur Sache.

Sein Gegenüber bejahte. »Sein Weib hat beinahe alles verdorben«, erklärte er. »Du bist ledig und hast immer geprahlt, wie tief dein Keller ist.« Er öffnete eine der Schubladen an seinem Schreibtisch und holte eine pralle Geldkatze hervor.

»Das war einmal!«, brauste Laurenz auf. »Ich habe eine Gemahlin von der Reise mitgebracht!«

Der Schwager des Schultheißen spitzte die Lippen. »Das ist schlecht«, sagte er versonnen. »Aber ich bin sicher, du wirst dafür sorgen können, dass deine Gemahlin dir gehorcht.« Sein Mund verzog sich verächtlich. »Nicht so wie dieser verfluchte Bentz!« Er kramte in der Geldkatze. »Hör zu«, fuhr er fort, als Laurenz nicht sofort antwortete. Zehn Goldmünzen bildeten einen kleinen Stapel auf der Tischplatte. »Wie wäre es, wenn ich dir Miete bezahle? Wäre das nicht ein nettes Zusatzeinkommen? Jetzt, wo du eine Frau hast, wirst du doch gewiss mehr Geld brauchen.« Er grinste anzüglich.

Laurenz starrte die Münzen an. Zehn Gulden! Wie lange wollte Schnider seinen Keller benutzen? Sein Gegenüber deutete sein Zaudern als Zustimmung.

»Gut«, sagte er.

»Die Bezahlung für die Ware erhältst du, sobald du mir eine Liste mit allen Einzelheiten gibst.«

Das war neu. Bisher war Laurenz immer sofort bezahlt worden, wenn die Ware abgeholt worden war.

»Gebt mir einen Vorschuss«, brummte er. Wenn sich die Regeln schon änderten, dann auch zu seinen Gunsten!

Schnider lachte. »Ich habe ein Angebot, das dich vielleicht mehr interessiert als ein Vorschuss«, entgegnete er.

»Bertold Rich ist vor drei Wochen gestorben. Ich könnte dafür sorgen, dass du im April seinen Posten erhältst.«

Laurenz sah ihn ungläubig an. »Was? Wie wollt Ihr das denn alleine zuwege bringen? Haben die anderen Ratsmitglieder und Richter da nicht auch noch ein Wörtchen mitzureden?«

Der Oberstädter lachte erneut. »Ein Mann von tadellosem Leumund, ein neues Mitglied unserer Oberschicht, das zudem von mir und meinem Schwager empfohlen wird …« Er drehte die Handflächen nach oben. »Wer, sag mir, sollte wohl dagegen stimmen?«

Laurenz schluckte trocken. Ratsmitglied! War es nicht das, wovon er geträumt hatte, seit er sich auf diesen Kuhhandel mit Schnider und seinen Helfershelfern eingelassen hatte? Plötzlich erschien alles in einem anderen, weitaus schmeichelhafteren Licht.

KAPITEL 32

Tübingen, 18. Oktober 1408

Einen ganzen Tag lang grollte Olivera Laurenz wegen seiner Grobheit im Keller. Als er sie am Mittwochmorgen wachküsste und ihr etwas ins Ohr raunte, verflogen jedoch die letzten Überreste ihres Missmutes.

»Wirklich?«, fragte sie, nachdem er den Mund von ihrem Ohr zurückgezogen hatte.

Er nickte. »Du brauchst unbedingt wärmere Kleider. Sonst holst du dir den Tod.« Er rollte sich auf die Seite und griff unter das Bett. Mit einem breiten Grinsen auf dem Gesicht förderte er ein kleines Paket zutage, das er ihr auf die Brust legte. »Ein Geschenk für meine wundervolle Gemahlin«, sagte er.

Olivera griff nach dem in weiches Leder eingeschlagenen Gegenstand – erstaunt über seine Schwere. Was mochte es sein? Neugier wallte in ihr auf. Während Laurenz sie, immer noch grinsend, beobachtete, öffnete sie die Schnur, mit der das Leder zusammengezurrt war. Als sie sah, was darin verborgen war, zog sie zischend die Luft durch die Zähne ein.

»Laurenz!«, rief sie aus. Sie setzte sich im Bett auf. Mit offenem Mund befreite sie eine dicke Goldkette und ein paar Rubinohrringe aus der Verpackung. »Das hättest du nicht tun brauchen!« Ihre Fingerkuppen strichen bewundernd über die aufwendig gearbeiteten Schmuckstücke. »Können wir uns das denn leisten?«, stammelte sie.

Laurenz winkte wegwerfend ab. »Heute ist Markttag«, sagte er. »Ich habe Seitz befohlen, ein paar Gewürzsäcke und ein Dutzend Seidenballen zum Marktplatz zu schaffen. Der Graf und sein Gefolge sind in der Stadt. Spätestens heute Abend bin ich um viele Gulden reicher.« Er nahm Olivera die Kette aus der Hand und legte sie ihr um. Seine Berührung sandte ein Prickeln über ihren Rücken. Das, was im Keller geschehen war, erschien ihr in diesem Moment so unwirklich wie ein Traum.

»Ich weiß nicht, was in mich gefahren ist«, hatte er nach seiner Heimkehr gestammelt. »Ich hatte Angst, dass dir dort unten etwas zustoßen könnte.« Sein Blick hatte dem eines Welpen geglichen. »Versprich mir, dem Keller fernzubleiben«, hatte er sie gebeten. »Ich möchte nicht, dass dir etwas passiert.«

Sie schüttelte die Erinnerung ab und betastete das warme Metall beinahe andächtig. Dass er ihr eine solche Kostbarkeit als Zeichen seiner Reue schenkte …

»Leg die Ohrringe an«, unterbrach Laurenz ihre Gedanken. Er zog die Beine unter sein Gesäß und sah dabei zu, wie sie in ein Untergewand schlüpfte und sich das Haar ordnete. Nachdem sie eine veilchenfarbene Fucke angelegt hatte, flocht sie zwei Zöpfe. Diese steckte sie an ihren Schläfen zu Schnecken auf, dann verbarg sie die Pracht unter einem perlenbesetzten Tuch. Ohne dabei in den Spiegel zu sehen, befestigte sie die Rubinohrringe an ihren Ohrläppchen.

»Wie sehe ich aus?«, fragte sie.

Laurenz' Blick war bewundernd. »Wie ein Engel«, hauchte er. Einige Atemzüge lang sahen sie sich wortlos an. Während Oliveras Herz einen wilden Tanz vollführte, spürte sie das wohlbekannte Kribbeln in ihrem Bauch. Es war, als ob Laurenz sie magisch anzöge. Der Moment war wie verzaubert. Allerdings zerplatzte der Zauber wie eine Seifenblase, als draußen auf dem Korridor etwas klappernd zu Boden fiel. Olivera zuckte zusammen. Auch Laurenz schien sich erschrocken zu haben, fing sich aber sofort wieder.

»Das ist sicher Clara, dieses ungeschickte Ding«, murmelte er ungehalten. Mit einer Falte zwischen den Brauen schwang er sich aus dem Bett und las seine Kleider vom Boden auf. Nachdem auch er sich angezogen hatte, begaben sie sich in die Stube, um ein ausgiebiges Frühstück zu sich zu nehmen. Während sie Gerstengrütze und Weizenbrot mit Gänseschmalz aßen, wanderte Oliveras Linke immer wieder zu der Kette an ihrem Hals.

Eine halbe Stunde später machten sie sich auf den Weg zum Markt. Der Himmel war wolkenverhangen, und ein unangenehmer Wind fegte durch die Gassen. Kaum hatten sie das Haus verlassen, drang die Kälte durch Oliveras dünnen Mantel. Laurenz hingegen schien den schneidenden Ostwind nicht einmal zu bemerken, da er eine hohe Pelzmütze und einen langen, schwarzen Umhang trug, dessen Kragen aus zwei Fuchsfellen bestand. Anders als Olivera machte ihm die unwirtliche Witterung offenbar nicht das Geringste aus. Als ein Zittern durch ihren Körper lief, legte er wärmend den Arm um sie.

»Sobald du das Tuch für deine Kleider gewählt hast, gehen wir zu Gert, dem Schneider«, sagte er. »Er ist der beste weit und breit.«

Olivera lächelte dankbar. Es war wirklich viel kälter in Laurenz' Heimat, als sie gedacht hatte. Einen winzigen Moment lang sah sie die strahlende Sonne über Konstantinopel und das glitzernde Wasser des Bosporus vor sich. Doch die Ankunft auf dem Marktplatz vertrieb alle Gedanken an die Stadt, in der sie aufgewachsen war. Der gesamte Platz war mit Marktbuden und Menschen überfüllt. Wohin man auch sah, wimmelte es nur so von Bauern, Händlern und Kauflustigen. Knechte mit Traggestellen auf dem Rücken zwängten sich durch das Gewühl, das Olivera an einen Ameisenhaufen erinnerte. Direkt vor ihr und Laurenz schob ein Bäckersgesell einen bienenstockförmigen Lehmofen durch die Menge, um den Marktbesuchern frische Brote, Brezeln und Zöpfe anzubieten. Mühsam bahnten sie sich einen Weg vorbei an Fischern, Weinbauern, Fleischern und Krämern, welche allesamt lautstark ihre Waren anpriesen. Ein schmutzstarrender Knabe trieb ein Dutzend Schweine zwischen den Beinen der Besucher hindurch, und das Grunzen der Tiere vermischte sich mit dem Brüllen von Ochsen und Eseln. Eingekeilt zwischen Laurenz und einer fülligen Bäckerin wurde Olivera den Abhang hinab in Richtung Brunnen geschoben, wo die Auslagen der wohlhabenderen Händler lockten. Anders als die einfachen, mit grobem Stoff bespannten Buden der Kleinkrämer waren die Stände der Tuch-, Gewürz- und Pelzhändler stabil zusammengezimmert und mit bunten Bildern geschmückt.

Sie passierten Verkaufstische mit Schaffüßen, Eiern, Speckkuchen, Honig, Käse, Leder, Wein und Wolle und schwammen immer weiter auf ihr Ziel zu, bis sie beinahe mit einer Gruppe Marktaufseher zusammenstießen. Zwei der Wächter waren gerade dabei, die Gewichte eines Getreide- und Gewürzhändlers zu überprüfen; drei weitere trugen Brotmaße zum Messen der Brotlaibe und Fleischstempel, mit denen sie die Schweinehälften der Metzger kennzeichneten. Außerdem, ließ Laurenz Olivera wissen, würden die Aufseher sich versichern, dass die Butterhändler ihre Fässer nicht gewässert hatten, um ihre Kunden zu betrügen. Sie schoben sich weiter durch das Getümmel. All die neuen Eindrücke waren überwältigend für Olivera. Junge Männer in schreiend bunter Kleidung zogen ihre Blicke genauso an wie eine Handvoll protziger Damen. Diese beschwerten sich am Stand eines Tuchhändlers über angeblichen Mottenfraß, was augenblicklich die Marktaufsicht anlockte. Während eine der Damen sich keifend über den Händler beklagte, zog Laurenz Olivera zu der benachbarten Bude, in deren Auslage sich säuberlich zusammengelegt Stoffe in allen Webarten und Farben türmten.

»Wünscht Ihr etwas Besonderes?«, fragte der Verkäufer an Laurenz gewandt. Sein rotwangiges Gesicht glühte trotz der Kälte. Er rieb die dicken, mit Ringen überfrachteten Hände aneinander, als wolle er sie wärmen. Seine Augen zuckten von Laurenz zu Olivera, während sich kaum wahrnehmbare Fältchen in seine Stirn gruben. Einige unhöfliche Atemzüge lang starrte er Olivera an, als sei sie ein Wesen, das einem Fabelbuch entsprungen wäre. Dann gewann er die Kontrolle über seine Gesichtszüge zurück und zog die Mundwinkel nach oben. Das Lächeln wirkte aufgesetzt.

»Meine Gemahlin benötigt warme Gewänder«, versetzte Laurenz. Er machte eine ausladende Handbewegung und nickte Olivera aufmunternd zu. »Eure Stoffe scheinen mir von guter Qualität.«

Das Lächeln des Händlers wurde wärmer. »Das sind sie auch«, prahlte er. »Ich erhalte meine Ware aus Flandern und England.«

Laurenz hob die Ecke eines Stoffes an, um ihn zwischen den Fingern zu reiben. »Such dir aus, was dir am besten gefällt«, sagte er an Olivera gewandt. Dann trat er einen Schritt zur Seite und unterhielt sich weiter mit dem Tuchverkäufer.

Während die beiden Männer sich über Zölle, die Grundruhr und den Seehandel austauschten, betastete Olivera schüchtern die Wolltuche. Die wärmsten waren in gedecktem Blau und Grün gehalten, doch es dauerte nicht lange, bis sie einen schimmernden dunkelroten Stoff entdeckte. Dieser war zwar nicht ganz so dick, dafür knisterte er unter Oliveras Fingerkuppen. Der Händler bemerkte ihr Interesse.

»Eine bessere Wahl könnt Ihr nicht treffen«, säuselte er. »Dieses Tuch ist nicht nur warm, es ist auch weich und schmeichelt jeder Figur.« Er hüstelte. »Nicht, dass Ihr das nötig hättet.«

Olivera errötete. »Wie viel kostet es?«, fragte sie.

»Noch nicht einmal einen Schilling die Elle«, tönte der Verkäufer.

Olivera keuchte. »Einen Schilling?«, fragte sie fassungslos. Dafür konnte man beinahe tausend Pfund Brot erstehen!

»Warum kaufst du dort drüben nicht noch das passende Garn?«, fragte Laurenz und deutete auf einen Stand etwas näher bei den Häusern. »Ich kümmere mich um den Stoff.« Er lächelte sie an.

Obwohl Olivera ein Protest auf der Zunge lag, schluckte sie ihn und tat, wie geheißen. Der Stoff war wunderschön! Wenn sie sich daraus ein Gewand schneidern ließ, würden sie alle vornehmen Damen der Stadt beneiden! Sie ignorierte den Stich des schlechten Gewissens und trat an den Stand des Garnverkäufers.

Als sie wenig später an Laurenz' Seite zurückkehrte, war der Tuchhändler dabei, einige Ellen des roten Tuchs, etwas mitternachtsblauen Stoff und ein Mischgewebe aus Leinen und Baumwolle einzupacken.

»Ihr werdet den Kauf nicht bereuen«, versprach er und schenkte Olivera ein weiteres öliges Lächeln.

»Komm«, sagte Laurenz, sobald er das Paket in Empfang genommen hatte. »Wenn der Schneider sich beeilt, besitzt du in zwei Stunden einen Mantel, mit dem du selbst durch einen Schneesturm reiten könntest.« Er nahm ihren Arm und schob sich mit ihr durch ein Menschenknäuel, das sich um einen Gaukler versammelt hatte. Ohne auf dessen Possen zu achten, drängten sie sich zwischen zwei Buden hindurch, an den Häuserwänden vorbei, bis sie schließlich eine schmale Gasse erreichten. An deren Ende verkündete ein hölzernes Schild mit einer Schere darauf, dass sich in dem schmalen Haus eine Schneiderwerkstatt befand. Ohne anzuklopfen, öffnete Laurenz die Tür und betrat einen Raum, in dem es beinahe so kalt war wie im Freien. Auf einem Schemel saß ein alter Mann, der mit einer großen Schere ein auf seinem Schoß liegendes Stoffstück zurichtete. Hinter ihm hingen von eisernen Haken Bügel mit fertigen Hemden, Röcken und zugeschnittenen Stoffstücken. Auf dem Tisch neben ihm lagen ein pelzverbrämtes Wams und ein gefütterter Mantel. Die Deckel mehrerer Truhen waren geöffnet, sodass Olivera die kostbaren Stoffe und Pelzbesätze darin sehen konnte. Vor dem Mann stand ein Korb auf dem Boden, in dem sich Garn, Stoffabfälle und mehrere Ellenmaße befanden.

»Laurenz«, begrüßte der Schneider Oliveras Gemahl. »Was kann ich für Euch tun?« Er hob den Blick, während die Nadel in seiner Hand unentwegt weiter über den Stoff tanzte. Auch seine Augen weiteten sich verwundert, als er Olivera sah, und inzwischen vermutete sie, dass es an ihrer dunklen Färbung lag. Offenbar sah man ihr schon von Weitem an, dass sie aus der Fremde kam, da ihre Wangen nicht so bleich waren wie die der Tübingerinnen.

»Meine Gemahlin braucht Winterkleidung«, erwiderte Laurenz. Es schien, als bemerke er die Verwunderung des Schneiders nicht einmal. Er legte das Paket auf den Tisch. »Zuerst einen warmen Mantel.«

Der Mann senkte den Blick und zurrte mit den Zähnen einen Faden fest. Dann schnitt er ihn ab und steckte die Nadel in ein Kissen, das er um den Arm gebunden hatte. Er zog ein Ellenmaß aus dem Korb. »Dann muss ich abmessen«, sagte er.

»Gut.« Laurenz öffnete die Geldkatze an seinem Gürtel und zählte einige Münzen auf den Tisch. An Olivera gewandt sagte er: »Ich lasse dich mit Gert allein. Sobald dein Mantel fertig ist, komm zu dem Gewürzstand direkt neben dem Brunnen.«

Ehe Olivera etwas erwidern konnte, verschwand er durch die Tür.

»Nun«, brummte der Schneider, »dann streckt Eure Arme aus.«

KAPITEL 33

Tübingen, 18. Oktober 1408

Es dauerte etwas mehr als zwei Stunden, bis Olivera mit ihrer neuen Heuke – einem glockenförmigen, beinahe wadenlangen Umhang mit einem warmen Pelzkragen – den Laden des Schneiders verließ. Ihre anderen Kleidungsstücke würden innerhalb der nächsten Tage fertig, hatte der Mann ihr versprochen. Ansonsten hatte er kaum ein Wort mit ihr gewechselt. Er hatte ihr von einer Magd heißen Wein bringen lassen und sie dann scheinbar vergessen. Seine Unhöflichkeit hatte Olivera einen Stich versetzt, doch als sie zum Marktplatz zurückeilte, schüttelte sie das unangenehme Gefühl ab. Er war vermutlich einfach nur kauzig, dachte sie. Sicherlich behandelte er all seine Kunden so. Sie schmiegte das Kinn in den weichen Kragen. Solange er ihr Gewänder von solcher Schönheit zauberte, war ihr alles andere gleichgültig! Der rote Stoff des Umhangs zog einige neidische Blicke auf sich, und Olivera musste sich ein Grinsen verkneifen. Wie sie alle ansahen! Als ob sie eine Königin wäre! Ihre Hochstimmung verflog jedoch bereits nach einigen Schritten, als ein Bauer sie grob zur Seite stieß, um seinen Handkarren zum Brunnen zu ziehen.

»Pass doch auf!«, rief sie ihm hinterher. Aber er spuckte lediglich etwas auf den Boden und trottete davon.

Ärgerlich klopfte sie sich Schmutz vom Ärmel, bevor sie sich weiter durch die Menschenmenge kämpfte. Als sie endlich den Stand erblickte, an dem Seitz und Laurenz Gewürze abwogen und in kleine Säckchen verpackten, erschien er ihr wie ein rettender Fels in der Brandung.

»Olivera, da bist du ja«, begrüßte Laurenz sie. Er steckte die kleine Schaufel zurück in den Gewürzsack und musterte sie von Kopf bis Fuß. »Du siehst hinreißend aus.« Er strahlte sie an. »Komm nach hinten, dann kannst du mir helfen.« An Seitz gewandt sagte er: »Lauf und hol mir noch mehr Pfeffer und Zimt.« Er schlug die Leinwand für Olivera zurück, sodass sie hinter den Verkaufstisch schlüpfen konnte.

Augenblicklich stach ihr der Geruch von Pfeffer, Safran, Kardamon, Zimt und Muskat in die Nase. In einer Ecke des Standes glomm in einem eisernen Becken etwas

Kohle, der Boden war mit alten Fellen ausgelegt. Es wirkte beinahe heimelig, vor allem, weil sie durch den Stand von den vielen Menschen getrennt waren. Sie öffnete den Mund, um Laurenz zu erzählen, was der Schneider alles für sie anfertigen wollte. Doch sie kam nicht dazu, da in diesem Moment eine Gruppe Reiter den Schlossberg hinabgetrabt kam. Allen voran ritt ein stattlicher Mann in einem schwarz-gelben Wappenrock – gefolgt von zwei Dutzend Rittern und einem Tross aus Damen. Augenblicklich verstummten die Gespräche auf dem Platz und die Menschen wichen zurück, um den Reitern eine Gasse freizumachen.

»Der Graf!«, hörte Olivera jemanden ausrufen.

Köpfe wurden gesenkt, Rücken gebeugt. Auch Laurenz verneigte sich tief, als die Reiter an seinem Stand vorbeizogen. Olivera verfolgte, wie die Prozession sich teilte.

Während die Männer auf die Stände der Waffenschmiede zusteuerten, ließen die Damen sich beim Brunnen aus den Sätteln heben. Burschen eilten herbei, um sich um die Pferde zu kümmern, derweil die Frauen übermütig lachend ausschwärmten.

»Hierher, edle Damen!«

»Das beste Naschwerk im ganzen Land!«

»Salben für die Schönheit!«

»Edle Steine, gute Tuche!«

Von überall versuchten die Schreier, die Begleiterinnen des Grafen anzulocken. Als drei von ihnen auf Laurenz' Stand zusteuerten, folgten ihnen giftige Blicke.

»Seht nur!«, rief eine von ihnen aus. Sie konnte kaum älter sein als Olivera. Ihr weißblondes Haar quoll unter einer Zobelmütze hervor, die vermutlich mehr gekostet hatte als Oliveras gesamte Tucheinkäufe. »Bist du aus dem Morgenland?«, fragte sie Laurenz. Ihre Begleiterinnen kicherten.

»Nein, Herrin«, gab Laurenz ruhig zurück. »Die Gewürze hingegen schon.«

Die Damen kicherten erneut. Die Blonde starrte Olivera an. »Du!«, herrschte sie sie an. »Gib mir ein gerüttelt Maß Pfeffer.«

Olivera spürte, wie ihr das Blut in die Wangen schoss. Was für eine eingebildete Gans! Mit vor Wut zitternden Händen griff sie nach der kleinen Schaufel und maß die gewünschte Menge ab.

»Ist sie deine Sklavin?«, hörte sie eine zweite Frau fragen.

Laurenz beging den Fehler, die Luft durch die Nase einzuziehen, und bekam einen Niesanfall. Als dieser sich endlich legte, lachten nicht nur die hochwohlgeborenen Damen.

»Sie ist meine Gemahlin«, sagte er steif. »Und ebenfalls aus Konstantinopel«, setzte er kühl hinzu.

Der Ausdruck auf den Gesichtern der Käuferinnen wäre komisch gewesen, wenn Olivera die Frage nicht als so demütigend empfunden hätte.

»Es hätte mich auch gewundert, wenn ein Herr seiner Sklavin solche Kleider schenken würde«, flüsterte die Dritte. Sie kniff die Augen zusammen. »Wohnen dort nicht die Heiden?«, erkundigte sie sich etwas zu laut. Die Frau neben ihr stieß sie mit dem Ellenbogen an, woraufhin sie verstummte.

Ohne ein Wort der Entschuldigung nahm die Blonde ihr Pfeffersäckchen entgegen und drückte Laurenz die Bezahlung in die Hand. Nach einem letzten Blick auf Olivera zog sie mit ihren Begleiterinnen weiter.

Oliveras Gesicht brannte vor Scham. Mit heftig klopfendem Herzen sah sie den Frauen nach, während Laurenz leise vor sich hinschimpfte. Er wollte die Davonziehenden gerade mit weiteren unschmeichelhaften Ausdrücken bedenken, als ein gellender Schrei die Luft zerschnitt. Kein Dutzend Schritt von ihrem Stand entfernt zerrten die Marktaufseher soeben einen Getreidehändler hinter seinem Stand hervor. Vor den Augen aller zwangen sie ihn auf die Knie und rissen ihm das Wams vom Leib. Einer der Aufseher hob die Gewichte des Händlers in die Luft, ein zweiter machte eine kurze Peitsche von seinem Gürtel los und begann, auf den Knienden einzuprügeln.

»Was hat er getan?«, wisperte Olivera entsetzt.

»Vermutlich hat er falsche Gewichte benutzt«, entgegnete Laurenz.

»Du sollst mitzählen, habe ich gesagt!«, brüllte einer der Wächter den Getreidehändler an, aber außer einem Wimmern gab der Gestrafte keinen Laut von sich. Alle Gespräche waren verstummt. Das Klatschen des Riemens hallte laut über den Platz.

»Acht, neun, zehn«, übernahm einer der Gaffer die Aufgabe des Knienden, dessen Rücken bereits ein Muster aus blutigen Striemen aufwies.

»Wie furchtbar!«, presste Olivera hervor. Sie wandte den Blick von dem Mann ab und hoffte, dass das schreckliche Schauspiel bald ein Ende haben würde. Als sie die Gewürzsäcke zu ihren Füßen betrachtete, fuhr ihr der Schreck tief ins Mark. Hatte Laurenz nicht gesagt, dass er die Gewürze strecken wollte? Was würde geschehen, wenn die Aufseher herausfanden, was er getan hatte? Sie bohrte den Finger zuerst in Pfeffer, dann in Safran.

»Keine Angst«, flüsterte Laurenz dicht an ihrem Ohr. Er schien ihre Gedanken erraten zu haben. »Mir wird so etwas nicht passieren.« Er ließ eine Handvoll Zimt durch seine Finger rieseln.

Der Ausdruck, mit dem Olivera ihn ansah, ließ Laurenz hoffen, dass er recht behielt. Sollte die Marktaufsicht es sich tatsächlich in den Kopf setzen, seine Gewürze zu überprüfen, konnte es durchaus geschehen, dass man auch ihm den Rock vom Leib riss. Die feinen Haare in seinem Nacken richteten sich auf. Dann würde die ganze Stadt mit dem Finger auf ihn zeigen und seine Träume von Ansehen und noch mehr Reichtum würden sich in Luft auflösen. Er umklammerte die Kante des Verkaufstisches und versuchte, die in ihm aufsteigende Furcht zu unterdrücken. Niemand würde ihm auf die Schliche kommen! Dazu war er viel zu vorsichtig gewesen! Was wussten diese Tölpel schon von teuren Spezereien? Allerdings durfte er sich nichts anmerken lassen, denn die meisten Betrüger verrieten sich durch ihr Verhalten. Tat man so, als ob alles in bester Ordnung war, zollten die Wächter einem so gut wie keine Aufmerksamkeit. Ein offenes Lächeln, ein direkter Blick, das war es, womit man sich die Bluthunde vom Leib hielt. Der Kerl mit der Peitsche drosch immer noch auf den Getreidehändler ein, der inzwischen am Boden lag. Täuschte es, oder waren die Aufseher heute besonders gnadenlos? Das Interesse an dem Schauspiel flaute allmählich ab. Als der Aufseher die Peitsche nach einigen weiteren Hieben endlich sinken ließ, begannen die neugierig herbeigeeilten Marktbesucher sich wieder zu zerstreuen.

Der Gezüchtigte blieb blutend und zitternd liegen, bis sich einer seiner Knechte ein Herz nahm und ihm aufhalf. Laurenz verfolgte schaudernd, wie der junge Bursche seinen Herrn stützte und zu seinem Stand zurückführte, den er unter Aufsicht eines Wächters abbauen musste. Die anderen zogen weiter – gewiss in der Hoffnung, noch mehr Scharlatanen das Handwerk zu legen. So gebannt verfolgte Laurenz das Geschehen am Stand des Getreidehändlers, dass er die Marktaufseher erst bemerkte, als sie kein Dutzend Schritte mehr von seiner Bude entfernt waren. Zu seinem nicht geringen Schrecken erkannte er, dass sie direkt auf ihn zusteuerten.

»Laurenz!«, hauchte Olivera furchtsam.

»Sei still und lass mich reden«, zischte er und schob sich vor sie.

»Zeig uns deine Gewichte!«, forderte der Größere der beiden Wächter zu Laurenz' Erleichterung, als die Männer vor ihm zum Stehen kamen. Seine Miene war hart, die Augen voller Misstrauen. Sein Begleiter legte drohend die Hand auf den Griff der Peitsche an seinem Gürtel. Laurenz versuchte, sich nicht anmerken zu lassen, wie groß der Stein war, der ihm vom Herzen fiel. Wenn sie sonst nichts überprüfen wollten, war er sicher! Bereitwillig händigte er dem Mann Waage und Gewichte aus und wartete, bis dieser sich davon überzeugt hatte, dass alles rechtens war. Nachdem er auch noch Laurenz' Maßbecher in Augenschein genommen hatte, zogen die Aufseher weiter.

»Hast du die Gewürze gestreckt, so wie du es vorhattest?«, fragte Olivera so leise, dass Laurenz sie kaum hörte.

Sollte er ihr Angst machen? Ihr die Wahrheit sagen? Er entschloss sich dafür, sie in Sicherheit zu wiegen. »Nein«, log er deshalb. »Das war gar nicht nötig.«

Sie atmete erleichtert auf. Tatsächlich hätte er nach dem Besuch bei Auberlin Schnider darauf verzichten können, seinen Reichtum auf diese Art und Weise zu mehren. Immerhin hatte Schnider ihm zehn Gulden dafür bezahlt, dass er seinen Keller benutzen durfte! Aber er hatte der Versuchung einfach nicht widerstehen können.

Bevor seine Gedanken zu dem Treffen mit Schnider zurückkehren konnten, lenkten ihn zwei neue Kunden ab. Diese – ein Ratsherr und seine Gemahlin – brauchten Zutaten für ein Festmahl, zu dem auch der Schultheiß geladen war, wie sie lautstark verkündeten.

»Die Köchin wird das Geflügel mit Eigelb und Safran vergolden«, prahlte die Frau. Sie konnte nicht viel älter sein als Olivera, hatte jedoch bereits das verbrauchte Gesicht einer mehrfachen Mutter. »Außerdem gibt es Pfeffer- und Ingwerbier«, setzte sie hinzu. Sie wandte sich an Olivera, sah sie kurz verwundert an und fragte dann: »Hast du schon einmal mit Petersiliensaft gefärbtes Spanferkel gegessen?« Ohne auf eine Antwort zu warten, fuhr sie fort. »Oder blaues Morchelmus?«

Olivera schüttelte den Kopf. Während die Frau weiter auf sie einredete, maß Laurenz die gewünschten Gewürze ab und nahm die Bezahlung in Empfang.

»Blaues Morchelmus?«, fragte Olivera, nachdem die redselige Dame außer Hörweite war. »Das klingt nicht besonders schmackhaft.«

Laurenz lachte. »Mir ist ein knuspriger Braten auch lieber.« Er verstaute die Münzen in seiner Geldkatze, überlegte einen Augenblick und drückte Olivera dann zwei Gulden in die Hand. »Du brauchst sicher noch ein paar neue Zutaten für deine Salben«, sagte er, als sie das Geld mit großen Augen ansah. »Dort kommt Seitz.« Er zeigte in Richtung Haaggasse, wo sich eine breite Gestalt mit einem Karren durch die Menschen schob. »Hier ist nur Platz für zwei. Warum siehst du dich nicht ein wenig um?«

»Aber …«, hub sie an.

Laurenz schnitt ihr das Wort ab, indem er ihr den Zeigefinger auf die Lippen legte. »Geh nur. Wenn du irgendwo den Stand eines Schreiners entdeckst, kannst du dir bei ihm auch Regale für deine Salbenküche bestellen. Ich will, dass du dich so schnell wie möglich wie zu Hause fühlst.«

Ihre Augen leuchteten wie die eines beschenkten Kindes. Als Seitz den Karren hinter den Stand schob und begann, die Säcke hineinzuwuchten, scheuchte Laurenz sie grinsend davon. Er sah ihr nach, wie sie sich leichtfüßig zwischen den Tübingern hindurchschlängelte, während diese sich die Köpfe verdrehten. Mit einem glücklichen Lächeln auf den Lippen wandte er sich schließlich zu Seitz um und half diesem, die Säcke unter den Verkaufstisch zu ziehen.

KAPITEL 34

Tübingen, Ende Oktober 1408

AM SONNTAG – VIER TAGE nach ihrem Ausflug auf den Markt – trug Olivera zum Kirchgang das erste Mal eines der anderen neuen Gewänder. Der Schneider hatte ihr die

Kleider ins Haus bringen lassen, und die Schönheit der Stücke hatte sie seine Unhöflichkeit vollends vergessen lassen. Leicht und dennoch warm schmiegte sich der Stoff an ihren Körper an wie eine zweite Haut. Für den besonderen Anlass hatte sie eine mitternachtsblaue Cothehardie mit roten Ärmeln und einem tiefen Ausschnitt gewählt, der von dem Fellbesatz ihrer Heuke bedeckt wurde. Auf dem Weg zu der dreischiffigen Basilika im Osten des Marktplatzes spürte sie weder die Kälte noch die Feuchtigkeit des trüben Tages. Da der sonn- und feiertägliche Besuch des Gottesdienstes allgemeine Bürgerpflicht war, strömten die Menschen aus allen Richtungen herbei.

»Niemand bemerkt, wenn man sich drückt«, sagte Laurenz. »Aber ich möchte nicht, dass irgendjemand schlecht über uns redet.«

Sie reihten sich in eine Gruppe reicher Oberstädter ein und betraten wenig später die Kirche. Vor dem Altar befand sich eine Reihe mit Schnitzwerk geschmückter Stühle, auf denen offenbar nur die reichsten und angesehensten Bürger der Stadt Platz nehmen durften. Der Rest der Gemeinde drängte sich stehend im Mittelschiff.

»Knie nieder«, raunte Laurenz ihr zu, als sie ein vergoldetes Kruzifix erreichten.

Nach kurzem Zögern tat Olivera gehorsam, wie geheißen, dann folgte sie Laurenz zu einem freien Platz in der Nähe des Lettners. Allerdings schien ihr Zögern den wachsamen Augen ihrer Hintermänner und -frauen nicht entgangen zu sein. Flüsternd steckten einige Damen die Köpfe zusammen und schielten auf ihr eng geschnittenes Gewand. Hastig raffte Olivera den Stoff ihrer Heuke und hielt diese zu, sodass man das darunterliegende Kleidungsstück nicht mehr sehen konnte. Dennoch zog sie weiterhin die Aufmerksamkeit auf sich. Bereits auf dem Markt war ihr aufgefallen, dass man ihr nachstarrte, allerdings hatte sie sich bei dieser Gelegenheit geschmeichelt gefühlt. Die schmalen Münder und zusammengekniffenen Augen, mit der man sie an diesem Sonntag betrachtete, ließen jedoch eindeutiges Missfallen erkennen. Sie ignorierte das in ihr aufsteigende Gefühl der Beklemmung und sah sich neugierig in dem Gotteshaus um. Vorne, auf einem schmalen, erhöhten Chor saßen einige Mönche – die Köpfe gesenkt, die Hände im Gebet aneinandergepresst. Farbenprächtige Altartafeln zeigten Szenen aus der Bibel – genau wie die bunt verglasten Fenster der Basilika.

Während Olivera die Bilder studierte, erschien durch eine niedrige Tür hinter dem Altar der Priester. Groß und mager, mit dunklen buschigen Augenbrauen wirkte er eher wie ein Finsterling als wie ein Mann Gottes. Mit dröhnender Stimme brachte er die Gemeinde zum Schweigen, griff nach einem langen Holzstab und begann von Tod und Leid zu predigen. Da er sich des Lateinischen bediente, schien ihm außer Olivera, den Mönchen und einigen wenigen anderen kaum jemand folgen zu können, weshalb er mit dem Stock auf einzelne Bilder am Fenster und auf die Altartafeln zeigte. Bereits nach kurzer Zeit froren Olivera die Hände und Füße. Trotz der neuen Kleider begann die Kälte irgendwann, unter ihren Röcken die Beine hinaufzukriechen, und sie spürte, wie ihre Lippen blau wurden. Dem Pfarrer schien es ähnlich zu gehen, da er ab und zu – ohne die Messe zu unterbrechen – zu dem rechten Chorpfeiler ging. Dort befand sich ein kleiner Hohlraum, in dem ein Kohlefeuer brannte. Nach beinahe drei Stunden Gottesdienst kam der Priester endlich zum Ende. Der Schlusssegen der Messe erschien Olivera wie eine Erlösung.

»Gehet hin in Frieden«, dröhnte der Gottesmann und machte sich zum Auszug bereit. Diesen begleiteten die versammelten Tübinger mit einem Lied, das Olivera nicht kannte. Obschon sie die Lippen bewegte, um wenigstens so zu tun, als ob sie in den Gesang mit einstimmte, fiel ihre Unwissenheit auf.

Steif stand sie neben Laurenz inmitten der Gemeinde und versuchte, nicht auf die immer feindseliger werdenden Blicke zu achten. Die Augen fest auf den Boden geheftet folgte sie Laurenz schließlich aus dem Kirchenschiff hinaus ins Freie, wo sie ein kalter Wind empfing.

»Das ist doch eine Heidin«, hörte sie jemanden dicht hinter sich sagen.

»Wer weiß, welche Brut er uns da eingeschleppt hat«, war die bissige Antwort.

Auch wenn Olivera sich am liebsten umgedreht hätte, um die Sprecherinnen zu erkennen, hielt sie sich zurück. Auf keinen Fall wollte sie noch mehr auffallen!

»Ich wusste es gleich, als ich sie gesehen habe«, zischte eine weitere Stimme.

Sie zupfte Laurenz am Ärmel. »Können wir bitte ganz schnell fort von hier?«, flüsterte sie.

Er sah erstaunt auf sie hinab. Offenbar war er taub und blind für die offen zur Schau getragene Abneigung seiner Mitbürger.

»Mir ist kalt«, log sie.

Augenblicklich legte er schützend den Arm um sie und führte sie zu der breiten Treppe vor der Basilika. Seine Wärme übertrug sich selbst durch die dicke Wolle seines

Mantels auf sie. Einmal mehr war sie froh, dass er wieder der Alte war. Die plötzliche Erinnerung an den Vorfall im Kellereingang ließ sie unbewusst nach ihren Oberarmen greifen. Doch die blauen Flecken waren schon lange verblasst – so wie auch Laurenz keine Spuren mehr von dem Überfall in Ulm trug. Die Zeit heilt alle Wunden, dachte sie. Vielleicht würde die Zeit ja auch das furchtbare Heimweh heilen, das sie quälte, seit sie die Truhe mit den Büchern, Tiegeln und Fläschchen ausgepackt hatte. Sie spürte den wohlbekannten Klumpen in ihrer Kehle. Bevor ihr jedoch die Sehnsucht nach der Wärme ihrer Heimat, nach der Stimme ihrer *Yiayia*, nach ihrem Vater und ihren Brüdern die Tränen in die Augen treiben konnte, trat Laurenz ein Mann in den Weg.

»Du bist wieder hier«, stellte dieser überflüssigerweise fest. Ein kleines Mädchen und ein etwas älterer Junge klammerten sich an seinem Rocksaum fest. Klare, grüne Augen musterten Olivera einige Sekunden lang. Dann neigte er leicht den Kopf zum Gruß. Seinen Mund umrahmte ein dunkelblonder Kinnbart, der ihm ein strenges Aussehen verlieh. Obschon er von gedrungenerem Wuchs war als Laurenz, verrieten die helle Haut und die etwas schiefe Nase, dass die beiden Männer miteinander verwandt waren. Das kleine Mädchen starrte Olivera mit offenem Mund an, der Knabe hingegen schlug schüchtern die Augen nieder.

»Götz«, begrüßte Laurenz den anderen mit wenig Begeisterung. »Ja, ich bin wieder da.« Einige Lidschläge lang herrschte peinliches Schweigen. Dann fragte der Mann: »Möchtest du mir deine Gemahlin nicht vorstellen?« Erneut richtete er die Aufmerksamkeit auf Olivera. Eine feine Falte grub sich zwischen seine Brauen, als Olivera seinen offenen Blick erwiderte.

»Das ist Olivera«, antwortete Laurenz. »Olivera, das ist mein Bruder Götz.«

Die Überraschung bewirkte, dass Olivera das Getuschel hinter ihrem Rücken vergaß. Sein Bruder? Dass die beiden verwandt waren, hatte sie vermutet. Aber nie im Leben hätte sie gedacht, dass dieser spröde wirkende, offenbar weitaus weniger begüterte Mann Laurenz' Bruder sein könnte.

»Es freut mich, dich kennenzulernen«, sagte Götz. Er streckte ihr eine kräftige Hand entgegen, deren Griff erstaunlich sanft war.

»Mich auch«, erwiderte sie. Sie sah hilfesuchend zu Laurenz. Was erwartete man in solch einer Lage in diesen Landstrichen von einer Frau? In Konstantinopel hätte sie sich weitaus weniger befangen gefühlt.

»Wo ist Marthe?«, fragte Laurenz.

Die Miene seines Bruders verhärtete sich, und der kleine Junge begann zu weinen. »Marthe ist vor drei Monaten gestorben«, entgegnete Götz tonlos. »Ein Fieber.«

»Das tut mir leid.« Laurenz' Antwort klang wenig anteilnehmend. »Wie kommst du zurecht?«

Der andere Mann zuckte die Achseln. Er legte väterlich die Rechte auf den Kopf seines Sohnes. »Es geht. Ich habe eine Kinderfrau eingestellt.«

Erneut vergingen einige Momente, ohne dass einer der beiden etwas sagte.

»Wieso bist du so braun?«, unterbrach das Mädchen schließlich die Stille. »Bist du eine Bäuerin?«

Laurenz' Bruder hob warnend den Zeigefinger. »Sei still, Cristin«, schalt er. »So etwas fragt man nicht!«

Olivera lachte. Die Unschuld der Kleinen war erfrischend. Im Gegensatz zu den anderen Tübingern sprach sie wenigstens aus, was sie wunderte, und tuschelte nicht hinter vorgehaltener Hand. Sie ging in die Hocke und strich dem Mädchen über die Wange.

»Ich komme aus einem Land, das weit, weit fort ist«, sagte sie.

»Sprichst du darum so komisch?«

Olivera richtete sich wieder auf. »Ja«, sagte sie ernst. »Dort, wo ich herkomme, spricht man Griechisch.«

»Was ist Griechisch?«, fragte das Mädchen.

Doch bevor Olivera etwas erwidern konnte, ermahnte Götz das Kind erneut zum Schweigen.

»Wenn du etwas brauchst …«, hub Laurenz an.

Zu ihrem Erstaunen sah Olivera, dass seinem Bruder das Blut in die Wangen schoss. »Die Geschäfte gehen gut«, versetzte er hastig. Er zögerte einen Moment, dann fügte er hinzu: »Ich würde mich freuen, wenn ihr mich irgendwann zum Essen besucht.«

Täuschte Olivera sich oder war Laurenz tatsächlich zusammengezuckt?

»Ja, sicher«, erwiderte er. Sein Arm schlang sich wieder um Oliveras Schultern. »Aber jetzt müssen wir gehen.« Er streckte seinem Bruder die Rechte entgegen.

»Geht mit Gott«, sagte Götz, dann nahm er seine beiden Kinder bei der Hand und verschwand in der Menge.

»Meine Güte, warum muss er nur immer so entsetzlich steif sein?«, stöhnte Laurenz. Er führte Olivera in Richtung Kirchgasse. Dort drängten sich die Kirchgänger auf dem Weg zum Marktplatz durch eine Engstelle zwischen den Häusern.

»War Marthe seine Frau?«, fragte Olivera nach einigen Schritten.

Laurenz nickte. »Die Tochter eines Weinbauern«,

spuckte er abfällig aus. »Er ist und bleibt eine Krämerseele! Hätte er eine andere Frau geheiratet, wäre das sicher nicht passiert. Marthe war schon immer kränklich.«

Seine Worte waren hart, und Olivera erschrak über die Gemeinheit, die in ihnen mitschwang. »Ist er dein einziger Bruder?«, lenkte sie das Gespräch in eine andere Richtung. Die Herzlosigkeit, mit der Laurenz über seine verstorbene Schwägerin herzog, gefiel ihr nicht.

»Zum Glück«, schnaubte dieser.

Sie hatten den Marktplatz erreicht. Frauen und Männer standen in kleinen Grüppchen zusammen. Nahezu alle Köpfe zuckten in ihre Richtung, als Laurenz und Olivera den Anstieg zur Haaggasse erklommen. Wie glühende Pfeilspitzen bohrten sich die Augen der Tübinger in Oliveras Rücken. Mit jedem Schritt wurde sie unsicherer. Hätte Laurenz sie nicht am Arm gehalten, wäre sie vor Befangenheit über die Pflastersteine gestolpert. An Laurenz schien die Feindseligkeit seiner Mitbürger jedoch abzuperlen wie Wasser vom Gefieder einer Ente.

»Ich bin mir sicher, er hat uns nur eingeladen, damit er sich Geld von mir leihen kann«, brummte er. »Aber da hat er sich geschnitten!«

Olivera war froh, als endlich das Tor zu ihrem Hof in Sicht kam. Zwar lenkte Laurenz' Schimpfen sie ein wenig ab. Dennoch sorgten die feindseligen Blicke dafür, dass sie sich am liebsten irgendwo verkrochen hätte, wo sie niemand sah. Was für eine Närrin sie gewesen war, anzunehmen, dass man ihr wegen ihrer schönen Kleider nachgaffte! Sobald sie den Hof betreten hatten, atmete sie erleichtert auf.

»Er ist solch ein entsetzlicher Langweiler«, erboste Laurenz sich weiter. »Aber wenn wir seine Einladung nicht annehmen, erzählt er überall herum, dass sein Bruder sich zu fein ist, ihn zu besuchen.« Er ließ Olivera los und zog sich den Hut vom Kopf. Nachdem er sich mit den Fingern durch den Schopf gefahren war, setzte er ihn wieder auf. »Und das kann ich nun wirklich überhaupt nicht gebrauchen!«

Olivera wusste, was er meinte. Seit er ihr freudestrahlend davon berichtet hatte, dass er einen Fürsprecher für die Ratswahl im nächsten Jahr hatte, wurde er nicht müde, davon zu reden. Bald würden die Mitglieder ihn vorladen, damit er sich vorstellen konnte. Und vor dieser Ladung schien er gewaltigen Respekt zu haben.

»Dann nimm seine Einladung doch einfach an.« Die Worte waren heraus, bevor sie richtig nachgedacht hatte.

Laurenz runzelte die Stirn.

»Wenn du denkst, er könnte sonst Unwahrheiten über dich verbreiten«, ergänzte sie, verstummte jedoch, als sie Laurenz' Blick sah. Ganz offensichtlich konnte er seinen Bruder überhaupt nicht ausstehen. Sie hob entschuldigend die Hände. »Es war wohl ein dummer Einfall.«

»Nein«, gab Laurenz nach kurzem Schweigen zurück. »Du hast recht. Wir sollten es einfach hinter uns bringen. Dann kann niemand behaupten, ich würde meinen Bruder in seinem Elend alleine lassen.« Er schnitt eine Grimasse. »Ein kleines Gastgeschenk wird ihm das Maul stopfen.«

Olivera wandte hastig den Blick ab, um ihre Gedanken zu verbergen. Wie konnte man nur so schäbig sein? Was, bei allen Heiligen, hatte Götz getan, dass Laurenz so schlecht auf ihn zu sprechen war? Neugier regte sich in ihr. Außerdem musste sie sich zu ihrer Schande eingestehen, dass sie diesen Mann, der das vollkommene Gegenteil von Laurenz war, näher kennenlernen wollte. Ihr war er nämlich überhaupt nicht langweilig erschienen. Nur traurig.

KAPITEL 35

Tübingen, Ende Oktober 1408

Im Hof trennte Laurenz sich von Olivera.

»Ich muss noch mal fort«, sagte er. »Einige der Ratsmitglieder treffen sich in der Schenke beim Marktbrunnen. Wenn ich schon vor der Vorladung einen guten Eindruck machen will, sollte ich der Einladung von Richter Schäffer nachkommen.«

Dieser hatte ihn kurz vor dem Gottesdienst beiseitegenommen und ihn wissen lassen, dass man sein Kommen erwartete. Als Richter und Spitalpfleger war er einer der wichtigsten Männer in Tübingen, und auf keinen Fall wollte Laurenz ihn vor den Kopf stoßen. Zwar hatte Auberlin Schnider großspurig behauptet, dass niemand gegen Laurenz stimmen würde, wenn er und sein Schwager ihn empfahlen. Aber sicher war sicher. Er hauchte Olivera einen flüchtigen Kuss auf die Stirn und eilte vom Hof. Zum Glück hatte er zum Kirchgang seine besten Kleider angezogen – ein Vorteil, der ihm jetzt wertvolle Zeit und unnötige Mühe ersparte. Auch wenn der kalte Ostwind durch die Seidenärmel bis auf die Haut durchdrang, war ihm sein gutes Aussehen ein wenig Unbehagen wert. Solange es nicht anfing zu regnen, konnte ihm das bisschen Kälte nichts anhaben. Beinahe übermütig pflügte er mit seinen Schuhen durch den Laubhaufen unter einem Kastanienbaum. Als eine der samtig schimmernden Früchte ihm vor den Fuß kullerte, trat er dagegen und sah grinsend dabei zu, wie die Kastanie von Kopfstein zu Kopfstein hüpfte. Bemüht, sich seine Hochstimmung nicht allzu sehr anmerken zu lassen, begab er sich zum Marktplatz. Dort verschwand gerade der blutrot gekleidete Rücken seines Auftraggebers in der Schankstube des *Goldenen Ochsen*, aus dessen Innerem dröhnendes Gelächter ins Freie drang. Aufgeregt und stolz zugleich atmete Laurenz tief durch, setzte ein liebenswürdiges Gesicht auf und betrat die Schenke. Die Luft in dem niedrigen Raum war warm und stickig. Zu viele Menschen drängten sich um die Tische, die sich unter Krügen und Platten bogen. Die dicken Stützbalken hinter der Tür versperrten die Sicht auf einen Teil der Gaststube. Doch schon nach wenigen Schritten erkannte Laurenz die ersten Gesichter.

»Laurenz! Da seid Ihr ja!«, begrüßte ihn Richter Schäffer, sobald er ihn erblickte. Er stand inmitten eines Kreises jüngerer Männer, die allesamt Bierkrüge in der Hand hielten. »Kommt, trinkt etwas.« Er gab dem Wirt ein Zeichen. »Bring ihm ein Wacholderbier.« Er klopfte Laurenz freundschaftlich auf die Schulter und schob ihn in die Mitte der Gruppe.

Wer hätte das gedacht«, ertönte eine Stimme. Ein hochgewachsener Mann mit einem gewaltigen Bauch trat in den Vordergrund. Seine Pranke umklammerte einen Krug, der randvoll gefüllt war mit schwerem Würzwein. »Nidhard«, sagte er und beäugte Laurenz' Aufmachung. »Du hast es offenbar weit gebracht. Wer hätte das gedacht.« Verachtung schwang in seinen Worten mit.

Laurenz zwang sich zu einem Lächeln. »Meister Häringstein«, erwiderte er wenig begeistert. »Ich wusste nicht, dass Ihr auch im Rat sitzt.«

Der Ältere lachte dröhnend. »Das tue ich auch nicht«, gab er zurück. »Aber vielleicht bald.«

Laurenz versuchte, sich nicht anmerken zu lassen, was er empfand. Allerdings brachte der Anblick seines ehemaligen Meisters überaus unangenehme Erinnerungen zurück. Er setzte hastig den Krug an die Lippen und nahm einen tiefen Schluck. Wie froh er gewesen war, als er endlich seine Lehre bei Häringstein beendet hatte. Dieser hatte großzügig von seinem Züchtigungsrecht Gebrauch gemacht, und nicht nur Laurenz hatte sich nach der Gesellenprüfung so schnell wie möglich nach einer neuen Anstellung umgesehen. »Aus dir wird nie ein ordentlicher Fernhändler«, war Häringstein nie müde geworden festzustellen. Weshalb Laurenz ihm am liebsten ins Gesicht geschrien hätte, was für Reichtümer in seinem Keller lagerten. Da ihn das jedoch vermutlich nicht nur seine Freiheit, sondern auch das Leben gekostet hätte, schluckte er die Antwort und lächelte dünn.

»Die Einladung hast du mir zu verdanken«, raunte ihm Auberlin Schnider ins Ohr. Er zeigte Laurenz eine Reihe krummer Zähne. »Damit du siehst, dass *ich* mein Wort halte!«

Götz Nidhard war erleichtert, als er endlich sein Haus erreichte. Mit den Kindern kam er langsamer voran, als er wollte, da vor allem Cristin an jeder Ecke etwas Interessantes zu entdecken schien.

»Sieh nur, Uli, was für eine riesige Pfütze!«, rief sie soeben aus und versuchte, ihren kleinen Bruder zu einem Loch zu ziehen, aus dem vor Kurzem noch die Spatzen getrunken hatten. Als der Knabe nicht sofort tat, was sie wollte, machte sie sich los und fegte wie ein Wirbelwind davon. Bevor Götz sie zurückhalten konnte, sprang sie mit beiden Beinen in die Pfütze, sodass das schmutzige Wasser in alle Richtungen davonspritzte. Ihre dunklen Locken tanzten, als ihr die wollene Gugel vom Kopf rutschte. Eigentlich hätte Götz sie schelten müssen, aber er brachte es nicht übers Herz. All das stille Stehen in der Kirche war eine Qual für die Kinder, das wusste er. Ihm selbst erging es kaum anders, besonders in den Wintermonaten empfand er den Kirchgang als Last.

»Gib acht!«, rief er seiner Tochter zu, als diese in ihrem Übermut gefährlich nah an den Rand des Ammerkanals heranhopste. Die Pfütze befand sich nicht weit von dem kleinen Wasserlauf entfernt, direkt vor dem windschiefen Haus, welches Götz seit dem Tod seines Vaters sein Eigen nannte. »Götz Nidhard – Krämer« stand auf dem Schild über dem Eingang geschrieben.

»Mir ist kalt, Vater«, beklagte sich sein Sohn. »Und ich habe Hunger.«

Götz zog ihn näher an sich. »Alhayt hat bestimmt schon ein Feuer in der Stube gemacht«, sagte er. Die Kinderfrau wohnte seit dem Tod seiner Gemahlin über dem Holzschuppen, und sie hielt an diesem ungemütlichen Tag gewiss auch warmes Bier für die Heimkehrer bereit. Wie viele Nicht-Bürger verzichtete sie oft auf den Kirchgang – eine Tatsache, die Götz geflissentlich übersah. Es war ihm gleichgültig, wie gottesfürchtig seine Bediensteten waren – solange sie ihre Arbeit taten. Er winkte seine Tochter zu sich und schob die beiden Kinder vor sich her auf die Eingangstür zu. Hätte das Gespräch mit seinem Bruder ihn nicht ohnehin an seine verstorbene Gemahlin erinnert, hätte es der Laden im Erdgeschoss getan. Er dachte an all die Stunden zurück, die sie zusammen dort verbracht hatten. Und plötzlich sah er sich in Gedanken wieder an ihrem offenen Grab stehen. Während Uli und Cristin sich weinend an ihm festklammerten, verfolgte er, wie ihr Körper in dem gähnenden Schlund verschwand. Der Sommerregen trommelte auf den ausgetrockneten Boden und erfüllte die Luft mit diesem typischen Geruch, den er nicht zu beschreiben vermochte.

»Lass das!« Die Stimme seines Sohnes brachte ihn zurück in die Gegenwart. Er drohte seiner Schwester mit der Faust, da diese ihn offenbar am Haar gezogen hatte.

»Hört auf zu streiten«, brummte Götz. Er ließ die Hand des Jungen los und sah den beiden zu, wie sie die Treppen hinauf ins Obergeschoss stürmten. Nur noch ein halbes Jahr, dann würde Cristin sieben Jahre alt sein, alt genug, um häusliche Pflichten zu übernehmen und sich um ihren drei Jahre jüngeren Bruder zu kümmern. Götz seufzte und folgte seinen Kindern wesentlich langsamer die Treppen hinauf. Die Stufen knarrten unter seinen Füßen. Wie immer war es dunkel im Haus, da die hölzernen Läden geschlossen waren, um die Wärme nicht nach draußen entweichen zu lassen. Nur eine einzige Talgkerze spendete etwas Licht im Treppenhaus. Es roch nach saurem Kohl und Geschmortem. Götz' Magen knurrte. Das stundenlange Stehen hatte auch ihn hungrig gemacht. Am Treppenabsatz angekommen, ging er den engen Gang entlang, bis er die Tür der Stube erreichte. In dem niedrigen Raum prasselte, wie erwartet, ein Feuer. Alhayt, die Kindermagd, hatte offenbar mit einer Näharbeit auf dem Schoß auf einer der Sitztruhen gesessen, drückte bei Götz' Eintreten jedoch der kleinen Cristin eine Strohpuppe in die Hand. Uli war unter den Tisch getaucht, um nach der Holzpfeife zu suchen, die ihm nach dem Frühstück hinuntergefallen war.

»Das Essen ist fertig, Herr«, sagte die Magd. Sie wies auf einen Krug auf dem Tisch. »Ich habe Euch etwas Honigbier gewärmt.« Nachdem Götz sich auf die Bank hatte fallen lassen, goss sie ihm und den beiden Kindern die tönernen Becher voll. Dann verschwand sie und kehrte kurz darauf mit Brot, einer Schüssel voller Kraut und einem knusprigen Stück Schweinebraten zurück. Sie tat dem Hausherrn und den Kindern auf, dann sprach Götz das Tischgebet. Froh darüber, dass Alhayt sich um Cristin und Uli kümmerte, ließ er die Gedanken zu der Begegnung mit seinem Bruder abschweifen.

»Die Geschäfte gehen gut«, hatte er gelogen. Warum, war ihm selbst nicht ganz klar, da Laurenz die Lüge bestimmt gewittert hatte. War sein Bruder sich nicht immer zu fein gewesen für das bescheidene Leben eines Krämers? Wusste er nicht ganz genau, dass in Götz' Hof kaum ein Dutzend Hühner und ein einziges Schwein ihr Dasein fristeten? Und ein Esel. Er verkniff sich ein bitteres Lachen. Anders als bei Laurenz gab es hinter seinem Haus keinen Brunnen, sondern nur eine Tonne mit Regenwasser zum Reinigen des Geschirrs. Wenn es nicht regnete, mussten sie sich mit dem Wasser des Ammerkanals behelfen – ganz gleich, wie schmutzig es manchmal war. Er schob sich einen Löffel voller Kraut in den Mund und kaute genüsslich. Was wohl bei Laurenz auf dem Tisch stand? Sicher etwas Ausgefallenes, mit dem er seine Gemahlin beeindrucken konnte. Vermutlich würde sie ihn gerade mit ihrem hübschen Lärvchen anhimmeln und ihm sagen, was für ein wundervoller Ehemann er war. Er schob den Gedanken an sie beiseite. Da er wusste, wie oberflächlich Laurenz war, hatte er sich nicht einmal die Mühe gemacht, sie richtig anzusehen. Jedenfalls versuchte er, sich das einzureden. Was interessierte ihn die Frau seines Bruders? Seine Arroganz hingegen war wie ein Stachel in seinem Fleisch.

»Wenn du etwas brauchst.« Als ob Götz sich so weit erniedrigen würde, Almosen von Laurenz anzunehmen! Eher würde er sich die Hand abhacken! Warum hatte er ihn nur zum Essen eingeladen? Welcher Teufel hatte ihn geritten? Er hatte nicht die geringste Lust, den Gastgeber für seinen Bruder zu spielen. Da ihm all die Grübelei den Appetit verdarb, beschloss er, nicht mehr an Laurenz zu denken. Vermutlich würde dieser ohnehin nicht länger als ein paar Monate in Tübingen bleiben, ehe er sich wieder auf Reisen begab.

KAPITEL 36

Tübingen, Ende Oktober 1408

DER UMTRUNK IM *Goldenen Ochsen* dauerte beinahe zwei Stunden. Als Laurenz die Schenke schließlich – leicht angeheitert – wieder verließ, schmerzten ihm die Gesichtsmuskeln vom vielen Lächeln.

»Ein guter Mann«, hatte er Richter Schäffer zu Auberlin Schnider sagen hören. Allein diese Aussage hätte genügt, um ihm den Tag zu versüßen. Das Sahnehäubchen war allerdings das sauertöpfische Gesicht seines ehemaligen Meisters gewesen, als ihm zwei der einflussreichen Ratsmitglieder den Rücken gekehrt hatten, um sich mit Laurenz zu unterhalten. Er lachte leise. In einem halben Jahr würde er, Laurenz Nidhard, der Sohn eines Krämers aus der Unterstadt, in den Rat der Stadt Tübingen einziehen! Es fehlte nicht viel und er hätte vor Freude einen Luftsprung vollführt. Allerdings fror er mitten in der Bewegung ein, da sich eine Gestalt aus den Schatten der Häuser löste, die nicht ins Bild passte.

»Sebolt? Was hast du denn hier zu suchen?«, fuhr er den Mann an, dessen Gesicht halb von einer Kapuze verborgen war. Dennoch erkannte Laurenz ihn sofort an dem kantigen Kinn und dem messerscharfen Mund.

»Ich habe auf dich gewartet«, erwiderte der Ulmer trocken. Er winkte Laurenz unter ein vorspringendes Dach, da es in diesem Moment anfing zu regnen. Widerwillig folgte Laurenz der wortlosen Aufforderung.

»Warum bist du in Tübingen?«, fragte er.

»Weil mich unsere letzte Begegnung zum Nachdenken angeregt hat«, antwortete Sebolt.

Laurenz sah ihn misstrauisch an. »Was meinst du damit? Was war denn an unserer letzten Begegnung anders? Dass wir überfallen worden sind?«

Ein schwer zu deutender Ausdruck huschte über den Teil des Gesichtes, der nicht von der Kapuze verborgen war. »Weißt du«, hub Sebolt im Plauderton an. Er sah sich um. Erst, als er sicher war, dass sie niemand belauschen konnte, fuhr er fort: »All diese Reliquien.« Er machte eine bedeutungsvolle Pause. »Mir ist der Gedanke gekommen, dass dir mein Schweigen wesentlich mehr wert sein sollte als die paar läppischen Gulden, die du mir bezahlst.«

Laurenz zog hörbar die Luft ein. »Bist du vollkommen von Sinnen!«, brauste er auf.

»Ich glaube, ich war noch niemals zuvor so Herr meiner Sinne wie im Moment«, konterte Sebolt. »Sollte irgendjemand erfahren, womit du handelst, kämst du sicherlich in Teufels Küche, nicht wahr?« Er warf einen bedeutungsvollen Blick zu der Schenke, in der Laurenz bis vor Kurzem mit den Ratsmitgliedern gebechert hatte. »Deine Freunde würden sich ganz bestimmt brennend dafür interessieren, womit du wirklich dein Geld verdienst.«

Laurenz spürte, wie Zorn in ihm aufstieg. »Wenn du denkst, du könntest mich auspressen wie eine Traube …« Seine Hand zuckte zu dem Dolch an seinem Gürtel, allerdings bog in diesem Augenblick ein Kleeblatt aus Augustinermönchen um die Ecke.

»Du solltest dir gut überlegen, was du tust«, warnte Sebolt ihn mit einem Blick auf den Dolch. Er hob eine Ecke seines Mantels an. Darunter blitzte eine gebleckte Klinge hervor.

Laurenz rang den Zorn mühsam nieder. Sein Verstand arbeitete fieberhaft. »Wo wohnst du?«, fragte er.

Sebolt zeigte in Richtung Unterstadt. »In einer Herberge am Ufer des kleinen Flüsschens.«

»Im ›Storchen‹?«

»Ja, so heißt sie, glaube ich.«

Laurenz versuchte, sich nicht anmerken zu lassen, was ihm durch den Kopf ging. »Warte dort auf mich«, sagte er. »Ich habe kein Geld bei mir. Wie viel willst du?«

Sebolt schürzte die Lippen, als müsse er erst noch darüber nachdenken. »Zwanzig Gulden sollten genügen«, verkündete er schließlich.

Laurenz stieß ein freudloses Lachen aus. »Wie gut, dass du bescheiden bist«, sagte er bitter. »Es wird eine Weile dauern. So viel habe ich nicht im Haus. Und mein *Bancherius* ist am Sonntag nicht in seinem Kontor.«

Das schien Sebolt nicht im Geringsten zu beeindrucken. »Ich bin sicher, du treibst die Summe auf«, stellte er fest. »Sonst …«

Er brauchte nicht weiterreden, ein Blick in Richtung Schenke genügte. Aus deren Innerem tauchte soeben eine Handvoll Richter auf und Laurenz zog Sebolt augenblicklich tiefer in den Schatten der Hauswand.

»Hör auf, mir zu drohen«, knurrte er. »Ich werde sehen, dass ich auftreibe, was du verlangst.«

Damit ließ er Sebolt stehen und eilte nach Westen davon. Anstatt am Rand des Marktplatzes nach rechts in die Haaggasse abzubiegen, wandte er sich nach links und erreichte kurz darauf Schniders Haus in der Münzgasse. Dieser ließ beinahe eine halbe Stunde auf sich warten. Doch als er endlich kam, begriff er sofort, dass Laurenz' Besuch kein Höflichkeitsbesuch war.

»Komm nach oben«, sagte er. Dort, hinter verschlossener Tür, berichtete Laurenz ihm, was vorgefallen war.

»Das ist ärgerlich«, beschied Schnider. »Aber nicht zu ändern.« Er zuckte die Achseln. »Ich werde mich darum kümmern.«

Laurenz runzelte die Stirn. »Wollt Ihr ihn bezahlen?«, fragte er.

Schnider schnaubte. »So könnte man es auch nennen. Halte dich heute Abend von der Unterstadt fern. Mehr brauchst du nicht zu wissen.« Er erhob sich und streckte Laurenz die Rechte entgegen. »Wer anderen eine Grube gräbt, kann furchtbar schnell selbst hineinfallen!«

Laurenz begriff. Zu seinem Erstaunen erfüllte ihn die Erkenntnis, was Schnider vorhatte, jedoch nicht mit Entsetzen. Sondern mit Genugtuung. Sebolt war ein Wurm! Eine hinterfotzige kleine Laus, die sich an der Mühe anderer nähren wollte. Was er sich mit seiner Gier einhandelte, war ausschließlich seine eigene Schuld! Er verabschiedete sich von Schnider und trat zurück hinaus in den Regen. Dieser hatte sich inzwischen verstärkt. Aber die Wut, die immer noch in Laurenz kochte, sorgte dafür, dass er die Tropfen nicht einmal spürte.

Olivera sah Laurenz kommen. Sie stand am Fenster in der Stube – der Tisch hinter ihr gedeckt mit dampfenden Speisen. Die Knechte Seitz, Hug, Lentz und Lucas starrten hungrig auf den Sonntagsbraten, während die beiden Mägde, Clara und Ursel, miteinander tuschelten. Immer wieder zuckten ihre Blicke zu dem Papagei, dessen Käfig Olivera vor einigen Tagen in die Stube gestellt hatte. Vermutlich warteten sie darauf, dass er eines seiner Kunststücke vorführte. Allerdings schien ihm das Wetter aufs Gemüt zu schlagen, da er den Kopf tief unter dem Flügel vergraben hatte. Olivera konnte ihn nur zu gut verstehen. Auch sie sehnte sich nach der Wärme ihrer Heimat, nach dem Duft der Zypressen, dem Zirpen der Grillen und dem Staub in der Luft, über den ihre *Yiayia* immer geschimpft hatte. Zwar färbten sich auch in Konstantinopel die Blätter im Herbst bunt, doch es regnete nicht halb so viel wie hier in Tübingen. Sie seufzte und kehrte dem Fenster den Rücken. Elsbeth, die Köchin, trug soeben die letzte Platte mit Fleisch auf. Die vergangenen beiden Stunden hatte Olivera damit zugebracht, die gutmütige Frau über Laurenz' Bruder Götz auszufragen. Und inzwischen wusste sie, dass Götz den Kramladen seines Vaters führte. Als ältester Sohn hatte er das Geschäft geerbt, weshalb Laurenz eine Lehre bei einem Fernhändler gemacht hatte. Auch Elsbeth schien nicht besonders gut auf Götz' verstorbene Gemahlin zu sprechen zu sein, wohingegen ihr die Kinder des Krämers leidtaten.

»Sie war schon immer kränklich. Außer zum Geschichtenerzählen hat sie nicht viel getaugt. Ich habe nie verstanden, warum sich der Bruder des Herrn nicht eine andere Frau genommen hat.« Sie hatte verständnislos den Kopf geschüttelt. »Aber das ist nicht mein Bier.«

Olivera musste gestehen, dass sie die Verstorbene nach dem, was sie bis jetzt von ihr gehört hatte, gerne kennengelernt hätte. Allem Anschein nach war sie eine warmherzige Frau gewesen, die so mancher Regel getrotzt hatte. Als sie Laurenz die Stufen hinaufpoltern hörte, wischte sie den Gedanken beiseite.

Kein Dutzend Atemzüge später erschien er im Rahmen und ließ sich ohne Begrüßung auf seinen Platz am Kopf der Tafel fallen. Er brachte den Geruch von Rauch, nasser Wolle und Wacholderbier mit. Nachdem er sich die Hände an seiner Hose abgewischt hatte, legte er die Handflächen im Gebet aneinander.

»Aller Augen warten auf Dich, und Du gibst ihnen ihre Speise zu seiner Zeit«, hub er ohne Vorrede an.

Hastig senkten auch die anderen die Köpfe und fielen murmelnd in das Gebet mit ein, dessen Wortlaut selbst Olivera inzwischen kannte.

»Du tust Deine Hand auf und erfüllest alles, was lebet, mit Wohlgefallen. Der Herr ist gerecht in allen seinen Wegen und heilig in allen seinen Werken. Der Herr ist nahe allen, die ihn anrufen, allen, die ihn mit Ernst anrufen.« Er zögerte einen Moment, bevor er fortfuhr. »Er tut, was die Gottesfürchtigen begehren, und höret ihr Schreien und hilft ihnen. Der Herr behütet alle, die ihn lieben, und wird vertilgen alle Gottlosen. Mein Mund soll des Herrn Lob sagen, und alles Fleisch lobe seinen heiligen Namen immer und ewiglich! Amen.«

Er ließ den Blick über die aufgetragenen Speisen wandern und griff nach seinem Becher. »Gib mir Wein, Ursel«, sagte er. Dann ließ er sich von der Magd Schweinekeule mit Gurke, Gans mit roten Rüben und sauren Kohl auftun.

Auch die Teller der anderen waren kurz darauf überhäuft mit Köstlichkeiten, und nicht nur die Knechte langten mit Genuss zu. Olivera ließ das zarte Fleisch des gebratenen Huhns auf der Zunge zergehen, während sie Laurenz forschend ins Auge fasste. Der steilen Falte auf seiner Stirn nach zu urteilen, war das Treffen mit den Ratsmitgliedern nicht so verlaufen, wie er es sich gewünscht hatte. Deutlich konnte sie die Verstimmung in seinen Zügen lesen. Was wohl vorgefallen war?

Er hob unvermittelt den Kopf und ihre Blicke trafen sich. Fragend zog sie die Brauen in die Höhe. Allerdings schien er sie überhaupt nicht wahrzunehmen; schien viel mehr durch sie hindurchzustarren, sodass sie nur mit Mühe der Versuchung widerstand, mit der Hand hin und her zu fuchteln. Sie würde sich wohl gedulden müssen, bis sie alleine mit ihm war. So lange würde sie einfach das Mahl genießen und versuchen, nicht an Sonne, tanzende Schmetterlinge und all die anderen Dinge zu denken, die sie vermisste.

»Verzeiht, Herrin«, sprach Clara, die jüngere der beiden Mägde, sie plötzlich an. Ihr kindliches Gesicht mit den großen Augen und dem kurzen Kinn lief feuerrot an.

Verlegen drehte sie ihren Löffel hin und her. Ursel versetzte ihr einen Stoß in die Rippen.

»Mein …, mein Vater«, stammelte das Mädchen daraufhin, »lässt fragen, ob Ihr ihn vielleicht einmal im Spital besuchen würdet.« Sie schlug die Augen nieder und rang sichtlich um Worte. »Er hat gehört, dass Ihr ein Mittel kennt, um die Zähne weiß zu machen …« Die Röte breitete sich von ihren Wangen bis zu ihrem Haaransatz aus.

Die Köchin hob drohend die Hand. »Hast du schon wieder getratscht?«, fuhr sie die Magd an. »Wie oft habe ich dir schon gesagt, du sollst dein vorlautes Mundwerk hüten! Die Herrin bei einem Unehrlichen! Was hast du dir dabei nur gedacht?« Sie wandte sich an ihren Mann Seitz. »Es wird Zeit, dass ihre Rückseite mal wieder Bekanntschaft mit deinem Gürtel macht!«

Das Mädchen schlug erschrocken die Hand vor den Mund. Laurenz schien all das nicht zu stören, da er immer noch mit gerunzelter Stirn vor sich hinstarrte und das Essen auf seinem Teller hin und her schob.

»Hast du ihm gesagt, dass ich solch ein Mittel kenne?«, fragte Olivera. Als sie ihre Töpfe und Tiegel auf dem notdürftig zusammengezimmerten Regal in dem Schuppen aufgereiht hatte, war Clara ihr zur Hand gegangen. Dabei hatte das Mädchen sich staunend erklären lassen, was manche der Arzneien bewirken konnten.

Die Magd nickte. Eine dicke Träne löste sich aus ihrem Augenwinkel und rann ihre gerötete Wange hinab. »Ich habe mir nichts Böses dabei gedacht«, flüsterte sie.

Elsbeth wollte aufbrausen, aber Olivera fiel ihr ins Wort. »Du hast nichts Falsches getan«, sagte sie. »Dein Vater ist der Spitalbader, nicht wahr?«

Das Mädchen bejahte. Seine Unterlippe bebte.

»Wenn mein Gemahl nichts dagegen einzuwenden hat, kannst du mich morgen zu ihm begleiten.« Sie sah zu Laurenz. »Ist es dir recht?«, fragte sie.

Laurenz brummte etwas Unverständliches, das Olivera als Zustimmung deutete. Sichtlich erleichtert darüber, einem Donnerwetter entgangen zu sein, beugte Clara sich tief über ihre Holzschale und löffelte ihren Kohl.

Den Rest des Mahls über hörte Olivera den Knechten zu, die sich über die Möglichkeiten, einen Achsbruch zu vermeiden, unterhielten. Laurenz mischte sich nur wenig in die Unterhaltung ein, und Olivera war froh, als er die Tafel schließlich aufhob. Noch bevor Elsbeth und die Mägde die ersten Platten abgetragen hatten, eilte Laurenz aus der Stube und verschwand ins Erdgeschoss. Olivera versuchte ihn einzuholen, doch sie sah nur noch, wie er durch das Tor ins Freie verschwand. Was war denn nun schon wieder in ihn gefahren? Ihre Hand tastete nach der Goldkette an ihrem Hals, die er ihr geschenkt hatte. Sie hatte das Gefühl, dass er – seit sie in Tübingen waren – immer wankelmütiger wurde. Einen Moment lang war er heiter, beinahe aufgekratzt, im nächsten mürrisch und aufbrausend. Sie trat hinaus ins Freie und blickte ihm nach, bis er um die Ecke in Richtung Marktplatz bog. Versonnen drehte sie an dem Kreuzanhänger, während ihre Gedanken sich um Laurenz' merkwürdiges Verhalten drehten. Irgendwann fuhr ihr eine eisige Bö in den Nacken, die sie veranlasste, das Tuch auf ihrem Kopf tiefer zu ziehen, bis es ihren Ausschnitt bedeckte. Inzwischen hatte es sich eingeregnet, und der farblose Himmel versprach weitere Stunden der nassen Kälte. Olivera fröstelte, als der Wind durch den Stoff ihrer Cotehardie pfiff. Sie hätte sich ihre

Heuke überwerfen sollen! Immer noch grübelnd trat sie zurück ins Haus und begab sich wieder ins Obergeschoss. In ihrer Kammer war es feucht und kalt, weshalb sie hastig aus dem feinen Kleidungsstück schlüpfte, um sich etwas Einfacheres anzuziehen. Da die Stube der einzige den ganzen Tag über geheizte Raum im oberen Stockwerk war, zog es sie dorthin, auf die Bank des gekachelten Ofens. Die Mägde hatten bereits alles abgeräumt, sodass Olivera den angenehm überheizten Raum für sich alleine hatte.

Mit dem Rücken an die warmen Kacheln gelehnt, sah sie Markos eine Weile beim Schlafen zu, während sie sich überlegte, was mit Laurenz geschehen sein mochte. Veränderte die Kälte vielleicht sein Temperament? War er ihr früher als ein typisch heiterer Sanguiniker erschienen, wirkte er inzwischen oft wie ein trotziger Melancholiker. Das Verhalten, das ihr bereits auf der Reise Sorgen bereitet hatte, schien zurückgekehrt zu sein und sich verschlimmert zu haben. Sie beschloss, in Avicennas *Canon Medicinae* nachzulesen, wie sich eine solche Störung beheben ließ. Vielleicht würde Laurenz wieder der Alte, wenn sie dafür sorgte, dass er mehr wärmende Nahrungsmittel wie Honig, Traubensaft, Galgantwurzel und Mandelkuchen zu sich nahm. Sie presste die Handflächen an die Kacheln und genoss das Gefühl der Behaglichkeit, das sich in ihrem Körper ausbreitete. Die Ereignisse des Tages hatten einen schalen Nachgeschmack hinterlassen: Laurenz' Verhalten seinem Bruder gegenüber; seine Wortkargheit bei Tisch; und sein erneutes Verschwinden ohne ein Wort der Erklärung. Warum schloss er sie aus? Wenn bei dem Treffen mit den Ratsmitgliedern etwas vorgefallen war, warum teilte er es dann nicht mit ihr? Sein Verhalten verletzte sie. Auch wenn sie eigentlich nicht mehr daran denken wollte, kehrte ihre Erinnerung zu der Szene im Keller zurück. War es wirklich nur die Angst gewesen, dass ihr dort unten etwas zustoßen könnte, die ihn die Beherrschung hatte verlieren lassen? Oder war es etwas anderes? Hatte er sich nicht ganz ähnlich verhalten wie an Bord der *Mude*, als die Osmanen den Laderaum überprüft hatten? Sie legte die Stirn in Falten. War er vielleicht aus einem ganz anderen Grund so grob geworden? Sie zog die Beine an und umschlang ihre Knie mit den Armen. Und wer war der wenig vertrauenserweckend wirkende Kerl, den sie bereits mehr als einmal mit Laurenz im Keller hatte verschwinden sehen? Was taten sie dort unten? War er ein Handelspartner? Wie schon öfter in den vergangenen Tagen hatte sie das Gefühl, Laurenz nicht mehr richtig zu kennen. Plötzlich wünschte sie sich nichts sehnlicher, als sich mit seinem Bruder Götz zu unterhalten. Vielleicht würde sie dann begreifen, was vor sich ging. Sie stützte ihr Kinn auf den Knien ab. Eigentlich konnte sie sich nicht vorstellen, dass der seltsame Besucher ihres Gemahls dessen Geschäftspartner war. Waren es nicht wertvolle Behältnisse gewesen, die Laurenz und ihr Vater von dem Goldschmied in Konstantinopel hatten herstellen lassen? Wie sollte sich ein solch ärmlich gekleideter Mann etwas so Kostbares leisten können? Beinahe eine Stunde bewegten sich ihre Gedanken im Kreis. Dann gab sie auf und erhob sich, um nach Markos zu sehen, bevor sie anfangen konnte, über das andere Thema nachzugrübeln, das ihr schlaflose Nächte bereitete. Sie hatte einen Schwur getan, nichts mehr zu unternehmen, um eine Empfängnis zu verhindern. Und diesen Schwur würde sie nicht brechen!

KAPITEL 37

Tübingen, Ende Oktober 1408

Bentz, der Schlachter, lag hinter einem Grabstein auf der Lauer. Der Boden unter ihm war schlammig, stank nach verfaulendem Laub und dem Urin des streunenden Köters, den er mit einem Fußtritt vertrieben hatte. Vor einigen Minuten hatte es zu allem Überfluss angefangen heftiger zu regnen, und seine Laune näherte sich dem Gefrierpunkt. Einzig die endlich hereinbrechende Dämmerung hielt ihn davon ab, weitere gotteslästerliche Flüche vor sich hinzumurmeln. So würde ihn wenigstens bald die Dunkelheit vor Entdeckung schützen. Wann auch immer dieser Sebolt auftauchte, in wenigen Minuten würde Bentz so unsichtbar sein wie der Dämon, für den ihn die Tübinger inzwischen hielten. Bei dieser Witterung würde sich gewiss niemand auf den Kirchhof verirren. Sodass er nicht fürchten musste, entdeckt zu werden. Er umklammerte den Hammer fester, mit dem er dem Kerl den Schädel einschlagen wollte. Die Grube zu seiner Rechten war tief genug, um den Wunsch von Auberlin Schnider zu erfüllen.

»Dieser ist nicht zum Ernten«, hatte er Bentz wissen lassen. »Dieser soll allen anderen eine Warnung sein. Keiner soll in Zukunft je wieder auf die Idee kommen, uns eine Grube graben zu wollen.«

Sein Lachen klang in Bentz' Ohren nach. Auch er war wütend auf den Ulmer Zöllner, den die Gier zu dem größten Fehler seines Lebens veranlasst hatte. Er würde genauso wenig wie sein Auftraggeber zulassen, dass ihnen jemand das Geschäft verdarb – jetzt, wo er einen sicheren Ort hatte, an dem er arbeiten konnte! Er lauschte auf das Prasseln des Regens, auf das Rascheln des welken Laubes und die Geräusche der nächtlichen Jäger. Schon bald war die Finsternis beinahe undurchdringlich. Lediglich das Licht der Kerzen und Laternen aus dem Inneren des Pfarrhauses erhellte einen Teil des Gottesackers.

Wäre er ein gottesfürchtiger Mensch gewesen, hätte ihn die Furcht vor Wiedergängern ergriffen. Da er seine Seele jedoch schon vor langer Zeit dem Teufel verpfändet hatte, war es einzig die Nässe, welche ihm Unbehagen bereitete. Böse Geister und seelenlose Wanderer entlockten ihm nicht mehr als ein müdes Achselzucken. Wer sagte denn, dass Satan nicht ein ebenso mächtiger Beschützer sein konnte wie Gott? Zeugte nicht all die Furcht, all das Beten, Beichten und Jammern von der Macht des Gefallenen? Immerhin verfügte er über ein gewaltiges Reich! Und Bentz war fest davon überzeugt, dass er diejenigen, die ihm treu ergeben waren, belohnen würde. Höllenqualen und Folter waren für die Feigen und die Schwachen. Seinen Jüngern hingegen würde Satan einen Ehrenplatz in seinem Reich zuweisen. Und bis es so weit war, würde er über sie wachen wie ein guter Hirte! Ein tanzender Lichtkegel, der sich von Osten her dem Friedhof näherte, vertrieb alle Gedanken an unheimliche Erscheinungen. Vorsichtig lugte er hinter dem halb verwitterten Grabstein hervor und verfolgte, wie der Lichtkegel näher kam.

»Laurenz«, hallte eine Stimme durch die Nacht.

Bentz bleckte die Zähne. »Hier«, zischte er.

»Ich kann dich nicht sehen«, kam die Antwort.

»Ich bin hier unter der Eiche«, erwiderte Bentz und kroch hinter dem Stein hervor. Wenn er diesen Sebolt ganz nah herankommen ließ, dann brauchte er ihn nicht so weit zu schleppen. Das Licht näherte sich zögernd. Im schwachen Schein der Laterne erkannte Bentz einen vierschrötigen Kerl, dessen Gesicht aussah, als wäre es von einem talentlosen Steinmetz gehauen worden.

»Unter welcher Eiche?«, flüsterte der Ulmer, als er nur noch ein halbes Dutzend Schritte von dem Metzger entfernt war.

Dieser hatte sich inzwischen hinter einem der vielen Haselsträucher versteckt. Anstatt ihm zu antworten, schnellte er vor, schwang den Hammer hoch über dem Kopf und drosch ihn mit voller Wucht auf Sebolts Hinterkopf. Das Bersten seines Schädelknochens hallte wie ein Peitschenknall durch die Nacht. Der Körper schlug mit einem dumpfen Geräusch auf dem nassen Boden auf. Die Laterne kullerte in einen Laubhaufen, und die Kerze darin erlosch.

Ohne lange zu fackeln, packte Bentz den Toten bei den Füßen und zerrte ihn auf die Grube zu. Ehe er ihn über den Rand stieß, ging er neben ihm in die Hocke und durchsuchte seine Taschen. Als seine Hand eine pralle Geldkatze ertastete, gab er ein zufriedenes Brummen von sich.

»Wer sagt's denn«, murmelte er. Nachdem er dem Ulmer auch noch seinen Dolch und den teuren Mantel abgenommen hatte, versetzte er ihm einen Tritt. Dieser beförderte jedoch nur einen Teil seines Oberkörpers über den Rand. Bentz wollte gerade ein zweites Mal mit dem Fuß ausholen, als er Stimmen vernahm. Auch wenn das Prasseln des Regens das Geräusch seines Atems übertönte, hielt er die Luft an, um sich nicht zu verraten. Verdammt! Bei diesem Wetter jagte man doch keinen Hund vor die Tür! Sollten die Nachtwächter etwa freiwillig ihre Stube verlassen haben? Er glitt so leise wie möglich in die Grube und zog Sebolt mit sich in die Tiefe. Sollten es Nachtwächter sein, die er gehört hatte, würden diese ihn wenigstens nicht auf den ersten Blick entdecken. Der Körper des Toten verursachte ein leises Platschen, als er im Wasser auftraf. Während dem Schlachter der Regen in den Kragen lief, saugten sich seine Schuhe in Windeseile voll. Die Stimmen kamen näher. Das Klirren von Metall und das Hecheln von Wachhunden verrieten, dass es sich tatsächlich um eine Gruppe Stadtwachen handelte. Und als einer der Hunde anschlug, stockte Bentz das Herz. »Halt's Maul, du lockst nur die Toten aus ihren Gräbern!«, schimpfte einer der Männer. »Hier gibt es nichts außer Ratten.«

Ein anderer Wächter gab ihm recht.

»Hier ist niemand«, mischte sich ein Dritter ein. »Lasst uns gehen. Mir ist es hier zu unheimlich!« Obgleich seine Begleiter ihn verspotteten, klangen ihr Hohn und ihr Lachen halbherzig.

Lange, nachdem die Männer verschwunden waren, wagte Bentz nicht, sich zu rühren. Erst als seine Zähne anfingen, vor Kälte aufeinanderzuschlagen, lugte er vorsichtig über den Rand der Grube. Der Friedhof lag verwaist da. Lediglich eine Ratte huschte durch sein Blickfeld. Mit einem erleichterten Seufzer stemmte er die Hände in den Schlamm und wollte sich hochziehen. Da durchzuckte ihn ein Gedanke. Was, wenn jemand den Ulmer erkannte? Die Wahrscheinlichkeit war zwar nicht allzu hoch, aber konnten sie das Risiko eingehen? Er schob grübelnd den Unterkiefer vor. Zwar hatte Auberlin Schnider gesagt, dass der Kerl nicht zum Ernten gedacht war ... Er tastete nach dem Dolch an seinem Gürtel.

»Scheiß drauf!«, murmelte er und zog den Toten an den Haaren in eine sitzende Position. Acht der zwölf Kopfreliquiare waren noch zu füllen. Und nachdem Laurenz ihm ausdrücklich untersagt hatte, in seinem Keller Leichen abzukochen, blieb ihm nichts anderes übrig, als Frischfleisch herbeizuschaffen. Durch die eisige Kälte in dem Gewölbe würden sich die Körperteile zum Glück wochenlang halten. Wenn die Lieferung allerdings bis Ende des Jahres erfolgen sollte, wie gefordert, dann musste er die Gelegenheit im wahrsten Sinne des Wortes beim Schopf packen. Da bald der Schlachtmonat anbrach, würde er erst in vier Wochen wieder auf Jagd gehen können – wenn die Stadt vor Weihnachten nur so wimmelte von Bettlern und Almosenjägern. Er zückte seinen Dolch und horchte erneut in die Dunkelheit. Dann ging er ans Werk. Beinahe eine Viertelstunde dauerte die Arbeit mit der kleinen Klinge, doch schließlich hielt er seine Beute in der Hand. Da er den Kopf des Erschlagenen nicht einfach durch die Stadt tragen konnte, wickelte er ihn in den Mantel des Getöteten und machte sich auf den Heimweg. Den Kopf versteckte er auf dem Heuboden – froh darüber, dass sein Weib genug Wein für zwei zum Abendessen getrunken hatte. Gleich morgen früh würde er das Bündel zu Laurenz schaffen.

KAPITEL 38

Tübingen, Ende Oktober 1408

Olivera erwachte vom Peitschen des Regens. Dieser klatschte gegen die geschlossenen Läden, begleitet vom Heulen des Windes, das klang wie das Jammern eines Kindes. In unregelmäßigen Abständen rüttelte der in den frühen Morgenstunden aufgekommene Sturm an Holz und Scharnieren – beinahe, als wolle er den Schutz abreißen, um Einlass in das Haus zu erlangen. Auch wenn ihre Augen noch geschlossen waren, wusste sie, dass es draußen noch stockfinstere Nacht war. Wie seit einigen Tagen war sie auch heute vor Sonnenaufgang erwacht und nicht mehr dazu in der Lage einzuschlafen. Es war die Kälte, sagte sie sich, und zog die eisigen Füße näher an den Körper. Ganz egal, wie viele Bettpfannen sie am Abend vor dem Schlafengehen mit ins Bett nahm, die Glut darin reichte nie bis zum Morgen. Genauso wenig wie die des winzigen Kachelofens. Wie immer fühlte sich ihre Nasenspitze an, als sei sie über Nacht eingefroren, und sie kroch näher an Laurenz heran. Dieser war gestern kurz vor Einbruch der Dunkelheit zurückgekehrt – wie ausgewechselt, unbeschwert und beinahe aufgekratzt. Voller Überschwang hatte er sie aufs Bett geworfen, und sie hatten sich wild und hungrig geliebt. Er hatte härter als sonst in sie gestoßen, sich rücksichtslos genommen, was er wollte. Doch auch ihr hatte diese Härte ein Feuerwerk der Lust beschert, das sie immer noch erfüllte. Sie lächelte und sog seinen salzigen Duft ein. Warum gelang es ihm nur immer wieder, ihre Gefühle wie ein Rad zu drehen? Wohingegen sie tagsüber oft den Eindruck hatte, dass er sich ihr entzog, war er zwischen den Laken der Mann, an den sie ihr Herz verloren hatte. Sie legte die Hand auf sein Bein. Die unwirtliche Witterung schien ihm – zumindest im Moment – nicht das Geringste auszumachen, da er glühte, als ob ein Feuer in ihm brannte. Dankbar für seine Wärme schlang sie schließlich vorsichtig den Arm um ihn und kuschelte sich an seinen Rücken. Vielleicht konnte sie noch ein paar Minuten dösen, bevor das Haus erwachte und ein neuer, ungemütlicher Tag in Tübingen begann. Während sie die Nase in Laurenz' Nacken vergrub und auf seine regelmäßigen Atemzüge lauschte, fragte sie sich, ob sie sich wohl jemals an das raue Klima gewöhnen würde. Im Sommer mochten die Temperaturen in Tübingen ähnlich sein wie die in ihrer Heimat – wenn sie dem Gesinde glauben wollte. Doch jetzt im Herbst erschien ihr die Stadt am Neckar unwirtlich und abweisend. Sie unterdrückte ein Seufzen und umschlang Laurenz noch etwas enger, während Bilder von Dattelpalmen, den glitzernden Wellen des Bosporus und Gärten in wilder Blütenpracht vor ihrem inneren Auge vorbeizogen. Warum konnte man sich nicht an das Gefühl von Sonne auf der Haut erinnern? Und warum verschwanden die Gerüche des Sommers mit dem Aufsteigen der Nebelschwaden? Überall roch es nur noch nach feuchter Erde, Rauch und überquellenden Sickergruben.

Sie rümpfte unbewusst die Nase. Wäre es ein anderer, dessen Bett sie teilte, dann hätte sie die Entscheidung, ihre Heimat zu verlassen, bestimmt schon längst bereut. Aber ihre Liebe war stärker als alles Heimweh, alle Zweifel und

Befürchtungen. Ihr Herz zog sich schmerzhaft zusammen, als sie sich vorstellte, wie das Leben ohne Laurenz sein würde. Was wäre, wenn er sie nie mehr mit Begehren im Blick ansehen würde. Was geschehen würde, wenn sie ihn verlor. Der wohlbekannte Klumpen in ihrer Kehle drohte, ihr die Luft abzuschnüren. Und sie zwang sich, die furchtbaren Gedanken dorthin zu verbannen, wo sie kein Unheil anrichten konnten. Nichts und niemand würde ihr Laurenz nehmen! Daran musste sie einfach nur fest genug glauben! Und in etwas weniger als einem Jahr würden sie bereits wieder nach Konstantinopel aufbrechen! Als spüre er ihr Unbehagen, begann der Mann in ihren Armen, sich zu rühren. Wenig später verkündeten ein Grunzen und ein Gähnen, dass auch er nicht mehr schlief.

»Bist du wach?«, flüsterte Olivera.

»Weiß nicht«, kam die gemurmelte Antwort. »Bist du es denn?«

Die Schwermut, welche gerade noch gedroht hatte, sie in einen Abgrund zu ziehen, verflog genauso schnell, wie sie gekommen war.

»Ja«, erwiderte sie und küsste seine Schulter.

Draußen vor der Tür ihrer Schlafkammer verriet das Knarren der Dielen, dass das Gesinde erwacht war und sich auf das Tagwerk vorbereitete. Der schwache Schein von Kerzenlicht tanzte an dem Spalt unter der Tür vorbei und das Klappern von Nachttöpfen drang an Oliveras Ohr. Aber diese Vorboten eines neuen Tages bewegten weder sie noch Laurenz dazu, überhastet das Bett zu verlassen. Die Decke raschelte, als er sich zu ihr umwandte und sie an sich zog, um ihre Lippen mit den seinen zu verschließen. Da sie nach dem Liebesspiel am gestrigen Abend unbekleidet eingeschlafen waren, störte kein

Stoff die Nähe, welche erneut ein Prickeln der Lust durch Oliveras Körper sandte. Ob sie jemals genug von ihm bekommen würde? Seine Erregung verriet ihr, dass es ihm genauso ging. Aber das Erwachen des Hauses machte die Erfüllung ihrer Leidenschaft unmöglich. Nicht mehr lange und eine der Mägde würde an die Tür klopfen, um die Nachttöpfe zu leeren.

Olivera seufzte und presste die Wange an Laurenz' stoppeliges Kinn. Wenn sie doch nur den ganzen Tag im Bett bleiben könnten! Dann würde er sich nicht wieder von ihr zurückziehen. Und ihr würde gewiss auch irgendwann wieder warm! Hungrig reckte sie ihm ein weiteres Mal den Mund entgegen und ließ sich von seinem Kuss davontragen. Die Glückseligkeit, welche wie eine Welle durch ihren Körper lief, wurde allerdings jäh vertrieben, als das vorhergesehene Klopfen an der Tür erklang.

»Herr?«, hörte sie die schüchterne Stimme der Magd. »Darf ich hereinkommen?«

Laurenz stöhnte und zog die Decke höher, um seine und Oliveras Blöße zu bedecken. »Ja doch, komm rein«, sagte er mürrisch und blinzelte, als Clara mit einem Leuchter den Raum betrat.

Mit gesenktem Blick platzierte sie die Kerze und einen Krug warmes Wasser neben dem Waschgestell. Anschließend zog sie die beiden Nachttöpfe unter dem Bett hervor und stellte sie ineinander. Sie murmelte etwas Unverständliches, kniete sich vor den Kamin und hantierte darin herum, bis die Scheite knisternd Feuer fingen. Mit einem letzten Blick auf den Kachelofen drückte sie sich schließlich wieder aus der Kammer. »Ich fürchte, wir müssen aufstehen«, brummte Laurenz. Die Unlust stand ihm ins Gesicht geschrieben.

Hätte Olivera nicht ähnlich empfunden, hätte sie über seine Grimasse gelacht. Allerdings verspürte sie genauso wenig Verlangen wie er, die Kammer und danach das Haus zu verlassen, um durch Regen und Kälte durch die halbe Stadt zu stapfen. Vielleicht sollte sie den Besuch beim Spitalbader verschieben. Der Gedanke hatte etwas Verlockendes. Allerdings gewann ihre Neugier die Oberhand.

»Es wird uns wohl nichts anderes übrig bleiben«, entgegnete sie daher und rang mit sich, ob sie nicht noch einige Minuten warten sollte, bis der Raum eine angenehmere Temperatur hatte.

Als Laurenz jedoch die Beine aus dem Bett schwang und sich nach seinen Kleidern bückte, tat sie es ihm widerstrebend gleich. Nachdem sie sich hastig gewaschen hatte, schlüpfte sie zitternd in ein wollenes Untergewand. Diesem folgten eine weinrote Fucke und ein Gürtel, sowie ein elfenbeinfarbenes Tuch. Ihre feineren Kleider waren ihr für diese scheußliche Witterung zu schade.

Sobald sie den Gürtel über der Fucke befestigt und ihre Schuhe angezogen hatte, trat sie näher an den Kachelofen und wärmte sich die kalten Hände, bis auch Laurenz seine Schecke zugeknöpft hatte. Dann begleitete sie ihn in die Stube, wo bereits Hafergrütze, warme Milch und ein Krug dampfender Würzwein warteten. Obwohl der Wein sie schwindelig machte, trank Olivera einen ganzen Becher und genoss die Wärme, die sich daraufhin in ihrem Körper ausbreitete. Auch in diesem Kachelofen hatten die Mägde ein Feuer entfacht. Allerdings war es den Flammen noch nicht gelungen, den Raum aufzuheizen.

»Ich würde heute gerne ins Spital gehen. Claras Vater aufsuchen«, sagte Olivera zwischen zwei Löffeln Grütze. »Was hältst du davon? Du hast gestern nichts dazu gesagt.«

Ein Schatten huschte über Laurenz' Gesicht, und einen Augenblick lang fürchtete Olivera, etwas Falsches gesagt zu haben. Dann nickte er jedoch.

»Ich habe nichts dagegen, dass du ins Spital gehst«, sagte er. »Dort gibt es zu Hauf reiche Pfründner, denen du Salben und Tränke verkaufen kannst.« Er grinste schief. »Ich weiß zwar nicht, was der Spitalapotheker dazu sagen wird. Aber verbieten wird es dir sicher niemand.« Er reckte stolz das Kinn vor. »Immerhin bist du meine Gemahlin und nicht irgendein Quacksalber vom Markt!«

»Quacksalber!«, kreischte der Papagei, dessen Trägheit Olivera Sorgen bereitet hatte. »Quacksalber!« Er rüttelte an einer Stange des Käfigs, dann wandte er seine Aufmerksamkeit einem Kanten Brot zu.

»Was ist ein Quacksalber?«, fragte Olivera. Das Wort war neu für sie.

»Ach«, Laurenz winkte ab. »Entweder sind es Zahnbrecher oder Wunderheiler. Nur die Dummen lassen sich von ihnen die Taschen leeren.« Er zuckte die Achseln. »Aber die Dummen sterben bekanntlich nie aus.«

Olivera legte ihren Löffel beiseite und wischte sich den Mund. »Und was ist ein Pfründner?« Auch dieses Wort hatte sie noch nie gehört.

»Das sind Alte, die sich im Spital einkaufen, um dort ihren Lebensabend zu verbringen«, erwiderte Laurenz. »Die wohlhabenderen unter ihnen wohnen in eigenen Bereichen auf dem Spitalgelände und haben mehr Bedienstete als ich«, setzte er hinzu. »Die werden deine Tränke mit Gold aufwiegen, wenn sie ihnen beim Essen, Pinkeln oder Furzen helfen.« Er lachte. »Sieh nur zu, dass der Bader dein Freund wird. Dann lässt er dich ganz gewiss zu den Pfründnern.« Er schob seine Schüssel von sich und erhob sich. »Ich muss im Lager nach dem Rechten sehen«, ließ er Olivera wissen.

Und ehe sie sich versah, verschwand er aus der Stube.

Auch wenn sein überhasteter Aufbruch ihre Freude ein wenig trübte, tat sie es ihm nach einigen Minuten gleich. Da es immer noch heftig regnete, warf sie sich eine pelzgefütterte Heuke über und eilte kurz darauf über den Hof zu ihrer Salbenküche. Der Schreiner hatte immer noch keine Regale für sie gezimmert, sodass einige ihrer Habseligkeiten auf dem Boden standen. Ärgerlich über die Unordnung suchte sie Haselwurz, Mastix, Weihrauchharz, Wermut, die getrockneten Beine von Krebsen, Dattelkerne und Oliven. All diese Zutaten zerstieß sie in einem großen Mörser und füllte die Arznei in einen Lederbeutel. Außerdem wog sie zehn Quäntchen gebrannten Bimsstein, eine gleiche Menge Salz und je zwei Quäntchen Zimt und Nelken ab. Nachdem sie den Bimsstein und das Salz in einem irdenen Tiegel mit Honig vermengt hatte, steckte sie den Kopf durch die Tür und rief die Magd Clara herbei. Diese kam gerade mit zwei Kannen aus dem Kuhstall.

»Lauf in die Küche und bring mir einen Kienspan«, trug sie der jungen Frau auf.

Da der Wind ihr den Regen ins Gesicht trieb, schloss sie die Tür hastig wieder. Zwar befand sich Feuerzeug – bestehend aus Feuerstein, Schlageisen und Zunder – in einem der Beutel an ihrem Gürtel. Allerdings war diese Art des Feuermachens weitaus mühseliger, als einen bereits glimmenden Kienspan in das Stroh zu halten. Als Clara wenig später mit dem Gewünschten die Salbenküche betrat, fror Olivera bereits wieder erbärmlich.

»Mach Feuer und stell diesen Tiegel auf das Gitter darüber«, wies sie die Tochter des Baders an.

Während diese tat, wie geheißen, zerstampfte Olivera den Zimt und die Nelken zu einem feinen Pulver.

»Sobald die Arznei fertig ist, können wir deinen Vater aufsuchen«, sagte Olivera. Aus dem Augenwinkel sah sie, dass Clara zusammenzuckte.

»Es tut mir leid, dass ich ihm davon erzählt habe, ohne Euch zu fragen«, murmelte das Mädchen. Sie zog den Kopf ein wie ein geprügelter Hund. »Es kommt nie wieder vor.«

Olivera bemerkte, dass sie sich an die Rückseite fasste. Hatte Seitz das Mädchen bestraft? Ein Zischen lenkte ihre Gedanken auf den Tiegel über dem Feuer. Die Masse darin hatte Blasen geworfen, von denen eine soeben spritzend geplatzt war.

»Nimm ihn vom Feuer«, bat sie. Dann packte sie die anderen Zutaten in ein dickes Wolltuch und hoffte, dass dies den Regen abhalten würde. Nachdem sie den Inhalt des Tiegels in einen tönernen Topf gefüllt und diesen verkorkt hatte, verstaute sie alles in einem Korb mit Deckel.

»Komm«, sagte sie zu Clara. »Lass uns gehen.«

Sie zog ihre Kapuze tief ins Gesicht und verschloss die Tür hinter sich. Auf dem Weg über den Hof sah sie, wie Laurenz heftig auf einen Mann einredete. Als dieser sich umwandte, erkannte sie den wenig vertrauenserweckend wirkenden Kerl, den sie bereits mehr als einmal mit Laurenz im Keller hatte verschwinden sehen. Was wollte er schon wieder hier? Bevor sie weiter darüber nachgrübeln konnte, erreichten sie das Hoftor. Kurz darauf reihten sie sich in den Fluss der Menschen ein, die vom Haagtor aus in die Stadt strömten.

An diesem Tag war Laurenz der Anblick von Bentz, dem Schlachter nicht zuwider. Dieser war zu Fuß gekommen – mit einem Bündel unter dem Arm und einem zufriedenen Ausdruck auf dem Gesicht. Die Wut auf Sebolt, die Laurenz nach stundenlangem Umherstapfen im Regen und schließlich in Oliveras Armen vergessen hatte, kehrte mit aller Macht zurück, verpuffte jedoch sofort wieder. Dem Feixen des Metzgers nach zu urteilen, hatte Auberlin Schnider sein Versprechen eingehalten. »Schließ deinen Keller auf«, forderte Bentz. Er wies mit dem Kinn auf das Bündel. »Ich habe eine Überraschung für dich.«

Laurenz schnitt eine Grimasse. Ohne Vorwarnung zog sich sein Magen zusammen, da sich Vorstellungen in seinem Kopf jagten, die ihm eine Gänsehaut bescherten. Obwohl dem Bündel von außen nicht anzusehen war, was es enthielt, ahnte er, dass sein Inhalt kein unschuldiger war. Er schob die Hand in die Tasche und schluckte Speichel, der sich plötzlich viel zu zäh anfühlte. Einige Augenblicke lang war er versucht, Bentz den Schlüssel in die Hand zu drücken und ihn allein in den Keller gehen zu lassen. Was er nicht wusste, konnte seine Seele nicht belasten! Außerdem graute ihm seit der Begegnung mit seinem Bruder Götz noch mehr davor, das Gewölbe zu betreten. Irgendwann – auf dem Weg von der Kirche zu seinem Haus – hatte sich die entsetzliche Vorstellung in seinen Verstand geschlichen, dass dort unten auch Marthe, Götz' Frau, zu finden sein könnte. Mühsam hatte er versucht, ihr Bild aus seiner Erinnerung zu streichen. Allerdings nur mit mäßigem Erfolg.

»Willst du ewig hier im Regen stehen?«, fragte Bentz ungehalten. Laurenz riss sich zusammen. Mit einem energischen Ausatmen befreite er den Schlüssel aus seiner Tasche und bedeutete Bentz, ihm zu folgen. Mit einer Kerze in der Hand und dem Herz in der Kehle stieg er wenig später die Treppe hinab. Ohne viele Worte setzte Bentz das Bündel ab und schnürte es auf.

»Gibt er nicht einen wundervollen Appolinaris ab?«, fragte er mit Hohn in der Stimme. Sprachlos sah Laurenz dabei zu, wie er einen Kopf an den Haaren aus dem Sack zog. Sebolts Gesicht wirkte seltsam wächsern – beinahe künstlich.

»Es ist ein Jammer, dass ich keine Zeit hatte, sein Blut aufzufangen, wie bei den anderen«, fügte Bentz hinzu.

Zuerst begriff Laurenz nicht, was der Metzger gesagt hatte. Dann drang die volle Bedeutung der Worte zu ihm durch.

»Den anderen?«, stieß er heiser hervor.

KAPITEL 39

Tübingen, Ende Oktober 1408

Der Weg zum Spital nahm wegen der vielen Fuhrwerke, die vom Haagtor in Richtung Marktplatz holperten, beinahe eine Viertelstunde in Anspruch. Der Regen hatte zwar mittlerweile nachgelassen und auch der Wind pfiff nicht mehr ganz so stürmisch um die Häuser. Dennoch schlug Olivera die Kälte wie ein nasses Tuch ins Gesicht. Fröstelnd zog sie den Kopf zwischen die Schultern und vergrub das Kinn in dem pelzbesetzten Kragen ihres Mantels, um sich wenigstens etwas zu schützen. Obgleich die Sonne schon längst den östlichen Horizont erklommen hatte, gelang es den schwachen Strahlen kaum, die Glocke der Feuchtigkeit über der Stadt zu durchdringen. Wie seit Wochen stank es nach Rauch und überquellenden Sickergruben, doch an diesem Tag lag noch ein anderer Geruch in der Luft: fruchtig, sauer und süßlich zugleich. Bevor sie sich fragen konnte, was der Ursprung dieser Mischung war, erreichten sie den Marktplatz. Dort herrschte, wie so oft, dichtes Gedränge, da an diesem Tag offenbar die Bauern und Ackerbürger der Stadt ihre Waren feilboten.

»Das sind die Gôgen«, sagte Clara und zeigte auf eine Ansammlung ärmlich gekleideter Männer und Frauen. »Die Weingärtner«, erklärte sie, als Olivera sie fragend ansah. Frauen mit derben Gesichtern tauchten Kellen und Krüge in riesige Fässer.

Und mit einem Mal wurde Olivera klar, wo der Geruch, den sie wahrgenommen hatte, herrührte.

»Der Most ist genauso sauer wie der Wein«, flüsterte Clara hinter vorgehaltener Hand. »Mein Vater hat immer gesagt, dass es sich anfühlt, als ob man eine Katze aus dem Hals zieht, wenn man ihn trinkt.« Sie lächelte scheu.

Olivera konnte sich gut vorstellen, dass dieser Scherz nicht sehr weit hergeholt war. Wie sollten die Trauben in diesem Landstrich zur Reife gelangen? Sie bahnte sich einen Weg durch die Kauflustigen und ignorierte die Blicke, die man ihr hinterherschickte. Einige gut gekleidete Frauen verdrehten sich den Kopf nach ihr, weshalb sie die Kapuze tiefer ins Gesicht zog. Vorbei an den prächtigen Gebäuden, welche den Marktplatz säumten, kämpften sie sich die Marktgasse entlang einen kleinen Abhang hinab, der direkt auf den Getreidemarkt zuführte. Am Fuß des Abhangs lichtete sich das Gewühl ein wenig und sie wandten sich nach links. Bereits nach wenigen Schritten tauchten hohe Mauern zu ihrer Rechten auf – umrankt von feurig leuchtendem wildem Wein. »Das Spital«, sagte Clara und wies auf den Glockenturm der Kapelle. Mehrere Gebäude erstreckten sich um einen großen Innenhof, auf den Olivera durch ein offen stehendes Tor einen Blick erhaschte. Sie wollten gerade auf den Durchgang zusteuern, als sich eine Gruppe bewaffneter Stadtsoldaten näherte.

»Macht Platz!«, herrschte der Anführer die Tübinger an. Olivera und Clara wurden grob zur Seite gestoßen, als die Männer mit grimmigen Mienen an ihnen vorbeistürmten.

»Schon wieder einer«, hörte sie eine Frau betroffen flüstern. »Der Dämon ist zurück!« Bodenlose Furcht schwang in der Stimme der zweiten Sprecherin mit.

Olivera tauschte einen Blick mit Clara. Diese zuckte verwirrt die Achseln und schüttelte den Kopf. Was war es, das die Frauen so in Angst und Schrecken versetzte? Oliveras Neugier erwachte. Wie ein Schwarm Fliegen strömten mehr und mehr Menschen in dieselbe Richtung, welche die Stadtwachen eingeschlagen hatten. Auch wenn ihr Verstand ihr zuflüsterte, sich nicht um Angelegenheiten zu kümmern, die sie nichts angingen, gewann ihre Neugier die Oberhand.

»Die Neugier ist die Tugend des Teufels«, hörte sie ihre *Yiayia* in Gedanken schelten. Sie lächelte traurig. Wie sehr sie sich wünschte, ihre Großmutter wiederzusehen! Die Sehnsucht nach ihr und ihrer Heimat war wie ein beständiger Bauchschmerz. Da ihr die Kehle eng wurde, wischte sie den Gedanken an ihre *Yiayia* energisch beiseite und beschloss – beinahe trotzig – nachzusehen, was der Grund für all die Aufregung war. Misstrauische Blicke folgten ihr, als sie sich der Menschentraube anschloss. Bei der Krummen Brücke steckten zwei junge Mägde die Köpfe zusammen und tuschelten, während eine von ihnen mit unverhohlenem Missfallen auf Olivera zeigte. Was für Schimpfwörter diese beiden wohl für sie finden würden?, fragte sie sich. Heidin? Metze? Oder etwas Harmloseres? Sie schluckte die Bitterkeit, die bei der Tuschelei in ihr aufsteigen wollte, und hastete weiter in Richtung Westen. Dort erhob sich der Turm einer kleinen Kirche in den grauen Himmel. Der von dem Gebäude überschattete Gottesacker schien der Ort zu sein, auf den alle zuströmten. Ein Dutzend Spieße ragte über den Köpfen der Versammelten empor und verriet die Anwesenheit der Stadtwächter. Entgegen ihrer Abneigung gegen Menschenaufläufe regte sich noch mehr Neugier in Olivera. Was dort wohl geschehen sein mochte?

Wenngleich ihre Vernunft ihr immer eindringlicher sagte, dass sie diese Angelegenheit anderen überlassen und sich schleunigst ins Spital begeben sollte, trugen ihre Beine sie zu der Menge.

»Der Herr steh uns bei! Der Seelenräuber geht wieder um!«, hauchte eine totenbleiche Frau.

»Wie furchtbar!«, raunte es weiter vorn.

»Das ist das Werk von Teufelsanbetern«, zischte ein Mann, dessen Tracht ihn als Böttcher auswies.

»Jemand soll den Pfarrer holen!«

»Was soll das Geschrei?«, fragte ein fetter Kerl ganz am Rand der Ansammlung. »Das ist doch sicher wieder nur ein Unehrlicher! Seid froh, dass es niemand auf anständige Leute abgesehen hat!«

Eine Frau lachte schrill.

Olivera verspürte ein Kribbeln der Vorahnung. Aber als es ihr mit einiger Mühe endlich gelang, sich einen Weg durch die Gaffer zu bahnen, erschrak sie dennoch bis ins Mark. Der Anblick, der sich ihr bot, war grauenvoll. Bittere Galle stieg in ihr auf. Obwohl sie beim Wechseln von Verbänden schon viele schlimme Wunden gesehen hatte, waren die Verstümmelungen dieses Opfers so schrecklich, dass sie die Hand vor den Mund schlug. Auch wenn alles in ihr sie dazu drängte, den Blick abzuwenden, blieb dieser fasziniert und abgestoßen zugleich an dem haften, was einmal ein Mensch gewesen war: Nicht weit von dem Karren des Totengräbers lag die kopflose Leiche eines Mannes. Ein halbes Dutzend Wächter stand ratlos um den Körper herum und versuchte mehr schlecht als recht die Tübinger in Schach zu halten.

»Bleibt zurück!«, knurrte einer der Männer. »Oder wir müssen euch festnehmen!«

»Na, das will ich sehen, wie ihr uns alle festnehmt«, spottete es aus der Mitte der Menschentraube.

Olivera sah einen Schatten der Wut über das Gesicht des Wächters huschen. Während sich weitere hämische Stimmen zu Wort meldeten, wanderten ihre Augen von dem Halsstumpf des Toten zu seiner Brust, und sie runzelte die Stirn. Wo hatte sie das Wappen auf seinem Wams schon mal gesehen? Sie konnte zwar nicht ganz sicher sein, da sich der Stoff mit Blut vollgesaugt hatte, aber es schien schwarzweiß zu sein. Ihr Blick tastete weiter. Waren das die durchtrennten Riemen einer Geldkatze an seinem Gürtel? Die Neugier kehrte zurück und verdrängte die Übelkeit.

Die plötzliche Versuchung, sich neben den Getöteten zu knien und ihn näher in Augenschein zu nehmen, war groß. Doch im letzten Moment hielt Olivera sich davon ab. Um nicht noch mehr aufzufallen, als sie es ohnehin schon tat, machte sie einen Schritt zurück und ließ einer Bäckersmagd den Vortritt. Ohne auf deren entsetztes Aufkeuchen zu achten, zog sie die Unterlippe zwischen die Zähne, um daran zu nagen. Was ging hier vor?, fragte sie sich. Warum redeten alle von einem Dämon und Seelenräuber? Waren schon öfter solch grausige Morde geschehen? Das Auftauchen weiterer Stadtwächter sorgte dafür, dass die Menge sich teilte und Olivera sich noch weiter in den Hintergrund zurückzog. Als sie aus Versehen mit einem hochgewachsenen Jüngling zusammenstieß, bedachte dieser sie mit einem unschönen Ausdruck. Die Augenpaare, die daraufhin in ihre Richtung zuckten, ließen sie wünschen, sie hätte keinen Umweg gemacht. Etwas Hartes nistete sich in ihrer Brust ein und sie schlug hastig die Augen nieder, um niemanden zu reizen. Dann murmelte sie eine Entschuldigung und löste sich aus der Menge. Obschon sie sich nicht ein einziges Mal umwandte, konnte sie die Blicke in ihrem Rücken spüren. Ohne Vorwarnung flammte Zorn in ihr auf. Warum verletzte sie die Feindseligkeit der Tübinger so? Warum ließ sie die Abneigung nicht einfach an sich abprallen? Was scherte es sie, was andere von ihr dachten! Sie hob den Blick wieder und starrte trotzig geradeaus. Sie würde sich nicht einschüchtern lassen! Die Wut trieb das Blut in ihre Wangen, sodass diese entgegen der Kälte glühten. Mit Clara im Schlepptau kehrte sie zur Krummen Brücke zurück und atmete einige Male tief ein und aus. Und warum um alles in der Welt nagte die Neugier schon jetzt heftiger an ihr als noch vor wenigen Minuten? War der Anblick des Geköpften nicht eigentlich genug, um jeden vernünftigen Menschen das Fürchten zu lehren? Was ging *sie* der Tod eines Unehrlichen an? Hatte sie nicht wahrlich anderes zu tun? Ungehalten über sich selbst steuerte sie zielstrebig auf das Tor des Spitals zu. Clara schien den Brüdern und Schwestern bekannt, da die Torwächterin sie freundlich begrüßte.

»Clara!«, rief sie. »Hast du gehört, was geschehen ist?« Sie schlug ein Kreuz vor der Brust.

Das Mädchen war leichenblass, obwohl es sich nicht bis in die vorderste Reihe gewagt hatte. »Der Teufel raubt wieder Seelen«, entgegnete es. »Der Herr steh uns allen bei.« Auch sie malte ein Kreuzzeichen in die Luft.

»Sprich nicht vom Teufel«, schalt die Schwester. Die Falten auf ihrer Stirn glätteten sich jedoch umgehend wieder und sie legte der jungen Magd beruhigend die Hand auf den Arm. »Sei gottesfürchtig und reinen Herzens, dann wird der Barmherzige seine Hand über dich halten.« Erst jetzt schien sie Olivera zu bemerken. Die Falten kehrten zurück.

»Das ist meine Herrin«, sagte Clara. »Wir wollen zu Vater.«

»Seid gegrüßt«, sagte die Schwester steif.

Olivera erwiderte den Gruß, aber sie war erleichtert, dass die Aufmerksamkeit der Torhüterin just in diesem Moment von einer Gruppe Kinder abgelenkt wurde. Die Knaben schleppten Wassereimer in ein flaches Gebäude, das von einer riesigen Linde überschattet wurde.

»Trödelt nicht herum!«, schimpfte die Torhüterin. Die Jungen fuhren sichtlich zusammen, einer von ihnen verschüttete vor Schreck sogar einen Schwall Wasser. »Faules Gesindel«, grollte die Ordensfrau. Sie winkte einen untersetzten Kerl herbei, der aussah wie ein Stallknecht. Seine Gewittermiene verhieß nichts Gutes.

»Die Badestube ist dort drüben«, sagte Clara.

Olivera wandte hastig den Kopf, um nicht dabei zusehen zu müssen, wie der Mann die Knaben mit Schlägen zur Eile antrieb. Sie ließ sich von der Magd über den Hof auf ein Gebäude zuführen, das an eine Kirche erinnerte.

»Wieso hast du gesagt, dass der Teufel wieder Seelen raubt?«, fragte sie nach einigen Augenblicken. »Ist so etwas schon mal vorgekommen?«

Clara verlangsamte die Schritte. »Ja«, erwiderte sie. »Als der Herr auf Reisen war.« Sie zog schaudernd die Schultern hoch. »Immer wieder hat man Unehrliche gefunden. Und allen von ihnen haben Körperteile gefehlt«, flüsterte sie. »Als ob der Dämon sie ihnen abgebissen hätte!« Ihre Hand umklammerte das einfache Holzkreuz an ihrem Hals. Olivera fuhr sich mit der Zungenspitze über die plötzlich trockenen Lippen. Was ging vor in dieser Stadt? Wusste Laurenz davon? Und wenn ja, warum hatte er ihr nichts davon erzählt? Um sie nicht zu ängstigen? Ein Wagen voll beladen mit Brotlaiben polterte auf sie zu und zwang sie auszuweichen.

»Wie furchtbar«, murmelte sie und beschloss, Laurenz zu befragen, sobald sie wieder zu Hause war.

»Es ist ganz schrecklich«, stimmte Clara ihr zu. »Man könnte meinen, Gott will uns für irgendetwas strafen.«

Olivera bedeutete ihr weiterzugehen. Dass Gott etwas mit dem Toten auf dem Friedhof zu tun hatte, glaubte sie nicht. Viel eher vermutete sie, dass es sich um die Tat von Menschen handelte. Denn was hätte Gott mit der Geldkatze des Mannes anfangen sollen? Nach wenigen Schritten erreichten sie das flache Gebäude und betraten einen Vorraum, der in eine große Halle führte. Diese wurde von Säulenreihen in zwei gleich große Bereiche geteilt. Während zu Oliveras Rechter Männer sich teils zu dritt einfache Strohlager teilten, wurden links die Frauen von den Siechenmägden versorgt. Lediglich hie und da unterbrachen schmale Fensterschlitze die schmutzig-weißen Wände. Am Kopfende des lang gestreckten Raumes befanden sich ein Altar, über dem ein gewaltiger gekreuzigter Jesus hing, sowie eine Kanzel, von der an Sonn- und Feiertagen vermutlich die Messe gelesen wurde.

»Das ist die *Sutte* – die Dürftigenstube«, sagte Clara.

Vor ihnen fegte eine Novizin mit mürrischer Miene den Mittelgang. Sie machte einen weiten Bogen um eine soeben verstorbene Patientin, die von zwei Schwestern nackt aus dem Bett gezogen und in ein graues Leinentuch eingenäht wurde. Der Gestank von Urin, Kot und Schweiß hing schwer in der Luft und ließ Olivera die Nase rümpfen. »Kommt«, forderte Clara sie auf und führte sie den Gang entlang. Olivera atmete erleichtert auf, als sie die Badestube erreichten. Diese lag zwischen dem heimlichen Gemach und der Gemeinschaftsküche der armen Pfründner, wie Clara ihr erklärte.

»Das ist der Bereich für die Männer.« Clara zeigte nach links. »Und hier werden die Frauen versorgt.« Sie wandte sich nach rechts.

Kurz darauf fand Olivera sich in einem niedrigen Gemach wieder. An dessen Ende befand sich ein Ofen, vor dem in einem Kessel heißes Wasser dampfte. Entlang der Wände verliefen übereinander mehrere Bankreihen, sodass die Besucher sich höher oder niedriger setzen konnten – je nachdem, wie sehr sie schwitzen wollten. Etwa ein halbes Dutzend hölzerne Zuber und Bottiche luden zum Baden ein. Neben dem Ofen führte eine Tür in einen Raum, aus dem soeben ein graubärtiger Mann auftauchte.

»Man mag dem Zahnweh nachsagen, dass es vor Gefräßigkeit und Geschwätzigkeit schützt«, warf dieser über die Schulter zurück. »Aber das Gebrüll der Kranken ist schlimmer als alle Geschwätzigkeit dieser Welt.«

»Vater!«, rief Clara aus.

Der Bader blieb überrascht im Rahmen stehen. »Tochter«, brummte er.

Olivera wollte gerade den Mund öffnen, um ihn ebenfalls zu begrüßen, als ihr vor Überraschung die Worte im Hals stecken blieben. Hinter dem Bader schob sich Götz, der Bruder ihres Gemahls, in ihr Blickfeld.

KAPITEL 40

Tübingen, Ende Oktober 1408

GÖTZ PRALLTE ZURÜCK, als wäre er gegen eine Wand gelaufen. Fassungslos starrte er die Frau an, die er hier am Wenigsten erwartet hätte. Ihr Gesicht war leicht gerötet, und die Augen funkelten selbst in der Düsternis der Stube wie polierte Kiesel. Anders als beim Kirchgang trug sie ein Gewand, das beinahe züchtig zu nennen war. Das elfenbeinfarbene Tuch auf ihrem Kopf betonte ihre dunkle Färbung und die Feinheit ihrer Züge. Die weinrote Fucke unter ihrem schlichten Mantel wirkte wie ein verirrter Farbtupfer. Einige Herzschläge vergingen in unhöflichem Schweigen, dann räusperte er sich.

»Olivera«, sagte er heiser. Er räusperte sich erneut. »Hat Laurenz dich geschickt? Ist jemand erkrankt?«

Sie sah ihn fragend an. »Nein«, erwiderte sie nach kurzem Zögern. »Clara meinte, ihr Vater bräuchte meine Hilfe.«

Sie wandte sich dem Bader zu. Dieser trat verlegen von einem Fuß auf den anderen. Irgendetwas an der Situation schien ihm peinlich zu sein. Götz zog fragend die Nase kraus. Warum brauchte der Bader die Hilfe einer Frau? Er fasste den Mann scharf ins Auge. Nicht nur *einer* Frau, sondern der Frau seines Bruders? Was sollte diese eitle Metze mit der hübschen Larve schon wissen, das von Nutzen sein konnte? Wie man den Alten und Kranken das Haar flocht?

»Weißt du, Götz«, hub der Bader an. Er rang die Hände vor dem dicken Bauch. »Die vornehmen Pfründnerinnen liegen mir in den Ohren, dass du nicht genug für ihre Schönheit tust.« Er zuckte entschuldigend die Achseln. »Scheinbar reichen ihnen deine Salben nicht.« Sein Blick wanderte zu dem Korb, den seine Tochter in der Hand hielt. »Clara hat mir von den Arzneien erzählt, die deine Schwägerin zubereiten kann. Und ich dachte mir, du hättest nichts dagegen … Wo sie doch deine Schwägerin ist …«, stammelte er. Er fuhr sich mit dem Handrücken über die Stirn, obwohl der Ofen zu dieser Tageszeit nur mit wenig Holz befeuert wurde.

»Arzneien?« Götz wusste nicht, ob der Bader diesen Scherz für gut hielt. Er kniff die Augen zusammen. »Willst du mich auf den Arm nehmen?«, fragte er schroff.

Seit er vor einem halben Jahr die Versorgung der Spitalapotheke übernommen hatte, schien ihm der Kerl immer wieder Stöcke zwischen die Beine zu werfen. Gut, sein

Vorgänger war ein angesehener und beliebter Mann gewesen. Aber genauso ein Krämer-Apotheker wie Götz selbst. Was sollten diese Spielchen also?

Seiner Schwägerin schien die Situation ebenfalls nicht sonderlich zu behagen. Ihre rabenschwarzen Brauen berührten sich beinahe über der Nasenwurzel. Die vollen Lippen waren leicht geöffnet, als wolle sie etwas sagen. Ein Funke, den Götz nicht zu deuten vermochte, glomm in ihren dunklen Augen.

»Ich verstehe nicht ganz«, sagte sie schließlich. Ihr leicht singender Akzent war ihm schon bei ihrer ersten Begegnung aufgefallen – nicht jedoch die warme Tiefe ihrer Stimme. »Du bereitest auch Arzneien zu?«, fragte sie an Götz gewandt.

Der verdutzte Ausdruck auf ihrem Gesicht verlieh ihr etwas Hilfloses. Und für den Bruchteil eines Augenblicks konnte Götz sich vorstellen, was seinen Bruder dazu bewogen hatte, sie zu heiraten. Sie war schön, daran bestand kein Zweifel. Aber, wie alles, für das Laurenz sich interessierte, war sie ganz gewiss auch oberflächlich und hohl.

»Ja«, erwiderte er knapp. »Ich führe die Spitalapotheke.«

Die Worte bewirkten, dass Olivera einen Schritt nach hinten machte. Sie sah von ihm zu dem Bader und dann zu der jungen Magd.

»Das wusste ich nicht«, sagte sie.

»Woher auch?«, fragte Götz. »Laurenz weiß noch nichts davon und sie«, er zeigte mit dem Kinn auf Clara, »hat vermutlich genauso wenig gedacht wie du.«

Mit dem letzten Wort wirbelte er zu dem Bader herum. Dieser hob die Hände.

»Bitte mach mir keinen Vorwurf«, versuchte er Götz zu beschwichtigen. »Du weißt, wie die alten Weiber sind.

Haben sie dir nicht oft genug in den Ohren gelegen, dass du etwas für ihre fauligen Zähne tun sollst?«

Götz schnaubte. »Außer die Stummel auszureißen, gibt es nicht viel, das man tun kann«, knurrte er.

»Das *du* tun kannst«, gab der Bader mit einem Lächeln zurück. »Deine Schwägerin kennt ein Mittel, mit dem man die Zähne der alten Drachen wieder weiß machen kann.« Sein Lächeln wurde zu einem Grinsen.

»Wenn es dich stört, dass ich hier bin«, warf Olivera ein, »dann gehe ich wieder. Ich möchte nicht, dass es Streit gibt. Bitte.« Sie machte Anstalten, die Badestube wieder zu verlassen. »Es war eine dumme Idee«, murmelte sie.

»Nein, bleib.« Die Worte waren heraus, bevor Götz nachgedacht hatte. Warum hatte er das gesagt? Er biss sich auf die Zunge. Aber seine Neugier war stärker als sein Ärger. »Bist du Apothekerin?«, fragte er – auch wenn er sich das beim besten Willen nicht vorstellen konnte.

»Nein«, erwiderte sie. Genugtuung wollte sich in ihm ausbreiten. Doch ihre nächsten Worte vertrieben das Gefühl des Triumphes schneller, als es gekommen war. »Ich bin Salbenmacherin.«

Salbenmacherin? War das nicht das Gleiche wie eine Apothekerin? Wo um alles in der Welt wollte dieses Mädchen das Wissen hernehmen, das dazu nötig war? Sicherlich war sie nichts anderes als eine Kräuterfrau, die sich mehr auf Hokuspokus verließ als auf Wissen. Er verzog den Mund.

»Aha«, war alles, was ihm einfiel.

Der Bader schien diese Antwort als Zustimmung zu deuten. »Bestens«, frohlockte er. »Folgt mir, ich führe Euch ins Obergeschoss«, sagte er an Olivera gewandt. »Braucht Ihr etwas? Ein Feuer, Wasser, etwas anderes?«

Olivera schüttelte den Kopf. »Nein«, erwiderte sie. »Ich habe alles zu Hause vorbereitet.« Götz beäugte den Korb mit unverhohlenem Misstrauen.

»Ich komme mit«, platzte es aus ihm heraus. Er wich ihrem Blick aus. »Ich möchte wissen, was für eine Arznei du ihnen verabreichen willst.«

»Gerne«, sagte sie kühl.

»Hier entlang«, mischte sich der Bader ein und führte sie durch einen Nebenausgang in den Hof hinaus. Scheinbar wollte er Olivera so schnell wie möglich in den Wohnbereich der reichen Pfründner schaffen – bevor die Stimmung noch feindseliger werden konnte.

Es dauerte nicht lange, bis sie eine überdachte Holztreppe erreichten. Nachdem sie diese erklommen hatten, passierten sie im ersten Stock eine geräumige Küche, in der Mägde Fleisch würzten und Gemüse putzten.

»Die Witwe Breuning hat nach Euch verlangt, sobald sie gehört hat, was Ihr bewerkstelligen könnt«, ließ der Bader Olivera wissen. Götz verkniff sich eine gehässige Bemerkung. Die Witwe Breuning lebte ausschließlich dafür, die Bediensteten und die anderen Bewohner des Spitals nach ihrer Pfeife tanzen zu lassen. Wenn die Mittelchen seiner Schwägerin nicht den gewünschten Erfolg zeigten, würde die Alte dafür sorgen, dass es die ganze Stadt wusste. Das hatte er am eigenen Leib erfahren müssen. Als es ihm nicht gelungen war, ihre eingebildeten Schmerzen zu lindern, hatte sie überall herumerzählt, dass der neue Spitalapotheker nichts taugte. Zum Glück gab es genug Alte und Kranke, die ihre scharfe Zunge kannten und dennoch zu ihm kamen, wenn ihre Körpersäfte im Ungleichgewicht waren.

Sie hatten die Kammer der alten Frau erreicht. Die Tür stand offen, da eine Siechenmagd gerade dabei war, die Kissen der Witwe aufzuschütteln. Durch ein Fenster fiel das schwache Licht des Herbsttages auf das Gesicht einer verschrumpelten Greisin, deren Augen jedoch wach leuchteten. Es stank nach Essig und altem Blut, da die alte Frau zu denen gehörte, die für teures Geld Tücher erstanden, welche mit dem Blut von Flagellanten getränkt waren. Diese – so glaubten viele – konnten ein Haus vor der Pest schützen.

»Was wollt ihr alle hier?«, fragte sie mit zittriger Stimme. »Bist du das, Jacob?«

Der Bader bejahte. »Das hier ist die Heilerin, von der ich dir erzählt habe«, sagte er und schob Olivera auf das Bett zu.

Götz sah, wie die Greisin die Augen zusammenkniff und seine Schwägerin eingehend musterte.

»Wie alt bist du, Kind?«, fragte sie schließlich. Ihre Stimme erinnerte Götz an ein Reibeisen.

»Sechzehn«, erwiderte Olivera.

Die alte Pfründnerin verscheuchte die Siechenmagd mit einer ungeduldigen Geste und schob sich in eine sitzende Position. »So, so, sechzehn«, erwiderte sie. »Und *du* kennst Mittel, die dieser dort«, sie deutete auf Götz, »nicht kennt?«

Götz sah, dass Olivera errötete.

»Diese Frage kann ich nicht beantworten«, gab sie bescheiden zurück. »Aber ich kann dafür sorgen, dass Eure Zähne wieder so weiß werden wie die einer jungen Frau.« Sie lächelte die Greisin an.

Diese schürzte die Lippen, sodass tiefe Falten ihren Mund in etwas verwandelten, das aussah, wie der Anus einer Katze. »Wenn du das tatsächlich zuwege bringst, kaufe ich jede Arznei, die du hast!« Sie lachte meckernd und entblößte zwei Reihen braun-gelber Zahnstummel.

Götz verkniff sich ein schadenfrohes Grinsen. Wenn seine Schwägerin diese Ruinen in etwas Ansehnliches verwandeln konnte, würde er einen Besen fressen!

Mit einem verächtlichen Lächeln auf den Lippen sah er dabei zu, wie Olivera einen Lederbeutel aus dem Korb holte und diesen öffnete. Augenblicklich stach ihm der Geruch von Weihrauchharz und Mastix in die Nase, und seine Verachtung verwandelte sich in Neid. Solch teure Zutaten konnte er sich nicht leisten! »Öffnet den Mund«, bat Olivera die alte Frau. Diese gehorchte und schloss genüsslich die Augen, als Olivera ein Pulver in ihre Zähne und ihr Zahnfleisch einmassierte.

»Es muss einige Zeit einwirken«, sagte sie. »Ihr solltet nicht sprechen.«

Die Greisin nickte. Während sich der schwere Duft des Harzes weiter im Raum ausbreitete, entkorkte Olivera einen irdenen Tiegel und träufelte eine zähe Flüssigkeit auf ein Tuch.

»Was ist das?«, fragte Götz, bevor er sich davon abhalten konnte. Seine Neugier war stärker als sein Stolz.

Olivera schenkte ihm ein Lächeln. »Bimsstein, Salz, Zimt, Nelken und Honig«, ließ sie ihn wissen. »Der Bimsstein und das Salz wirken als Schleifmittel, die anderen Zutaten kräftigen den Zahn.«

Sie trat wieder an das Bett und begann, die Zähne und das Zahnfleisch der Pfründnerin kräftig abzureiben. Als sie fertig war, faltete sie das Tuch zusammen und steckte es zurück in den Korb.

»Hat es geholfen?«, fragte die alte Frau – eifrig wie ein Kind. »Gebt mir einen Spiegel!« Sie fuchtelte mit ihrer knotigen Hand in Richtung eines Tischchens, auf dem eine polierte Silberscheibe lag. Die Tochter des Baders reichte den Spiegel weiter und kurz darauf ertönte erstauntes »Ah« und »Oh«. Tatsächlich schienen die Stummel ein wenig heller als vor der Behandlung.

»Um die Wirkung zu erhöhen, muss man die Arznei öfter anwenden«, sagte Olivera. »Wenn Ihr wollt, kann ich wiederkommen.«

Die Greisin starrte noch einige Momente ihr Spiegelbild an, dann winkte sie Olivera mit dem angewinkelten Zeigefinger zu sich. Sie bedeutete ihr, sich zu ihr hinabzubeugen. Obschon Götz die Ohren spitzte, konnte er nicht hören, was sie seiner Schwägerin ins Ohr flüsterte. Diese nickte jedoch ernst und richtete sich wieder auf.

»Gleich morgen?«, fragte die Greisin.

»Gleich morgen«, bestätigte Olivera.

»Hier«, sagte die Pfründnerin. Sie kramte in den Falten ihres Bettgewandes und zog einen Lederbeutel hervor. Mit vom Alter zittrigen Fingern befreite sie eine Münze daraus. »Bring mir so viel, wie man dafür kaufen kann.« Sie warf Götz einen missfälligen Blick zu. »Von *ihm* bekomme ich nur dieses verwässerte Zeug!«

Olivera versprach, ihr das Gewünschte am nächsten Tag zu bringen, dann verabschiedete sie sich von der alten Frau. Draußen auf dem Korridor sah sie entschuldigend zu Götz auf.

»Es tut mir leid«, sagte sie. »Ich will mich nicht in dein Geschäft drängen.« Ihre Ehrlichkeit war entwaffnend. »Sie hat Mohnsaft bestellt. Wenn du ihn ihr zubereiten willst …« Sie zuckte die Achseln, als Götz energisch den Kopf schüttelte.

Einige Sekunden verstrichen, ohne dass jemand etwas

sagte. Dann streckte Olivera ihm unsicher die Hand entgegen.

»Ich hoffe, wir sehen uns bald wieder«, murmelte sie. Ihr Akzent verstärkte sich, wenn sie sich unwohl fühlte, fiel Götz auf. Warum ihm ausgerechnet dieser Gedanke durch den Kopf schoss, wusste er nicht. Mit einer Miene, die weder unfreundlich noch freundlich sein sollte, ergriff er die dargebotene Hand. Sie war kühl und zierlich. »Kommt zum Essen«, sagte er. »Die Einladung war ernst gemeint.« Er sah ihr nach, wie sie zusammen mit ihrer Magd die Treppe hinab verschwand. Einen Moment lang war er versucht, an das Holzgeländer zu treten, um ihr weiter hinterherzublicken. Doch er widerstand dem Drang. Auch wenn sie nicht ganz so hohlköpfig war, wie er gedacht hatte, gab es keinen Grund, sie zu bewundern! Es war schließlich kein Kunststück, mit teuren Zutaten Eindruck zu schinden. Wenn *er* über genügend Geld verfügen würde, dann würden ihm die alten Hexen auch aus der Hand fressen! Was wirklich zählte, war, mit einfachen Mitteln Wirkung zu erzielen. Nicht mit Kunststücken, wie sie auch die fahrenden Heiler, Zahnbrecher und Quacksalber beherrschten! Als der Bader neben ihm ein Hüsteln von sich gab, bedachte er ihn mit einem vernichtenden Blick.

»Hättest du sie meinem Vorgänger auch vor die Nase gesetzt?«, fragte er ätzend. Ohne auf eine Antwort zu warten, stürmte er davon.

KAPITEL 41

Tübingen, Ende Oktober 1408

Wenngleich es immer noch leicht regnete und der Wind ihr trotz des Tuches auf ihrem Kopf in den Ohren schmerzte, war Olivera froh, als sie wieder im Freien war. Die Gegenwart ihres Schwagers hatte sie verunsichert, und sie wusste nicht, was sie von der ganzen Angelegenheit halten sollte. Zwar würde Laurenz frohlocken, wenn sie ihm erzählte, dass sie Eindruck auf die reiche Pfründnerin gemacht hatte. Aber wie würde er es aufnehmen, wenn sie ihm sagte, dass sie seinem Bruder nicht das Geschäft verderben wollte? Sie fühlte sich schäbig. Zuerst war sie zornig gewesen, weil Götz sie so von oben herab behandelt hatte. Doch nach einem Blick auf seine fadenscheinige Kleidung war ihr klar geworden, dass er eine Bedrohung in ihr sehen musste. Sie zog die Kapuze über den Kopf und nickte der unfreundlichen Torhüterin zum Abschied zu. Dann trat sie mit Clara zusammen hinaus auf die Straße. Diese war verstopft mit Karren, auf deren Ladeflächen sich Äpfel und Birnen türmten.

»Sie fahren zur Kelter«, erklärte Clara.

Frauen in einfachen, blauen Kleidern mit wettergegerbten Gesichtern hockten auf den Obstbergen – die Wangen und Nasen von der Kälte gerötet. Da sie nicht erpicht darauf war, unter die Räder zu kommen, blieb Olivera stehen, um zu warten, bis die Wagen in die Schmiedtorstraße abgebogen waren. Während sie mit der Schuhspitze eine geplatzte Kastanie hin und her schob, durchlebte sie in Gedanken die Begegnung mit Götz ein weiteres Mal. Im Gegensatz zu Laurenz hatte er Augen, die so grün waren, dass sie an saftiges Gras erinnerten. Diese Augen hatten deutlich sein Missfallen widergespiegelt, und Olivera hatte seine Gedanken förmlich darin lesen können. Er verachtete sie. Warum? Darüber war sie sich nicht ganz im Klaren. Vermutlich lag es entweder an ihrer Herkunft oder an der Tatsache, dass sie eine Frau war. Was auch immer der Grund für seine Abneigung war, etwas sagte ihr, dass seine Gefühle nicht ausschließlich etwas mit ihr zu tun hatten. Bei der Begegnung vor der Pfarrkirche war deutlich geworden, dass Götz und Laurenz sich nicht besonders mochten. Sie fragte sich gerade, ob es ein guter Einfall war, seine Einladung zum Essen anzunehmen, als sie ein fauliger Apfel am Bein traf. Sie bückte sich, um die Frucht aufzuheben und zurück auf den Karren zu werfen, von dem sie gefallen sein musste. Allerdings folgte dem ersten Apfel ein zweiter. Und dieser traf sie am Kopf.

»Hört auf damit!« hörte sie Clara schimpfen. Sie zuckte zusammen, als eine weitere faulige Frucht vor ihr auf den Boden klatschte. Ärgerlich richtete sie sich wieder auf und sah sich nach den Übeltätern um. Diese – zwei rotznäsiger Bengel von ungefähr sechs Jahren – saßen auf dem letzten Wagen. Einer von ihnen hob gerade den Arm, um einen weiteren Apfel zu werfen. Doch die Frau hinter ihm griff nach seiner Hand. Kopfschüttelnd entrang sie ihm das Geschoss. Anstatt ihn für seine Frechheit zu bestrafen, bedachte sie Olivera allerdings lediglich mit einem Blick, der dieser Unbehagen bereitete. Dann spuckte sie verächtlich über die Seitenwand des Wagens auf die Straße. Die Umstehenden, die den Zwischenfall ebenfalls verfolgt hatten, steckten die Köpfe zusammen und schielten in Oliveras Richtung. Überall wurde getuschelt, sodass die junge Frau sich unvermittelt zurück hinter die schützenden Mauern des Spitals wünschte. Schmale Münder, scharfe Seitenblicke und heftiges Gestikulieren verrieten ihr genug, ohne dass sie die Worte hören musste. Ein hagerer Kerl fuchtelte wild in der Luft herum, und Olivera schnappte den Ausdruck »Heidenland« auf. Zorn flammte in ihr auf. Mit einer trotzigen Geste zerrte sie an der Kette ihres Kruzifixes und holte es unter dem Stoff ihrer Fucke hervor.

»Seht her! Was denkt ihr, was das ist?«, hätte sie am liebsten gerufen. Aber ihre Vernunft riet ihr davon ab. Warum die Gemüter noch mehr erhitzen? Daher schluckte sie ihren Zorn und zog stattdessen die Kapuze noch tiefer ins Gesicht. Sobald die letzten Karren abgebogen waren, raffte sie die Röcke und schlug den Weg zurück zum Marktplatz ein. Dort tummelten sich immer noch Weingärtner und Kauflustige, doch zu ihrer grenzenlosen Erleichterung zollte man ihr keinerlei Beachtung. Als sie einige Minuten später den Hof von Laurenz' Haus betrat, atmete sie auf. Die Feindseligkeit der Tübinger zerrte an ihren Nerven. Warum konnte man sie nicht einfach in Ruhe lassen? Erneut keimte Ärger in ihr auf. Schließlich hatte sie niemandem etwas getan! Um sich von den unerfreulichen Gedanken abzulenken, beschloss sie, den Mohnsaft zuzubereiten, den sie der Pfründnerin versprochen hatte.

»Du kannst gehen«, sagte sie zu Clara, sobald die junge Magd den Korb auf der halb vermoderten Bank abgestellt hatte, die der Schreiner hoffentlich bald ausbessern würde. Zwischen den Brettern des Schuppens klafften immer noch handbreite Ritzen. Auch auf ihre Regale würde sie wohl noch eine Weile warten müssen. Der Wind pfiff durch die Spalten und ließ sie frösteln. Mit klammen Händen entzündete sie ein Feuer. Wenigstens war der Lehmboden nicht mehr mit Federn und Vogelmist übersät, dachte sie mit einem Seufzen. Als die Flammen endlich auf die dicken Buchenscheite übersprangen, kehrte sie der Feuerstelle den Rücken und öffnete die Deckel ihrer Truhen. Auch wenn es mühsam war, die Zutaten aus den Kisten zusammenzusuchen, war sie glücklich, diesen Zufluchtsort zu haben. Irgendwie fühlte sie sich inmitten ihrer Tiegel, Töpfe und Kräutersäckchen geborgen – beinahe wie zu Hause in der Offizin ihrer *Yiayia.* Die vertrauten Gerüche, das Abwiegen, Seien und Vermischen ließen sie wenigstens eine Zeit lang die graue Wirklichkeit des Tübinger Alltags vergessen. Sie kramte das Säckchen mit den unreifen Mohnsamenkapseln hervor und ritzte diese mit einem scharfen Messer an. Dann fing sie den milchigen Saft in einem Mörser auf und vermischte ihn mit etwas Weingeist, woraufhin sich der Saft rotbraun verfärbte. Diesen füllte sie in eine kleine Flasche ab, wiederholte die Prozedur und verkorkte das Gefäß schließlich sorgfältig. Mit dieser Menge konnte die Pfründnerin wochenlang die Fußgicht bekämpfen, an der sie zweifelsohne litt. Einen Augenblick schweiften Oliveras Gedanken zu den Armen ab, die sich solcherlei teure Arzneien nicht leisten konnten. Vermutlich war die Anwendung von Mohnsaft in der Dürftigenstube ohnehin nicht gern gesehen. Gewiss gab es auch in Tübingen genügend Menschen, die es für eine Sünde hielten, den Kranken die Schmerzen zu lindern.

»Armut und Krankheit sind eine Strafe Gottes«, war ihre Großmutter oft angefeindet worden. »Was du tust, ist gotteslästerlich.«

Olivera lächelte wehmütig bei den Bildern, welche diese Erinnerung mit sich brachte. Bevor die Sehnsucht nach ihrer Heimat sie überwältigen konnte, verstaute sie hastig den Mohnsaft in ihrem Korb und bereitete noch etwas Goldene Wundsalbe, Theriak und einen Aufguss aus Bilsenkraut zu. Im Anschluss daran löschte sie das Feuer, wusch sich die Hände in einer Waschschüssel und begab sich ins Hauptgebäude. Sie musste Laurenz von der Begegnung mit Götz erzählen. Und von dem kopflosen Toten auf dem Gottesacker! Allerdings war er nirgends zu entdecken.

»Der Herr ist schon vor Stunden fortgegangen«, ließ die Köchin sie wissen. »Kurz nachdem dieser Bentz hier war. Er war ganz aufgeregt.« Sie runzelte die Stirn. »Ich frage mich, was der Bursche andauernd hier will. Um das Schlachten kümmert er sich jedenfalls nicht. Es fehlt kein einziges Stück Vieh im Stall und Fleisch zum Einsalzen hat er mir auch noch nicht gebracht«, murmelte sie. »Ich fürchte, er betrügt Euren Gemahl.« Ihr Gesicht war ernst. Einige weitere abfällige Äußerungen folgten. Schließlich tauchte sie die mehligen Arme wieder in eine riesige Schüssel und walkte deren Inhalt, bis sie hochrot anlief. Enttäuscht sah Olivera der rundlichen Frau eine Weile beim Teigmachen zu, dann zog sie sich aus der Küche zurück. Am Fuß der Treppe zögerte sie einen Moment lang – trotz Laurenz' Bitte unvermittelt versucht, noch einmal in den Keller hinabzusteigen. Warum es sie dort hinabzog, begriff sie selbst nicht. Aber seit dem Zwischenfall mit Laurenz nagte die Neugier in regelmäßigen Abständen an ihr.

Die Hand, mit der Laurenz den Becher zum Mund führte, zitterte immer noch. Zwar hatte der Wein inzwischen den Eisblock in seinem Inneren zum Tauen gebracht. Doch das Grauen steckte ihm auch nach Stunden noch in den Gliedern. Nachdem er – Bentz dicht auf seinen Fersen – zu Auberlin Schniders Haus gestürmt war, um diesen zur Rede zu stellen, hatte das Ratsmitglied ihn, ohne viel Federlesens zu machen, mithilfe des Schlachters in einen kleinen Kellerraum gesperrt.

»Wenn du dich beruhigt hast, können wir darüber reden«, hatte Schnider kühl gesagt. Dann hatte er die Tür zugeknallt und von außen verriegelt. Allein mit seinem Entsetzen und der Dunkelheit hatte Laurenz Höllenqualen durchlitten; hatte gefleht und geheult, geflucht und getobt. Allerdings hatte niemand ihm Beachtung gezollt. Und so war er schließlich ermattet in einer Ecke auf den Boden gesunken und hatte versucht, die furchtbaren Gedanken aus seinem Kopf zu verbannen. Die Vorstellung, dass für den Reliquienschwindel die Ruhe der Toten gestört wurde, hatte ihm schon schlaflose Nächte bereitet. Doch das, was Bentz ihm – fast beiläufig – gesagt hatte, sorgte dafür, dass er vor Furcht am ganzen Leib schlotterte. Während der scheinbaren Ewigkeit, die er alleine mit sich und seiner Angst in der Dunkelheit zugebracht hatte, waren die Dämonen zurückgekehrt. Mit messerscharfen Fängen und Klauen hatten sie nach seiner Seele gegriffen und versucht, sie ihm aus der Brust zu reißen. Sodass er sich jetzt, in dem lichtdurchfluteten Kontor von Auberlin Schnider, immer noch ausgehöhlt und verdammt fühlte.

»Hier, häng dir das um den Hals, wenn du dich so vor den Mächten der Finsternis fürchtest«, schnaubte der Ratsherr und warf eine Handvoll Bleitäfelchen in Laurenz' Schoß.

Die Amulette waren an einfachen Lederschnüren befestigt, damit man sie sich leicht um den Hals hängen konnte. Laurenz stellte seinen Kelch so hastig auf dem Tisch ab, dass der Inhalt überschwappte. Warum war er nicht selbst darauf gekommen? Mit Händen, die so heftig zitterten, dass er mehrere Anläufe benötigte, riss er die Bleitafeln an sich und steckte den Kopf durch die Schnüre.

»Siehe das Kreuz des Herrn, flieht, ihr feindlichen Mächte«, murmelte er die Inschrift, die zweifelsohne darin eingeritzt war. Da es die Wirkung des Amuletts jedoch zunichtemachen würde, wenn das menschliche Auge die Worte sehen konnte, waren diese durch die Faltung verborgen.

Die Dämonen hingegen – in der Lage, die magischen Worte selbst durch das mehrfach gefaltete Blei hindurch zu lesen – würden forthin vor ihm zurückscheuen wie vor einem geweihten Altar. Er schluckte trocken und fuhr sich mit den Handflächen über das Gesicht. Immer noch stand kalter Schweiß auf seiner Stirn.

»Ich weiß gar nicht, warum du dich so aufregst«, hörte er Schnider sagen. »Bei Sebolt hat es dich nicht im Geringsten gestört, dass Bentz sich um ihn gekümmert hat. Warum stellst du dich bei den anderen so an? Es waren *Unehrliche!* Wen schert das schon?« Der Ratsherr lehnte sich in seinem fellgepolsterten Stuhl zurück und verschränkte die Arme vor der Brust. »Sie waren alle bettelarm.«

Laurenz ahnte, worauf er hinauswollte, dennoch erschütterten ihn die nächsten Worte des Mannes.

»Du weißt doch, dass Armut eine Strafe Gottes ist. Anstatt dich unnütz von deinem Gewissen plagen zu lassen, solltest du daran denken, dass wir das Leiden dieser Verstoßenen verkürzt haben.« Er änderte seine Körperhaltung und beugte sich in seinem Stuhl nach vorn. »Gott hat ganz gewiss nichts dagegen, dass wir diese armen Seelen ein wenig früher ins Fegefeuer geschickt haben. So können sie wenigstens für ihre Sünden büßen, anstatt durch dieses irdische Jammertal zu wandern und noch mehr Schuld auf sich zu laden.«

Der Wein in Laurenz' Magen verwandelte sich in Essig und stieg ihm sauer in die Kehle. Einen Moment lang fürchtete er, sich übergeben zu müssen. Er war noch damit beschäftigt, gegen die plötzliche Übelkeit anzukämpfen, als Auberlin Schnider fortfuhr. »Reiß dich zusammen!«, knurrte er. »Wenn jemand deinetwegen Verdacht schöpft ...« Er brauchte den Satz nicht beenden. »Die Lieferung muss bis Ende des Jahres fertig sein. *Wie* ihr die Behältnisse füllt, ist mir vollkommen gleichgültig! Aber seht zu, dass es keine Verzögerungen gibt.« Er machte Anstalten, sich zu erheben. »Und du«, er bohrte den Blick in Laurenz' Augen, »solltest zusehen, dass du bis nächste Woche wieder du selbst bist. Kein Gebrüll, kein Geheule.« Sein Mund verzog sich zu einer harten Linie. »Ich habe keine Lust, vor dem Rat als Narr dazustehen, weil ich einen Mann unterstütze, den der Herr mit Geistesverwirrung geschlagen hat.« Die Drohung war nicht zu überhören. »Außerdem«, fügte er hinzu, als sei ihm der Gedanke eben erst gekommen, »denkst du nicht, dass Gott uns seinen Zorn spüren lassen würde, wenn ihm unser Unterfangen missfallen würde?« Er wandte sich der Tür des Kontors zu. »Stattdessen überschüttet er uns mit Reichtum.« Seine Hand griff nach der Klinke. »Darüber solltest du nachdenken, nicht über das wertlose Leben dieses Pöbels, von dem Bentz die Stadt befreit hat!« Er bedeutete Laurenz, den Raum zu verlassen.

»Was, wenn meine Frau etwas bemerkt?«, fragte dieser heiser. Es war der einzige Strohhalm, die einzige Ausflucht, die ihm auf die Schnelle einfiel.

»Dann wirst du dafür sorgen, dass sie den Mund hält«, war die knappe Antwort. »Und jetzt geh nach Hause und denk an all das Gold, das schon bald dir gehört!« Er schob Laurenz grob auf die Treppe zu und pfiff einen Knecht herbei. »Begleite ihn nach draußen«, trug er diesem auf. Dann verschwand er wieder in seinem Kontor.

Mit Beinen, die sich genauso bleischwer anfühlten wie die Amulette um seinen Hals, stolperte Laurenz kurz darauf über Schniders Hof. Der Wein machte ihn schwindelig. Das Eingesperrtsein in dem Kellerloch hatte ihn erschöpft – geistig wie körperlich. Er taumelte auf die Straße hinaus und blinzelte, um den Schwindel zu vertreiben. Sobald die silbernen Sternchen aufhörten, vor seinen Augen zu tanzen, zog er den Kopf ein und wich den Blicken all derjenigen aus, die ihm entgegenkamen. Während die Gedanken in seinem Kopf wild durcheinanderwirbelten, biss er so heftig auf seiner Zunge herum dass er schon bald Blut schmeckte. Hatte er nicht auch schon oft genug versucht sich einzureden, dass Gott sie strafen würde, wenn ihm ihr Unterfangen missfiel? Er spürte erneut Übelkeit in sich aufsteigen. Allerdings hatte er zu diesem Zeitpunkt noch nicht gewusst, dass Bentz Menschen abschlachtete! Wie in der Dunkelheit des Kellerraumes drängten sich grässliche Bilder in sein Bewusstsein. Er würgte. Die Münzgasse verschwamm vor seinen Augen. Ohne darauf zu achten, wo er hintrat, taumelte er in einen kaum mannsbreiten Durchgang zu seiner Linken, der hinab zum Klosterberg führte. Heftig keuchend fiel er auf die Knie und erbrach sich in eine Rinne unter einem halb verfallenen Erker. Es dauerte lange, bis er sich wieder aufrichtete und den Mund wischte. Mit butterweichen Knien lehnte er sich an die Hauswand und versuchte, die Gewalt über seinen Körper zurückzugewinnen. Beinahe eine halbe Stunde stand er bebend wie Espenlaub da – unfähig, sich vom Fleck zu rühren. Die wenigen Tübinger, welche die Stufen des Klosterberges erklommen, bedachten ihn mit halb mitleidigen, halb misstrauischen Blicken. Zwei Augustinermönche murmelten etwas Lateinisches, doch niemand wagte es, ihn anzusprechen. Schließlich ließ das von seinem Bauch ausgehende Zittern etwas nach, sodass er wagte, sich von der Wand zu lösen.

Schnider hatte recht. Er musste sich endlich zusammenreißen! Wenn er so weitermachte, würde er nicht nur bald den Verstand verlieren. Auch Olivera würde Verdacht schöpfen. Und das durfte er beim besten Willen nicht zulassen! Er leckte sich die trockenen Lippen. Der Regen hatte irgendwann im Laufe der letzten Stunden nachgelassen und die Wolkendecke riss an einigen Stellen auf. Schüchtern lugte die Sonne hie und da hervor. Allerdings wäre es Laurenz lieber gewesen, wenn sie ihr Gesicht weiterhin verborgen hätte. Irgendwie sorgte der Sonnenschein dafür, dass er sich noch schlechter fühlte. Seine Hand wanderte zu den Bleitafeln. Die frommen Sprüche darauf würden ihn beschützen! Kein Dämon war gegen die Macht des Bibelwortes gefeit! Warum regte er sich also so auf? War es nicht Bentz, der seine Seele in Gefahr brachte? Schließlich war die einzige Sünde, die Laurenz sich vorzuwerfen hatte, die Einfuhr gefälschter Reliquiare. Für alles andere konnte er wohl kaum zur

Verantwortung gezogen werden! Oder doch? Er ließ die Amulette wieder los und stopfte sie unter sein Hemd.

»Wo bin ich da nur hineingeraten?«, murmelte er. Wie hatte er nur so dumm sein können?, fragte er sich zum wohl tausendsten Mal. Eine Weile stand er leicht schwankend da, dann rückte er seine Kleider zurecht und trat zurück in die Münzgasse. Wenn er doch nur die Zeit umkehren könnte!, dachte er, während er seinen Heimweg müde fortsetzte. Aber das war leider nicht möglich. Seine Zunge fuhr erneut über seine rauen Lippen. Warum fürchtete er sich nur so entsetzlich? Konnte er nicht eigentlich seine Hände in Unschuld waschen? *Er* hatte schließlich keinem der Unehrlichen auch nur ein Haar gekrümmt! Der einzige, dessen Leben er auf dem Gewissen hatte, war der Dieb, den er in der Walachei versehentlich getötet hatte. Und für diese Tat hatte er bereits um Vergebung gebeten! »Ego te absolvo«, hatte der Priester gesagt. Also war seine Seele rein! Er biss die Zähne aufeinander. Wenn er in Zukunft in die andere Richtung sah und Bentz die Dreckarbeit erledigen ließ, würde er sich vor Gottes Zorn nicht fürchten müssen!

KAPITEL 42

Tübingen, Ende Oktober 1408

Als Laurenz endlich nach Hause zurückkehrte, war Oliveras Neugier schon längst verflogen. Sie hatte der Versuchung, in den Keller zu schleichen, widerstanden und sich stattdessen in dem vernachlässigten Kräutergarten umgesehen. Mühsam hatte sie die Beete von abgestorbenen Stauden und verfaultem Unkraut befreit und beschlossen, sobald wie möglich etwas Knoblauch zu stecken. Außerdem würde sie noch vor dem Winter Gartenkresse aussähen, um Kressewasser herzustellen. Dieses Mittel schützte vor Haarausfall und würde sich bei den Pfründnern bestimmt großer Beliebtheit erfreuen. Irgendwann war es ihr jedoch zu kalt geworden, und sie hatte sich mit einem ihrer Schätze, dem *Kanon der Medizin* von Avicenna, in die Stube zurückgezogen. Dort saß sie auf der Bank des Kachelofens und las über die Veränderung des momentanen Temperamentes nach. Die Worte der Köchin hatten ihr erneut zu denken gegeben. Offenbar war Laurenz schon wieder Hals über Kopf aus dem Haus gestürmt – eine Tatsache, die sie in ihrem Verdacht bestärkte. Irgendetwas schien seine Körpersäfte mehr und mehr ins Ungleichgewicht zu bringen. Sie war gerade dabei, über die Krankheiten nachzulesen, die daraus entstehen konnten, als sie Laurenz' Stimme im Erdgeschoss hörte. Was er sagte, konnte sie nicht verstehen. Aber als er wenig später die Stube betrat, erschrak sie über sein Aussehen. Sein Gesicht war aschfahl und seine Augen glänzten fiebrig. Zwei rote Flecken auf seinen Wangenknochen betonten seine Blässe. Seine Lippen waren blau und sein Blick wirkte wie der eines gehetzten Tieres. »Laurenz!«, rief sie aus und sprang auf. »Geht es dir nicht gut?« Sie wollte ihm eine Hand auf die Wange legen, aber er wehrte sich mit einem mürrischen Brummen dagegen. Sein Atem roch, als ob er sich vor Kurzem erbrochen hätte. »Ist dir unwohl«, drang sie weiter in ihn.

»Mir fehlt nichts!«, brauste er auf. »Ich habe nur zu viel Wein getrunken«, setzte er etwas ruhiger hinzu. »Diese Ratswahl bringt mich noch um den Verstand.« Er ließ sich schwer auf einen Stuhl fallen, stemmte die Ellenbogen auf den Tisch und stützte sein Kinn auf den Fäusten ab.

»Dann solltest du etwas essen«, riet Olivera.

Bevor Laurenz etwas erwidern konnte, eilte sie aus der Stube, um Mandelkuchen mit Honig, Milch und Brot aus der Küche zu holen.

»Ich bringe es ihm«, sagte sie, als die Köchin ihr das Tablett abnehmen wollte. Fünf Minuten, nachdem sie Laurenz allein gelassen hatte, kehrte sie in die Stube zurück. »Trink das«, sagte sie und stellte einen Becher mit Milch vor ihn. »Das hilft gegen die Übelkeit.«

Laurenz beäugte das Gefäß wenig begeistert, folgte dann jedoch ihrem Rat.

»Nimm kleine Schlucke«, sagte Olivera. Sie setzte sich ihm gegenüber an den Tisch und fasste ihn ins Auge. »Was ist passiert?«, fragte sie schließlich. »Elsbeth hat mir erzählt …« Sie kam nicht dazu, den Satz zu beenden.

»Nichts ist passiert!«, fuhr er sie an. »Elsbeth sollte schleunigst lernen, ihre Zunge zu hüten. Sonst muss ich

Seitz befehlen, sie genauso zu behandeln wie die Mägde!« Der Ärger brachte die Farbe zurück in seine Wangen. Die Hand, mit der er den Becher hielt, zitterte.

Offenbar hatte sie recht mit ihrer Vermutung, dachte Olivera. Er zeigte ganz eindeutig Zeichen von zu viel Galle! Allerdings ließ sein aufbrausendes Verhalten darauf schließen, dass er sich eher zu einem Choleriker als zu einem Melancholiker wandelte. Sie beschloss, das Thema zu wechseln, um ihn nicht zu reizen.

»Ich war heute im Spital«, sagte sie – um einen beschwichtigenden Ton bemüht. »Wusstest du, dass dein Bruder die Spitalapotheke führt?«

»Nein«, brummte Laurenz. Er griff nach einem Stück Brot und biss lustlos hinein.

»Eine der reichen Pfründnerinnen hat mich gebeten, ihr Mohnsaft zuzubereiten«, fuhr Olivera ungerührt fort. Ein cholerisches Temperament musste beruhigt werden. Sie legte die Münze, mit der die alte Frau sie bezahlt hatte, auf den Tisch. Laurenz zog eine Grimasse, die wohl ein Lächeln sein sollte. »Götz hat uns noch einmal zum Essen eingeladen«, ließ Olivera ihn wissen. »Er war sehr nett«, log sie. Als Laurenz nichts darauf erwiderte, fragte sie: »Soll ich ihm morgen sagen, dass du die Einladung annimmst?«

»Ja, ja, sag ihm doch, was du willst«, fauchte er.

Olivera verkniff sich ein Seufzen. Es war ernster, als sie dachte. Gleich am folgenden Tag würde sie eine Arznei für Laurenz mischen und die Köchin anweisen, ihm kein Schweine-, Rind oder Kalbfleisch mehr vorzusetzen. Wenn Laurenz' Kardinalsäfte noch mehr ins Ungleichgewicht gerieten, konnte er ernsthaft erkranken. Sie erhob sich und umrundete den Tisch. Auch wenn sie vorgehabt hatte, ihn über den Schlachter auszufragen und ihn davor zu warnen, dass dieser ihn vielleicht betrog, schwieg sie. Stattdessen legte sie die Hand auf seine Wange und drückte seinen Kopf an ihren Busen. Allerdings schmiegte er sich nicht an sie, wie er es sonst immer tat, sondern machte sich nach wenigen Augenblicken von ihr los, um in seine Milch zu starren.

»Ich fühle mich heute nicht besonders«, sagte er schließlich.

»Die Ratswahl macht dir wirklich Sorgen?«, fragte Olivera.

Laurenz nickte.

Irgendetwas an seiner Körperhaltung ließ sie jedoch vermuten, dass es nur eine Ausrede war. »Ich bin sicher, dass alles so verläuft, wie du es dir wünschst«, sagte sie. »Du bist ein wohlhabender, redlicher Mann, warum sollte jemand gegen dich sein?«

Er zuckte die Achseln. Sie beschloss, ihn weiter von seinem Brüten abzulenken.

»Auf dem Friedhof hat man heute einen Toten gefunden«, sagte sie deshalb.

Laurenz, der gerade begonnen hatte, seinen Becher hin und her zu drehen, erstarrte mitten in der Bewegung. »Einen Toten?«, fragte er leise.

»Er hatte keinen Kopf«, platzte es aus Olivera heraus.

»Was hattest du auf dem Friedhof zu schaffen? Ich dachte, du warst im Spital.« Laurenz' Stimme klang rau.

»Alle sind dorthin gelaufen«, erwiderte Olivera. »Clara hat behauptet, der Teufel würde umgehen und Seelen rauben. Man hat wohl, als du auf Reisen warst, immer wieder verstümmelte Unehrliche gefunden. Sie glaubt, dass es das Werk von Dämonen ist.«

Laurenz schwieg.

»Hast du noch nicht davon gehört?«, fragte Olivera schließlich.

Eine scheinbare Ewigkeit unterbrach nichts die Stille außer dem Geräusch, das der Papagei beim Knacken von Sonnenblumenkernen machte. Dann ließ Laurenz den Becher los und stemmte die Hände auf die Tischplatte. Er erhob sich so plötzlich, dass Olivera einen Schritt zurückwich.

»Ich denke, es ist für Clara an der Zeit zu lernen, dass Klatsch und Tratsch unter meinem Dach nicht geduldet wird«, sagte er gepresst. »Und da Seitz es ihr offenbar nicht beibringen kann, muss ich mich wohl selbst darum kümmern.« Seine Stimme bebte vor Zorn.

Als er sich zu ihr umwandte, erschrak Olivera über die Härte in seinen Augen. »Laurenz«, stammelte sie. »Clara trifft keine Schuld. Die ganze Stadt redet davon.« Sie hob die Hand und berührte ihn an der Brust. »Bitte!«

Er schüttelte sie ab und straffte die Schultern. Als sie ihn erneut zurückhalten wollte, stieß er sie von sich. Ohne auf ihr Aufkeuchen zu achten, riss er die Tür auf und stürmte hinab ins Erdgeschoss. Kurz darauf ertönten ein spitzer Schrei und das Poltern von Holzgeschirr.

»Wie oft habe ich es dir schon gesagt?«, hörte Olivera die Köchin schimpfen. »Das hast du jetzt davon!«

Claras Flehen ging in Laurenz' Wüten unter, das lauter wurde, als er die Magd offenbar aus der Küche zerrte. Olivera war wie gelähmt. Laurenz' Verwandlung erfüllte sie mit Entsetzen. War er nicht eben noch niedergeschlagen, beinahe duldsam vor ihr gesessen wie ein Häuflein Elend? Wie konnte sich jemand plötzlich so vollkommen wandeln? Die Lähmung fiel von ihr ab. Es war die gelbe Galle, die in ihm überschäumte! Sie musste das Schlimmste verhindern. Auf keinen Fall durfte sie zulassen, dass er ungehindert tobte und seinen Zorn an Clara ausließ! In fliegender Hast verließ sie die Stube.

»Wo sind sie?«, fragte sie, kaum war sie im Erdgeschoss angelangt. Die Magd Ursel stand wie angewurzelt auf der Schwelle der Küchentür. Sie wies wortlos in den Hof hinaus. Ohne zu überlegen, rannte Olivera ins Freie und folgte den Schmerzensschreien, die aus einem der Schuppen ertönten.

»Mein Gott, Laurenz! Hör auf!«, rief sie, als sie die Tür aufriss. Was sie sah, ließ sie entsetzt die Hand vor den Mund schlagen. Clara lag halb über einem Strohballen – die Rückseite entblößt, die Röcke über ihren Rücken geschlagen, sodass nichts von ihrem Gesicht zu sehen war. Feuerrote Striemen entstellten die weiße Haut ihrer Hinterbacken, auf die Laurenz mit unglaublicher Gewalt eindrosch. Seine Rechte umklammerte eine Weidenrute. Diese hatte er offensichtlich von einem Haken an der Wand gerissen, wo weitere Züchtigungsinstrumente hingen. Wie es aussah, erfüllte dieser Schuppen einen Zweck, den Olivera ihm von außen nicht angesehen hatte. Laurenz schien sie nicht zu hören. Ohne in der Bewegung innezuhalten, hob er erneut den Arm und ließ den Stock auf Claras Gesäß hinabsausen. An einigen Stellen war die Haut bereits aufgesprungen, und die Wucht des Schlages ließ den Körper des Mädchens tiefer in den Strohballen einsinken. Ihre Schreie gingen in ein Wimmern über, das vom Klatschen der Rute beinahe übertönt wurde.

»Laurenz!« Obschon die Wut ihres Gemahls sie ängstigte, packte Olivera seinen erhobenen Arm und versuchte, ihn davon abzuhalten, den nächsten Hieb zu führen. »Laurenz, hör auf!«

Einen Moment lang sah es so aus, als wolle er sie auch

schlagen. Doch dann ließ er den Arm sinken und sah heftig atmend auf sie hinab. Die Worte ihrer *Yiayia* schossen ihr unvermittelt durch den Kopf. »Kein Mann schätzt eine ungestüme oder gar widerspenstige Frau.« Sie hob beschwichtigend die Hände. »Bitte, Laurenz. Denkst du nicht, dass es reicht?«

Er schien sie nicht zu hören. An seiner Schläfe pulsierte eine Ader, und die Hand mit der Rute zitterte.

»Laurenz?«, fragte sie scheu.

Ein Schweißtropfen löste sich aus seiner Augenbraue und rann seine Nase entlang. Von der Blässe, die Olivera so erschreckt hatte, war weit und breit keine Spur mehr zu sehen.

»Laurenz?«, wiederholte sie.

Er blinzelte. Als ob er sie erst jetzt bemerkte, weiteten sich seine Augen und zuckten von ihr zu Clara und zu der Rute in seiner Hand. Er ließ sie auf den Boden fallen und schob Olivera zur Seite.

»Geht«, stieß er gepresst hervor. »Beide.« Damit ließ er Olivera stehen und verließ fluchtartig den Schuppen.

Claras Wimmern hatte sich inzwischen in heftiges Schluchzen verwandelt. Voller Mitleid schob Olivera die Röcke des Mädchens nach unten, um seine Blöße zu bedecken.

»Komm«, sagte sie und griff der Magd unter die Achseln. Nachdem sie ihr von dem Strohballen aufgeholfen hatte, wischte sie ihr mit dem Ärmel die Tränen aus dem Gesicht. Sie wusste nicht, was sie sagen sollte. Auf keinen Fall konnte sie sich für Laurenz' Verhalten entschuldigen – immerhin war er der Hausherr! Dennoch wollte sie die in ihren Augen ungerechte Behandlung irgendwie wiedergutmachen. Sie führte Clara aus dem Schuppen in die Salbenküche, wo sie ihr eine Wundsalbe in die Hand drückte. »Trag das auf, dann heilt es schneller«, sagte sie.

Clara weinte immer noch und ihr Gesicht war schon wieder tränennass. Zurück im Hof übergab Olivera das Mädchen den Händen der zweiten Magd, Ursel, ehe sie sich auf die Suche nach Laurenz machte. Dieser schien sich allerdings in der winzigen Schreibstube neben dem Warenlager eingeschlossen zu haben, um von niemandem gestört zu werden. Nachdem Olivera eine Zeit lang an der Tür gelauscht hatte, zog sie sich zurück und beschloss, die Arznei für ihn sofort zuzubereiten. Sein Gewaltausbruch ängstigte sie. Wenn der Überschuss an gelber Galle nicht schleunigst behoben wurde, würde ein Unglück geschehen. Dessen war sie sich absolut sicher.

KAPITEL 43

Tübingen, Anfang November 1408

DIE FOLGENDE WOCHE bekam Olivera Laurenz kaum zu Gesicht. Sobald sie der reichen Witwe am Tag nach dem hässlichen Zwischenfall den Mohnsaft ins Spital gebracht hatte, verbreitete diese überall, wie wundervoll Oliveras Heilmittel waren. Daher konnte sie sich vor Bestellungen kaum mehr retten – was dazu führte, dass sie viele Stunden in ihrer Salbenküche zubrachte. Da der Schreiner immer noch nicht aufgetaucht war, ging ihr allmählich der Platz aus. Aber sie war froh, dass sie sich mit Arbeit ablenken konnte. Seit seinem Zornausbruch hatte Laurenz sich noch weiter von ihr zurückgezogen, gab sogar vor, schon zu schlafen, wenn sie zu ihm ins Bett schlüpfte. Obwohl sie ihm einen Trank aus Galgantwurzel, Kardamon, Minze, Thymian und weißem Pfeffer zubereitet hatte, schien sein Temperament immer noch hitzig und unausgeglichen. Zudem wachte sie oft auf, weil er im Schlaf um sich trat oder plötzlich auffuhr und sich danach in den Kissen hin und her wälzte.

»Diese Medizin schützt vor Fieber«, hatte sie ihn belogen, um sicherzugehen, dass er sie auch nahm. Nur ein einziges Mal hatte sie es noch gewagt, die Sprache auf den kopflosen Toten zu lenken; woraufhin Laurenz – eine fadenscheinige Ausrede murmelnd – aus der Stube geflohen war. Die Sache ließ sie nicht los. Sie zermarterte sich immer noch den Kopf, wo sie das Wappen auf der Brust des Erschlagenen schon einmal gesehen hatte. Auch an diesem Tag kreisten ihre Gedanken um den Toten, anstatt sich mit der alten Frau zu beschäftigen, an deren Bett sie saß.

»Du hörst mir überhaupt nicht zu!« Die quengelnde Stimme der reichen Pfründnerin drang wie durch Nebel zu Olivera vor. »Wenn du mir nicht zuhörst, wie willst du mir dann helfen?«, fragte die Alte nörgelnd. Ihr verschrumpelter Oberkörper war übersät mit Schröpfköpfen und auf ihrem faltigen Hinterteil prangte ein Umschlag aus Wolfsgelegena und Kamille.

Obwohl Olivera wusste, dass der Wickel ganz sicher nicht dafür sorgte, dass die Schmerzen verschwanden, bestand die Witwe darauf. Und solange sie mit Olivera zufrieden war, würde die junge Frau selbst Erdbeeren auf ihr auslegen! Immerhin war die Alte dafür verantwortlich, dass sich inzwischen eine beachtliche Zahl der Pfründnerinnen von ihr behandeln ließen. Auch wenn diese Regelung das Missfallen der Brüder und Schwestern des Heilig-Geist-Spitals erregte. Diese hielten Olivera nämlich für eine Quacksalberin, der nicht zu trauen war, hatte die alte Frau ihr hinter vorgehaltener Hand zugeflüstert.

»Wo bist du denn mit deinem hübschen Kopf, Kindchen?«, fragte die Witwe. »Doch nicht etwa bei den Toten, von denen alle reden?«

Olivera hob erstaunt die Brauen. Wie, um alles in der Welt, konnte die Alte wissen, was sie dachte? Immerhin hatte sie bis vor wenigen Augenblicken noch über Laurenz nachgegrübelt.

Als könne sie ihre Gedanken lesen, brach Oliveras Patientin in meckerndes Gelächter aus. »Ich sehe es dir an der Nasenspitze an«, schnarrte sie. »Dein Gesicht ist ein offenes Buch.« Sie fuchtelte vor Olivera in der Luft herum. »Und jetzt nimm mir diese Dinger ab, die der verdammte Bader aufgesetzt hat, und gib mir noch mal etwas von dem Saft!« Auch wenn sie nicht wusste, wie der Bader darauf reagieren würde, tat Olivera, wie geheißen und träufelte anschließend etwas Mohnsaft in einen Krug mit Wasser. Während sie die Flüssigkeit mit einem Holzstäbchen umrührte, fragte sie: »Was wisst Ihr von der Sache?«

Die Alte winkte ungehalten mit der Hand und murrte: »Wenn du noch ein bisschen mehr von dem Saft dazugibst, fällt mir vielleicht ein, was ich weiß.« Ihre Augen leuchteten listig.

Olivera unterdrückte ein Seufzen. Scheinbar waren der Witwe ihre Warnungen gleichgültig. Wenn sie nicht aufpasste, würde die Alte bald unleidig werden, wenn sie ihr nicht täglich etwas Mohnsaft einflößte. Allerdings hatte sie ohnehin nicht mehr lange zu leben. Was schadete es da, ihr Leid noch ein wenig mehr zu lindern?

Sobald sie der Aufforderung Folge geleistet hatte, riss ihr die Greisin mit erstaunlicher Kraft das Gefäß aus den Händen und stürzte dessen Inhalt gierig hinab.

»Ah«, ächzte sie und ließ sich zurück in die Kissen sinken. »Ich spüre schon, wie es hilft.«

Was Einbildung doch alles bewirkt, dachte Olivera. Aber solange die alte Frau das glaubte, konnte sie ihre Redseligkeit vielleicht ausnutzen. »Also«, hub sie an, »was wisst Ihr von der Angelegenheit?«

Die Augen der Patientin schlossen sich und ihre Atemzüge wurden ruhiger. Einen Moment lang dachte Olivera, sie wäre eingeschlafen. Doch dann flatterten die Lider wieder und der trübe Blick fand ihr Gesicht. »Man sagt, es gehen Dämonen in der Stadt um«, murmelte die Pfründnerin. »Seelenlose Wiedergänger, die nach Opfern für ihren Herrn suchen.«

Olivera widerstand nur mühsam der Versuchung, die Augen zu verdrehen. Natürlich! Das hätte sie sich denken können. Hatte Clara nicht das Gleiche behauptet? Selbstverständlich schoben die Tübinger es auf den Teufel und seine Helfer, wenn jemand auf solch bestialische Art und Weise ermordet wurde. Dass ein Wesen aus Fleisch und Blut dahinterstecken musste, wollte vermutlich nicht nur ihre Patientin nicht wahrhaben. Sie hatte gerade den Mund geöffnet, um eine weitere Frage zu stellen, als sich die Augen der alten Frau wieder schlossen. Wenig später verkündete ein Schnarchen, dass der Mohnsaft nun wirklich anfing, seine Wirkung zu tun. Wie es aussah, würde sie hier nichts Nützliches erfahren. Verärgert, weil sie tatsächlich geglaubt hatte, die Greisin wüsste etwas über den Mord, packte Olivera ihre Sachen zusammen, um sich auf den Heimweg zu machen. Die anderen Patienten waren versorgt, somit blieb ihr noch genug Zeit, um in ihrer Arzneiküche die Heilmittel anzurühren, welche sie am nächsten Tag mitbringen wollte.

In der Hoffnung, niemandem zu begegnen, verließ sie den Wohntrakt der reichen Pfründner und stieg die Treppen ins Erdgeschoss hinab. Dann drückte sie sich an der Wand entlang in Richtung Narrenhäuslein, da dieses von den meisten Bewohnern der Anlage gemieden wurde. Von dort aus war es nicht mehr weit bis zum heimlichen Gemach für die Patienten der Dürftigenstube, das zwei Eingänge besaß. Wenn sie den Abort vom Hof aus betrat und auf der andern Seite wieder verließ, musste sie nur knapp zehn Schritte durch die Stube hinter sich bringen, bevor sie den Ausgang erreichte. Obwohl sie sich für ihre Feigheit verachtete, wählte sie diesen Weg allzu oft, um den Blicken der Brüder und Schwestern des Heilig-Geist-Ordens auszuweichen. Nur eine Handvoll der Bewohner der Anlage begegnete ihr mit etwas, das an Freundlichkeit grenzte, während der Rest sie meist mehr oder weniger offen feindselig musterte. Seit die Reichen im Spital in den höchsten Tönen von ihren Kenntnissen schwärmten, schien sie noch unbeliebter geworden zu sein. Sobald sie die Stube betrat, schlug ihr der wohlbekannte Geruch von Krankheit, Exkrementen und Tod entgegen. Wenngleich sie so schnell wie möglich aus dem Spital fliehen wollte, sorgte das Stöhnen einer Kranken in einem schmalen Bettkasten dafür, dass sie mitten in der Bewegung innehielt. Die Frau, deren Schläfe eine tiefe Platzwunde entstellte, streckte bittend die Hand nach ihr aus und flüsterte etwas Unverständliches. Die schwarzen Ränder der Wunde verhießen nichts Gutes. Und ehe Olivera sich davon abhalten konnte, hatte sie sich neben dem Bett der Kranken niedergekauert. Als ihre Hand die Haut der Frau berührte, erschrak sie. Die Patientin glühte vor Fieber. Hastig zog sie die Flasche mit dem *Kyphi* hervor, das reißenden Absatz bei den Pfründnern fand, und träufelte der Frau etwas davon in den Mund.

»Schluck das, dann geht es dir bald besser«, zischte sie. Dann rappelte sie sich wieder auf, um das Spital endlich zu verlassen. Doch die beiden Gestalten, die sich ihr vom Ausgang her wie Racheengel näherten, verstellten ihr den Weg.

»Was habt Ihr ihr gegeben?«, keifte eine der Schwestern, deren breites Gesicht die Farbe von Purpur hatte.

»Wer hat Euch erlaubt, Euch um unsere Patienten zu kümmern?«, fiel die zweite mit ein. Ihre Tracht war schmutzig und ihre Hände umklammerten ein Büschel Kräuter. Olivera verkniff sich ein Schnauben. Sie hätte gehen und die Frau ihrem Schicksal überlassen sollen! Ein Stachel des Zorns richtete sich in ihr auf. Nein! Denn das konnte sie nicht! War es nicht die Pflicht eines jeden Christen, den Kranken zu helfen und das Leid der Sterbenden zu mindern? Sollte das nicht auch die Pflicht der Ordensmitglieder sein? Sie spürte, wie auch ihr das Blut in die Wangen schoss.

»Ich habe ihr *Kyphi* gegeben«, stieß sie eisig hervor.

»Was soll das sein?«, fragte die Schmutzige. »Davon habe ich noch nie gehört!«

Das glaube ich sofort, dachte Olivera. So viel Geld gebt ihr nicht aus für die Kranken. Laut sagte sie: »Es hilft, die

Fäulnis des Fleisches von innen her zu bekämpfen.« Sie zeigte auf die Wunde. »Aber Ihr solltet die Wunde unbedingt mit Wein auswaschen. Sonst erlebt sie die nächste Woche nicht.«

Der Mund der Schmutzigen verzog sich zu einer schmalen Linie.

»Ihr habt uns überhaupt nichts zu sagen!«, stieß sie gepresst hervor. »Nur weil die Reichen auf Eure doppelzüngigen Überredungskünste hereinfallen, heißt das noch lange nicht, dass Ihr auch hier Euer heidnisches Handwerk ausüben könnt!«

Ihre Begleiterin schien von der Heftigkeit der Worte genauso überrascht wie Olivera. So deutlich hatte ihr noch niemand an den Kopf geschleudert, was er von ihr hielt. »Warum lasst Ihr uns nicht in Ruhe Gottes Werk tun?«, fauchte die Schwester und rauschte an Olivera vorbei in Richtung Altar. Ihre Begleiterin verweilte noch einen Augenblick unschlüssig auf der Stelle, bevor auch sie auf den sicheren Hafen am anderen Ende des Raumes zusteuerte. Olivera schüttelte den Kopf. Wenn sie nicht sicher wäre, dass das *Kyphi* die schlimmste Gefahr bannen würde, hätte sie die Wunde der Frau eigenhändig ausgewaschen. Aber einen weiteren Streit wollte sie nicht heraufbeschwören.

Wortlos verließ sie die Stube. Und prallte beinahe mit Götz zusammen. Dieser hatte sich einen Krug unter den Arm geklemmt, mit dem er vermutlich Wasser vom Brunnen geholt hatte. Seine Augen verengten sich, als er erkannte, wer es war, den er beinahe zum Straucheln gebracht hätte.

»Du gehst früh«, stellte er grußlos fest. »Gehen die Geschäfte schlecht?« Etwas Ätzendes schwang in seinem

Ton mit. Seit sie die Pfründner versorgte, begegnete er ihr wesentlich kühler als zuvor.

Wenngleich Olivera seine Abneigung gegen sie verstehen konnte, zerriss in diesem Augenblick etwas in ihr, und sie fauchte ihn an: »Hältst du mich auch für eine Heidin und eine Quacksalberin?« Am liebsten hätte sie ihm ihren Korb vor die Füße gepfeffert. Warum war sie nur so dumm gewesen, mit Laurenz hierherzureisen? Der Gedanke schnitt ihr ins Herz. Aber seit der Mann, den sie liebte, sich immer mehr veränderte, marterte sie sich tagein, tagaus mit dieser Frage. »Nur damit du es weißt«, spuckte sie aus. »Ich bin keine Heidin!« Sie zog das Kruzifix unter ihrer Fucke hervor. »Hier, siehst du! Das kannst du«, sie machte eine ärgerliche Geste, »all diesen *Christen* sagen!« Ihre Augen funkelten. »Meine *Yiayia* weiß mehr als du, der Bader und all die Ärzte in dieser Stadt zusammen! Warum könnt ihr mich nicht einfach in Frieden lassen?«

An jedem anderen Tag hätte sein verdatterter Gesichtsausdruck genügt, dass sich ihr Zorn legte. Aber sie hatte endgültig genug! Ohne ihn eines weiteren Blickes zu würdigen, stürmte sie an ihm vorbei.

Götz starrte ihr überrascht hinterher.

»Sieh an«, murmelte er. »Die Kleine hat Feuer.« Er musste wider Willen grinsen.

Der Zorn stand ihr gut, brachte ihre ohnehin lebhaften Augen zum Funkeln und vertiefte die Farbe ihrer Wangen. Dass sie ihm so heftig die Stirn bieten würde, hätte er nicht für möglich gehalten. Etwas, das an heimliche Bewunderung erinnerte, stieg in ihm auf. Es war lange her, dass eine Frau so mit ihm geredet hatte. Und diese Frau war tot und begraben. Sein Grinsen erstarb. Bevor Wehmut über den Verlust, den er schon lange vor dem Tod seiner Gemahlin erlitten hatte, ihn erfüllen konnte, schob er die Erinnerung hastig beiseite. Er lenkte seine Gedanken zurück auf Olivera. Wer hätte gedacht, dass sie so aufbrausend sein konnte! Bisher war sie ihm eher schüchtern erschienen. Er fasste seinen Wasserkrug nach und setzte den Weg zur Apotheke fort. Wie bei allen Heiligen war Laurenz an so eine Frau gekommen? Die Frage tauchte scheinbar aus dem Nichts auf und bewirkte, dass er den Kopf über sich selbst schüttelte. Vermutlich hatte sein Bruder einfach das getan, was er schon als Knabe besonders gut gekonnt hatte: sie mit einem strahlenden Lächeln bezaubert. Seine Miene verdüsterte sich. Ob er jemals aufhören würde, Laurenz dafür zu grollen, dass dieser ihm seine erste Liebe gestohlen hatte? Um ihr das Herz zu brechen und sie fallen zu lassen wie eine heiße Kastanie? Er stieß heftig die Luft durch die Nase aus. Wie viel besser Eva es mit ihm gehabt hätte! Stattdessen hatte sie einen anderen Krämersohn geheiratet und war zwei Jahre später bei der Geburt ihres ersten Kindes gestorben. Die Erinnerungen waren wie ein Wasserschwall, der ihn unerwartet übergoss. Schön und hitzig, hatte Eva all das verkörpert, wovor sein Vater ihn stets gewarnt hatte.

»Eine gute Frau muss zuverlässig sein«, waren die Worte gewesen, die Götz schließlich dazu getrieben hatten, Marthe zu ehelichen. Die Mutter seiner Kinder; die Frau, die er niemals geliebt, aber stets geachtet hatte. Er dachte an den Tag zurück, an dem er sie zu Grabe getragen hatte. Zuverlässig war sie, dachte er. Doch leider von solch schwacher Konstitution, dass sie jeden Winter wochenlang gegen das Fieber gekämpft hatte. Bis sie den Kampf verloren hatte.

Er hatte die Apotheke erreicht und stellte den Krug auf einer Arbeitsplatte ab. Dann angelte er sich einen Topf von einem der Regale und befestigte ihn über dem Loch in der Platte. Darunter brannte ein Feuer, das er mit einem Blasebalg schürte. Er füllte etwas Wasser in den Topf und warf einige Löffel Leinsamen hinein. Während er darauf wartete, dass das Wasser anfing zu kochen, ließ er die Erinnerung an seine verstorbene Gemahlin ruhen und grübelte weiter über Olivera nach. Ob sie und Laurenz trotz des unerfreulichen Zusammenstoßes im Hof morgen Abend zu ihm kommen würden? Oder würde sie es bereuen, dass sie zu Beginn der Woche endlich seine Einladung angenommen hatte? Er stocherte mit einem Metalllöffel in den Samen herum und sah dabei zu, wie sie begannen, Schaum abzusondern. Auch wenn er sich lange dagegen gewehrt hatte, musste er sich eingestehen, dass sie ihn faszinierte. Anders, als er angenommen hatte, war sie offensichtlich weder hohl noch oberflächlich. Er griff erneut nach dem Blasebalg, um die Glut anzufachen. Stimmte es, was sie gesagt hatte? Oder war die Behauptung, ihre *Yiayia* wüsste mehr als er, der Bader und alle Ärzte dieser Stadt nichts weiter als ein Ausdruck ihres Trotzes? Wer war ihre *Yiayia* überhaupt? Er legte den Blasebalg beiseite und suchte nach einem Tuch. Dieses legte er über einen Krug, ehe er das Wasser mit dem Leinsamen hineingoss. Vielleicht sollte er sich die Mühe machen, sie näher kennenzulernen. Etwas tief am Grunde seines Herzens sagte ihm, dass dieser Einfall kein besonders guter war. Doch seine Neugier war durch die Auseinandersetzung mit ihr entfacht worden. Vielleicht war es ein Wink des Schicksals, dass sie ausgerechnet hier im Spital aufgetaucht war? Wer sagte denn, dass er ihre Kenntnisse nicht für sich nutzen konnte?

KAPITEL 44

Tübingen, Anfang November 1408

DEN GANZEN NÄCHSTEN TAG über hatte Olivera ein flaues Gefühl im Magen. Ob es von ihrem Streit mit Götz herrührte, oder von der missglückten Liebesnacht mit Laurenz, wusste sie nicht. Als sie am vergangenen Abend zu ihm ins Bett geschlüpft war, hatte sie sich – hungrig nach Zuneigung – an ihn geschmiegt. Und innerlich frohlockt, als seine Männlichkeit sich begeistert geregt hatte. Allerdings hatte diese Begeisterung nicht lange angehalten. Was dann geschehen, oder nicht geschehen, war, erfüllte sie mit einer Mischung aus Scham und Enttäuschung. Beim Frühstück tat Laurenz zwar so, als ob alles so wäre wie immer. Aber Olivera spürte deutlich, dass auch ihm der Vorfall peinlich war. Andauernd griff er nach den kleinen Bleitafeln an seinem Hals, die ihr gestern das erste Mal aufgefallen waren. Als ob sie nicht genug Probleme hätte, bemerkte sie zudem, dass Elsbeth ständig auf ihren Bauch schielte und mit der Magd Ursel verschwörerische Blicke tauschte.

»Nein, ich trage kein Kind in mir!«, hätte Olivera ihnen am liebsten ins Gesicht geschleudert.

Da die beiden sie jedoch nicht mit Fragen löcherten, verkniff sie sich diesen Ausbruch und verschwand so schnell wie möglich in ihrer Salbenküche. Gegen Mitternacht hatte es angefangen zu regnen. Und inzwischen hatte sich der Regen in Schnee verwandelt. Erleichtert darüber, dass Seitz auf ihre Bitte hin wenigstens die Ritzen zwischen den Brettern vernagelt hatte, entzündete Olivera ein Feuer. Als die Flammen endlich hochschlugen, wärmte sie sich die Hände, damit ihr die Zutaten nicht aus den klammen Händen glitten.

Bis zum Mittag war sie mit der Zubereitung von Suden, Salben und Tränken beschäftigt – stets in der Hoffnung, dass der Schreiner ihr vielleicht an diesem Tag die Regale liefern würde. Leider verging jedoch auch dieser Vormittag, ohne dass der Mann sich blicken ließ. Ob er überhaupt vorhatte zu kommen?, fragte sie sich. Vielleicht war die Verzögerung Absicht. Vielleicht wollte er nicht Gefahr laufen, in Verruf zu geraten, weil er ihr, der Quacksalberin, half, ihrem Handwerk nachzugehen. Bitterkeit stieg in ihr auf. Und erneut fragte sie sich, ob es nicht ein Fehler gewesen war, Laurenz in seine Heimat zu folgen. Hatte ihre *Yiayia* sie nicht ausdrücklich gewarnt? Was sollte sie tun, wenn Laurenz sich noch mehr von ihr zurückzog? Von seiner Liebe für sie schien nicht mehr viel übrig zu sein. Es war, wie sie vermutet hatte: Die Kälte veränderte sein Temperament immer stärker, sodass sie ihn kaum mehr wiedererkannte. Wieso sprach er nicht mit ihr? Warum wies er ihre Zuneigung immer häufiger zurück? Direkt nach dem Frühstück war er in der Schreibstube neben dem Warenlager verschwunden, wo er sich bereits öfter eingeschlossen hatte.

»Ich muss mich dringend um den Verkauf der Gewürze

kümmern«, hatte er erklärt und hatte ihr so schnell er konnte die Tür vor der Nase zugeschlagen.

Sie verzog die Mundwinkel und kramte in einer ihrer Truhen. Auf der Suche nach Gottesgnadenkraut und Wermut stieß sie dabei auf einen Lederbeutel, den sie nur zu gut kannte. In diesem befanden sich immer noch die Kügelchen aus Alraune, Kohlsamen, Purgierwinde und Zedernöl, mit denen man eine Schwangerschaft verhindern konnte. Unschlüssig zog sie eines davon hervor und drehte es zwischen den Fingern hin und her. Zwar hatte die Heilige Jungfrau sie bisher vor einer unerwünschten Empfängnis bewahrt. Allerdings war eine Schwangerschaft das Schlimmste, das sie sich im Moment vorstellen konnte – auch wenn Laurenz' mangelnde Manneskraft ihr die Sorge ein wenig nahm. Der einzige Trost, der sie die feuchte Novemberkälte, die Gleichgültigkeit ihres Gemahls und die Feindseligkeit der Tübinger ertragen ließ, war die Hoffnung auf eine baldige Heimkehr nach Konstantinopel. Hatte Laurenz nicht gesagt, dass sie bereits im nächsten Frühjahr wieder in den Osten reisen würden? Was würde geschehen, wenn sie bis dahin ein Kind in sich trug? Obwohl sie auf der Zille geschworen hatte, ihren Gemahl nicht mehr zu hintergehen, beschloss sie, die Kugeln vom heutigen Tag an wieder bei sich zu tragen. Gott interessierte sich nicht für sie, dessen war sie sich inzwischen sicher. Warum sollte er ihr zürnen? Schließlich gab es weitaus größere Sünden, über die er offenbar geflissentlich hinwegsah.

Die nächsten Stunden vergingen in konzentrierter Arbeit. Nach einem einfachen Mittagmahl – in Laurenz' Abwesenheit – begab sie sich schließlich zum Spital, wo sie bis kurz vor Einbruch der Dämmerung blieb. Die ganze

Zeit über hielt Götz sich fern. Und Olivera fragte sich, ob sie die Einladung zum Essen doch noch ausschlagen sollte. Zwar hatte sie am Tag nach dem schlimmen Vorfall mit Clara zugesagt. Allerdings war ihr die Vorstellung inzwischen mehr als nur unangenehm. Immerhin hatte sie ihm gegenüber die Beherrschung verloren und ihn mehr oder weniger beleidigt. Sie beschloss, sich auf die Suche nach ihm zu machen.

»Er ist bereits nach Hause gegangen«, ließ sie der Bader wissen.

Olivera zuckte die Schultern. Dann würde sie wohl oder übel in den sauren Apfel beißen müssen! Froh, dass die Kälte es ihr erlaubte, sich unter ihrer fellgefütterten Kapuze zu verstecken, kehrte sie nach Hause zurück. Nach einer kurzen Wäsche bürstete sie ihre Röcke aus, flocht ihr Haar neu und machte sich auf die Suche nach Laurenz. Der Kerzenschein, der unter dem Rahmen der Tür hindurchfiel, verriet ihr, dass dieser sich immer noch in der Schreibstube aufhielt. Sie klopfte.

»Laurenz«, rief sie. »Wir sollten uns auf den Weg zu deinem Bruder machen.«

Sie erhielt keine Antwort. Als sie erneut klopfen wollte, erklang ein kratzendes Geräusch aus der Kammer. Kurz darauf drehte sich der Schlüssel im Schloss. Ausdruckslos sah Laurenz auf sie hinab, ehe er sich an der Nase kratzte.

»Ich habe keine Zeit«, sagte er nach einigen Augenblicken.

»Aber …«, hub Olivera an.

»Warum gehst du nicht allein zu ihm?«, unterbrach Laurenz sie. »Bring ihm das hier als Geschenk mit.« Er griff in die Tasche und zog ein kleines Paket daraus hervor. »Ich weiß, dass er mich nur einlädt, damit ich ihm Geld leihe.«

Er schnitt eine Grimasse. »So kann er wenigstens nicht behaupten, ich würde kein Mitgefühl zeigen.«

Olivera wusste nicht, was sie denken sollte. Zum einen ärgerte sie Laurenz' Verhalten maßlos. Zum anderen hatte sie keine Lust, allein zu seinem Bruder zu gehen, um eine Pflicht zu erfüllen, die eigentlich Laurenz übernehmen sollte.

»Warum sagen wir ihm nicht einfach, dass du verhindert bist?«, fragte sie. »Wir können ihn sicher auch an einem anderen Tag besuchen.«

Laurenz schüttelte den Kopf. »Tu, was ich sage«, brummte er. »Nimm Hug oder Lentz mit.« Er streckte ihr das Paket entgegen und machte Anstalten, die Tür wieder zu schließen.

»Aber wie soll ich ihm erklären, dass du nicht mitkommst?«, fragte Olivera.

»Lass dir etwas einfallen.« Damit drückte er die Tür ins Schloss und drehte den Schlüssel um.

Fassungslos starrte Olivera zuerst auf das raue Holz, dann auf das kleine Paket in ihrer Hand. Meinte er es wirklich ernst, dass sie alleine zu Götz gehen sollte? War das nicht vollkommen unschicklich? Ärgerlich über das, was gerade vorgefallen war, kehrte sie der Tür den Rücken. Am liebsten hätte sie Laurenz verwünscht und sich zu Markos in die warme Stube zurückgezogen. Da sie jedoch sicher war, dass sie ihn damit reizen und somit sein cholerisches Temperament verstärken würde, seufzte sie und suchte nach einem der Knechte. Diese waren in der Küche um den Esstisch versammelt. Sie löffelten einen duftenden Lammeintopf, dessen Aroma Olivera das Wasser im Mund zusammenlaufen ließ. Sie hatte gar nicht gemerkt, wie hungrig sie war. Da der jüngste der Knechte, Hug, seine Schale bereits mit einem Stück Brot auswischte, bat sie ihn, sie zu begleiten.

Als sie wenig später mit ihm auf die Straße hinaustrat, hatte sich der Schneefall verstärkt. Dicke Flocken legten sich auf Hausdächer, Kopfsteinpflaster und die kahlen Äste der Bäume. Anders als in Konstantinopel, wo auch ab und zu Schnee fiel, blieb er hier jedoch liegen und verwandelte die Umgebung in etwas beinahe Verwunschenes. Alle Geräusche wirkten gedämpft. Die Dreckspuren der Karren, die Pferdeäpfel, der Schlamm und die toten Blätter verschwanden unter einem Überzug aus makellosem Weiß. Bereits nach wenigen Schritten bereute Olivera, keine Handschuhe angezogen zu haben. Frierend steckte sie ihre Hände in die Taschen ihrer Heuke, während sie Hug zur Unterstadt folgte. Dort, in der Nähe des Ammerkanals, stand ein windschiefes Haus, das offensichtlich Götz gehörte. Große, verrammelte Läden mit einer Aufschrift verrieten, dass sich im Erdgeschoss ein Laden befand. Im Obergeschoss flackerte Laternenlicht hinter Fensterluken, die kaum breit genug waren, um den Kopf hindurchzustecken. Nachdem Hug die Fackel in den Fackelhalter neben der Tür gesteckt hatte, betätigte er den Türklopfer. Olivera drehte nervös das Päckchen in den Händen, während sie darauf wartete, dass Götz öffnete. Als er schließlich im Türrahmen erschien, zog sich ihr Magen zusammen. Sein Gesicht wirkte im Fackelschein strenger als sonst. Eine tiefe Falte grub sich zwischen seine Brauen. Er musterte sie mit einem Ausdruck, der Olivera unangenehm war.

»Guten Abend«, sagte er schließlich. »Wo ist Laurenz?«

Die Frage wirkte anklagend. Olivera wusste nicht, was sie antworten sollte. Die Wahrheit würde ihn verletzen, und über eine passende Lüge hatte sie dummerweise noch nicht nachgedacht. Während sie Götz' Blick auswich und fieberhaft nach einer Erklärung suchte, schmolz Schnee auf ihren Wangen und auf ihrer Nase.

»Er hat sich den Magen verdorben«, brachte sie schließlich hervor. Augenblicklich spürte sie, dass sie errötete.

»Ist das so?«, fragte Götz. »Hoffentlich nichts Ernstes.«

Seine Worte klangen unaufrichtig. Vermutlich wusste er ganz genau, dass es sich um eine fadenscheinige Ausrede handelte. Einen Moment lang sah es so aus, als ob er Olivera fortschicken wollte. Dann schien er sich eines Besseren zu besinnen und machte eine einladende Handbewegung.

»Komm herein«, sagte er. »Das Essen ist bereits aufgetragen.«

Sie folgte ihm mit dem gleichen seltsamen Gefühl im Bauch, das sie schon den ganzen Tag über plagte. Der Streit vom Vortag hallte in ihrem Kopf nach. Und plötzlich schämte sie sich dafür, dass sie die Beherrschung verloren hatte. Wie sollte sie diesen Abend nur überstehen? Wäre es nicht ein Ding der Unmöglichkeit gewesen, hätte sie auf dem Absatz kehrtgemacht und wäre Hals über Kopf aus dem Haus geflohen. Stattdessen trottete sie Götz hinterher durch den Eingangsbereich des Hauses – vorbei an einem Ladenraum. Eine schmale Stiege führte ins Obergeschoss, das aus lediglich drei Räumen zu bestehen schien. In einem davon brannte ein Kaminfeuer. Neben einer Bank und einem Tisch gab es drei Stühle und zwei übereinandergestellte Truhen. Die beiden Kinder, die Olivera bereits vor der Kirche gesehen hatte, teilten sich die Bank. Während der Knabe scheu den Blick senkte, strahlte das Mädchen Olivera furchtlos an. Eine Magd war gerade dabei, den Kindern die Münder abzuwischen.

»Seid ihr fertig?«, fragte Götz. Das Mädchen nickte. »Dann bring sie ins Bett, Alhayt«, wies er die Magd an. Als das Mädchen protestieren wollte, hob er warnend den Zeigefinger. Mit vorgeschobener Unterlippe rutschte die Kleine von der Bank. Es dauerte nicht lange, dann verschwand die Magd mit den beiden und peinliches Schweigen senkte sich über Götz und Olivera.

»Du kannst unten warten«, wandte der Apotheker sich schließlich an Hug. »In der Küche gibt es heißen Wein. Sag der Köchin, dass ich sie nicht mehr brauche.«

Hug nickte. Kaum hatte er den Raum verlassen, verstärkte sich Oliveras Wunsch zu fliehen.

»Setz dich«, lud Götz sie ein.

Ungesagtes hing in der Luft. Doch als sie sich gerade ein Herz nehmen und sich bei ihm entschuldigen wollte, kam Götz ihr zuvor. »Was ich gestern gesagt habe, war nicht so gemeint«, versetzte er. »Es war nicht besonders nett.« Er zuckte die Achseln.

Olivera sah erstaunt zu ihm auf. Seine Aufrichtigkeit war so überraschend, dass ihr zu ihrem Verdruss Tränen in die Augen traten.

»Die Zeiten sind hart. Jeder Pfründner, der nicht bei mir kauft, …« Er brauchte den Satz nicht zu beenden.

Olivera schluckte, um den Kloß in ihrem Hals loszuwerden. »Mir tut es auch leid«, sagte sie schließlich. Sie schlug die Augen nieder und betrachtete ihre Schuhspitzen. Sie wusste, dass sie ihm versichern sollte, dass sie ihm das Geschäft nicht verderben wollte. Stattdessen verspürte sie plötzlich den überwältigenden Wunsch, ihm ihr Herz auszuschütten. Ihm von der Verwandlung seines Bruders zu erzählen und seinen Rat zu erbitten. Wieso wirkte er hier, in seinem eigenen Haus, so anders auf sie als im Spital? Das Päckchen in ihrer Hand rettete sie aus einer Lage, die ihr mit jedem Herzschlag weiter über den Kopf zu wachsen drohte. Sie räusperte sich. »Das ist für dich«, war alles, was ihr einfiel. Sie streckte Götz das Geschenk entgegen und zuckte zusammen, als seine Fingerspitzen die ihren streiften.

Auch ihm schien die Berührung unangenehm, da er augenblicklich einen Schritt zurücktrat. »Danke«, sagte er schlicht, machte jedoch keine Anstalten, das Paket zu öffnen. »Setz dich«, lud er Olivera nach einigen Momenten der Unbeholfenheit ein.

Und wenig später dampften ein Hühnerbein, saurer Kohl, Rüben und ein Getreidebrei in ihrer Schüssel. Dazu gab es frisches Brot und Tübinger Wein. »Vielleicht ist er ein bisschen sauer, aber er soll gut sein gegen Heiserkeit«, scherzte Götz lahm.

Das Mahl verlief mehr oder weniger schweigend. Hie und da machte Götz eine Bemerkung, auf die Olivera höflich antwortete. Die Tatsache, dass sie mit ihm alleine war, hemmte sie. Über was sollte sie mit ihm reden? Sollte sie ihn bitten, die Magd zurückzurufen? Sie legte den Löffel zur Seite und beschloss, sich so schnell wie möglich zu verabschieden. Die Situation behagte ihr ganz und gar nicht.

»Wer ist diese *Yiayia,* von der du gesprochen hast?«, unterbrach Götz die Stille.

Die Frage kam so überraschend, dass Olivera sich um ein Haar an dem scheußlichen Wein verschluckt hätte. Sie stellte ihren Becher ab und sah ihn ernst an.

»Meine Großmutter«, erwiderte sie. »Von ihr habe ich gelernt, Salben zu machen.« Sie lächelte wehmütig.

»Welcher Lehre folgt sie?«, fragte Götz.

Olivera runzelte die Stirn. »Keiner bestimmten«, entgegnete sie. »Meine *Yiayia* besitzt viele Bücher. Avicenna, Trotula, Galen, Hippokrates«, zählte sie auf. »Und zahllose Kräuterbücher.«

Götz schien beeindruckt.

»Sie hat mir eine Abschrift von Galens *Methodi Medendi*, Avicennas *Canon Medicinae* und Trotulas *Passionibus Mulierum* zur Hochzeit geschenkt.« Der Drang, ihn mit ihrem Wissen zu bestechen, war mit einem Mal überwältigend. Sie seufzte. »Wenn der Schreiner endlich die Regale zimmern würde, hätte ich sogar einen Platz für diese Bücher.«

Götz zog fragend die Brauen hoch.

»Seit Wochen warte ich jetzt schon auf Regale«, sprudelte es aus Olivera hervor. »Allmählich habe ich den Eindruck, dass ich sie nie bekommen werde.« Sie zog die Oberlippe zwischen die Zähne. »Vermutlich hält er mich für eine Quacksalberin oder Schlimmeres.« Sie hob trotzig den Blick und sah Götz herausfordernd an. Zu ihrer Überraschung huschte ein Lächeln über sein Gesicht.

»Warum benutzt du nicht so lange meine Offizin?«, fragte er. »Wäre es nicht besser, wenn wir *mit*einander arbeiten würden, anstatt *gegen*einander?«

Mit allem hatte Olivera gerechnet, aber nicht mit diesem Vorschlag.

»Ist das dein Ernst?«, fragte sie – alle Höflichkeit vergessend.

»Ja«, erwiderte Götz schlicht.

Olivera strich fahrig ihre Röcke glatt. Was sollte sie ihm antworten? Auf die Schnelle fiel ihr nicht viel ein. »Ich muss erst Laurenz fragen, ob ihm das recht ist«, sagte sie schließlich. Auch wenn sie es sich noch vor wenigen Stunden nicht hätte vorstellen können, erschien ihr sein Angebot verlockend. Wie sehr sie sich danach sehnte, sich mit jemandem auszutauschen, dessen Interesse den gleichen Dingen galt wie das ihre! Dennoch riet ihr eine innere Stimme, nicht übereifrig zu erscheinen. Sie schob ihre Schale zurück und erhob sich. »Danke für das Angebot«, murmelte sie. »Und danke für deine Gastfreundschaft.« Ihr Blick wanderte zu dem immer noch unangetasteten Geschenk. »Aber jetzt muss ich mich verabschieden.« Sie lächelte Götz an. Dann reichte sie ihm die Hand zum Abschied.

Schweigend folgte sie ihm zurück hinab ins Erdgeschoss, wo sich wenig später die Tür hinter ihr und Hug schloss.

»Gebt acht«, warnte der junge Knecht sie. »Es ist sicher glatt.«

Damit hatte er recht, weshalb der Nachhauseweg wesentlich länger dauerte als der Herweg. Der Anstieg zum Marktplatz erwies sich als besonders tückisch. Olivera war so damit beschäftigt, nicht auszurutschen, dass sie die Betrunkenen erst sah, als es zu spät war. Diese – drei hünenhafte Kerle – lungerten in einem Kelleraufgang herum. Als sie Hug und Olivera erblickten, rief einer von ihnen aus: »Sieh einer an, ein Weibsbild!« Er torkelte auf Olivera zu und packte sie beim Arm. Sein Griff war brutal.

»Lass mich los«, keuchte sie und versuchte, sich von ihm zu befreien. Aber er war zu stark für sie.

»Bist du nicht die Hure, die Laurenz mitgebracht hat?«, lallte der Kerl. Sein Atem stank nach Zwiebeln, Knoblauch und Most.

»Lass sie los!«, mischte Hug sich ein. Er baute sich drohend vor dem Mann auf.

»Halt dich da raus, Bürschchen«, zischte der Betrunkene und schlug ihm mit der Faust ins Gesicht. Während Hug wie ein Sack Mehl zu Boden fiel, zog der Hüne Olivera näher an sich und grapschte nach ihrer Brust. Als seine Hand sich hart um sie schloss, entfuhr ihr ein spitzer Schrei.

KAPITEL 45

Tübingen, Anfang November 1408

GÖTZ HÖRTE DEN SCHREI schon von Weitem. Sobald Olivera sein Haus verlassen hatte, hatte er das Geschenk geöffnet. Und beschlossen, es augenblicklich zurückzugeben. In dem kleinen Kasten ruhte ein in Gold gefasster Edelstein, den er auf keinen Fall annehmen konnte. Ärgerlich über Laurenz' großspurige Geste und über die Gefühle, die Oliveras überhasteter Aufbruch in ihm auslösten, hatte er nicht einmal einen Mantel übergeworfen. Nur mit Hemd und Schecke bekleidet war er aus dem Haus gestürmt – in der Hoffnung, Olivera einzuholen. Erneut gellte ein Schrei durch die Nacht.

»Hilfe!«

Es war eindeutig eine Frauenstimme. Die Haare auf Götz' Armen richteten sich auf. Es war eindeutig *Oliveras* Stimme! Unbändige Furcht fuhr ihm in die Glieder. Ohne nachzudenken, stopfte er das Päckchen in die Tasche und rannte so schnell er konnte in die Richtung, aus der der Schrei gekommen war. Mehr als einmal schlug er um ein Haar lang hin, fing sich aber im letzten Moment wieder. Als er die Marktgasse erreichte, sah er eine Fackel auf dem Boden. Daneben lag jemand im Schnee. Doch es war das ungleiche Paar, das miteinander rang, das sein Herz einen Schlag aussetzen ließ. Die eine Gestalt – ein Mann – überragte die andere – eine Frau – um mehr als Haupteslänge. Während Götz entsetzt begriff, dass es sich tatsächlich um Olivera handelte, holte der Riese aus und versetzte ihr einen solch heftigen Schlag, dass sie in seinem Griff erschlaffte.

»Hör sofort auf damit!«, donnerte er. Er ballte die Hände zu Fäusten und jagte den Anstieg hinauf. Schneller, als der andere reagieren konnte, war er bei ihm und drosch auf ihn ein. Der Zorn vernebelte ihm die Sinne. Er spürte weder den ersten Hieb noch den Tritt in den Magen. Erst, als der Hüne ihm den Ellenbogen unter das Kinn rammte, stach ihm der Schmerz tief ins Gehirn. Ein weiterer Tritt traf ihn im Magen und ließ ihn zusammensacken. Blind tastete er nach dem Dolch, den er für gewöhnlich bei sich trug. Aber dieser lag – zusammen mit seinem Mantel – auf einem Stuhl in seiner Stube.

»Ich bring dich um«, hörte er seinen Angreifer keuchen. Eine Pranke legte sich um seinen Hals. Bevor der Mann zudrücken und sein Versprechen wahr machen konnte, ertönte jedoch eine herrische Stimme:

»Halt, wer geht da?« Das Klirren von Metall folgte.

»Verdammt, die Wache«, fluchte es irgendwo hinter Götz' Angreifer. »Nichts wie weg!«

»Heute ist dein Glückstag«, zischte sein Peiniger ihm ins Ohr. Dann schleuderte er ihn von sich, als wöge er nicht mehr als ein Kind.

Während sich alles um ihn herum drehte, hörte Götz Fußgetrappel und wüste Verwünschungen. Jemand rief: »Hinterher!« Dann legte sich eine Hand um seinen Oberarm und zog ihn unsanft auf die Beine.

»Was geht hier vor?« Ein gerötetes Gesicht schwamm in sein Blickfeld. Der Spieß des Wächters zeigte auf seine Brust.

»Olivera«, brachte Götz hervor. Er versuchte, den Stadtsoldaten abzuschütteln. »Sie ist überfallen worden«, stöhnte er.

Der Griff des Wächters lockerte sich. »Lass mich ihr helfen«, bat Götz. Seine Schwägerin lag reglos am Boden. Der Knecht, der sie begleitet hatte, rappelte sich gerade auf und betastete seinen Kopf. An seiner Stirn glänzte Blut. Einen Moment lang schwankte er wie ein Grashalm im Wind. Dann stolperte er auf Olivera zu.

»Vorsichtig!«, rief Götz. Er eilte an Oliveras Seite und kniete sich neben sie in den Schnee. Ihr Gesicht war totenbleich. Deutlich zeichneten sich die Knöchel des Hünen auf ihrer Wange und an ihrer Schläfe ab. Von der geplatzten Unterlippe tropfte Blut auf den Boden. Behutsam schob Götz die Rechte unter ihren Kopf und griff mit der Linken in den Schnee, um ihr eine Handvoll davon auf die Stirn zu drücken. Es dauerte nicht lange, bis sie mit einem erstickten Laut zu sich kam. Augenblicklich begann sie, wild um sich zu schlagen. Wenngleich ihre Fingernägel sich in Götz' Wange gruben, durchflutete ihn grenzenlose Erleichterung.

»Ich bin es, Götz«, versuchte er, sie zu beruhigen. »Olivera!«

Ob es ihr Name war oder das Licht der Fackeln, mit denen der Wächter und der junge Knecht auf sie hinableuchteten, wusste Götz nicht. Jedenfalls schien eines von beidem sie zur Besinnung zu bringen. Sie blinzelte. Dann fasste sie sich mit einem Stöhnen an den Kopf.

»Kannst du dich aufsetzen?«, fragte Götz.

»Ich denke schon«, flüsterte sie. Ihre Augen wirkten riesig in dem blassen Gesicht.

Der Anblick ihrer Wunden machte ihn wütend. Was für Feiglinge! Gleichzeitig schämte er sich dafür, dass es ihm alleine nicht gelungen wäre, sie vor den Übergriffen der Männer zu beschützen.

»Könnt Ihr die Angreifer beschreiben?«, mischte sich der Stadtsoldat ein.

Olivera schüttelte den Kopf. »Nein«, sagte sie. »Es ging alles so schnell.«

Der Wächter nickte mit grimmiger Miene. »Ich habe wenigstens den einen gut genug gesehen, um euch zu sagen, dass er fast zehn Spannen gemessen hat. Sein Gesicht habe ich nicht erkannt, aber er hatte hier«, er zeigte auf sein Kinn, »ein Muttermal.« Der Soldat gab seinen Begleitern Anweisung, nach dem Mann zu suchen. »Schafft ihn in die Wachstube, wenn ihr ihn gefunden habt«, knurrte er.

»Bitte bring mich nach Hause«, sagte Olivera schwach, sobald die Soldaten dem Befehl ihres Anführers nachgekommen waren.

Da Götz nicht genau wusste, ob sie ihn, den Nachtwächter oder den Knecht meinte, half er ihr vorsichtig auf die Beine. Um zu verhindern, dass sie auf dem schneebedeckten Kopfsteinpflaster ausglitt, legte er ihr den Arm um die Schultern. Auch wenn der Gedanke vollkommen abwegig war in der Lage, in der sie sich befanden, fuhr ihm durch den Kopf, dass sich ihre Nähe seltsam vertraut anfühlte. Vielleicht war es der Duft von Honig und Harz, von Zimt und Nelken, der von ihr ausging. Er erinnerte ihn an seine eigene Offizin. Er verbannte den Gedanken hastig aus seinem Kopf und war froh, dass der Wächter offensichtlich vorhatte, sie zu begleiten. Der Spieß in seiner Hand warf beruhigend das Licht der Fackeln zurück. Seine Gegenwart würde gewiss dafür sorgen, dass sich weiteres Gesindel fernhielt. Trotz Oliveras Schwäche kam Götz der Weg zum Haus seines Bruders viel zu kurz vor. Als sie vor dem eisenbeschlagenen Hoftor anlangten, überkam ihn eine seltsame Beklemmung. Er schielte heimlich zu den Fenstern hinauf und ließ Olivera los. Die Bewegung war hastig, beinahe schuldbewusst, obwohl er nichts Falsches getan hatte. Der Wächter hämmerte mit seinem Spieß gegen das Holz, und kurz darauf öffnete eine Magd das Tor.

»Heilige Mutter Gottes!«, rief sie aus und bekreuzigte sich. »Was ist mit Euch geschehen?«

»Wir sind überfallen worden«, erwiderte der Knecht mit roten Ohren – offensichtlich beschämt, weil er seine Herrin nicht hatte beschützen können.

»Kommt schnell herein«, drängte die Magd. »Ihr auch«, sagte sie an Götz gewandt.

Dieser schüttelte jedoch energisch den Kopf. »Ich kann nicht bleiben. Sorgt dafür, dass sie sich ausruht«, riet er. »Wenn es ihr morgen schlecht geht, schickt nach mir oder dem Bader.«

Mit diesen Worten drückte er sanft Oliveras Hand und machte auf dem Absatz kehrt. Ohne sich noch einmal umzuwenden, hastete er die Haaggasse entlang zum Marktplatz – zurück in die Unterstadt. Jeder Schritt, den er zwischen sich und Olivera brachte, erleichterte sein schlechtes Gewissen. Warum er sich schuldig fühlte, war ihm selbst nicht ganz klar. Nichts war vorgefallen, das seine Gefühle rechtfertigte. Dennoch nagte etwas an ihm, das er nicht benennen konnte. Mit hochgezogenen Schultern stapfte er durch den Schnee. Sobald er die Sicherheit seines Heims erreicht hatte, betastete er in der Stube seinen Kiefer und seine Rippen. Vermutlich rührte das dumme Gefühl von den Prellungen her, die er sich im Verlauf des Kampfes zugezogen hatte, dachte er mürrisch. Als er seine Schecke ausziehen wollte, blieb er mit der Hand an einem harten Gegenstand hängen.

»Mist!«, schimpfte er. Er hatte vergessen, das Päckchen zurückzugeben. Ärgerlich über sich selber warf er es auf den Tisch, an dem er vor Kurzem noch mit Olivera gesessen hatte. Das Geschirr war inzwischen von der Magd abgeräumt worden. Aber ihr Duft hing noch in der Luft. Er ließ sich vorsichtig auf einem der Stühle nieder. Jeder einzelne Knochen in seinem Leib schmerzte. Vermutlich würde er die nächsten Tage Blut pinkeln – wie damals, als er sich mit dem Sohn des Böttchers geprügelt hatte.

Er starrte das Geschenk bissig an, als trage es die Schuld an seiner Wut auf Laurenz. Der Abend mit Olivera hatte ihn verwirrt. Dass sie nicht so hohlköpfig war, wie er zuerst angenommen hatte, war ihm bereits klar gewesen. Dass sie jedoch belesen war, Texte besaß und kannte, von denen er nur gehört hatte, erfüllte ihn mit Neid und Bewunderung. Er stupste das kleine Paket mit dem Zeigefinger an und schob es an den Rand des Tisches. Ob sie sein Angebot annehmen würde? Der Einfall, ihr die Nutzung seiner

Apotheke anzubieten, war zwar kühler Berechnung entsprungen. Allerdings hatte sich diese Berechnung mit jeder Minute, die er in ihrer Gegenwart verbracht hatte, in etwas anderes verwandelt. Er war sich noch nicht darüber im Klaren, was genau er für seine Schwägerin empfand. Etwas sagte ihm jedoch, dass er sie unbedingt wiedersehen wollte. Der Drang, das Päckchen über die Tischkante zu schieben, legte sich. Er griff danach und steckte es zurück in seine Tasche. Wenn sie sein Angebot nicht annahm, konnte er dieses dumme Geschenk wenigstens als Ausflucht benutzen, um sie zu besuchen. Wenn Laurenz außer Haus war. Natürlich nur, um ihr bei der Einrichtung ihrer Salbenküche behilflich zu sein, belog er sich selbst. Ihr bleiches Gesicht tauchte vor seinem inneren Auge auf.

»Lass sie nicht ernsthaft verletzt sein, gnädiger Gott«, flüsterte er.

Auch wenn er sie unbedingt wiedersehen wollte, hoffte er, dass es nicht an einem Krankenbett war!

KAPITEL 46

Tübingen, Anfang November 1408

Laurenz legte mit einem Seufzen den Löffel auf den Tisch. Der Haferschleim in seiner Schale war so gut wie unberührt. Aber er konnte beim besten Willen nichts essen.

Sein Magen fühlte sich an, als habe er Wackersteine verschluckt und sein Herz schien den gesamten Brustkorb einzunehmen. Immer wieder sah er verstohlen an sich hinab, um zu überprüfen, ob man das heftige Pochen von außen sehen konnte. Olivera hatte ihm letzte Nacht einen furchtbaren Schrecken eingejagt. Sodass die ohnehin schlaflose Nacht vor der Ratsversammlung zudem durch die Sorge um sie erfüllt war. Als endlich die Zeit des Aufstehens gekommen war, hatten die Prellungen an ihrer Schläfe und ihrer Wange im Kerzenschein blaurot geschimmert. Ihre Lippe war auf das Doppelte ihrer normalen Größe angeschwollen, und die Wut auf ihren Angreifer hatte ihm die Sicht vernebelt. Er hätte sie niemals alleine zu Götz gehen lassen dürfen!, schalt er sich immer noch. Die Erkenntnis, dass er sie durch seine Feigheit in Gefahr gebracht hatte, erfüllte ihn mit Selbstverachtung. Andererseits hätte Hug sie besser beschützen müssen! Er ballte die Hände zu Fäusten und versuchte, sich nicht von der Welle des Zorns davontragen zu lassen. Er musste kühlen Kopf bewahren! Wenn er Eindruck auf die Ratsmitglieder machen wollte, dann durfte er auf keinen Fall unbesonnen und aufbrausend wirken. Um Hug, Olivera und alles andere konnte er sich später kümmern. Jetzt musste er erst einmal dafür sorgen, dass er endlich sein Ziel erreichte!

Er kam mit einem Seufzen auf die Beine. Einen Augenblick lang überlegte er sich, ob die Wahl seiner Kleidung wirklich klug war. Dann verwarf er den Gedanken und machte sich auf den Weg nach unten. Für den Auftritt vor dem gesamten Stadtrat hatte er sich für eine schreiend bunte Hose und ein blaues Samtwams entschieden, das mit Goldfäden bestickt war. Zusammen mit den an das Wams angeknüpften Seidenflügelärmeln und dem teuren Pelzumhang verkündete seine Tracht schon von Weitem, dass er zu den reichsten Bürgern der Stadt gehörte. Gewiss würde es nicht schaden, wenn die Ratsherren sahen, dass er – genau wie sie – über die nötigen Mittel verfügte. Schließlich galt es, seinen alten Meister, Ludwig Häringstein, auszustechen! Mit weichen Knien verließ er das Haus. Dadurch, dass das Treffen wegen des schlechten Wetters zweimal verschoben worden war, hatte sich seine Anspannung ins Unermessliche gesteigert. Da der Rat über keinen festen Ort für seine Sitzungen verfügte, tagte er meist im Freien. Allerdings hatte der Schneefall es nötig gemacht, in eine Gaststube auszuweichen. Genau wie der Umtrunk nach dem Gottesdienst würde die Versammlung im *Goldenen Ochsen* stattfinden, hatte Auberlin Schnider ihn informiert. Als Laurenz dort ankam, herrschte bereits reges Treiben. Die Männer standen in kleinen Gruppen beieinander, die Luft war schwer vom Duft gebratenen Fleisches. Viele der Versammelten hielten Krüge in der Hand. Die Stimmung wirkte angespannter als bei dem letzten Treffen, das in derselben Stube stattgefunden hatte. Niemand zollte Laurenz besondere Beachtung, was ihn einerseits erleichterte, andererseits beunruhigte. Auf Beinen, die sich anfühlten wie Butter, steuerte er auf den Tresen zu und ließ sich ebenfalls einen Krug mit heißem Wein geben. Dann sah er sich nach Auberlin Schnider um.

Dieser war am anderen Ende des Raumes in ein gestenreiches Gespräch mit seinem Schwager, dem Schultheißen, vertieft. Nicht sicher, was von ihm erwartet wurde, zog Laurenz sich mit seinem Krug in eine Ecke zurück und beobachtete die Anwesenden. Immer wieder ging die Tür auf und Neuankömmlinge brachten eisige Luft mit.

Geschmolzener Schnee bildete kleine Pfützen auf dem Holzboden. Fast eine halbe Stunde verstrich, ehe der Schultheiß schließlich die Stimme erhob.

»Bitte setzt euch«, dröhnte er.

Sobald alle Platz genommen hatten – Laurenz zu seinem Verdruss neben Meister Häringstein – fuhr er fort: »Wir sind heute zusammengekommen, um über die Sicherheit in der Stadt zu sprechen und«, er zeigte auf Laurenz und Häringstein, »um die Bewerber vorzustellen, die sich im April zur Wahl stellen.«

Achtzehn Augenpaare wandten sich Laurenz und seinem Nebenmann zu, und Laurenz spürte, wie sein Herz erneut davongaloppierte.

»Wie Ihr wisst«, fuhr der Schultheiß fort, »brauchen die Bewerber jeweils zwei Fürsprecher. Für Ludwig Häringstein sprechen Richter Schäffer und Richter Fraischlich. Für Laurenz Nidhard sprechen mein Schwager, Auberlin Schnider, und ich selbst.« Er bedeutete Laurenz' ehemaligem Meister aufzustehen. »Was spricht Eurer Meinung nach für Meister Häringstein?«, fragte er die Fürsprecher.

Nachdem diese die Vorzüge des Händlers in den höchsten Tönen gepriesen hatten, kam die Reihe an Laurenz.

»Dieser junge Mann, für den ich mich selbst verbürge«, posaunte der Schultheiß, »ist ein ehrenwerter Bürger dieser Stadt und ein erfolgreicher Geschäftsmann.«

Laurenz bemühte sich um eine ausdruckslose Miene. In seinem Inneren brodelte es – vor allem, weil Auberlin Schnider ihm immer wieder warnende Blicke zuwarf. Wovor hatte der Kerl Angst? Dachte er, Laurenz würde hier, vor allen Richtern der Stadt, aufspringen und gestehen, womit sie ihr Vermögen machten?

Die Vorstellung war so abwegig, dass sie ihn beinahe zum Lachen brachte. Hätte er nicht die kritischen Blicke der Ratsmitglieder auf sich gespürt, wäre es vermutlich um seine Beherrschung geschehen gewesen.

»Laurenz Nidhard ist an Redlichkeit kaum zu übertreffen«, sang der Schultheiß weiter sein Lob. »Als Fernhändler hat er sich inzwischen einen Namen gemacht. Er wäre, meiner Ansicht nach, eine Bereicherung für diesen Rat.«

Als auch Auberlin Schnider seine Meinung kundgetan hatte, zeichnete sich Wohlwollen auf den Gesichtern der meisten Anwesenden ab. Lediglich eine Handvoll Männer schien nicht überzeugt. Häringsteins zorniges Ausatmen verriet Laurenz, dass sein ehemaliger Meister seine Felle davonschwimmen sah, was ihn – trotz aller Anspannung – mit Hochstimmung erfüllte.

Die nächsten Worte des Schultheißen vertrieben diese jedoch so schnell, wie sie gekommen war. »Obwohl Ihr noch keine Mitglieder des Rates seid, bin ich dafür, dass auch Ihr Eure Meinung zu dem Problem abgebt, das uns gewiss allen die Nachtruhe raubt.«

Offensichtlich wussten die Versammelten sofort, was er meinte, da ein Raunen durch die Reihen lief.

»Seit Monaten geht etwas in dieser Stadt um, vor dem sich inzwischen nicht nur die Unehrlichen fürchten.«

Laurenz' Kehle wurde trocken.

»Unsichtbar wie ein Dämon«, zischte ein hagerer Grauschopf.

»Ob es sich um einen Dämon handelt, wage ich zu bezweifeln«, erklärte der Schultheiß. »Vielmehr glaube ich, dass wir einen gemeinen Mörder in unserer Mitte haben, dem es das Handwerk zu legen gilt.«

Laurenz spürte, wie ihm alles Blut aus den Wangen wich. Wusste Schniders Schwager Bescheid? War diese Versammlung nichts weiter als ein Vorwand, um ihm die Schuld zuzuschieben und ihn an den Galgen zu bringen? Er wollte nach seinem Weinkelch greifen, um sein Gesicht dahinter zu verbergen. Allerdings zitterte seine Hand so sehr, dass er mitten in der Bewegung innehielt und die Hand unter sein Gesäß steckte.

»Was denkt Ihr darüber?«

Laurenz hörte die Frage kaum. Erst als Häringstein etwas darauf antwortete, begriff er, dass der Schultheiß sie nach ihrer Meinung gefragt hatte. Es war eine Prüfung, keine Falle! Die Erleichterung machte ihn schwindelig.

»Ich sage, die Stadtwache sollte verstärkt werden«, brummte Laurenz' alter Meister. »Damit könnte man verhindern, dass weitere Morde geschehen.«

Laurenz bemerkte, dass Auberlin Schnider die Augen verengte. Dieser Vorschlag gefiel ihm ganz sicher nicht besonders. Wie sollte Bentz dann weiter seinem grausigen Handwerk nachgehen?

»Egal, wie viele Wächter auf der Straße sind, dieser Teufel scheint unsichtbar zu sein«, warf ein rundlicher Mann mit einem roten Gesicht ein.

»Oder die Wachen verstecken sich in ihrer Stube«, brummte ein anderer.

»Was sagt Ihr, Laurenz?« Der Schultheiß musterte ihn forschend.

Laurenz zog hastig die Hand unter dem Gesäß hervor und betastete die Bleitafeln unter seinem Wams. Was sollte er antworten? Wenn er etwas Falsches sagte, verdarb er Schnider und sich selbst das Geschäft. Er räusperte sich, während er fieberhaft überlegte.

»Vielleicht sollte man es zuerst mit einer Dämonenaustreibung versuchen«, erwiderte er schließlich. Dieses Ritual würde noch mehr Angst und Schrecken verbreiten und dafür sorgen, dass die Tübinger sich nachts nicht aus ihren Häusern wagten.

»Er hat recht«, stimmte ihm der rundliche Ratsherr zu. »Wenn das Morden dann immer noch nicht aufhört, kann man sicher sein, dass der Täter aus *dieser* Welt stammt.« Einige der Anwesenden schauderten. Obwohl er wusste, dass es sich ganz sicher nicht um einen Dämon handelte, presste Laurenz die Hand noch fester auf die Bleitafeln an seinem Hals.

»Einer der Pfarrer soll die Stadt ausräuchern«, schlug ein Mann vor, den Laurenz als einen der wohlhabendsten Tuchhändler der Stadt erkannte. »Meidet der Teufel nicht das Weihwasser und den Weihrauch? Warum sollte man es also nicht damit versuchen?« Einige andere nickten.

»Und *ich* sage euch, der Schurke ist nichts weiter als ein gemeiner Mörder!«, brauste ein schwarzhaariger Richter auf. »Häringstein hat recht! Man muss die Wache verstärken!«

Die Debatte wogte hin und her, bis der Schultheiß schließlich ein Machtwort sprach. »Wir verstärken die Wache.«

Meister Häringstein grinste Laurenz triumphierend an.

»*Und* lassen die Pfarrer der Jakobus- und der Pfarrkirche die Stadt ausräuchern.«

Das Grinsen erstarb.

»Jetzt genießt Speis und Trank und dankt dem Herrgott, dass er über Euch und die Euren wacht.« Er schlug ein Kreuz vor der Brust und murmelte ein Gebet. Dann wandte er sich seinem Schwager zu und verstrickte diesen in ein leises Gespräch.

Die anderen Anwesenden begannen ebenfalls, sich mit ihren Nebenmännern zu unterhalten. Einzig Laurenz und Meister Häringstein schwiegen sich hartnäckig an. Als der Wirt des *Goldenen Ochsen* das Essen auftrug, griff Laurenz dankbar nach einem Stück Gans. Wenngleich er immer noch keinen Hunger verspürte, nagte er daran herum, damit er sich wenigstens mit irgendetwas beschäftigen konnte. All das Gerede über Dämonen hatte ihm den Appetit verdorben. Wie in den immer wiederkehrenden Albträumen gaukelte ihm seine Fantasie grässliche Fratzen vor, deren Münder mit messerscharfen Fängen gespickt waren. Trotz der schützenden Bleiamulette hatte er den Eindruck, als versuche immer wieder eine dieser Kreaturen, ihre Klauen in sein Herz zu schlagen. Es hatte keinen Zweck!, gestand er sich ein, als er das Gänsefleisch hinabzwang. Er konnte sich nicht länger etwas vormachen! Sein Herz schien sich tiefer in seinen Brustkorb zurückzuziehen. Er musste seine Seele von der Schuld reinigen. Er musste noch einmal beichten! Er ignorierte Auberlin Schniders misstrauischen Blick und gab vor, den Braten zu genießen.

Eine halbe Stunde nachdem der Schultheiß die Versammlung aufgehoben hatte, schickte Auberlin Schnider nach Bentz, dem Schlachter.

»Ich will, dass du ein Auge auf Laurenz hast«, begann er ohne Umschweife, als eine Magd Bentz zu ihm führte.

Dieser – nach einem Streit mit seinem Weib nicht gerade in bester Stimmung – schoss bissig zurück: »Und wann soll ich das Eurer Meinung nach bitte schön tun? Ihr wisst doch, dass Schlachtmonat ist. Ich habe kaum Zeit zum Schlafen!«

Schnider hob die Hand. »Bah.« Er griff in seine Geldkatze und warf eine Handvoll Münzen auf den Tisch. »Hast du jetzt mehr Zeit?«

Bentz machte sich nicht die Mühe, die Frage zu beantworten. Mit einer flüssigen Bewegung fegte er das Geld vom Tisch und ließ es in seiner Tasche verschwinden.

»Der Bursche bekommt kalte Füße«, stellte Schnider fest. »Es hätte bei der Ratsversammlung heute nicht viel gefehlt und er hätte sich die Hosen vollgemacht.« Er verzog den Mund, als ob er in etwas Fauliges gebissen hätte. »Ich fürchte, dass er etwas Dummes tun könnte.«

Bentz kniff die Augen zusammen. »Wie meint Ihr das? Habt Ihr Angst, dass er uns verraten könnte?«

Schnider hob eine Schulter. »Das wohl nicht, dazu ist er zu feige.« Er fuhr sich mit den Handflächen über das Gesicht. »Aber ich habe kein gutes Gefühl mehr bei der Sache. Es ist kein Verlass auf ihn. Wenn ich gewusst hätte, dass er so zart besaitet ist …« Er griff in einen Kasten unter seinem Schreibtisch und zog einen Gegenstand hervor, den Bentz nach einigen verdutzten Lidschlägen als Narrenhäs erkannte.

Die Maske stellte eine Teufelsfratze dar – aus Holz geschnitzt mit zotteligen Haaren. »Setz das auf, wenn du das nächste Mal auf die Jagd gehst«, wies Schnider ihn an.

Bentz hob das Häs mit spitzen Fingern auf.

»Das war das einzig Gute, das Laurenz zur Ratssitzung beigetragen hat. Alle fürchten sich vor dem Dämon. Also geben wir ihnen einen Dämon.« Er lachte meckernd, dann wurde er wieder ernst. »Aber sei auf der Hut. Die Wache soll noch einmal verstärkt werden.«

KAPITEL 47

Tübingen, November 1408

Zwei Tage verbrachte Olivera im Bett. Erst am dritten Morgen nach dem Überfall fühlte sie sich stark genug, um aufzustehen und ihr Tagwerk wieder aufzunehmen. Laurenz hatte ihr angeboten, nach einem Arzt zu schicken. Aber sie wollte niemandem Umstände bereiten und so schnell wie möglich die dunkle, eisige Kammer verlassen. Die Düsternis schlug ihr aufs Gemüt – beinahe mehr noch als Laurenz' ständige Abwesenheit und die Schmerzen in ihrem Kopf. Zwar hatte er sich ganz offensichtlich Sorgen um sie gemacht. Allerdings nicht so sehr, dass es ihn davon abgehalten hätte, sie alleine zu lassen. Sie wusste, dass sie ungerecht zu ihm war. Schließlich konnte er nicht den ganzen Tag an ihrem Bett sitzen und ihre Hand halten. Dennoch raubte sein Verhalten ein weiteres Stück der Liebe, die sie für ihn empfand. Nachdem sie sich mit vorsichtigen Bewegungen angekleidet hatte, betrachtete sie ihr Gesicht im Spiegel. Ein dicker Schorf verunzierte ihre Lippe, und ihre Wange schillerte in allen Farben des Regenbogens. Unter ihrem linken Auge lag ein violetter Schatten. Einen Augenblick überlegte sie, ob sie die hässlichen Verfärbungen mit Bleiweiß abdecken sollte, entschloss sich jedoch dagegen. Die Prellungen würden schneller abklingen, wenn sie gar nichts unternahm. Sie betastete ihr Jochbein und stellte zu ihrer Erleichterung fest, dass die Schwellung zurückgegangen war und nicht mehr allzu sehr schmerzte.

»Bis du Großmutter bist, sieht man nichts mehr davon«, murmelte sie. Sie seufzte, trat an eines der winzigen Fenster und starrte hinaus in den farblosen Wintertag. Vorwitzige Vögel hatten Spuren auf dem Fenstersims hinterlassen, von dem sich soeben ein schmales Schneebrett löste. Eine blasse Sonne schwamm über den Dächern der Stadt, doch ihren Strahlen gelang es nicht, den milchigen Dunst zu durchdringen.

Olivera holte schwer Atem. Die vergangene Nacht hatte schlimme Träume gebracht – und eine Erkenntnis, die sie beklommen machte. Die Todesangst, die sie bei dem Überfall gelähmt hatte, war zurückgekehrt und hatte sie schweißgebadet aus dem Schlaf aufschrecken lassen. Als der Mann sie gepackt hatte, war sie überzeugt gewesen, dass der mordende Dämon es auf sie abgesehen hatte. Jetzt, im hellen Licht des Tages, schalt sie sich eine Närrin. Doch im Dunkeln war ihr die Bedrohung so wirklich erschienen wie die Vogelspuren vor ihrem Fenster. Sie warf sich fröstelnd ein Tuch um die Schultern und wickelte es eng um sich, während ihre Gedanken weiterwanderten. Mit der Angst war auch die Erinnerung zurückgekommen; die Erinnerung daran, wo sie das Wappen des kopflosen Toten schon einmal gesehen hatte. Es war das Wappen der Stadt Ulm. Viele Stunden hatte sie sich das Gehirn zermartert, ob diese Tatsache von Bedeutung war. Und falls ja, welche Bedeutung dahintersteckte. Aber ihr müder Verstand war immer wieder abgeschweift. Auch jetzt ertappte sie sich dabei, wie sie den Strom der Menschen, den sie in der Ferne auf den Marktplatz zuströmen sah, absuchte. Ob Götz wohl unter ihnen war? Mehr als einmal hatte sie seine Stimme im Untergeschoss vernommen. Allerdings hatte Laurenz ihn immer wieder aus dem

Haus geschickt. Sie war noch nicht dazu gekommen, Laurenz von seinem Angebot zu erzählen, und diese Tatsache bereitete ihr Kopfzerbrechen. Ohnehin wusste sie inzwischen nicht mehr, ob sie es tatsächlich annehmen wollte oder nicht. Was würde es für Folgen haben, wenn sie mit dem Bruder ihres Gemahls zusammen arbeitete? Würde es nicht zu noch mehr Gerede über sie führen? Was würden die Brüder und Schwestern des Heilig-Geist-Spitals dazu sagen? Da ihr diese Überlegungen und die Gefühle, die sie mit sich brachten, Unbehagen bereiteten, lenkte sie ihre Gedanken zurück auf das Ulmer Wappen.

Sie kehrte dem Fenster den Rücken. Vielleicht wusste Laurenz etwas damit anzufangen. Da ihr immer noch kalt war, griff sie nach einem fellgefütterten Mantel und verließ die Kammer. In der Stube wartete Essen auf sie. Der Kachelofen verbreitete eine wohlige Wärme, und Markos begrüßte sie mit einem freudigen Kreischen. Sie steckte den Finger durch die Gitterstäbe, um ihm den Kopf zu kraulen.

»Habe ich dir gefehlt?«, fragte sie.

Er antwortete mit einem klappernden Geräusch, das klang, als ob eine der Mägde Geschirr ineinanderstellte.

»Du hast *mir* gefehlt.«

Er knabberte vorsichtig mit dem Schnabel an ihrem Finger. Am Boden des Käfigs lag eine Handvoll Rosinen. Offensichtlich hatte ihn jemand anders im Haushalt ebenfalls in sein Herz geschlossen. Wehmut schnürte ihr die Kehle zu. Immer, wenn sie Markos betrachtete, fühlte sie sich zurückversetzt zu dem Tag, an dem sie mit Laurenz den Basar besucht hatte. Waren wirklich erst vier Monate vergangen? Es kam ihr vor wie vier Jahre. Sie schloss die Augen, um sich die Düfte des Marktes, das Gewühl und das, was sie bei diesem Ausflug empfunden hatte, ins Gedächtnis zu rufen. Eine Träne löste sich aus ihrem Augenwinkel und rann ihre Wange hinab.

»Nicht mehr lange«, sagte sie sich. »Dann siehst du alle wieder.« Diese Hoffnung war der Strohhalm, an den sie sich so heftig klammerte, dass sie sich wunderte, wann er zerbrechen würde. Die Wehmut war wie ein Strudel, der sie ergriff und in die Tiefe zu ziehen drohte. Während sich ihr Herz zusammenzog schossen Tränen in ihre Augen und verwischten Markos' Umrisse.

»Warum habe ich nur nicht auf dich gehört, *Yiayia*?«, schluchzte sie. Die Trauer, die sie unvermittelt ergriff, war so gewaltig, dass sie ihr alle Stärke raubte. Kraftlos ließ sie sich vor dem Vogelkäfig auf die Knie fallen, vergrub das Gesicht in den Armen und weinte, bis ihre Tränen versiegten. Vollkommen erschöpft kauerte sie sich irgendwann zusammen und wiegte sich hin und her wie ein Kind. Ihr ganzer Körper fühlte sich taub an, und ihre Kopfschmerzen verstärkten sich mit jeder Bewegung. Einige Augenblicke war sie versucht, zurück ins Bett zu fliehen – sich vor der grauen, unfreundlichen Welt der Tübinger zu verstecken. Doch irgendwo tief in ihr regte sich ein Quäntchen Widerstand.

Sie zog die Nase hoch und trocknete sich mit dem Ärmel das Gesicht. Zitternd richtete sie sich auf, kämpfte sich in die Höhe und starrte eine Zeit lang blicklos auf Markos hinab. Dann schluckte sie die letzten bitteren Tränen. Sie würde nicht aufgeben! Hatte sie sich nicht immer die biblische Stärke einer Delila, einer Debora oder Judit gewünscht? Den Mut und die Kraft, gegen Althergebrachtes aufzubegehren und das Schicksal in die eigenen Hände zu nehmen? Hätten diese Frauen in ihrer Lage aufgegeben?

»Nein«, flüsterte sie. Und sie würde auch nicht aufgeben! Ein harter Klumpen des Trotzes bildete sich irgendwo in ihrem Inneren. Sie würde Götz' Angebot annehmen, ganz egal, was andere davon dachten! Vorausgesetzt, Laurenz hatte nichts dagegen. Mit der Entscheidung kehrte ihr Kampfgeist zurück. Wenngleich sie nicht besonders hungrig war, stärkte sie sich ausgiebig und begab sich im Anschluss an das Mahl auf die Suche nach ihrem Gatten. Alle Gedanken an das Wappen waren vergessen, als sie ihn schließlich im Warenlager ausfindig machte.

»Olivera«, begrüßte er sie. Er schien sich aufrichtig zu freuen, sie zu sehen. Hastig säuberte er sich die Hände an einem Tuch und schloss sie vorsichtig in die Arme, als habe er Angst, sie zu zerbrechen. »Geht es dir besser?«

Einen winzigen Moment lang war sie versucht, etwas Bissiges zu erwidern. Doch das schiefe Lächeln und die Sorge in seinen grauen Augen wirkten entwaffnend.

»Es sieht schlimmer aus, als es ist«, log sie. Sie sah Erleichterung über sein Gesicht huschen – dicht gefolgt von Zorn.

»Ich hoffe, die Wache hat den Mistkerl erwischt!«, sagte er heftig.

Da durch seine Worte die Erinnerung an den furchtbaren Vorfall erneut aufflammte, kam Olivera hastig auf das zu sprechen, was sie bewegte.

»Götz hat bei dem Essen angeboten, dass ich seine Offizin im Spital benutzen könnte«, sagte sie. »Der Schreiner war immer noch nicht da, und ich weiß nicht, wohin mit meinen Sachen. Wenn es dir recht ist, würde ich sein Angebot gerne annehmen.«

Laurenz schien dankbar über den Themenwechseln zu sein, obwohl er bei der Erwähnung seines Bruders eine säuerliche Miene aufsetzte. »Warum nicht?«, erwiderte er nach einigen Augenblicken des Nachdenkens.

Irgendwie hatte Olivera das Gefühl, Erleichterung auf seinem Gesicht lesen zu können. War er froh, dass sie dadurch mehr außer Haus sein würde?, fuhr es ihr durch den Kopf. Die Vorstellung versetzte ihr einen Stich ins Herz.

»Wenn dir seine aufgeblasene Art nicht auf die Nerven fällt«, setzte Laurenz ätzend hinzu.

Die Bemerkung war als Seitenhieb gedacht. Allerdings sprach weitaus mehr Abneigung daraus, als er vermutlich beabsichtigt hatte. Warum war er so gehässig zu seinem Bruder? Was war vorgefallen zwischen den beiden, dass sie sich beinahe benahmen wie Kain und Abel? Sie beschloss, der Sache nachzugehen. Wenn sie es geschickt anstellte, würde Götz ihr vielleicht etwas verraten.

»Kann ich einen der Knechte bitten, mir mit dem Handkarren zu helfen?«, fragte sie. »Wenn ich in der Spitalapotheke arbeiten will, muss ich wenigstens einen Teil meiner Zutaten dorthin bringen.«

»Nimm Seitz mit«, brummte Laurenz. »Der kann wenigstens auf dich aufpassen. Schick ihn aber so schnell wie möglich wieder zurück. Drei der Pferde müssen neu beschlagen werden und der Schmied braucht einen starken Helfer.« Sein Blick glitt über ihr Gesicht und blieb an den Prellungen haften. »Gib auf dich acht.«

Mit diesen Worten verabschiedete er sich von ihr und wandte seine Aufmerksamkeit zurück zu einem halben Dutzend offener Säcke. Ein kleinerer Beutel zu seinen Füßen enthielt Kohlenstaub, mit dem er vermutlich den Pfeffer streckte.

Erleichtert über Laurenz' Zustimmung begab Olivera sich hinaus in den Hof. Der Schnee knirschte unter ihren Schuhen, als sie auf die Ställe zusteuerte, in denen sie Seitz vermutete. Nachdem sie ihn gefunden hatte, bat sie ihn, ihr beim Verpacken zu helfen. Und eine Stunde später machte sie sich in seiner Begleitung auf zum Spital. Offensichtlich hatte sich die Kunde von dem nächtlichen Überfall bereits wie ein Lauffeuer verbreitet. Auf dem Weg über den Marktplatz fiel Olivera das Tuscheln noch mehr auf als sonst.

»Das hat man davon, wenn man sich herumtreibt, wenn ehrliche Leute im Bett sind«, hörte sie eine Bäckerin sagen.

»Die hat sich doch selbst zuzuschreiben, was passiert ist.«

»Wer sagt denn, dass es wirklich so war, wie behauptet wird?«, zischte es hinter der dicken Bäckersfrau.

»Seid still!«, herrschte Seitz die Frauen an. Doch diese lachten ihn lediglich aus. »Man sollte ihnen das Fell gerben«, knurrte der Knecht, aber Olivera winkte müde ab. Sie war es leid, hatte keine Lust mehr, sich über die Feindseligkeit aufzuregen. Je mehr sie versuchte, sich anzupassen, desto mehr Ablehnung begegnete ihr. Inzwischen war sie sicher, dass die Tübingerinnen sie niemals akzeptieren würden. Sie war eine Fremde und würde immer eine Fremde bleiben. Ganz egal, was sie unternahm, um das Wohlwollen der Einheimischen zu erringen. Auch die Torhüterin des Spitals begrüßte sie mit einem schadenfrohen Feixen. Ohne der Frau die Genugtuung einer Reaktion zu geben, passierte Olivera den Durchgang und klopfte kurz darauf an die Tür der Apotheke.

Als Götz im Rahmen erschien, weiteten sich seine Augen überrascht. Sein Blick tastete – genau wie der seines Bruders zuvor – ihr Gesicht ab und seine Hand zuckte, als wolle er sie berühren. Im letzten Moment besann er sich jedoch eines Besseren und stammelte einen Gruß.

»Ich würde dein Angebot gerne annehmen«, sagte Olivera. Irgendwie war die Situation schon wieder peinlich, obwohl überhaupt nichts geschehen war.

»Geht es dir denn gut genug?«, platzte es aus Götz heraus. »Ich war so oft bei euch, aber Laurenz hat mich nicht zu dir gelassen.«

Olivera hörte Seitz die Luft ausstoßen. Sie wusste nicht, was sie sagen sollte. Daher konzentrierte sie sich einige Atemzüge lang auf die kleinen Dampfwölkchen vor Götz' Mund und Nase.

»Ich denke, ich fühle mich besser, wenn ich meiner Arbeit nachgehen kann«, sagte sie schließlich. »Es ist nichts gebrochen und es hat sich keine Fäulnis gebildet.« Sie hob die Schultern.

Götz fasste sie schärfer ins Auge, und sie spürte, wie sie errötete. Ob diese Schwäche sich jemals legen würde? Sie rieb sich mit den behandschuhten Händen die Wangen, um den Grund der Röte vor ihm zu verbergen. Warum machte er sie so unsicher? Warum kam sie sich in seiner Gegenwart immer vor wie eine Münze auf dem Prüfstein? Und wieso hatte sie den Eindruck, dass er mit seinen grünen Augen bis auf den Grund ihrer Seele blicken konnte? Ein Räuspern hinter ihr riss sie aus den Gedanken.

»Wo soll ich das hinbringen?«, fragte Seitz. Sein Ton war bärbeißig.

»Dort hinüber.« Götz öffnete die Tür weiter und trat zur Seite, um Olivera und den Knecht einzulassen.

Kaum hatte sie die Schwelle übertreten, umfing die Wärme sie wie ein schützender Mantel. Der Raum war lang und hoch, und mindestens zwei Dutzend Regale säumten die Wände. In mehreren Feuerstellen knisterten Scheite. Eine Vielzahl von Gerüchen hing in der Luft – einige beißend, andere aromatisch und schwer. Die Art und Weise, wie Götz die großen Tontöpfe aneinandergereiht hatte, erinnerte sie an ihre *Yiayia.* Mit jedem Schritt, den sie weiter in sein Reich vordrang, verlor die Außenwelt an Bedeutung. Das, was vorher geschehen war, verblasste zur Unbedeutsamkeit. Wenngleich sie vorgehabt hatte, ihrem Schwager geschäftsmäßig zu begegnen, übermannte sie ein überwältigendes Gefühl der Dankbarkeit, das ihr das Herz eng machte. Etwas, das in Laurenz' Haus nie geschehen war, ließ sie überrascht die Hände auf die Brust pressen. Sie fühlte sich geborgen. All die vertrauten Gerüche, die wohlige Wärme und die Erkenntnis, dass Götz ihre Leidenschaft für die Heilkunst teilte, ließen erneut Tränen in ihre Augen schießen. Doch dieses Mal waren es Tränen der Freude.

KAPITEL 48

Tübingen, November 1408

Der Tag war einer der schönsten seit ihrer Ankunft in Tübingen. Nachdem er seine anfängliche Zurückhaltung überwunden hatte, entschuldigte Götz sich bei Olivera für den Überfall.

»Ich hätte dich begleiten sollen«, sagte er zerknirscht. Ein Muskel in seiner Wange zuckte und das Grün seiner Augen wirkte mit einem Mal dunkler.

Olivera sah ehrlich verwundert zu ihm auf. »Aber es war doch nicht deine Schuld«, wehrte sie ab. »Hug war bei mir, und ihn haben sie genauso überrascht wie mich.« Allerdings schien er sich für das, was geschehen war, verantwortlich zu fühlen. Zu ihrer Erleichterung verblasste dieser Schatten jedoch im Laufe des Tages, trat zurück hinter den begeisterten Austausch über die unterschiedlichen Heilmittel, die sie besaßen. Während Olivera über allerlei teure und schwer zu beschaffende Zutaten verfügte, bestand der Inhalt von Götz' Tiegeln und Töpfen vorwiegend aus einheimischen Pflanzen. Neugierig ließ Olivera sich erklären, welches Kraut wogegen gewachsen war, und versuchte, sich all die unbekannten Namen zu merken. Außerdem bewunderte sie seine Kräuterbücher. Fein säuberlich waren dort Stauden, Wurzeln und Blumen in bunten Farben gezeichnet, sodass sie auch jemand erkennen konnte, der des Lesens nicht mächtig war. Da all seine Texte auf Deutsch verfasst waren, musste Olivera mehr als einmal nachfragen, was die Worte bedeuteten. Es dauerte nicht lange, bis sie herausfand, dass sein Latein hervorragend war.

»Stört es dich, wenn wir lateinisch sprechen?«, fragte sie deshalb.

»Nein«, erwiderte er. »Überhaupt nicht. Ich habe ohnehin nicht genug Übung.« Sein Lächeln wirkte ansteckend.

»So fällt es mir leichter, über Arzneien zu reden«, gestand Olivera – auch wenn das nur einer der Gründe war. Durch den Gebrauch einer anderen Sprache trat alles um sie herum noch weiter in den Hintergrund. Irgendwie konnte sie sich dann wenigstens für den Moment vorgaukeln, nicht im unwirtlichen Tübingen, sondern an einem weit, weit entfernten Ort zu sein.

Die Zeit verging wie im Flug. Als die Spitalkirche die achte Stunde verkündete, begann Olivera, ihre Mörser zu reinigen.

»Ich sollte besser gehen«, sagte sie. Unbehagen breitete sich in ihr aus. Draußen herrschte bereits tiefe Finsternis. Die Vorstellung, alleine nach Hause zu gehen, jagte ihr einen Schauer der Furcht über den Rücken. Die letzten Stunden waren erfüllt gewesen von einer Sorglosigkeit, wie sie sie schon lange nicht mehr empfunden hatte. Götz und sie hatten sich vollkommen verloren in all den Dingen, die sie voneinander lernen konnten.

»Ich komme mit dir«, sagte er. Sein Ton duldete keinen Widerspruch.

»Nein, das brauchst du nicht«, protestierte sie dennoch schwach. Aber ihr Herz machte vor Erleichterung einen Satz.

»Keine Widerrede«, brummte er – die Sprache wechselnd, als ob er dadurch ihren Einwand im Keim ersticken wollte. Er griff nach einem langen Dolch und warf sich einen Mantel um die Schultern.

Da Olivera all ihre Zutaten in seiner Offizin lassen wollte, hatte sie nichts zusammenzupacken. Als Götz kurz darauf die Tür öffnete, schlug ihnen klirrende Kälte entgegen. Während sie sich in der wohligen Wärme der Offizin aufgehalten hatten, war noch mehr Schnee gefallen, sodass der Spitalhof unberührt und verzaubert wirkte. Das Licht der Fackeln brachte den Teppich aus Weiß zum Glitzern. Wäre die Kälte nicht bereits nach wenigen Schritten unaufhaltsam an ihren Beinen hinaufgekrochen, hätte

Olivera die Schönheit vielleicht bewundert. So allerdings folgte sie Götz schnell über den Hof und wünschte sich eine Sänfte herbei, wie sie es aus Konstantinopel gewöhnt war. Damit der Gedanke an ihre Heimat ihr nicht den Tag verderben konnte, schob sie ihn rasch beiseite und nahm den Arm an, den Götz ihr bot.

Die Tatsache, dass sie sich nicht mehr hinter den schützenden Mauern der Apotheke aufhielten, schien etwas zu verändern. Bereits nach wenigen Schritten kehrte die Beklommenheit zurück – das Gefühl der Peinlichkeit, das sie bereits bei dem Essen in seinem Haus empfunden hatte. Obwohl nichts vorgefallen war, für das sie sich schämen mussten, hatte Olivera plötzlich das Gefühl, Laurenz hintergangen zu haben. Auch Götz wurde zusehends steifer und schweigsamer. Als sie schließlich das Hoftor ihres Heims erreichten, verabschiedete er sich wortkarg von ihr.

»Bis morgen«, schickte sie ihm hinterher und sah ihm stirnrunzelnd nach, bis er am Ende der Haaggasse verschwand. Ein seltsames Gefühl nistete sich in ihrer Magengrube ein. Warum fühlte sie sich so schuldig? War es denn schlimm, dass sie den Tag genossen hatte? Musste sie diese Tatsache vor Laurenz verbergen? Sie hörte die Stimme ihrer *Yiayia* in ihrem Kopf: »Es ist nicht schicklich. Was sollen die Leute denken?« Doch das erste Mal seit ihrem Aufbruch aus der Heimat brachte die Erinnerung an ihre Großmutter keine Wehmut mit sich. Sondern Trotz. Es war ihr vollkommen gleichgültig, was die Leute dachten! Offensichtlich hatte das, was in den Köpfen der Tübinger vorging, ohnehin nichts mit der Wirklichkeit zu tun! Hielten sie sie nicht auch für eine Heidin? Es fehlte nicht viel und sie hätte mit dem Fuß aufgestampft. Da sie sich jedoch nicht wie ein Kind benehmen wollte, hielt sie sich im letzten Moment davon ab. Einige Augenblicke beobachtete sie noch den Tanz der Schneeflocken, dann schob sie das Tor auf und betrat den Hof. Es wäre besser, an etwas anderes zu denken!, schalt sie sich.

Als ob ihr Verstand ihr recht geben wollte, fiel ihr unvermittelt das Ulmer Wappen wieder ein. Hatte sie nicht Laurenz danach fragen wollen? Sie beschloss, lieber diesem Rätsel auf den Grund zu gehen, als sich weiter den Kopf über Götz zu zerbrechen. Mit Mühe zog sie das Tor hinter sich zu, ehe sie auf die Halle des Hauses zusteuerte. Die Wärme, die ihr dort entgegenschlug, machte ihr klar, wie kalt ihr schon wieder war. Frierend rieb sie die Handflächen aneinander und klopfte an die Tür von Laurenz' Schreibstube. Nachdem sie keine Antwort erhielt und ihn auch im Gewürzlager nicht ausfindig machen konnte, steuerte sie auf die Küche zu. Dort traf sie Elsbeth beim Kochen an. Mit hochroten Wangen rührte die rundliche Frau in einem Topf, dessen Inhalt ein verlockendes Aroma verbreitete. Frisch gebackene Brotfladen lagen auf einem mehlbestäubten Tisch.

»Weißt du, wo Laurenz ist?«, fragte Olivera. »Ich kann ihn nicht finden.«

Die Köchin zuckte die Achseln. »Vielleicht ist er mit Seitz im Stall«, erwiderte sie. »Ich glaube, eine der Stuten ist trächtig.«

Auch wenn sie keine Lust hatte, in die Kälte zurückzukehren, griff Olivera sich eine Fackel und machte sich auf den Weg zum Stall. Durch die Luke über dem Heuboden fiel schwacher Lichtschein auf das Vordach und verriet, dass sich tatsächlich noch jemand dort aufhielt. Erhobene Stimmen drangen an ihr Ohr. Neugierig stemmte sie die Stalltür auf.

»Jemand muss heute Nacht bei ihr bleiben!«, fuhr Laurenz den Knecht Lucas an. Dieser hatte die Hände in die Hüften gestemmt und sah Laurenz kampfeslustig an. Seine breiten Schultern drohten, den Stoff seines Hemdes zu sprengen. Offensichtlich war Olivera mitten in eine Auseinandersetzung hineingeplatzt.

»Ich sage es noch mal«, grollte Lucas, »ich bleibe nur hier, wenn Ihr den Priester holt, damit er den Stall weiht. Es geht Gerede um, dass es eine Dämonenaustreibung geben soll. Glaubt bloß nicht, dass ich meine Seele für ein *Pferd* aufs Spiel setze.«

Obwohl Laurenz den Knecht um eine halbe Haupteslänge überragte, wich er vor ihm zurück, als dieser einen Schritt auf ihn zumachte. »Warum fragt Ihr nicht Hug oder Seitz oder Lentz?« Er funkelte die anderen an, die um ihn herumstanden wie begossene Hunde. »Wollt *ihr* vielleicht heute Nacht im Stall schlafen?«, fragte er hitzig.

Die Männer senkten die Blicke. Keiner schien erpicht darauf zu sein.

»Wenn sie oder das Fohlen stirbt, kommt ihr in Teufels Küche, das verspreche ich euch!«, fauchte Laurenz. Er bohrte den Zeigefinger in Lucas' Brust, dann griff er sich unter das eigene Hemd und zog eine der Bleitafeln hervor, über die Olivera sich bereits gewundert hatte. »Häng dir das um«, knurrte er. »Das schützt dich vor allem, was sich vor Gottes Zorn fürchtet.« Er hob drohend die Hand. »Du bleibst hier, das ist mein letztes Wort. Und ihr macht, dass ihr mit dem Misten fertig werdet!«

Damit kehrte er seinen Männern den Rücken und polterte auf den Ausgang zu. Als er Olivera erblickte, trat eine tiefe Falte zwischen seine Brauen. »Was ist?«, fragte er schroff, hob allerdings sofort entschuldigend die Hand.

»Komm ins Haus.« Er ergriff ihren Arm und führte sie zurück über den Hof. Sobald sie das Wohnhaus erreicht hatten, streifte er die nassen Schuhe ab und schlüpfte in trockene Stiefel.

»Warum denkt in letzter Zeit jeder, er müsste meine Befehle infrage stellen?« Eine dicke Ader pulsierte an seiner Schläfe. Sein Gesicht war roter als sonst, und Olivera beschloss, seine Arznei zu verstärken. Noch immer verriet kein Anzeichen, dass sich sein cholerisches Temperament wieder legte. Ein Blick in seine Augen sagte ihr, dass der Moment ungünstig war, um ihn wegen des Ulmer Wappens zu befragen. Mit Grauen dachte sie daran zurück, was geschehen war, als das letzte Mal die ermordeten Tübinger zur Sprache gekommen waren. Seit dem Vorfall war Clara verstört und schreckhaft und wich Laurenz aus, wann immer es möglich war.

»Was ist so wichtig?«, fragte er. Seine Brust hob und senkte sich heftig.

»Ich wollte nur wissen, wann Elsbeth das Essen auftragen soll«, log sie. Zahllose Gedanken jagten sich in ihrem Kopf, während sie beklommen sah, dass Laurenz' Hände sich zu Fäusten ballten. Wie bereits in dem Schuppen, als er auf Clara eingedroschen hatte, überkam sie für den Bruchteil eines Augenblickes der Eindruck, dass er sich auf sie stürzen wollte. Wann hatte er angefangen, sich mit diesen Bleitafeln zu behängen? Warum sprach er nicht mit ihr über das, was in der Stadt vorging? Hatte seine Veränderung etwas damit zu tun? Und wieso hatte er *ihr* kein Amulett gegeben, damit sie sich ebenfalls vor den Dämonen schützen konnte? Zwar glaubte sie nicht eine Sekunde daran, dass es sich bei den Mördern um Wiedergänger oder Helfer des Teufels handelte, aber Laurenz tat es offenbar.

»*Deshalb* wolltest du mich sprechen?«, spuckte er aus. In seinen Augen glomm schlecht unterdrückter Zorn. Während er sie wütend anstarrte, schien es in seinem Kopf heftig zu arbeiten, da sein Blick nach wenigen Atemzügen durch sie hindurchging.

Woran dachte er nur die ganze Zeit?

»Wartet nicht auf mich mit dem Essen«, versetzte er schließlich. Ohne Erklärung kehrte er ihr den Rücken, riss eine Fackel aus einem der Halter und stürmte zurück ins Freie. Wo um alles in der Welt wollte er denn jetzt noch hin? Wenngleich sie wusste, dass er ihre Neugier gewiss nicht gutheißen würde, eilte sie ihm hinterher und sah ihm nach. Anstatt in Richtung Marktplatz zu stürmen – wie sie vermutet hatte – schlug er die entgegengesetzte Richtung ein und verschwand kurz darauf beim Haagtor.

Es war, als versuche jemand Laurenz das Herz aus dem Brustkorb zu quetschen. Während er viel zu schnell den leichten Abhang zum Haagtor hinabeilte, kämpfte er gegen die Panik an, die ihm im Nacken saß. Die Auseinandersetzung mit Lucas hatte die unterdrückten Ängste mit solcher Gewalt wieder aufflammen lassen, dass er nur noch einen Drang verspürte: zu beichten. Wenn er nicht augenblicklich seine Seele von der unvorstellbaren Sünde reinigte, die auf ihm lastete, würde er den Verstand verlieren. Seitdem Auberlin Schnider ihm die Wahrheit über die angeblichen Reliquien erzählt hatte, befand er sich in einem Zustand, der halb Wachen, halb Träumen war. Manchmal wusste er nicht, ob die Dinge, die ihm widerfuhren, tatsächlich geschehen waren. Oder ob er sie nur geträumt hatte. Trotz der Amulette waren die Dämonen in seine Albträume zurückgekehrt und drohten, ihn in etwas zu verwandeln, vor dem er sich selbst fürchtete. Jeden Tag spürte er, wie die Gewalt, die irgendwo tief in ihm wohnte, aus ihm herausbrechen und sich ein Opfer suchen wollte. Im Stall war er kurz davor gewesen, Lucas an die Gurgel zu gehen. Und auch Olivera gegenüber empfand er immer öfter Gefühle, die ihn bis ins Mark erschütterten. Er liebte sie immer noch abgöttisch. Aber ihre Fragen, die forschenden Blicke, mit denen sie in seinem Inneren bohrte, machten ihn rasend. Als er auf einer unter dem Schnee versteckten Eisplatte ausrutschte und lang hinschlug, spürte er den stechenden Schmerz in seinen Knien kaum. Ohne auf die misstrauischen Blicke der Nachtwächter zu achten, rappelte er sich auf und hastete weiter. Vor dem Haagtor wandte er sich nach rechts und folgte der Seelhausgasse, bis er den Eingang der Jakobsgasse erreichte. Der Lichtschein hinter den kleinen Fenstern der Jakobuskirche verriet, dass der Pfarrer noch dort war. Vor Erleichterung entrang sich ihm ein trockenes Schluchzen. Er stolperte die Treppen zum Eingang hinauf und betrat zitternd das Kirchenschiff.

KAPITEL 49

Tübingen, November 1408

Bentz, der Schlachter, war erschöpft. Den ganzen Tag über hatte er Schweine, Schafe, Ochsen und Ziegen für die Tübinger zerwirkt und verarbeitet. Und jetzt schmerzte ihm der Rücken. Auch wenn er seinem Lehrling das Kochen und Stopfen der Würste übertragen hatte, wuchs ihm die Arbeit allmählich über den Kopf. Beinahe hatte er den Eindruck, dass die Tübinger diesen Winter besonders hungrig waren. Daher war seine Laune alles andere als rosig, als er Laurenz durch Eis und Schnee hinterherschlich. Die vergangenen Tage hatte er den Auftrag, ein Auge auf ihn zu haben, mehr schlecht als recht ausgeführt. Doch an diesem Abend war er froh, sich noch einmal hinausgewagt zu haben. Sobald Laurenz in der Jakobuskirche verschwunden war, trat er aus den Schatten der Häuser und überlegte, was er als Nächstes tun sollte. Was wollte der Kerl in der Kirche? Noch dazu um diese Uhrzeit? Und warum hatte er es so eilig gehabt, dass er sich um ein Haar alle Knochen gebrochen hätte? Er schlich zur Kirchpforte und drückte sie eine Handbreit weit auf. Im Inneren des Gotteshauses war es dämmrig und offenbar genauso kalt wie draußen. Laurenz kniete vor dem Altar. In dem Augenblick, in dem Bentz sich durch den Spalt drücken wollte, erschien der Priester aus einer kleinen Nebenkammer und gab Laurenz zu verstehen, ihm zu folgen. Zuerst konnte Bentz in der schlechten Beleuchtung nicht ausmachen, wohin sie sich wandten. Erst nach einigem Blinzeln erkannte er den Beichtstuhl. Heißer Schrecken fuhr ihm in die Glieder. Hatte dieser Narr etwa vor zu beichten, was sie taten? Während ihm das Hämmern seines Herzens in die Kehle stieg, schlüpfte er in die Kirche und drückte leise die Tür hinter sich zu. Auf Zehenspitzen schlich er den Gang entlang, bis er in Hörweite des Beichtstuhls ankam.

Zwar waren es nur Wortfetzen, die durch das Holz und den dicken Vorhang nach draußen drangen. Doch was er hörte, genügte, um ihn die Zähne so heftig aufeinanderbeißen zu lassen, dass sie knirschten.

»Reliquien ... Mord ... Unehrliche ...«, waren nur einige Worte, die er aufschnappte, bevor Laurenz in weibisches Gejammer ausbrach.

Ein roter Schleier der Wut kroch in Bentz' Blickfeld. Den Bruchteil eines Augenblicks erwog er, das Messer an seinem Gürtel zu ziehen, in den Beichtstuhl zu stürzen und sowohl Laurenz als auch den Priester niederzumetzeln. Doch ein letzter Funken Gottesfurcht hielt ihn davon ab. Einen Geistlichen im Haus des Herrn zu ermorden, erschien selbst ihm so lästerlich, dass er sicher war, augenblicklich von einem Blitz erschlagen zu werden. Trotz seines Vertrauens auf den Schutz Luzifers, wagte er es nicht. Draußen im Freien war es vorstellbar. Aber nicht hier, vor dem Antlitz des Gekreuzigten, der scheinbar anklagend auf ihn hinabsah. Einige Lidschläge lang starrte er auf die Dornenkrone und die Wunden, dann zog er sich mit einem unterdrückten Fluch zurück. Auf Zehenspitzen schlich er wieder ins Freie und verbarg sich hinter einem Busch auf dem Kirchhof. Seine Entscheidung stand fest: Sobald der Pfarrer die Kirche verließ, würde er ihn töten! Was danach mit Laurenz geschehen sollte, musste Schnider sich überlegen. Auf keinen Fall würde er zulassen, dass dieser Feigling oder ein Pfaffe ihre Pläne durchkreuzten! Er nestelte in dem Beutel, den er über die Schulter geschlungen hatte, und zog etwas daraus hervor. Wie gut, dass er sie immer bei sich hatte!, dachte er und schüttelte das zottelige Haar der Teufelsmaske aus. Sollte ihn jemand dabei sehen, wie er den Priester erschlug, würde das die Gerüchte über umgehende Dämonen anheizen. Seine Hand wanderte zu seinem Dolch. Er hatte ihn bereits halb aus der Scheide befreit, als ihm ein anderer Einfall kam.

»Wer unter euch ohne Sünde ist, der werfe den ersten Stein«, murmelte er und bleckte die Zähne. Ein leises Lachen stieg in ihm auf. Mit dem Spott kehrte sein Mut zurück und die Überzeugung, dass selbst Gottes Zorn ihm nichts anhaben konnte. Er bückte sich und grub in dem Schnee zu seinen Füßen, bis er fand, was er suchte.

Es dauerte länger, als er vermutet hatte, bis Laurenz wieder auftauchte. Mit eingezogenem Kopf, etwas an seine Lippen gepresst, stolperte er die Treppen hinab. Bentz' Muskeln zuckten. Nur mit Mühe hielt er sich davon ab, Laurenz abzufangen und auch ihm den Schädel einzuschlagen. Sie brauchten ihn noch! Wie sollten sie sonst die Reliquien aus seinem Keller schaffen, ohne dass jemand Alarm schlug? Daher kauerte er sich wieder hinter den Busch und wartete weiter. Beinahe eine halbe Stunde verstrich, bis endlich das Kreischen von Türangeln und der Schein einer Fackel verrieten, dass jemand die Kirche verließ. Etwas mehr als einen Steinwurf zu seiner Rechten machte Bentz kurz darauf die Umrisse des Priesters aus.

Dieser verschloss umständlich eine Seitentür und kämpfte mit einem dicken Schlüsselbund, der sich offenbar nicht so einfach wieder an seinem Gürtel befestigen ließ. Bentz' kam auf die Beine. So leise, wie es der Schnee unter seinen Schuhen zuließ, pirschte er sich an sein Opfer heran. Er war noch nicht weit gekommen, als der Pfarrer die Fackel unvermittelt in die Höhe hielt.

»Ist da jemand?«, fragte er mit brüchiger Stimme.

Aber Bentz hatte sich rechtzeitig hinter einem Grabstein verborgen.

»Du wirst alt und tatterig«, hörte er den Mann murmeln. »Jetzt spielen dir schon deine Ohren einen Streich.«

Weiter vor sich hin brabbelnd wandte er sich nach rechts und machte sich auf den Weg zum Pfarrhaus. Es waren nur wenige Schritte, die er zurücklegen musste, bis er den Grabstein erreichte, der Bentz als Versteck diente. Als das Licht seiner Fackel auf den vermoosten Stein fiel, fuhr der Metzger in die Höhe und schmetterte ihm ohne viel Federlesens den Stein auf den Hinterkopf. Der alte Mann gab einen beinahe komischen Laut von sich, dann brach er in die Knie. Die Fackel landete mit einem zischenden Geräusch im Schnee.

Ohne zu zögern, hob Bentz den Stein erneut und schlug nochmals zu. Er wollte den Arm gerade zum dritten Mal heben, als eine Stimme die Nachtluft zerschnitt.

»Was tust du da?«, dröhnte ein Bass.

Der Schreck war so heftig, dass Bentz der Stein aus der Hand glitt.

»Was soll das?«

Aus Richtung des Spitals näherte sich Feuerschein. Kurz darauf erblickte Bentz einen graubärtigen Mann. Der Spitalbader! Verdammt! Mit hämmerndem Herzen rappelte er sich auf und riss den Dolch aus seiner Scheide. Der Bader, der inzwischen nahe genug herangekommen war, um ihn deutlich zu sehen, blieb mit einem entsetzten Ausruf stehen.

»Bei allen Heiligen«, hauchte er.

Selbst aus der Entfernung konnte Bentz erkennen, dass er erbleichte.

»Der Leibhaftige!« stieß der Bader aus und bekreuzigte sich. »Der Himmel steh mir bei!«

Zuerst begriff Bentz nicht. Doch plötzlich wurde ihm klar, was den Mann so erschreckte. Die Teufelsmaske! Vor lauter Aufregung hatte er sie vollkommen vergessen. Ein Gedanke traf ihn wie ein Blitz aus heiterem Himmel. Während der Bader wie festgenagelt dastand und ihn anstarrte, nahm ein Plan Gestalt an, für den Auberlin Schnider ihn gewiss reich entlohnen würde. Nachdem er sich mit einem kurzen Blick versichert hatte, dass sich außer dem Bader und ihm niemand in der Nähe befand, umklammerte er den Dolch fester und kam auf die Beine. Die Furcht, die ihn beim Auftauchen des unerwarteten Zeugen kurzzeitig gelähmt hatte, fiel von ihm ab. Und seine Kaltblütigkeit kehrte zurück. Den Blick fest auf den Bader geheftet, spannte er alle Muskeln. Geschmeidig wie eine Katze schnellte er vor. Die Augen des Baders weiteten sich überrascht, aber ihm blieb keine Zeit zu reagieren. Noch bevor es ihm gelang, abwehrend den Arm in die Höhe zu reißen, fuhr ihm Bentz' Klinge in die Brust. Ein Gurgeln war alles, was der Mann von sich gab.

Er war dabei, sich zu bücken, um den Gefallenen zu schultern, als ein Schrei ihn herumwirbeln ließ. Er sah, wie eine Gestalt am Eingang des Kirchhofes kehrtmachte und wie von Furien gehetzt davonstob. Allerdings war der

Flüchtende nicht schnell genug. Im ersterbenden Schein der Fackel erkannte Bentz deutlich, um wen es sich handelte. Kein anderer als Laurenz Nidhard war soeben Zeuge seiner Taten geworden! Er stieß eine gotteslästerliche Verwünschung aus. Eine Winzigkeit lang überlegte er, ob er Laurenz nachsetzen und ihn zum Schweigen bringen sollte, verwarf den Gedanken jedoch sofort wieder. Er mahnte sich zur Eile. Um Laurenz konnte er sich morgen kümmern. Jetzt musste er erst einmal so schnell wie möglich seinen Plan in die Tat umsetzen! Unter Aufbietung aller Kraft schleppte er den Bader neben die Leiche des Pfaffen und machte sich daran, diesem die Hände abzuhacken. Dann warf er sie mitsamt dem Dolch und dem Teufelshäs in den Schnee. Zum Schluss drückte er dem nur noch schwach atmenden Bader den blutigen Stein in die Hand und machte, dass er fortkam. Wenn die Wachen die beiden fanden, würde es aussehen, als ob der Spitalbader derjenige war, den die Tübinger als »Seelenräuber« bezeichneten. Er hatte bereits die Krumme Brücke erreicht, als eine Gruppe Nachtwächter auftauchte. Um ihnen nicht in die Hände zu laufen, schlüpfte er flugs in die Judengasse und eilte auf Umwegen zu Auberlin Schniders Haus. Er musste ihn unbedingt noch heute davon in Kenntnis setzen, was vorgefallen war.

Es brauchte einige Überredungskunst, bis die Magd, die ihm geöffnet hatte, ihn ins Haus ließ. Sie schob ihn in einen kalten Raum und ging Schnider wecken. Dieser war alles andere als begeistert, als er zehn Minuten später über die Schwelle polterte.

»Was willst du hier mitten in der Nacht?«, zischte er. »Bist du betrunken?« Er funkelte Bentz zornig an.

»Schließt lieber die Tür und setzt Euch«, sagte der Schlachter. »Wenn Ihr hört, was geschehen ist, werdet Ihr mir dankbar sein, dass ich Euch geweckt habe.«

Nachdem Schnider die Magd verscheucht hatte, ließ er sich auf einem Schemel nieder. »Also, was gibt es?«, knurrte er.

In knappen Worten berichtete Bentz, was vorgefallen war.

»Ist er denn von allen guten Geistern verlassen?«, brauste Schnider auf. »Dieser Narr bringt uns alle an den Galgen! Du hättest ihn auch gleich aus dem Weg räumen sollen!«

Bentz schüttelte den Kopf. »Daran habe ich auch gedacht. Aber wie kommen wir dann an unsere Ware?«

Sein Auftraggeber nickte versonnen. Er überlegte einige Augenblicke lang, ehe er sich räusperte und sagte: »Wir werden Folgendes tun: Nachdem die Wache jetzt annehmen wird, dass der Bader die Morde begangen hat, kannst du unmöglich weiter Unehrliche von der Straße pflücken. Sieh zu, dass du so schnell wie möglich irgendein Gesindel lebend zu Laurenz in den Keller lockst.«

Er fuhr sich mit den Fingern durch den unbedeckten Schopf.

»Und dann töte alle, auch Laurenz und seine Frau. Wenn das Geschäft abgewickelt ist, werden wir uns einen anderen Helfer suchen.«

KAPITEL 50

Tübingen, November 1408

Olivera konnte nicht schlafen. Laurenz' merkwürdiges Verhalten ging ihr immer und immer wieder durch den Kopf. Lange Zeit wälzte sie sich im Dunkeln in ihrem Bett hin und her und zermarterte sich das Gehirn, was sie tun sollte. Der Mond hatte sich irgendwann durch die Wolken gekämpft und stand bereits hoch am Himmel, als sie das Hoftor schlagen hörte. Wenig später verkündete das Knarren der Stufen, dass jemand ins Obergeschoss kam. Gespannt lauschte sie in den Korridor hinaus. Die Schritte, die sich ihrer Kammer näherten, waren unstet, als ob Laurenz immer wieder innehielt. Als er schließlich die Tür aufstieß, stolperte er über die Schwelle. Und Olivera roch sofort, dass er getrunken hatte. Der saure Geruch von Wein schlug ihr entgegen und erfüllte innerhalb weniger Atemzüge den Raum.

»Laurenz?«, fragte sie.

Seine Linke hielt eine Kerze – so schief, dass Wachs auf den Boden tropfte. Ein unheimlicher Laut entrang sich seiner Kehle. Halb Stöhnen, halb Wimmern, erinnerte er Olivera an die Geräusche, die ein verwundetes Tier von sich gab. Mit der anderen Hand umschloss er die Bleitäfelchen an seinem Hals, während seine Lippen lautlos Worte formten. Seine Augen streiften sie, schienen sie jedoch – wie so oft – kaum wahrzunehmen. Schwankend murmelte er weiter in sich hinein.

»Gütiger Gott, was ist mit dir, Laurenz?«, fragte Olivera. Sie warf die Decke zurück und eilte zu ihm – ohne die Kälte zu spüren, die ihren unbekleideten Rücken und ihre Arme mit einer Gänsehaut überzog. »Laurenz.« Sie sah zu ihm auf.

Auf seinen Wangen glänzten Tränen. Als bemerke er sie erst jetzt, blinzelte er einige Male und kniff die Augen zusammen.

»Bist du ein Trugbild?«, lallte er schließlich. Er versuchte, nach ihr zu greifen. Allerdings verbrannte er sich dabei fast mit der Kerze, sodass er die Hand mit einem Zischen wieder fallen ließ. Die Kerze polterte zu Boden und erlosch. »Oder ein Engel?« Seine Stimme erstarb.

Im Dunkeln tastet Olivera sich zu dem Behälter mit den Kienspänen und entzündete die Kerze neu. Sie stellte sie auf dem Tisch ab, dann schob sie Laurenz auf das Bett zu.

»Ich habe den Teufel gesehen«, murmelte er. Seine Augen weiteten sich, als ob der Besagte mit im Raum wäre. Er erschauerte.

Olivera wusste nicht, was sie von dieser Aussage halten sollte. Offenbar war er betrunkener, als sie angenommen hatte. Sie zog ihm die Schuhe von den Füßen. »Du solltest schlafen«, riet sie. »Morgen sieht alles anders aus.«

Sie machte Anstalten aufzustehen, aber Laurenz griff nach ihrer Hand.

»Geh nicht weg!«, bat er heiser. »Lass mich nicht allein mit ihm!« Sein Atem beschleunigte sich.

Nicht das erste Mal an diesem Abend fragte Olivera sich, wo er sich zu so später Stunde noch aufgehalten hatte. So, wie er roch, eindeutig in einer Schenke. Dem, was er erzählte zufolge, musste es jedoch ein weitaus düsterer Ort gewesen sein.

»Ich gehe nicht weg«, beruhigte sie ihn. »Aber du musst dich ausziehen. Du kannst doch nicht in deinen Kleidern schlafen.«

Er schien nicht zu begreifen, was sie sagte. Anstatt aus Schecke, Hemd und Hose zu schlüpfen, klammerte er sich weiter an sie, sodass ihr schließlich keine andere Wahl blieb, als ihn auf die Matratze zu drücken. Nachdem sie ihn etwas zur Seite geschoben hatte, schlüpfte sie neben ihm ins Bett. Er musste seinen Rausch ausschlafen! Vorher würde sie nicht erfahren, was es war, das ihn so durcheinandergebracht hatte. Er schlang die Arme um sie und hielt sich an ihr fest wie ein Ertrinkender an einem Baumstamm. Sein Griff war so stark, dass Olivera schmerzhaft das Gesicht verzog. Seine Kleidung fühlte sich kratzig und kalt an in ihrem Rücken, sein Atem hingegen traf heiß auf ihr Genick. Immer noch etwas von Teufeln und Dämonen murmelnd, rückte er noch näher an sie, bis er sie beinahe aus dem Bett drängte. Zu ihrer Erleichterung dauerte es kein Dutzend Herzschläge lang, dann verkündete sein Schnarchen, dass er eingeschlafen war. Vorsichtig, um ihn nicht sofort wieder zu wecken, löste sie sich von ihm und drehte sich auf den Rücken. Was war es, das ihn so erschüttert hatte?

Diese Frage beschäftigte sie die ganze Nacht über. Auch wenn sie müde war und ihre Augenlider sich bleischwer anfühlten, war ihr Verstand hellwach. Immer wieder stieß Laurenz im Schlaf leise Schreie aus. Einmal trat und schlug er nach einem unsichtbaren Gegner, doch zum Glück befand sich dieser nicht in Oliveras Richtung. Sie war dankbar, als endlich Klappern aus dem Untergeschoss verkündete, dass das Gesinde mit seinem Tagwerk begann. All ihre Knochen taten weh, da sie versucht hatte, sich so wenig wie möglich zu bewegen. Auch ihr Kopf schmerzte wieder – was allerdings nichts mit den Prellungen zu tun hatte. Als es an der Tür klopfte, rief sie die Magd Ursel herein und wartete, bis diese die Nachtpfannen mitgenommen und das Feuer entfacht hatte. Erst dann schwang sie die Beine aus dem Bett, um sich zu waschen und anzuziehen. Weil Laurenz immer noch fest schlief, rüttelte sie ihn sanft an der Schulter. Anstatt erschrocken aufzufahren, wie sie vermutet hatte, schlug er die Augen jedoch lediglich mit einem leisen Stöhnen auf. Sie waren blutunterlaufen und geschwollen und sahen aus, als habe ihn jemand im Schlaf verprügelt. Er blinzelte, öffnete den Mund und fuhr sich mit der Zunge über die Lippen. Dann stöhnte er erneut.

»Wie fühlst du dich?«, fragte Olivera. Sie setzte sich neben ihn und nahm seine Hand in die ihre. Sie war kalt und feucht.

»Scheußlich«, erwiderte er. »Mein Kopf …« Er versuchte, sich aufzusetzen, sank aber sofort wieder zurück in die Kissen. »Warum habe ich meine Kleider noch an?«, fragte er nach einiger Zeit. »Habe ich die ganze Nacht so geschlafen?«

Etwas Farbe stieg in seine Wangen und verriet Olivera, dass er sich schämte. Wie es schien, konnte er sich nicht mehr daran erinnern, wie er ins Bett gekommen war.

»Du hast getrunken«, ließ sie ihn wissen. Sie versuchte, weder Tadel noch einen Vorwurf in ihre Stimme zu legen.

»Das habe ich wohl«, brummte er. »Und es muss verdammt viel gewesen sein.« Er rieb sich die Augen, wodurch sie sich noch mehr röteten.

»Du hast behauptet, den Teufel gesehen zu haben«, sagte Olivera schließlich.

Laurenz' Hand hörte auf zu reiben. »Den Teufel?« Er verzog das Gesicht in angestrengtem Nachdenken.

Als Olivera bereits dachte, er habe sein Gedächtnis im Rausch verloren, stockte sein Atem. Der gleiche Ausdruck, den sie am Abend zuvor gesehen hatte, trat in seinen Blick. »Oh, mein Gott, der Dämon!« Er bekreuzigte sich und griff sich an die Brust.

»Was für ein Dämon?«, drang Olivera in ihn.

Doch er schien sie nicht mehr zu hören. Während sein Gesicht die Farbe des Lakens annahm, krümmte er sich zusammen und vergrub den Kopf in den Armen.

»Siehe das Kreuz des Herrn, flieht, ihr feindlichen Mächte«, flüsterte er. »Siehe das Kreuz des Herrn, flieht, ihr feindlichen Mächte.« Immer und immer wieder betete er diesen Teil des Antoniussegens, bis die einzelnen Worte kaum mehr auseinanderzuhalten waren. »Siehe das Kreuz des Herrn.« Er verstummte.

Verwundert und besorgt zugleich sah Olivera auf ihn hinab. Was machte ihm solche Angst? Sie glaubte keine Sekunde daran, dass er wirklich den Teufel gesehen hatte. »Wo warst du, Laurenz?«, drang sie schließlich in ihn. Ihre Hand suchte nach seinem Schopf. Er schwieg. »Sag es mir bitte.«

Sie spürte, dass sein Atem begann, sich zu beschleunigen. Dennoch erschrak sie heftig, als er die Decke von sich schleuderte und sie anfuhr: »Lass mich in Ruhe!«, fauchte er. »Lass mich einfach nur in Ruhe!« Er versuchte, sich aufzusetzen, doch der Versuch misslang kläglich. Ermattet ließ er sich wieder fallen, rollte sich auf die Seite und zog die Beine an den Körper. »Lass mich in Ruhe. Bitte«, fügte er schwach hinzu.

Olivera verkniff sich ein Seufzen. Ob es am Wein lag, dass er fantasierte? Oder ob das Ungleichgewicht seiner Kardinalsäfte für seinen Zustand verantwortlich war? Sie beschloss, Götz um Hilfe zu bitten. Gewiss würde es ihr mit ihm zusammen gelingen, Laurenz von seinem Leiden zu befreien. Sie beugte sich über ihn und hauchte einen Kuss auf seine Wange. »Ich sage Ursel, sie soll dir das Essen ans Bett bringen.« Damit wandte sie sich von ihm ab und verließ schweren Herzens die Kammer.

Nach dem Frühstück machte sie sich sofort auf den Weg ins Spital. Viele Tübinger waren bereits auf den Beinen und zahlreiche Fackeln tanzten wie Irrlichter durch die Dämmerung. Überall standen kleine Grüppchen zusammen – die Köpfe aufgeregt tuschelnd zusammengesteckt. Ein ungutes Gefühl stieg in Olivera auf. Es musste schon wieder etwas Schlimmes vorgefallen sein, da nicht einmal die Frauen auf sie achteten. Anders als sonst, schien niemand Augen für sie zu haben, sondern nur für die Wächter, die in diesem Moment aus der Unterstadt auftauchten. Sollte Laurenz' Furcht etwas damit zu tun haben? Neugierig stellte sie sich auf die Zehenspitzen und verfolgte die kleine Prozession aus Stadtwachen, Schaulustigen und einem Karren, die ihr entgegenkam. Auf der Ladefläche des Wagens lagen zwei leblose Gestalten. Über eine davon hatte jemand ein Leichentuch ausgebreitet, wohingegen die Hände der zweiten gefesselt waren. Die Kleidung dieses Mannes war blutbesudelt, sein grauer Bart zur Hälfte rotgefärbt.

»Lasst uns durch! Zur Seite!«, bellte der Anführer der Wache und gab seinen Männern ein Zeichen, die Gaffer auseinanderzutreiben.

»Es ist der Bader«, hörte Olivera einen Weinbauern sagen.

»Der andere soll der Pfarrer der Jakobuskirche sein«, erwiderte jemand.

»Sie sind übel zugerichtet«, stellte eine Kindermagd fest, die ein Kleinkind an ihren Busen gedrückt hielt.

»Seht nur, was der Wächter in der Hand hält!«, kreischte es zu Oliveras Rechter. »Es ist der Teufel!«

Ihr Herz setzte einen Schlag aus. Der Teufel? Sie versuchte, einen genaueren Blick auf die Soldaten zu erhaschen, aber die hochgewachsenen Männer vor ihr verdeckten ihr die Sicht.

»Von wegen der Teufel! Es ist ein Häs! Nichts weiter als ein Häs!«, dröhnte jemand. »Dieser Mistkerl hat die ganze Stadt zum Narren gehalten! Es gehen keine Dämonen um. Es war die ganze Zeit der Bader!«

Olivera glaubte, ihren Ohren nicht zu trauen. Der Mann auf dem Karren war der Bader? Was war ein Häs? Sie verrenkte sich den Kopf, allerdings war von der Prozession schon bald nicht mehr viel zu sehen.

»Sie bringen ihn sicher ins Gefängnis«, mutmaßte ein Bäckergeselle. »Aber so, wie er aussieht, glaube ich nicht, dass sie noch viel aus ihm herausholen werden. Der ist doch selber schon fast hinüber.«

Olivera schwirrte der Kopf. Am liebsten wäre sie dem Karren gefolgt, um herauszufinden, was wirklich vorgefallen war. Doch ihre Vernunft sagte ihr, dass es nicht ratsam war. Daher bahnte sie sich nach einigen Augenblicken des Zögerns einen Weg durch die Tübinger und steuerte auf den Spitalhof zu. Als sie die Torhüterin passiert hatte, sah sie schon aus der Entfernung, wie Götz wild gestikulierend auf einen Ordensbruder einredete.

»Ich kann es einfach nicht glauben!«, hörte sie ihn protestieren, sobald die Männer in Hörweite waren. »Es gab zwar immer wieder Meinungsverschiedenheiten zwischen uns, aber so etwas traue ich ihm nun wirklich nicht zu. *Er* soll all die Unehrlichen getötet haben? Warum?« Er drehte sich um, als er Olivera kommen hörte.

Der Mönch schenkte ihr ein säuerliches Lächeln. »Wer kennt seine Mitmenschen schon wirklich«, orakelte er. »Ich werde jedenfalls für seine Seele beten. Und für die des armen Pater Michael!« Mit diesen Worten schlug er ein Kreuz vor der Brust, steckte die Hände in die Ärmel seines Gewandes und trollte sich.

»Götz, ich muss dich dringend sprechen«, platzte Olivera ohne Gruß heraus. Sie fasste ihren Schwager beim Arm und zog ihn auf die Spitalapotheke zu. Drinnen angekommen, fragte sie: »Was ist ein Häs?«

Götz, der offensichtlich etwas anderes erwartet hatte, sah sie verwundert an. »Eine Maske«, erwiderte er. »Wieso?«

Olivera nickte versonnen. »Jetzt wird mir einiges klar«, sagte sie.

Als Götz sie weiterhin fragend musterte, setzte sie hinzu: »Man hat eine Teufelsmaske bei dem Bader gefunden.« Und dann berichtete sie Götz haarklein davon, was in der vergangenen Nacht vorgefallen war.

»Das heißt, er hat den Mord gesehen«, folgerte Götz.

»Das denke ich auch. Aber was hat er um diese Uhrzeit auf dem Kirchhof gesucht?«

Götz hob die Schultern. »Vielleicht wollte er zur Beichte. Vielleicht war er aber auch woanders und hat den Hof als Abkürzung benutzt.«

Olivera hatte bereits den Mund zu einer Erwiderung geöffnet, als ihr etwas einfiel. »Oh, Gott, Clara!«, rief sie aus. »Er ist ihr Vater!« Sie sah Götz entsetzt an. »Jemand muss es ihr sagen.«

Götz schürzte die Lippen und nickte. »Du hast recht«, entgegnete er. Er griff nach seinem Mantel. »Und jemand muss Laurenz dazu bringen, den Wächtern zu erzählen, was er gesehen hat. Vielleicht kann er den Bader entlasten. Ich glaube nämlich nicht, dass er die Tat begangen hat.« Er ergriff Oliveras Arm und führte sie zurück hinaus ins Freie. Obwohl die Kälte an diesem Tag noch schneidender war, spürte sie weder den Wind noch die winzigen Eiskristalle, die sich in ihre Haut bohrten.

KAPITEL 51

Tübingen, November 1408

SIE FANDEN LAURENZ in der Stube am Tisch sitzend vor. Er war immer noch leichenblass, aber wenigstens zitterte er nicht mehr wie Espenlaub. Als Olivera und Götz den Raum betraten, zuckte er jedoch kurz zusammen.

»Was willst *du* denn hier?«, fragte er. Sein Ton war weniger bissig, als er vermutlich beabsichtigt hatte.

»Laurenz.« Olivera ging neben seinem Stuhl in die Hocke. »Man hat den Bader verhaftet.«

Laurenz sah sie an, als habe er sie nicht richtig verstanden. »Warum erzählst du mir das? Habt ihr Probleme mit euren Arzneien?« Er schien nicht zu begreifen.

»Er hatte ein Teufelshäs bei sich, als er gefunden wurde«,

mischte Götz sich ein. »Man sagt, er lag neben Pater Michael, dem er den Schädel eingeschlagen haben soll.«

Die Worte hatten die gleiche Wirkung wie ein Peitschenhieb. Wie von einem Riemen getroffen, zuckte Laurenz zusammen. Er duckte sich und zog den Kopf ein.

»Es war kein Dämon, den du gesehen hast«, sagte Olivera. »Es war ein Mensch aus Fleisch und Blut.«

Eine lange Zeit blieb Laurenz reglos. Dann hob er langsam den Blick, um Olivera und Götz im Wechsel ungläubig anzusehen. »Es war der *Bader*?« Seine Stimme bebte.

»Du hast alles gesehen, nicht wahr?«, fragte Götz. Er zog einen Stuhl vom Tisch und ließ sich darauf nieder. »Und du dachtest, es sei der Dämon, von dem alle reden.«

Feurige Röte schoss Laurenz ins Gesicht. »Ich war betrunken!«, erboste er sich. Ein Zucken um seinen Mund verriet Olivera, dass diese Behauptung vermutlich nicht ganz der Wahrheit entsprach. Sie nahm an, dass er erst nach dem schrecklichen Erlebnis Trost im Wein gesucht hatte.

»Du bist vielleicht der einzige Zeuge«, drang Götz weiter in ihn. »Du musst der Wache sagen, was du gesehen hast.« Er packte seinen Bruder am Arm. »Hast du sehen können, ob es wirklich der Bader war? Oder will ihm jemand die Schuld in die Schuhe schieben?«

Laurenz machte sich mit einem ärgerlichen Laut von ihm los. »Ich muss niemandem etwas sagen!«, brauste er auf. »Wenn man den Bader verhaftet hat, war er es vermutlich auch. Ich habe nur etwas gesehen, das aussah wie ein Dämon.«

Erneut fiel Olivera auf, dass er nach den Bleitafeln an seinem Hals griff.

»Dämon!«, kreischte es aus der Ecke.

Götz starrte Markos verwirrt an. »Hat der Vogel das gesagt?«, fragte er.

Olivera bejahte. »Er kann die tollsten Geräusche nachmachen. Manchmal erschreckt er mich fast zu Tode.«

»Lasst doch den Vogel aus dem Spiel!«, knurrte Laurenz. »Was hat er denn mit all dem zu tun?«

Olivera und Götz tauschten einen Blick, der Laurenz vermutlich nicht sonderlich gefallen hätte. Ehe Olivera sich bewusst machen konnte, dass sie sich von Götz inzwischen besser verstanden fühlte als von Laurenz, fiel ihr Clara wieder ein.

»Ich muss es Clara sagen.« Sie seufzte. »Sie soll es nicht durch Klatsch erfahren. Immerhin ist er ihr Vater.«

»Ich weiß nicht, ob ich sie weiter im Haus behalten kann, wenn ihr Vater verurteilt wird«, stellte Laurenz kühl fest. »Das wäre nicht besonders gut für unseren Ruf.« Olivera glaubte, ihren Ohren nicht zu trauen. Wollte er das arme Mädchen wirklich auf die Straße setzen? Sie beschloss, alles in ihrer Macht Stehende zu unternehmen, um das zu verhindern. »Ich gehe sie suchen.« Sie warf Götz einen hilfesuchenden Blick zu, den er mit einem Schulterzucken erwiderte. »Ich kümmere mich um ihn«, las sie in seinen Augen.

Sie wollte gerade die Tür öffnen, als die Magd Ursel die Stube betrat.

»Da ist ein Bote an der Tür, Herr«, ließ sie Laurenz wissen. »Er sagt, Auberlin Schnider schickt nach Euch.« Sie verschränkte unsicher die Hände hinter dem Rücken und sah auf ihre Schuhspitzen.

Laurenz, der gerade wieder mit den Amuletten an seinem Hals gespielt hatte, erstarrte mitten in der Bewegung. Sein Adamsapfel hüpfte auf und ab, als er mühsam schluckte.

»Er meinte, es sei dringend«, setzte Ursel schüchtern hinzu.

Da Laurenz keine Anstalten machte, sich zu rühren, bat Olivera die Magd: »Sag ihm, er soll warten.«

Als das Mädchen aus der Stube geschlüpft war, fiel die Erstarrung von Laurenz ab. »Es geht sicher um die Ratswahl«, murmelte er. Seine Stimme klang mit einem Mal belegt.

»Kann das nicht warten?«, fragte Götz. »Denkst du nicht, du solltest zuerst der Stadtwache berichten, was auf dem Kirchhof vorgefallen ist?«

Laurenz' Miene verdüsterte sich. »Was wichtig ist oder nicht, solltest du *mir* überlassen!«, brauste er auf. »Ich habe euch doch schon gesagt, dass ich nichts erkannt habe außer einem Dämon. Soll ich mich vielleicht vor der ganzen Stadt zum Narren machen?« Sein Atem kam stoßweise. »Wenn ich im Frühjahr in den Rat gewählt werden will, kann ich so ein Aufsehen jetzt ganz gewiss nicht gebrauchen!« Seine hellen Augenbrauen wirkten beinahe weiß in dem plötzlich dunkelroten Gesicht. In seinen Augen blitzte jäher Zorn. Er erhob sich so plötzlich, dass sein Stuhl mit einem lauten Krachen zu Boden fiel. »Habt ihr nichts Besseres zu tun, als mir in den Ohren zu liegen?«, fauchte er. Ohne auf eine Antwort zu warten, stürmte er an Olivera vorbei aus dem Raum.

»Was war denn das?«, fragte Götz nach einigen Momenten des Schweigens.

»So ist er seit Wochen«, seufzte Olivera. »Ich weiß bald nicht mehr, was ich tun soll. Seit wir hier sind, benimmt er sich sonderbar.« Sie bückte sich, um den Stuhl aufzuheben. »Er wird mehr und mehr zu einem Choleriker.«

Götz gab ein Geräusch von sich, das klang, als ob jemand ausspuckte.

»In Konstantinopel war er ganz anders«, sagte Olivera leise. »So sanft und …« Sie verstummte.

Götz strich sich über den Kinnbart. »Ich weiß nicht, was in ihn gefahren ist«, erwiderte er. »Aber ich denke wirklich, er sollte der Wache erzählen, was auf dem Kirchhof vorgefallen ist. Falls er etwas gesehen hat, das den Bader entlastet, ist es seine Pflicht als Christenmensch, ein Unrecht zu verhindern.« Er schob die Brauen zusammen. »Ich werde Laurenz folgen und ihn dazu bringen, das Richtige zu tun«, verkündete er energisch. »Ich lasse nicht zu, dass er durch seine Feigheit das Leben eines Unschuldigen aufs Spiel setzt.«

Leiser Zweifel keimte in Olivera auf. »Bist du dir denn so sicher, dass der Bader es nicht doch war?«, fragte sie. »Immerhin hat man ihn blutbesudelt neben dem Toten gefunden.«

Götz bedachte sie mit einem seltsamen Blick. »Ich bin oft anderer Meinung als Jacob« brummte er, »aber er ist ein gottesfürchtiger Mann. Ich glaube einfach nicht, dass er zu so etwas fähig ist. Jemanden zu betrügen, ja. Aber den Priester und all die anderen auf diese grauenvolle Art und Weise zu töten? Niemals. Einen Pater zu ermorden, ist der direkte Weg in die Hölle.«

Er griff nach seinem Mantel, den er über eine Stuhllehne geworfen hatte. Dann nickte er Olivera zu und verschwand in den Korridor hinaus. Ohne seine Gegenwart fühlte sich der Raum unvermittelt kalt und leer an.

Olivera schlang die Arme um ihren Oberkörper. Auch wenn sie sich einreden wollte, dass es Laurenz war, den sie vermisste, zerschmetterte ihr Verstand diese Selbstlüge ohne Rücksicht auf ihre Gefühle. Götz gab ihr Sicherheit, war wie ein Fels, den kein noch so starkes Erdbeben erschüttern konnte. Seine Ruhe und das, was Laurenz als Sprödigkeit bezeichnet hatte, waren etwas, wonach sie sich immer öfter sehnte. Wenn Laurenz doch nur so besonnen wäre wie sein Bruder! Sie widerstand der Versuchung, Markos von dem Durcheinander ihrer Empfindungen zu erzählen, und steuerte nach einigen Momenten der Ratlosigkeit ebenfalls auf den Ausgang zu. Anstatt sich den Kopf mit sinnlosen Überlegungen zu zerbrechen, sollte sie lieber Clara finden! Das arme Mädchen tat ihr leid, und sie beschloss, es davor zu bewahren, als Bettlerin auf der Straße zu landen. Dazu war ihr die Magd zu sehr ans Herz gewachsen.

Götz hatte Mühe, den Aufruhr in seinem Inneren zu ignorieren. Einerseits ärgerte er sich maßlos über die Feigheit seines Bruders. Andererseits hätten ihn Oliveras Worte beinahe frohlocken lassen. Deutlich war die enttäuschte Liebe in ihrem Gesicht zu lesen gewesen. Und obwohl sie ihm eigentlich leidtun sollte, obwohl er seinen Bruder hassen müsste, weil er ihr offenbar das Herz brach, machte ihn ihre Niedergeschlagenheit zu einem glücklichen Mann. Der Duft, den sie verströmte, steckte ihm noch immer in der Nase – dieses besondere Gemisch aus Honig, Zimt, Harz und Nelken. Ob es ihr Haar war, das danach roch? Der Gedanke führte schnell zu anderen, die ihn die Kälte vergessen ließen. Noch immer war er sich nicht im Klaren darüber, was er für sie empfand. Allerdings brachte der Gedanke an sie den Wunsch mit sich, sie Laurenz wegzunehmen. Er stapfte durch den knöcheltiefen Schnee nach Osten, wo er den

Anstieg zur Festung erklomm. Wenn er Laurenz einholen wollte, musste er sich beeilen. Während er sich bemühte, nicht auszurutschen und unter die Hufe der Lasttiere zu kommen, kehrte er in Gedanken zu Olivera zurück. Sie war wunderschön – trotz der Abschürfungen und Prellungen, die ihr Gesicht verunzierten. Aber es war nicht nur ihre Schönheit, die Götz anzog. Sondern ihre Willensstärke, ihr Mut und ihre Klugheit. In ihrer Nähe fühlte er sich wohl, beinahe geborgen. Er schüttelte den Kopf über diese Überlegungen. War das wirklich alles, was hinter der Anziehung steckte, die sie auf ihn ausübte? Oder wollte er sich vielleicht an Laurenz rächen? Suchte er deshalb ihre Nähe, weil er es Laurenz in gleicher Münze heimzahlen wollte? War sie die Eva, die er seinem Bruder abspenstig machen wollte? Oder war er einfach nur ein Narr, der nach etwas suchte, das er niemals finden würde? Das Augustinerkloster tauchte vor ihm auf. Laurenz' schreiend bunte Heuke stach aus der Gruppe schwarz gekleideter Mönche hervor wie ein Schmetterling aus einem Schwarm Fliegen.

Alle Gedanken an Olivera vergessend, beschleunigte er die Schritte weiter und packte Laurenz am Ärmel. Zu seiner Überraschung fuhr sein Bruder mit einem Schrei zu ihm herum und holte mit der Faust aus.

»Ich bin es!«, rief Götz. Er sprang einen Schritt zurück. Gerade rechtzeitig, denn Sekundenbruchteile später durchschnitt Laurenz' Faust die Luft vor seinem Gesicht. »Bist du von allen guten Geistern verlassen?«, fuhr er seinen Bruder an.

»Das könnte ich dich genauso fragen?«, schoss Laurenz zurück. »Woher sollte ich denn wissen, dass du es bist!« Er schüttelte die Hand, als ob er sich bei dem Schlag ins Leere verletzt hätte. »Es ist nichts«, rief er den Mönchen zu.

Diese hatten sich zu ihnen umgewandt und begafften sie neugierig.

»Herr?«, fragte der Bote, dem Laurenz gefolgt war, unsicher.

»Ich komme.« An Götz gewandt, zischte er: »Wenn du mir wegen der Sache mit dem Bader gefolgt bist, vergiss es. Ich habe nichts gesehen und werde ganz sicher keinen Meineid leisten!« Er stieß Götz mit der flachen Hand vor die Brust. »Jetzt lass mich endlich in Ruhe. Ich habe wahrhaft Wichtigeres zu tun, als mich um einen feigen Mörder zu scheren!«

Die Blicke der Mönche wurden eindringlicher.

»Und du solltest dich besser auch um andere Dinge kümmern«, fügte Laurenz bissig hinzu. Damit ließ er Götz stehen und hastete dem Boten hinterher.

Ärgerlich und verwundert zugleich blickte Götz ihm nach, bis er den Hang hinab verschwand. So, wie es aussah, würde Laurenz sich wohl lieber die Zunge abbeißen, als eine Aussage zu machen. Er seufzte. Dann würde *er* eben etwas unternehmen müssen, um Jacob vor dem Galgen zu retten. Während er mit Laurenz gestritten hatte, war ihm ein Gedanke gekommen. Wenn der Bader wirklich all die Menschen getötet hatte, was war dann mit den abgetrennten Gliedmaßen geschehen? Hatten nicht jedem der Toten Arme oder Füße, manchem gar der Kopf gefehlt? Er beschloss, die Badestube zu durchsuchen. *Wenn* Jacob der Täter war, dann konnten die Gebeine nicht weit sein!

KAPITEL 52

Tübingen, November 1408

LAURENZ' HANDFLÄCHEN WAREN FEUCHT, sein Mund trocken. Der von dem Trinkgelage am vergangenen Abend herrührende Kopfschmerz war bei der Auseinandersetzung mit seinem Bruder plötzlich zurückgekehrt. Und inzwischen hatte er den Eindruck, dass jemand von innen gegen seine Schädeldecke hämmerte. Der Schnee blendete selbst durch die bunt verglasten Fenster in Schniders Kontor, in das der Bote ihn geführt hatte. Der Ratsherr wartete bereits auf ihn – am Fenster stehend, mit dem Rücken zur Tür. Von hinten wirkte er beinahe wie eine Statue, da sich nicht einmal ein Haar auf seinem Kopf bewegte, als das Öffnen der Tür einen Luftzug durch den Raum sandte. Wortlos trat Laurenz über die Schwelle, während der Herzschlag ihm in die Kehle stieg. Der Knecht schien nicht recht zu wissen, was er tun sollte.

»Herr, Laurenz Nidhard ist hier«, verkündete er. Als Schnider lediglich kurz brummte, zog er sich so schnell er konnte aus dem Kontor zurück. Kaum war die Tür ins Schloss gefallen, wirbelte der Ratsherr zu Laurenz herum.

»Warum hat das so lange gedauert?«, wollte er wissen. Sein Ton war scharf, seine Blicke wie Dolche, die Laurenz durchbohren wollten. Das sonst so täuschend freundliche Gesicht war wutverzerrt, als er einen Schritt auf Laurenz zumachte.

»Ich ...«, hub Laurenz an.

Aber Schnider fuhr ihm barsch über den Mund. »Weißt du, was du durch deine Dummheit um ein Haar angerichtet hättest?«, zischte er. Sein Zeigefinger schoss vor und bohrte sich in Laurenz' Brust. »Du hättest uns um ein Haar an den Galgen gebracht!« Seine Nasenflügel blähten sich mit jedem Atemzug.

»Aber ...«

»Wie kann man nur so dämlich sein?«, erboste sich Schnider weiter.

Laurenz' Magen zog sich zusammen. Der Wein des Vorabends drohte, seine Magensäfte zum Überschäumen zu bringen.

»Was habe ich denn getan?«, fragte er schwach, obwohl am Morgen ein grauenvoller Verdacht in ihm aufgekeimt war. Zwar hatten Götz und Olivera diesen Verdacht kurzfristig zerschmettert. Allerdings war er auf dem Weg zu Schnider zurückgekehrt. Trug *er* die Schuld am Tod des Priesters? Würde Pater Michael noch leben, wenn er ihm nicht seine Sünden gebeichtet hätte?

»Tu doch nicht so, als ob du nicht wüsstest, worum es geht!«, fuhr Schnider ihn an. »Wie konntest du nur so dämlich sein, zur Beichte zu gehen? Dachtest du denn, der Priester würde nicht brühwarm weitererzählen, was du ihm vorgeheult hast?« Sein Gesicht hatte die Farbe von reifen Kirschen angenommen. »Dachtest du im Ernst, du könntest alles ausplaudern und dann seelenruhig nach Hause gehen, um zu schlafen?« Er hob die Hand, als ob er Laurenz ohrfeigen wollte, ließ sie jedoch wieder sinken. »Wenn Bentz nicht getan hätte, was zu tun war, würden wir jetzt vermutlich nicht hier stehen!«

Laurenz schluckte trocken. Er hatte es geahnt! Irgendwo tief am Grunde seines Herzens hatte er gewusst, dass es kein Dämon war, den er gesehen hatte. Auch wenn er den Männern in der zwielichtigen Schenke, in die er geflohen war, erzählt hatte, dass der Teufel umging. Er erschauerte. Was hatte er sonst noch gesagt? Hatte der Wein seine Zunge so weit gelöst, dass er Dinge verraten hatte, die niemand wissen durfte? Er verkniff sich ein Stöhnen. Als ob er nicht schon genug Probleme hätte! Die Erinnerung an die Stunden nach dem schrecklichen Vorfall waren verschwommen. Er wusste nur noch, dass man ihn ausgelacht und schließlich auf die Straße geschoben hatte, weil der Wirt die Schenke schließen wollte. Er holte tief Atem und fuhr sich mit den Handflächen über das Gesicht.

»Ich habe Bentz befohlen, die Jagd so schnell wie möglich zu beenden«, riss Schnider ihn aus den Gedanken. »Du wirst alles tun, was er von dir verlangt. Wenn ich auch nur eine einzige Klage höre, werde ich eigenhändig dafür sorgen, dass du an deinen Eingeweiden erstickst! Ist das klar?« Er sah Laurenz kalt an.

Diesem fiel das Nicken schwer.

»Bentz hat ein Auge auf dich«, knurrte Schnider. »Glaub also nicht, dass du noch einmal ungeschoren davonkommst.«

Die Drohung ließ Laurenz das Blut in den Adern gefrieren.

»Jetzt geh mir aus den Augen und sorge dafür, dass Bentz seine Arbeit tun kann.« Schnider sah ihn an wie ein ekelhaftes Insekt. Dann kehrte er ihm den Rücken zu und starrte wieder aus dem Fenster.

Mit einem Klumpen im Magen, der sich anfühlte wie flüssiges Blei, schlich Laurenz aus dem Raum. Die neugierigen Blicke des Gesindes brannten auf seiner Haut, als er fluchtartig das Haus verließ. Zurück auf der Straße atmete er erst einmal so tief ein, dass ihm die eisige Luft in die Lunge stach. Er hätte es wissen müssen! Keine Sekunde lang hätte er sich täuschen lassen dürfen. Ein Häs! Wie einfältig, darauf hereinzufallen! Warum war ihm nicht sofort klar gewesen, dass es sich bei der Erscheinung auf dem Kirchhof um Bentz handelte? Hatte der Schlachter nicht auch all die anderen Menschen umgebracht? Er spürte, wie sich eine Gänsehaut über seinen Rücken ausbreitete, als der unheimliche Ort vor seinem inneren Auge auftauchte. Die wohlbekannte Furcht griff nach seinem Herzen. Wenn doch nur endlich alles vorbei wäre! Wenn er doch nur endlich wieder in Frieden leben und mit Dingen handeln könnte, mit denen er sich nicht die ewige Verdammnis einhandeln würde! Er schlug den Kragen seines Mantels hoch und machte sich widerwillig zurück auf den Weg nach Hause. Ein Entschluss nahm in seinem Kopf Gestalt an. Sobald die falschen Reliquien aus dem Haus waren, würde er sein Haus verkaufen und mit Olivera in eine andere Stadt ziehen! Die Ratswahl hatte er jetzt ohnehin verspielt. Da man den Seelenräuber als einen Mann mit einer Teufelsmaske entlarvt hatte, stand er da wie ein Narr. Dämonenaustreibung! Wie ihn die anderen verlachen würden! Als er am Eingang der Haaggasse ankam, blieb er unschlüssig stehen. Sollte er versuchen, herauszufinden, was in der Schenke geschehen war? Oder würde er dadurch unnötige Aufmerksamkeit auf sich ziehen? Er war sich ziemlich sicher, dass auch die anderen Zecher nicht mehr voll Herr ihrer Sinne gewesen waren. Allerdings dürfte die Verhaftung des Baders ihnen seine Geschichte in Erinnerung gerufen haben. Obwohl sich alles in ihm dagegen sträubte, beschloss er, sich so behutsam wie möglich umzuhören.

Es dauerte nicht lange, bis seine Sorgen zerstreut wurden. Offenbar konnte sich niemand an etwas Ungewöhnliches erinnern, lediglich daran, dass er mehr getrunken hatte, als man ihm zugetraut hätte. Mit wesentlich leichterem Herzen kehrte er der Schenke den Rücken und beschloss, eines der Badehäuser aufzusuchen. Irgendwie hatte er das Bedürfnis, sich auch körperlich von all dem, was in den vergangenen Tagen und Wochen geschehen war, zu reinigen. Er begab sich die Jakobsgasse entlang in Richtung Krumme Brücke, wo er sich nach Norden wandte. In der Nähe der Kelter, dicht bei der Stadtmauer gelegen, befand sich die Badestube, in der er sich vor seiner Heirat oft vergnügt hatte. Zögernd erklomm er die Treppen zum Eingang und holte tief Luft, ehe er den dämmrigen Raum betrat. Trotz der frühen Stunde herrschte bereits reger Betrieb. Der Geruch von Schwefel, Seife und Salz hing in der Luft, vermischt mit dem Duft von frisch zubereiteten Speisen. Ein riesiger befeuerter Kessel am Ende des lang gestreckten Raumes sorgte dafür, dass stets heißes Wasser für die Badenden zur Verfügung stand. Lediglich von einer Stellwand aus dünnem Tuch abgetrennt, zechte ein gutes Dutzend Männer und Frauen in mehreren aneinandergestellten Bottichen, über die ein langes Brett gelegt worden war. Dieses diente als Tisch für die von zwei Bademägden aufgetragenen Köstlichkeiten. Ein Spielmann trällerte ein heiteres Lied, während die Badenden aßen, tranken, lachten und sich freizügig miteinander beschäftigten. Laurenz' Blick fiel auf die Badeordnung an der Wand, und er fragte sich, wie lange es her war, dass sich irgendjemand an sie gehalten hatte. Eine der blutjungen Bademägde schwebte mit einem Lächeln auf ihn zu.

»Womit kann ich Euch dienen, Herr?«, fragte sie. Ihr geschmeidiger Körper wurde mehr schlecht als recht von einem durchsichtigen Gewand bedeckt, ihr Haar hing offen bis auf ihre Hüften hinab. In der Hand hielt sie einen Badewedel aus bunten Federn.

»Ich will ein Schwitzbad nehmen«, erwiderte Laurenz. Er wandte den Blick von ihren verführerisch durch den Stoff blitzenden Brüsten ab. Sie entblößte erneut ihre perlweißen Zähne.

»Folgt mir«, forderte sie ihn auf.

Mit wiegenden Hüften führte sie ihn an den Zechenden vorbei in einen Korridor, von dem mehrere, mit Vorhängen abgetrennte Kammern abgingen. In diesen konnten sich die männlichen Besucher der Badestube mit käuflichen Mädchen vergnügen. Laurenz wusste nur zu gut, wie es hinter den Vorhängen aussah. Noch vor einem Jahr hätte ihn nichts davon abhalten können, das unausgesprochene Angebot der gertenschlanken Magd anzunehmen. Heute hatte er jedoch keine Augen für ihre Reize. Während er den Blick starr auf ihr schimmerndes Haar richtete, dachte er an Olivera. Er würde sie niemals mit einer anderen betrügen! Dazu liebte er sie viel zu sehr! Es dauerte nicht lange, bis sie den Durchgang zum Schwitzbad erreichten. In dem winzigen Vorraum half die Bademagd Laurenz, sich zu entkleiden, dann geleitete sie ihn in die Schwitzkammer. Der Dampf begrüßte ihn wie ein alter Bekannter, hüllte ihn ein und legte sich wie ein fein gesponnenes Tuch über seine Haut. Wie jedes Mal, wenn er aus der relativen Frische des Korridors in den vernebelten Raum trat, spürte Laurenz auf der Stelle, wie sich alle Poren seines Körpers öffneten, um diesem Kühlung zu verschaffen. Eine weitere junge Frau war soeben dabei, einen Eimer Wasser auf heiße Steine zu gießen, die mit einem Zischen protestierten. Außer diesen Steinen befanden sich ein Ofen, ein

Kessel und mehrere Bänke in dem Raum. Zwei weitere Männer hatten sich für die Schwitzkammer entschieden – beide krebsrot und schweißüberströmt. Einer von ihnen erhob sich, als Laurenz den Raum betrat, und stieg in einen Zuber mit kaltem Wasser, in dem sich die Gäste abkühlen konnten. Während die Bademagd ihn mit einem Schwamm abwusch, gab er ein genüssliches Grunzen von sich.

»Wünscht Ihr etwas?«, fragte Laurenz' Begleiterin ihn mit einem verführerischen Augenaufschlag.

»Nein, du kannst gehen«, erwiderte er zu ihrer offensichtlichen Enttäuschung. Lautlos wie ein Geist huschte sie aus der Kammer und Laurenz ließ sich auf einer der Bänke nieder, die am dichtesten bei dem Ofen standen. Das Holz war beinahe unangenehm warm. Instinktiv griff er sich zwischen die Beine, um Schaden zu verhindern.

»Keine Sorge«, lästerte der dritte Mann im Raum. »Es wird Euch nichts abfallen.« Er brach in meckerndes Gelächter aus. Laurenz ignorierte ihn und schloss die Augen. Die Hitze tat ihm gut. Bereits nach wenigen Minuten hatte er das Gefühl, einen klareren Kopf zu haben. All das, was ihm noch vor Kurzem wie ein unüberwindbares Hindernis vorgekommen war, schien auf einmal nicht mehr ganz so entmutigend. Er würde sich nicht von einem einzigen Fehler das ganze Leben zerstören lassen! Nicht mehr lange, dann würde er mit Olivera als reicher Mann in eine andere Stadt ziehen und ganz von vorne anfangen! Ein Gefühl, das an Zuversicht erinnerte, ergriff Besitz von ihm.

KAPITEL 53

Tübingen, November 1408

Olivera war noch nie so froh gewesen, das Haus zu verlassen. Claras Schmerz hatte ihr tief ins Herz geschnitten. Doch es war die Furcht des Mädchens vor dem Zorn der Tübinger, die ihr wirklich zu schaffen machte.

»Was wird nun aus uns? Mit meinen Brüdern und der kleinen Gret?«, hatte Clara immer wieder gewimmert. Ihre Mutter war vor zwei Jahren gestorben, was bedeutete, dass die Kinder jetzt elternlos waren. »Was sollen wir nur tun?« Sie hatte geweint wie ein Kind und sich an Olivera festgeklammert, bis ihre Tränen versiegten.

»Es wird alles gut«, hatte Olivera sie getröstet. »Ich bin sicher, dass das Spital deine Geschwister erst einmal aufnimmt.«

Jedenfalls hoffte sie das. Denn dafür, dass es für Claras Brüder wirklich einen Ort im Heilig-Geist-Spital gab, konnte sie nur beten.

»Mein Vater hat es nicht getan«, hatte Clara zwischen Schluchzern hervorgestoßen. »Er würde niemals jemanden töten! Er *kann* es einfach nicht gewesen sein. Es war der Teufel!«

Immer wieder hatte sie die Unschuld ihres Vaters beteuert. Und wenngleich Olivera sich nicht so sicher war wie Götz und Clara, zweifelte auch sie inzwischen ernstlich an der Schuld des Baders. Warum hätte er so etwas Furchtbares tun sollen? Was hatte er davon? Waren die entsetzlichen Morde, von denen die ganze Stadt sprach, nicht die Taten eines vom Bösen besessenen Menschen? Wie passte Claras Vater in dieses Bild? Die Frage bedurfte keiner Antwort. Als sie Clara schließlich in die Küche geführt hatte, war sie erleichtert, dass Elsbeth das Mädchen mütterlich in die Arme schloss. Unter ihrem Dach würde niemand die Magd für etwas verantwortlich machen, an dem sie keine Schuld trug! Nicht einmal Laurenz!

Tief in Gedanken versunken machte sie sich auf den Weg zur Wachstube. Da Götz nicht zu Laurenz' Haus zurückgekehrt war, hoffte sie, die beiden dort anzutreffen. Hoffentlich war es Götz gelungen, seinen Bruder dazu zu bringen, eine Aussage zu machen! Denn sonst hatte sie wenig Hoffnung für den Bader. In den Augen der Tübinger war er vermutlich bereits schuldig gesprochen – ohne Richter und Prozess. Da sich rings um das Haagtor bereits zahllose Neugierige drängten, mied sie die Ansammlung und nahm stattdessen den Weg über die Judengasse. Dort duckten sich winzige, dicht aneinandergebaute Katen um Kräutergärten und Hinterhöfe, in denen steifgefrorene Kittel im Wind schaukelten. Eine Handvoll Kinder schöpfte Schnee in Eimer – zweifelsohne, um ihn über einem Feuer zu schmelzen. Als ein kleines Mädchen in einen gelb gefärbten Haufen griff, rümpfte Olivera die Nase.

»Das solltest du lieber liegen lassen«, riet sie der Kleinen, die mit großen Augen zu ihr aufsah. Gehorsam ließ sie von dem befleckten Schnee ab und rannte stattdessen zu ihrer Schwester, um dieser dabei zu helfen, einen Eiszapfen von einem Überhang abzubrechen. Schmunzelnd duckte Olivera sich unter schneeschweren Ästen hindurch und schlüpfte in einen Durchgang. Dieser führte über die Ammer zur Krummen Brücke, wo sie zu ihrer Verwunderung Götz erblickte. Ohne auf die Schicklichkeit zu achten, rief sie seinen Namen.

»Ist Laurenz allein zu den Wächtern gegangen?«, fragte sie ihn, als er bei ihr anlangte.

Er machte ein säuerliches Gesicht. »Nein. Er hat mich davongejagt«, sagte er. »Sein Ruf scheint ihm wichtiger zu sein als das Leben eines Mannes.« Er schüttelte den Kopf. »Es ist ohnehin zu spät. Ich war gerade in der Wachstube, um herauszufinden, wie schwer Jacob verletzt ist.« Er holte tief Atem. »Aber er war bereits tot.«

»Barmherziger Vater!«, hauchte Olivera. »Wie …?«

»Es scheint, als ob Pater Michael ihm die Waffe entwunden und ihn im Kampf tödlich verletzt hat.«

Es dauerte einige Augenblicke, bis sie die Worte begriff. »Wie hat er das denn bewerkstelligt?«, fragte Olivera schließlich. »Ich dachte, sein Mörder hat ihm die Hände abgehackt.«

Götz nickte. »Mir kommt die Sache auch mehr und mehr merkwürdig vor.« Er deutete mit dem Kinn auf das Spital, dessen graue Mauern an diesem Tag besonders abweisend wirkten. »Wenn Jacob wirklich etwas mit den Morden zu tun hatte, dann müssen sich irgendwo Beweise finden lassen«, sagte er. »Ich war gerade auf dem Weg in die Badestube des Spitals, um nach etwas zu suchen, das den Verdacht der Wachen entweder bestätigt oder entkräftet.« Er zögerte kurz, ehe er fortfuhr. »Hilfst du mir dabei?«

»Aber ja«, gab Olivera zurück. »Auch wenn ich mir sicher bin, dass wir nichts finden werden.«

Als sie wenig später die Badestube betraten, herrschte dort – anders als erwartet – reger Betrieb. Die Badeknechte und Mägde hatten das Feuer unter dem großen Kessel entzündet und in den Wannen-, Dampf- und Schwitzbädern tummelten sich die Pfründner. Die Scherer und Schaber waren ebenfalls bei der Arbeit. Fast schien es, als ob niemand die Abwesenheit des Baders stören würde. »Dort hinein«, sagte Götz und zog Olivera auf die Tür neben dem Ofen zu, durch die er bei ihrer ersten Begegnung die Stube betreten hatte. Dahinter befand sich ein kleiner Raum mit allerlei Werkzeugen. Von der Zahnzange über Schröpfköpfe, Flieten und Schnepper – Messer zum Öffnen der Venen – bis hin zu Bartscherbecken in zahllosen Größen und Formen war alles vorhanden. Töpfe und Tiegel mit Ölen für die Leibkneter und Reiber verbreiteten ein angenehmes Duftgemisch. Olivera sah sich ratlos um. Wo sollten sie anfangen zu suchen? Es herrschte ein solch heilloses Durcheinander in der Kammer, dass sie nicht wusste, welchen Deckel sie zuerst anheben sollte.

»Ich nehme mir diese Seite vor, du die andere«, sagte Götz – als habe sie ihre Gedanken laut ausgesprochen. »*Wenn* Jacob etwas mit den Morden zu tun hatte, dann finden wir es heraus!«

Er schob einen Schemel vor eines der Regale, um ihn zu erklimmen und die großen Tontöpfe darauf zu untersuchen. Während er einen Deckel nach dem anderen abnahm, kniete Olivera sich vor eine Truhe und beäugte diese mit klopfendem Herzen. Was würde sie darin entdecken? Die Köpfe von Erschlagenen? Mit blutigem Haar und leeren Augen? Sie zog die Hand, die bereits nach dem Deckel hatte greifen wollen, wieder zurück und biss sich auf die Lippe.

»Was ist?«, fragte Götz. »Hast du etwas gefunden?«

»Nein, nein«, erwiderte sie hastig, nahm all ihren Mut zusammen und öffnete die Truhe. Aber es war kein grauenvoller Anblick, der sich ihren vorsichtig blinzelnden

Augen bot. Sondern ein buntes Gemisch aus allerlei Kräutern, Badewedeln und Seifen. Sie ließ erleichtert die Luft aus den Lungen entweichen.

Beinahe zwei Stunden stellten sie alles in der Kammer auf den Kopf, bis Götz schließlich prustete: »Hier ist nichts. Wenn die Wachen in Jacobs Haus nichts gefunden haben, dann war er unschuldig!«

Olivera hörte den Zorn in seiner Stimme. »Aber wer hätte etwas davon, Pater Michael zu töten und es so aussehen zu lassen, als ob es Jacob war?«, fragte sie. »Derjenige, der all die anderen umgebracht hat?« Sie kam zurück auf die Beine. »Ich glaube nicht, dass es ein Dämon war, wie alle sagen! Aber ich begreife einfach nicht, *warum* jemand so etwas tut.«

»Ich auch nicht.« Götz rieb sich mit den Knöcheln die Schläfen.

Olivera hatte den Eindruck, dass er noch etwas hinzusetzen wollte, doch just in diesem Moment steckte eine Siechenmagd den Kopf durch die Tür.

»Einer der Pfründner hat Zahnschmerzen«, ließ sie Götz wissen. »Könntet Ihr nach ihm sehen? Jetzt, wo …« Sie unterbrach sich und errötete.

Götz seufzte. »Nach ihm sehen kann ich. Aber ich kann nichts versprechen. Ich bin Apotheker, kein Bader oder Zahnbrecher.« Er warf Olivera einen fragenden Blick zu.

»Ich kenne einige Mittel gegen Zahnschmerzen«, sagte sie. »Vielleicht können wir ihm damit helfen.« Obwohl längst nicht all ihre Fragen beantwortet waren, war sie erleichtert, die Kammer des verstorbenen Baders wieder zu verlassen. Irgendwie fühlte sie sich jetzt, im Nachhinein, schäbig, weil sie und Götz in seinen Sachen herumgestöbert hatten. Und noch ein Gefühl nagte an ihr: Zweifel.

Was sie auch tat, es gelang ihr nicht, dessen Aufkeimen zu unterdrücken. Hatte Laurenz wirklich die Wahrheit gesagt über das, was auf dem Kirchhof passiert war? Oder hatte er vielleicht doch mehr gesehen, als er zugab? Etwas, das ihn so mit Furcht erfüllte, dass er die Verurteilung eines Unschuldigen in Kauf genommen hätte? Sie blies die Wangen auf und folgte Götz zu dem Wohntrakt der reichen Pfründner. Warum musste das Leben in Tübingen nur von Tag zu Tag komplizierter werden?

Sie schüttelte den Gedanken ab und suchte in der Apotheke hastig einige Dinge zusammen, die sie brauchen würden. Ein spitzes, dünnes Eisen, in Wein eingelegte Asche der Weinrebe, einen Saft aus Bilsenkraut und Bilsensamen. Dann machte sie sich mit Götz zusammen auf den Weg zum Wohntrakt der Pfründner. Das Gejammer des alten Mannes war schon von Weitem zu hören. Olivera wechselte einen Blick mit Götz und lächelte schief. »Ich fürchte, das wird nicht einfach«, sagte sie.

Götz zuckte die Achseln. Er eilte voraus, um die Tür zu öffnen. Heiße, stickige Luft schlug ihnen entgegen. Es roch nach Fäulnis und einer übervollen Bettpfanne.

»Nimm die Finger weg!«, zeterte der alte Mann, der in einem Berg von Kissen thronte. Über seinem Kopf hing ein großes goldenes Kruzifix, die anderen drei Wände zierten kostbare Wandteppiche. Ein Zobelmantel lag über einer Stuhllehne und das Schwert in der Ecke verriet, dass es sich bei dem Greis um einen alten Ritter handelte. Er versuchte, nach der Magd zu schlagen, die sich über ihn gebeugt hatte, um ihm den Schweiß von der Stirn zu tupfen. Doch diese war zu flink für ihn.

»Warum bringst du noch ein Weibsbild mit?«, herrschte er Götz an. Er musterte Olivera mit stechenden Augen.

»Wollt Ihr, dass die Schmerzen nachlassen?«, fragte Götz ungerührt.

»Was denkst du, warum ich dich habe rufen lassen?«, brauste der alte Mann auf. »Weil ich nicht mehr alleine pinkeln kann?« Er sah Olivera herausfordernd an. Doch mit solcherlei Gerede konnte er sie nicht beeindrucken.

»Es ist ein Zahnwurm«, brummte der Greis. »Entferne ihn.«

Olivera verkniff sich ein Lachen. Offenbar war der Aberglaube, dass Zahnschmerzen von einem Wurm verursacht wurden, der sich durch die Zähne fraß, auch hier weit verbreitet. Sie schenkte dem alten Griesgram ein bezauberndes Lächeln und beschloss, ihn ein wenig an der Nase herumzuführen. Wenn er wollte, dass sie ihm einen Zahnwurm entfernte, dann würde sie ihm diesen Gefallen tun. Vielleicht lenkte dieses kleine Spielchen sie ein wenig ab.

»Zuerst solltet Ihr diesen Trank zu Euch nehmen«, sagte sie und goss etwas von der aufgelösten Weinrebenasche und dem Saft aus Bilsenkraut in einen Becher. Der Ritter kniff die Augen zusammen.

»Ihr solltet tun, was sie sagt«, riet Götz ihm. »Ihre Arzneien wirken Wunder.«

»Das will ich hoffen«, versetzte der Greis. Er beäugte den Becher misstrauisch und roch an dessen Inhalt. Schließlich setzte er ihn mit gekräuselter Nase an die Lippen. Unterdessen bat Olivera Götz, das Eisen in den Flammen zu erwärmen, während sie Bilsensamen in einen Trichter füllte und diese mit einem Kienspan entzündete.

»Öffnet den Mund«, bat sie nach einigen Minuten. Da die Wirkung des betäubenden Tranks bereits einsetzte, tat der alte Mann, wie geheißen. Ein Blick in seine Mundhöhle bestätigte, was Olivera befürchtet hatte. Das Zahnfleisch um einen der Backenzähne war rot und geschwollen, der Zahn offenbar teilweise verfault. Sie blies etwas von dem Rauch in den Mund des Ritters und winkte Götz herbei.

»Drück das Eisen dort hinein«, sagte sie. Ihre Fingerspitze deutete auf das große Loch. Kaum berührte die rot glühende Spitze den Zahn, zuckte der Greis zusammen. Allerdings schien die Wirkung des Trankes und des Rauchs groß genug, um die schlimmsten Schmerzen zu betäuben. Der Gestank von verbranntem Fleisch stach ihr in die Nase. Als es so aussah, als ob Götz genug des kranken Zahnes verbrannt hatte, gab sie ihm ein Zeichen und er trat beiseite.

»Jetzt werde ich Euch den Zahnwurm entfernen«, sagte sie gespielt ernst. Erneut blies sie etwas von dem Rauch in den Mund des Kranken. Dann nahm sie unauffällig einen der Bilsensamen zwischen die Finger und tat so, als zöge sie diesen aus dem Zahn.

»Seht her, hier ist der Wurm.« Sie hielt dem von der Arznei benebelten Ritter den Samen unter die Nase.

Dieser betrachtete das winzige Korn grimmig.

»Verbrenne ihn«, befahl er.

Olivera tat ihm den Gefallen. »Es wird einige Zeit dauern, bis der Schmerz abklingt«, sagte sie. »Ihr solltet jeden Tag zwei Becher von diesem Trank zu Euch nehmen.« Sie zeigte auf den Wein mit der Weinrebenasche. Wenn der Ritter Glück hatte, würde die Arznei dafür sorgen, dass das Zahnfleisch wieder abschwoll. Wenn nicht, würde Götz dem Greis den Zahn ziehen müssen.

»Das war wirklich sehr unterhaltsam«, prustete Götz, nachdem sie die Kammer des alten Mannes wieder verlassen hatten. »Ich nehme an, deine *Yiayia* hat dir beigebracht, wie man so etwas macht.«

Olivera nickte grinsend. Dieses kleine Spiel mit dem Ritter hatte ihre Laune aufgehellt. Vielleicht waren die Dinge doch nicht so kompliziert, wie sie dachte. Auf dem Weg zurück zur Apotheke beschloss sie, Laurenz am Abend noch einmal zu dem zu befragen, was er gesehen hatte.

KAPITEL 54

Tübingen, November 1408

NACHDEM LAURENZ BEINAHE eine Stunde geschwitzt hatte, erschien ihm all das Schreckliche fast unwirklich. Wenn er noch ein paar Tage durchhielt, sich von Bentz fernhielt und diesen sein grausiges Werk allein beenden ließ, würde alles wieder gut werden. *Ihn* traf keine Schuld! Immer und immer wieder hämmerte er sich diese Lüge ein, bis er sie selbst glaubte. Als sein Körper schließlich keinen einzigen Tropfen Schweiß mehr hergab, ließ er sich ein letztes Mal abseifen, ehe er das Schwitzbad verließ. Durstig nahm er von der Magd einen Becher Bier entgegen. Er leerte ihn in einem Zug, dann zog er sich an und verließ das Badehaus. Die Kälte stach wie tausend feine Nadeln nach seinem erhitzten Gesicht, doch bereits nach wenigen Schritten empfand er die Abkühlung als angenehm. Mit hochgezogenen Schultern eilte er die Seelhausgasse entlang – vorbei an Frauen, die mit gebeugten Rücken Holz schleppten. Um die Jakobuskirche zu meiden, wandte er sich nach einem guten Steinwurf nach links und erreichte schon bald die Schmiedtorstraße. Dort befand sich ein Kramladen, der neben allerlei Naschereien auch Latwerge feilbot. Diese Köstlichkeit aus eingemachten Früchten und eingedickten Fruchtsäften wurde unter Zugabe von Honig und erlesenen Gewürzen in hauchdünnen Scheiben luftgetrocknet. Als sein Blick auf die blutrot und safrangelb schillernde Auslage fiel, beschloss Laurenz, Olivera ein Geschenk mit nach Hause zu bringen. Er hatte sie viel zu sehr vernachlässigt, wusste, dass sie wegen seines Verhaltens in letzter Zeit und des Vorfalls am Morgen wütend auf ihn war. Plötzlich wünschte er sich nichts sehnlicher, als den Streit ungeschehen zu machen. Wie hatte es nur so weit kommen können, dass er der Frau, die er mehr liebte als alles andere auf der Welt, um ein Haar an die Kehle gegangen wäre? Er nahm die Tüte mit den Leckereien entgegen, bezahlte und wartete, bis der Krämer das Wechselgeld zusammengesucht hatte. Er war solch ein Narr! Hastig stopfte er seinen Einkauf in die Tasche, dann machte er sich auf den Heimweg. Sein Herz schlug erwartungsvoll, als er sich seinem Haus näherte. Er konnte es kaum erwarten, Olivera in die Arme zu schließen, sich an ihr festzuhalten und die Kraft ihrer Liebe zu spüren! Er wusste, dass er ihr in den vergangenen Wochen viele Enttäuschungen beschert hatte. Aber diese Zeiten waren vorbei. Ab sofort würde er wieder *der* Mann sein, den sie voller Liebe und Bewunderung anblickte.

Mit beinahe beschwingtem Schritt betrat er seinen Hof. Allerdings war Olivera noch nicht wieder zu Hause. Auch wenn er am liebsten zum Spital gelaufen wäre, sie zu sich geholt und um Verzeihung gebeten hätte, sah er von diesem Schritt ab. Stattdessen begab er sich in sein Kontor, um sich bis zu ihrer Rückkehr mit Arbeit abzulenken. Seitdem die Damen aus dem Gefolge des Grafen Gewürze bei ihm gekauft hatten, konnte er sich vor Bestellungen kaum mehr retten. Die meisten reichen Tübinger verlangten nach größeren Mengen als den Maßen und Pfunden, die auf dem Markt verkauft werden durften. Daher hatte Laurenz ein halbes Dutzend neuer Träger und Läufer eingestellt, die dafür sorgten, dass die Ware zu den Kunden gelangte. Er betrat sein Kontor und legte den warmen Mantel ab. Wie immer stapelten sich dort neben unzähligen Papierrollen kleine Schubladen, diverse in Leder gebundene Bücher und Briefe. Auf einem großen Eichentisch lagen einige Siegelwachsstangen. Zudem befanden sich ein Lesepult, eine Feinwaage und ein Probierstein zum Erkennen gefälschter Münzen auf dem Tisch. Mit einem Seufzen nahm er einen der Briefe auf, um ihn zu beantworten. Es dauerte länger, als er gedacht hatte, bis er endlich Oliveras Stimme in der Eingangshalle vernahm.

»Bring mir etwas Warmes zu trinken«, hörte er sie bitten, als er die Tür des Kontors öffnete. Mit einem ungewohnten Gefühl der Unsicherheit griff er nach der Tüte mit dem Naschwerk und eilte ihr entgegen. Ihre Wangen waren von der Kälte gerötet. Sie wirkte erschöpft.

»Olivera«, rief er aus. Der Blick, mit dem sie ihn bedachte, verriet Verwunderung.

»Laurenz«, erwiderte sie. Ihre Brauen schoben sich zusammen.

»Ich habe ein Geschenk für dich«, platzte es aus ihm heraus. Ungelenk streckte er ihr die Tüte mit den Latwergen entgegen.

»Ein Geschenk?« Sie musterte ihn kühl. »Womit habe ich das verdient?«

Die Frage schnitt Laurenz ins Herz. »Ich liebe dich«, stotterte er. »Und ich wollte dir eine Freude machen.«

Einige Augenblicke sah Olivera ihn einfach nur wortlos an. Dann verzog sich ihr Mund zu etwas, das wohl ein Lächeln sein sollte. Allerdings misslang es ihr gründlich. Sie nahm die Tüte entgegen und sah hinein.

»Danke«, sagte sie. Dann setzte sie hinzu: »Mir ist kalt, ich wollte gerade in die Stube gehen.« Ohne auf eine Antwort zu warten, machte sie auf dem Absatz kehrt, um die Treppe ins Obergeschoss zu erklimmen. In der Stube angekommen, legte sie das Geschenk auf den Tisch. Im Anschluss daran sah sie unschlüssig vom Kachelofen zu Laurenz und trat schließlich an Markos' Käfig. Der Vogel begrüßte sie mit einem erfreuten Kreischen. Während sie ihm die Federn durcheinanderbrachte, stand Laurenz wie ein begossener Pudel auf der Schwelle. Sie grollte ihm. Er verstand sogar, warum. Schließlich wusste sie nichts von Schnider, Bentz und all den furchtbaren Dingen, die in seinem Keller lagerten. Er steckte unsicher die Hände in die Taschen seines Rockes und rang nach Worten. Wenn er ihr doch nur sein Herz ausschütten könnte! Der Drang, sich ihr anzuvertrauen, sie um Rat und Hilfe zu bitten, war überwältigend.

»Olivera«, hub er an. »Ich muss dir etwas sagen.«

Sie ließ sich Zeit damit, sich zu ihm umzudrehen. Ihr Gesicht wirkte wie eine Maske.

»Ich habe …« Er schluckte trocken. »Es ist so, dass …« Die Worte schienen ihm im Hals steckenzubleiben. Er suchte ihren Blick, aber die Augen, die ihn einmal voller Wärme betrachtet hatten, wirkten kalt wie polierte Kieselsteine. Seine Gedanken überschlugen sich, bis er schließlich begriff, dass er ihr nicht gestehen konnte, was er getan hatte. Ganz gleich, wie sehr er es wollte. Denn dann würde sie ihm nicht nur zürnen, sondern ihn hassen! Ihn nie wieder mit etwas anderem im Blick ansehen als mit Abscheu. Er schluckte ein Stöhnen.

»Was musst du mir sagen?«, fragte sie schließlich. »Dass du doch mehr gesehen hast, als du zugibst?« Ihr Ton war schneidend. Sie trat auf ihn zu und verschränkte die Arme vor der Brust. »Der Bader ist tot«, sagte sie.

Laurenz starrte sie fassungslos an. Der Bader war auch tot? Er schlug die Hände vors Gesicht und wünschte, er könnte sich vor der ganzen Welt verstecken.

»Was ist wirklich passiert?«, fragte Olivera. Ihre Stimme klang etwas sanfter.

Als Laurenz die Hände wieder sinken ließ, stand sie direkt vor ihm.

»Was hast du gesehen?«

»Ich habe nichts gesehen«, gab er zurück. Ärger keimte in ihm auf. »Nur jemanden, der aussah wie ein Dämon.« Er zuckte die Achseln. »Aber das war ja offenbar nichts weiter als ein Häs.«

Olivera fasste ihn forschend ins Auge.

Wenn sie ihm doch nur glauben würde! Er wusste doch selbst nicht genau, was er gesehen hatte! Er seufzte und ließ die Schultern hängen. Was war nur geschehen? Er schluckte schwer und sah sie flehend an. Eine Zeit lang schwieg sie, schließlich kehrte sie ihm den Rücken und ließ sich auf der Ofenbank nieder. Sie zog die Beine an den Körper und schlang die Arme um ihre Knie. Dann starrte sie geradeaus, als ob sie über etwas nachdenken müsste. Was wohl in ihrem Kopf vor sich ging? Wie gerne

Laurenz sie an sich gedrückt und sich an ihr festgehalten hätte! In ihren Armen würde vielleicht alles andere in Vergessenheit geraten. Er gab sich einen Ruck und setzte sich neben sie. Schüchtern legte er die Hand auf ihre Schulter, aber sie blieb stocksteif und regungslos. Lange Zeit waren das Geräusch der knackenden Holzscheite und Markos' Auf- und Abhüpfen das Einzige, das die Stille durchbrach.

»Danke für dein Geschenk«, sagte Olivera irgendwann. Sie ließ ihre Knie los und stellte die Füße zurück auf den Boden. Dann erhob sie sich. »Ich werde Elsbeth sagen, dass sie das Abendessen auftragen kann«, ließ sie Laurenz wissen. Sie mied seinen Blick. Bevor er etwas darauf erwidern konnte, verschwand sie durch die Tür in den Korridor hinaus. Er sah ihr nach, während sein Herz mit jedem Schlag schwerer wurde. Hatte er ihre Liebe bereits verloren? Die Hoffnung, die ihn noch vor wenigen Stunden erfüllt hatte, vedörrte wie ein Pflänzchen in der prallen Sonne. Als sie zurückkehrte, half sie den Mägden, den Tisch zu decken, bevor sie Platz nahm und darauf wartete, dass die Köchin das Essen auftrug.

Laurenz bekam kaum einen Bissen hinunter. Immer wieder schielte er zu Olivera, die mit den Gedanken meilenweit entfernt zu sein schien. Die Sehnsucht, alles zu vergessen und sich einfach nur an ihr festzuhalten, nahm mit jeder Sekunde, die verstrich, zu.

»Warum warst du überhaupt so spät noch auf dem Kirchhof?«, fragte sie schließlich. Die Ereignisse der letzten Nacht ließen sie offenbar immer noch nicht los.

»Ich wollte zur Beichte«, erwiderte er leise.

»Zu so später Stunde?« Sie sah ihn misstrauisch an.

»Ja, zu so später Stunde.«

Sie seufzte und legte ihren Löffel zur Seite. »Mir scheint, die Dinge sind doch verzwickter, als ich dachte«, murmelte sie.

Obgleich Laurenz sie genau verstanden hatte, fragte er: »Was hast du gesagt?«

»Es war nicht wichtig«, gab sie zurück. »Lass uns zu Bett gehen. Morgen wartet viel Arbeit auf mich im Spital.«

In ihrer Kammer schlüpfte sie aus ihrem warmen Oberkleid, ließ ihr Untergewand jedoch an. »Ich friere immer noch«, erklärte sie halbherzig, als sie Laurenz' fragenden Blick bemerkte.

Achselzuckend entledigte er sich all seiner Kleider, und kurz darauf lagen sie steif nebeneinander unter der Decke. Sobald die Kerzen gelöscht waren, drehte Olivera sich auf die Seite und rollte sich zusammen wie eine Katze. Was hätte Laurenz dafür gegeben, dass sie sich zu ihm umdrehte, damit er sie küssen konnte. Wie sehr er sich danach sehnte, ihren Herzschlag an seiner Brust zu spüren! Doch ihre Haltung und ihr gespielt gleichmäßiges Atmen sagten ihm, dass sein Wunsch nicht in Erfüllung gehen würde. War ihre Liebe bereits tot? Er wusste es nicht. Aber als er die Augen schloss, schmerzte sein Herz. Während Olivera versuchte, sich so wenig wie möglich zu bewegen, wurden ihm irgendwann die Lider schwer und er glitt ab in einen Traum, der all seine Ängste zurückbrachte. Als er am nächsten Morgen wie gerädert erwachte, spürte er, wie Hoffnungslosigkeit und Furcht wieder Besitz von ihm ergriffen.

KAPITEL 55

Tübingen, Anfang Dezember 1408

Die nächsten Tage vergingen wie im Flug. Durch den Tod des Baders hatten Olivera und Götz alle Hände voll zu tun, da der Spitalpfleger und der Rat sich über den Nachfolger stritten. Olivera hatte den Eindruck, dass die Zipperlein der Pfründner von Stunde zu Stunde zunahmen, denn Götz und sie waren von Tagesanbruch bis spät in die Dunkelheit hinein damit beschäftigt, Arzneien, Sude und Salben zuzubereiten. Weil er sich um ihre Sicherheit sorgte, begleitete er sie jeden Abend nach Hause. Und je mehr Zeit sie mit ihm verbrachte, desto schwerer fiel es ihr, sich von ihm zu trennen und zu Laurenz ins Bett zu schlüpfen. Zwar war dieser seit dem Tod des Baders noch wortkarger und unnahbarer geworden. Dennoch war Olivera inzwischen bange davor, mit ihm alleine zu sein. Er schien nur noch eine leere Hülle, ein Schatten des Mannes zu sein, an den sie ihr Herz verloren hatte. Wenn er sie ansah, lagen weder Verlangen noch Liebe in seinem Blick, sondern Unsicherheit und Furcht. Die Amulette um seinen Hals nahmen ständig zu. Und inzwischen hörte sie ihr Klimpern schon im Schlaf – wenn sie Schlaf fand. Viel zu oft sorgten seine Albträume dafür, dass sie kaum ein Auge zutat. Hätte er diese schlimmen Träume nicht schon auf der Reise gehabt, hätte sie vermutet, dass sie etwas mit dem Vorfall auf dem Kirchhof zu tun hatten. So allerdings war sie ratlos. Seit dem Morgen nach der unangenehmen

Unterhaltung in der Stube wagte sie nicht mehr, in ihn zu dringen, da sie sich vor einem Wutausbruch fürchtete. Anders als am Abend zuvor, war er ihr nicht mehr sanft und bittend gegenübergetreten, sondern mürrisch und voller Zorn. Als sie ihn nach dem Aufstehen noch einmal zu den Ereignissen in der Nacht befragt hatte, war er ihr beinahe an den Hals gegangen. Es hatte nicht viel gefehlt und er hätte sie genauso behandelt wie Clara. Bebend vor Zorn hatte er sich vor ihr aufgebaut – die Hände zu Fäusten geballt, die Muskeln gespannt wie ein zum Sprung bereites Tier. Mehrere erschreckende Augenblicke lang hatte sie gesehen, wie er dagegen ankämpfte, die Hand gegen sie zu erheben. Seitdem taten sie beide so, als ob es diesen Tag nie gegeben hätte. Aber diese Unehrlichkeit machte Olivera zu schaffen. Wie konnte man vorgeben, dass etwas nicht geschehen war, und sich dennoch in die Augen sehen? War das nicht beinahe noch schlimmer, als den anderen zu belügen? Sie war vollkommen verunsichert. Daher war sie dankbar dafür, dass Götz und das Spital ihr eine Zuflucht boten, die sie von den Problemen mit Laurenz ablenkte. Wenn er sich nicht in seiner Schreibstube oder im Warenlager vergrub, trank er. Und mehr als einmal hatte Olivera ihn von Seitz ins Bett bringen lassen müssen.

Auch am vergangenen Abend hatten sie kaum ein Wort miteinander gewechselt. Während des Essens hatte Laurenz in seinen Weinkelch gestarrt. Und später hatte er vorgegeben, noch arbeiten zu müssen. Als er kurz vor Mitternacht endlich ins Bett gefunden hatte, war sein Atem weinschwer und seine Bewegungen unsicher gewesen. Froh darüber, das Haus bald wieder verlassen zu können, steckte Olivera nach einem hastigen Frühstück den Kopf in die Küche.

»Elsbeth!«, rief sie. Doch der Raum war verwaist. »Elsbeth?«, wiederholte sie.

Wieder antwortete niemand. Sie runzelte die Stirn. Gerade überlegte sie, ob sie in der Vorratskammer nachsehen sollte, als die Köchin aus dem kleinen Kellerraum auftauchte.

»Seid Ihr noch hungrig?«, fragte die rundliche Frau erstaunt.

Olivera schüttelte lachend den Kopf. »Nein, ich wollte dich nur wissen lassen, dass ich Clara mit ins Spital nehme. Ich schicke sie dir in spätestens einer Stunde wieder zurück.«

Elsbeth schürzte die Lippen. »Ich hoffe, Ihr könnt ein gutes Wort für ihre Geschwister einlegen«, murmelte sie. Von ihrer Strenge der jungen Magd gegenüber war nicht mehr viel übrig. »Ich bete jeden Tag für sie.«

Olivera seufzte. Auch sie hoffte, dass das Spital die Kinder als Hausarme aufnehmen würde. Sie verabschiedete sich von Elsbeth und ging in den Hof hinaus, um nach Clara zu rufen. Wie jeden Tag, war das Mädchen für das Melken der Kühe, das Waschen der Wäsche und das Verteilen des Feuerholzes zuständig. Ihr Gesicht glühte vor Anstrengung, als sie aus dem Holzschuppen auftauchte.

»Es ist Zeit«, ließ Olivera sie wissen. »Wir müssen deine Brüder abholen.«

Ein Schatten huschte über das Gesicht der Magd. Seit sie erfahren hatte, dass man ihrem Vater ein Begräbnis in geweihter Erde versagt hatte, wagte sie sich kaum mehr auf die Straße. Genau wie Olivera zog nun auch sie neugierige Blicke und missfällige Bemerkungen auf sich. Mit zitternden Händen zog sie sich das grobe Wolltuch auf ihrem Kopf tiefer in die Stirn und schlang sich die Zipfel über Kinn und Mund. Man hätte annehmen können, dass es ihr kalt war. Aber Olivera wusste es besser. Wie oft war sie selbst schon versucht gewesen, ihr Gesicht zu verbergen, um sich nicht dem Hohn und Spott der Tübinger auszusetzen.

Claras Elend machte ihr auch heute das Herz schwer. Wenn Gott doch nur nicht so entsetzlich ungerecht wäre!, dachte sie wütend. Wo war die Barmherzigkeit, die alle immer priesen? Wo die Gnade und göttliche Milde? Sie biss die Zähne aufeinander. Wie leid sie es war, sich anhören zu müssen, dass Gottes Wege unergründlich waren! Sie blinzelte die lästerlichen Gedanken beiseite und ergriff Claras Hand.

»Komm, wir sollten uns beeilen«, sagte sie.

Der Morgen war klirrend kalt. In der Nacht war wieder Schnee gefallen, sodass der Weg in die Unterstadt noch beschwerlicher war als sonst. Die Sonne hatte kaum genug Kraft, um die bleiernen Wolken zu durchdringen, weshalb alles grau und trostlos wirkte. Als endlich die Kate auftauchte, in der der Bader eine Kammer gemietet hatte, waren Oliveras Zehen beinahe steif gefroren. Direkt an der Ammer im Viertel der Weinbauern gelegen, bot die Holzhütte einen armseligen Anblick. Das Schindeldach bog sich unter der Schneelast, und aus dem Kamin kräuselte sich nur ein hauchdünnes Rauchfähnchen. Die Brücke über den kleinen Fluss wirkte an manchen Stellen gefährlich morsch.

»Bitte wartet hier«, bat Clara, als sie den Eingang erreicht hatten. »Ich hole sie.« Deutlich stand ihr die Scham, die sie wegen der Armut ihrer Familie empfand, ins Gesicht geschrieben.

Bevor Olivera etwas erwidern konnte, schlüpfte sie durch die Tür ins Haus und kehrte kurz darauf mit zwei etwa sechs- und siebenjährigen Jungen und einem kleinen Mädchen zurück, das den Daumen in den Mund gesteckt hatte. Die Augen der Kinder waren weit, ihre Unschuld so ergreifend, dass Olivera Tränen in ihrer Kehle schmeckte. »Alle werden gut zu euch sein. Ihr braucht euch nicht zu fürchten«, versprach Clara dem jüngsten Knaben, als dieser sie am Rock zupfte. »Ihr müsst mir alles tun, was die Brüder und Schwestern euch sagen.« Mit diesen Worten nahm sie das kleine Mädchen bei der Hand und bedeutete ihren Brüdern, ihr zu folgen.

Im Hof des Spitals trennte Olivera sich von Clara. Allerdings nicht, bevor sie versprochen hatte, Götz um Fürsprache für die Kinder zu bitten. Dieser zögerte nicht lange, als sie ihm erklärte, worum es ging. Nachdem er sich die Hände gesäubert hatte, machte er sich sofort auf den Weg, um beim Aufseher über die Waisen ein gutes Wort für Claras Geschwister einzulegen.

»Es sind nicht mehr viele Betten frei«, sagte er, als er zurückkam. »Aber sie können sich zu zweit einen Strohsack teilen.«

Olivera atmete erleichtert auf. Wenigstens mussten sie sich ihren Lebensunterhalt nicht erbetteln! Zwar war das Leben der Hausarmen hart und sicher nicht ohne Not und Leid. Aber es war mit Sicherheit besser, als jämmerlich auf der Straße zu erfrieren.

»Danke«, sagte sie schlicht. »Wenn die Wache doch nur endlich den wahren Täter fassen würde!«

Götz schüttelte den Schnee aus seinem Mantel und hängte ihn an einen Haken. »Ich fürchte, der Mörder ist gerissener als die Stadtwächter.« Er griff nach dem Blasebalg, um eines der Feuer neu anzufachen. »Die Witwe

Breuning ist fest davon überzeugt, dass es sich um einen Wiedergänger handelt«, bemerkte er. »Niemand hier im Spital scheint wirklich von der Schuld des Baders überzeugt zu sein. Viele denken, der Dämon sei in ihn gefahren und habe ihn dazu gezwungen, das Häs aufzusetzen, um alle zum Narren zu halten.« Er legte den Kopf zur Seite. »Die Abergläubischsten unter den Pfründnern glauben zu wissen, dass der Dämon bereits auf der Suche nach einer weiteren Seele ist.«

Olivera schnaubte. »Laurenz scheint auch fest daran zu glauben, dass dunkle Mächte im Spiel sind.« Ihr Ton war bitterer, als sie beabsichtigt hatte.

Götz sah sie fragend an. Sie malte vor ihrer Brust ein Oval in die Luft.

»Er behängt sich mit Amuletten.«

Götz lachte. »Wirklich? Seit wann ist mein Bruder denn so furchtsam?«

Olivera zuckte die Achseln. Das Gespräch war ihr unangenehm. Irgendwie wollte sie die Offizin, die sie als ihren Zufluchtsort sah, rein halten; sie nicht mit Gedanken an Dinge beschmutzen, die nichts als Verdruss brachten. Götz schien ihr Schweigen richtig zu deuten, da er nach einigen Augenblicken vorschlug: »Sollen wir heute den Theriak zubereiten? Ich habe die Zutaten besorgt, die du aufgeschrieben hast.«

Augenblicklich hellte sich Oliveras Miene auf. Es war ein kleines Kunststück gewesen, Götz die benötigten Pflanzen zu nennen, da er nicht von allen die lateinischen Namen kannte. Daher hatte Olivera ihm die Zutaten teilweise aus den Kräuterbüchern zusammengesucht und teilweise aufgezeichnet, bis er gewusst hatte, was sie benötigte. »Das ist gut«, erwiderte sie strahlend. Sie zog zwei

Apothekerwaagen in die Mitte des großen Tisches und begann, Behältnisse von den Regalen zu angeln.

Götz legte die Leiter an und wuchtete die schweren Tontöpfe auf den Boden.

»Würdest du mir Blaustern, Dürrwurz, Marienblatt und Bergminze heruntergeben?«, bat Olivera ihn. Sie selbst hatte bereits Wachs, den Saft der Balsam-Tanne, Pfefferkraut, Mohnsaft, Baumschwämme, Benzoe, Galgantwurzel, Zimt und Florentinische Iris vor sich aufgereiht.

Diesen Zutaten folgten noch zwei Dutzend weitere, und schon bald war der Tisch so zugestellt, dass man kaum mehr die Tischplatte sehen konnte. Nachdem Götz noch einen Arm voller Mörser herbeigeschafft hatte, begann das Zerstoßen, Auspressen und Zerreiben der Zutaten. Während er die Skrupel, Gran, Quäntchen und Unzen abwog, löste Olivera Gummi Arabicum, Zittergras, das Pulver einer Katzenmumie, Bibergeil und Harz in Rotwein auf. Im Anschluss daran füllte sie alles in einen großen Kessel. »Gib die anderen Zutaten dazu«, forderte sie Götz auf. Sobald er die Mörser und Schalen geleert hatte, goss Olivera mehr Wein nach. Als der Kessel beinahe randvoll war, griff sie nach einem Honigtopf.

»Eigentlich ist der Theriak jetzt fertig«, ließ sie Götz wissen. »Aber noch schmeckt er grauenhaft.« Sie grinste. »Meine *Yiayia* hat immer gesagt, dass eine Medizin nicht bitter sein muss, um zu wirken.«

Götz' Mundwinkel zuckten ebenfalls nach oben. »Deine *Yiayia* scheint eine sehr weise Frau zu sein.«

»Das ist sie«, seufzte Olivera. »Ich wünschte, ich hätte auch bei anderen Dingen auf sie gehört.«

Die Bitterkeit in ihrer Stimme bewirkte, dass Götz sie forschend anblickte.

»Gieß ungefähr den halben Topf hinein«, lenkte Olivera ab. »Ich gebe noch etwas Zimt, Fenchel und Nelken hinzu.«

Sie griff nach einem langen Holzstab und begann, das Gemisch zu rühren. Durch den Honig, das Gummi Arabicum und das Harz war die Masse am Boden recht zäh, weshalb sie all ihre Kraft benötigte. Nach einigen Minuten hielt sie mit einem Prusten inne und wischte sich den Schweiß von der Stirn.

»Ich helfe dir«, bot Götz an.

Ehe Olivera reagieren konnte, trat er neben sie und griff nach dem Rührstab. Sein Arm streifte ihre Schulter, als er sich vornüberbeugte, um seine Hände um den Griff zu legen. Obwohl ihr Verstand ihr zuschrie, dass es eine Eselei war, ließ sie den Stab nicht los, sondern packte noch fester zu.

»Gemeinsam ist es einfacher«, sagte er. Seine Stimme klang seltsam belegt. Einige Augenblicke standen sie Seite an Seite da – den Stab umklammert – und starrten in die ölige Flüssigkeit. Dann räusperte Götz sich und begann, am Grund des Kessels herumzustochern. Es war eine Situation, die Olivera eigentlich hätte peinlich sein sollen. Allerdings war seine Nähe so beruhigend, so wohltuend und – unschuldig, dass sie beschloss, nicht auf ihren Verstand zu hören. Er war ein Freund. Warum sollte sie ein schlechtes Gewissen haben, wenn sie mit vereinten Kräften eine Arznei anrührten? Beherzt griff sie fester zu und wühlte mit Götz zusammen den Bodensatz auf. Die gemeinsam geführten Bewegungen hatten etwas beinahe Magisches. Gebannt beobachtete sie, wie die unterschiedlichen Pulver sich mehr und mehr in dem Theriak auflösten, bis das Gemisch die Farbe von Veilchen annahm. Mit jedem Umlauf des Stabes fiel ein wenig Verbitterung von ihr ab. Sodass sie einen enttäuschten Ausruf unterdrücken musste, als Götz sich schließlich wieder aufrichtete und sagte: »Das sollte genügen.«

Seine Wangen waren leicht gerötet. In seinen Augen lag ein Ausdruck, der Oliveras Verstand erneut einen warnenden Finger heben ließ. Trotzig verbannte sie die Warnung in ein Kämmerlein, dessen Tür sie in Gedanken verrammelte. Sie hatte keine Lust, sich diese eine Freude nehmen zu lassen! Alles war so furchtbar, seit sie in Tübingen angekommen war. Warum sollte sie die Zeit mit Götz – ihrem *Schwager* – nicht einfach genießen? Schließlich taten sie nichts Unschickliches! Sie schenkte ihm ein Lächeln. »Dann lass uns den Theriak abfüllen«, schlug sie vor. »Ich schätze, die Pfründner werden ihn uns aus den Händen reißen.«

KAPITEL 56

Tübingen, Anfang Dezember 1408

BENTZ, DER SCHLACHTER hätte am liebsten einen Jubelruf ausgestoßen. Mit einem raubtierhaften Lächeln auf dem Gesicht beobachtete er die Szene, die sich etwa einen halben Steinwurf von ihm entfernt abspielte. Seit Auberlin Schnider ihm befohlen hatte, irgendein Gesindel lebend zu

Laurenz ins Haus zu locken, hatte er sich den Kopf darüber zerbrochen, wie er dies am besten bewerkstelligen sollte. *Einem* Unehrlichen bei Nacht und Nebel aufzulauern und den Garaus zu machen, war schließlich etwas vollkommen anderes, als ein Dutzend Menschen oder mehr in eine Falle zu locken. Auf keinen Fall konnte er Gewalt anwenden. Nicht nur, weil es unmöglich war, mehr als zwei Bettler gleichzeitig zu überwältigen; auch weil die Stadtwachen und Bettelvögte gewiss nicht tatenlos dabei zusehen würden, wie er eine Handvoll Krüppel erschlug. Zwar war die Stimmung in der Stadt seit dem Tod des Baders nicht mehr ganz so angespannt. Aber er wollte auf keinen Fall ein unnötiges Risiko auf sich nehmen. Er schob sich noch tiefer in den Schatten der überdachten Holztreppe und schielte weiter zum Lustnauer Tor. Dort drückte sich immer noch die Gruppe herum, die sein Herz einen freudigen Tanz vollführen ließ. Wenn ihn seine Augen nicht trogen, handelte es sich bei den zerlumpten Gestalten ausschließlich um Frauen und Kinder – um leichte Beute für einen erfahrenen Jäger wie ihn. Mit demütig gesenkten Köpfen warteten die Bettler darauf, dass der Bettelvogt ihnen die Bettelerlaubnis erteilte – eine wertlose Münze an einem Stoffarmband. Mit steinernem Gesicht schritt der Vogt die Gruppe ab, maß die Größe der Kinder und befragte die Frauen nach ihren Gebrechen.

Vier der Bettlerinnen forderte er in scharfem Ton auf vorzutreten. Bentz spitzte die Ohren.

»Warum wollt ihr betteln? Ihr scheint mir kräftig genug, um zu arbeiten!«

Die Frauen erwiderten etwas, das Bentz nicht verstand.

Der Vogt schüttelte den Kopf. »Barthel!«, bellte er. Einer der Stadtwächter folgte seinem Ruf. »Bring sie ins

Spital. Sie sollen den Schwestern für ihren Unterhalt beim Spinnen helfen.« Der Wächter bedeutete den Frauen, ihm zu folgen.

Verdammt!, dachte Bentz. So abgemagert und hilflos, wie sie wirkten, wären sie ihm gewiss ins Netz gegangen wie ahnungslose Singvögel! Er zählte die Köpfe der übrigen Almosensuchenden. »Elf«, murmelte er. Das sollte immer noch genügen, um die übrigen Reliquiare zu füllen. Die Kinder schienen den Ansprüchen der Bettelordnung zu genügen. Wer älter als acht Jahre war, dem wurde im Sommer Arbeit auf den Feldern in der Stadt verschafft. Im Winter wurden die Knaben und Mädchen als Tretknechte in Mühlrädern eingesetzt. Bentz zog die Nase kraus. Er hatte den Eindruck, dass der Rat die Kontrollen immer weiter verschärfte. Schon im Sommer waren gesunde Bettler, die auf der Straße aufgegriffen worden waren, als Sickergrubenreiniger, Holz- und Sackträger zwangsangestellt worden. Allerdings hatten sich die Bettelvögte nie so eingehend mit den Frauen beschäftigt.

»Warum kannst *du* nicht arbeiten?«, herrschte der Mann eine der Bettlerinnen an. Sie hob den Kopf und deutete auf ihre Augen. Selbst aus der Entfernung sah Bentz, dass sie blind war. Die Befragung dauerte so lange, dass ihm die Zehen abstarben. Leise vor sich hin schimpfend bewegte er sie auf und ab, bis er sie wieder spürte.

»Betteln ist ausschließlich vor den Kirchen und Klöstern erlaubt«, hörte er den Vogt sagen. »Wer dabei erwischt wird, wie er an Türen klopft oder auf dem Markt bettelt, wird der Stadt verwiesen.«

Die Frauen nickten, dann griffen sie nach ihren Schalen und Bettelstäben und trollten sich in Richtung Pfarrkirche. Bentz rappelte sich auf. Es war Zeit, seine Falle mit einem Köder zu bestücken! Er folgte der Gruppe in einigem Abstand, bis diese die Treppe vor der Kirche erreicht hatte. Dann näherte er sich den Frauen und kramte ein paar Pfennige aus seiner Geldkatze hervor.

»Gott segne Euch«, bedankten sich die Ahnungslosen, als er das Geld in ihre Schalen fallen ließ.

»Der Herr wird's Euch vergelten«, murmelte die Blinde.

»Wir werden für Eure Seele beten«, versprach eine dritte Frau.

Die Kinder glotzten ihn lediglich mit großen Augen an. Ihre Gesichter waren schmutzig, und bei einigen von ihnen glänzte Rotz auf der Oberlippe.

»Mein Herr ist ein gottesfürchtiger Mann«, sagte er.

Hoffnung blitzte in den Augen der Frauen auf. »Er nimmt die sieben Werke der Barmherzigkeit sehr ernst und hat bei seiner letzten Pilgerfahrt einen Eid geleistet, die Hungrigen zu speisen und die Durstigen zu tränken«, log er.

Eine Kinderhand griff nach seinem Kittel, aber er unterdrückte den Drang, der Göre zu zeigen, was er davon hielt. »Er hat mir aufgetragen, elf Bettler zu einem Abendmahl zu laden, das er zu Ehren unseres Herrn Jesus Christus gibt.« Die Lüge fühlte sich gut an. Er war stolz darauf, dass ihm auf die Schnelle etwas so Überzeugendes eingefallen war. »Ihr seid nun zufällig genau elf. Das muss ein Wink des Himmels sein.« Er legte die Handflächen aneinander und heuchelte Gottesfurcht. »Findet Euch morgen bei Einbruch der Dunkelheit wieder hier ein«, sagte er. »Dann werde ich Euch abholen und zum Haus meines Herrn bringen.«

Nicht nur die Augen der Kinder leuchteten, als ob er sie schon jetzt beschenkt hätte. »Die Heilige Jungfrau beschütze Euch und die Euren bis in alle Ewigkeit«, wisperte die Blinde mit tränenerstickter Stimme.

»Der Herr ist barmherzig«, murmelte eine andere. Auch in ihren Augen standen Tränen. Bentz wandte sich hastig ab, um sich nicht durch ein Feixen zu verraten.

»Geht mit Gott«, schickte ihm eine der Frauen hinterher. Er biss sich auf die Zunge. Wenn die Vetteln wüssten, wie wenig ihm an Gottes Begleitung lag!

»Ich will, dass du morgen dem Gesinde freigibst.«

Laurenz glaubte, nicht richtig gehört zu haben. Er starrte Bentz verständnislos an. Dieser war vor wenigen Augenblicken mit Elsbeth auf den Fersen in seine Schreibstube eingedrungen und hatte verlangt, ihn zu sprechen. Nachdem Laurenz der Köchin versichert hatte, dass alles in Ordnung war, wartete Bentz, bis sie – Protest murmelnd – abgerauscht war. Dann nahm er Laurenz kommentarlos den Weinkelch aus der Hand. Dieser blinzelte den Schlachter verdattert an. Sein Kopf fühlte sich leer an, alle Farben schienen irgendwie angenehm verschwommen.

»Warum soll ich dem Gesinde freigeben?«, fragte er schließlich. »Was hast du vor?« Ein Blick in die zusammengekniffenen Augen seines Gegenübers ließ ihn bereuen, so viel getrunken zu haben. Etwas sagte ihm, dass ein klarer Kopf ihm im Augenblick einen weitaus besseren Dienst leisten würde.

»Tu, was ich von dir verlange«, knurrte Bentz.

»Aber was soll ich ihnen sagen?«, fragte Laurenz. »Ich habe ihnen noch nie einen ganzen Tag freigegeben.«

Bentz zuckte die Achseln. »Erzähl ihnen meinetwegen, dass der Pater dein Haus ausräuchern will.« Er verzog den Mund zu einem höhnischen Lächeln. »Du fürchtest dich doch so vor den Dämonen.«

Laurenz spürte eine kalte Hand in seinem Nacken.

»Oder lüg ihnen sonst etwas vor. Das ist mir so gleichgültig wie dein Seelenheil.«

Die Worte verstärkten das Gefühl der Kälte, das sich unaufhaltsam in Laurenz ausbreitete.

»Auf alle Fälle sorge dafür, dass morgen bei Einbruch der Dunkelheit keine Menschenseele außer dir hier ist.« Er musterte Laurenz kühl. »Hast du mich verstanden?«

Die Antwort blieb Laurenz im Hals stecken. Daher nickte er lediglich stumm.

»Dann bin ich beruhigt«, sagte Bentz ätzend. Ohne eine Antwort abzuwarten, kehrte er Laurenz den Rücken und verschwand genauso plötzlich, wie er aufgetaucht war. Laurenz fuhr sich mit der Zunge über die trockenen Lippen. Was hatte Bentz vor? Er umklammerte die Bleitäfelchen. Wollte er das wirklich wissen? Sein Blut fühlte sich an wie gefrorenes Wasser. Mit unsicheren Händen griff er nach dem Weinkelch, den der Metzger ihm weggenommen hatte, und tat einen tiefen Schluck. Es dauerte nicht lange, bis der Wein seine beruhigende Wirkung auf ihn ausübte. Was auch immer Bentz vorhatte, *er* würde sich nicht daran beteiligen! Alles, was er tun würde, war, das Gesinde aus dem Haus zu schaffen. Sonst nichts! Gleichgültig, womit der Schlachter ihm drohte! Er schenkte sich nach und grübelte, welche Lüge er dem Gesinde auftischen sollte. Vermutlich wollte Bentz endlich die Reliquiare aus dem Haus schaffen, redete er sich ein, während der Wein seine Sinne immer mehr einlullte. Dann würde der Albtraum ein Ende haben, und er konnte zu seinem alten Leben zurückkehren! Er goss noch mehr Wein nach. Nur noch ein Tag und eine Lüge, dann würde er endlich diese furchtbaren Dinge loswerden!

KAPITEL 57

Tübingen, Anfang Dezember 1408

»GEHST DU HEUTE ins Spital?«

Die Frage ließ Olivera von ihrem mit Honig, Zimt und eingekochten Pflaumen verfeinerten Haferbrei aufblicken. Laurenz wirkte an diesem Morgen aufgeräumter als sonst, auch wenn tiefe Schatten unter seinen Augen lagen. Seine Hände spielten mit dem Holzlöffel, den er erst einmal in sein Essen getaucht hatte.

»Ja, so wie jeden Tag«, erwiderte sie verdutzt. »Warum?«

Laurenz bemühte sich um ein Lächeln. Allerdings war das Ergebnis dieses Versuches eher kläglich. »Einfach so«, murmelte er.

»Brauchst du mich im Haus?«, hakte Olivera nach.

»Nein, ich wollte nur wissen, ob du gut mit Götz auskommst«, gab er zurück. Er wich ihrem Blick aus und stopfte sich hastig etwas in den Mund.

»Ja, ich komme gut mit ihm aus«, sagte Olivera. »Es ist nicht schwer, mit ihm zusammenzuarbeiten.« Sie dachte an das gemeinsame Rühren des Theriaks zurück und augenblicklich fühlte sie Röte in ihre Wangen steigen. Um ihre Gedanken vor Laurenz zu verbergen, schlug auch sie den Blick nieder.

Schweigen senkte sich über sie und blieb wie ein hartnäckiger Besucher. Als irgendwann Markos ein knurrendes Geräusch von sich gab, lachten sie beide viel zu laut.

»Ich mache mich besser auf den Weg.« Olivera legte den Löffel beiseite, erhob sich und strich die Röcke glatt. Sie wollte noch etwas sagen, aber es fiel ihr beim besten Willen nichts ein.

»Ich werde bis lange nach Einbruch der Dunkelheit beschäftigt sein«, ließ Laurenz sie wissen. »Du musst dich also nicht beeilen. Vielleicht ist es am besten, wenn du bei Götz zu Abend isst. Elsbeth hat heute Abend frei.«

Olivera wusste nicht, ob sie sich über den Vorschlag freuen sollte oder nicht. Sie konnte sich ja schlecht selbst bei ihrem Schwager einladen. Warum hatte Elsbeth frei? Anstatt die Frage zu stellen, nickte sie jedoch lediglich und schlüpfte in ihre Heuke. »Mach dir keine Sorgen, ich werde nicht verhungern«, scherzte sie lahm.

Sie verabschiedete sich von Laurenz und machte sich – in Gedanken versunken – auf den Weg zum Spital. War etwas vorgefallen, von dem sie nichts wusste? Warum konnten nicht Clara oder Ursel anstelle von Elsbeth das Essen zubereiten? Hatte Laurenz den Mägden auch freigegeben? Oder war das wieder eine seiner Launen, die sie immer weniger verstand? Die Zeit, die sie zusammen verbrachten, wurde von Tag zu Tag unangenehmer – alles wirkte hohl und falsch, als ob sie sich beide hinter Masken verbargen. Der unbeschwerte, lebensfrohe und so unglaublich anziehende Laurenz, in den sie sich verliebt hatte, schien wie vom Erdboden verschluckt. Sie bemerkte kaum, dass es anfing zu schneien. Erst, als die Flocken so dicht fielen, dass sie kaum mehr die Hand vor Augen sah, lenkte sie ihre Aufmerksamkeit zurück auf die Straße. Obwohl der Schnee inzwischen kniehoch lag, hatten die Fuhrwerke und Zugtiere ihn so festgetrampelt, dass der Untergrund weniger schlüpfrig war als die Tage zuvor. Pferdemist und verlorenes Stroh sorgten für zusätzliche Trittsicherheit, weshalb einige der feineren Damen an diesem Tag auf derbes Schuhwerk verzichtet hatten. Wenig elegant rutschten sie auf ihren hölzernen Trippen die Abhänge hinab. Als eine von ihnen mit einem spitzen Schrei auf ihr ausladendes Gesäß fiel, schüttelte Olivera den Kopf. Wie konnte man bei dieser Witterung nur so dumm und eitel sein? Sie sah dabei zu, wie die Begleiterinnen der Gestürzten versuchten, ihr zurück auf die Beine zu helfen. Es dauerte nicht lange, bis eine der Tübingerinnen bemerkte, dass sie beobachtet wurden. Sie warf Olivera einen giftigen Blick zu, in dem so viel Hass lag, dass diese sich eilig abwandte. Während die Frauen ihrer gefallenen Begleiterin den Schnee aus den Röcken klopften, eilte Olivera die Marktgasse entlang zum Holzmarkt. Die Luft war schwer vom Rauch zahlloser Feuer, aber die Kälte schien weniger schneidend als die Wochen zuvor. Dick und schwer legten sich die Flocken auf ihre Kleidung, und ihre Sohlen verursachten bei jedem Schritt ein knirschendes Geräusch. Als drei Hunde direkt vor ihr balgend aus einem engen Durchgang schossen, erschrak sie. Doch der Schreck wich schnell der Heiterkeit, da die drei in einem Durcheinander von Beinen, Köpfen und Ohren durch den Schnee purzelten.

»Guten Morgen«, begrüßte Götz sie, als sie die Offizin betrat. Er lächelte zufrieden – wie ein Kater, der gerade erst eine Maus verspeist hatte. »Der Theriak findet reißenden Absatz«, erklärte er seine gute Laune. »Wir haben schon beinahe doppelt so viel damit verdient, wie die Zutaten gekostet haben.«

Er stand mit hochgekrempelten Ärmeln am Tisch und bearbeitete einen Kessel mit einem groben Schwamm. Einer der Hausarmen goss Wasser in einen zweiten Kessel, der über einer der Feuerstellen hing. »Ich habe den Rest abgefüllt.« Er zeigte auf eines der Regale, auf dem sich Dutzende von Flaschen drängten. »Die Witwe Breuning lässt ausrichten, du sollst ihr außerdem noch etwas von dem Wundersaft bereiten.« Er zog schmunzelnd eine Braue hoch. »Ich habe den Eindruck, sie hat einen neuen Zeitvertreib gefunden.«

Olivera schüttelte den Schnee aus ihrer Heuke und hängte sie auf. Dann löste sie das Tuch, unter dem sie für gewöhnlich ihr Haar verbarg, und schüttelte es ebenfalls aus. Als ihr dicker Zopf dabei über ihre Schulter nach vorn fiel, bemerkte sie aus dem Augenwinkel, dass Götz aufhörte zu schrubben und sie anstarrte. Sein Blick war ihr seltsamerweise in keinster Weise unangenehm – vielmehr ertappte sie sich dabei, dass sie sich besonders viel Zeit ließ, um das Tuch wieder anzulegen. Sie wusste, dass ihr Haar ein Schmuck war, um den viele Frauen sie beneideten. In Konstantinopel hatte sie ihn nicht ohne Stolz nur von einem durchsichtigen Schleier bedeckt zur Schau gestellt. Irgendwie war es befreiend, sich – wenn auch nur kurz – Götz so zu zeigen. Beinahe widerwillig legte sie das Tuch wieder über ihren Kopf. Sorgfältiger als gewöhnlich steckte sie die Zipfel fest und gab vor, nicht zu bemerken, dass ihr Schwager seine Aufmerksamkeit nur mühsam zurück auf den Topf lenkte. Seine Blicke sorgten einerseits für einen Anflug von Scham; andererseits waren sie wie die wärmenden Strahlen der Sonne, die sie so sehr vermisste.

»Ich denke, ich werde der Witwe Breuning sagen müssen, dass sie den Mohnsaft nicht wie Wasser trinken kann«, sagte sie schließlich – bemüht, sich ihre Gedanken nicht anmerken zu lassen. »Zu viel kann gefährlich sein.«

Götz gab ein Brummen von sich und putzte weiter. Auch er schien fest entschlossen, so zu tun, als habe er Olivera nicht noch vor wenigen Augenblicken allzu offen angestarrt.

»Braucht Ihr noch mehr Wasser, Herr?«, fragte der Knabe mit dem Eimer.

»Nein, du kannst gehen«, gab Götz zurück.

Sobald der Junge die Apotheke verlassen hatte, ließ er von dem Topf ab und trocknete sich die Hände. Einige Atemzüge lang wirkte er unsicher und knetete das Tuch, bis er es schließlich auf den Tisch warf und sich einen Ruck gab.

»Deine *Yiayia* …«, begann er.

Olivera sah ihm an, dass es ihm nicht leichtfiel, die richtigen Worte zu finden.

»Woher hat sie ihr Wissen?«, fragte er nach einigem Herumdrucksen. »Hat sie bei einem *Medicus* gelernt?« Er wies mit dem Kinn auf die Flaschen mit dem Theriak. »Auch mein Vater kannte ein Rezept für Theriak«, sagte er, »aber verglichen mit dieser Arznei war das nicht viel besser, als den Kranken einen Kräuteraufguss einzuflößen.« Es war ihm deutlich anzusehen, dass ihm diese Frage nicht leicht über die Lippen gegangen war. Immerhin gab er damit zu, dass Oliveras Wissen dem seinen überlegen war.

Sie schenkte ihm ein wehmütiges Lächeln. »Meine *Yiayia* weiß mehr als viele Ärzte. Ich hab dir ja schon gesagt, dass sie alle wichtigen Werke gelesen hat, die es gibt. Der *Hekim* in Konstantinopel hat sie oft um Rat gefragt.« Ihre Finger suchten das Kruzifix, das ihre *Yiayia* ihr geschenkt hatte. »Wenn ich doch nur endlich wieder zu Hause wäre!«, seufzte sie.

Götz schob fragend die Brauen zusammen. »Zu Hause? Aber du bist doch jetzt hier in Tübingen zu Hause.«

Olivera lachte freudlos. »Ich werde hier niemals zu Hause sein«, sagte sie traurig. Sie spürte, wie ihr die Kehle eng wurde. Da sie vor Götz nicht in Tränen ausbrechen wollte, trat sie an eines der Regale und griff nach einer Phiole mit Mohnsaft. »Ich werde der Witwe Breuning ihre Arznei geben«, sagte sie mit belegter Stimme. Und bevor Götz etwas erwidern oder weiter in sie dringen konnte, floh sie aus der Offizin.

Erst auf der Höhe der Ställe bemerkte sie, dass sie ihre Heuke vergessen hatte. Anstatt umzukehren und sie sich zu holen, beschleunigte sie die Schritte und erklomm wenig später die Treppe zum Wohnbereich der reichen Pfründner.

»Du hast blaue Lippen, Kind«, stellte die alte Frau fest, als Olivera ihre Kammer betrat. »Willst du dir unbedingt den Tod holen?« Sie schob sich in den Kissen hoch und kniff die Augen zusammen, um Olivera besser sehen zu können. »Zermarterst du dir immer noch den Kopf über die Toten? Oder ist es die Liebe, die dir Sorgen bereitet?« Das faltige Gesicht der Witwe verzog sich zu einem mitleidigen Lächeln. »Es ist die Liebe«, sagte sie. »Das sieht man dir schon von Weitem an.«

Olivera schluckte die Tränen und schüttelte heftig den Kopf. »Ihr habt nach Mohnsaft verlangt.« Es war eine Feststellung, keine Frage.

»Das habe ich, in der Tat«, entgegnete die Pfründnerin. Sie richtete sich noch etwas weiter auf und klopfte mit ihrer knotigen Hand auf die Matratze. »Setz dich. Mir ist außerdem furchtbar langweilig. Warum gibst du mir nicht etwas von der Arznei und erzählst mir, was dich bedrückt?«

Olivera versuchte, den Kloß in ihrem Hals loszuwerden, aber der Versuch misslang kläglich. Die Versuchung, endlich jemandem ihr Herz auszuschütten, war gewaltig. Warum sollte sie der alten Frau nicht erzählen, was sie bewegte? Sobald sie den Mohnsaft getrunken hatte, würde sie ohnehin einschlafen und hoffentlich alles wieder vergessen. Sie träufelte etwas davon in einen Kelch, den sie mit Wein auffüllte. Dann ließ sie sich auf einem Schemel neben dem Bett nieder und sah der Witwe dabei zu, wie sie den Kelch leerte.

»Also«, sagte diese, sobald sie den letzten Tropfen getrunken hatte, »was bedrückt dich?«

Obwohl Olivera der alten Frau am liebsten alles erzählt hätte, was ihr auf der Seele brannte, hörte sie auf die Warnungen ihres Verstandes. »Es ist nichts«, sagte sie deshalb. »Vielleicht fehlt mir einfach nur etwas Schlaf.« Sie zog kurz die Mundwinkel nach oben, dann erhob sie sich wieder. »Ich muss zurück in die Offizin«, murmelte sie und ließ die ihr enttäuscht nachblickende Witwe allein.

KAPITEL 58

Tübingen, Anfang Dezember 1408

»Hoh.« Mit einem groben Ruck am Zügel brachte Bentz sein neues Zugpferd zum Stehen. Vor wenigen Minuten war die Sonne am Horizont versunken und hatte den grauen Tag beendet. Mit Einbruch der Dunkelheit schien es augenblicklich noch kälter zu werden. Und er war froh, dass er die Zügel mit Händen hielt, die in dicken Kaninchenfellhandschuhen steckten. Noch herrschte reger Betrieb in den Gassen. Aber die Dunkelheit trieb die Menschen nach Hause. Aus Richtung der Stadttore tauchten die ersten Nachtwächter auf – allerdings zollten sie weder ihm noch seinem Karren Beachtung. Er sprang vom Bock und schlang die Zügel um einen Pfosten vor der Pfarrkirche. Zu seinem Verdruss bemerkte er, dass sein Versprechen eines reichlichen Mahls sich herumgesprochen hatte. Denn es waren fast zwei Dutzend zerlumpte Gestalten, die vor dem Eingang des Gotteshauses Schutz vor dem schneidenden Wind suchten – einige davon Männer. Er nahm an, dass die Kinder ausgeplaudert hatten, was ihre Mütter und Schwestern gewiss für sich behalten hätten. Sodass nun weitere Kranke und Krüppel auf die Speisung der Fünftausend hofften. Er kräuselte die Lippen. Zu dumm nur, dass er nicht vorhatte, hungrige Mäuler zu stopfen! Er erklomm die Stufen zum Eingang der Kirche.

»Ich hatte doch gesagt, *elf*«, knurrte er. »Für mehr ist kein Platz an der Tafel meines Herrn!«

Einer der Männer – ein Hühne mit nur einem Bein – drängte die Frauen und Kinder zur Seite. »Nehmt mich mit«, bat er. »Ich kann Eurem Herrn auf dem Hof und im Stall zur Hand gehen.« Er deutete mit einer seiner Krücken auf sein gesundes Bein. »Lasst mich beim Ausmisten helfen. Ich kann auch Lasten tragen, wenn sie nicht zu schwer sind.« Bentz schüttelte den Kopf. »Wenn du arbeiten kannst, dann bettle nicht«, grollte er. »Ihr da.« Er zeigte auf die abgemagerten Gestalten, die er am Vortag für sein Vorhaben ausgesucht hatte. »Ihr könnt mitkommen.«

Hoffnung und Dankbarkeit erhellte die schmutzigen Gesichter. Wenn ihr wüsstet, dachte Bentz. Es hätte nicht viel gefehlt und er hätte gelacht. Dank und Gottes Segen murmelnd folgten sie seiner Aufforderung, auf die Ladefläche des Karrens zu klettern. »Warum nehmt ihr uns nicht auch mit?«, beklagte sich ein blinder Greis. »Warum immer nur die Frauen und Kinder?«

»Ja«, fielen zwei weitere Männer mit ein.

Der Hüne mit den Krücken humpelte die Treppen hinab und packte Bentz am Arm. »Bitte!«, flehte er eindringlich. »Auch wir sind Kinder Gottes.«

Bentz schüttelte ihn ab wie eine Bettwanze. »Verschwinde«, zischte er.

Als der Bettler erneut die Finger in den Stoff seines Mantels krallte, versetzte er ihm einen Schlag. Obwohl der Hieb einen gesunden Mann von seiner Größe nicht gefällt hätte, brachte er den Hünen aus dem Gleichgewicht und er ging zu Boden. Dabei zerbrach eine seiner Krücken, mit der er den Fall hatte abfangen wollen. Ohne auf den Protest der übrigen Bettler zu achten, machte Bentz auf dem Absatz kehrt, schloss die Ladeluke des Karrens und schwang sich wieder auf den Bock. Dann tastete er nach dem Sack neben seinem Sitz. Darin befanden sich einige seiner Schlachtermesser, eine Axt, zwei Sägen und ein dicker Knüppel, den er allerdings nur ungern verwenden wollte. Schließlich wollte er die wertvollen Schädel nicht unnötig beschädigen! Er ließ die Zügel auf den Rücken des Pferdes klatschen und lenkte es an der Kirche vorbei in Richtung Kronenstraße. Zwar wäre der Weg über den Marktplatz kürzer gewesen. Doch er wollte vermeiden, dass jemand allzu genau auf die Ladefläche seines Karrens sah. Es dauerte nicht lange, bis er Laurenz' Haus erreichte. Wie verabredet, hatte dieser das Tor offen gelassen und eine Laterne daran gehängt – als Zeichen, dass alle Vögel ausgeflogen waren. Nur hinter einem der Fenster im ersten Stock flackerte Kerzenschein. Der Rest des Hauses lag im Dunkeln. Bevor er zu Boden sprang, um das Tor zu öffnen, blickte Bentz sich um. Die Haaggasse lag wie ausgestorben da. Selbst wenn hinter einem der Fenster ein neugieriges Augenpaar lauerte, würde es nicht viel zu sehen bekommen. Die Bettlerinnen hatten ihre Kinder an sich gedrückt und sich dicht an die Wand des Karrens gekauert. Im Dunkeln wirkten sie wie Lumpensäcke. Er glitt vom Bock. Ohne auch nur eine Sekunde zu zögern, schob er das Tor auf, packte sein Pferd beim Zügel und führte es in den Hof.

Laurenz hörte das Quietschen des Hoftores, blieb jedoch regungslos am Tisch in der Stube sitzen. Das Haus lag seit Stunden verlassen da, und die Stille hatte mehr und mehr gedroht, ihn um den Verstand zu bringen. Zuerst war er froh gewesen über die Ruhe. Dann allerdings hatte seine

Einbildung angefangen, ihm Geräusche vorzugaukeln, die aus dem Keller zu kommen schienen. Anfangs war es nur ein leises Pfeifen gewesen. Je mehr Zeit verstrich, desto lauter war es geworden, bis es schließlich in ein geisterhaftes Stöhnen übergegangen war. Einige Augenblicke lang hatte er angenommen, dass Oliveras Vogel etwas mit den Lauten zu tun hatte, aber der Kopf des Tieres steckte unter seinem Flügel. Irgendwann hatte Laurenz sich die Hände auf die Ohren gepresst, bis das Rauschen des Blutes in ihnen begonnen hatte, sich wie geflüsterte Worte anzuhören.

»Warum könnt ihr nicht still sein?«, hatte er ausgerufen und den leeren Weinkelch von sich geschleudert. Viermal hatte er ihn aus dem großen Krug gefüllt, bis ihm der Wein sauer aufgestoßen war. Seitdem starrte er in die Kerzenflamme, die hin und her zuckte wie ein lockender Finger. Als das Tor mit einem lauten Krachen zufiel, presste er die Handballen in seine Augenhöhlen. Bentz war da! Eine riesige Faust schien nach seinem Brustkorb zu greifen und ihn zusammenzuquetschen. Zwar hatte er sich geschworen, nichts zu tun, außer das Gesinde aus dem Haus zu schaffen. Aber die Furcht vor dem, was ihn erwartete, wenn er Bentz in die Eingangshalle einließ, schnürte ihm die Kehle zu. Gewiss, er hatte die letzten Stunden damit zugebracht, sich einzureden, dass der Schlachter endlich die Reliquiare fortschaffen wollte. Was, wenn dem nicht so war? Was, wenn Bentz wieder Säcke voller Knochen mitbrachte? Ein Zittern lief durch Laurenz' Körper.

Ein hämmerndes Geräusch aus dem Erdgeschoss brachte ihn auf die Beine. Auch wenn es ihm noch so sehr widerstrebte, er musste Bentz einlassen! Vielleicht bist du ihn dann für immer los, versuchte er sich zu beruhigen. Dann würde er endlich seine Bezahlung erhalten und mit

Olivera in eine andere Stadt ziehen können! Mit schweren Beinen und immer noch benebeltem Kopf verließ er mit der Kerze die Stube und stieg unsicher die Treppe hinab. Unten angekommen, entzündete er zwei Fackeln und tauschte die Kerze gegen eine davon aus.

»Das wird auch langsam Zeit«, herrschte Bentz ihn an, als er die Tür aufzog. »Hattest du vor, mich ewig hier draußen warten zu lassen?«

Laurenz' Blick wanderte zu dem Karren. Zu seinem Entsetzen sah er, dass sich ein Kopf über die Seitenwand schob. Zwei Augen in einem vor Dreck starrenden Gesicht blitzen im Licht der Fackel auf. Ein zweiter Kopf folgte dem ersten, dann ein dritter und ein vierter. Kinder! Er hörte sein eigenes Keuchen, als ob das Geräusch von einem anderen stammte.

»Glotz nicht so! Hast du noch nie ein paar Bettler gesehen?«, zischte Bentz. »Tu lieber so, als ob du ein guter Samariter wärst, der sie zu einem Abendmahl eingeladen hat. Wir wollen sie schließlich ohne viel Zeter und Mordio in den Keller schaffen.« Die Worte waren wie Messerstiche.

Um ein Haar wäre Laurenz die Fackel entglitten. »Abendmahl?«, wisperte er. »Was hast du vor?«

Das verächtliche Lächeln, mit dem der Schlachter seine Frage beantwortete, bestätigte seine schlimmsten Vermutungen.

»Nein!«, keuchte er. »Das lasse ich nicht zu!«

»Wartet hier und rührt euch nicht vom Fleck!«, befahl Bentz den Bettlern. Dann packte er Laurenz hart am Arm und stieß ihn ins Haus. Er trat die Tür hinter sich zu.

So schnell, dass Laurenz der Bewegung kaum folgen konnte, zückte er einen Dolch und presste ihn Laurenz an den Hals.

»Wenn du jetzt den Schwanz einziehst, wird es *dein* Kopf sein, der schon bald als der des Heiligen Anastasius angebetet wird!« Der Druck der Klinge verstärkte sich. »Du wirst tun, was ich dir sage!«

Sein fauliger Atem schlug Laurenz ins Gesicht und bewirkte, dass sich ihm um ein Haar der Magen umdrehte.

»Wenn du dich weigerst, werde ich dir genau wie diesem Gesindel die Kehle durchschneiden und hier warten, bis deine schöne Gemahlin nach Hause kommt.« Laurenz würgte. »Und dann werde ich ihr das Herz aus der Brust schneiden, nachdem ich mich mit ihr vergnügt habe«, setzte Bentz hinzu. Er presste Laurenz die freie Hand auf den Mund. »Wenn du kotzt, bist du tot!«

Laurenz' Atmung beschleunigte sich. Einige panische Momente fürchtete er zu ersticken. Sein Mageninhalt suchte einen Weg nach oben. Zeitgleich bemühten sich seine Lungen, so viel Luft wie möglich einzuatmen. Während sein Pulsschlag davonraste, wurden ihm die Knie weich. Es war lediglich dem erbarmungslosen Griff des Metzgers zu verdanken, dass er nicht in sich zusammensackte.

KAPITEL 59

Tübingen, Anfang Dezember 1408

Das Gespräch mit der Witwe Breuning bedrückte Olivera immer noch. Schweigend stand sie neben Götz an einer der Feuerstellen und schmolz Wachs in einem kleinen Topf. Egal, wie sehr sie sich dagegen zur Wehr setzte, ihre Gedanken kehrten immer wieder zu ihrer *Yiayia* und zu ihrer Heimat zurück. Vielleicht lag es an dem scheinbar unaufhaltsam fallenden Schnee; vielleicht auch an ihrer Liebe zu Laurenz, die unwiederbringlich verloren schien. Oder es war etwas anderes, das sich unter all der Enttäuschung und dem schrecklichen Heimweh verbarg. Ein Seufzer baute sich in ihr auf. Er hatte kaum den Weg über ihre Lippen gefunden, da fiel ein Schatten über den Topf. Und plötzlich war Götz so dicht neben ihr, dass sie seinen Atem spüren konnte. »Olivera«, sagte er. Seine Hand legte sich auf die ihre, sodass sie in der Bewegung innehalten musste. Sie versteifte sich. »Es bekümmert mich, dass du dich hier in Tübingen nicht wohlfühlst.«

Olivera hörte die Worte kaum. All ihre Sinne konzentrierten sich auf das Gefühl seiner warmen, schwieligen Hand auf der ihren. Wenngleich sie sich eigentlich von seinem Griff hätte befreien sollen, wünschte sie sich unvermittelt, dass er sie nie wieder loslassen würde. Er war so bodenständig! So vollkommen anders als Laurenz! In seiner Gegenwart fühlte sie sich wirklich sicher.

»Die Tübinger meinen es nicht so«, hörte sie ihn sagen. »Aber wenn sie sich an dich gewöhnt haben, werden sie dich genauso in ihr Herz schließen wie ich.« Er räusperte sich und zog die Hand zurück. Dann machte er einen Schritt zur Seite.

Schweigend kämpfte Olivera gegen die Tränen an, die ihr bei seinen Worten in die Augen schossen, und verlor den Kampf. Während sie Götz' forschenden Blick auf sich spürte, rannen die Tränen unaufhaltsam die Wangen hinab und tropften auf die Arbeitsfläche. Um ihre Trauer vor ihm zu verbergen, schlug sie die Hände vors Gesicht und wandte sich von ihm ab.

»Bitte weine nicht.« Er fasste sie sanft bei den Schultern und drehte sie zu sich um. Ohne weitere Worte drückte er ihr Gesicht an seine Brust. Trost murmelnd strich er ihr über den Kopf. Das Tuch auf ihrem Haar löste sich erneut und segelte lautlos zu Boden.

»Hätte ich doch bloß auf meine *Yiayia* gehört!«, schluchzte sie. »Dann wäre ich jetzt nicht hier!« Ein weiterer Weinkrampf schüttelte sie. Dieser war so heftig, dass Götz die Arme fester um sie schlang.

»Bitte sei nicht traurig«, wiederholte er. »Bitte!«

Immer noch flossen die Tränen in breiten Bächen. Der Stoff von Götz' Schecke war inzwischen nass geweint, doch das schien ihn nicht im Geringsten zu stören.

»Ich hasse diese Stadt«, flüsterte sie. »Wenn ich doch nur sofort nach Konstantinopel zurückkehren könnte!«

Götz presste das Kinn in ihr Haar und sagte etwas, das Oliveras Tränenstrom zum Versiegen brachte. »Dann würdest du mich zum unglücklichsten Menschen der Welt machen«, wisperte er.

Einige Augenblicke lang hörte sie nichts außer dem Klopfen seines Herzens. Deutlich konnte sie es durch den Stoff spüren.

»Ich liebe dich.«

Die Worte ließen sie erstarren. Seine Hände lösten sich von ihrem Rücken und fassten nach ihrem Gesicht. Unendlich zärtlich wischte er ihr mit den Daumen die Tränen von den Wangen. Bevor sie die Ungeheuerlichkeit dessen begriff, was er gerade gesagt hatte, beugte er sich zu ihr hinab und küsste sie auf den Mund. Sein Kuss war tröstend, nicht hungrig wie die Küsse, die sie vor einer scheinbaren Ewigkeit mit Laurenz getauscht hatte. Behutsam streifte er ihre Lippen mit den seinen, dann richtete er sich wieder auf und sah sie traurig an.

»Ich wünschte, ich wäre dir zuerst begegnet. Nicht Laurenz.« So viel Schmerz lag in seinem Blick, dass der Schrecken, der Olivera bei seinem Kuss in die Glieder gefahren war, sich verflüchtigte.

Verunsichert führte sie die Fingerspitzen an die Lippen – als könne sie den Kuss damit ein weiteres Mal spüren.

»Ich …«, stammelte sie. Ihr Kopf schwirrte. Alles, was sie in den vergangenen Tagen und Wochen bedrückt hatte, schien plötzlich unwichtig. Ihre Gefühle wirbelten so wild durcheinander, dass sie nicht wusste, was sie empfand. Vergessen war das Heimweh, das noch vor wenigen Momenten gedroht hatte, sie in einen bodenlosen Abgrund zu stürzen. Vergessen der Schmerz über die verlorene Liebe. Alles, was im Augenblick zählte, war der unglaubliche Glückstanz, den ihr verräterisches Herz aufführte. Seine grünen Augen schienen jeden einzelnen ihrer Gedanken lesen zu können. Sie ließ die Hand wieder fallen.

»Aber … Laurenz …« Ihre Stimme erstarb.

Ein Schatten huschte über Götz' Gesicht. Er öffnete den Mund, um etwas zu erwidern. Doch ehe er etwas sagen konnte, machte sie auf dem Absatz kehrt. Sie musste Abstand zwischen ihn und sich bringen! Sonst würde etwas geschehen, das sie für immer bereuen würde! Vollkommen kopflos floh sie hinaus in die Kälte – ohne Tuch oder Mantel überzuwerfen. Wie von Furien gehetzt rannte sie über den Spitalhof, ignorierte den neugierigen Blick der Torhüterin und hastete den Abhang hinauf in die Oberstadt. Ihr Herz dröhnte wie eine Kesselpauke, als sie – trotz des eisigen Windes erhitzt – vor dem Hoftor ihres Heims ankam. Dieses war nur angelehnt. Anstatt sich darüber zu wundern, schlüpfte sie durch den Spalt und eilte auf den Eingang der Halle zu. Auch diese Tür war unverschlossen. Mit zitternden Händen griff sie nach dem Knauf. Dein Platz ist an Laurenz' Seite!, hämmerte ihr Verstand ihr ein. In guten wie in schlechten Tagen! Wie hatte sie nur zulassen können, dass Götz sie küsste? Die Scham übergoss sie wie ein Schwall heißes Wasser. Wie sollte sie ihrem Schwager je wieder unter die Augen treten? Wie vorgeben, dass nichts geschehen war? Sie stieß die Tür auf und betrat die Halle. Erst jetzt fiel ihr auf, dass das Haus vollkommen im Dunkeln lag. Lediglich aus dem Kelleraufgang fiel schwacher Feuerschein auf die Unterseite der Treppe. Sie sah sich nach einem Kienspanbehälter um, konnte aber keinen entdecken. Gedämpfte, aufgeregte Stimmen drangen an ihr Ohr. Etwas, das klang wie ein erstickter Schrei ließ ihr die Haare zu Berge stehen. Was ging dort unten vor sich? Die Neugier und eine nicht zu erklärende Vorahnung vertrieben die Aufregung über den sündhaften Kuss. Auf leisen Sohlen näherte sie sich der Treppe und machte sich auf den Weg in den Keller.

Götz hätte sich am liebsten verflucht. Wie hatte er sich nur so gehen lassen können? Warum hatte er das, was ihm erst am vergangenen Abend so schmerzlich klar geworden war, nicht für sich behalten? Warum hatte er Olivera nicht einfach nur trösten können wie ein Bruder? Oder ein Schwager? Die Vorstellung sorgte für einen bitteren Geschmack in seinem Mund. Wie sollte er jemals das Gefühl ihrer Lippen auf den seinen vergessen? Nicht daran denken, dass sie das Bett mit Laurenz teilte? Einem Mann, der sie unglücklich machte? Er biss die Zähne aufeinander und schluckte die Verwünschung, die ihm auf der Zunge lag. Warum konnte sie nicht *ihm* gehören? Wieso mussten die Frauen, die er liebte, immer zu seinem Bruder flattern wie Motten zu einer Kerzenflamme? Er trat mit dem Fuß gegen das Tischbein und stieß einen Schmerzensschrei aus.

»Du bist ein Esel!«, schimpfte er. Sein Zeh pochte und sein Herz fühlte sich an, als habe jemand eine glühende Klinge hineingestoßen. Ihr Duft steckte ihm immer noch in der Nase. Wie wundervoll ihr Haar roch! Und wie samtig die Haut ihrer Wangen sich angefühlt hatte! Er stöhnte. Sie würde niemals ihm gehören! Zwar hatte sie sich nicht gegen den Kuss gewehrt, aber er hatte deutlich die Scham in ihren Augen gelesen. Sie war mit Laurenz verheiratet! »Wie hast du dir die ganze Sache eigentlich vorgestellt?«, knurrte er. Er konnte sie wohl kaum zu einer gefallenen Frau machen! Er ballte die Hände zu Fäusten.

»Esel, Esel, Esel!«, murmelte er.

Er humpelte zu einem Schemel und ließ sich darauf fallen. Dann zog er sich den Schuh vom Fuß und begutachtete den Schaden, den er selbst angerichtet hatte. Der Zeh war zwar feuerrot, schien jedoch nicht gebrochen. Glück im Unglück. Weiter vor sich hinschimpfend, zog er den Schuh wieder an und zermarterte sich den Kopf, was er tun sollte. Sein Blick fiel auf das Tuch am Boden. Er hob es auf und drückte seine Nase hinein. Augenblicklich stach ihm ihr Geruch bis tief ins Gehirn. »Oh Gott«, flüsterte er. Warum war er nur so dumm gewesen, sie in die Apotheke zu holen? Er hätte ihr aus dem Weg gehen sollen! Dann wäre all das niemals geschehen.

Er bemerkte, dass auch ihre Heuke noch an dem Haken an der Wand hing. War sie nur in dem dünnen Kleid nach Hause gelaufen? Sein schlechtes Gewissen regte sich. Wenn sie krank wurde, war es ganz gewiss seine Schuld! Er nahm den Umhang und warf ihn sich über den Arm. Er würde ihr die Sachen bringen. Und sich bei ihr entschuldigen! Die Vorstellung, dass sie ihn wegen seines dummen Verhaltens in Zukunft meiden konnte, war schlimmer als die Aussicht, ständig in ihrer Nähe zu sein, ohne sie für sich gewinnen zu können. Wenn sie nicht sein werden konnte, dann wollte er wenigstens weiter mit ihr zusammenarbeiten. Ganz gleich, wie sehr es schmerzte! Ihre Abwesenheit war eine weitaus größere Qual! Er schlang seinen eigenen Mantel um die Schultern und verließ mit einer Fackel die Apotheke. Draußen fiel immer noch Schnee, und allmählich fragte er sich, wie lange es noch so weitergehen sollte. Wenn der Himmel nicht bald wieder aufklarte, würden sie im Schnee versinken. Die Kälte betäubte den Schmerz in seinem Zeh, sodass er schneller als erwartet vor Laurenz' Haus anlangte. Kein Licht verriet die Anwesenheit der Bewohner. Stirnrunzelnd bemerkte er, dass das Hoftor nicht verschlossen war. Hatte Olivera in ihrer Aufregung vergessen, es zu schließen? Er betrat den Hof und verriegelte das Tor hinter sich. Ein Wagen stand im Hof – das Pferd davor angeschirrt und in der Kälte zitternd. Weit und breit war keine Spur von Laurenz' Knechten zu entdecken. Wo waren alle?

KAPITEL 60

Tübingen, Anfang Dezember 1408

OLIVERA STAND WIE VERSTEINERT auf der Schwelle des Kellerraumes. Laurenz und der Mann an seiner Seite hatten sie noch nicht bemerkt, da sie der Tür den Rücken zugekehrt hatten. Das Gewölbe war vollgestopft mit den Kisten, die Laurenz aus Konstantinopel mitgebracht hatte. Aber es waren nicht die goldenen Gegenstände, die ihr aus einer der geöffneten Truhen entgegenleuchteten, welche ihr Blut in Eis verwandelten. Sondern die furchtgeweiteten Augen der Frauen und Kinder am Boden. Einige von ihnen wimmerten leise. Laurenz' Begleiter hatte ein langes, blutiges Messer in der einen, das verfilzte Haar einer Frau in der anderen Hand. Sein Opfer kniete vor ihm auf dem Boden und hob flehend die Hände. Erst jetzt sah

Olivera, dass sie gefesselt war – genau wie all die anderen Gestalten im Raum.

»Bitte, Herr«, jammerte die Frau. »Ich habe Euch doch nichts getan.« Tränen hatten Spuren auf ihrer schmutzigen Haut hinterlassen. »Bitte verschont mich.«

Der Kerl mit dem Messer lachte. Als er den Kopf zu Laurenz umwandte, erkannte Olivera den Metzger, den Elsbeth des Betrugs verdächtigt hatte.

»Steh nicht da wie ein Ölgötze!«, herrschte der Mann Oliveras Gemahl an. »Nimm dir ein Messer und tu, was getan werden muss! Oder fang wenigstens das Blut auf!« Er deutete mit dem Kinn auf einen Haufen Lumpen zu Laurenz' Füßen, um den sich eine rote Lache ausbreitete.

Olivera stieß ein entsetztes Keuchen aus. Es waren keine Lumpen, sondern ein totes Kind! Das Geräusch ließ den Metzger herumwirbeln. Seine kleinen Augen verengten sich, während sich seine Oberlippe kräuselte wie die Lefze eines tollwütigen Hundes. »Sieh an, wen haben wir denn da?«, spuckte er aus. Er ließ das Haar der Frau los. Bevor Olivera reagieren und sich zur Flucht wenden konnte, war er bei ihr und packte sie brutal am Arm. »Ich dachte, ich hätte deutlich gemacht, was geschieht, wenn jemand hier herumschnüffelt!«, bellte er Laurenz an.

Dieser starrte mit kreidebleichem Gesicht auf Olivera – die Hand auf die Brust gepresst, derweil das Opfer des Metzgers hinter eine Kiste kroch.

»Was tut ihr hier?« Die Frage war heraus, bevor Olivera begriff, in welcher Gefahr sie schwebte.

Der Schlachter schüttelte sie grob.

»Halt dein Maul!«, knurrte er. Er stieß sie auf die Gruppe der am Boden Knienden zu und versetzte ihr einen Hieb in den Rücken. Dieser ließ sie in die Ecke taumeln. »Ein hübsches Lärvchen«, versetzte er höhnisch. »Eine weitaus bessere Heilige Ludmilla als diese hässliche Kuh!« Er trat mit dem Fuß nach einer alten Frau, deren blinde Augen durch ihn durchzusehen schienen.

»Heilige Mutter Gottes«, wisperte Olivera. Grenzenloses Entsetzen ergriff Besitz von ihr und lähmte ihren Verstand, als der Metzger ein Seil hervorzog und es um ihre Handgelenke schlang.

»Nein!«, presste Laurenz hervor. Plötzlich kam Leben in ihn. Zwei rote Flecken erschienen auf seinen Wangen, und Olivera sah, dass er die Hände zu Fäusten geballt hatte. »Du wirst ihr kein Haar krümmen!« Seine Stimme bebte.

Der Schlachter stieß ein verächtliches Lachen aus. »Und wie willst du mich davon abhalten?«, spuckte er aus. »Du bist doch sogar zu feige, einem dieser Bälger die Kehle durchzuschneiden. Willst du dich mir etwa in den Weg stellen?« Er fuchtelte mit dem Messer.

Schneller, als Olivera es ihm zugetraut hatte, griff Laurenz nach einer Axt, die auf einer der Kisten lag, und ließ sie drohend durch die Luft sausen.

»Ich lasse nicht zu, dass du ihr etwas antust«, zischte er. »Sie ist *meine* Frau!«

Der Schlachter lachte erneut. »Ich hätte dich gleich töten sollen«, zischte er. »Aber Schnider wollte, dass ich dich am Leben lasse, damit du mir helfen kannst.« Er hob die Hand mit dem Messer und machte einen Schritt auf Laurenz zu. »Aber dafür ist es jetzt offensichtlich zu spät.«

Laurenz schlug mit der Axt nach ihm, doch er tauchte geschickt unter der Klinge hinweg.

»Was bist du doch für ein Weichling!«, prustete er. Sein Arm schoss vor, und Laurenz ließ mit einem Schmerzensschrei die Axt fallen. Das Geräusch, mit dem die Waffe auf dem Boden auftraf, hallte unheimlich von den Wänden des Gewölbekellers wider.

Aus einem klaffenden Schnitt an Laurenz' Oberarm quoll Blut. Innerhalb weniger Augenblicke färbte sich der Stoff seiner Schecke rot.

»Du bist noch dümmer, als ich dachte«, versetzte der Metzger kalt. Ohne zu zögern, trieb er Laurenz das Knie in den Unterleib. Als dieser in sich zusammensackte, holte er mit der Klinge aus und wollte sie ihm von hinten ins Herz treiben. Aber er kam nicht dazu. Eine Gestalt tauchte im Türrahmen auf und erfasste die Lage im Bruchteil eines Wimpernschlages.

Götz! Oliveras Herz setzte aus, als ihr Schwager auf den Metzger zuflog und ihn von Laurenz fortstieß. Mit einem Wutschrei fuhr der Kerl zu ihm herum. Doch Götz schlug ihm das Messer aus der Hand und rammte ihm den Ellenbogen unter das Kinn, ehe dieser mit der Klinge nach ihm stechen konnte. Der Kiefer des Metzgers brach mit einem lauten Knacken. Ein weiterer Schlag streckte ihn zu Boden.

»Du Hurensohn!«, keuchte Götz und kniete sich auf die Brust des Gefallenen. »Du elender Hurensohn!« Er drosch dem Schlachter die Faust ins Gesicht. Immer und immer wieder, bis Blut aus dessen Nase schoss, die ebenfalls mit einem hässlichen Geräusch brach.

»Götz!«, rief Olivera, als ihr Schwager endlich heftig atmend von dem Metzger abließ. Dieser rührte sich nicht mehr. »Oh mein Gott, Götz!« Ein Schluchzen raubte ihr die Luft.

Die Frauen und Kinder um sie herum brachen ebenfalls in Weinen aus.

»Barmherziger Vater, du hast unser Flehen erhört«, wisperte die blinde Frau.

»Olivera!« Mit wenigen Schritten war Götz bei ihr und zog sie in die Höhe. Mit heftig zitternden Händen löste er ihre Fesseln. Seine Knöchel waren blutig und sein Atem kam stoßweise. Ohne weitere Worte zog er sie in die Arme und drückte sie so heftig an sich, als wolle er sie nie wieder loslassen.

»Einen Augenblick dachte ich, du seist tot.« Seine Stimme erstickte und sein Oberkörper wurde von Krämpfen geschüttelt. Aber erst, als etwas Warmes und Nasses auf ihre Wange tropfte, begriff Olivera, dass auch er weinte.

Ein Geräusch in Götz' Rücken brachte ihn dazu, Olivera loszulassen und kampfbereit herumzufahren. Hastig wischte er sich mit dem Ärmel über die Augen. Olivera sah, wie Laurenz sich aufrappelte und erneut nach der Axt griff.

»Ich bringe den Mistkerl um!«, keuchte er. Mit sichtlicher Mühe schwang er die Waffe über den Kopf und machte Anstalten, sie auf den am Boden Liegenden hinabsausen zu lassen.

»Laurenz!«, donnerte Götz. Er machte einen Satz und entriss seinem Bruder die Axt. »*Du* wirst nicht sein Richter sein«, knurrte er.

Laurenz versuchte, sich gegen ihn zu wehren. Aber Götz rang ihn mühelos nieder, als wäre er ein halbwüchsiger Knabe.

»Was für ein Teufelswerk treibt ihr hier?«, fragte er eisig. Er zog einen der goldenen Gegenstände aus der Truhe neben sich hervor, ließ ihn allerdings sofort mit Grauen im Blick wieder fallen. »Jesus, Maria und Joseph«, wisperte er und bekreuzigte sich. »Das darf nicht wahr sein!«

Olivera wollte sich einer der offenen Kisten nähern, Götz hielt sie jedoch davon ab. »Sieh nicht hinein«, warnte er. »Hier.« Er warf ihr ein Messer zu. »Schneide die anderen los. Jemand muss die Wache holen.«

Er selbst wandte sich wieder Laurenz und dem Metzger zu. »Ist es das, was ich denke?« Sein Blick streifte durch das Gewölbe. »Das sind Reliquien!« Sein Ton war anklagend. »Falsche Reliquien.« Er stöhnte. »Ihr wolltet all diese Menschen töten, um sie zu *verkaufen*?«

Olivera glitt das Messer aus der Hand. Eine der Bettlerinnen hob es auf und fuhr an ihrer Stelle damit fort, die anderen Gefangenen loszuschneiden.

»Was?«, stammelte sie. Ihre Beine wollten ihr nicht gehorchen. Sie stolperte auf die Truhen zu und wischte das Stroh beiseite, bevor Götz sie davon abhalten konnte. Was sie sah, machte keinen Sinn. Deutlich erkannte sie das Zeichen ihres Vaters auf dem Holz. Aber dieser konnte unmöglich etwas mit dem Inhalt zu tun haben. Anklagend streckte ihr die Heilige Elisabeth ein halbes Dutzend Mal ihre Schwörhand entgegen. Durch das kristallklare Glas, aus dem ein Teil des Armes gefertigt war, sah sie rosafarbenes Fleisch. Die Haut war mit verkrustetem Blut überzogen.

»Was ist das?«, fragte sie. Ihre Mund war so trocken, dass sie kaum schlucken konnte. »Laurenz?« Sie sah ihn an, und in diesem Moment erschien er ihr wie ein Fremder. »Sind das die Behältnisse, auf die du in Konstantinopel gewartet hast?« Ihre Stimme überschlug sich. »Hat Andreas diese Dinge für dich und *Baba* hergestellt?«

Anstatt ihr zu antworten, schlug er den Blick nieder.

»Es war nicht der Bader, der all die Unehrlichen getötet hat«, sagte Götz. »Sondern er, nicht wahr?« Seine Hand zeigte anklagend auf den Metzger. »Und *du* steckst mit ihm unter einer Decke!«

Olivera begriff, was er meinte. »Das kann nicht wahr sein!«, hauchte sie. »Mein Vater würde so etwas niemals zulassen!« Sie drängte sich an Götz vorbei und grub die Hände in den Stoff von Laurenz' Schecke. »Mein Vater hätte niemals zugelassen, dass jemand zu Schaden kommt!« Die Worte hallten schrill durch den Raum.

Laurenz lachte freudlos. »Dein Vater hat gedacht, es würden nur Gräber geschändet.« Er spuckte auf den Boden. »Genau wie ich.« Der Blick seiner grauen Augen war trüb. »Es war nie die Rede davon, dass jemand getötet wird.«

Das Entsetzen war wie eine kalte Hand, die Olivera in den Nacken fuhr. Der Mann, den sie geliebt hatte, war ein Verbrecher! Ein Betrüger und Grabschänder! Genau wie ihr Vater! Während ihr Verstand darum kämpfte, diese Erkenntnis zu verarbeiten, bückte Götz sich nach einem Strick und fesselte den Metzger.

»Geh und hol die Wache«, sagte er zu einer der Bettlerinnen. »Beeil dich.«

Sobald die Frau das Gewölbe verlassen hatte, griff er nach einem zweiten Strick, um auch Laurenz zu binden.

»Ich bin dein Bruder!«, flüsterte dieser, als Götz nach seinen Händen griff. »Man wird mich henken.«

Götz nickte. »Das wird man.«

Fassungslos verfolgte Olivera das Geschehen. Das Grauen über das, was sie soeben erfahren hatte, saß so tief, dass sie das Gefühl hatte, alles würde sich um sie drehen. »Bitte lass mich laufen«, flehte Laurenz. Er hob die gebundenen Hände und ließ sich vor Götz auf die Knie fallen. »Bitte. Willst du die Schuld eines Brudermordes auf dich laden?«

Götz schnaubte. »Ist es meine Schuld, was du getan hast?«

Laurenz vergrub das Gesicht in den gefesselten Händen und presste die Stirn auf den Boden.

Weinte er? Sein Körper zuckte, während sich tierische Laute seiner Kehle entrangen. »Lass ihn gehen.« Die Worte waren heraus, bevor Olivera darüber nachgedacht hatte, was sie verlangte.

Götz runzelte missfällig die Stirn. »Das kann ich nicht«, sagte er schlicht. »All die Menschen … Es war kein Dämon.« Er schüttelte den Kopf.

Olivera wollte gerade etwas erwidern, als Laurenz unvermittelt mit einem katzengleichen Sprung auf die Beine schnellte, seinen Bruder mit der Schulter zur Seite stieß und aus dem Keller rannte.

»Laurenz!« Götz wollte ihm nachsetzen, aber Olivera hielt ihn am Ärmel fest.

»Er ist dein Bruder«, sagte sie schlicht.

Das Schlagen der Tür im Erdgeschoss verriet, dass Laurenz bereits das Haus verlassen hatte. »Gott wird dafür sorgen, dass er seine Strafe erhält.« Sie konnte den Ausdruck in Götz' Augen nicht deuten. Als er jedoch einen Seufzer ausstieß und einen Moment lang die Augen schloss, wusste sie, dass er Laurenz nicht nachsetzen würde. Eine Zeit lang sagte niemand im Raum etwas. Dann begannen die Frauen und Kinder zu flüstern. Und schon bald redeten alle durcheinander.

Es dauerte nicht lange, bis die ausgeschickte Frau mit der Stadtwache zurückkehrte. Ein halbes Dutzend Soldaten polterte in den Keller. Nachdem Götz ihnen erklärt hatte, was vorgefallen war, beschlagnahmten sie die Kisten und führten den Schlachter ab.

»Ihr kommt ebenfalls mit«, knurrte der Anführer zu Oliveras grenzenlosem Schrecken. »Noch bevor der Hahn kräht, wird dieser hier«, er stieß den Metzger mit seinem Spieß an, »uns die Wahrheit sagen. Dann kommt ihr vielleicht wieder auf freien Fuß.« Er bedeutete seinen Männern, auch die Bettler mitzunehmen.

Draußen angekommen, befahl er allen, auf den Karren zu klettern. »Versiegelt das Haus«, wies er die Wächter an.

Keine zehn Minuten später wurden Olivera und ihre Mitgefangenen in die Wachstube beim Haagtor geführt. Zwei Soldaten nahmen Bentz in ihre Mitte und zerrten ihn die Treppe zu den Kerkern hinab.

»Unter der Folter hat noch jeder seine Verbrechen gestanden«, prophezeite der Anführer. Er zog sich den Helm vom Kopf und dachte einen Augenblick nach. Dann winkte er einen jungen Burschen heran. Er wies mit dem Daumen auf Götz, Olivera und die Bettler. »Einsperren, aber noch nicht verhören.«

Der Bursche nickte und führte die Gefangenen eine zweite Treppe hinab in ein feuchtes Gewölbe. Niemand leistete auch nur den geringsten Widerstand, obwohl er eine dickbohlige Tür öffnete, deren Anblick Olivera das Blut in den Adern stocken ließ. »Dort hinein«, befahl er knapp.

Auf wackeligen Beinen folgte Olivera den anderen in eine winzige, nach Exkrementen und verfaultem Stroh stinkende Zelle. Als der Bursche alles Licht mitnahm und den Riegel von außen vorschob, schlang sie zitternd die Arme um sich.

»Keine Angst, alles wird sich aufklären«, flüsterte Götz. Er drückte sie an sich. »Wir haben nichts zu befürchten.«

Olivera vergrub das Gesicht an seiner Brust. Hoffentlich hatte er recht! Denn wenn nicht, drohte auch ihnen die peinliche Befragung!

KAPITEL 61

Tübingen, Anfang Dezember 1408

ENDLOSE STUNDEN VERGINGEN, bis sich schließlich Schritte dem Gefängnis näherten. Mit einem Keuchen presste Olivera sich gegen die feuchte Wand, während ihr Pulsschlag sich beschleunigte. Voller Angst hielt sie den Atem an, als sich kurz darauf die Tür öffnete und zwei Stadtwachen im Rahmen erschienen. Das Licht der Fackeln schmerzte, stach ihr ins Gehirn und ließ bunte Kreise vor ihren Augen tanzen. Gleichzeitig war sie jedoch froh, dass die Flammen die Dunkelheit vertrieben, die sie eingehüllt hatte wie ein Totentuch. Zu viele Geräusche, die ihr Angst machten, hatten die Zelle erfüllt: das Huschen von Ratten, das Rascheln des Strohs und, nicht zuletzt, die furchtbaren Schreie aus den Tiefen des Kerkers. Irgendwann war das Brüllen verstummt, doch in Oliveras Ohren hatte es noch lange nachgehallt. Die Kinder hatten sich weinend aneinandergedrängt, während die Frauen Gott um Hilfe anflehten. All die Zeit über hatte ihr Verstand erfolglos versucht zu begreifen, was geschehen war; und sie hatte sich mit Fragen gemartert, auf die sie keine Antwort fand: Waren Laurenz und ihr Vater tatsächlich in einen solch unglaublichen Betrug verstrickt? Wie hatte es ihrem *Baba* nur gleichgültig sein können, dass jemand die Ruhe der Toten störte, um seinen Reichtum zu mehren? Hatte Laurenz wirklich nicht gewusst, dass der Schlachter all die Unehrlichen getötet hatte? War die Angst vor dem Dämon nur ein Versuch gewesen, sie abzulenken? Und was war mit dem Bader und Pater Michael? Das Entsetzen war wie ein Geschöpf mit zahllosen Armen, die sich immer enger um sie schlangen und drohten, sie zu ersticken. Wie hatte sie mit ihm zusammenleben können, ohne dieses furchtbare Geheimnis auch nur zu erahnen? Warum war sie nur so einfältig gewesen anzunehmen, dass die Kälte sein Temperament verändert hatte? Wäre all das nicht geschehen, wenn sie energischer in ihn gedrungen wäre? Würde der tote Bettelknabe dann vielleicht noch leben? Noch immer drehten sich ihre Gedanken im Kreis, obschon der Anblick der beiden Männer sie vor Furcht erstarren ließ.

»Ihr könnt gehen.« Die Stimme des Wächters drang wie durch ein Tuch gedämpft zu ihr vor. Zuerst dachte sie, sich die Worte eingebildet zu haben. Zu bedrohlich wirkten die beiden Soldaten mit ihren Spießen und den blitzenden Helmen. Den anderen schien es ähnlich zu ergehen, da keiner es wagte sich zu rühren.

»Ihr seid frei«, wiederholte der Mann ungeduldig. »Oder gefällt es euch hier so gut, dass ihr lieber bleiben wollt?«

Sein Begleiter lachte.

»Der Schlachter hat alles gestanden«, setzte der Wächter hinzu. Er bedeutete den Gefangenen, die Zelle zu verlassen, und nicht nur Olivera schluchzte vor Erleichterung auf. Sie klammerte sich an Götz' Arm, da ihr plötzlich die Beine schwach wurden. Auch wenn sie versucht hatte, sich einzureden, dass alles gut werden würde, hatte sie insgeheim um ihr Leben gebangt. Und um das von Götz. Froh darüber, ihn an ihrer Seite zu haben, ließ sie sich von ihm die Treppen hinaufführen. Dort erwartete sie der Anführer der Wache.

»Wo ist Euer Gemahl?«, fragte er. »Der Schlachter behauptet, er wäre geflohen.«

Olivera fuhr zusammen, als er mit grimmiger Miene auf sie zutrat.

»Er scheint zwar niemanden getötet zu haben, aber dem Gericht wird er dennoch nicht entkommen.«

Götz schob sich schützend vor sie. »Es stimmt. Er ist in all dem Durcheinander entkommen«, sagte er mit fester Stimme. »Fragt die Bettlerinnen, sie können es ebenfalls bezeugen.«

»Könnt ihr das?«, wandte sich der Mann prompt an die Frauen, die hinter ihnen die Treppe hinaufgeführt wurden. Niemand antwortete.

»Ich habe euch etwas gefragt!«, herrschte der Soldat die verängstigten Gestalten an. »Antwortet!«

»Einer ist geflohen«, sagte die blinde Alte schließlich. Sie richtete den Blick ihrer stumpfen Augen auf Olivera, als wüsste sie genau, wo die junge Frau stand. »Während der andere mit dem gekämpft hat, der Kasper umgebracht hat.« Der Anführer der Wache nickte versonnen.

»Wenn Ihr ihn seht, denkt daran, dass es ein Verbrechen ist, einem Gesuchten Unterschlupf zu gewähren«, versetzte er nach einigen Augenblicken drohend. Olivera schluckte trocken. »Euer Haus bleibt bis zum Prozess versiegelt«, fuhr er fort. »Sollte das Gericht Euren Gemahl für schuldig befinden, wird sein gesamter Besitz beschlagnahmt.«

Olivera sah ihn ungläubig an. »Aber wo soll ich dann wohnen?«, fragte sie. »Ich kann doch nicht auf der Straße schlafen.«

Der Wächter zuckte gleichgültig die Achseln.

»Du kannst bei mir bleiben«, warf Götz ein. »Wenn wir

ein wenig zusammenrücken, reicht der Platz.« Er senkte den Blick, als ob er sich für das Angebot schämte.

Oliveras Herz zog sich zusammen. Warum war er nur so gut zu ihr? Womit hatte sie es verdient, dass ein Mann wie Götz sie liebte? Sie griff nach seiner Hand und drückte sie dankbar.

»Wie auch immer«, brummte der Stadtwächter. »In Euer Haus könnt Ihr jedenfalls erst einmal nicht zurück.« Er bedeutete seinen Männern, die Freigelassenen hinauszugeleiten. Dicht an Götz gedrängt, verließ Olivera die Wachstube und atmete tief ein. Die Luft war kalt, aber frisch. Die Sonne lugte bereits über den östlichen Horizont, und es hatte endlich aufgehört zu schneien. Trotz der nachtschlafenden Stunde hatte sich eine Traube von Schaulustigen um das Haagtor versammelt. Als sie Olivera, Götz und die Bettlerinnen erblickten, lief ein Raunen durch die Reihen. Während sich das Raunen in lautes Durcheinanderreden verwandelte, blieben die Freigelassenen wie angewurzelt stehen. Einige Atemzüge lang begafften sich die beiden Gruppen. Dann zogen die Bettlerinnen und Kinder – Dankgebete murmelnd – in Richtung Spital davon. Olivera blickte ihnen hilflos hinterher. Sie hatte ihnen noch etwas sagen wollen, sich bei ihnen für das entschuldigen, was Laurenz und der Metzger ihnen angetan hatten. Aber ihr Kopf war wie leer gefegt.

»Ich wusste es«, keifte eine Frauenstimme. »Fremde bringen nichts als Ärger.«

Olivera spürte, wie Götz' Muskeln sich spannten.

»Es war Bentz, der Schlachter«, wandte eine Männerstimme ein. »Kein Fremder.«

»Sie hat ihn verhext«, beharrte die Frau. »Ganz bestimmt hat sie ihn verhext!«

Götz ließ hörbar die Luft durch die Nase entweichen.

»Lass sie reden«, seufzte Olivera. »Ich bin es gewöhnt.« Sie lächelte traurig. »Das ist der Grund, warum ich nach Konstantinopel zurückwollte.« Sie fasste Götz behutsam beim Arm. »Bitte bring mich von hier fort«, bat sie.

Zwei Wochen vergingen, bis das Gericht der Stadt Bentz zum Tod auf dem Rad verurteilte. Inzwischen war auch Auberlin Schnider verhaftet worden. Und die Einzelheiten des ungeheuerlichen Verbrechens hatten sich in der ganzen Stadt herumgesprochen. Zwar hatte der Schultheiß versucht, seinen Schwager vor dem Todesurteil zu bewahren. Allerdings war ihm das nicht gelungen. Wenn die Gerüchte stimmten, würde in den nächsten Tagen ein Henker aus Stuttgart eintreffen, um das Urteil an den beiden zu vollstrecken. Laurenz war nach wie vor wie vom Erdboden verschluckt, und diese Tatsache sorgte zusehends für Aufregung und Feindseligkeit. Nicht nur Olivera, sondern auch Götz wurden immer öfter hinter vorgehaltener Hand der Mitwisserschaft bezichtigt. Nachdem auch Laurenz schließlich in Abwesenheit für schuldig befunden worden war, hatte der Rat seine gesamte Habe beschlagnahmt. Lediglich den Papagei hatte Götz für Olivera retten können, da niemand den »Teufelsvogel« haben wollte. Noch immer konnte Olivera kaum fassen, was geschehen war, und hoffte jeden Tag aufs Neue, dass sie irgendwann aus diesem Albtraum erwachen würde. Nichts schien mehr sicher – am wenigsten ihre eigenen Gefühle. Hatte sie sich noch vor Kurzem nichts sehnlicher gewünscht, als nach Konstantinopel zurückzukehren, erfüllte diese Vorstellung sie in der Zwischenzeit mit Grauen. Wie sollte sie ihrem Vater in die Augen sehen, ohne ihn zu hassen? Und was würde geschehen, sollte sie herausfinden, dass auch ihre *Yiayia* von dem Betrug gewusst hatte? Wie konnte es sein, dass Menschen, die sie geliebt hatte, von denen sie gedacht hatte, sie würde sie kennen, sich als Verbrecher entpuppten? Wie sollte sie jemals wieder jemandem trauen? Ihm ihr Herz öffnen? Oder ihre Ängste und Wünsche mit ihm teilen?

Sie wusste es nicht. Wenn Götz' Worte der Wahrheit entsprachen, liebte er sie. Aber was empfand *sie* für *ihn*? Sie stand am Fenster ihrer Kammer und starrte auf den Hof hinab. War das Gefühl der Sicherheit, das er ihr gab, Liebe? Oder fühlte sie sich nur zu ihm hingezogen, weil er ihre Leidenschaft für Arzneien teilte? Beherrschte auch er die Kunst der Verstellung – so wie sein Bruder? Ihr Herz schien eine andere Antwort auf diese Fragen zu haben als ihr Kopf. Dieses Mal, so schwor sie sich, würde sie auf ihren Verstand hören! Was geschah, wenn man seinen Gefühlen folgte, hatten ihr die vergangenen Wochen und Monate allzu schmerzlich gezeigt. Sie wandte sich vom Fenster ab und streckte die Hand durch die Gitterstäbe von Markos' Käfig, um dem Papagei die Federn glattzustreichen. »Ich wünschte, ich könnte mit dir tauschen«, flüsterte sie ' froh darüber, dass niemand sie hören konnte. Zu ihrer grenzenlosen Erleichterung hatte Götz die Kinder zu sich in die Kammer genommen, sodass Olivera allein in dem winzigen Raum unter dem Dach schlief. Nicht ein einziges Mal hatte er sie bedrängt oder ihr erneut seine Liebe gestanden. Und dafür war sie ihm dankbarer, als er vermutlich ahnte. Als der Vogel sich aufplusterte, kehrte sie ihm den Rücken und fuhr damit fort, die wenigen Habseligkeiten, die ihr geblieben waren, in einer Holztruhe zu verstauen. Die Arzneien aus der Spitalapotheke warteten bereits fein säuberlich verpackt auf dem Eselskarren im Hof. Sobald Götz mit dem Geld für den Verkauf seines Hauses vom *Bancherius* zurückkehrte, würden sie nach Nürnberg aufbrechen. »Dort ist die Stelle eines besoldeten Stadtapothekers zu besetzen«, hatte Götz sie vor vier Tagen wissen lassen. »Ich denke, es ist einen Versuch wert.«

Olivera hoffte, dass er recht hatte. Einerseits sehnte sie sich danach, Tübingen endlich zu verlassen. Andererseits fürchtete sie das, was sie in Nürnberg erwartete. Auch wenn Götz behauptete, die Menschen dort seien aufgeschlossener und mehr an Fremde gewöhnt, zweifelte sie an seinen Worten. Würde man sie nicht auch dort für eine Heidin halten? Und was würde geschehen, wenn die Nürnberger herausfanden, was in Tübingen geschehen war? Wie sollte sie dort mit Götz zusammen unter einem Dach wohnen, ohne dass neugierige Fragen gestellt wurden? Sollte sie vorgeben, seine verwitwete Schwägerin zu sein? Die Grübelei bereitete ihr Kopfschmerzen. Alles schien so … verfahren.

Sie faltete ein veilchenfarbenes Tuch, und ihr Blick blieb an dem mit Saphir geschmückten Goldreif an ihrer Hand haften. Mehr als einmal hatte sie mit sich gerungen, ob sie dieses Zeichen ihrer Einfältigkeit nicht verkaufen sollte. Aber noch konnte sie sich nicht von dem Ring trennen. Er erinnerte sie an bessere Tage. Auch der in Gold gefasste Edelstein ruhte noch unangetastet in ihrer Geldkatze.

»Ich wollte Laurenz das Geschenk die ganze Zeit über zurückgeben«, hatte Götz ihr gestanden, als er ihr das Schmuckstück in die Hand gedrückt hatte. »Aber ich habe es immer wieder vergessen. Nimm du es. Es gehört dir.«

Ihr war klar, wie großmütig diese Geste war. Dennoch hätte sie den Edelstein am liebsten aus dem Fenster geschleudert.

»Vater sagt, ich soll fragen, ob du bald fertig bist«, platzte die kleine Cristin in ihre Grübelei. Sie schob sich in den Raum und sah sich mit gerümpfter Nase um. Ihre Lockenpracht war mehr schlecht als recht unter der Kapuze einer Gugel verstaut, ihre Füße steckten in dicken Fellschuhen. Sie hob die Hand, um mit dem Zeigefinger in einem Nasenloch zu bohren, besann sich dann jedoch eines Besseren. Stattdessen schob sie die Hände in die Taschen ihres Umhanges, dem anzusehen war, dass sie sich – vermutlich mit ihrem Bruder – im Schnee gewälzt hatte. »Bei dir ist es so sauber«, stellte sie beinahe anklagend fest. »Bei mir und Uli ist es immer unordentlich, sagt Alhayt.« Sie legte den Kopf schief. »Aber Alhayt ist fort.«

Obwohl es Olivera nicht besonders heiter zumute war, brachte die Kleine sie zum Schmunzeln. Sie mochte das Kind – genau wie dessen schüchternen Bruder. Die beiden waren wie Sonnenstrahlen in einem finsteren Tal.

»Alhayt bleibt hier und wir gehen auf eine lange Reise«, sagte sie und strich dem Mädchen über den Kopf.

»Wird es eine aufregende Reise?«, fragte die Kleine. »So wie in einer Geschichte?«

Olivera lachte. »Das hoffe ich nicht«, erwiderte sie. Denn es war gefährlich genug, im Winter zu reisen. Auf zusätzliche Aufregung konnten sie wahrlich verzichten.

»Schade.« Das Kind schob die Unterlippe vor.

»Hier«, sagte Olivera und drückte ihr Markos' Käfig in die Hand. »Bring das zu deinem Vater und sag ihm, dass ich sofort komme.«

Sobald das Mädchen davongestürmt war, warf sie ihre Heuke um die Schultern und hob die Truhe vom Boden auf. Dann sah sie sich ein letztes Mal in dem Kämmerchen um. Das windschiefe Haus in der Nähe des Ammerkanals würde ihr fehlen. Es war zwar eine bescheidene Unterkunft, aber unter diesem Dach hatte sie sich sicher gefühlt – sicherer als in ihrer dunklen Kammer in der Haaggasse. Nach einigen Momenten des stillen Abschiedes schloss sie mit einem Seufzen die Tür und schleppte die Kiste die schmale Stiege hinunter.

»Lass mich das tragen.« Götz, der soeben das Haus betreten hatte, eilte auf sie zu und nahm ihr die Truhe ab. Mühelos verstaute er sie auf dem Eselskarren, auf dessen Ladefläche Cristin und Uli bereits in einem Nest aus dicken Fellen saßen. Das Gesicht des Mädchens leuchtete vor Vorfreude, während ihr Bruder versuchte, Markos zum Sprechen zu bringen.

»Wir können aufbrechen«, sagte Götz. Er legte die Hände um Oliveras Mitte und half ihr auf den Bock. Bei seiner Berührung durchströmte sie das inzwischen wohlbekannte Gefühl der Wärme. Sobald er neben ihr saß, breitete er eine Decke über ihre Beine, hob die Zügel auf und trieb den Esel an. Zehn Minuten später befanden sie sich auf der Straße nach Norden. Trotz der Kälte und des tiefen Schnees waren sie nicht das einzige Fuhrwerk. Zahlreiche Bauern und Händler schienen den gleichen Weg zu haben wie sie. Sodass Oliveras Furcht vor der Reise bald verschwand. Schweigend legten sie die erste halbe Meile zurück, dann griff Götz nach ihrer Hand und sagte: »In Nürnberg wird alles besser.« Er schenkte ihr ein aufmunterndes Lächeln. »Vielleicht kannst du irgendwann die Vergangenheit vergessen.«

Olivera spürte Tränen in sich aufsteigen. Wie gerne sie daran glauben würde, dass das möglich war! Er hob den Arm, zögerte jedoch, ehe er ihn vorsichtig um ihre Schulter legte. Ihr Verstand sagte ihr, dass sie sich von ihm befreien sollte. Doch ihr Herz ließ zu, dass er sie umarmte. Während die erste Träne ihre Wange hinabrann, lehnte sie den Kopf an seine Schulter und schloss die Augen. Konnte sie es doch wagen, noch einmal ihren Gefühlen zu folgen?

EPILOG

Nürnberg, Anfang Januar 1409

»Ich schwöre bei allen Heiligen, treu zu der Stadt Nürnberg zu stehen, dem Rat oder meinem Hauptmann von Streit und Aufständen innerhalb der Stadtmauern zu berichten oder diese zu unterbinden. Ich schwöre zudem, dem vom Rat bestimmten Hauptmann in allen Dingen zu folgen.«

Götz' Stimme zitterte, als er die Worte wiederholte, mit denen er den Bürgereid geleistet hatte. Olivera war mit den Kindern zu Hause geblieben – in dem Haus nahe der Stadtmauer, das Götz und sie gemietet hatten. Es war zwar klein, an manchen Stellen zugig und in einem Viertel, in dem die Schweine auf der Straße herumliefen. Aber mithilfe der neuen Kindermagd und der Köchin, die Götz eingestellt hatte, war es Olivera gelungen, die Räume wohnlich zu machen. In der Stube, in der sie mit Cristin und Uli auf Götz' Rückkehr gewartet hatte, prasselte ein Feuer. Da die Fenster wegen der Kälte mit hölzernen Läden verschlossen waren, hatte Olivera ein Dutzend Kerzen entzündet, die den Raum in warmes Licht tauchten. Cristin und Uli waren damit beschäftigt, beinerne, in einer Reihe aufgestellte Kegel mit einem kleinen Wurfknochen umzustoßen. Und ihr Gelächter zauberte ein Lächeln auf Oliveras Gesicht.

»Du hättest die Ratsstube sehen müssen«, sagte Götz. Seine Augen leuchteten. »So etwas Prunkvolles habe ich noch nie gesehen. Alle Fenster waren verglast, die Decke gewölbt und mit teuerstem Holz vertäfelt.« Er machte eine Handbewegung, um die Wölbung der Decke darzustellen. »Sogar die Wände waren bis hier«, er zeigte auf seine Brust, »mit Holz verkleidet.« Er schüttelte den Kopf, als ob er nicht glauben könnte, was er gesehen hatte. »Es gibt außer mir noch fünf andere Bewerber für den Apothekerposten«, sagte er. »Sobald der Tag für die Prüfung festgesetzt ist, bekomme ich Bescheid.« Die hohe Zahl der Mitbewerber schien ihm Sorgen zu bereiten.

Olivera erhob sich von dem Schemel, auf dem sie gesessen hatte, und trat auf ihn zu. Sie legte ihm die Hände auf den Arm und sah zu ihm auf.

»Ich bin sicher, dass kein anderer als du den Zuschlag erhält.« Sie reckte sich auf die Zehenspitzen. »Ich bin froh, dass wir hier sind. Mach dir keine Sorgen.« Ehe er etwas erwidern konnte, verschloss sie seinen Mund mit ihren Lippen. Obwohl die Kinder im Raum waren, schlang er die Arme um sie und erwiderte den Kuss voller Leidenschaft.

»Ich wünsche mir nichts sehnlicher, als mit dir zusammen eine Apotheke zu führen«, murmelte er, als er sich widerwillig von ihr löste. »Stell dir nur vor, wie es sein wird: ein Haus in der inneren Stadt, Ansehen, genug Geld und …«

Olivera legte ihm den Finger auf die Lippen. »Alles, was zählt, ist, dass wir glücklich sind«, sagte sie. »Kein Geld auf dieser Welt kann das ersetzen.« Sie strich ihm mit der Hand über die Wange. Das Gefühl der Wärme, das sie stets in seiner Nähe empfand, durchströmte sie. Wie gut, dass sie es doch noch einmal gewagt hatte, auf ihr Herz zu hören! Die Liebe für Götz wurde mit jedem Tag stärker. Anders als bei Laurenz wirbelten ihre Gefühle für Götz nicht wild durcheinander, sondern waren – seit sie sich eingestanden hatte, dass sie ihn liebte – wie in Stein gemeißelt. Vermutlich hatte sie sich deshalb dagegen gewehrt. Sie lehnte sich mit einem Seufzen an ihn. Auch wenn Laurenz noch ab und zu in ihren Albträumen auftauchte, versuchte sie, die Vergangenheit zu vergessen. Er war entkommen. Ob sie froh darüber war oder nicht, wusste sie nicht. Es war auch nicht wichtig. Das einzig Wichtige war, wie sie und Götz in Zukunft zusammenleben konnten, ohne dass das Geschehene ihr Leben überschattete. Sie spürte seinen Herzschlag durch den Stoff seines Wamses. Und plötzlich hoffte sie inständig, dass sie endlich ein Kind von ihm empfangen würde. Alle Furcht vor der Niederkunft war vergessen. Mit Götz an ihrer Seite würde alles gut verlaufen, dessen war sie sich sicher. Sie richtete den Blick auf Uli und Cristin und stellte sich vor, wie es sein würde, wenn die beiden ein kleines Brüderlein oder Schwesterlein hätten. Ihre Mundwinkel stahlen sich nach oben. Jetzt, wo sie Tübingen hinter sich gelassen hatten, würde bestimmt auch dieser Wunsch bald in Erfüllung gehen!

NACHWORT

Fakten und Fiktion

Was ist Wahrheit, was ist erfunden? Das ist eine Frage, die Leser und Autoren von historischen Romanen sicherlich gleichermaßen bewegt. Denn auch beim Quellenstudium tauchen häufig Zweifel auf, ob das Beschriebene wirklich den Tatsachen entspricht oder ob die Chronisten die Ereignisse etwas freier interpretiert haben. Gewiss ist es kein Zufall, dass in vielen europäischen Sprachen die Wörter für Historie und Erzählung nahezu identisch sind. Daher ist und bleibt es ein Puzzlespiel, die Historie zu erforschen, bei dem immer einige Teile fehlen werden. Diese Teile müssen durch die Fantasie des Autors ergänzt werden. Wie bei all meinen Romanen habe ich ungeachtet dieser Tatsache auch dieses Mal versucht, mich soweit als möglich an geschichtliche »Fakten« zu halten. An dieser Stelle möchte ich jedoch nachdrücklich darauf hinweisen, dass es sich bei einem Roman stets und immer um ein Werk der Fiktion handelt. Oftmals erfordert es die Handlung, dass Personen in einer ganz bestimmten Art und Weise aktiv werden, die vielleicht nicht immer vollkommen zeitgemäß ist. Ich habe allerdings versucht, diese kleinen Diskrepanzen auf ein Minimum zu beschränken.

Bei Lesungen werde ich oft gefragt, ob man denn damals wirklich so gesprochen hat wie im Roman. Das ist natürlich nicht der Fall. Ein Roman in »authentischer« Sprache wäre heutzutage kaum verständlich, geschweige denn ein Lesegenuss. Das Deutsch, das zu der Zeit gesprochen wurde, in der die Handlung spielt, nennt man Frühneuhochdeutsch. Hier eine kurze Kostprobe aus dem Reisebericht von Johannes Schiltberger, der aus etwa der gleichen Zeit stammt: »[U]nd do der Weyasit kam in sein hauptstadt und sin hett, ein zeitt do zu pleyben, in der zeitt wurden unser LX Cristen über ain, wie wir möchten darvon chomen; und also machten wir ain ainigung unter uns und schwuren uns zu ainander, das wir pey ainander wollten sterben und genesen;« (Johannes Schiltberger, Valentin Langmantel. *Hans Schiltbergers Reisebuch).* Viele moderne Wörter haben sich aus dem Neuhochdeutschen entwickelt. Um auffallende Wortwiederholungen zu vermeiden, muss ein Autor manchmal in die Trickkiste greifen und eventuell Ausdrücke verwenden, die zur damaligen Zeit noch nicht gang und gäbe waren. Auch ich habe an manchen Stellen (z. B. Hokuspokus, Amulett, Risiko, Zeter und Mordio) Wörter verwendet, die erst später nachgewiesen werden können, bin allerdings stets bemüht, diese »Schnitzer« auf ein Minimum zu beschränken.

Als ich mit der Recherche für diesen Roman begann, bin ich beinahe zufällig über das Thema Reliquienhandel gestolpert. Bis dato wusste ich lediglich, dass während des IV. Laterankonzils (1215) der Verkauf von Reliquien verboten worden war. Offensichtlich war der Handel mit den angeblich heiligen Gebeinen der Märtyrer so inflationär geworden, dass ein Einschreiten vonseiten der Kirche nötig wurde. Stephan Beissel schreibt in *Die Verehrung der Heiligen und ihrer Reliquien in Deutschland im Mittelalter:* »Damals geschah hinsichtlich der Reliquien, was heute mit Rücksicht auf Alterthümer und Kunstgegenstände sich unzählige Male wiederholt. Die Liebhaber regen sich gegenseitig an zu ungemessenem Verlangen, das zu unverhältnißmäßigen Anstrengungen und Preisen treibt. Um einer Seltenheit habhaft zu werden, scheint nichts zu viel, ja, es kommt zu Handlungen, welche dem Maßstab des Rechtes und der Sittlichkeit nicht mehr entsprechen. Die Leidenschaft verblendet und jagt vorwärts.« (S.89). Von der Vorhaut Jesu Christi, über das Blut des Herrn bis hin zur Milch der Mutter Gottes und zahllosen, Arm-, Kopf-, Fuß- und sonstigen Reliquien wurde mit allem gehandelt, was das Herz begehrte. Zu den Reliquiendieben gesellten sich bald die Fälscher und Betrüger. Dies führte dazu, dass u. a. das Haupt des Heiligen Cornelius, das Haupt von Johannes dem Täufer und der Leib des Heiligen Firmian an mehr als einem Ort aufbewahrt wurden. Selbstverständlich dachte jede Kirche, sie besäße das »Original«. Die Behältnisse, in denen diese Reliquien ruhten, nahmen immer abenteuerlichere Formen an. Und bald schon begehrten die Gläubigen, die Gebeine der Heiligen auch zu sehen. Das Fälschen von Reliquien wurde zu einem einträglichen Geschäft.

Ein weiteres Thema, das mich bei der Recherche fasziniert hat, war die Heilkunst. Einerseits war das Verständnis des Körpers und den Zusammenhängen natürlich ein vollkommen anderes als heutzutage. Andererseits muten viele Heilmethoden schon als erstaunlich fortschrittlich an. Das, was man gemeinhin im Kopf hat, wenn man an die Medizin des Mittelalters denkt, fand wohl am ehesten in den Badestuben statt. Wer mehr Geld hatte, der konnte sich durchaus Behandlungen erkaufen, die weitaus weniger schmerzhaft waren. Und der Eitelkeit der Damen wurde selbstverständlich auch Rechnung getragen. Sämtliche Rezepte, die in dem Roman erwähnt werden, stammen aus *The Trotula.* Die von Olivera vorgetäuschte *Hysterike pnix* war tatsächlich eine Krankheit, von der man annahm, dass sie vor allem Jungfrauen und Witwen befiel, da deren Uterus eher zur Austrocknung neigen konnte. Verhütung, Pessare, selbst die Wiederherstellung der Jungfräulichkeit sind Themen in diesem Kompendium, aber auch Krankheiten, welche die männliche Sexualität betreffen. Die Annahme, dass das Temperament eines Menschen durch Wärme oder Kälte, durch Lebensmittel oder Getränke verändert werden konnte, war eine gängige. Choleriker, Melancholiker, Sanguiniker und Phlegmatiker sind Ausdrücke, deren Ursprung in der Humoralpathologie, der Lehre von den Körpersäften, liegt.

Wieder haben viele Museen und Privatpersonen dazu beigetragen, dass dieses Buch zu dem geworden ist, was es ist. Wie bei all meinen Romanen stammen jedoch auch in diesem Buch alle Fehler oder Ungenauigkeiten einzig und allein aus meiner Feder. Mein besonderer Dank gilt: Dr. Miriam Eberlein, wissenschaftliche Archivarin am Stadtarchiv Heilbronn, die mich über Stadtärzte, Apotheker und Spitalbader aufgeklärt hat; Dr. Tilmann Walter von der Arbeitsstelle »Frühneuzeitliche Ärztebriefe« der Bayerischen Akademie der Wissenschaften am Institut für Geschichte der Medizin der Universität Würzburg, der mir Einblick in einige überaus spannende Quellen ermöglicht hat; dem Stadtarchiv Tübingen, mit dessen Hilfe es mir gelungen ist, die Machtstrukturen im spätmittelalterlichen Tübingen zu recherchieren (sämtliche Richter und Ratsmitglieder sind Originalquellen entnommen); und dem Tübinger Bürger- und Verkehrsverein, der mir geduldig alle Fragen zur ehemaligen Lage von Gebäuden beantwortet hat. Ein ganz großes Danke gilt natürlich auch meiner wunderbaren Lektorin Claudia Senghaas, deren unglaubliche Sorgfalt mich vollkommen begeistert hat.

BIBLIOGRAFIE

Beissel, Stephan: *Die Verehrung der Heiligen und ihrer Reliquien in Deutschland im Mittelalter.* Darmstadt: Wissenschaftliche Buchgesellschaft Darmstadt, 1991.

Binder, Hans-Otto, Schönhagen, Benigna, Setzler, Wilfried (Hrsg.): *Kleine Tübinger Stadtgeschichte.* Tübingen: Silberburg Verlag, 2006.

Bookmann, Hartmut et. al: *Mitten in Europa: Deutsche Geschichte.* Goldmann Verlag, 1990.

Bookmann, Hartmut: *Die Stadt im späten Mittelalter.* Frankfurt, Olten, Wien: Büchergilde Gutenberg, 1986.

Bürger- und Verkehrsverein Tübingen e. V.: *Tübingen Brevier.* Tübingen: Verlag Tübinger Chronik eG, 1989.

dtv Lexikon des Mittelalters. 9 Bde. München: Deutscher Taschenbuch Verlag, 2003.

GEO Epoche 2: *Das Mittelalter: Ein neuer Blick auf 1000 rätselhafte Jahre* (1999).

Gibbons, Herbert Adams: *The Foundation of the Ottoman Empire: A History of the Osmanlis up to the Death of Bayezid I. (1300-1403).* Oxford: Clarendon Press, 1916.

Gold, Carl A: *Das Mittelalter in seinen Redewendungen.* Gassmann Verlag, 2008.

Green, Monica H. (Hrsg.): *The Trotula: An English Translation of the Medieval Compendium of Women's Medicine.* Philadelphia: University of Pennsylvania Press, 2002.

Halbfas, Hubertus: *Die Bibel.* Düsseldorf: Patmos Verlag, 2001.

Hauer, Wolfram: *Lokale Schulentwicklung und städtische Lebenswelt: Das Schulwesen in Tübingen von seinen Anfängen im Spätmittelalter bis 1806.* Stuttgart: Franz Steiner Verlag, 2000.

Herrin, Judith: *Byzanz: Die erstaunliche Geschichte eines mittelalterlichen Imperiums.* Stuttgart: Philipp Reclam, 2013.

Honour, Hugh ; Fleming, John: *Weltgeschichte der Kunst.* München, Berlin, London, New York: Prestel Verlag, 2000.

Jones. Peter Murray: *Heilkunst des Mittelalters in illustrierten Handschriften.* Stuttgart: Belser Verlag, 1999.

Kanders, Michael, Oskamp, Jens: *Elemente, Temperamente und Säfte: Leitfaden der Naturheilkunde. Humoralpathologie – Klostermedizin – Unanimedizin.* Norderstedt: BOD, 2012.

Kinder, H.; Hilgemann, W. / Hergt, M. (eds.): *dtv-Atlas der Weltgeschichte.* München: Deutscher Taschenbuch Verlag, 2000.

Kluge: *Etymologisches Wörterbuch der deutschen Sprache.* Berlin/New York: Walter de Gruyter, 2002.

Kollesch, Jutta, Nickel, Diethard (Hrsg.): *Antike Heilkunst: Ausgewählte Texte aus den medizinischen Schriften der Griechen und Römer.* Stuttgart: Philipp Reclam, 2007.

Leven, Karl-Heinz (Hrsg.): *Antike Medizin: Ein Lexikon.* München: C. H. Beck, 2005.

Nagel, Tilman: *Die islamische Welt bis 1500. Oldenbourg Grundriss der Geschichte.* München: R. Oldenbourg Verlag, 1998.

Reddig, Wolfgang F.: *Bader, Medicus und Weise Frau: Wege und Erfolge der mittelalterlichen Heilkunst.* München: Battenberg Verlag, 2000.

Runciman, Stephen: *Die Eroberung von Konstantinopel 1453.* München: C. H. Beck, 2007.

Seigel, Rudolf: *Gericht und Rat in Tübingen: Von den Anfängen bis zur Einführung der Gemeindeverfassung 1818–1822.* Stuttgart: W. Kohlhammer Verlag, 1960.

Schmitz, Rudolf: *Stadtarzt – Stadtapotheker im Mittelalter.*

Turnbull, Stephen: *The Ottoman Empire 1326–1699.* Oxford: Osprey Publishing, 2003.

Vogt-Lüerssen, Maike: *Der Alltag im Mittelalter.* Norderstedt: Books on Demand, 2006.

Vogt-Lüerssen, Maike: *Zeitreise 1: Besuch einer spätmittelalterlichen Stadt.* Norderstedt: Books on Demand, 2005.

Weitere Titel finden Sie auf den folgenden Seiten und im Internet:

WWW.GMEINER-SPANNUNG.DE